全新譯校 經典新版世界名著 25

For Whom the Bell Tolls

戰地鐘聲

〔美〕海明威 著

傅心荃 譯

For Whom the Bell Tolls

戰地鐘聲 目錄

【出版總序】

文學的陽光VS.生命的陰霾：
海明威和他的作品

著名文化評論家 陳曉林

一九五三年，海明威獲得諾貝爾文學獎，評獎委員會所公布的理由，主要是宣稱他對「小說敘事藝術那強而有力、饒具風格的精湛駕馭」；但事實上，眾所周知的是，海明威的作品之所以受到舉世讀者的喜愛與肯定，並非只因在文學技法上的精擅或突破，而更是由於在主題、內容和價值觀上，對現代西方文壇的衝撞和啓發。

就這個意義而言，因爲評獎委員們在視域和膽識上的保守自閉，以致一再與真正偉大的作家、作品失之交臂的諾貝爾文學獎，在當年頒給了海明威，固然是使海明威在文學創作上的成就得以實至名歸的適時之舉；然而，又何嘗不是這個獎藉著對海明威的文學聲望錦上添花，而自證其畢竟尚能慧眼識才的一次契機？事實上，到了海明威推出令世界文壇震撼的名篇《老人與海》之際，他在歐美文學界的地位，及在讀者大眾心目的形象，均已經戛戛獨絕，而且屹立不移了。

現代文學的掌旗人

長年以來，海明威是公認的現代主義文學旗手及二十世紀美國傑出作家；但海明威的作品何以既予人以戛戛獨絕的「存在」感受，而又能被推崇爲具有普世共通的「經典」意義，卻一直是個眾說紛紜的謎題。海明威作品的魅力，其實就潛藏在這個看似相當弔詭的謎題中。

包括不少詳研海明威生平的傳記作者，以及深入剖析海明威作品的文學評論家在內，一般咸認海明威是陽剛、勇敢、雄偉、簡潔、明朗的表徵，無論就人格特質或就寫作風格而言，均是如此。這當然是顯而易見的。不過，若是仔細參詳海明威生平及作品可資互相對映之處，便不難發覺：他在文學創作上一貫追尋、探索、表現某種令人神往的明朗與雄偉之境界，與他一直試圖克服生命中那種若隱若現、但呼之欲出的厭煩、壓抑與陰霾，乃是互有關連的情景。

換言之，海明威藉由文學創作來召喚生命的陽光，庶幾可以克服或抑制那些蠢蠢欲動的陰影。自小，海明威就擁有一顆特別善感的文學心靈，例如他在六歲時即對「人必將死亡」一事有著獨特的感知，並爲之顫慄；又如他對性格專斷、不苟言笑、嚴持基督教規戒的母親在感情上十分疏離；對身爲醫生的父親在他幼年時帶著他狩獵、釣魚，養成了他日後熱愛大自然的性向非常感念，但對父親在母親面前窩囊瑟縮、一籌莫展，他則深惡痛絕，（**父親終於在長期壓抑後自殺，更是海明威一生未曾擺脫的夢魘**）。

海明威作品中，對「父與子」錯綜情結的反覆探索、對兒時與父親在湖畔度假、在印地安營地交朋結友的一再緬懷，都反映了他心中的陽光與陰霾在交互糾纏。

心靈善感，對生命的陰霾從小就有深刻的體驗；然而稟性英勇，面對死亡的挑戰非但毫不畏懼，還要主動迎上前去。這就是海明威人格特質的殊異之處，也正是海明威文學魅力的核心所在。十八歲，他欲從軍參加一次世界大戰，雖因視力不及格而未果，但他鍥而不捨，次年改以紅十字會救護員的身分投入歐洲戰場。結果卻在首次出勤時即奮不顧身地在炮火中搶救袍澤，敵方大炮轟來，他身中數百塊彈片，體無完膚，不啻死過了一次。後來，他更以報社記者的身分參加西班牙內戰及二次大戰，無不實際投身在隨時可能喪命的第一線。

海明威作品揭示的真相

對死亡敏感，卻不斷向死亡迎面挑戰，是海明威呈現的人生真相，也是海明威作品的重要主題。正因爲死亡是如此的可怖，戰爭是如此的殘酷，一個人要活下去，就必須對生命中正面的價值或意義，具有明晰的感應。然而，一切所謂神聖的、崇高的、正義的、偉大的宣示或鋪陳，其實都是詐騙；列強爲了爭奪資源和市場而狗咬狗的世界大戰，動輒就殺傷上千萬的無辜軍民。在歐洲戰場，海明威看透了英美方面和德義方面都是一丘之貉；然而，人生畢竟需要有救贖，需要有陽光。而愛情的喜悅、審美的意趣，就成爲海明威筆下的殘酷世界中最動人、也最引人的救贖。

從《戰地春夢》到《戰地鐘聲》，再到後期的《渡河入林》，海明威作品一方面揭露了望之儼然的西方文明在本質上所體現的詐騙性與殘酷性，另方面則以愛情和審美作爲現代人生所剩餘的唯一救贖。他和《大亨小傳》的作者費茲傑羅、《荒原》的作者艾略特等名家，被歐美文壇公推爲「失落的一代」，無非是由於他們以敏銳的文學心靈洞徹了現代人的真實處境，以及現代文明的虛無本質。有了海明威等人，現代文學及時出現了在主題和技法上均迥異於傳統文學的「群聚效應」，足以與現代主義的藝術潮流交光互映了。

愛情、戰爭、冰山理論

戰爭、愛情、死亡、狩獵、鬥牛、拳擊、海洋、捕魚……大抵是海明威作品中恆常呈示的場景；以文學創作來召喚生命的陽光與救贖，則是他念茲在茲的題旨。然而，母題儘管顛撲不破，海明威卻精擅於以多重的變奏來敘述故事，鋪陳情節，從而營造出他所獨具的風格與氛圍。以愛情這個母題而言，除了《戰地春夢》的摯愛悲情、《戰地鐘聲》的生死契闊之外，如《太陽依然昇起》的荒蕪之愛、頹廢之美，《伊甸園》那放浪形骸到近乎變態的畸愛，均是別開生面的敘事。而即使同爲以成長、啓蒙、洞察真實人生爲題旨的短篇小說集，《勝利者一無所獲》、《沒有女人的男人》與《尼克的故事》也皆有各自獨具的結構和意涵。《有錢．沒錢》更爲嘲謔貧富懸殊的現代社會，及由此衍生種種不公不義的人生情境，提供了極尖銳的小說範本。

而海明威能夠如此「強而有力、饒具風格」地駕馭他的作品，主要關鍵在於他對敘事文體的運用，一貫要求做到「極簡」。他出身於報社記者，當年駐外記者報導新聞，爲了節省經費，採用所謂「電報體英文」，避用形容詞、副詞，只要精簡明瞭、直接達意即可。海明威在撰寫文學作品時體悟到：「極簡」反而可以創造出獨有的、明朗的風格，故而他刻意以「電報體」作爲自己主要的敘事語言；並由「極簡」風格的文字敘述，進而提煉出他自己獨樹一幟的文學創作論綱，即「冰山理論」。海明威認爲，文學作品的敘事，除了刻畫必要的場景，便只需寫出動作和對話即可，其餘的一切，應留待讀者自行感知和領會；因此，好的文學作品猶如一座浮在海面的冰山，敘述出來的只有八分之一，另外的八分之七則不需贅述，有如冰山留在海面下的主體。

「冰山理論」的輝煌例證，當然就是爲海明威博得舉世稱道的《老人與海》了。這個情節極單純、但寓意極豐富的中篇小說，迄今仍是英美各名校的文學系必讀必研的小說典範。海明威對生命的終極體悟：「人可以被毀滅，但不可被打敗」，便出現在其中。看來，海明威以文學的陽光克服生命的陰霾，也是在本篇中臻於登峰造極之境。

賞味《戰地鐘聲》：極限情境下的人性亮點

傅心荃

《戰地鐘聲》是海明威的小說藝術逐漸進入成熟期的重要作品，也是他的思想境界從英雄式的個人主義轉向於人文或人本主義的表徵。透過這部體現多元價值、且頗具曖昧歧義的長篇作品，海明威展示了他對戰爭、政治、人性、愛情、友誼等課題的深層感悟與反思，整部小說的情節儼如一場迴旋上升的辯證歷程。

親歷過一次大戰的殘酷情景，海明威險死還生，以《戰地春夢》抒寫了永別武器的沉痛心情；照理，他應從此遠離戰場，遠離他自己筆下那「人與人互相流血殺戮的絞肉機」才是。但他的天性中顯然充斥著尋求刺激和冒險犯難的基因，於是，他一次又一次以特派記者的身份走入炮火紛飛的戰場。其中，參與西班牙內戰的親身經驗，爲《戰地鐘聲》提供了俯拾皆是的素材與場景。

如同當時許多左翼進步人士一樣，海明威加入反佛朗哥的共和軍一方，但在這部作品中，他主要是敘述與共和軍配合作戰的游擊隊的事蹟，以及作爲他本人化身的美國年輕教師羅柏，在戰爭中逐步體認生命的真諦、愛情的珍貴、友誼的愜心與人文的價值，終於以壯烈的行徑體現了自我認同的信念。在這裡，鐘聲是作爲象徵人間情誼、叩響心靈之門的意象，而不時響起的。

一部長達數十萬字的大書，整個布局與情節壓縮在短短四天之內，而表面上，故事主軸更只環繞在共和軍的一次炸橋事件及與此相關聯的攻擊行動。海明威藉著高度壓縮的時空與場景，一方面營造張力不斷繃緊的氛圍，另方面也反過來襯現各主要人物在瀕臨「極限情境」時的人性反應。以海明威所精擅的「極簡」文風，他處理這樣時空交錯的情節轉折，當然是得心應手的。

但如此相對簡單的情節主體，卻需要這麼浩大的篇幅來展開，這其間便涉及海明威對包括西班牙決戰在內的左翼馬克思、右翼法西斯，以及他自己以往所認同的個人自由主義等思想理論、政治黨派、經濟主張之間孰是孰非、孰輕孰重的省思與衡量了。在當代人看來，這些問題顯然已經失去吸引力，不過是些乏善可陳的老梗或「僞議題」而已；但在二次大戰前後，對想要真誠面對人生與時代的一代人而言，這些卻是攸關生死的大問題。

而海明威並非熟習現代政治理論的學院中人，只憑他的採訪印象與文學直覺，居然能夠洞察俄國左翼勢力與西方右翼法西斯勢力在本質上是一丘之貉；他在《戰地鐘聲》中抒寫外來援助西班牙共和派的國際軍團高層之貪腐與無能，較之佛朗哥右翼勢力之蠻橫與傲慢，可惡處實也不遑多讓。而游擊隊殘殺右派人物的血腥場景，更透顯了是非、正邪之間並無明晰的界限，灰色地帶往往是一片混沌。

游擊隊頭目一度叛逃，更增添了混沌的濃濁程度。於是，羅柏與飽受欺凌和迫害的女孩瑪麗亞自然萌生的戀情，成爲這場戰爭中唯一的亮點。然而，羅柏畢竟爲依承諾完成炸橋任務而犧牲了生命。此時，鐘聲除了在瑪麗亞的心中響起之外，共和軍指揮部中又何嘗有任何長官關心過這次行動的成敗？

羅柏殉身時，與大地合爲一體，「心臟緊挨著森林的松針」。與這小說開場時，羅柏在森林中觀察地形，恰形成了一個首尾呼應的循環。海明威藉由這樣的呼應，似在預示：回歸自然將是他日後寫作的主要題旨了。

1

他躺在佈滿松針的赤褐林地上，下巴枕著交疊的手臂，陣陣微風拂過高聳的松樹頂。他躺臥之處的坡度不大；但是再往下，山坡就十分陡峭了，他可以看見柏油路面暗黝黝拐過隘口。一道清溪和路面平行，他看見隘口下方有一座鋸木廠聳立在溪邊，也看見水壩的瀑布在夏日豔陽下白花花的。

「那是鋸木廠？」他問道。

「是的。」

「我不記得了。」

「你來過之後就建了。老工廠在那一邊；遠在隘口下面。」

他把影印的軍事地圖攤在林地上，仔細觀察。老頭子回頭望去。這是一個短小結實的老人，身穿黑色的農民罩衫和灰色畢挺的長褲，腳上穿著麻繩底布鞋。一路爬上來，老人還氣喘吁吁的。他們扛來兩個沉重的背包，他的手擱在其中一個背包上。

「那麼，這兒看不見那座橋囉。」

「看不見，」老頭子說：「這是隘道的緩坡，溪水流得很慢。再下去，路面隱入樹叢中，坡度突然增大，有一個峻峭的峽谷——」

「我想起來了。」

「那座橋橫跨峽谷兩端。」

「他們的守備隊在哪裡？」

「你看到的那座鋸木場就有一支守備隊。」

年輕人一面瀏覽四方，一面從褪色的棕黃法蘭絨襯衫口袋裡拿出一架望遠鏡，用手絹兒擦擦鏡頭，扭轉目鏡，於是鋸木廠的房板突然清晰呈現在鏡中，他看到門邊的木凳；還有放圓鋸的廠棚飄出來的一大堆木屑，和一條對岸山邊運木頭過來的筧溝。小溪在鏡裡顯得清澈又平滑，瀑布下方，水霧隨風飄送。

「沒有哨兵嘛。」

老頭子說：「鋸木廠有炊煙，繩子上也晾了衣服。」

「我看到了，不過沒看到哨兵。」

「也許他躲在陰涼的地方，」老頭子解釋說：「那邊現在很熱。他一定在末端的陰影裡。我們看不見。」

「有可能。下一支守備隊在什麼地方？」

「在橋下。那是修路員住的小屋，離隘道頂端五公里。」

「那邊有多少人？」他指著鋸木廠說。

「大概四個人，加上一位班長。」

「下面呢？」

「更多。我再查查看。」

「橋上呢？」

「通常是兩個人，兩端各一名。」

「我們需要不少人手。你能找到多少人？」他說。

老頭子說：「你要多少人，我都能找到，現在山裡人很多。」

「有多少？」

「不止一百個，不過他們分成很多小隊。你需要多少人？」

「等我們研究過橋樑的形勢，我再告訴你。」

「你要不要現在去看看？」

「不。現在我希望找一個存放炸藥的地方，我希望絕對安全，離橋邊儘可能不要超過半個鐘頭的腳程。」

老頭子說：「那倒不難，我們現在要去的地方離橋邊全是下坡路，不過我們要認真爬一段才到得了那兒。你餓不餓？」

年輕人說：「餓了。不過我們等一下再吃，你叫什麼名字？我忘記了。」他居然會忘記，真是壞兆頭。

老頭子說：「安瑟莫。我叫安瑟莫，是阿維拉淺谷區人，我幫你扛那一個背包吧。」

年輕人高高瘦瘦的，一頭金髮佈滿日晒的斑紋，面孔飽經風霜日炙，身穿一件褪色的法蘭絨襯衫和一條農民褲，腳穿麻繩底布鞋。他身子向前傾，手臂伸進背包的一條肩帶裡，把重重的背包扛在肩上。又將另一隻膀子伸過另一條肩帶，背部均勻分擔包袱的重量。剛才扛背包的地方，襯衫還濕淋淋的。

「我揹上了。我們怎麼走法？」他說。

「往上爬，」安瑟莫說。

他們被包袱壓得直不起腰來，汗流浹背，在山邊的松林裡一步一步往上爬。年輕人看不到路徑的軌跡，但是他們一直繞著山丘爬呀爬的，現在穿過一條小溪，老頭子不斷沿著嶙峋的溪床邊往前走。路愈來愈陡，愈來愈難爬，到後來溪水似乎由頭頂的花崗岩架驟然滾落，老頭子在岩架底部等年輕人跟上來。

「你還爬得動吧？」

「還好，」年輕人說。他揮汗如雨，大腿的肌肉因爲爬陡坡而陣陣抽痛。

「在這兒等我。我先去通知他們。你不想扛著那玩意兒挨一槍吧。」

年輕人說：「連鬧著玩兒都不行。離這裡遠不遠？」

「很近。你叫什麼名字？」

「羅柏，」年輕人回答說。他把背包放下來，輕輕擱在河床邊的兩個石堆上。

「羅柏，那你在這兒等我，我再回來接你。」

年輕人說：「好。不過，你是不是打算由這條路走下橋邊？」

「不，到橋邊另有一條路。比較近，也比較好走。」

「我不希望這些東西離橋邊太遠。」

「你看好了，如果你不滿意，我們再換地方。」

「我們再看吧。」

他坐在背包旁，望著老人攀上岩架。爬起來並不吃力，只看他不用搜尋就找到了扶手的支點，年輕人就知道他一定爬過許多回了，但上面的人都小心翼翼不留下任何形跡。

年輕人名叫羅柏．約丹，他此刻飢腸轆轆，而且非常擔憂。他雖常常感到飢餓，但是難得憂愁，因爲他不在乎自己的遭遇，而且憑經驗得知：在敵後活動實在太簡單了。你若有一名好嚮導，在敵後活動和穿過敵人的戰火都非常輕鬆。唯有你自己太在乎本身被捕後的遭遇，才會把事情弄得複雜而艱深，此外還要決定能夠信賴那些人。你必須完全信賴合作的人手，否則就根本不要相信他們，這件事你得自己決定。此刻他不是擔心這些。不過，還有其他的事情要操心。

這個安瑟莫是一名好嚮導，他可以在山區來去自如。羅柏．約丹腳力也不錯，天還沒亮就跟著老人走，他知道這個老頭兒真能害他累死。目前羅柏．約丹樣樣都信得過安瑟莫老頭，只有判斷方面例外。他還沒有機會考驗他的判斷力，何況判斷是他自己的職責。不，他不擔心安瑟莫，炸橋的問題也不比其他的問題艱深。凡是叫得出名字的橋樑，他都有辦法炸掉，而且他爆破過各種規模和結構的橋樑。兩個背包裡有足夠的炸藥和各種裝備，就算這座橋比安瑟莫說的大兩倍，也能適時炸毀。安瑟莫曾在一九三三年徒步到莊園村，當時就曾走過這座橋，前天晚上高茲將軍在伊斯克里亞外面的樓屋上也讀過這方面的資料給他聽。

「炸這座橋根本算不了什麼，」高茲用鉛筆指指大地圖說，燈光映在他疤痕累累的光頭上，「你明白嗎？」

「是的，我明白。」

「根本算不了什麼，光是炸掉這座橋還不算成功。」

「是的，將軍同志。」

「應該配合攻擊的時間，在指定的時刻把橋炸斷。你自然明白這一點。這是你的權利，而且理當如此。」

高茲看看鉛筆，然後用鉛筆輕扣門牙。

羅柏·約丹悶聲不響。

「你明白這是你的權利，而且理當如此，」高茲看看他又點點頭說。現在他用鉛筆敲敲地圖。「我應該這麼做，我們卻沒有辦法做到。」

「爲什麼，將軍同志？」

「爲什麼？」高茲氣沖沖說：「你親眼看過多少次攻擊，你還問我爲什麼？誰能保證我的命令不更改？誰能保證攻擊不取消？誰能保證攻擊不延後？誰能保證攻擊能在預定時刻六個鐘頭內開始？可有一次攻擊能完全遵照計劃？」

「若是你的攻擊戰，就會準時開始，」羅柏·約丹說。

高茲說：「永遠不是我的攻擊戰。由我指揮，但是不屬於我。砲兵不是我的，我得申請調用。就算他們有足夠的兵力應召，我也從未獲得所要求的數量。這還不算什麼，還有別的事情，你知道這些人，我用不著一一細述，總有問題出現，總有人阻撓。所以現在你一定要弄清楚。」

「那到底什麼時候炸橋呢？」羅柏·約丹問道。

「等攻擊發動以後，攻擊一開始就炸，但是不能提前動手，那麼敵軍就不能從那條路增援了。」他用鉛筆指一指說：「我要確定那條路沒有一車一卒走過來。」

「什麼時候進攻？」

「我會告訴你。不過，你只能把這個日期和時間當做約略的指標，你必須事先準備好，等進攻一開始，你再炸橋。你明白嗎？」他用鉛筆提出指示。「那是他們增援的唯一通路，他們的坦克、大砲、甚至卡車只能由那條路開往我進攻的隘口。所以我得確知橋樑已斷。但也不能提前炸，否則攻擊萬一延後，他們會把橋修好。不。一定要開始進攻你才炸橋，我要確知那座橋已炸毀。那兒只有兩支守備隊。帶路的人剛從那邊回來。據說這個人非常可靠。你馬上就知道了。他在山區裡有同伴，你要多少人，就找多少人。儘量少用，但是人手一定要足，這些事情我用不著告訴你吧。」

「我怎麼斷定攻擊開始了呢？」

「這回要出動整整一師的兵力，事先會轟炸敵區。你耳朵不聾吧？」

「那麼飛機抛下炸彈，我就可以斷定攻擊開始了？」

「你不能永遠這麼推斷，」高茲說著搖搖頭，「但是這一回倒可以，攻擊由我指揮。」

「我懂了，我可不喜歡這樣。」羅柏·約丹說。

「我也不太喜歡。你若不想幹，現在直說好了。你若自認爲辦不到，現在就說。」

「我願意幹，我會辦妥的。」羅柏·約丹說。

「有你這一句話就行了，」高茲說：「一切人車都不能過橋，絕對不可以。」

「我明白。」

高茲又說：「我不喜歡叫人做這種事情，且又規定這麼做法。我不能命令你去做。我知道自己設下這種情境，你也許會逼得採取什麼措施。我說明很仔細，你完全瞭解，也知道一切可能的困難，和這件事的重要。」

「橋樑炸斷了，你們怎麼進軍莊園村？」

「我們攻下隘口，再去準備修橋。這是很複雜很優美的一次行動。總是那麼複雜那麼優美，計劃在馬德里擬出。這又是失意教授維生・羅佑的傑作。我指揮進攻，照例又是在兵力不足的情況下作戰。雖然如此，倒是很有希望。這次我比往常樂觀多了。炸毀了那座橋，行動就可能會成功。我們可以攻下西戈維西。你瞧，我告訴你怎麼走法。你明白吧？我們攻的不是隘道頂端。我們守這裡，遠在那一頭。看哪——這裡——就這樣——。」

「我寧可不知情，」羅柏・約丹說。

「好吧。反之你的包袱也輕一點，是不是？」高茲說。

「我寧可不知道，那麼，不管出了什麼事，我都不會說出來。」

「不知情的確比較好，」高茲用鉛筆敲敲前額。「我曾多少次希望自己不知情。不過，炸橋有關的事情，你完全清楚吧？」

「嗯，那件事我很清楚。」

「我相信你完全清楚，我不對你訓話。現在我們喝一杯，話講太多我都口渴了，霍丹同志。你的名字用西班牙文念起來顯得好滑稽，霍丹同志。」高茲說。

「將軍同志，高茲用西班牙文怎麼念法？」

「霍茲，」高茲露齒一笑，聲音壓在喉嚨裡，彷彿重感冒似的。他叫道：「霍茲。漢納・霍茲將軍同志。我若知道『高茲』在西班牙文中是什麼讀法，我一定會選一個更好的名字才來參戰。我一想到自己來指揮全師，可以任選一個名字，我就選了『霍茲』。漢納・霍茲。現在要改也來不及了。你喜不喜歡別動隊的戰法？」別動隊是俄國人對敵後游擊隊的稱呼。

「很喜歡，」羅柏・約丹說。他露齒一笑，「野外生活很健康。」

高茲說：「我像你這個年紀的時候也喜歡。聽說你炸橋的技術很高明，很科學化。這只是傳聞，我沒有親眼看過。也許沒有這回事，你真的炸過很多橋？」現在他開起玩笑來了。他把那杯西班牙白蘭地遞給羅柏．約丹。「你真的炸過？」

「偶爾。」

「這座橋最好不要來什麼『偶爾』喔。不，我們別再談這座橋了。那座橋的事情你完全瞭解。我們很正經，所以才能開大玩笑。喏，你在敵後有很多女朋友吧？」

「不，沒有時間找女朋友。」

「我不同意。職務愈不規則，生活也愈不規律。你當的是非正規軍，還有你的頭髮也該理了。」

羅柏．約丹說：「我在必要的時候才理髮，」他如果像高茲那樣剃光頭，才真是活見鬼呢。「沒有女朋友，我已經有夠多心事要操煩了。」他繃著臉說。

「我該穿什麼制服？」羅柏．約丹問道。

高茲說：「不必穿。你的頭髮也沒有問題，我是逗你的，你和我不一樣。」高茲說著，又把玻璃杯填滿。

「你不能只想女朋友，我則根本沒有想過。我何必想呢？我是蘇聯將軍，我從來不想，別誘我去想她們。」

一個參謀人員正坐在椅子上研究一張畫板上的地圖，他用羅柏．約丹聽不懂的語言向高茲發牢騷。

高茲用英文說：「閉嘴，我想說笑就說笑。因爲我一本正經，所以才能開玩笑。現在喝完這一杯，然後走吧，你明白了，呃？」

「是的，我明白了。」羅柏．約丹說。

他們握握手，他敬完禮出來，走向參謀車，老頭子等得睡著了，於是他們搭那輛車駛過瓜達拉馬，老頭子還在睡，然後沿著納瓦西拉達大道開往阿爾卑斯登山社的小屋，羅柏．約丹睡了三個鐘頭，他們才動身來這裡。

這是他最後一次看到高茲那張晒不黑的古怪白臉、老鷹般的雙目、大鼻子、薄嘴唇和佈滿皺紋及傷疤的光頭。明天晚上他們就要一路摸黑，開往伊斯克里亞郊外；一大串卡車黑鴉鴉載滿步兵；大家扛著沉重的裝備爬進卡車，機槍排把槍砲抬到卡車上；坦克車順著滑材登上長型的坦克貨車；全師出動，晚上好開拔準備進攻隘口。他不去想這些事情。這些與他無關。那是高茲的事。他只有一件事情要做，他只要想那件事就成了，而且他必須想得清清楚楚，面對眼前的一切，不能太擔心。憂愁和害怕一樣糟糕，只會把事情搞得更艱難。

現在他坐在溪邊，看清水流過岩石下，他發現對岸有一叢密密的水田芹。他涉水過溪，摘了兩把，用流水沖淨泥濘的菜根，然後坐在背包旁，啃食潔淨清涼的綠葉和又脆又辣的葉莖。他跪在溪邊，把自動手槍沿著槍帶推到腰後，免得弄濕，雙手按著兩個石堆，低下頭喝水。溪水冷得刺人。

他雙手支起身子，回頭一看，老頭子正由岩架走下來。有一個人和他同行，也穿著黑色的農民罩衫和深灰色的長褲，這種服裝在本省幾乎像制服一樣普遍。他腳穿麻繩底布鞋，背上掛一把卡賓槍。這個人光著腦袋，兩人像山羊般爬下岩塊。

他們走向他，羅柏．約丹連忙站起來。

「你好，同志，」他對那個身揹卡賓槍的人笑笑說。

「你好，」對方滿心不情願地答禮說。羅柏・約丹端詳此人陰森森、滿臉短鬚的面孔。圓滾滾的，頭形也很圓，緊貼著雙肩。眼睛很小，雙目分開，耳朵小小的，貼在頭部兩側。他是一個粗壯的男人，高度大約五呎十吋左右，手腳都很大。鼻形曲折，嘴巴一角曾受過刀傷，隔著短鬚還可以看見他上唇到下鬚的一道長疤。

老頭子對他點頭微笑。

「他是這兒的領袖，」他露齒一笑，然後彎起膀子，彷彿要展露二頭肌似的，然後半開玩笑瞻仰那位帶卡賓槍的男人。「很壯的一條漢子。」

「我看得出來，」羅柏・約丹說著又露出笑容。他不喜歡此人的相貌，心裡根本不想笑。

「你有什麼身分證明？」帶卡賓槍的男子說。

羅柏・約丹打開袋口的安全別針，由法蘭絨襯衣的左胸袋裡拿出一張折疊的文件，交給那個人。對方打開來，狐疑地看了一眼，又捏在手裡翻來翻去。

羅勃時・約丹發現，他原來不識字呢。

「看看上面的圖章，」他說。

老頭指指圖章，帶卡賓槍的男子研究了一下，又夾在手指間翻來翻去。

「那是什麼章？」

「你沒見過？」

「沒有。」

「有兩個。一個是軍事情報處，一個是參謀總部。」羅柏・約丹說。

「是的，我以前看過那個大印，不過這裡由我指揮，」他繃著臉說。「你那背包裡是什麼玩意兒？」

老頭子得意洋洋說：「炸藥。昨天晚上我們摸黑通過敵人的戰火，今天扛著炸藥爬了一整天。」

「我可以用炸藥，」揹卡賓槍的男人說。他把文件還給羅柏．約丹，上下打量他。「是的，炸藥我用得著。你帶多少來給我？」

羅柏．約丹心平氣和說：「我不是帶炸藥給你，這些炸藥另有用處。你叫什麼名字？」

「與你何干？」

老頭子說：「他叫帕布羅。」揹卡賓槍的男子陰森森看著他們兩個人。

「好。我久仰大名，」羅柏．約丹說。

帕布羅問他，「你聽到我什麼？」

「聽說你是一個傑出的游擊隊首領，你忠於共和國，以行動證明你的忠心，你不但嚴肅而且勇敢，參謀總部要我問候你。」

帕布羅問道：「你在哪兒聽到這些話？」羅柏．約丹知道他對這些好話並不領情。

「由貝塔戈到伊斯克里亞，一路都聽人說，」他列出戰線那端的一大串地名。

「我在貝塔戈和伊斯克里亞都沒有熟人，」帕布羅告訴他。

「高山那邊有很多外地去的人。你是什麼地方人？」

「阿維拉。你帶那些炸藥幹什麼？」

「炸橋。」

「什麼橋？」

「那是我的事。」

「如果在這個區域，就和我有關。你不能在自己的居處附近炸橋。你得住一個地方，然後到另一個地方作戰。我熟知自己這一行，誰若在戰區待了一年還能活著，就熟悉自己這一行了。」

「那是我的事，我們可以一起商量。你想不想幫我們扛背包？」羅柏．約丹說。

「不，」帕布羅說著搖搖頭。

老頭子突然轉向他，用羅柏．約丹勉強聽懂的方言氣沖沖飛快說出幾句話。簡直像讀魁維多的作品嘛。安瑟莫說的是卡斯提爾的古語，意思好像是「你是禽獸？正是。你是畜生？正是。不錯，千倍萬倍。你有沒有頭腦？沒有，一點都沒有，現在我們來執行一件頂重要的工作，而你爲了居處不受打擾，居然把你的狐狸洞看得比人類的福祉更重要。比人民的利益更重要。我這個我那個，幹你爹的這個和那個。去你媽的這個和那個，把那個背包拿起來。」

帕布羅低頭看看。

他說：「每個人都得照情勢和能力來做事。我住在這兒，我在西戈維亞戰區外作戰。如果你騷擾到這兒，我們都會被趕出山區。我們唯有什麼事都不做，才能在這些山區裡生活，這是狐狸的原則。」

「我們需要的是兇猛的惡狼，你卻大談什麼狐狸的原則。」安瑟莫挖苦說。

「我比你更兇猛，」帕布羅說，羅柏．約丹知道他會把背包扛起來。

「嘻，呵……」安瑟莫看看他，「你比我更兇猛，我已經六十八歲了。」

他在地上吐了一口唾沫，搖搖頭。

「你有那麼大的歲數？」羅柏．約丹知道眼前不會有問題了，想讓氣氛輕鬆一點。

「七月就滿六十八歲了。」

「如果我們能活到那個月的話，」帕布羅說。他又對羅柏．約丹說：「我幫你揹那一包。另外一包留給老頭子。」現在他的口氣不陰沉，卻有些悲哀。「他是一個強壯的老人。」

「我扛這一包，」羅柏．約丹說。

老頭說：「不，留給另一個強人吧。」

「我來扛，」帕布羅說道，他的怒容滿含憂傷，羅柏．約丹覺得很不自在。他瞭解那份悲哀的含義，心裡很擔憂。

「那就把卡賓槍交給我吧，」他說。帕布羅把槍交給他，他接過來掛在背上，兩人在前面領路，一行人慢慢往前走，爬上花崗岩架，越過山石邊緣，向林中的一片綠色開墾地進發。

他們沿著小草地的邊緣往前走，羅柏．約丹沒有帶背包，步履輕盈，和先前沉重的背包比較起來，卡賓槍在肩上硬得叫人開心，他發現好幾處的青草都割過了，還有樁釘打進地下的痕跡。他看到草地上有一條牽馬到溪邊飲水的小路，還有幾匹馬的新鮮糞土。他思忖道，他們晚上把馬兒拴在這裡餵食，白天藏在森林裡。不知道帕布羅有幾匹馬？

他想起來了，他剛才發現帕布羅的褲子膝蓋和大腿都磨得光溜溜的，只是不知道原因罷了。他暗想道：不曉得他有沒有皮靴，還是穿麻繩底布鞋騎馬？他一定有不少裝備。但是我不喜歡他那份愁容，他想。悲愁是壞事，人們撒手不幹或者背叛己方陣營之前，往往顯出那副悲愁的樣子。有了那副愁容，接著就要出賣朋友了。

前面的樹林裡傳來一陣馬嘶。隔著赤褐的松樹幹，一線陽光由濃密的樹頂透出來，他看到一座用繩索圍著樹幹編成的畜欄。他們一走近，馬兒就仰頭注意他們，馬鞍堆在欄外的樹下，用柏油防水布覆蓋著。

他們走上前，兩個帶背包的人停下腳步，羅柏．約丹知道對方要他欣賞名駒。

「不錯，都很美，」他轉向帕布羅說：「你還有騎兵哩。」

繩索柵欄內共有五匹駿馬——三匹赤騮，一匹栗毛兒和一匹鹿皮馬。羅柏．約丹先瀏覽一遍，然後仔細用眼睛分類，一隻一隻細細端詳。帕布羅和安瑟莫知道這些都是良駒，現在帕布羅一臉得色，不再那麼悲愁了，他愛憐地打量牠們，老頭子彷彿也把牠們當做自己突然引見的一大奇蹟。

「你覺得怎麼樣？」他問道。

「這些都是我養的，」帕布羅說，羅柏．約丹聽他的口氣那麼自傲，心裡很高興。

「那匹，」羅柏指指一匹額上有白斑、前左腳是白色的赤騮種馬說：「真是好馬。」

真是美極了，簡直像瓦拉斯克名畫中走出來的。

「全都是好馬。你懂馬經？」帕布羅說。

「嗯。」

帕布羅說：「那就好多了。你有沒有看出哪一匹馬有缺陷？」

羅柏．約丹知道：現在這個不識字的人要考查他的文件了。

那幾匹馬還仰著頭看他們。羅柏．約丹鑽過畜欄的兩道繩索，拍拍鹿皮馬的臀腰。他靠回圈繩上，看馬兒繞圈子，牠們站定以後，他又打量了一分鐘，然後低頭鑽出圈外。

「那匹栗毛馬右後腳跛了，」他對帕布羅說，眼睛卻不看他。「馬蹄龜裂，釘上鍗鐵雖然不再惡化，萬一在硬地上走太久，可能會支持不住。」

「我們牽牠來時，馬蹄就是那副樣子，」帕布羅說。

「你最好的一匹馬，那匹白臉的赤騮種馬，馬脛骨上部有些浮腫，我看不妙。」

帕布羅說：「沒什麼，三天前撞傷的。如果有什麼問題，早就發生了。」

他拉起柏油防水布，讓客人參觀馬鞍。有兩個普通的牧人鞍，和美國一般的馬鞍差不了多少，還有一個非常華麗的牧人鞍，皮革是手工製品，附有加罩的重馬鐙，此外還有兩個黑皮的軍用馬鞍。

「我們打死了敵方兩個國民衛兵，」他說明軍用馬鞍的來源。

「那是大收獲。」

「他們在西戈維亞和聖塔瑪麗亞皇莊之間下了馬。下馬後叫一輛貨運車的車夫出示文件。我們乘機打死他們，卻沒有傷到馬匹。」

「你殺過很多國民衛兵？」羅柏．約丹問他。

「好幾個。但是只有這兩個沒傷到馬兒。」帕布羅說。

「阿里瓦洛的火車就是帕布羅炸的，那就是帕布羅。」安瑟莫說。

帕布羅說：「有一個外國炸藥專家和我們一起行動。你認不認識他？」

「他叫什麼名字？」

「我想不起來了。很稀奇的名字。」

「他長得什麼樣兒？」

「很白，和你一樣，但是沒有你高，手掌很大，鼻形彎曲。」

「卡什金，一定是卡什金。」羅柏．約丹說。

「對了，」帕布羅說：「名字怪怪的，好像是這麼叫法。他近況如何？」

「他四月就死了。」

「每個人的遭遇都是如此，我們以後的下場也差不多。」帕布羅鬱悶地說。

安瑟莫說：「人生自古誰無死。到頭來總會死的。壯漢，你怎麼啦？你滿肚子裝著什麼玩意兒？」

「他們很強，」帕布羅說。他彷彿自言自語。他憂鬱地看看那些馬兒。「你不知道他們有多強，我看他們一直在壯大，裝備一直在改良。永遠有更多的物資，我和這些馬匹困在這兒。我還有什麼指望呢？被人追獵到死，如此而已。」

「你被人追獵，也追獵別人，」安瑟莫說。

帕布羅說：「不。現在不同了，我們若離開這片山區，要上哪兒去呢？回答我呀？現在能去那兒？」

「西班牙有很多高山，離開這兒，可以去葛雷度山脊。」

帕布羅說：「我才不幹。我被人趕來趕去，實在厭透了，現在我們過得好好的。你如果在這裡炸橋，我們都會被趕走。對方若知道我們在這兒，用飛機找我們，一定找得到。他們若派摩爾人出來找，也可以找到，我們非走不可。這種生活我過膩了。你聽到沒有？」他轉向羅柏・約丹。「你一個外國人，有什麼權利來找我，指示我做些什麼？」

「我並沒有說你該做什麼，」羅柏・約丹對他說。

「但是你會說的。糟的就是這一點。」帕布羅說。

他指了指大家看馬時擱在地上的兩個重背包。看到馬兒，他心裡似乎湧出千言萬語；發現羅柏．約丹也懂得馬經，他的談興突然濃厚起來。現在三個人站在繩索畜欄邊，碎花花的陽光照著赤騮種馬的皮毛。帕布羅看看他，然後用腳鐙鐙重背包。「糟的就是這一點。」

羅柏．約丹告訴他，「我只是來執行公務。我奉戰爭指揮者的命令前來，我若請你協助我，你可以不答應，我會找別人幫忙。我甚至還沒有開口請你幫忙呢。我必須執行上頭的命令，我保證這件事非比尋常。我是外國人，但這不能怪我呀，我寧可生長在這兒。」

「對我來說，最重要的就是不受干擾。現在，我心目中的職責就是保全部下和自己。」帕布羅說。

「你自己。不錯，你早就只顧自己了。顧你自己和你的名駒。你沒有養馬之前，一直和我們並肩作戰，如今你變成另一個資本家了。」安瑟莫說。

「這話不公平，我隨時把馬借給大家用。」帕布羅說。

安瑟莫不屑地說，「很少，我認爲很少。偷東西，可以。改善伙食，可以。殺人，可以。打仗，卻不行。」

「你這老頭，遲早要爲這張嘴巴吃苦頭。」

「我這老頭天不怕地不怕，而且我這老頭沒養馬。」安瑟莫告訴他。

「你這老頭不會長命的。」

「我這老頭會活到臨死前一刻，而且我不怕狐狸。」安瑟莫說。

帕布羅一言不發，默默拿起背包。

「也不怕惡狼，」安瑟莫說著，拿起另一個背包。「如果你是惡狼的話。」

帕布羅對他說：「住嘴，你這個老頭總是話太多。」

「而且說到做到，」安瑟莫扛著背包，身體都直不起來。「我又餓又渴。走吧，哭臉的游擊隊領袖。帶我們去找東西吃吧。」

羅柏．約丹自忖道：這件事開頭實在夠糟了。不過安瑟莫真是條漢子，他們好的時候真討人喜歡，他想。他們好的時候，沒有人比得上他們，但是他們壞起來卻比誰都壞。安瑟莫帶我上這兒，一定知道他在幹什麼。但是我不喜歡。我不喜歡這個樣子。

帕布羅扛著背包，又把卡賓槍交給他，這是唯一的好兆頭。也許他一向如此吧，羅柏．約丹想道。也許他天生就是憂鬱的人。

不，他對自己說，別自欺欺人。你不知道他以前是什麼情況；但是你確知他一天天轉壞，而且毫不掩飾這一點。他若開始掩飾，就是下定決心了。記住，他告訴自己。帕布羅一開始表現出友善的態度，就是下定決心了。那些馬倒真是良駒，他想，漂亮的駿馬。不知道我怎麼樣才能體會出帕布羅對那些駿馬的感情。老頭子說得對。有了馬，他就變成富人，一變成富人，他就要享受生命。我猜過不了多久他就會遺憾自己不能參加賽馬俱樂部了，他想。可憐的帕布羅。他一直想著他的賽馬師哩。

這個念頭使他稍稍有些安慰。他咧咧嘴，望著前面的兩個大背包穿過樹叢。他一整天沒有和自己開玩笑，現在開過玩笑，覺得好多了。你會漸漸像他們一樣，他對自己說。你也愈來愈陰沉了。和高茲在一起，他當然很莊重，很陰沉。這件任務使他有點不安。有點不安，他想。非常不安。高茲很快活，希望他臨行也高高興興的，可惜他辦不到。

你仔細想想，一流的人才都是愉快的。愉快最好，而且是一種吉兆。等於生前就永垂不朽。這件事很複雜。只是倖存的不多。不，愉快的人倖存的並不多。他們留下的真他媽太少了。少爺，你如果一直這麼想法，你也不能活下去。老伙計，老同志，現在關閉那種思緒吧。現在你是炸橋專家。不是思想家。喂，我餓了，他想。但願帕布羅的伙食還不錯。

2

他們穿過密林，來到杯狀的小盆地上端，隔著樹木，他看出游擊隊的營區一定在前面高聳的盤岩下。

這個營區很安全，而且是好營區。不走到上面，你根本看不到它，羅柏．約丹知道空中看不出來。由上面俯視，毫無跡影可尋。簡直像熊窟一樣隱秘。不過守衛似乎不夠嚴。三個人走上去，他仔細端詳了一會。

岩層中有一個大山洞，一個男人背靠著洞口的岩石，雙腿伸在地上，卡賓槍斜倚著石頭。他正用小刀削一根樹枝，大伙兒走近的時候，他瞪瞪他們，又繼續削割。

那個坐在石頭上的男人說：「哈囉，來的是什麼人哪？」

「老頭和一個炸藥專家，」帕布羅說著，把背包放進山洞口。安瑟莫也放下背包，羅柏．約丹解下卡賓槍，斜擱在岩石上。

「那玩意見不要太靠近山洞，」削樹枝的男人有一對藍色的眼睛，一張黝黑俊美卻顯得懶洋洋的吉普賽面孔，臉色像薰過的皮革，他說：「裡面有火哩。」

帕布羅說：「你自己站起來搬開。放在那棵樹下。」

吉普賽人一動也不動，只說了幾句髒話，然後懶洋洋說：「擱在那兒吧。把你自己炸掉，你的毛病就完全治好了。」

「你在幹什麼？」羅柏・約丹在吉普賽人身邊坐下來。吉普賽人拿給他看。是一個「4」字形的捕獸機，他正在削橫門呢。

他說：「捕狐狸用的，有一根圓木當陷阱。能敲斷牠們的脊背。」他對約丹咧咧嘴。「就這樣，明白吧？」他表演捕獸機支架癱倒、圓木落下的動作，然後搖搖頭，抽回手，又張開雙臂表演狐狸打斷背骨的鏡頭。「很實用，」他解釋說。

「他專門抓兔子。他是吉普賽人，他抓到兔子，就說是狐狸。如果抓到狐狸，他會說是大象。」安瑟莫說。

「如果我抓到大象呢？」吉普賽人問道，又露出雪白的牙齒，向羅柏・約丹眨眨眼睛。

「你會說是坦克車，」安瑟莫告訴他。

「我會擄一輛坦克車來，我會擄一輛坦克車來。你愛叫它什麼就叫它什麼。」吉普賽人說。

「吉普賽人話最多，但是很少動手。」安瑟莫告訴他。

吉普賽人向羅柏・約丹眨眨眼，繼續削樹枝。

帕布羅已經消失在洞內。羅柏・約丹希望他進去拿吃的東西。他坐在地上陪吉普賽人，午後的陽光穿過樹梢，暖洋洋照著他平伸的大腿。現在他聞到洞裡食物的氣味，是蔥油加炸肉的味道，肚子餓得咕咕響。

「我們可以擄一輛坦克，並不難。」他對吉普賽人說。

「用這玩意兒？」吉普賽人指指那兩個背包。

「不錯，」羅柏・約丹告訴他。「我教你。你做一個陷阱。不太難。」

「你我兩個人？」

「當然，怎麼不行？」羅柏・約丹說。

「嘿，」吉普賽人對安瑟莫說：「把那兩個背包移到安全的地方，好不好？很值錢哩。」

安瑟莫發牢騷了，他對羅柏・約丹說：「我要去拿酒。」約丹站起來，把背包撤離洞口，各放在一棵樹幹的兩側。他知道裡面是什麼玩意兒，不希望兩包靠得太近。

「替我拿一個酒杯來，」吉普賽人說。

「有酒？」羅柏・約丹一面問，一面坐回吉普賽人身邊。

「酒？怎麼沒有？滿滿一皮囊，反正總有半皮囊就對了。」

「吃什麼？」

「嘿，什麼都有。我們的伙食可媲美將軍。」吉普賽人說。

「吉普賽人打仗的時候都做些什麼？」羅柏・約丹問他。

「他們繼續當吉普賽人。」

「這倒是好差事。」

「最好的差事，」吉普賽人說，「你叫什麼名字？」

「羅柏，你呢？」

「拉費爾，坦克的事情是說正經的？」

「當然，有何不可呢？」

安瑟莫走出洞口，手上端了滿滿一石缽的紅酒，手指上勾著三個短杯的把柄。他說，「看哪，他們連酒杯都有。」帕布羅跟著走出來。

「飯菜馬上就好了，你有沒有香菸？」他說。

羅柏．約丹走到背包旁，打開其中一包，摸摸裡面的內袋，掏出一盒他在高茲總部得來的俄國香菸。他用大姆指的指甲劃劃菸盒邊，打開蓋子，遞給帕布羅，對方拿了六枝。帕布羅把菸抓在大手掌裡，拎起一根，對著日光仔細端詳。這種香菸形狀狹長，附有筒狀的紙板當菸嘴。

「空氣多，菸絲少，我認得這種香菸。那個名字怪怪的傢伙也有。」他說。

「他叫卡什金，」羅柏．約丹說，把香菸遞給吉普賽人和安瑟莫，他們各拿了一枝。

「多拿一點嘛，」他說著，兩個人又拿了一根。他各拿四根給他們，他們用手夾著香菸，讓菸尾往前傾，像武士舉劍敬禮一般，表示謝意。

「嗯，那個名字真稀奇。」帕布羅說。

「酒在這兒，」安瑟莫舀了一杯酒，遞給羅柏．約丹，然後再舀給自己和吉普賽人。

「我沒有酒哇？」帕布羅問道。他們都坐在洞口。

安瑟莫把自己的杯子遞給他，又進洞裡拿了一個。出來以後，他倚在大缽邊，舀滿一杯酒，大家碰杯致意。

酒還不錯，因爲裝在皮囊裡，微帶樹脂味兒，但是酒質極佳，沾在舌頭上清爽而乾淨。羅柏．約丹慢慢喝，覺得酒意暖洋洋流遍疲勞的身心。

「飯菜馬上就來了，」帕布羅說，「那個名字怪怪的外國人，他是怎麼死的？」

「他被捕自殺了。」

「怎麼回事？」

「他受了傷，不想變成囚犯。」

「細節呢？」

「我不知道，」他說謊。他深知個中詳情，卻知道現在不宜談起。

「他曾叫我們保證，萬一炸火車受傷，逃不掉了，就用槍打死他。他說話的樣子很奇怪。」帕布羅說。

羅柏・約丹暗想，他一定連那個時候都神經兮兮的。可憐的老卡什金。

「他對自殺有偏見，他告訴我的。而且他很怕受到刑求。」帕布羅說。

「他還跟你說這些話？」羅柏・約丹問他。

「不錯，他對我們大家都這麼說法。」吉普賽人說。

「炸火車你也參加了？」

「嗯，我們全體參加。」

「他說話的樣子很奇怪，不過他非常勇敢。」帕布羅說。

可憐的老卡什金，羅柏・約丹暗想道。他在這邊一定弊多利少。但願我知道他當時就那麼神經兮兮的。他們真該把他撵出去。你不能派人做這種工作，卻任他們說這種話。不該這麼說法。就算他們完成任務，他們說那種廢話，還是弊多利少。

「他有點怪怪的，我想他有些瘋狂。」羅柏・約丹說。

「但是很會做炸藥，而且非常勇敢。」吉普賽人說。

「卻瘋瘋癲癲的。這件事需要頭腦，而且要十分冷靜。不該說那種話。」羅柏・約丹說。

帕布羅說，「如果你炸橋受了傷，你願意大家把你撇下不管嗎？」

「聽著，」羅柏．約丹身子向前傾，又舀了一杯酒。「你們聽清楚，萬一要誰幫我什麼小忙，到時候我自會求他。」

「好，」吉普賽人讚許說，「優秀的人就說這種話。哈，飯菜來啦。」

「你吃過了，」帕布羅說。

「我可以再吃兩頓。」吉普賽人告訴他。「現在看看是誰端來的。」

少女低頭走出洞外，手裡端著大鐵盤，羅柏．約丹看見她的臉偏向某一角度，同時發現她最古怪的特徵。她笑笑說：「哈囉，同志，」羅柏．約丹說，「妳好，」儘量不瞪著她，也不避開眼神。她把大鐵盤放在他前面，他發覺她有一雙秀麗的棕色纖手。現在她正面凝視他的面容，向他微笑。貝齒晶瑩，和棕色的小臉蛋相映成趣，她的皮膚和明眸也是黃金般的茶褐色。她的顴骨高隆，眼神愉快，嘴巴平直，櫻唇豐滿。她的頭髮屬於金褐色，像艷陽晒焦的米穀田，但是滿頭剪短，和海獺毛差不了多少。她對著羅柏．約丹泛出笑容，舉起棕色的纖手，摸摸頭部，又把手指撩起的髮絲輕輕撫平。羅柏．約丹暗想道，她的臉蛋真美。如果他們不剪掉她的秀髮，她一定很漂亮。

「我就這樣梳頭髮，」她對羅柏．約丹說著，開懷大笑。「吃吧，別盯著我瞧。他們在瓦拉多利給我剃髮，現在快要長出來了。」

她坐在對面瞧著他。他也抬眼看她，她笑一笑，雙手交疊在膝蓋上。玉腿由敞開的長褲反折底斜伸出來，修長又清爽，她靜靜坐著，手貼膝蓋，他依稀看見灰色的襯衫底下露出兩個細小、上翹的乳房。羅柏．約丹每次看她，聲帶就濃濁起來。

「沒有盤子，用你的餐刀吧。」安瑟莫說。少女在大鐵盤上擱了四副刀叉。

他們都從大托盤取食，沒有人說話，這是西班牙的規矩。今天吃洋蔥和青椒煮兔肉，紅酒醬油中還有一些雛豆。煮得很好吃，兔肉都剝去骨頭，醬汁也很鮮美。羅柏・約丹一面吃，一面又喝了一杯酒。少女一直看他吃完。別人都低頭看菜，專心吃著。羅柏・約丹拿起一片麵包，沾上跟前最後的醬油，把骨頭堆到一邊，抹抹原先放醬油的地方，又用麵包把叉子抹乾淨，然後擦拭餐刀，收好之後才吃麵包。他向前傾，舀滿一杯酒，少女仍然望著他。

羅柏・約丹喝了半杯酒，但是他和少女說話，喉嚨還是濃濃澀澀的。

「妳叫什麼名字？」他問道。帕布羅聽到他說話的語氣，迅速瞥了他一眼，然後站起來走開。

「瑪麗亞。你呢？」

「羅柏。妳在山區住了很久？」

「三個月。」

「三個月？」他看看少女的滿頭短髮，現在她尷尬地用手摸摸頭，髮絲顯得又密又短，波濤起伏，有若山麓微風中的麥田。她說：「被人剃光了，瓦拉多利的監獄照例都要剃髮。三個月才長這麼一點兒。我在火車上，他們要帶我去南方。火車炸掉以後，很多犯人都被捕了，但是我僥倖逃脫。我和這些人一起來到這兒。」

「我發現她躲在岩石堆裡，那時候我們正要離開。喂，不過這丫頭可真醜。我們帶著她，但是好多次我們都想把她甩掉。」吉普賽人說。

「和他們一起炸火車的那個人呢？另外一個金髮的白人。那個外國佬，他上哪兒去了？」瑪麗亞問道。

「死了，四月死的。」羅柏・約丹說。

「四月？炸火車就是四月呀。」

羅柏．約丹說：「不錯。炸火車之後十天，他就死了。」

「可憐，他非常勇敢。你也幹同樣的差事？」她說。

「不錯。」

「你也炸過火車？」

「是的。炸過三輛火車。」

「在這兒？」

他說：「在伊斯特馬杜拉。我來這兒之則，先去伊斯特馬杜拉。我們在伊斯特馬杜拉頗有收獲。我們有很多同志在伊斯特馬杜拉。」

「現在你爲什麼到這片山區來？」

「我接替另一位金髮的白人。而且革命運動前我就熟悉這個地方。」

「很熟嗎？」

「不，不算太熱。不過我學得很快。我有一份好地圖，還有一名好嚮導。」

「那個老頭子，那個老頭子還不錯。」她點點頭說。

「謝謝妳，」安瑟莫對她說，羅柏．約丹突然發現四周不止他和少女兩個人，他還發現自己很難盯著她看，因爲一看她，聲音就變了。和西班牙語系的人相處，有兩大規則，一是敬菸，一是不打擾女性，他正觸犯了第二條規則。他突然發覺這一點，但是他不在乎。好多事情他都不能放在心上，他又何必顧慮這一點呢？

「妳的臉蛋兒真美，真希望我有幸看到妳頭髮剪掉以前的風姿。」他對瑪麗亞說。

「還會長出來嘛，再過六個月就夠長了。」她說。

「你真該看看我們出火車現場帶她回來時的樣子。醜得叫人噁心。」

「妳是誰的女人？是不是帕布羅的？」羅柏．約丹設法脫出窘境。

她望著他大笑，然後拍拍他的膝蓋。

「帕布羅？你見過帕布羅？」

「噢，那麼是拉費爾的，我見過拉費爾。」

「也不屬於拉費爾。」

吉普賽人說：「她不屬於任何人，這是一個奇怪的女子。不屬於任何人，不過她的烹調技術不錯。」

「真的不屬於任何人？」羅柏．約丹問她。

「不屬於誰，不屬於誰，無論玩笑或認真，都不是誰的女人，也不是你的。」

「不是嗎？」羅柏．約丹說著，聲音又濃重起來。「好。我沒有時間找女人。這是真話。」

「十五分鐘都沒有？連一刻鐘都沒有？」吉普賽人開玩笑。羅柏．約丹不答腔。他看看瑪麗亞，喉嚨濃濁得不敢說話。

瑪麗亞望著他笑，臉色突然一紅，但是仍然望著他。

羅柏．約丹對她說：「妳臉紅了，妳常常臉紅？」

「從來沒有。」

「現在妳臉紅了。」

「那我進洞裡去。」

「留在這兒，瑪麗亞。」

「不，」她說，臉上沒有笑容，「我現在就進洞裡去。」她拿起大伙兒用餐的鐵盤和四支叉子。行動笨拙，像小馬似的，但是也像小動物一樣優美。

「你們要不要酒杯？」她問道。

羅柏．約丹還盯著她，她又臉紅了。

「別叫我做那件事，我不喜歡。」她說。

「擱在這兒吧，」吉普賽人對她說。「喏，」他由石缽裡舀了一杯酒，遞給羅柏．約丹。羅柏看少女端著鐵盤低頭走進洞內。

「謝謝你，」羅柏．約丹說。她一走，他嗓音又恢復了正常。「這是最後一杯。我們喝得夠多了。」

「我們喝完這一缽，存酒不止半皮囊。我們裝得滿滿的，用一匹馬馱回來。」吉普賽人說。

「那是帕布羅最後一次出動，此後他就沒有什麼作爲了。」安瑟莫說。

「你們有多少人？」羅柏．約丹問道。

「七個，加上兩個女人。」

「兩個？」

「不錯，還有帕布羅的太太。」

「她呢？」

「在洞裡。那個小妞兒不會煮菜，我說她技術好，只是討她歡心。不過她主要是協助帕布羅的太太。」

「她怎麼樣，帕布羅的太太？」

「有點刁蠻，」吉普賽人咧著嘴一笑。「相當刁蠻。你如果覺得帕布羅難看，那你真該看看他太太。不過很勇敢。比帕布羅勇敢一百倍。只是相當蠻橫。」

「帕布羅起初很勇敢。帕布羅起初是很認真的。」安瑟莫說。

「死在他手裡的人比霍亂還多，革命運動剛起的時候，帕布羅殺死的人數超過斑疹傷寒。」吉普賽人說。

「但是他早就變得軟弱無能了。他軟弱無能，很怕死。」安瑟莫說。

「也許因為他起先殺了太多人吧，」吉普賽人充滿哲學意味地說：「死在帕布羅手下的人，比鼠疫還要多。」

安瑟莫說，「這一點，加上有了財富，使他變得軟弱。而且他酒喝得太多了。現在他像鬥牛士，一心想退休。但是他又不能退休。」

「他若到戰線那一邊，那些人會徵用他的馬匹，把他編入軍隊，」吉普賽人說，「我也不喜歡待在部隊裡。」

「吉普賽人都不喜歡。」安瑟莫說。

吉普賽人問道：「為什麼該喜歡呢？誰要待在軍隊裡？我們革命，難道就為了從軍？我願意打仗，但是不願意從軍。」

「其他的同志呢？」羅柏．約丹問道。喝了酒，他覺得很舒服，昏昏欲睡，他仰臥在森林地上，隔著樹梢看見午後山區的碎雲朵慢慢飄過清爽的西班牙上空。

「有兩個人在山洞裡睡覺，兩個在上面放大槍的地方站崗。一個在下面守衛。他們大概都睡著了。」吉普賽人說。

羅柏·約丹滾向另一側。

「是哪一種槍？」

「名稱很怪，我一時想不起來了。是一種機關槍。」吉普賽人說。

一定是自動步槍，羅柏·約丹暗想。

「有多重？」他問道。

「一個人扛得動，不過很重。有一隻折疊的腳架。我們上一次認真攻擊擄來的。就是搶酒的前一次。」

「彈藥有幾發？」

「數不清，整個一箱，重得難以相信。」吉普賽人說。

聽來大概是五百發左右，羅柏·約丹思忖道。

「是由藥池還是彈藥帶上子彈？」

「由槍砲頂端的圓鐵罐。」

媽的，是路易槍嘛，羅柏·約丹暗想。

「你懂不懂機關槍？」他問老頭。

「一竅不通，」安瑟莫說。

又問吉普賽人：「你呢？」

「機關槍速度快，溫度愈來愈高，槍身燙得灼人手。」吉普賽人得意洋洋說。

「這個誰都知道，」安瑟莫不屑地說。

吉普賽人說：「也許吧。但是他要我說出我對機關槍的認識，我就說出來。」他又加了一段：「還有，機關槍不像普通的步槍，只要你壓著扳機，它就一直射個不停。」

「除非卡住了，沒有子彈了，或者燙得化掉了。」羅柏．約丹用英語說。

「你說什麼？」安瑟莫問他。

「沒什麼，我只是用英語預測將來。」羅柏．約丹說。

「那倒真稀奇，用英語預測將來。你會不會看手相？」吉普賽人說。

「不，」羅柏．約丹說著，又舀了一杯酒。「不過你如果會看，我希望你看看我的手掌，告訴我往後三天會有什麼遭遇。」

吉普賽人說：「帕布羅太太會看手相。但是她生性暴躁，蠻不講理，不知道她肯不肯替你看。」

現在羅柏．約丹坐起來，喝了一大口酒。

他說：「我們現在去找帕布羅的太太吧。如果真的那麼糟。我們設法捱過去。」

「我不打擾她，她特別恨我。」拉費爾說。

「爲什麼？」

「她認爲我虛度時日。」

「真不公平，」安瑟莫諷刺說。

「她討厭吉普賽人。」

「真是一大錯誤，」安瑟莫說。

拉費爾說，「她有吉普賽血統，對自己談論的東西真正在行。」他露齒一笑。「但是她的舌頭像牛鞭似的，能夠燙傷你咬疼你。她用那個舌頭剝下每一個人的皮。撕成一片片。她真是蠻橫得不可思議。」

「她和瑪麗亞處得怎麼樣？」羅柏・約丹問他。

「很好。她喜歡那個女孩子。不過誰要是認真接近她——」他搖搖頭，舌頭嘖嘖響。

「她很喜歡那個女孩子，照顧她無微不至。」安瑟莫說。

拉費爾說：「我們炸火車撿到這個小妞的時候，她的舉止好奇怪。她不說話，一直哭個不停，誰要是碰到她，她就抖得像濕淋淋的小狗似的。最近她才好一點。最近好多了。今天她很不錯。剛才和你說話，她表現極佳。炸完火車，我們想把她撇在那兒。當然不值得為一個傷心醜陋又沒有什麼用處的女孩耽誤時間。但是老太婆用繩子拴住她，少女自以為走不動了，老太婆就用繩梢鞭打她，逼她前進。後來她真的走不動了，老太婆把她扛在肩上。老太婆扛不動，就換我來扛。我們爬上金雀和石楠叢生的山脊。我扛不動了，改由帕布羅扛她。但是老太婆說了多少話，我們才勉強帶她走，」他憶起往事，不禁搖搖頭。「這個小妞兒腿很長，但是並不重。骨頭輕輕的，沒有多少份量。不過我們得扛著她，停下來開火，然後再把她扛起來，負擔就很重了。老太婆一面用繩索抽打帕布羅，一面扛起他的步槍，他放下小妞，她就把槍擱在他手裡，然後叫他再扛起女孩，邊罵邊替他裝子彈；由他的荷包裡拿出彈藥，塞進機關槍裡，又咒罵他。當時暮色漸濃，天黑就沒事了。幸虧敵人沒有騎兵。」

「炸火車一定很艱苦，」安瑟莫說。他又向羅柏・約丹解釋說：「當時我不在場。參加的有帕布羅的小隊，艾爾・薩多的小隊——我們今天晚上會看到薩多——還有這片山區的另外兩個小隊。那時我到戰線那一邊去了。」

「除了那位名字怪怪的金髮白人——」吉普賽人說。

「他叫卡什金。」

「不錯。那個名字我永遠記不來。我們還有兩個帶機關槍的勇士。也是軍隊派來的。他們沒有辦法帶走機槍，所以就把它丟掉了。那支槍不會比女娃兒重，如果老太婆照顧他們，機槍一定可以帶走。」他搖搖頭，又繼續往下說。

「我一輩子沒見過爆炸之類的場面。火車一直向前走。我們遠遠看到它。我簡直興奮得難以形容。我們看到車頭冒出蒸氣，接著是汽笛的聲音。啾——啾——啾——啾——啾——叺。聲音愈來愈大。爆炸的時候，引擎的前輪飛起來，整個地面似乎升起一片大烏雲，轟然一聲，泥土和枕木飛得半天高，引擎也高掛在泥雲裡，真像作夢，接著它又落到一旁，像受傷的大野獸，這時候爆起一陣白煙，爆炸的泥塊不再落下來，機關槍開始噠！噠！噠！地掃射，」吉普賽人握著拳頭上下搖動，拇指翹起，想像開機關槍的模樣。「噠！噠！噠！噠！噠！噠！」他得意洋洋。「我一輩子沒見過這種場面，軍隊跳下火車，機關槍猛射他們，來人一一倒地。這時候我興奮的把手擱在機關槍上，發現槍身很燙人，老太婆打了我一個耳光說，『開槍呀，你這個笨蛋！開槍，不然我就踢爛你的腦袋，』於是我開始射擊，但是槍一直拿不穩，軍隊正衝上遠處的山丘。後來，我們到火車上看看有什麼東西可拿，一名軍官用手槍逼一部分軍隊回來抓我們。他一直揮動手槍向部下怒吼，我們都向他開槍，但是沒有人打中。這時候一部分軍隊躺下來開火，軍官拿著手槍在他們身後走來走去，我們還是打不中他，由於火車的位置，機關槍也沒有辦法向他射擊。軍隊躺下的時候，軍官射殺了兩名，但是大家還是不肯站起來，他一直咒罵，最後他們站起來了，一次三兩個，向我們和火車衝過來，然後他們又臥地開槍。我們匆忙撤退，機關槍在後面噠噠響。就在這個時候，我看到小妞兒由火車跑向岩石，她跟著我們跑，那些軍隊追我們，直追到天黑才罷手。」

「一定很艱苦，很刺激。」安瑟莫說。

「我們就只幹了那麼一件好事，」一個低沉的嗓音說，「你在幹什麼，你這個吉普賽婊子私生的懶酒鬼？你在幹什麼？」

羅柏．約丹看到一個年約五十歲的婦人，塊頭和帕布羅幾乎一樣大，又胖又高，穿著黑色的鄉下裙子和背心，粗重的雙腿套一雙厚厚的羊毛襪，一雙麻繩底的黑鞋，棕色的面孔活像花崗岩墓碑的模型。她的雙手很大，但是蠻好看的，一頭濃密的黑色捲髮在脖子上扭成一個花結。

「回話呀，」她不理別人，逕自對吉普賽人說。

「我正和這些同志說話。這一位是炸藥專家。」

「這些我都知道。現在滾開，去接替山上站崗的安德斯。」帕布羅太太說。

吉普賽人說：「我去，我去。」他轉向羅柏．約丹說，「吃飯時間再見。」

老婦人對他說：「休想。我算過，今天你吃過三回了。現在去，把安德斯給我叫來。」

「哈囉，」她對羅柏．約丹說著，伸手微笑。「你好嗎，共和國一切都好？」

「很好，」他說著，用力握手，回報好的盛情。「我和共和國都好。」

「我很高興，」她說。她盯著他的面孔微笑，他發現此人有一雙好看的灰眼睛。「你來找我們，要再炸一輛火車？」

「不，炸一座橋。」羅柏．約丹馬上對她生出信心。

「算不了什麼，一座橋算不了什麼。現在我們有馬了，什麼時候再炸一輛火車？」她說道。

「以後吧。這座橋非常重要。」

「小妞兒告訴我，你那位陪我們炸火車的同志已經死了。」

「是的。」

「真遺憾。我從來沒見過這樣的爆炸場面。他頗有才華。我很喜歡他。現在不可能再炸一輛火車？如今山裡有很多人。太多了。覓食已經有些困難了。最好搬出去。而且我們有馬。」

「我們一定要炸這座橋。」

「位置在哪兒？」

「很近。」

「那就好多了。我們把這裡的橋樑全部炸掉，然後遷走。這個地方我待膩了。人口太集中。不會有好結果。停滯不前最討厭。」帕布羅太太說。

隔著樹林，她瞥見帕布羅。

她叫道：「酒鬼，酒鬼，邋遢的酒鬼！」然後她愉快地轉向羅柏．約丹說：「他拿一個皮製的酒瓶，到樹林裡獨酌去了。他一天到晚喝酒，這種生活毀了他。年輕人，你來我真高興。」她拍拍他的背脊。她說：「啊，你比表面上看起來還要壯，」又用手摸摸他的肩膀，捏捏法蘭絨襯衫底下的肌肉。「好。你來我真高興。」

「我也一樣。」

「我們會互相瞭解的。喝杯酒吧。」她說。

「我們已經喝了幾杯。不過，妳喝不喝？」羅柏．約丹說。

她說：「晚餐前不喝。喝了常常胃氣痛。」然後她又看看帕布羅。「酒鬼！酒鬼！」她叫道，又轉向羅柏．約丹，搖搖頭。「他以前是非常優秀的人，但是現在他完了。還有一件事，請你聽著。對那個姑娘要好一點，小心翼翼的。那個瑪麗亞。她曾經遭到不幸。你明白嗎？」她說。

「明白。妳爲什麼說這些話？」

「今天她見了你，回到洞內，我看出她有些反常。我看她先盯著你才走出來。」

「我和她說了幾句話。」

「她以前情況很糟，現在她好多了，她應該離開這兒。」帕布羅太太說。

「沒錯，她可以跟安瑟莫到戰線那一邊。」

「這件事辦完，你和安瑟莫可以帶她走。」

羅柏·約丹覺得喉嚨一陣刺痛，聲音又沙啞了，他說：「那樣也可以。」

帕布羅的女人看看他，又搖搖頭。她說：「哎，哎，男人是不是全都這個樣子？」

「我沒說什麼呀。她很美，妳知道。」

「不，她現在不美。你是說，她開始美起來了，」帕布羅的女人說：「男人哪。我們女性塑造他們，真是一大恥辱。不。說正經的。共和國那邊沒有家可收容她這樣的女孩子嗎？」

「有，很好的地方。在瓦倫西亞附近的海岸。別的地方也有。他們會好好待她，她可以照顧兒童。有很多小孩來自撤退的村莊。他們會教她做那些工作。」羅柏·約丹說。

「那正合我的心意，」帕布羅太太說：「帕布羅對她已經有了壞心眼。這又是他頹敗的另一個根源。他一看到她，毛病就來了。她最好現在就走。」

「這件事辦完，我們可以帶她走。」

「我信任你，你現在對她能不能小心一點？我和你說這些，真是一見如故。」

羅柏·約丹說：「人和人互相瞭解，就是這樣。」

「坐下，」帕布羅的女人說：「我不要你說出什麼諾言，因爲要發生的事情自然會發生。只是你若不肯帶她走，我就要你保證一件事。」

「爲什麼要說我假如不帶她走呢？」

「因爲我不希望你走了，她又瘋瘋癲癲的。她以前曾經痴狂過，不能再出事，我已經夠忙了。」

「炸完橋，我們會帶她走。如果炸完橋我們還活著，就帶她走。」羅柏・約丹說。

「我不喜歡聽你這種話。說這種話不吉利。」

「我這樣說，只是許下諾言，我不是愛說喪氣話的人。」羅柏・約丹說。

「我看看你的手相，」老婦說。羅柏・約丹伸出手掌，老婦人把它攤過，抓在自己的大手裡，用姆指揉一揉，仔細看，然後放下來。她站起身。他也起立，她望著他，臉上毫無笑容。

羅柏・約丹問她：「你看出什麼？我不信這一套。妳嚇不倒我。」

「沒什麼，我沒有看出什麼。」

「有，妳看到了。我只是好奇。我不相信這一套。」

「你相信什麼？」

「相信很多事情，但是不信這一套。」

「你信什麼？」

「我的任務。」

「是的，我看得出這一點。」

「告訴我，妳還看出了什麼？」

「我沒有看出別的，」她苦澀地說：「你說這座橋很難炸？」

「不。我是說很重要。」

「不過，也許很艱難？」

「是的。現在我下去看看。妳這邊有多少人？」

「派得上用場的有五個，那個吉普賽人立意雖好，卻沒有什麼用處。他心腸很好。至於帕布羅，我不再信任他了。」

「艾爾・薩多有多少能用的人才？」

「大概有八個。我們今天晚上就知道了。他要來這兒。他是一個經驗老到的人。他也有一些炸藥。但是不多。你不妨和他談談。」

「你派人去請過他？」

「他每天晚上都來。他是鄰居嘛。也是朋友和同志。」

「你認爲他怎麼樣？」

「他是優秀的人才。而且很老練。炸火車那一次，他表現極佳。」

「其他小隊呢？」

「若及時說動他們，也許能招到五十個還算可靠的步槍手。」

「可靠到什麼程度？」

「情勢的威脅不超過某一限度，還相當可靠。」

「一支步槍有幾發子彈？」

「大概二十發。這要看他們帶多少來參加。如果他們肯來參加的話。你要記住，炸橋這件事沒錢可賺，沒有戰利品可搶。而且你沒有說出來的是，這事的危險性極高，事後又非撤出這個山區不可。很多人會反對炸橋的計劃。」

「不錯。」

「那麼，除非必要，最好別說出來。」

「我同意。」

「等你研究過橋樑的形勢，我們今天晚上再和艾爾・薩多談談。」

「現在我跟安瑟莫下去。」

「那就叫醒他吧。你要不要卡賓槍？」她說。

「謝謝妳。有槍比較好，但是我不輕易動用。我是去觀察，不是去惹事，謝謝妳對我說那些話，我喜歡妳說話的方式。」

「我儘量坦白。」

「那就告訴我，妳由手相上看出了什麼？」

「不，」她說著搖搖頭。「我沒有看出什麼。現在去看橋吧。我會照顧你的裝備。」

「蓋好，別讓人碰它。放在那兒比洞裡安全。」

「我會蓋好，不讓人碰它。現在去研究橋樑吧。」帕布羅太太說。

「安瑟莫，」羅柏・約丹伸手碰碰老頭的肩膀，老頭躺著睡覺，頭部枕在手臂上。老頭子抬眼一望。他說：「好的，當然。我們走吧。」

3

他們走下最後兩百碼，小心翼翼地在一叢叢樹蔭裡慢慢往前移，現在隔著陡坡的最後幾株松樹，那座橋離他們只有五十碼了。下午三、四點的太陽還高掛在赤褐的山肩上，橋面襯著峽谷的深坑，顯得暗幽幽的。那是一座單礅的鋼橋，兩端各有一個小哨房。橋寬可容兩部汽車通過，結實的鋼架橫過深深的峽谷，遠遠的下方，一條泛白的小溪急湍湍流過岩石和石堆，匯入隘口的大溪裡。

太陽射入羅柏·約丹的雙眼，他只看見鋼橋的大概輪廓。後來陽光漸弱，終於下山了，他隔著樹梢仰望太陽落山處的棕色圓丘，發現陽光不再刺眼，山坡現出優美的新綠，山巔下有一塊塊殘雪的痕跡。

薄暮將盡，景色突然真切起來，於是他再度看看那座橋，並研究它的結構。炸橋的問題並不艱深。他邊看邊由口袋裡掏出一本筆記，匆匆畫了幾張速寫。他畫這些草圖，並沒有勾出充藥的位置。他準備以後再填上。現在他列出放炸藥切斷橋礅，把殘樁投入峽谷的幾個位置。他可以不慌不忙、有條有理、正確無誤地置放六枚炸藥，同時引發；也可以用兩枚大炸彈粗粗略略完成。炸彈必須很大很大，放在對面兩側，同時引發。他畫得迅速又愉快；欣喜問題終於擱在手中了；欣喜自己終於動手去做。然後他闔起筆記本，把鉛筆塞入袋口邊的皮套內，筆記本放進口袋，把袋蓋扣好。

他畫草圖的時候，安瑟莫一直望著路面、橋身和小哨房。他覺得他們靠橋樑太近，不夠安全，畫完他才鬆了一口氣。

羅柏・約丹扣好袋蓋。平躺在松樹後方，由樹後往外瞧，安瑟莫用手肘撐起一隻手，指指前方。

路上，面對他們的哨房裡，哨兵正坐在那兒，雙膝夾著上了刺刀的步槍。他正在抽菸，頭戴著絨線帽，身披氈布斗篷。相隔五十碼，你看不到他臉上的輪廓。羅柏・約丹撐開望遠鏡，雖然現在沒有太陽反光，他還是仔細用手遮住鏡頭頂部，橋面欄杆在鏡頭內非常清晰，彷彿伸手就摸得到似的，哨兵的面容也很清楚，連凹陷的雙頰、菸灰和刺刀上的閃光都一一收入眼簾。那是一張農夫的面孔，高聳的顴骨連著凹陷的雙頰，短短的鬍鬚，雙眼上接濃密的眉毛，一雙大手抓著步槍，氈布斗篷的褶痕底露出重重的馬靴。哨房牆壁上掛了一個發黑的皮製酒瓶，還有幾份報紙，但是沒有電話。當然啦，說不定他看不見的那端有一架電話；但是沒看到電話線由哨房裡伸出來。路邊倒有一條電話線，線路通過橋頂。哨房外有一個炭盆，是舊汽油桶切掉上半截再鑽幾個小洞做成的，擱在兩片岩石上；但是沒有炭火。盆下的灰燼裡有幾個薰黑的錫罐。

羅柏・約丹把望遠鏡遞給躺在身邊的安瑟莫。老頭咧咧嘴，搖搖頭。他用一隻手指敲敲眼側的腦門。

他用西班牙語說：「我見過他，」由嘴角說出來，嘴唇幾乎一動也不動，比悄悄話還要輕。羅柏・約丹向他微笑，他看看哨兵，一隻手指劃過喉嚨。羅柏・約丹點點頭，但是臉上沒有笑意。

橋那端的哨房背對著他們，而且在道路下方，他們看不見裡面的情景。大路寬寬舖了柏油，建築精細，由鋼橋那端向左拐，然後向右繞個彎，滑失在視線以外。他們在此處切鑿峽谷那一端的石稜，將舊路拓寬成現在的規模；左側也可以說是西側，由隘口和橋面俯臨深淵，最險峻的地方圍著一排筆直的石塊。這裡的峽谷簡直稱得上峭壁，橋下的小溪和隘口的大溪匯流在一起。

「另一支守備隊呢？」羅柏．約丹問安瑟莫。

「在彎道以下五百呎。也就是貼著岩壁築成的修路員小屋內。」

「有多少人？」羅柏．約丹問道。

他又從望遠鏡看那個哨兵。哨兵在哨房的牆板上按熄了香菸，然後由口袋裡拿出一個皮製的菸袋，撕開菸蒂的紙捲，把剩餘的菸絲倒入囊袋中。哨兵站起來，把步槍靠在哨房的牆壁上，伸伸腰，再拿起步槍，掛在肩上，出來巡視橋面。安瑟莫趴倒在地，羅柏．約丹連忙把望遠鏡放進襯衫口袋裡，頭部埋伏在松樹後方。

「有七個士兵，一個班長。是吉普賽人告訴我的。」安瑟莫貼在他耳邊說。

「他一靜下來，我們馬上走，我們離得太近了。」羅柏．約丹說。

「你有沒有查到你要找的資料？」

「有。我需要的資料都看清楚了。」

現在太陽下山，天氣冷得很快，山後的餘暉一消失，光線就暗下來。

「你覺得怎麼樣？」他們看見哨兵過橋，走向另一個哨房，刺刀在落日餘暉下閃閃發光，身上穿了氈布外套，體型顯得好臃腫。

「很好，好極了。」羅柏．約丹說。

「我很高興。我們該走了吧?現在他不可能看到我們。」安瑟莫說。

哨兵站在鋼橋那一端，背對著他們。谷底傳來小溪流過石堆的潺潺聲。接著，另外一種聲音隔著水聲傳來，是連續而吵人的嗡嗡聲，他們發現哨兵抬頭望，絨線帽往後仰，他們也回頭看天空，看到三架單翼飛機呈「V」字形排列，高高飛過傍晚的天邊，在高空夕陽中顯得很精巧，銀閃閃的，快得難以置信，現在它們的引擎不斷震動著。

「我方的？」安瑟莫問他。

「好像是，」羅柏・約丹說，不過他知道以那種高度誰也不敢確定。任何一方的傍晚偵察隊都有可能。不過你總是說驅逐機屬於我方，因爲大家的心情會好過些。轟炸機又另當別論了。

安瑟莫一定也有同樣的感覺。他說：「是我們的。我認得。那是閃光機。」

「好，」羅柏・約丹說：「我也覺得是閃光機。」

「是閃光機沒錯，」安瑟莫說。

羅柏・約丹可以拿出望遠鏡，立刻看個清楚，但是他寧可不要看。今晚誰的飛機來對他根本不重要，如果老頭喜歡把它們當做我方的飛機，他不想剝奪他的樂趣。現在它們往西戈維亞飛去，漸漸消失，看起來倒不像西班牙人稱做「閃光機」的俄製波音P32綠色紅梢低翼飛機。你分不出色彩，但是樣式就不對。應該是法西斯的偵察機返航了。

哨兵還站在對岸的哨亭外，背對著他們。

「走吧，」羅柏・約丹說。他開始爬山，小心利用遮掩物，直到對方看不見他們，才鬆了一口氣。安瑟莫和他相隔一百碼。等他們完全看不見鋼橋了，他停下腳步，老頭子跟上來，走到前面，繼續爬過隘口，摸黑攀上陡坡。

「我方有強大的空軍。」

「是的。」

「我們會打贏。」

「非贏不可。」

「不錯。等我們贏了，你一定要來打獵喔。」

「獵什麼？」

「山豬、熊、野狼、山羊——」

「你喜歡打獵？」

「對。比什麼都喜歡。我們全村都打獵。你不喜歡打獵？」

羅柏・約丹說：「不。我不喜歡殺動物。」

「我正好相反，我只是不喜歡殺人。」老頭子說。

「除非頭腦有毛病，誰也不喜歡。不過必要時我也不反對。真正有目標的時候。」羅柏・約丹說。

「那又另當別論了，」安瑟莫說：「以前我有一棟房子，現在一無所有，當時我家掛滿我在森林裡獵到的山豬牙。冬天涉雪打獵。有一隻很大的山豬，是十一月的一個晚上我回家途中順道在村外打死的。我家地板上有四張狼皮。踩來踩去都磨壞了，不過確實是狼皮。還有高山脊獵到的山羊角，一位阿維拉的標本家還替我剝製了一個老鷹標本，雙翼展開，眼睛黃澄澄的，像活鳥一樣。美極了，我觀賞這些東西，往往獲得極大的樂趣。」

「是的，」羅柏・約丹說。

「我們村裡的教堂門扉上還釘著我春天獵到的一隻熊掌，我在山邊雪地上看到牠，那隻腳掌還推過一根大木頭呢。」

「什麼時候？」

「六年前。每次我看到這根腳掌，像人手似的，卻有長長的爪子，晒乾了釘在教堂的門板上，我就獲得不少樂趣。」

「是得意吧？」

「想起早春在山邊獵到這隻大熊就得意。但是殺人，殺一個和我們相同的人類，卻不曾留下什麼好回憶。」

「你不能把人掌釘在教堂上，」羅柏．約丹說。

「對。那麼野蠻未免太離譜。但是人手和熊掌真相像。」

「人類的胸部也像大熊的胸脯，剝去熊皮，肌肉很相似。」羅柏．約丹說。

「是的。吉普賽人相信，熊是人類的弟兄。」安瑟莫說。

羅柏．約丹說：「美國印第安人也有類似的信仰。他們打死一隻大熊，總要向牠道歉，向牠求饒。他們把熊腦殼放在樹洞裡，求牠原諒，然後才離開。」

「吉普賽人相信熊是人類的弟兄，因爲熊皮下的身體像人類，因爲熊愛喝啤酒，因爲熊喜歡音樂，又愛跳舞。」

「印第安人也相信這些。」

「那麼印第安人就是吉普賽人囉？」

「不。但是他們對大熊具有類似的信仰。」

「不錯。吉普賽人還相信，牠以偷竊爲樂，所以是人類的弟兄。」

「你有沒有吉普賽血統？」

「沒有。但是我見過不少吉普賽人，革命運動以後便更多。山區裡就有不少。吉普賽人覺得，殺死外族人不算罪過。他們不承認，其實是真的。」

「像摩爾人一樣。」

「對。但是吉普賽人有很多法規，他們往往不承認，戰時很多吉普賽人又恢復古代的惡習。」

「他們不瞭解戰爭的成因。他們不知道我們爲什麼而戰。」

安瑟莫說：「不。他們只知道現在有戰爭，人類可以像古代一樣殺人，不會遭到處罰。」

「你殺過人嗎？」天黑了，又相處一整天，羅柏．約丹親切地問他。

「嗯。好幾次。但是並不愉快。我覺得殺人是罪過。就連我們非殺不可的法西斯黨徒也不例外。對我來說，熊和人有很大的差別，我不相信吉普賽那一套人獸情同手足的謬說。不。任何情況下殺人，我都反對。」

「但是你卻殺過人。」

「是的。而且還會再殺。但是戰後我若能活下去，我要儘量不傷害任何人，使我的罪愆獲得諒解。」

「由誰來諒解呢？」

「誰知道。既然我們這兒不再有上帝，也沒有聖子和聖靈，誰來寬恕我？我不知道。」

「你不再信上帝了？」

「不。老兄。當然不信。如果有上帝，祂絕對不容許我目睹的情況發生。讓他們去信吧。」

「他們主張上帝存在的。」

「我在宗教氣氛中長大，確實很想信祂。但是現在人類得向自己負責。」

「那麼原諒你殺人的，就是你自己囉。」

「我相信是如此。既然你說得那麼清楚，我相信一定是這樣。但是不管有沒有上帝，我想殺人總是一項罪愆。我認爲，奪取別人的生命是很嚴重的，必要時我會動手，但我不是帕布羅那種人。」安瑟莫說。

「要打贏一場戰爭，我們不得不殺敵人。這是永恆的真理。」

「不錯。戰爭中不得不殺人。但是我的想法和人家不一樣，」安瑟莫說。

現在他們摸黑靠得很近，他柔聲細語，一面爬山一面不時回過頭來。「我甚至連作威作福的主教都不殺。我不會殺任何剝削者。我要叫他們每天工作，度過餘生，像我們每天下田或者上山伐木一樣。於是他們才會明白人生的真諦。他們該睡我們睡的地方。他們該吃我們吃的伙食。但是最重要的，他們應該工作。那麼他們就會學到不少東西。」

「他們若逃過一劫便會再次奴役你。」

「殺了他們也不能帶來什麼教訓。你不能把他們趕盡殺絕，因爲他們的種子會衍生更大的仇恨。監獄算不了什麼。監獄只會帶來仇恨。我們的敵人都該學到這一點。」安瑟莫說。

「但是你仍然殺過人。」

「是的，殺過很多回，以後還會再殺。但是並不愉快，而且覺得是一項罪過。」安瑟莫說。

「還有那哨兵。你開玩笑說要殺死那個哨兵。」

「那是開玩笑。以後我會殺哨兵。不錯。想到我們的工作，這一點無庸置疑。但是我並不愉快。」

「把他們留給嗜殺的人去處理吧。八加五，一共十三個，留給嗜殺的人去幹。」羅柏．約丹說。

安瑟莫隔著夜色說：「很多人喜歡幹。我們之中這種人還不少哩。遠超過肯爲戰爭服役的人。」

「你參加過正式戰役嗎？」

老頭說，「沒有。革命初起時，我們在西戈維亞打仗，但是大敗而逃。我和別人一起逃跑。我們並不明白自己在幹什麼，應該如何做法。而且我只有一枝鳥槍和幾發大鹿彈，國民軍卻有毛瑟槍。我不能在一百碼外用鹿彈打他們，他們卻能在三百碼把我們當兔子，隨心所欲射我們。他們射得又多又準，我們在他們面前，就像綿羊一樣無助。」他沉默了一會。然後問道：「你想炸橋的時候會打起來嗎？」

「可能會。」

「我沒碰過一次戰役不逃的。不知道這次我會如何自處。我是一個老人，我一直疑惑要如何自處。」安瑟莫說。

「我會接應你，」羅柏．約丹告訴他。

「你參加過很多戰役？」

「好幾次。」

「你覺得這次炸橋的任務怎麼樣？」

「我先想到橋樑，那是我的工作。炸橋並不難。然後我們要做其他的部署。做預備工作。我會寫下來。」

「這裡識字的人並不多，」安瑟莫說。

「我是寫給大家看的，一定讓每個人都看得懂，但是我也會解釋明白。」

「我會完成指派的工作。但是一想起西戈維亞的槍戰，我就不安，若有戰事發生，或者互相射擊，我真希望能確知各種情況下該做什麼，免得逃跑。我記得在西戈維亞，我實在很想逃。」安瑟莫說。

「我們要待在一塊兒，我將隨時告訴你該做什麼。」羅柏・約丹對他說。

「那就沒有問題了。奉命的事情，我都能辦到。」安瑟莫說。

「我們管橋樑和會戰，萬一有會戰的話，」羅柏・約丹說。摸黑說這句話，他覺得很不自然，不過西班牙文聽起來還蠻悅耳。

「應該很有趣，」安瑟莫說。羅柏・約丹聽他說話誠實，清晰，毫不矯飾，既不像英文輕描淡寫，也沒有拉丁式的興奮，深慶自己找到這個老頭兒；親眼看到鋼橋，又構想如何出其不意地拔掉守備隊以簡化炸橋問題的方案後，他仍不免要怨高茲下這道命令，以及非執行不可的原因。他恨這些命令會傷害他，也會傷害老頭子。對於不得不執行的人來說，這些命令無疑是很糟糕的。

他自忖道：你不該這樣想，連你在內，沒有誰是不能出事的。你和這個老頭兒都算不了什麼。你只是執行任務的工具。世上有種種必要的命令，不能怪你，世上有座橋，這座橋可能成爲人類命運的轉捩點。戰役中的每一件事情都可能轉變人類的命運。你只有一件事可做，你非做不可。只有一件事，媽的，他想到。如果只有一件事，那倒簡單。別再擔心了，你這驚恐的雜種，他對自己說。想點別的吧。

於是他想起了少女瑪麗亞，她那一概呈金褐色的皮膚、頭髮和明眸，髮色稍微暗些，不過皮膚再晒黑一點，頭髮就會顯得亮多了，那光滑的肌膚，表層是淺金色，底層卻暗暗的。一定很光滑，全身都光滑；她的動作不靈光，好像身上有什麼尷尬的地方怕人看出來似的，其實看不出來，只是她心裡有芥蒂罷了。他看她的時候，她滿面羞紅，她靜靜坐著，雙手抱膝，襯衫開在喉部，杯狀的小乳房隔著襯衫露出來。他一想起她，喉嚨就哽住了，走路都有點困難。他和安瑟莫不再說話，後來老頭才開口說：「現在我們穿過這堆岩石。到營區去。」

他們摸黑穿過石叢，有一個人對他們說：「停。是誰？」他們聽到步槍的插梢卡喳一聲向前推到槍托上，砰然和木頭相擦。

「同志，」安瑟莫說。

「什麼同志？」

老頭子告訴他，「帕布羅手下的同志。你不認識我們？」

那個聲音說：「認識啊。不過這是命令。你有沒有口令？」

「沒有。我們由下面來的。」

那人在暗處說：「我知道。你們從橋那邊來。我都知道。命令不是我發的。你們得知道下半句口令。」

「那麼上半句是什麼？」羅柏・約丹問他。

「我忘了，」那個人在夜色裡大笑說：「帶著你的臭炸藥，他媽的去烤營火吧。」

「這就叫游擊訓練。把步槍的扳機鬆掉吧。」安瑟莫說。

那個人在暗處說：「鬆開了。我用大拇指和食指扳的。」

「改天你遇到毛瑟槍，插梢沒有隆起刻痕，你這樣做，就會走火。」

「這就是毛瑟槍。不過我的大姆指和食指握力難以形容。我總是這樣鬆開。」那人說。

「槍尖指向哪兒？」安瑟莫對著暗處說。

「指著你。我的插梢一直鬆開著。你到營區，叫人來換我的班，我簡直餓壞了，連口令都不記得。」那人說。

「你叫什麼名字？」羅柏．約丹問他。

「奧古斯丁，我叫奧古斯丁。我在這個地方待得煩膩死了。」那人說。

「我們給你傳話，」羅柏．約丹說。他想，「煩膩」這個詞語，任何語系的農夫都不會採用。但是西班牙人無論貧富貴賤都常常掛在嘴邊。

「好呀，」奧古斯丁說著走近來，手搭在羅柏．約丹肩膀上。接著敲敲打火用具，舉起來，吹吹軟木末端，藉火光打量年輕人的面孔。

他說：「你很像另外那個人。但是稍有差別。聽著，」他把打火器放下來，手持步槍站立著。

「告訴我一件事。炸橋的事可當真？」

「什麼炸橋的事？」

「我們要炸一座他媽的橋樑，然後得他媽的撤出這片山區？」

「我不知道。」

「你不知道，真刁蠻，那炸藥是誰的？」

「我的。」

「你居然不知道要炸什麼?別說鬼話了。」

「我知道要炸什麼，到時候你也會知道。不過現在我們到營區去。」羅柏．約丹說。

「去你媽的，作踐你自己去吧。你不要我告訴你一件有用的消息？」

羅柏・約丹說：「要哇，只要不是他媽的就好！」他是指對方愛加的髒話而言，奧古斯丁講話真髒，每一個名詞都加上淫猥的形容語，還把髒話當動詞來用，羅柏・約丹懷疑他會不會使用純粹的句子。奧古斯丁聽到這個字眼，在夜色中大笑起來。「這是我說話的習慣。也許很難聽。誰知道呢？每個人都照自己的方式來交談。聽我說，那座橋在我眼中算不了什麼。那座橋和別的東西一樣。而且我在這片山區待得煩膩了。如果有必要，我們就該走。這片山區對我沒有什麼意義。我們應該離開這兒。但是我要說一句話：好好看住你的炸藥。」

「謝謝你，」羅柏・約丹說：「防你？」

「不，防備那些他媽的裝備比我差的人。」奧古斯丁說。

「怎麼？」羅柏・約丹問道。

「你瞭解西班牙人，」現在奧古斯丁說得很認真。「好好看住你那些臭炸藥。」

「謝謝你。」

「不。別謝我，當心你的好貨。」

「以前出過事情？」

「不，否則我不會這樣說話，浪費你的時間。」

「我還是謝你。現在我們到營區去吧。」

「好，叫他們派一個知道口令的人來。」奧古斯丁說。

「我們在營區會看到你吧？」

「是的，老兄，馬上就來。」

「走吧，」羅柏・約丹對安瑟莫說。

現在他們沿著草地邊緣走，地面起了一陣灰濛濛的夜霧。他們剛走完森林的松針地，青草在腳下顯得軟綿綿的，草上的露珠沾濕了麻繩底的帆布鞋。隔著前面的樹木，羅柏・約丹看到一線火光，他知道一定是洞口到了。

「奧古斯丁是大好人，他說話很髒，總是開玩笑，其實他是一個很正經的人。」安瑟莫說。

「你和他很熟？」

「是的。認識很久了，我對他很有信心。」

「也相信他的話？」

「是的，老兄。現在帕布羅真的很糟糕，你也看得出來。」

「最好的辦法？」

「隨時看守。」

「由誰看？」

「你，我，老太婆和奧古斯丁。因爲他看出了危險。」

「你覺得這裡以前也那麼糟糕嗎？」

「不，」安瑟莫說：「事情惡化得很快，但是我們非來這兒不可。這是帕布羅和艾爾・薩多的地盤。在這塊地方，我們不得不和他們打交道，除非事情能單獨完成。」

「艾爾・薩多呢？」

「很好。好的程度可媲美帕布羅墮落的程度。」安瑟莫說。

「現在你相信他真的那麼壞？」

「我一下午都在想這個問題，既然我們聽到那麼多話，現在我想不會錯了，是真的。」

「離開這兒，說要炸另外一座橋，然後向別的小隊招募人手，不是更好嗎？」

安瑟莫說：「不。這是他的地盤，你不可能瞞著他辦事。但是我們得格外小心。」

4

他們來到洞口，一絲火光由氈布遮簾邊透出來。兩個背包放在樹下，用帆布蓋著，羅柏．約丹跪下去，摸摸又濕又硬的帆布。他摸黑把手伸到帆布底下，掏了掏一個背包的外袋，拿出一個帶皮套的長頸瓶，擱在口袋裡。又打開背包口邊一個鎖洞裡吊著的長掛鎖，解開兩個背包頂部的拉繩，摸摸裡面，確認東西分毫無損。他在一個背包深處摸到袋裝的一捆捆炸藥，麻袋用睡毯裹著；他繫好背包的拉繩，再把鎖扣按緊。又伸手摸另一個背包，摸到老炸藥箱尖銳的木邊，一個有蓋的菸盒，每一根菸柱都細細纏著兩條銅線（包裝精美，就像小時候他包裹自己收藏的野鳥蛋一樣），還有從槍身拆下來包在皮夾克裡的手提機關槍托柄；又在大囊的一個內袋裡摸到兩個藥池和五個彈夾，另一個內袋則放了小捲小捲的鋼絲和一大捲輕絕緣線。放鋼線的口袋中，他還摸到鉗子和兩個鑽洞的木錐，然後他由最後一個內袋裡掏出一大盒高茲總部拿來的俄國香菸，繫好背包口，把掛鎖按下去，扣緊袋蓋，兩用帆布蓋好背包。安瑟莫已經到洞裡去了。

羅柏．約丹站起來跟上去，仔細一想，又回頭把帆布揭開，雙手各提一個背包，勉強提到洞口，他放下一個背包，掀開遮簾，然後低著頭，雙手各拎一個背包的皮肩帶，走進洞裡。

洞裡暖洋洋，煙霧瀰漫。牆邊有一張長几，上置一個瓶插的牛油蠟燭，帕布羅、三個他不認識的男子和吉普賽人拉費爾圍几而坐。蠟燭在大家身後的牆面上映出一道道影子，安瑟莫靜立在桌右他入洞的地方。帕布羅太太站在山洞中央的爐床邊，面對一爐炭火。小妞兒瑪麗亞跪在她身邊，正在攪一個鐵鍋裡的食物。她把木匙舉起來，看看羅柏・約丹，他則站在通道上，藉著婦人用風箱吹起的火光，他看到少女的臉蛋、手臂和木匙流下來滴進鐵鍋的羹湯。

「你拿著什麼？」帕布羅說。

「我的行李呀，」羅柏・約丹說著，把兩個背包分開放在洞裡靠桌邊較寬的位置。

「放在外面不好嗎？」帕布羅問他。

「怕有人摸黑下手，」羅柏・約丹說著，走到桌邊，把菸盒放在桌子上。

「我不喜歡洞裡有炸藥，」帕布羅說。

「離火邊很遠，」羅柏・約丹說：「抽幾枝菸吧。」他用大拇指的指甲劃劃盒蓋上有彩色軍鑑圖的紙盒邊，然後把菸盒推向帕布羅。

安瑟莫端一張生皮面的凳子給他，他就圍几坐下來。帕布羅看看他，似乎想再度開口，接著伸手去拿香菸。

羅柏・約丹把菸推給別人。他沒有正面看他們。但是他發現有一個人伸手取菸，另兩個人沒有拿。他一心注意帕布羅。

「情況還好吧，吉普賽人？」他對拉費爾說。

「很好，」吉普賽人說。羅柏・約丹看得出來，他進洞時大家正在談他。連吉普賽人都忐忑不安。

「她肯讓你再吃一頓?」羅柏．約丹問吉普賽人。

「嗯。怎麼不肯?」吉普賽人說。和他們下午友善的玩笑大相逕庭。

帕布羅太太一言不發，繼續吹炭火。

「有一個名叫奧古斯丁的傢伙說他在上面待得煩死了，」羅柏．約丹說。

「死不了，讓他殺殺氣焰。」帕布羅說。

「有酒嗎?」羅柏．約丹靠向長几漫聲問道，身子往前傾，雙手擱在桌子上。

「所剩不多了，」帕布羅繃著臉說。羅柏．約丹決定看看別人，設法明白自己的處境。

「那我還是喝杯水吧。喂，」他叫小妞兒，「給我倒一杯水來。」

瑪麗亞看了看老婦人，對方不說什麼，好像沒聽見似的，於是她走向裝水的罐子，倒了滿滿一杯。她端到桌邊，放在他面前。羅柏．約丹向她笑笑。同時收緊胃部的肌肉，身子稍微傾左，讓槍帶上的手槍滑近他需要的部位。他伸手去摸臀部的口袋，帕布羅一直盯著他。他知道大家都在看他，但他只看帕布羅。他由臀袋中掏出皮套裝的長頸瓶，打開瓶蓋，舉起杯子，把水喝掉一半，然後由長頸瓶慢慢倒東西到杯子裡。

「太烈了，否則我就請妳喝一點，」他對瑪麗亞說，同時又泛出笑容。「所剩不多了，否則我就請你喝，」他對帕布羅說。

「我不喜歡大茴香，」帕布羅說。

辛辣的味道傳遍全桌，他聞出熟悉的成分。

「好，因爲所剩不多了。」羅柏．約丹說。

「那是什麼飲料?」吉普賽人說。

「一種藥。你要不要嚐嚐？」羅柏・約丹說。

「治什麼的？」

「萬靈丹，什麼都能治，你若有什麼毛病，一吃就好。」羅柏・約丹說

「我嚐嚐，」吉普賽人說。

羅柏・約丹把杯子推到他面前。現在摻了水，呈乳黃色，他希望吉普賽人至多喝一口。所剩無幾，他喝這一杯，要代替晚報，代替小餐館的黃昏，代替這個月份開花的一切板栗樹，代替林園道的大蹓馬，代替書店、報攤、畫廊，代替蒙特梭里公園，代替布法羅體育館，代替喬蒙特小山，代替「保證信託公司」和「城市孤島」，代替弗葉特老客棧，代替傍晚的閱讀和消遣；代替一切他享受過卻暫時遺忘的東西。他一嚐那種不透明、苦辣、麻舌、爽胃醒腦、叫人觀念一新的滋補液，往事就又回到心中。

吉普賽人做一個鬼臉，把酒杯傳回來。「有大茴香的氣味，但是苦得像膽汁，寧可生病，也不要吃那種藥。」他說。

羅柏・約丹說：「那是艾草，真正的苦艾露，裡面放了艾草。據說會損害腦子，但是我不相信。只是讓人觀念一新罷了。該慢慢摻水，一次摻幾滴。但是我把它倒在水裡。」

「你說什麼？」帕布羅氣沖沖說，他覺得話裡有挖苦的意味。

「說明這種藥哇，」羅柏說著咧咧嘴。「我在馬德里買的。這是最後一瓶，可以喝一個禮拜。」他喝了一大口，覺得舌尖麻得很舒服。他看看帕布羅，再露齒一笑。

「生意如何？」他問道。

帕布羅不答腔，羅柏・約丹細細打量桌邊的另外三個人。有一個是大扁臉，又扁又黑，像西蘭

諾火腿，加上一個彎曲的鼻樑，長長的俄國香菸由嘴角伸出來。使臉形顯得更扁了。此人留著灰色的短髮和灰色的短鬚，身穿普通的黑色罩衫，領口扣起來。羅柏．約丹看他的時候，他俯視桌面，但是眼神沉穩，一眨也不眨。另外兩個顯然是兄弟。他們外貌相似，都留著黑色濃密的短髮，額上的鬢角很低，眼睛呈黑色，皮膚赤褐。其中一個左太陽穴有一道疤痕，他看看他們，兩個人都筆直盯著他。一個大約三十七八歲，另外一個大約年長兩歲左右。

「你看什麼？」有疤的那位弟兄說。

「看你，」羅柏．約丹說。

「有沒有看到什麼稀奇的地方？」

「沒有，」羅柏．約丹說：「來一根菸吧？」

「抽一根又何妨？」那位弟兄說。他剛才沒有拿菸。「這些菸和另外那個人的很相像。炸火車的那個人。」

「你們也在場？」

「我們都參加了，只有老頭兒例外。」那位弟兄靜靜地說。

「我們現在就該大幹一場，再炸一輛火車。」帕布羅說。

「可以呀，炸完橋再說。」羅柏．約丹說。

他看到帕布羅太太由火邊轉過頭來，聽他們說話。他一說到「橋」字，大家默不吭聲。

「炸完橋以後，」他從容說著，又喝了一口苦艾露。我最好把問題挑開來，他自忖道，遲早要挑開的。

「我不去炸橋，我不去，我的手下也不參加。」帕布羅俯視桌面說。

羅柏·約丹悶聲不響。他看看安瑟莫，舉起酒杯。「那我們就單獨幹，老頭，」說著露出微笑。

「不靠這個膽小鬼幫忙，」安瑟莫說。

「你說什麼？」帕布羅對老頭說。

「不是對你說。我沒和你說話，」安瑟莫告訴他。

羅柏·約丹瀏覽全桌，再望望爐邊的帕布羅太太。她還沒開口，也沒有任何表示。但是現在她對小妞兒說了幾句話，他聽不見。瑪麗亞由火邊站起來，輕輕貼牆往外走，打開洞口的遮簾，到外面去了。羅柏·約丹暗想，現在大概要攤牌了。我相信如此。我不希望這樣，不過情勢好像非如此不可了。

「那我們只好不靠你幫忙，自己炸橋，」羅柏·約丹對帕布羅說。

「不，」帕布羅說，羅柏·約丹看到他臉上汗淋淋的。「你不能在這裡炸橋。」

「不行？」

「你不准炸橋，」帕布羅沉重地說。

「妳說呢？」羅柏·約丹轉向帕布羅太太，她靜立在火邊，安詳而壯碩。她轉向大家說：「我贊成炸橋。」她的面孔映著火光，看起來紅潤潤的，如今在火光下顯得溫暖、暗沉而俊俏。

「妳說什麼？」帕布羅對她說，他回頭的時候，羅柏·約丹看到他臉上一副被人出賣的表情，額上汗珠點點。

「我贊成炸橋，反對你，如此而已。」帕布羅太太說。

「我也贊成炸橋，」扁臉歪鼻的人說著，在桌子上按熄香菸。

「那座橋對我沒有什麼意義，我支持帕布羅太太，」兩兄弟之一說。

「我也一樣，」另一個弟兄說。

「我也一樣，」吉普賽人說。

羅柏．約丹看看帕布羅，邊看右手邊往下移，準備必要時出手，心裡有點希望如此（**覺得這樣也許最簡單、最輕鬆，但是又不想破壞和諧的氣氛，他知道一家人、一個黨，一個小隊在爭論中很容易集體對抗陌生人，卻思忖道：現在既已發生，動手是最簡單，最好，技術上也最明智的辦法。**）又看到帕布羅太太站在那兒，臉色紅潤，紅得自豪、明理又健康，一副忠貞愛國的表情。

帕布羅太太高興地說：「我支持共和國。炸橋和共和國是同一回事。以後我們自有時間進行別的計劃。」

帕布羅尖刻地說：「妳呀。妳的腦袋像種牛，心思像娼婦。妳以為炸了橋還有『以後』嗎？妳以為行得通？」

「非辦通不可。非辦通不可，就自然行得通。」帕布羅太太說。

「我們無利可圖，事後卻像畜生一樣被人追趕，妳難道不在乎？為此送命也不在乎？」

「算不了什麼，懦夫，你休想嚇我。」帕布羅太太說。

帕布羅尖刻地說：「懦夫？妳把一個人當懦夫，只因為他有戰略觀念。因為他能預先看出一件愚行的後果。知道何謂愚蠢並不能算怯懦。」

「知道何謂怯懦也不能算愚蠢，」安瑟莫忍不住賣弄這個名詞。

「你找死？」帕布羅一臉正經對他說，羅柏．約丹看出這個問題不能用修辭學來表示。

「不。」

「那就當心你的嘴巴。你對自己不懂的事情談得太多了。你看不出事態的嚴重？」他幾近可憐地說：「難道只有我一個人看出事態的嚴重？」

我相信如此，羅柏．約丹暗想道。老帕布羅，老兄，我相信如此。只有我例外。你看得出來，我看得出來，那女人由我的手相中猜到了，但是她還沒看出來呢。她還沒有看出來。

帕布羅問道：「我這領袖是白當的？我知道自己在說什麼。你們其他的人都不知道。這個老頭子滿口胡說。他只是一個給外國佬當信差和嚮導的老頭兒。這個外國佬到這裡來做一件對外國人有利的事情。爲了他的利益，我們就不得不犧牲？我這是爲大家的福利和安全著想。」

「安全，沒有安全這回事。現在這兒求全苟安的人太多了，已造成極大的危險。現在你一心求安全，什麼都失去了。」帕布羅太太說。

現在她手拿木匙站在桌邊。

「這裡很安全。在危險的範圍內，還有擇機冒險的安全。就像一名鬥牛士，知道自己在幹什麼，不隨便冒險，就安全無虞。」帕布羅說。

「直到被牛角牴死，」婦人尖刻地說：「鬥牛士被牴死之前，我多少次聽見他們說這種話。我多少次聽見菲尼陀說：一切都靠知識，公牛從來不觸人；是人硬要去觸牛角。他們總是傲氣十足說這種話，後來卻被牛角牴死或牴傷。事後我們到醫院去看他們。」現在她模擬床邊的探病場面。她嘹亮地說：「哈囉，老手。哈囉。」然後學鬥牛士受了傷軟弱無力的聲音，「好，朋友。近況如何，碧拉？」又用自己的嗓門兒大聲說：「怎麼會出這種事，菲尼陀，你怎麼會出這種齷齪的意外呢？」然後細聲細氣說：「沒什麼，娘兒們。碧拉，沒什麼。不該出事的，妳知道，我殺牛技術好極了，誰也不會比我高明，我照例把牠殺死，牠雙腿搖搖欲墜，眼見就要倒地了，我得意洋洋走開，威風凜凜，牠居然從後面用牛角偷觸我的臀溝，由肝臟穿出來。」她開懷大笑，不再學鬥牛士那種幾近陰柔的聲音，又轟隆隆高談闊論起來，「去你的安全論。我和世界上三個待遇最低的鬥牛士生活了九年，還不知道什麼叫恐懼，什麼叫安全？你跟我談什麼都可以，就是別談安全。而你呀。我對你懷著多大的幻想，結果又如何，你打了一年仗，就變成懶鬼、醉鬼和懦夫。」

「你沒有權利說這種話，更不配在大家和陌生人面前說。」帕布羅說道。

帕布羅太太繼續說下去，「我就要這麼說。你沒想到？你還相信這兒由你指揮？」

「不錯，這兒由我指揮。」帕布羅說。

「休想，這裡由我指揮，你沒聽見大家的話？這兒只有我才配指揮。你若想留下來吃飯喝酒，悉聽尊便，只是別喝太多，願意參加工作也可以，但是這兒由我指揮。」女人說。

「我會槍斃妳和這個外國人，」帕布羅繃著臉說。

女人說：「你試試，看會有什麼結果。」

「給我一杯水吧，」羅柏．約丹說著，眼睛還注視這個腦袋沉甸甸的男子，和凜然站立的婦人，她手握大匙，簡直像權杖一樣威風。

「瑪麗亞，」帕布羅太太叫道，少女進門後，她說：「這位同志要喝水。」

羅柏．約丹伸手去拿長頸瓶，掏出長頸瓶的時候順便解開槍袋裡的手槍，掛在大腿上。他倒了二分之一的苦艾露到自己杯中，然後接過少女端來的那杯水，開始一滴滴摻進去，一次摻一點兒，少女站在他肘邊偎著他。

「出去，」帕布羅太太用木匙比劃說。

「外面冷颼颼的，」少女說著，臉頰貼近羅勃．約丹，看杯中液體擴散的情形。

帕布羅太太說：「也許吧。但是這裡太熱了。」然後和顏悅色說：「要不了多久的。」

少女搖搖頭走了出去。

羅柏·約丹自忖道：我想他不會再忍耐多久的。一隻手拿酒杯，一隻手坦然放在手槍上。他已經解開安全瓣，摸摸那幾乎磨平的格子花把手，再觸碰又圓又涼的扳機保險器。帕布羅不再看他，只盯著女人。她繼續說：「醉鬼，聽我說。你知道這裡由誰指揮？」

「由我指揮。」

「不，聽著。把你那雙厚毛耳朵的耳屎挖乾淨。聽好，由我指揮。」

帕布羅看看她，臉上的表情看不出他心裡想些什麼。他細細打量她，然後隔著餐桌看看羅柏·約丹。他深沉地打量了他好一會，然後又轉頭看他太太。

「好吧，由妳指揮。妳如果願意，由他指揮也可以，你們兩個一起下地獄去吧。」他正視女人的面孔，既不受她控制，似乎也不受什麼影響。「也許我太懶，酗酒過度。妳以為我是懦夫，其實妳看錯了。但是我不笨。」他停了半晌。「妳居然能指揮，而且喜歡這一套。現在妳如果是司令兼女人，妳就該讓我們吃點東西了。」

「瑪麗亞，」帕布羅太太叫道。

少女把頭伸進洞口的遮簾內。「現在進來擺晚餐吧。」

少女進洞，橫過爐邊的矮几，拿起塘瓷飯碗，端到桌子上。

帕布羅太太對羅柏·約丹說：「大家都有酒喝。別聽那酒鬼的話，喝完我們再添，把你那稀奇玩意兒喝光，來一杯酒吧。」

羅柏·約丹吞下最後一口苦艾露，覺得它在體內生出一小股暖洋洋、香噴噴、濕淋淋，促進化學變化的熱氣，他把杯子傳過來裝酒。少女替他舀滿一杯，微笑著。

「怎麼，你看過那座橋了？」吉普賽人問他。領袖換人之後，別的同志都沒有開口，現在傾身聆聽。

「嗯，」羅柏・約丹說：「這件事並不難。要不要我說給你聽？」

「好，老兄，我很有興趣。」

羅柏・約丹從襯衫口袋裡拿出記事簿，讓大家看速寫圖。

那個扁臉的同志名叫普利米蒂弗，他說：「從外表看去，真像那座橋。」

羅柏・約丹用鉛筆尖說明炸橋的方法，以及安放炸藥的理由。

「好簡單，」有疤的弟兄名叫安德斯，他說：「你怎麼引爆呢？」

羅柏・約丹也詳細說明，一面說，一面覺得少女的手臂擱在他肩上，正在看圖表。帕布羅太太也注意看。只有帕布羅興味索然，獨坐在一邊。剛才瑪麗亞由洞口左側的皮囊中倒酒進大缽，他自己再舀進酒杯來喝。

「你常常做這種事？」少女柔聲問羅柏・約丹。

「是的。」

「我們能不能看見事情的經過？」

「可以呀。怎麼不行？」

「你們會看到的，我相信你們會看到。」帕布羅由桌子那端插嘴說。

「閉嘴，」帕布羅太太對他說，她突然想起下午看到的手相，不禁無緣無故發起火來。「閉嘴，懦夫。閉嘴，不吉利的凶鳥。閉嘴，殺人魔王。」

帕布羅說：「好，我閉嘴。現在由妳指揮，你應該繼續看那些漂亮的圖畫。但是妳記著，我不是傻瓜。」

帕布羅太太自覺滿腔怒火化爲悲哀，和一種萬事皆休的感覺。她從小就知道這種心境，也知道這一輩子引發這種心境的原因。而今突然襲上心頭，她努力推開惱人的思緒，不讓它干擾自己，也不讓它干擾共和國，她說：「現在我們吃飯吧。瑪麗亞，把飯菜從大鍋盛進碗裡去。」

5

羅柏・約丹掀開洞口的遮簾，跨出洞外，深深吸了一口寒夜的空氣。霧散了，滿天星斗。今夜無風，現在他脫離了洞內溫暖的氣息——洞裡煙霧瀰漫，有香菸、有煤煙、有飯、肉、番紅花、蒲桃、食油、柏油、和大酒囊瀉出的氣味；酒囊掛在門邊，瓶頸吊著，四腳攤開，其中一腳安了塞子，美酒由此倒出，總要潑一點到地上，沉澱了泥土的氣息——脫離天花板上一串串不知名的藥草和一捆捆大蒜氣味，掙脫銅錢子、紅酒、大蒜、馬汗和桌邊男人衣服上的汗酸味兒，羅柏・約丹深深吸幾口清爽的山氣，聞起來微帶松香，和溪邊草地上的露珠香。風停了以後，露珠重重落下來，他站在那兒，料想早晨一定有霜。

他站著深呼吸，聆聽夜籟，先聽到很遠很遠的槍砲聲，又聽到下面森林的馬檻處傳來夜梟的低鳴。接著吉普賽人在洞內開始唱歌，用吉他輕輕和弦。

「我父留下好財產」，一個人爲鍛鍊的嗓音尖尖升起，戛然打住。然後又往下唱：

就是月亮和太陽
我雖遍遊全世界

生生世世用不完。

吉他砰的一聲爲歌手伴奏。羅柏・約丹聽到一個人說：「好，吉普賽人，爲我們唱唱加薩隆尼亞民歌吧。」

「不。」

「唱啦。唱啦。加薩隆尼亞民歌。」

「好吧，」吉普賽人說著，悽然唱道。

我的鼻子扁

我的臉蛋黑

我卻不失男兒本色。

有人說：「好！吉普賽，唱下去吧！」

吉普賽人的嗓音哀怨夾著嘲諷。

感謝上帝，我是黑佬。

不是加薩隆尼亞人！

帕布羅的聲音說：「吵死了。閉嘴，吉普賽人。」

他聽到婦人的嗓晉說：「是啊，太吵了。那副嗓門會招來國民衛兵，卻沒有音質可言。」

「我還會一首詩，」吉普賽人說著，吉他又響起來。

「免啦，」婦人對他說。

吉他立即終止。

「今天晚上我嗓子不好。所以也沒有什麼損失，」吉普賽人說著，掀開遮簾，跨入夜色中。

羅柏・約丹看他走向一棵大樹，就迎上去。

「羅柏，」吉普賽人小聲說。

「是的，拉費爾，」他說。他知道吉普賽人喝過酒，嗓音變了。他自己也喝了兩杯苦艾露和一些紅酒，但是和帕布羅雙方劍拔弩張，他的腦子很清晰，很冷靜。

「你爲什麼不殺掉帕布羅？」吉普賽人輕輕問他。

「爲什麼要殺他？」

「你遲早非殺他不可。爲什麼不順應時機？」

「你是說正經的？」

「你以爲大家等什麼？你以爲那婆娘把小妞兒支開又是爲什麼？你相信彼此說了那些話，還能維持現狀嗎？」

「那你們大伙兒自會殺他。」

吉普賽人平靜地說：「啊，那是你的事。我們等了三、四回，等你殺他。帕布羅沒有朋友。」

「我想過，但是又撇下了。」羅柏・約丹說。

「當然大家都看得出來，每個人都看見你的準備動作。你爲什麼不下手？」

「我以爲這樣會驚擾你們大家或者那個女人。」

「怎麼會。那個女人一心期盼，就像娼婦等大混球走開，你比外表看起來生嫩多了。」

「也許吧。」

「現在殺他，」吉普賽人慫恿道。

「那是暗箭殺人。」

吉普賽人壓低了嗓門說：「那更好，危險性較低。去呀，現在宰了他。」

「我不能這樣。我討厭這一招，而且也不是執行目標該有的辦法。」

「那就激激他。但是你非殺他不可，沒有補救的餘地了。」吉普賽人說。

他們談話間，夜梟靜靜穿過樹叢，俯掠過他們身邊，又高飛起來，翅膀揮得很快，羽毛卻一點聲音都沒有。

「看看牠，」吉普賽人隔著夜色說。「人類就該那樣行動。」

「白天看不見，躲在樹洞裡，四處全是烏鴉，」羅柏．約丹說。

「難得一見，而且要冒險，」吉普賽人說：「殺了他，別讓事情變得更困難。」他又說。

「現在時機已過。」

「激起來呀，否則就利用這份寧靜。」吉普賽人說。

洞口的遮簾掀開了，一線火光往外移。有人走向他們站立的地方。

「夜色真美，明天會是好天氣。」那個人用沉悶的嗓音說。是帕布羅。

他正在抽一根俄國香菸，香菸挨近面孔的時候，火光映出了他的圓臉。星光下可以認出他厚重、長臂的身材。

「別理那婆娘，」他對羅柏．約丹說。香菸在夜色中顯得很亮，然後跟著他的手往下移。「她有時候真頑固。她是好女人，對共和國忠心耿耿。」他說話的時候，香菸的火光微微震動。羅柏．約丹想：他一定是嘴角叼著香菸在說話。「我們應該沒有什麼困難。我們步調一致，很高興你來。」香菸泛出紅光。他說：「吵架的事情別放在心上。你在此地深受歡迎。」

「現在失禮，我去看他們把馬拴好沒有。」他說

他穿過樹木到草地邊緣，兩人聽到下面傳來一陣馬嘶。

「你看吧？現在你看吧？時機就這樣溜走了。」吉普賽人說。

羅柏・約丹悶聲不響。

「我到下面去，」吉普賽人氣沖沖說。

「幹什麼？」

「怎麼，幹什麼。至少不讓他逃走哇。」

「他騎馬能不能從下面溜掉？」

「不。」

「那就到你能攔住他的地方。」

「奧古斯丁在那兒。」

「那你去和奧古斯丁談談。告訴他剛才發生的經過。」

「奧古斯丁會高高興興殺了他。」

「那就好多了。上去把經過告訴他。」羅柏・約丹說。

「然後呢？」

「我下去看看草地。」

「好，老兄，好。」夜色中他看不見拉費爾的表情，但是覺得他面帶笑容。「現在你將襪帶收緊了，」吉普賽人讚許說。

「去找奧古斯丁吧，」羅柏・約丹對他說。

「是的，羅柏，是的，」吉普賽人說。

羅柏．約丹穿過松林，一棵樹一棵樹摸著往前走，來到草地邊。摸黑看過去，此處地形開展，亮多了，他看到暗幽幽繫在樁上的名駒身影。他數一數散列在他和小溪之間的馬兒。五匹都在。羅柏．約丹坐在一棵松樹底下，隔著草地向外看。

我累了，他想，也許我的判斷力不佳。但是我的任務是炸橋，為了執行任務，事先我不能做無謂的冒險。當然啦，有時候不接受必要的冒險反而更危險，但是我一直這樣做，一切儘量順其自然。如果吉普賽人所言不差，大家都希望我殺帕布羅，那我就該殺他。然而我不能確定大家希望如此。一個陌生人在他日後合作的圈子裡殺人，終歸不是好事。戰鬥中可以這麼做，如果有充分的法規支持，也可以這麼做，不過這一回我認為一定很糟糕。雖然這是一大誘惑，看起來又便利又簡單。但是我不相信這塊地盤上有那麼便利，那麼簡單的事情，我既然完全信賴那婆娘，很難說她對這種激烈的手段會有什麼反應。這種地方，垂死的人一定很醜陋、很齷齪、很噁心。你不知道她會有什麼樣的反應。沒有那婆娘，此地根本沒有什麼組織和紀律；有了那婆娘，就萬事皆備了。如果她肯殺他，或者吉普賽人（但是他不會動手）或者放哨的奧古斯丁肯殺他，那就最理想不過了。雖然安瑟莫反對殺人，我如果叫他，他會動手的。我相信他恨帕布羅，而且他已經信賴我，將視為他所相信的理念之代表。我看此地也只有他和那婆娘真心信仰共和國；不過現在還言之過早。

他的眼睛適應了星光，發現帕布羅站在一匹馬旁邊。馬兒正在吃草，抬起頭來；又不耐煩地低下去。帕布羅站在馬兒身邊，靠著牠，牠隨著樁繩的長度搖擺，他也跟著移動，拍拍牠的脖子，馬兒吃草的時候，對他的柔情頗為不耐。羅柏．約丹看不到帕布羅做些什麼，也聽不到他和馬兒說的話，但是他看出他既不是解樁繩，也不是上馬鞍。他坐著觀察他，儘量思考他的問題。

「你這心肝大駿馬，」帕布羅正在暗處和馬兒說話；交談的對象是那匹高大的赤騮種馬。「你這可愛的白臉大美人，你的脖子線條真像我居處的拱門，」他停了半晌。「但是曲度更大也更優美。」馬兒銜了一把草，把頭偏開，對主人的言行相當生氣。帕布羅告訴那匹赤騮，「你不是女人，也不是傻瓜，你，噢，你，你，我的寶貝大駿馬。你不是熔岩般燃燒的婦人。你不是短頭髮、動作像奶娃兒的少女。你不辱罵，不說謊，也不解人意。你，噢，你，噢，我的心肝大駿馬。」

羅柏．約丹若是聽到帕布羅和赤騮馬說話，一定很有意思，可惜他沒有聽到，因為他斷定帕布羅只是查看馬匹，覺得現在殺他實在不妥，就起身回山洞去了。帕布羅停在草地上，和馬兒交談了老半天。馬兒根本聽不懂，只是由口氣得知，這是愛撫的行為，牠在畜欄裡關了一天，如今肌腸轆轆，焦急地在樁繩範圍內吃草，覺得主人令牠心煩。最後帕布羅終於移動樁釘，站在馬兒身邊，不說話了。馬兒繼續吃草，主人不再打擾牠，牠鬆了一口氣。

6

山洞裡，羅柏·約丹坐在火邊一角的生皮凳上，聽女人說話。她正在洗碗，由少女瑪麗亞擦乾疊好，跪下去放在牆邊挖空的代用貯物架內。

她說：「奇怪，艾爾·薩多居然沒來。他一個鐘頭以前就該來了。」

「妳請他來？」

「不。他每天晚上都來。」

「也許他有事要做。某一件工作。」

「也許吧，如果他不來，我們明天一定要去看他。」她說。

「好。遠不遠？」

「不遠。走一趟也蠻好的。我缺乏運動。」

「我能不能去？我能不能去，碧拉？」瑪麗亞問道。

「可以，美人兒，」婦人說著把大臉轉過來，「她不是挺漂亮嗎？你覺得她怎麼樣？太瘦了一點？」她問羅柏·約丹。

「我覺得她很漂亮，」羅柏・約丹說。瑪麗亞替他舀滿一杯酒。她說：「喝吧，這樣我會顯得更漂亮。要多喝，我才會顯得美麗而動人。」

「那我還是就此打住吧，妳看起來已經不止是漂亮了。」羅柏・約丹說。

「這才像話，」女人說。「你說話像好人。此外她看起來還顯得如何？」

「很精明，」羅柏・約丹斷斷續續說。瑪麗亞嗤嗤偷笑，女人悲哀地搖搖頭。「你開頭多棒，收場卻這麼差，羅柏先生。」

「別叫我羅柏先生。」

「鬧著玩的。我們這裡只有開玩笑才說帕布羅先生。正如我們開玩笑才說瑪麗亞小姐。」

「我不開這種玩笑，我覺得戰時大家都該認真以同志相稱。開玩笑會造成腐化。」羅柏・約丹說。

「你對政治倒挺虔誠的。你不開玩笑？」女人逗他說。

「有哇。我喜歡說笑，但是不用稱呼來當笑柄。稱呼就像國旗。」

「我可以拿國旗開玩笑。任何旗幟都行。」女人大笑說。「我覺得誰也不會真心戲弄什麼。黃色和金色的老國旗，我們叫它『膿和血』。共和國的旗幟加上紫色，我們叫它『膿血和高錳酸鹽』。鬧著玩的。」

「他是共產黨，他們都很嚴肅。」瑪麗亞說。

「你是不是共產黨員？」

「不，我是反法西斯派。」

「很久了？」

「從我明瞭法西斯主義開始。」

「那有多久了？」

「將近十年。」

「不算太久。我當共和主義者，已經二十年了。」女人說。

「我父親一生都是共和主義者，所以他們槍斃他。」瑪麗亞說。

「我父親一生也是共和主義者。祖父母也是，」羅柏·約丹說。

「在哪一國？」

「美國。」

「當局有沒有槍斃他們？」婦人問道。

「怎麼會。美國是共和論者的國家。他們不會因爲你是共和論者而槍斃你。」瑪麗亞說。

「有一個共和主義者當祖父，還是挺不錯的。表示你有好血統。」女人說。

「我祖父是共和黨全國委員會的委員，」羅柏·約丹說。連瑪麗亞都爲之動容。

「令尊在共和國裡還很活躍嗎？」碧拉問羅柏道。

「不。他已經死了。」

「能不能請問他怎麼死的？」

「用手槍自殺。」

「免得受折磨？」女人問道。

「是的，免得受折磨。」羅柏·約丹說。

瑪麗亞含淚望著他。她說：「我父親拿不到武器。噢，很高興令尊幸運拿到武器。」

「是啊。很幸運，」羅柏．約丹說。「我們談點別的事情吧？」

「你我是同病相憐，」瑪麗亞說。她用手搭著他的手臂，同時盯著他的面孔。他看看她赤褐的臉蛋兒和雙目，那雙眼睛從他見面開始，就不像臉上其他的地方那麼稚嫩，但是現在突然熱烈起來，生嫩起來，充滿了渴望。

「你們外表真像兄妹，但是我相信你們幸虧不是兄妹。」女人說。

「我知道自己爲什麼有那種感覺了，現在搞清楚了。」瑪麗亞說。

「啊，」羅柏伸手摸摸她的腦袋。他整天都想摸她，現在如願以償，覺得喉嚨脹脹的。她在他手掌下轉動頭顱，向他微笑，他覺得滑溜溜毛茸茸的短髮在他手指間掀起陣陣漣漪。然後手掌滑到她頸部，他連忙放下來。

「再摸一次，我要你整天摸我的頭。」她說。

「待會見，」羅柏．約丹說，他的聲音濃濃啞啞的。

「我，」帕布羅太太用她低沉的嗓音說。「你們要我眼睜睜看著這一切？你們要我無動於衷？辦不到。但願帕布羅回來，免得鑄成大錯。」

現在瑪麗亞不注意她，也不注意燭光下圍桌玩牌的其他同志。

「你要不要再喝一杯酒，羅柏？」她問道。

「好，再喝又何妨？」他說。

「你會和我一樣，跟上一名酒鬼。」帕布羅太太說。「喝了他杯裡的稀奇玩意兒，又喝這麼多酒。聽我說，英國人。」

「不是英國人。是美國人。」

「那麼聽好，美國人。你打算睡哪裡？」

「外面。我有睡毯。」

「好。夜色清朗吧？」她說。

「而且很冷。」

「那就出去吧。你去睡外面，你的行李可以放在我身邊。」她說。

「好，」羅柏．約丹說。

「迴避一下，」羅柏．約丹對少女說，同時把手搭在她肩上。

「為什麼？」

「我希望和碧拉談談。」

「我非走不可嗎？」

「是的。」

少女走到洞口邊，站在大酒囊附近，看大家玩牌。帕布羅太太說，「什麼事？」

「吉普賽人說我應該——」他開口說。

「不，他誤會了。」女人打斷他的話。

「如果有必要——」羅柏．約丹說得很平靜，但是難以啓齒。

「你會這麼做，我相信。不，沒有必要。我一直看你。不過你的判斷甚佳。」女人說。

「可是萬一有必要——」

女人說：「不，我告訴你沒有必要。吉普賽人的心智大有問題。」

「但是一個人軟弱的時候也許相當危險。」

「不。你不明白。這個人已經失去製造危險的能力了。」

「我不懂。」

「你還年輕，你以後自會明白。」她說。然後對少女說：「來吧，瑪麗亞。我們不談了。」

少女走過來，羅柏．約丹伸手拍拍她的腦袋。她的頭摸起來像小貓似的。然後他以爲她要哭了。但是她的嘴唇又翹起來，望著他微笑。

「你現在還是上床就寢吧，你走了一大段遠路呢。」女人對羅柏．約丹說。

羅柏．約丹說，「好。我去拿隨身的用具。」

7

他在睡毯中朦朧睡去，大概睡了很長的時間，他想。睡毯鋪在洞外岩石背風面的森林地上，他睡覺時轉過身子，偎貼著手腕上用牽索繫牢的手槍；臨睡前，肩背無力，大腿精疲力竭，肌肉累得隱隱抽痛，他覺得地面好柔軟，於是迷迷糊糊地鑽進睡毯中，貼著迷人的法蘭絨襯布，當時手槍就遮好藏在他身邊。一覺醒來，他弄不清自己身在何處，恍然大悟之後，他移動身畔的手槍，又高高興興仰躺著，一隻手擱在衣服包著鞋子紮成的克難枕頭上。他在枕邊摸到一隻臂膀。

接著他覺得肩膀處有一隻小手，飛快轉身，右手在睡毯下抓著手槍。

「噢，是妳呀，」他說著放下手槍，伸出雙臂，把她拉下來。環抱著她，覺得她微微顫抖。

「進來吧，外面冷颼颼的。」他柔聲說。

「不。我不能這樣。」

「進來嘛，我們待會兒再討論。」他說。

她正在發抖，現在他一隻手抱她的腰，另一隻手臂輕輕摟著她。她把頭別開了。

「進來嘛，小兔子，」他說著，親吻她的頸背。

「我害怕。」

「不。別怕。進來嘛。」

「怎麼進去?」

「滑進來呀。空間很大。要不要我拉妳一把?」

「不,」說著她已滑進睡毯內,他緊抱著他,想要吻她的櫻唇,她把臉貼在克難枕頭上,雙臂卻摟著他的脖子。接著他覺得那雙小手臂鬆弛下來,他一抱她,她又發抖了。

「不,」他說著笑出聲。「別怕。這是手槍。」

他舉起手槍,甩到他身後。

「我覺得不好意思,」說著偏開小臉蛋。

「不。千萬別這樣。喏。過來。」

「不,我不能。我羞慚又害怕。」

「不。我的小兔子。拜託。」

「不行。如果你不愛我的話。」

「我愛妳。」

「我愛你。噢,我愛你。伸手摸我的頭,」她背對著他說,臉蛋還埋在枕頭裡。他伸手摸她的頭,輕輕愛撫,突然她的臉蛋由枕頭上抬起來,全身投入他懷抱,緊緊貼著他,面孔也和他相偎,她哭了。

他仍然抱著她,撫摸她修長的青春體態,又摸摸她的頭,親吻她潤濕而帶鹹味兒的眼皮,她痛哭失聲,他覺得那一對圓潤尖挺的乳房隔著襯衣輕輕觸碰他。

「我不會親嘴，我不知道怎麼吻法。」她說。

「用不著親吻。」

「要。我一定要吻你。我要做每一件事。」

「什麼都不必做。我們很好嘛。不過妳的衣服太多了。」

「我該怎麼辦？」

「我會幫妳脫。」

「這樣好一點了吧？」

「嗯。好多了。妳不覺得好多了？」

「嗯。好多了。碧拉說的沒錯，我可以跟你走？」

「不錯。」

「但我不要到收容所。要跟你同行。」

「不，到收容所去。」

「不，不，不。跟你在一起，我要當你的女人。」

他們並肩躺著，原先用盾牌抵擋的一切現在完全揭開了。原先隔著粗陋的纖維，現在一片光滑，圓潤尖挺，帶來修長而溫暖的涼意，外涼內溫，修長而輕巧，寂寞地緊緊相抱，輪廓充滿幽秘，青春灼人，可愛無比，暖洋洋滑溜溜，且飽含一股空虛得叫人心疼、摟緊不放的寂寞感，羅柏・約丹再也忍不住了，脫口而出，「妳愛過別人嗎？」

「從來沒有。」

接著突然在他懷裡齉聲齉氣的說：「不過我被人強暴過。」

「誰？」

「很多人。」

現在她一動也不動，彷彿身心已死，並且把頭偏開。

「現在你不愛我了。」

「我愛妳。」他說。

但是他有點不對勁，她看得出來。

「不，」她的聲音沮喪而呆板。「你不會愛我了。但是你也許肯帶我到收容所裡去。我要去收容所，不再當你的女人。」

「我愛妳，瑪麗亞。」

「不。這不是真心話，」她說。接著又可憐兮兮、卻又滿懷希望地想起最後一件事。

「可是我從來沒吻過男人。」

「那麼。現在吻我吧。」

「我想吻你，但是我不會。他們對我施暴，我一直抵抗，直到眼睛看不見爲止。我一直抵抗，直到——直到——直到一個人坐在我頭上——我咬他——後來他們把我的嘴巴綁起來，手臂扭到頭後面——其他的人就對我施暴。」

他說：「我愛妳，瑪麗亞。沒有人能傷害妳。妳，他們是碰不了的。沒有人碰過妳，小兔子。」

「你相信這樣？」

「我知道。」

「你能愛我？」現在又貼著他滿身暖意。

「我會更愛妳。」

「我要試著好好吻你。」

「輕輕吻一下吧。」

「我不會。」

「吻我就行了。」

她親親他的臉頰。

「不對。」

「鼻子要放哪兒？我一直想不通鼻子要放哪兒。」

「喏，把頭轉過來，」他們的嘴巴緊黏在一塊兒，她貼近他，嘴巴漸漸張開一點，突然間，他摟緊她，覺得一輩子從未如此幸福過，輕盈，可愛，心滿意足，打從心底感到幸福，不思考，不疲乏，不操心，只感到莫大的欣喜。他說，「我的小兔子。我的小親親。我的甜姐兒。我的長腿美人。」

「你說什麼？」她說，聲音彷彿從很遠的地方飄來。

「我的可人兒，」他說。

兩個人靜靜躺著，他覺得她的心貼在他胸口跳個不停，他用腳邊輕撫她的小腳側面

「妳打赤腳來，」他說。

「是的。」

「那麼妳知道自己要來睡覺囉。」

「是的。」

「妳不害怕。」

「怕呀。很怕。但是更怕脫鞋的情景。」

「現在幾點了？知道嗎？」

「不知道。你沒戴手錶？」

「有。但是在妳背後。」

「抽回來嘛。」

「不。」

「那就從我肩膀看過去。」

一點鐘。睡毯裡黑黝黝的，指針顯得很亮。

「你的下巴刮疼了我的肩膀。」

「對不起。我沒有刮鬍的工具。」

「我喜歡。你的鬍鬚也是金黃色？」

「是的，」

「會不會長出來？」

「炸橋之前長不了多少。瑪麗亞，聽著。妳——？」

「我什麼？」

「妳願不願意？」

「願意。什麼都願意。拜託。如果我們一起做每一件事，往事的痕跡也許就不存在了。」

「妳這樣想嗎？」

「不。我自己暗想過，但是碧拉爲我道出了心聲。」

「她頗有智慧。」

瑪麗亞柔聲說：「還有，她叫我告訴你，我沒有病。她知道這件事，所以叫我告訴你。」

「她叫妳告訴我？」

「嗯。我和她傾談，對她說我愛你。我今天一看到你就愛上你了，我始終愛你，但是以前沒見過面，我把這件事告訴碧拉，她說我要是向你坦承一切，千萬對你說我沒有毛病。還有一件事她早就告訴我了。炸完火車不久。」

「她說什麼？」

她說：「一個人要是不接受，誰也不能把她怎麼樣，如果我愛上某一個人，一切都會過去的。你知道，我當時真想一死了之。」

「她說的沒錯。」

「現在我真高興當時沒有一死了之。我真高興沒有死。你能愛我嗎？」

「是的。我現在就深深愛著妳。」

「我可以當你的女人？」

「我幹這一行，不能有女眷。不過妳現在就是我的女人。」

「一天是，就永遠是。現在我是你的女人？」

「是的，瑪亞麗。是的，我的小兔子。」

她緊緊挨著他，兩片櫻唇搜索他的嘴唇，找到了，輕輕貼上去，他覺得她清新、滑潤、年輕、可愛，帶著溫暖又炙人的涼意，簡直難以相信她就在這件和他的衣服、鞋襪、任務一樣熟悉的睡毯中。這時候她驚慌地說：「我們趕快做我們要做的事情，讓往事煙消雲散吧。」

「妳要嗎？」

「要，」她幾近兇猛地說：「要。要。要。」

8

晚上天氣很冷，羅柏．約丹睡得很熟。他半夜醒來，伸手一摸，知道少女還在那兒，蜷縮在睡毯下，呼吸輕盈而規律。夜色中，天空滿是星辰，涼風吹進鼻孔，他把頭縮進來，享受睡毯裡的暖意，同時親吻她光滑的肩膀。她沒有醒，他轉向另一邊，又將頭伸到外面，睜眼躺了一會兒，感受那種漫長的，沁人的，舒服的倦怠感，以及兩個身子相挨的觸覺快樂，然後，兩腿直伸進睡毯深處，他驟然滑進了夢鄉。

黎明醒來，少女已經走了。他一醒就知道，伸手摸去，她睡過的地方還有餘溫存在。他看看洞口帶霜的遮簾，看見薄薄的灰煙飄出岩石縫際隙，可見爐火已經點上了。

有一個人走出森林，頭上披一件毯子，活像南美的土人裝。羅柏．約丹看出是帕布羅，他正在抽菸呢。他已經下去把馬關進畜欄了，他暗想道。

帕布羅掀開門簾，走進洞內，沒有看羅柏．約丹一眼。

羅柏．約丹用手摸摸那件五年老睡毯的綠綢圓點外罩，上面結了一層薄霜，然後又縮進睡毯裡。好，他自言自語說著，雙腿伸開又併攏，享受法蘭絨襯布親切的撫摸，然後翻個身，頭部避開太陽該出來的方向。有什麼關係，我還是再睡一會吧。

他一直睡到飛機引擎聲將他吵醒。

他仰躺著，看到法西斯政府的三架飛雅特偵察機，細小，明亮，迅速飛過山區的天空，駛往昨天他和安瑟莫前來的方向。三架飛過去，又來了九架，呈三架三架的尖小隊形，飛得更高。

帕布羅和吉普賽人站在洞口陰暗處，仰望天空，羅柏．約丹靜靜躺著，現在天空充滿引擎的隆隆聲。這時候又有一陣新的嗡嗡聲傳來，三架飛機在墾植地上空飛過，高度不及一千呎。這三架是漢克一一雙馬達飛機。

羅柏．約丹頭部藏在岩影下，知道對方看不見他，就算看到了也無所謂。他知道，對方若在這片山區裡搜尋什麼，他們可能會發現畜欄裡的馬匹。他們若不搜尋什麼，也會看到那幾匹馬，但是會自然而然當做自己的騎兵駐地。接著又一陣一陣新的，更大的嗡嗡聲傳來，又有三架漢克機死板板飛過，位置更低，隊形僵硬。它們的吼聲漸漸加強，變成純粹的噪音，飛過墾植地以後，聲音漸行漸遠。

羅柏．約丹攤開那捆暫代枕頭的衣服，穿上襯衫。衣服套在頭上，他正往下拉，又聽到一陣軍機飛來，他在睡毯裡穿起長褲，靜靜躺著，又來了三架漢克雙馬達轟炸機。它們飛過山肩，他連忙扣好槍帶，捲起睡毯，放在岩石邊，然後坐在岩石附近繫好麻繩底布鞋。這時一陣嗡嗡聲化爲卡躂卡噠的怒吼，比先前更響亮，九架漢克輕型轟炸機呈梯陣飛來，天空都要扯裂了。

羅柏．約丹貼著岩石來到洞口，兄弟檔中的一位，還有帕布羅、吉普賽人、安瑟莫、奧古斯丁和那婦人都站在口邊往外看。

「以前有沒有出現過這種飛機？」他問道。

「從來沒有，」帕布羅說。「進來吧。他們會看到你。」

太陽還沒有照到洞口。現在才剛剛映入溪邊的草地，羅柏．約丹知道清晨幽暗的樹影和岩蔭下，對方不可能看見他們，但是他乖乖進洞，免得大家緊張。

「數目真不少，」婦人說。

「還會再來，」羅柏．約丹說。

「你怎麼知道？」帕布羅狐疑地說。

「剛剛那些飛機一定有驅逐機作件。」

這時候他們聽到更尖的嗚嗚聲，飛機飛過五千呎的高空，羅柏．約丹數一數，共有十五架飛雅特型驅逐機，呈梯陣中的梯陣，像野雁三隻三隻地排成V字形。

洞裡大家的臉色都非常凝重，羅柏．約丹說：「你們沒見過這麼多飛機？」

「從來沒有，」帕布羅說。

「西戈維亞不是很多嗎？」

「從來沒有，我們通常只看見三架。有時候是六架驅逐機。偶爾有三架三馬達的崇克大飛機，有驅逐機相隨。但是從來沒見過這種飛機。」

糟了，羅柏．約丹思忖道。真糟糕。敵機集中到這兒，可見事態嚴重。我得留心他們轟炸的消息。但是，他們一定還沒有調兵攻擊。今夜或明夜之前不可能發動，一定還沒有。此刻他們還沒有絲毫動靜呢。

他還聽見嗡嗡聲逐漸轉弱。他看看手錶。此刻它們一定飛過前線了。至少第一批已經飛過去。他按下轉軸，讓秒針滴嗒響，看著它移動。不，也許還沒有。現在，到了。現在一定飛過去了。那些漢克型飛機時速達兩百五十哩。五分鐘就能飛到那兒。現在它們一定過了隘口，早晨的卡斯提爾就在它們腳下，一片茶褐和金黃，白色的大路穿過金黃的田野，點綴著小村莊，漢克機的影子掠過大地，就像鯊魚的影子掠過海底的沙丘。

沒聽到撲通、撲通、撲通的炸彈聲，他的手錶滴嗒滴嗒響。

它們要飛到柯米娜、伊斯克里亞，或者皇莊果園城，他想，那裡的古堡俯視湖邊，蘆葦中有鴨子，皇莊後面的假機場上有傀儡飛機，頂槓迎風轉動。它們一定是飛向那兒。敵方不可能知道我方進攻的計劃，他告訴自己，但是心裡又忍不住問道：怎麼不可能。其他幾次他們也事先就知道了。

「你認爲他們有沒有看到馬兒？」帕布羅問他。

「他們不是來找馬的，」羅柏・約丹說。

「但是他們有沒有看到？」

「除非他們奉命找馬，否則他們不會注意。」

「他們可不可能看到呢？」

「也許沒有，除非太陽照在樹上。」羅柏・約丹說。

「太陽一大早就照到樹林了，」帕布羅慘然說。

「我想他們有別的事情要考慮，不會注意到你的馬兒，」羅柏・約丹說。

他按下馬錶桿，到現在已經八分鐘了，還沒聽見炸彈的聲音。

「你用那個錶幹什麼？」女人問他。

「聽聽它們飛到哪裡去了。」

「噢，」她說。

到了十分鐘，他不再看錶，知道即使隔一分鐘才傳來，現在也太遠，聽不出什麼名堂了。就對安瑟莫說：「我要和你談談。」

安瑟莫走出洞外，兩個人走了一段距離，站在松樹下。

「你好吧？」羅柏．約丹問他。

「還好。」

「你吃過早餐沒有？」

「沒有。大家都還沒吃。」

「那就去吃，再帶點東西當午飯。我要你去守大路。上行和下行的車輛、人馬全部記下來。」

「我不識字。」

「用不著，」羅柏．約丹從筆記本中撕下兩頁，用小刀在鉛筆末端割去一吋。「拿去，坦克劃這種記號，」他劃了一個歪歪斜斜的坦克，「一輛作一個記號，若劃滿四個記號，就穿過四劃代表第五輛。」

「這樣我們也會算。」

「好。卡車用另一個記號——兩個輪子和一個小方盒——來代表。若是空車，就打圓圈。若載滿軍隊，就劃一條直線。槍砲做記號。大的這樣。小的這樣。汽車做記號。救護車做記號。這樣兩個車輪，一個盒子加一橫桿。步兵以連爲單位，這樣，明白吧？小正方形，旁邊劃一下。騎兵這樣，你明白吧？像一匹馬似的。盒子四條腿。這是一支二十匹馬的軍隊。你懂了吧？每一支軍隊做一個記號。」

「不錯。妙極了。」

「喏，」他劃了兩個大輪子，外面加圓圈和短線代表砲筒。「這些是反坦克裝備。有橡皮輪胎，要作記號。這些是反航空裝備，」兩個輪子和上斜的大砲。「也畫下記號。你懂了吧？你看過這種大砲嗎？」

「嗯，當然。很清楚，」安瑟莫說。

「帶吉普賽人去，讓他知道你觀察的地點，好帶人接班，選一個安全的地方，不要太近，又能舒舒服服看清楚。等有人接班你才走。」

「我明白。」

「好。你回來以後，我應該知道路上走過的每一樣東西。一張畫上行的，一張畫下行的。」

他們往洞口走去。

「替我請拉費爾來，」羅柏．約丹說完，在樹下等著。他看到安瑟莫進洞，遮簾按著往下垂。吉普賽人悠哉遊哉走出來，用手擦擦嘴巴。

「你好，你昨天晚上玩得痛快吧？」吉普賽人說。

「我睡了一夜。」

「那倒不壞，」吉普賽人說著咧咧嘴。「你有沒有香菸？」

「聽著，」羅柏．約丹說，邊在口袋裡掏香菸。「我希望你跟安瑟莫到一個地方，他要觀察路面。你在那兒和他分手，注意地段，待會好帶我或別人去接班。然後你去找一個地方觀察鋸木廠，看看守備隊有什麼變化。」

「什麼變化？」

「那邊現在有多少人？」

「八個。這是最近的消息。」

「看看現在有多少人。再看看橋上的衛兵多久換一次班。」

「隔多久？」

「看衛兵一連站幾個鐘頭，什麼時刻交班。」

「我沒有手錶。」

「把我的拿去吧，」他脫下手錶。

拉費爾羨慕地說：「好一個手錶。你看結構多麼複雜，這樣的手錶應該能讀能寫。看看數字多麼複雜。這是一個出類拔萃的名錶。」

「別爲它說傻話了。你會不會看時間？」羅柏．約丹說。

「怎麼不會？中午十二點，肚子餓。半夜十二點，睡覺。早上六點，肚子餓。晚上六點，喝酒。運氣好的話，晚上十點——」

羅柏．約丹說：「閉嘴，你不用扮小丑。我要你查看鋸木廠和小橋的衛兵，再檢查大橋的衛兵和下面大路的守備隊。」

「工作量還不少，你真要派我，不改派別人？」吉普賽人微笑說。

「不，拉費爾。這件事非比尋常。你要小心去做，當心不要被人發現。」

「我相信對方不會發現我。你何必吩咐我別讓人發現？你以爲我想挨槍子兒？」吉普賽人說。

「正經一點吧，這是正經事。」羅柏．約丹說。

「昨天晚上你那樣做，還要我正經一點？你本該殺掉一個人，沒有動手，反而做了那樣一件事？你該殺人，不是造人！我們剛才看到天空佈滿飛機，足夠炸死我們的老祖宗和一切未出現的兒孫，連豬、羊、臭蟲都不能倖免。飛機飛過，天空爲之變色，噪音足以凍結你娘的奶水，你還要我正經。我已經夠正經啦。」

「好吧，」羅柏．約丹說完大笑，把手搭在吉普賽人肩上。「那就不要太正經。現在吃完早餐，快去吧。」

「你呢？你幹什麼？」吉普賽人問道。

「我去找艾爾．薩多。」

「來過那麼多飛機，說不定整個山區已連一個人影都找不到。今天早上它們飛過的時候，一定有很多人流出大滴的冷汗。」吉普賽人說。

「那些飛機有別的任務，不會搜尋游擊隊。」

「是的，」吉普賽人說，然後又搖搖頭。「不過等他們想從事這項任務的時候，我們就慘了。」

「怎麼會，那些都是最厲害的德國輕型轟炸機。他們不會派那些飛機來追吉普賽人。」羅柏說。

「我一見就怕。對這種玩意兒，真的，我簡直嚇壞了。」拉費爾說。

入洞後，羅柏．約丹告訴大家，「他們是去炸一座機場。我幾乎敢斷定，他們是去那兒。」

「你說什麼？」帕布羅太太問道。她倒了一碗咖啡給他，又遞上一罐煉乳。

「有牛奶？真豪華！」

「什麼都有，」她說：「飛機來過以後，大家都害怕極了。你說飛機要上哪兒？」

羅柏．約丹由罐頭細縫中倒出幾滴煉乳，滴在咖啡裡，用罐子擦擦杯緣，然後攪拌咖啡，攪成淺棕色。

「我相信他們是去炸一座飛機場。也許去伊斯克里亞和柯米娜。說不定要去三個地方。」

「那他們應該走遠路，不經過這兒，」帕布羅說。

「他們爲什麼現在來這裡？現在什麼原因使他們來這兒？我們從來沒見過這麼多飛機。他們是不是準備攻擊？」女人問道。

「昨晚路上有什麼車輛通行？」羅柏・約丹問道。少女瑪麗亞站在他附近，但是他沒有看她。婦人說：「喂，費南度。你昨天晚上去過莊園村。那邊有什麼動靜？」

「沒有，」一個年約三十五歲、矮小寬臉、單眼斜視的男人說。羅柏・約丹沒見過他。「照例有幾輛軍用卡車。一些汽車。我在那兒的時候，軍隊沒什麼動靜。」

「你每天去莊園村？」羅柏・約丹問他。

「我或別人，總有人去。」費南度說。

「他們去聽消息，買煙草，辦一些小事，」婦人說。

「我們有同志在那兒？」

「嗯。怎麼沒有？那些搞動力廠的人。還有別人。」

「消息如何？」

「沒什麼。北方戰況仍然很差。這不算新聞。北方從開始就很糟糕。」

「你有沒有聽到西戈維亞的消息？」

「沒有，老兄。我沒問。」

「你去不去西戈維亞？」

「偶爾去，不過很危險。有幾個檢查站要看證件。」費南度說。

「昨天晚上沒有人談起這些飛機？」

「在莊園村？沒有。但是他們今天晚上一定會大談特談。他們提到魁波・狄蘭諾的廣播。沒有別的，噢，有。共和國似乎準備進攻。」

「什麼？」

「共和國正準備進攻。」

「在哪兒？」

「還不確定。也許是這兒。也許是山脊的另一部分。你聽過這個消息？」

「他們在莊園村說的？」

「是啊，老兄。我忘了。不過大家常常提起進攻的事情。」

「話題由什麼地方傳出來的？」

「什麼地方？咦，大家都在傳啊。官員在西戈維亞和阿維拉的咖啡館談話，侍者注意到了。謠言就傳開來。最近他們說共和國要進攻這一帶。」

「是共和國還是法西斯政府？」

「共和國。若是法西斯政府，人人都知道。不，這是規模相當大的一次攻擊。還有人說會有兩次呢。一次是這兒，一次在伊斯克里亞附近的獅子高地。你有沒有聽到這件事？」

「你還聽到什麼？」

「沒有，老兄，噢，有。有人說，真要進攻的話，共和國這一方會炸幾座橋樑。但是橋樑都有人看守。」

「你是不是開玩笑？」羅柏．約丹說著，啜了一口咖啡。

「不，老兄。」費南度說。

「他這個人從來不說笑話。他不說笑，真是不幸。」婦人說。

羅柏．約丹說：「那麼謝謝你帶來這些消息。你沒聽見別的事？」

「沒有。他們照例說對方要派軍隊來清剿這片山區。據說他們已經上路了。他們已經從瓦拉多利開出來。不過他們老是這麼說。不值得重視。」

「你呀，」帕布羅太太幾近惡毒地對帕布羅說：「你還大談安全之道哩。」

帕布羅深思熟慮地看看她。抓抓下頦。他說：「妳呢，卻大談橋樑。」

「什麼橋？」費南度興沖沖問道。

婦人對他說：「蠢貨，獃瓜。再喝一杯咖啡，儘量再回想一些消息。」

「別生氣，碧拉，也不該爲謠言而驚慌。我已經把記得的消息全部告訴妳和這位同志了。」費南度安詳而愉快地說。

「你想不起別的了？」羅柏．約丹問道。

「想不起來了。我記得這些，已經夠幸運啦，因爲全是謠言，我根本不放在心上。」費南度莊敬地說。

「那麼還有別的囉？」

「嗯。可能有。但是我沒有注意。一年來我聽到的全是謠言。」

羅柏．約丹聽到身後的少女瑪麗亞發出輕快、忍俊不住的笑聲。

「費南度，再告訴我們一些謠言吧，」她說著，肩膀又擺個不停。

「就算想得起來，我也不說。把謠言當一回事，未免有損男子漢的尊嚴。」費南度說。

「我們就憑這些謠言拯救共和國，」婦人說。

「不。妳炸橋來拯救它，」帕布羅對她說。

「去吧，你們吃完就走。」羅柏．約丹對安瑟莫和拉費爾說。

「我們現在就走，」老人說著，兩個人同時站起來。羅柏．約丹覺得一隻手擱在他肩上。是瑪麗亞。「你應該吃點東西，」她說著，並不抽回纖手。「吃飽了，肚子才撐得住更多謠言。」

「謠言已經把胃口趕跑了。」

「不。不應該這樣。現在吃這個，再聽更多謠言。」她把碗放在他前面。

「不要拿我開玩笑。瑪麗亞，我是妳的好朋友呢。」費南度對她說。

「我不是開你的玩笑，費南度。我只是和他鬧著玩兒，他應該吃點東西，否則會餓肚子。」

「我們都該吃。碧拉，有什麼菜我們沒吃到？」費南度說。

「沒有，老兄，」帕布羅太太說著，在他碗裡裝滿燉肉。「吃吧。不錯，你只會吃。現在吃吧。」

「很好，碧拉，」費南度說著，仍是一臉莊重。

「謝謝你，謝謝你，再謝謝你。」婦人說。

「妳是不是生我的氣？」費南度問道。

「沒有。吃吧。你只管吃吧。」

「我會的，謝謝妳。」費南度說。

羅柏．約丹看看瑪麗亞，她的雙肩又開始抖動，她把眼睛避開了。費南度繼續吃。臉上一副自尊而莊重的表情，甚至他用了一隻特大號的湯匙，嘴角流出幾滴肉汗，他的尊嚴仍然不受影響。

「你喜不喜歡今天的飯菜？」帕布羅太太問他。

「喜歡，碧拉。」他滿嘴東西說：「和往常一樣。」

羅柏．約丹覺得瑪麗亞的纖手搭在他手臂上，覺得她手指緊揑著他，心裡很高興。

「你喜歡，就因爲這一點？」婦人問費南度說。

「不錯，我明白了。燉肉，和往常一樣。北方戰況差，和往常一樣。此處有攻擊戰。和往常一樣。軍隊來趕我們，也和往常一樣。你真可以列做『往常』的不朽紀念碑。」她說。

「不過後面兩件只是謠傳，碧拉。」

「西班牙啊，」帕布羅太太尖刻地說。然後轉向羅柏。「別的國家也有這種人嗎？」

「沒有一個國家比得上西班牙，」羅柏．約丹彬彬有禮說。

「你說得不錯，世界上沒有一個國家比得上西班牙。」費南度說。

「你到過別的國家？」婦人問他。

「沒有，我也不想去。」費南度說。

「你看到了吧？」帕布羅太太對羅柏．約丹說。

「費南度，談談你到瓦倫西亞的經過吧。」

「我不喜歡瓦倫西亞。」

「爲什麼？」瑪麗亞問道，同時又揑揑羅柏．約丹的膀子。「你爲什麼不喜歡？」

「那裡的人沒有禮貌，我不瞭解他們。他們只會『去，去』互相吆喝。」

「他們能不能聽懂你的話？」瑪麗亞問道。

「他們假裝聽不懂，」費南度說。

「你在那邊幹什麼？」

費南度說：「我連大海都沒有參觀就走了，我不喜歡那些人。」

「噢，滾開，你這老姑婆。滾開，免得我煩心。我在瓦倫西亞度過一生最美的日子。噢！瓦倫西亞。別和我說瓦倫西亞。」帕布羅太太裝模作樣的說。

「妳在那邊幹什麼？」瑪麗亞問道。帕布羅太太端了一碗咖啡、一片麵包和一碗燉肉在桌邊坐下來。

「什麼？我們在那邊幹什麼。我在那邊的時候，菲尼陀有三場博覽會鬥牛的合約。我從來沒看過那麼多人。我從來沒見過咖啡館那麼擁擠。一連幾個鐘頭找不到座位，也擠不上電車。瓦倫西亞整天整夜都有活動。」

「但是妳做些什麼？」瑪麗亞問她。

婦人說：「什麼都做。我們到海灘，躺在水裡，帆船用公牛拖離海面。大家把公牛趕下水，牠們非游泳不行；然後套上拖船的馬具，等牠們找出步調，蹣蹣跚跚走上沙灘。早晨小浪花沖到岸上，十對上軛的公牛就拖一隻帆船離開海面。這就是瓦倫西亞。」

「不過，妳除了看牛，還做些什麼？」

「我們在沙灘的涼亭吃東西。醱麵點心用煮熟的碎魚、青椒、紅椒和米粒般的小堅果製成。麵點鬆脆好吃，魚類鮮得難以置信。海上剛撈起的龍蝦灑上一點萊姆汁。粉紅色，很甜，一隻龍蝦咬四口。我們吃了不少哩。然後我們又吃海鮮製成的米糕，連殼的蛤蜊、蠔、螯蝦和小鱔魚。我們甚至單吃油炒的小鱔魚，小得像豆芽似的，向各方捲曲，很軟，入口即化。我們隨時喝一種白酒，冰涼，清淡，好吃，三十分錢一瓶。最後以甜瓜壓陣。該地是甜瓜的家鄉。」

「卡斯提爾的甜瓜更棒，」費南度說。

「怎麼會，卡斯提爾的甜瓜適宜自生自爛。瓦倫西亞的甜瓜才好吃。我想起那些人手一般長，大海一般綠，切起來又脆又嫩，比夏日清晨更甜美的甜瓜。哎，我想起那些小鱔魚，細小，美味，一堆堆放在盤子裡。還有水壺凍一下午的啤酒，一壺像水罐一般大小，凍得直冒水珠。」帕布羅太太說。

「妳不吃不喝的時候，做些什麼？」

「我們在房間裡談情說愛，陽台上掛著木條製的百葉窗，涼風由絞翼門頂端透進來。我們在屋裡談情說愛。因爲有百葉窗，屋裡白天也暗黝黝的，街上傳來花市的芬芳，博覽會期間街上每天都有鐵箍爆竹引發，傳來火藥灰的氣味。一排火炮繞遍全市，由爆竹一串串連接而成，沿著電線和竹桿一一爆起，聲音很大，一桿一桿猛然跳起來，霹哩啪啦，簡直難以相信。」

「我們談情說愛，然後再叫一壺啤酒，玻璃壺凍得水珠淋漓。女侍送來後，我從門邊接過來，把冰涼的水壺貼在菲尼陀背上，他睡得正香，啤酒送來他還沒醒，直嚷道：『不，碧拉。不，娘們。讓我睡覺。』我說：『不，醒一醒，喝一杯，看看有多冷。』他閉著眼睛喝完，又去睡覺，我背靠床尾的枕頭，靜靜躺著，看他睡覺。他睡覺的時候膚色茶褐，髮色烏黑，顯得年輕又安詳，我把整壺啤酒喝下去，然後聆聽一個樂隊邊走邊奏的音樂。」她對帕布羅說：「喂，這些事情你知道嗎？」

「我們一起做過很多事情，」帕布羅說。

婦人說：「不錯。怎麼沒有？你年輕的時候比菲尼陀更有男子氣概。但是我們沒去過瓦倫西亞。我們沒有並肩躺在床上，聽瓦倫西亞的樂隊遊街。」

「不可能，我們沒有機會去瓦倫西亞，妳若講理些，就知道這一點。不過，妳和菲尼陀沒炸過火車。」帕布羅對她說。

「沒有，」婦人說：「這是我們僅存的回憶。是的。老是談火車。誰也不能指責那件事情。於是留下了一切懶散、怠惰和失敗。留下了今天的怯懦。以前也有很多別的事情。我不想偏心。但是誰也不准攻擊瓦倫西亞。你聽到沒有？」

費南度平靜地說：「我不喜歡，我不喜歡瓦倫西亞。」

「他們還說騾子倔強呢，」婦人說：「瑪麗亞，收拾收拾，我們要走囉！」

她說話的當兒，大家聽到第一陣飛機又回來了。

9

他們站在洞口看飛機。現在轟炸機高高在天上，呈迅速而醜陋的箭頭型，馬達的響聲把天空都震裂了。它們的形狀像鯊魚——羅柏‧約丹想道——就像墨西哥灣流的寬鰭尖鼻鯊。但是這些銀色的寬鰭類吼聲震天，螺旋槳在陽光下泛出一層輕霧，它們的動作卻不像鯊魚。它們的動作是空前未見的。它們動起來簡直就像機械死神一般。

你應該寫作，他對自己說。也許以後你會再寫。他覺得瑪麗亞抓住他的手臂。她正抬頭望，他對她說：「妳覺得它們像什麼，美人兒？」

「我不知道。死神吧，我想。」她說。

「我覺得就像飛機嘛。小飛機哪裡去了？」帕布羅太太說。

羅柏‧約丹說：「也許從另一邊飛過去了，這些轟炸機速度太快，不能等它們，就自己回來啦。我們追擊它們，從來不追過戰線。我們飛機不多，不能冒險。」

這時候三架漢克戰鬥機呈V型低飛過墾植地，向他們飛來，就在樹頂上，像霹靂啪啪、歪翅挾鼻的醜玩具，突然擴大，逼真得嚇人，嗚嗚湧過頭頂。飛得實在太低了，他們由洞口看見駕駛員，頭戴盔罩和目鏡，一條領巾由偵察隊長的後腦勺往後飄。

「他們會看到那些馬，」帕布羅說。

「連你的香菸頭都看得見，我們放下遮簾吧。」婦人說。

沒有飛機再飛來。其他幾架想必繞過山脊那一邊飛走了，等隆隆聲過去，他們由洞口來到戶外。

現在天上空空如也，又高又藍又清爽。

「真像作夢醒來，」瑪麗亞對羅柏．約丹說。等那陣聲音幾乎聽不見以後，連彈指般依稀的響聲都沒有了。

「不是作夢，妳進去收拾，」碧拉對她說。又轉向羅柏．約丹，「怎麼？我們騎馬還是走路？」

帕布羅看看她，咕噥幾聲。

「隨妳便，」羅柏．約丹說。

「那我們走路吧，我要走一走，對肝臟有益。」她說。

「騎馬對肝有益。」

「是的，不過屁股很難過。我們走路，你——」她轉向帕布羅，「不去算你的畜生嗎，當心牠們跟人跑了。」

「你要不要牽一匹馬騎騎？」帕布羅問羅柏．約丹。

「不，多謝。小妞兒呢？」

碧拉說：「她最好散散步。她身上很多地方都要僵住了，什麼都幹不來。」羅柏．約丹自覺臉上發燙。

「你睡得好吧？」碧拉問道。然後又說：「她真的沒病。本來很可能染上的。我不知道爲什麼沒有。也許上帝還是存在吧，雖然我們不要祂了。走哇，」她對帕布羅說：「這件事和你無關。屬於比你年輕的人。別的材料構成的人。走哇。」然後又對羅柏說：「奧古斯丁會照顧你的行李。他一來，我們就走。」

今天天氣晴朗，如今在陽光下暖洋洋的。羅柏看看這個大塊頭，膚色茶褐的婦人。她雙目慈祥，分得很開，臉型方方的，充滿皺紋，醜得討人喜歡，眼神愉快，但是嘴唇不動的時候，表情很悲哀。他看看她，又望著那個粗壯頑強的男子由樹林走向馬檻。女人也目送著他。

「你們做愛了？」婦人問他。

「她說了些什麼？」

「她不肯告訴我。」

「我也不說。」

婦人說：「那你們一定做愛了。對她要儘量小心。」

「萬一她懷了小孩，怎麼辦？」

「那樣沒有害處呀，那樣害處反而少些。」婦人說。

「這個地方不適宜養小孩。」

「她不會留在這兒，她要跟你走。」

「我要去哪裡？我去的地方，不能帶女人。」

「誰知道呢？說不定你會帶兩個人去。」

「話不能這麼說。」

「聽著。我並不怯懦，但是今天一大早我就看清了一切，很多我們認識而現在還活著的熟人，絕對活不到下星期天。」婦人說。

「今天星期幾？」

「星期天。」

「啊，下星期天很遙遠。我們若能活到星期三，就沒事了。但是我不喜歡聽妳說這種話。」羅柏．約丹說。

「每個人都需要找個人談談，所以我們才有了宗教和其他的廢話。現在每個人都應該有一個說實話的朋友，我們雖然勇氣十足，卻變得非常寂寞。」婦人說。

「我們不寂寞。我們大家都連結在一起。」

「看到那些飛機，確實有一點影響，」婦人說。

「但是我們可以打敗它們。」

「你看，我向你招認心裡的悲哀，不過你別以為我沒有決心，我的決心分毫無損。」

「太陽一出來，悲哀就消散了。像霧氣一般。」

婦人說：「不錯，你要這麼說也可以。也許我談起瓦倫西亞的傻事兒，才有這些感慨吧。還有那個去看馬的失敗者。我提起那段往事，大大傷害了他的自尊。殺了他，可以。咒罵他，可以。但是傷害他，卻不行。」

「你怎麼會跟他在一起？」

「一個人怎麼會和另外一個人在一起？革命運動初起的時候，還有革命發生前，他實在了不起。非常認真。但是現在他完了。塞子拔出來，皮囊的好酒都流光了。」

「我不喜歡他。」

「他也不喜歡你，難怪嘛。昨天晚上我和他共眠，」現在她笑著搖搖頭。她說：「你看。我對他說：『帕布羅，你爲什麼不殺了那位外國人？』

「他說，『他是好青年，碧拉，他是好青年。』

「於是我說：『你知道現在由我指揮？』

「他說：『是的，碧拉。是的。』半夜我聽到他醒來哭。哭聲急促而醜陋，好像一個男人心裡有野獸在搖撼他似的。

「『帕布羅，你怎麼啦？』我問他，同時緊抱住他。

「『沒什麼，碧拉。沒什麼。』

「『有。你有些不對勁。』

「他說：『那些人。他們背棄我，那些人。』

「我說：『是的，不過他們追隨我，我是你的女人。』

「他說：『碧拉，記住火車的事情。』然後他又說：『願上帝幫助妳，碧拉。』

「我對他說：『你提起上帝幹什麼?這算什麼話?』

「他說：『不錯，上帝和聖母。』

「我對他說：『怎麼，上帝和聖母。這還像人話嗎?』

「他說：『我怕死，碧拉。我怕死。妳明白嗎?』

「我對他說：『那就滾下床去。一張床容不下你我二人，再加上你的恐懼。』

「他覺得慚愧，不再說什麼，我只管睡覺。但是，老兄，他已經完蛋了。」

羅柏．約丹悶聲不響。

「我這一生每隔一段日子就覺得悲哀。但是和帕布羅的悲哀不一樣，不會影響我的決心。」婦人說。

「我相信這一點。」

她說：「也許就像女人的生理週期。也許根本沒什麼。」她停了停，又繼續往下說：「我對共和國有極大的幻想。我信仰共和國，我有信心。我熱烈信仰它，就像信教的人相信神蹟一樣。」

「我相信妳。」

「你也有同樣的信心？」

「對共和國？」

「是的。」

「不錯，」他說著，心裡希望真有其事。

「我很高興，你不怕？」婦人說。

「不怕死，」他說出真心話。

「其他的恐懼呢？」

「只怕我不能完成該達成的任務。」

「不像別人，怕被捕？」

「不。怕那個，就會嚇得出了神，什麼事都幹不好。」他真切地說。

「你是一個非常冷靜的青年。」

「不，我不以爲然。」他說。
「不。你頭腦很冷靜，」
「我只是專心工作。」
「但是你不喜歡生命的各種內容？」
「喜歡。很喜歡。但是不至於干擾我的工作。」
「你喜歡喝酒，我知道。我看得出來。」
「是的，很喜歡。但是不至於干擾我的工作。」
「女人呢？」
「我很喜歡她們，但是不把她們放在心上。」
「你不愛她們？」
「愛呀。但是我沒有找到一個真正讓我動心的女子。」
「我想你在說謊話。」
「也許有一點吧。」
「但是你愛瑪麗亞。」
「不錯。突然間，而且愛得很深。」
「我也是。我很愛她。不錯。愛得很深。」
「我也是，」羅柏・約丹說著，自覺聲音濃濁起來。「我也是。不錯。」說這句話他覺得很高興，而且他正式用西班牙說出來，「我很愛她。」
「我們見過艾爾・薩多之後，我會讓你單獨陪陪她。」

羅柏．約丹悶聲不響。然後才說：「沒有必要。」

「有，老兄。有必要。時間不多了。」

「妳由手相中看出來的？」他問道。

「不。別去想手相的那些廢話。」

她推開這件事，和一切不利於共和國的事情。

羅柏．約丹沒說話。他看瑪麗亞在洞內收拾碗碟。她擦擦手，回頭向他微笑。她聽不到碧拉說些什麼，但是她向羅柏．約丹微笑的時候，茶褐色的肌膚泛出紅暈，然後又向他笑笑。

婦人說：「還有白天哪。你們擁有黑夜，但是還有白天哪。不錯，此地享受不到當年我在瓦倫西亞見識的豪華生活。但是你們可以去採幾個野草莓之類的。」她開懷大笑。

羅柏．約丹把手搭在她的大肩膀上。他說：「我也喜歡妳。我很喜歡妳。」

「你是一個標準的風流客唐璜，」婦人為此情此景而略感發窘。「你開始喜歡每一個人。奧古斯丁來了。」

羅柏．約丹走進洞內，迎向瑪麗亞站立的地方。她看到他走過來，眼睛一亮，臉頰和喉嚨又羞紅了。

「哈囉，小兔子，」說著親吻她的嘴唇。她用力抱緊他，盯著他的面孔說，「哈囉。噢，哈囉。哈囉。」

費南度還坐在桌旁抽香菸，站起來，搖搖頭走出去，拿起牆邊倚立的卡賓槍。

「這樣不合禮法，我不喜歡。妳應該照顧小妞兒。」他對碧拉說。

「我照顧她啦，那位同志是她的未婚夫，」碧拉說。

費南度說：「噢，既然他們訂婚了，我認爲完全正常。」

「我很高興，」婦人說。

「我也一樣，」費南度鄭重同意說。「祝妳好運，碧拉。」

「你要上哪兒？」

「到上面的崗哨去接替普利米蒂弗。」

「媽的，你要去哪裡？」奧古斯丁上來，問這個嚴肅的小個子說。

「去值班，」費南度莊重地說。

奧古斯丁嘲諷地說：「值班，我幹你娘的鬼班。」然後轉向婦人說：「我要看守的那批臭玩意兒在哪裡？」

碧拉說：「在洞裡。分成兩個背包。我聽你的髒話實在聽厭了。」

「我幹妳娘的厭煩，」奧古斯丁說。

「那就去作踐你自己吧，」碧拉冷冰冰說。

「妳娘的，」奧古斯丁回答說。

「你一輩子沒有親娘，」碧拉反唇相譏。以三字經罵人在西班牙已是家常便飯，一般人並不以爲意。

「他們在裡面幹什麼？」現在奧古斯丁神秘兮兮地說。

碧拉告訴他：「沒什麼，沒什麼。春天裡我們畢竟都是動物而已。」

「動物，」奧古斯丁津津有味地咀嚼這個字眼。「動物。還有妳。娼婦中的大娼婦的女兒。我幹你娘春天的奶水。」

碧拉拍拍他的肩膀。

「你呀，」她說著轟然大笑。「你罵人的話千篇一律。但是你有威力。你看到飛機沒有？」

「我幹他媽的飛機馬達，」奧古斯丁說著，點點頭，咬咬下唇。

「真了不得，真正了不得。但是很難辦。」碧拉說。

「那種高度，不錯，」奧古斯丁咧嘴一笑。「當然。不過最好開開玩笑。」

帕布羅太太說：「是啊，最好開開玩笑。你是一個大好人，你的笑話頗有威力。」

「聽著，碧拉。有些事情正在醞釀中。對不對？」奧古斯丁正色說。

「你看呢？」

「最險惡不過了。那些飛機還不少，娘們。很多飛機哩。」

「你也像別人一樣，嚇慌了。」

「怎麼會。妳想他們在準備什麼？」奧古斯丁說。

碧拉說：「你看，這個年輕人來炸橋，可見共和國正準備進攻，對方來了這麼些飛機，可見法西斯黨正準備迎戰。不過，爲什麼要亮出飛機呢？」

「這次戰爭有很多蠢事。這次戰爭，有些事情蠢得離譜。」奧古斯丁說。

碧拉說：「不錯。否則我們不可能在這兒。」

奧古斯丁說：「是啊。現在我們沉迷在痴愚的世界，已經整整一年了。但是帕布羅是一個理解力很強的人。帕布羅可謂足智多謀。」

「你爲什麼說這種話？」

「我就這麼說。」

碧拉解釋說：「但是你要明白，現在靠智謀得救已經太晚了，他卻失去了另一方面的特質。」

「我明白。我知道我們非走不可。既然我們必須打贏，才能生存，橋樑非炸掉不可。但是帕布羅現在雖然怯懦，倒是很精明的。」奧古斯丁說。

「我也很精明。」

奧古斯丁說：「不，碧拉，妳不精明。妳勇敢。妳忠誠。妳有決心。妳有本能的直覺。決斷力強，情感豐富。但是妳並不精明。」

「你相信如此？」婦人沉思道。

「是的，碧拉。」

「那個年輕人很精明。精明又冷靜。頭腦很冷靜。」

奧古斯丁說：「是啊，他一定熟悉他的本行，否則他們不會派他來做。不過我不知道他精明與否。至於帕布羅，我確知他十分精明。」

「但是他因爲心存害怕和不想行動，已經變成一無是處了。」

「卻仍然很精明。」

「你到底在說什麼？」

「沒有。我儘量理智分析。此刻我們需要明智的行動。炸完橋，我們必須馬上離開。一切都要先準備好。我們得知道要上哪兒去，該如何去法。」

「當然。」

「這件事——帕布羅。一定要做得乾淨俐落。」

「我對帕布羅沒有信心。」

「這件事沒問題。」

「不。你不知道他墮落到什麼程度。」

「他很精明。這件事若不能做得乾淨俐落，我們就慘了。」

「我會考慮，我有一天的時間可以考慮。」碧拉說。

「炸橋的事，那位青年一定知道。看看另一位外國人發起的炸火車案，多漂亮。」

碧拉說：「是啊，其實他策劃了一切。」

奧古斯丁說：「你有精力和決心。但是帕布羅負責發動。帕布羅負責撤退。現在逼他研究研究吧。」

「你是一個聰明的人。」

「聰明，不錯。但是不夠惡毒。帕布羅最恰當。」奧古斯丁說。

「就憑他這麼害怕和無能？」

「就憑他這麼害怕和無能，也照樣可以。」

「你對炸橋的事情有什麼看法？」

「非炸不可。我知道。我們必須做兩件事情。我們得離開此地，我們非贏不可。若要打贏，一定要炸橋。」

「帕布羅如果夠精明，為什麼看不出這一點？」

「他希望事情順應他軟弱的心境。他希望留在軟弱的漩渦中。但是河水漲了。他被迫改變，自會變得很精明。他本來很精明。」

「幸虧那個年輕人沒有殺死他。」

「啊。昨天晚上吉普賽人要我殺他。吉普賽人真是禽獸。」

她說：「你也是禽獸哇，不過是聰明的禽獸。」

「我們都聰明，但是帕布羅最有才能。」奧古斯丁說。

「卻叫人難以忍受。你不知道他腐化得多厲害。」

「是啊。不過卻是天才。看啊，碧拉，使戰爭順應需要是聰明。但是要打勝仗，就得靠才華和物資。」

她說：「我要考慮考慮。我們現在要出發了。已經太遲了。」然後提高嗓門叫道，「英國佬，英國佬，走吧，我們走啦。」

10

碧拉對羅柏說：「我們歇一會見。坐在這裡，瑪麗亞，我們休息一下。」

羅柏卻說：「我們應該繼續走，到那邊再休息。我一定要見這個人。」

「你會見到他的，」婦人告訴他。「不急嘛。坐在這兒，瑪麗亞。」

「走嘛，到山頂再休息。」羅柏說。

「我現在休息，」婦人說著就在溪邊坐下來。少女坐在她身邊的石楠堆裡，陽光映著她的髮絲。只有羅柏．約丹站著眺望高山的草地，和山間奔流的鱒魚小溪。他靜立的地方長出不少石楠。草地下方不長石楠，只有黃色的羊齒植物間聳出灰色的石塊，再往下就是幽黑的松林了。

「到艾爾．薩多那邊還有多遠？」他問道。

婦人說：「不遠。穿過這片闊野，進入下一個山谷，就在溪水源頭的森林頂端。你坐下來，不要那麼嚴肅嘛。」

「我要見見他，把事情談好。」

「我要洗洗腳，」婦人說著，脫下麻繩底布鞋和一雙厚羊毛襪，把右腳伸進小溪。「老天哪，好冷。」

「我們應該騎馬來，」羅柏・約丹對她說。

「步行對我有益。我一直想念這種生活。你怎麼啦？」婦人說。

「沒什麼，只是著急。」

「那就靜一靜吧。時間還多得很。今天天氣太好了，我真高興不必待在松林裡。你簡直想像不出我對松樹多麼厭煩。妳還沒看膩松樹嗎，美人兒？」

「我喜歡，」少女說。

「有什麼好喜歡的？」

「我喜歡松樹的氣味，和腳底松針的觸覺。我喜歡樹梢頂的微風，和松樹廝磨的濤聲。」

「妳什麼都喜歡。妳的烹調技術如果稍微好一點，真是男人夢寐以求的佳侶。但是松樹成林，令人討厭。妳沒見過山毛櫸、橡樹或者板栗的樹林。那些才叫森林哪。那種森林每一棵都不一樣，有個性有美感。松林叫人討厭。你說呢，英國人？」碧拉說。

「我也喜歡松樹。」

碧拉說：「不過，來吧，你們兩個。我其實也喜歡松樹，但是我們在松林裡待太久了。我對山區也感到厭煩。山區裡只有兩個方向。下山和上山，下山只通到大路和法西斯黨的城鎮。」

「妳有沒有去過西戈維亞？」

「怎麼行。就憑這一張臉蛋兒。這張臉誰都認得出來。美人兒，妳喜不喜歡當醜丫頭？」她對瑪麗亞說。

「妳不醜。」

「算了，我不醜。我天生醜陋。一輩子都醜。英國人，你對女人一無所知。你知不知道醜陋的女人是什麼心情？你知不知道生來醜陋內心卻自覺很美是什麼心情？那是很稀奇的，」她把另一隻腳伸入小溪，然後抽回來。「老天，真冷，看看那隻水鶺鴒，」說著用手指向一隻在溪石上晃來晃去的灰色鳥兒。「牠們一無是處。不會唱歌，肉也不好吃。只會把尾巴擺上擺下。給我一根菸吧，英國人，」說著接過來，掏出襯衫口袋的打火用具，把煙點燃。她吸了一口，看著瑪麗亞和羅柏・約丹。

「生命真是奇怪的東西，」她邊說邊由鼻孔噴出菸氣。「我若生爲男人，一定很了不起，而我卻是道地的女人，又那麼醜陋。但是很多男人都愛過我，我也愛過很多男人。真奇怪。聽著，英國人，這件事很有趣。看看我，我這麼醜。貼近來看，英國人。」

「妳並不醜。」

「怎麼不醜？別騙我。」她沉著嗓音大笑。「難道你也迷上我了？不。這是開玩笑。不。看看這副醜樣子。但是一個人愛上你的時候，內心的情愫使他看不清楚。而你懷著那份感情，不但蒙蔽他，也蒙蔽了自己。然後有一天，他爲了某一個理由，突然看出你醜陋的真相，他不再盲目了，於是你和他一樣看出你自己的醜樣子，你失去了男伴，內心的情感也蕩然無存。妳懂嗎，美人兒？」

她拍拍少女的肩膀。

「不，因爲妳不醜。」瑪麗亞說。

碧拉說：「儘量用腦筋，不要感情用事，聽好，我要告訴你們一些很有趣的事情。你不感興趣嗎，英國人？」

「有興趣。但是我們該走了。」

「何必走。我在這邊很舒服。然後，」她繼續往下說，現在她對羅柏・約丹的語氣幾乎像在教室裡講課似的。「過了一段時間，你若像我一樣醜陋——以女人來說真是再醜不過了，然後，我說過，過了一段時間，那種自覺美麗的痴狂感覺又在心中滋長。像包心菜似的。等到長大成熟，另外一個人看到你，以為你很漂亮，舊事又重演了。現在我自認為已經超越那個階段，不過也許還會再來。妳真幸運，美人兒，妳並不醜，」

「但我確實很醜。」瑪麗亞堅持說。

「問他好了，」碧拉說。「別把腳伸進小溪，妳會凍僵的。」

「如果羅柏說我們該走，我想我們該走了，」瑪麗亞說。

「瞧妳說的，」碧拉說。「這件事我和妳的羅柏一樣關心，我說我們可以在溪邊歇一會兒，時間多得很。否則我們怎能消遣解悶呢？我說的話，你覺得沒意思，英國人？」

「妳說得好極了。但是天下還有比討論美醜問題更讓我感興趣的事情。」

「那我們談談你感興趣的題目。」

「革命運動初起時，妳在什麼地方？」

「我的故鄉。」

「阿維拉？」

「怎麼會是阿維拉？」

「帕布羅說他是阿維拉人。」

「他說謊。他要認一個大都市做故鄉。是這個小鎮，」她說出一個小鎮的名字。

「出了什麼事？」

婦人說：「很多。很多。全都醜惡不堪。連光榮的事蹟也不例外。」

「談談那些事情吧，」羅柏．約丹說。

「好殘忍，我不喜歡當著小妞兒談這件事。」婦人說。

「說嘛。如果她不適合聽，叫她不要聽好了。」羅柏．約丹說。

「我能聽，」瑪麗亞說。她把手放在羅柏的手掌上。「世上沒有我聽不得的事情。」

碧拉說：「不是妳能不能聽的問題，而是我該不該告訴妳，害妳作惡夢。」

「我不會聽一個故事就作起惡夢來。妳想想，我們出過多少事情，我會聽一個故事就作惡夢嗎？」瑪麗亞對她說。

「也許英國人會作惡夢。」

「試試看嘛。」

「不，英國人，我不是開玩笑。你有沒有看過小鎮革命初起的情形？」

「沒有，」羅柏．約丹說。

「那你等於什麼都沒見識過。你看到現在帕布羅自取滅亡的樣子，但是你真該看看帕布羅當時的英姿。」

「說嘛。」

「不。我不想談。」

「說嘛。」

「好吧。我要說出真實的情景。但是美人兒，如果妳聽不下去，就告訴我。」

「如果聽不下去，我就不聽好了。總不會比我們見過的許多事情更可怕。」瑪麗亞對她說。

婦人說：「我相信會。英國人，再給我一根香菸，來吧。」

少女仰靠著溪岸上的石楠，羅柏平躺在地上，雙肩貼地，頭部頂著一叢石楠。他伸手一摸，抓到瑪麗亞的小手，緊握在手裡，用兩隻手去磨擦石楠灌木，最後她攤開手掌，平放在他手上，兩個人用心聆聽。

「國民衛兵在軍營投降的時候，正是大清早。」碧拉開始說。

「你們攻打軍營？」羅柏・約丹問道。

「帕布羅摸黑包圍軍營，切斷電話線，在一扇牆壁下埋了炸藥，然後叫國民衛兵投降。他們不肯。天一亮，他就炸開牆壁。雙方激戰。死了兩個國民衛兵。四個受傷，四個投降。

「晨曦中我們躺在屋頂、地面、牆邊和建築物邊緣，爆炸的塵煙還沒有落下，飄揚在空中，沒有風，吹不走。我們都向破牆裡開槍——裝子彈，然後對著塵煙開火，裡面還有步槍的火光，這時候煙霧裡有人大叫不要開槍，接著四個國民衛兵高舉雙手走出來。一大片屋頂落進屋內，牆壁倒光了，他們都出來投降。

「帕布羅大叫：『裡面還有人？』

「『有幾名傷兵。』

「『看住這些人，』帕布羅對四個開火處走來的同志說。他叫國民衛兵『站好，貼著牆壁。』四個國民衛兵貼牆而立，髒兮兮，灰濛濛，滿身污垢，四個人用槍尖抵著他們，帕布羅等人就進去解決傷者。

「他們幹完這件事，軍營裡再也聽不到槍聲，帕布羅一行走出來，帕布羅把鳥槍掛在背上，手裡拿著一把毛瑟槍。

「他說，『妳看，碧拉。這是自殺的軍官手裡拿的。我從來沒開過手槍。』他對一名衛兵說：『你，表演它的用法。不。不要表演，告訴我就行了。』

「他們在軍營中射殺傷兵的時候，四個國民衛兵貼牆而立，冷汗淋漓，一句話也不說。他們都是高大的男人，生就一張國民衛兵臉，臉型和我差不多。只是他們臉上佈滿最後一個清晨尚未刮好的短鬚，悶聲不響。

「帕布羅對他身邊最近的一個人說：『喂，告訴我怎麼用法。』

「那個人用冷淡的口吻說：『把小槓桿往下拉，抽回蓄汽腔，讓它往前跳。』

「帕布羅問道，『蓄汽腔是什麼？』他看看四個國民兵說：『蓄汽腔是什麼？』

「『機械頂端的那一塊。』

「帕布羅將它往回拉，但是它固定不動。他說：『現在怎麼回事？塞住了。你騙我。』

「國民兵說：『再往回拉，讓它輕輕向前跳。』我從來沒聽過那種嗓音。比陰天的早晨還要灰暗。

「帕布羅照那個人的指示，拉了又放鬆，木塊往前彈回恰當的位置，手槍就上了膛。那是一把醜惡的手槍，圓柄小小的，槍身又大又扁，笨重不堪。國民衛兵一直望著他，沒有說話。

「有一個人問他：『你要把我們怎麼樣？』

「帕布羅說：『槍斃你們。』

「那人問道：『在什麼地方？』

「帕布羅說：『就在這兒。這兒。現在。此時此地。你有什麼話要說？』

「那個國民兵說，『沒有。沒有。不過這是一件醜事。』

「帕布羅說，『你就是醜惡的東西。你是農民的劊子手。你連親娘都肯殺。』

「民兵說：『我沒殺過人。不要談起我母親。』

「『表演死亡的場面吧。你們一直幹著殺人的勾當。』

「另外一個國民兵說，『用不著侮辱我們。我們知道如何死法。』

「帕布羅叫他們『跪在牆邊，雙手貼牆。』國民兵面面相覷。

「帕布羅說：『跪呀，我說，跪下去。』

「一個國民兵對剛才和帕布羅談手槍用法的高個子說：『巴哥，你看如何？』他的袖子上戴一條班長的袖章，雖然清晨很涼爽，他卻汗流浹背。

「他回答說：『跪也好。沒什麼關係。』

「先開口的那個人說：『離地比較近，』他想說笑話，但是大家都凝重不堪，沒有人露出笑容。

「第一位國民兵說：『那我們就跪吧，』於是四個人跪倒在地，頭貼在牆邊，雙手放在兩旁，顯得非常笨拙，帕布羅走到他們身後，一一用手槍射擊他們的後腦勺，挨次走過去，槍身頂在他們腦背，他一開槍，對方馬上倒下去。我現在彷彿還聽到那陣槍聲，尖銳又窒悶，彷彿還看見槍身一跳，人頭往前歪。有一個人，手槍觸頭還昂首不動。有一個人頭部向前壓，額頭頂著石塊。有一個人全身發抖，頭部顫動。只有一個人用手遮住眼睛，他是最後一個，四具屍體跌在牆邊，帕布羅轉身向我們走來，手槍還握在手裡。

「他說，『碧拉，替我拿著，我不會放下撞針，』他把手槍交給我，靜靜看著四名衛兵倒在軍營牆腳下。同行的人也靜靜站著看他們，沒有人開口。

「我們佔領小鎮，天色還早，大家都沒有吃早餐，也沒有人喝過咖啡。我們面面相覷，全身都沾滿軍營爆炸的塵埃，活像打穀的人。我拿著手槍，在手裡沉甸甸的，我看到牆邊那些衛兵的屍體，胃部很難過；他們都和我們一樣灰濛濛、髒兮兮，但是現在他們的鮮血沾濕了牆面的乾泥。我們站在那兒，太陽爬上遠山，如今照在我們佇立的大路和軍營的白牆上，空中的灰塵在旭日照射下顯出一片金黃。我身邊的農夫看看軍營的牆壁和牆邊的屍體，然後看看我們，又看看太陽說：『來吧，一天開始了。』

「我說：『我們現在去喝點咖啡吧。』

「他說：『好，碧拉，好。』於是我們進城到廣場去，那些衛兵是村子裡最後被槍斃的人。」

「其他的人呢？村子裡沒有別的法西斯份子嗎？」羅柏．約丹問道。

「怎麼會沒有法西斯份子？不止二十個。但是沒有一個用槍打死。」

「怎麼弄法？」

「帕布羅叫人用連枷把他們活活敲死，然後從峭壁頂端丟進河裡去。」

「二十個人都這樣？」

「我慢慢告訴你。沒有那麼簡單。我一輩子不想再看見有人在河上峭壁廣場被人活生生敲死的場面。

「小鎮建築在河邊高地上，有一個噴泉廣場，排列著一排排木凳，上面有大樹遮蔭。房屋的陽台面對廣場。六條街通入廣場中，廣場四週的房子設有拱廊，陽光太烈的時候，行人可以走在拱廊底。廣場三面都是拱廊，另一面是峭壁旁邊的林蔭小徑，巖下便是深深的河水。巖上巖下相隔三百呎。

「帕布羅發起一切，就像當初攻打軍營一樣。首先，他用貨車堵住街道的入口，彷彿要在廣場上舉行業餘鬥牛賽似的。法西斯黨人都關在市政廳，那是廣場一側最大的建築。大鐘就安在廳牆上，法西斯黨的俱樂部設在拱廊下的建築裡。俱樂部前面的走廊擺了不少聚會的桌椅。革命運動前，他們都習慣在那兒來一點開胃劑。桌椅是柳條做的。看起來像咖啡館，不過略微高雅些。」

「逮捕他們，沒發生戰鬥嗎？」

「帕布羅攻打軍營以前，先連夜抓住他們。不過他當時已經把軍營團團圍住。他們都在進攻的那一刻同時被抓。做得真聰明。帕布羅是組織奇才。否則他攻打國民衛兵的營房，側翼和後翼一定會遭到反擊

「帕布羅很聰明，但是非常殘忍。他事先策劃好，命令一一下達。聽著。偷襲成功，最後四名衛兵投降，他在牆邊殺死他們以後，我們在早班車起點處的街角早市咖啡店喝了咖啡，他就去安排廣場的一切。貨車堆積起來，正像鬥牛場，只剩靠河那一邊不加圍欄。那一邊是開著的。然後帕布羅叫神父聽法西斯黨人懺悔，並且為他們舉行必要的聖禮。」

「事情在哪裡進行？」

「我說過，在市政廳。外面有一大群民眾，神父在裡面舉行儀式，部份民眾很輕浮，大喊髒話，但是大多數人民都一本正經，充滿敬畏。那些亂開玩笑的傢伙都是為攻下軍營而陶醉的人，還有經常爛醉的不肖份子。

「神父執行任務的時候，帕布羅將廣場上的民眾編成兩排。

「他把民眾編成兩排，就像編隊拔河似的，或者像都市中自行車比賽的終點，觀者眾多，中間只容得下選手通過，也像人群爭睹聖像遊行一般。兩行民眾間留下兩公尺寬的通路，由市政廳大門

穿過廣場，直通到峭壁邊緣。於是，你若走出市政廳的甬道，凝視廣場，就會看到兩排紮實的民眾靜靜等待著。

「他們都拿了打穀用的連枷，彼此相隔一個連枷的距離。並非每個人都有連枷當武器，因為找不到那麼多連枷。但是大部分的連枷都是從唐馬丁先生的店鋪裡拿來的，他是法西斯黨員，販賣各種農具。沒有連枷的人分別拿著牧人棍、牛棒或木耙——也就是打穀之後用來叉麩皮和稻草的木叉乾草耙，有些人拿著鐮刀和刈鉤，但是隊伍直排到峭壁邊緣，帕布羅把這些人編在較遠的一端。

「兩排民眾都默不出聲，那天天氣很晴朗，和今天一樣，天空有白雲，也和今天差不多。廣場上還很乾淨，因為晚上有濃重的露水，樹影投在兩行民眾身上，依稀可以聽見獅嘴中的銅管流出一道水泉，落入噴泉大碗內，婦女們常常帶水罐來這兒裝水。

「神父在市政廳向法西斯黨人執行任務，只有那一帶有人謾罵不休，都是不成器的無賴，我說過，他們已經爛醉如泥，擠在窗口附近，隔著窗戶的鐵絲說髒話，開些下流的玩笑。行列裡的人大都靜靜等著，我聽到一個人對另外一個人說，『會不會有女人？』

「另外一個人說，『基督啊，但願沒有。』

「這時候有一個人說，『帕布羅的女人在這兒。聽著，碧拉。會不會有女人？』

「我看看他，他是一個農夫，身穿星期日的外套，冷汗淋漓，我說：『沒有，約魁恩。沒有女人。我們不殺女人。何必殺他們的女眷呢？』

「他說：『感謝基督，沒有女人。什麼時候開始？』

「我說：『等神父一完就開始。』

「『神父呢？』

「我告訴他，『我不知道，』我看他面孔抽搐，冷汗沿著額頭滴下來，他說：『我從來沒殺過人。』

「他隔壁的農夫說：『那你可以學習。不過我覺得用這玩意兒敲一下，打不死人。』他雙手握著連枷，疑惑地看看它。

「另一個農夫說：『美就美在這裡。一定要敲很多下。』

「有人說：『他們攻下了瓦拉多利。他們攻下了阿維拉。進城之前，我聽人說的。』」

「我說：『他們永遠攻不下這個小鎮。本鎮是我們的。我們比他們先下手。帕布羅才不讓他們先下手呢。』

「另外一個人說：『帕布羅很能幹。但是他解決國民衛兵，未免太獨斷獨行。妳不覺得嗎，碧拉？』

「我說：『是的。不過現在這件事全體都參加了。』

「他說：『是啊，組織縝密。不過我們爲什麼沒聽到更多革命運動的消息？』

「『帕布羅攻打軍營之前，先把電話線切斷了。還沒修好呢。』

「他說：『是啊，怪不得我們聽不到清息。我的消息是一大早在修路站聽來的。』

「他對我：『爲什麼要這樣做呢，碧拉？』

「我說：『節省子彈哪。而且每一個人都應該分攤責任。』

「『那應該開始了。應該開始了。』我看看他，發現他淚流滿面。

「我問他，『你爲什麼哭呢，約魁恩？這沒什麼好哭的。』

「他說：『我忍不住，碧拉，我從來沒殺過人。』

「你若沒見過小城——大家彼此認識、素來相熟的小城——革命那一天的情況，你就等於什麼都沒有見識過。那天廣場上排列的人大部分穿著他們下田的服裝，匆匆進城，但是有些人不知道革命運動的第一天該穿什麼，便穿上星期天或假日的衣服，這些人看到別人——包括攻打軍營者在內——身穿最舊的服裝，深深爲自己打扮錯誤而慚愧。但是他們不想脫下外衣，唯恐失落，或者被不肖份子偷走，於是他們靜立在陽光下，汗流浹背，等行動開始。

「這時候起風了，廣場上灰塵乾巴巴的，因爲走動、站立和推拉的民眾已經把土質弄鬆，如今塵土飛揚，一個穿深藍色假日盛裝的人大喊，『水！水！』於是每天負責用蛇管噴水的廣場管理員走上來，扭開龍頭，開始鎮住廣場邊緣的塵埃，然後向中央走去。兩行民眾往後退，讓他噴灑廣場中央，龍頭射出寬潤的弧光，水柱在陽光下閃閃發亮，大家倚著連枷、長棍或白晃晃的木耙，看水柱噴出來。然後，廣場弄濕，灰塵不再起了，隊伍再度形成，有一個農民大叫說：『我們什麼時候處置第一個法西斯份子？第一個什麼時候才走出來？』

「帕布羅由市政廳門口大叫說：『快了。第一個馬上就出來。』他的嗓門因爲指揮攻擊和軍營的濃煙而嘶啞。

「有人問道：『什麼事情耽擱了？』

「帕布羅喊道：『他們還在悔罪呢。』

「一個人說：『顯然有二十個人。』

「另外一個說：『不止。』

「『二十個人有不少罪狀可數呢。』

「『是啊，不過我想他們在使詐拖時間。面對這麼緊急的場面，誰還記得多少罪愆？只有最大的幾項例外。』

「『那就耐心等吧。既然不止二十人，大罪也要花不少時間。』

「另外一個說：『我有耐心，不過最好趕快辦完。爲他們好，也爲我們好。現在是七月，農事很多。我們收割完了，但是還沒有打穀。廟會和節慶的時間還沒到呢。』

「另一個說：『不過今天會變成廟會和節慶的日子，自由賽會。這些人消滅以後，小鎮和土地都是我們的。』

「一個人說：『今天我們用連枷打法西斯份子，麩皮中會生出共和國的自由。』

「另一個說：『我們得好好表現，才配享受成果。』他對我說：『碧拉，我們什麼時候舉行組織大會？』

「我告訴他，『這件事做完，馬上開。就在市政廳那一棟建築裡。』

「我頭戴一頂國民兵三角漆皮帽，完全是好玩性質，我放下手槍的撞針，用大拇指握住它，自然而然拉上扳機，手槍用腰間的繩索繫牢，長長的槍身拴在繩索下。我開玩笑戴上帽子，覺得很不錯，事後我真後悔沒拿手槍皮套，卻拿了這頂帽子。但是隊伍中有一個人對我說：『碧拉，女娃兒。我覺得妳戴那頂帽子，顯得不三不四。現在我們已經結束國民衛兵之類的制度了。』

「我說：『那我脫下來。』而且立即做到。

「他說：『給我，應該毀掉。』

「我們都在隊伍末端，那裡有一條小徑沿著河邊峭壁而行，他把帽子拿在手中，凌空抛下峭壁，動作活像牧人丟石頭來趕牛似的。帽子飄入空中，我們看到它愈變愈小，漆皮閃閃發光，終於掉進河裡去了。我回頭看看人群密佈的廣場、窗戶和陽台，廣場有兩行民眾一直排到市政廳門口，群眾擠在窗邊，很多人吱吱喳喳說話，這時候我聽見一聲呼喊，有人說：『第一個來了。』是市長班尼陀先生，他光著頭慢慢由門口走出來，下了走廊，什麼事都沒有；他走在兩行帶連枷的群眾中間，還是什麼事兒都沒有。他穿過兩個人，八個人，十個人，大家毫無動靜，他在兩行民眾間一步一步走著，昂首看前方，胖臉泛出灰色，搖搖擺擺，一直往前走。大家還是沒有動靜。

「一座陽台上有人喊道：『怎麼啦，懦夫們？』班尼陀先生仍然穿過群眾間，一點事兒都沒有。這時候我看到離我三人寬的地方，有一個人臉部抽動，咬緊雙唇，雙手白慘慘拿著連枷。我看他盯著班尼陀先生，盯著他走過來。大家還是沒有動靜。這時候，正當班尼陀先生走到這個人身邊的一剎那，那人舉起連枷，舉得太高，竟碰到隔壁的觀者，然後猛擊班尼陀先生，擊中他的頭側，班尼陀先生看看他，他又再度出手，同時叫道：『這是給你的，烏龜王八。』這一下打中班尼陀先生的面孔，他伸手護面，大家又打他，最後他倒在地上，先出手打他的人叫大家幫忙，自己拎著班尼陀先生的襯衫領，別人抓手臂，班尼陀的面孔埋在廣場的灰塵中，大家把他沿小徑拖到峭壁邊緣，丟進河裡。先打他的人跪在峭壁邊俯視他說：『烏龜王八！烏龜王八！噢，烏龜王八！』他是班尼陀先生的佃戶，彼此處得很糟糕。班尼陀先生收回河邊的一塊土地，租給別人，雙方引起爭執，這個人恨之入骨。這個人不再歸隊，直坐在峭壁邊俯視班尼陀下墜的地點。

「班尼陀先生死了以後，沒有人走出來。廣場上鴉雀無聲，大家都等著看這次出來的是何許人也。一個醉漢用凝重的嗓音大叫說：『把蠻牛放出來！』

「這時候有人從市政廳的窗口叫道：『他們不肯動！他們都在祈禱！』

「另一個醉漢叫道：『把他們拉出來。走哇，把他們拉出來。祈禱的時間已過去了。』

「但是沒有人出來，後來我看見一個人走出門外。

「那是菲德里哥．襲沙勒先生，他開了一家磨坊兼飼料店，是一級的法西斯黨員。他又高又瘦，頭髮由頂上一端梳向另一側，遮住一塊禿頭的地方，身上穿一件睡衣，塞進褲腰裡。他從家裡被人拖出來，光著腳丫子，這時候他走在帕布羅前方，雙手放在頭上，帕布羅用鳥槍頂著菲德里哥先生的背部，押他出來，直到菲德里哥先生走入雙線中央爲止。但是帕布羅撇下他，逕自回到市政廳大門，菲德里哥先生再也走不動了，站在那兒，眼睛轉向天空，伸出雙手，彷彿要抓住蒼天似的。

「有人說：『他沒腿，走不動。』

「有人對他大叫，『怎麼啦，菲德里哥先生？你不會走路？』但是菲德里哥先生高舉雙手站在那兒，只有嘴唇在動。

「帕布羅從台階上對他大喊，『走哇，走。』

「菲德里哥先生站在那兒，不能動彈。有一名醉漢用連枷戳戳他後面，菲德里哥先生猛跳起來，活像波克競賽的馬匹，但是仍然站在原地，高舉雙手，舉目望天。

「這時站在我旁邊的農夫說：『真丟臉。我和他無冤無仇，不過這個場面必須趕快結束。』於是他走下隊伍，擠到菲德里哥先生旁邊說：『請你包涵。』然後沿著他的腦袋用力敲了他一棍。

「這時候菲德里哥先生放下雙手，擱在頭上禿髮的地方，頭低下來，用雙手蓋住，覆蓋禿頭的長髮由指尖溜下來，然後他飛快跑過兩排人群，連枷紛紛落在他背上和肩上，最後他倒地不起，尾排的民眾把他抓起來，丟下峭壁。從帕布羅押他出來那一刻開始，他始終沒有張過嘴巴。他唯一的困難就是走不動。彷彿控制不住雙腿似的。

「菲德里哥死後，我看到人龍最尾端的峭壁邊聚集了一群最強硬的份子，我就離開那兒，走向市政廳的拱道，推開兩名醉漢，觀看窗戶裡的情形。市政廳的大房間裡，他們跪成半圓形，正在祈禱，牧師也跪著陪他們禱告。帕布羅和一個私交甚篤、名叫『四指』的皮匠以及另外兩個人正拿槍站著，帕布羅對神父說：『現在誰走？』牧師繼續禱告，沒有答腔。

「帕布羅用沙啞的嗓門對牧師說：『聽著，你，現在誰走？現在誰可以走了？』

「牧師不和帕布羅說話，彷彿他根本不存在似的，我看得出帕布羅非常生氣。

「一個地主里卡多．蒙塔弗先生抬頭停止禱告，對帕布羅說『我們大家一起去。』

「帕布羅說：『怎麼行，你們準備好，一次去一個。』

「里卡多先生說：『那我現在去。我的準備再充分不過了。』他說話的時候，神父祝福他，等他站起來，又祝福他一次，沒有打斷祈禱，舉起十字架讓里卡多先生親吻，里卡多先生吻了一下，然後回頭對帕布羅說：『準備再充分不過了。你這臭奶汁的烏龜王八。我們走吧。』

「里卡多先生個子矮小，滿頭灰髮，脖子很粗，身穿一件沒有領子的襯衫。因爲騎馬過度，造成一雙羅圈腿。他對所有跪地的人說：『再會。不要傷心。死算不了什麼。唯一的遺憾就是死在暴民手裡，』他對帕布羅說：『別碰我。別用鳥槍碰我。』

「他走出市政廳，灰髮灰眼，脖子粗粗的，顯得很生氣。他看了看兩旁的農夫，在地上啐了一口。他真的吐出唾沫，你該知道，這種情況下是很少見的，他說：『奮起吧，西班牙！但願妄稱的共和國崩潰，我幹你爹的奶水。』

「因爲他出口辱罵，大家很快就把他打死，他剛走到頭幾個群眾面前，他們就打他，他昂頭想要往前走，大家一直打他，直到他倒地，還用鐮刀和鐮鉤劈他，很多人把他架到懸巖邊，丟下水去，現在他們的雙手和衣服都沾了血跡，大家開始覺得，出來的都是真正的敵人，非殺不可。

「里卡多先生還沒有出來辱罵的時候，我相信隊伍中有很多人都不想站在那兒。如果有人叫道：『算了，我們原諒其他的人。現在他們已經受過教訓了。』我相信很多人都會欣然同意。

「但是里卡多先生勇氣十足，反而給其他的人帶來了不幸。因爲他惹惱了隊伍中的人民，本來他們只是聊盡義務，並沒有多大的興致，如今卻發火了，差別很明顯。

「有人叫道：『叫神父出來，事情就進行得快多了。』

「『把神父叫出來。』

「『我們處置了三名惡賊，現在處置神父吧。』

「一個矮小的農夫對吼叫的人說：『兩名惡賊。是吾主的兩名惡賊。』

「那個人滿面通紅，氣沖沖說：『誰的主？』

「『通常都說吾主。』

「另外一個說：『祂不是吾主；連開玩笑都不是。你若不想走在行列中央，最好當心你的嘴巴。』

「矮農夫說：『我和你一樣，都是賢良的自由主義者。我打了里卡多先生的嘴巴。我打了菲德里哥先生的脊背。我沒有打中班尼陀先生。但是我說吾主是議論中人正常的說話方式，一般說法是兩名惡賊。』

「『我幹你娘的共和主義。你一直說這個先生和那個先生。』

「『本地人一直這麼叫法。』

「『我才不叫呢，那些烏龜王八。還有你的主——嘻！現在又來了一個！』

「這時候我們看到一個丟臉的場面，走出市政廳大門的是地主西勒斯丁諾·李維羅先生的長子佛斯丁諾．李維羅先生。他個子很高，頭髮呈黃色，由前額往後梳，因為他口袋裡隨時帶一把梳子，這次他先梳過頭髮才走出來。他最愛調戲少女，生性怯懦，又老想當業餘鬥牛士。他和吉普賽人、鬥牛士及養牛人家過從甚密，喜歡穿安達露西亞的服裝，但是他缺乏勇氣，被人當做一大笑柄。有一次他宣佈要參加阿維拉養老院的慈善業餘鬥牛會，照安達露西亞的方式由馬背上殺一隻公牛，他花了不少時間來操練，但是他一看到自選的小牛換上真正的大公牛，雙腿發軟，居然自稱生病，有人說，當時他把三根指頭伸到喉嚨下，硬逼自己嘔吐。

「隊伍一看到他，就齊聲喊道：『哈囉，佛斯丁諾先生。小心不要吐出來喲。』

「『聽著，佛斯丁諾先生，峭壁之下有美女喲。』

「『佛斯丁諾先生。等一下，我們要牽一條更大的公牛出來。』

「還有人叫道：『聽著，佛斯丁諾先生。你有沒有聽人談過死神？』

「佛斯丁諾先生站在那兒，還故作勇敢。向別人宣佈要出來的衝動還沒有消失。和他以前宣佈要鬥牛一樣。他自以為能當業餘鬥牛士呢。現在他為里卡多先生的言行深深感動，站在那兒顯得英俊又勇敢，一臉不屑的表情。但卻說不出話來。

「有人在行列裡叫道：『來，佛斯丁諾先生。來，佛斯丁諾先生，最大的公牛在這裡。』

「佛斯丁諾先生直挺挺往外看，我想兩排群眾都不同情他。他還顯得英俊又宏偉；但是時間一分一分縮短，只有一個方向可去。

「有人叫道：『佛斯丁諾先生，你在等什麼，佛斯丁諾先生？』

「有人說：『他準備嘔吐呢，』兩排民眾都大笑起來。

「一位農民說：『佛斯丁諾先生。如果嘔吐能讓你高興，儘管吐吧。但是對我可沒有差別。』

「於是我們靜靜觀望，佛斯丁諾先生看看隊伍，又看看方場那一端的峭壁，他看到峭壁和深淵，突然回頭退入市政廳門口。

「民眾吼聲如雷，有人高聲叫道：『佛斯丁諾先生，你要去哪裡？你要去哪裡？』

「另外一個人叫道：『他去嘔吐哇，』大家又笑起來。

「這時候我們看到佛斯丁諾先生又走出來，帕布羅在後面用鳥槍押著他。現在他所有的風采都消失了。一看到兩行民眾，他的儀態和風度蕩然無存，如今帕布羅押著他，帕布羅彷彿在清理街道，而佛斯丁諾先生就是他前面堆劃的垃圾。此刻佛斯丁諾走出來，不斷在胸前劃十字祈禱，然後雙手遮住眼睛，跨下台階，向隊伍走去。

「有人叫道：『別理他，別碰他。』

「隊伍裡的人明白了，沒有人碰佛斯丁諾先生，而他雙手抖個不停，遮住眼睛，嘴巴喃喃掀動，沿著隊伍中央往前走。

「沒有人說話，也沒有人打他，他走到隊伍的一半，再也走不動了，終於跪倒在地。

「沒有人打他。我沿著行列向前走，看他有什麼遭遇，有一個農夫傾身扶他說：『起來，佛斯丁諾先生，繼續往前走。公牛還沒有出來呢。』

「佛斯丁諾先生走不動，那位穿黑罩衫的農民扶著他一邊，另外一個穿黑罩衫、牧人靴的農民扶著他另一邊，撐住他的臂膀，於是佛斯丁諾先生雙手掩目往前走，嘴唇一直喃喃不休，黃色的頭髮貼在頭上，被太陽照得閃閃發光，他一走過，農夫們就說：『佛斯丁諾先生，祝你有一份好胃口。』有人說：『佛斯丁諾先生，該你囉。』還有一個鬥牛失敗的人說：『佛斯丁諾先生。鬥牛士，該你囉。』另外一個人說：『佛斯丁諾先生，天堂有美女哩，佛斯丁諾先生。』他們架著佛斯丁諾先生穿過行列，兩邊都有人扶著他，架起他，他則雙手掩目往前走。不過他一走隔著手指在偷看，因爲他們扶他走到懸崖邊，他又跪下來，抓緊地面和青草說：『不，不，不，拜託。不。拜託，拜託，不，不。』

「結果，陪他走的農民和另外幾個排尾的強硬派，趁他跪倒的時候，蹲在他後面，猛然一推，於是他沒有挨打就摔下懸崖，他下墜的時候，叫聲又尖又響。

「這時候我知道行列裡的人已經變得很殘酷，先有里卡多先生的辱罵，然後又有佛斯丁諾的怯懦行爲，他們才變成這樣。

「一個農夫叫道：『我們再處置一個，』另一位農民拍拍他的脊背說：『佛斯丁諾先生！好一個傢伙！佛斯丁諾先生！』

「另外一個人說：『現在他見到大公牛了，現在嘔吐也救不了他。』

「另一位農民說：『我這輩子，我這輩子從來沒見過佛斯丁諾先生那種人。』

「另一個農民說：『還有別的，耐心一點。誰知道我們會看到什麼？』

「第一個農民說：『也許有巨人和侏儒，也許有黑人和非洲的珍奇異獸。但是我覺得永遠永遠不會有佛斯丁諾那樣的傢伙。不過我們還是處置下一個吧！快呀。讓我們處置下一個！』

「酒鬼們傳送一瓶一瓶由法西斯俱樂部酒吧搶來的茴香酒和考格內白蘭地，當甜酒來喝，很多隊伍中的人經歷了班尼陀先生、菲德里哥先生，里卡多先生，尤其是佛斯丁諾先生的強烈情緒，又喝下一點酒，都開始微醉了。那些沒喝瓶裝烈酒的人，則用傳來的皮酒囊喝酒，有一個人遞上一個酒囊，我喝了一大口，讓囊裡的酒汁冷冰冰送下喉嚨，因爲我也口渴難當。

「拿酒囊的人對我說：『殺人好容易口渴。』

「我說：『怎麼，你殺過人？』

「他自傲地說：『我們殺了四個。國民衛兵還不算呢。碧拉，你殺了一個國民衛兵，是真的嗎？』

「我說：『不是一個，牆壁倒下的時候，我和別人一樣，對著濃煙開槍。如此而已。』

「『妳從哪裡弄到那把手槍，碧拉？』

「『帕布羅給我的。他打死國民衛兵，然後把槍交給我。』

「『他用這把手槍打死他們？』

「我說：『就是這一把。然後交給我當武器。』

「『我能不能看一看，碧拉？我能不能拿一下。』

「我說：『怎麼不行，老兄？』於是我由繩索下面拿出手槍，遞給他看。不過我心裡一直奇怪，怎麼沒有人出來，這回輪到誰了，卻沒想到是馬丁先生，大家的連枷、牧人棍、木製草耙就是由他店裡拿來的。馬丁先生是法西斯黨人，但除了這一點，大家對他並沒有惡感。

「不錯，他付給連枷製造工的價錢很低，但是他賣的時候收費也很低，如果有人不想向馬丁先生買連枷，可能只要花木頭和皮革的本錢，就可以自製。他說話粗魯，而且是法西斯黨，也是俱樂部的一員，中午和晚上常坐在俱樂部的籐椅上看『辯論報』，擦擦鞋子，喝苦艾酒和礦泉水，吃炒杏仁、乾蝦和鯷魚。但是人們不會爲這些小事而殺人。我相信要不是里卡多．蒙塔弗先生的辱罵和佛斯丁諾先生可悲的表現，以及大家爲激情而迷醉，一定有人會大喊，『馬丁先生應該平安離去。我們拿了他的連枷，放他走吧。』

「這些鎮民殘酷起來固然嚇人，生性其實很和藹，他們天生有正義感，想實現公道。但是隊伍中的人已經愈來愈殘酷，而且開始醉了，他們和班尼陀先生出來的時候大不相同。我不知道別的國家怎麼樣，而且我最愛喝酒，但是在西班牙，由其他因素造成的發酒瘋現象非常醜惡。大家往往做出自己不想做的事情。英國人，在你們國家不是如此嗎？」

「確實如此，」羅柏．約丹說：「我七歲的時候，在俄亥俄州和我母親一起去參加婚禮，由我和一個小女孩當花童──」

「真的？好棒！」瑪麗亞說。

「那座城裡有一個黑人被吊死在燈柱上，然後用火燒。那是一座弧光燈。燈光由燈柱垂向人行道。他被人吊起，先用曳起弧光燈的器械，但是器械壞了──」

「黑人，」瑪麗亞說：「好野蠻！」

碧拉問道：「大家醉了，他們醉了才火焚黑人？」

「我不知道，」羅柏．約丹說：「因爲我只從弧光燈那個街角的房屋窗戶裡隔著遮簾往外看。街上擠滿了人，他第二次吊起黑人的時候──」

「你如果只有七歲，又在屋子裡，看不出他們醉了沒有，」碧拉說。

「我說過，他們第二次吊起黑人，我母親把我拖離窗邊，所以我沒有再看。不過我既然有過那種經驗，可見我們國家的人發起酒瘋來也是一樣的。醜惡又殘忍。」羅柏．約丹說。

瑪麗亞說：「七歲太小了，不懂這些事情。除了馬戲班，我從來沒見過黑人。除非摩爾人也算黑人。」

「有些是黑人，有些不是，我可以和你大談摩爾人的故事。」碧拉說。

瑪麗亞說：「這方面，我知道得不比妳少。」

碧拉說：「別談那些事。傷風敗俗。我們說到哪裡了？」

「說兩行民眾都醉了，」羅柏．約丹說：「繼續往下說吧。」

「說喝醉也不公平，」碧拉說：「因爲他們距離酒醉還差得遠呢。但是他們已經變了，馬丁先生出來，站得直挺挺的，兩眼近視，滿頭灰髮，中等身材，站在那邊劃了一個十字，然後往前看，但是沒戴眼鏡，什麼都看不清楚，他鎮定地向前走，真叫人同情。但是有人叫道：『喏，馬丁先生。上這兒來，馬丁先生。看這個方向。我們都拿了你的產品。』

「他們譏笑佛斯丁諾先生，得意忘形，竟看不出馬丁先生和他不一樣，如果要殺馬丁先生，應該趕快動手，保留他的尊嚴。

「另外一個人叫道：『馬丁先生，要不要我們派人到尊府去替你拿眼鏡？』

「馬丁先生的房子根本算不上住宅，因爲他沒有多少錢，而且他在法西斯黨只是微不足道的小人物，開一間木製工具店，他自稱他不得不賺取微薄的薪金，還有一點他也算法西斯份子，因爲他太太虔誠信教，他因爲愛她而接受這一點。他住在方場隔三間的一層公寓裡，這時馬丁先生站在那兒，兩眼茫茫地看著隊伍，知道非走進去不可，這時候他家公寓的陽台上傳來一陣女人的尖叫聲。她從陽台上看得見他，此人就是他的太太。

「她叫著他的名字道：『鳩利莫，鳩利莫。等一等。我和你一起去。』

「馬丁先生把頭轉向聲音的來源。他看不見她。他想說話，但是說不出來。於是他朝女人呼喊的方向揮揮手，然後開始走到行列中央。

「她叫道：『鳩利莫！鳩利莫！噢！鳩利莫！』她雙手抓住陽台的欄干，前後搖擺，『鳩利莫！』

「鳩利莫先生又朝喊聲的方向揮揮手，然後昂頭走入行列中，除了他的臉色，你根本猜不出他心情如何。

「這時候隊伍中有一名醉漢大喊，『鳩利莫！』學他太太尖銳的聲音，鳩利莫先生盲目衝向那個人，現在眼淚滾下雙頰，那個人用連枷猛擊他的臉部，鳩利莫跌坐在地上，哭泣不已，卻不是恐懼。這時候醉漢們紛紛動手打他，有一名醉漢跳到他身上，跨著他肩膀，用酒瓶打他，後來很多人都離開隊伍，在市政廳窗口嗤笑說髒話的酒鬼就跑來塡補空缺。

「我自己對帕布羅槍殺國民衛兵也十分激動，那是醜惡的事情，但是我認爲，如果非如此不可，只好這麼辦，但是至少不能太殘忍，只能取人性命。經過這些年，我們都知道殺人是醜事，但是若要打贏，要維護共和國，也有必要如此。

「方場圍起，隊伍排成的時候，我佩服萬分，知道是帕布羅的主意，雖然我覺得有些瘋狂——必要的措施若不想惹人厭，就應該做得高雅一點。如果法西斯份子要由人民處決，最好全民都參加，我也希望分擔那份罪愆；市鎮落入我們手中的時候，我也希望分享其中的福利。但是鳩利莫先生死後，我感到羞恥和反感，加上醉漢及流氓入隊，有些人又離隊抗議鳩利莫先生的事情，我真想完全脫離隊伍，於是我走開了，橫過方場，坐在一張有大樹遮涼的凳子上。

「兩個農夫脫隊走過來，正在聊天，其中一個叫我說：『碧拉，妳怎麼啦？』

「我告訴他，『沒什麼，老兄。』

「他說：『有，說嘛，怎麼回事？』

「我告訴他，『我覺得肚子發脹。』

「他說：『我們也一樣，』他們都坐在凳子上，有一個人帶著皮酒囊，他遞給我。

「他說：『潤潤嘴巴，』另一個繼續他們剛才的話題，『最糟的一點就是會帶來惡運，誰也不敢說那樣弄死鳩利莫先生不會帶來惡運。』

「另外一個說：『如果有必要殺光他們，我不相信非如此不可，但總要讓他們死得正正經經，不要捉弄他們。』

「另外一個說：『捉弄佛斯丁諾先生還有話說，因爲他本來就是丑角，不是正經人。但是捉弄馬丁先生那麼嚴肅的人未免太過份了。』

「我告訴他，『我肚子發脹，』確實真有其事，因爲我全身都不舒服，流汗又噁心，彷彿吃了腐敗的海鮮似的。

「那位農民說：『那麼，我們什麼都不參加了。不過我不曉得別的城鎮情形如何。』

「我說：『電話還沒有修好。這個缺失應該補償。』

「他說：『不錯。誰知道我們不忙著做一些事情，來加強本鎮的防衛，倒用這麼慢、這麼野蠻的方式來殺人。』

「我告訴他們，『我去和帕布羅談談，』於是由凳子上站起來，走向市政廳門前的拱道，兩行民眾便由市政廳大門直排到方場。現在隊伍不直，也不整齊，有些人醉得很厲害。有兩個人已經醉倒了，仰臥在方場中央，還把酒瓶遞來遞去。其中一個喝一口大叫說：『無政府萬歲！』躺著叫著，和瘋子差不多。他脖子上纏一條紅黑相間的手帕。另外一個叫道：『自由萬歲！』雙腳在空間亂蹬，然後又喊道：『自由萬歲！』他也有一條紅黑相間的手帕，抓在一隻手裡亂揮亂搖，另一隻手拿著酒瓶。

「一個脫隊的農夫站在拱廊下，滿臉不屑地看著他們說：『他們應該說酒醉萬歲。他們只相信那件事。』

「另一個農夫說：『他們連那件事都不相信。那些人什麼都不懂，什麼都不信。』

「此刻，有一名醉漢站起來，舉手握拳叫道：『無政府和自由萬歲，我操他媽共和國的奶水！』

「另外一名醉漢還仰臥在地上，抓住那名狂喊的醉漢的腳跟，翻身一滾，於是狂喊的醉漢也跟著倒地，兩個人滾做一團，然後坐起來，拉人的那名醉漢用手環著狂喊者的頸部，遞上一個酒瓶，狂吻他戴的紅黑手巾，兩個人一起猛灌黃湯。

「這時候，隊伍中傳來一陣歡呼，我抬頭看拱廊，看不出來者是誰，因爲市政廳門口萬頭鑽動，那個人的腦袋沒有露出來。我只看到有人被帕布羅和『四指』用鳥槍押著走出門，但是看不出是誰，我走向門口附近的隊伍，想看個究竟。

「現在大家亂推亂擠，法西斯咖啡室的桌椅全部翻過來，只有一張椅子沒有翻倒，上面躺著一名醉漢，頭部垂下來，嘴巴張開，我端了一張椅子，靠在一根屋柱邊，可以隔著人頭看個清楚。

「帕布羅和『四指』押出來的是安納塔西奧先生，他是忠貞的法西斯份子，也是全鎮最胖的人。他身兼穀物商和幾家保險公司的經理，而且放高利貸。我站在椅子上，看他走向台階，往隊伍走去，胖胖的脖子由襯衫的後領帶鼓出來，光頭在陽光下閃閃發光，但是他沒有走進隊伍，因爲那邊傳來一陣叫聲，不是一個一個叫，而是集體呼喊。那真是醜惡的嗓音，醉漢群集的怪叫，大家衝向他，隊伍全散了，我看到安納塔西奧先生雙手護頭，頹然倒地，接著就看不見他了，因爲大家都疊在他身上。等民眾站起來，安納塔西奧先生因爲頭部撞擊拱廊的石板，早就斷了氣，兩行隊伍也不見了，只剩一堆暴民。

「他們開始大叫，『我們要進去，我們要進去抓他們。』

「有一個人踢踢俯臥的安納塔西奧先生的屍體說：『他太重，扛不動，就讓他留在那兒好了。』

「『我們爲什麼要搬這一盆廢料到懸崖邊？讓他躺在那兒好了。』

「有一個人大喊，『我們要進去解決他們，我們要進去。』

「另外一個人怪叫說：『何必在太陽下等一整天。走吧。我們走。』

「現在暴民擠進拱廊。他們吼叫，推擠，發出野獸般的聲音。大家都叫道，『開門！開門！』因爲隊伍一散，衛兵就把市政廳的大門關起來了。

「我站在椅子上，隔著木條窗看到市政廳的殿堂，裡面和原先差不多。神父站著，剩下的人圍著他跪成半圈，他們都在祈禱。帕布羅坐在市長寶座前的大桌子上，背上掛著鳥槍。雙腿垂在桌邊，正在捲一根香菸呢。『四指』坐在市長寶座中，雙腿架在桌子上抽菸。衛兵都坐上不同的行政座椅，手持槍桿。大門的鑰匙放在帕布羅身邊的桌子上。

「暴民喊道，『開門！開門！開門！』彷彿吟詩一般，帕布羅坐在那兒，假裝沒聽見。他對神父說了一句話，但是暴民太吵，我聽不見他說什麼。

「神父照舊不理他，只管禱告。很多人都在推我，我把椅子搬到牆邊，他們在後面推我，我就推椅子。我站在椅子上，面孔緊貼木窗條，雙手也抓緊那兒。還有一個人爬上椅子，雙臂環著我，抓住較寬的木條。

「我對他說：『椅子會壓壞。』

「他說：『有什麼關係？看看他們。看他們祈禱。』

「他的氣息噴到我頸部，活像一堆暴民的氣味，酸酸的，就像石板上嘔吐和酒醉的味道。然後他嘴巴貼著窗條口，頭壓在我肩上，大叫說：『開門！開門！』彷彿一堆暴民壓在我背上似的，真像夢中惡魔壓身的情景。

「現在暴民緊壓著人門，前面的人被後面湧來的人群壓扁了，這時候方場上走來　個身穿黑罩衫，頸纏紅黑方巾的大醉鬼，他衝上來，硬要擠進人堆，跌在人群身上，站起來退開，又衝上來，硬撞那些推擠的人潮背部，大叫說：『本人萬歲，無政府萬歲。』

「我觀望的時候，此人轉身離開群眾，跑去坐下來，由瓶中喝了幾口酒，然後，他坐在那兒，看到了安納塔西奧先生還俯臥在石板上，只是現在被踩得一蹋糊塗，於是醉漢站起來走向安納塔西奧先生，傾身把酒瓶裡的東西倒在安納塔西奧先生的頭顱和衣服上，然後由口袋裡拿出一個火柴盒，劃了幾根火柴，想點火來燒安納塔西奧先生，但是由於風勢很大，火柴一一吹熄，過了一會大漢坐在安納塔西奧先生旁邊，搖搖頭，喝喝瓶中的餘酒，不時傾身拍拍安納塔西奧先生遺體的肩部。

「暴民直嚷要開門，和我一起站在椅子上的傢伙抓緊木窗條，也直嚷要開門，吼聲把我的耳朵都震聾了。而且他的呼吸惡臭難聞，我轉過臉，不再看那名要點火燒安納塔西奧先生遺體的醉漢，轉而注視市政廳的殿堂；裡面還是差不多。他們都像剛才一樣，默默祈禱，大家都跪著，襯衫敞開，有人低頭，有人昂頭，望著神父和他手中的十字架，神父的祈禱又快又猛，隔著他們的頭顱往外看，帕布羅在他們後方，現在香菸已經點燃了，正坐在桌上搖擺雙腿，鳥槍掛在肩上，正把玩鑰匙呢。」

「我看到帕布羅又對神父說話，由桌子向前傾，吼聲太大，我聽不見他說什麼。但是神父不答腔，繼續祈禱。這時候有一個人從祈禱的半圈中站起來，我看他想要出去。那是喬西．卡斯楚先生，大家都叫他『爛瓜』先生——一個堅定的法西斯份子，職業是馬商——現在他站起來，顯得很瘦小，雖然沒刮鬍鬚，身穿睡衣，塞進一條灰條紋的長褲裡，看起來倒十分整潔。他親吻十字架，神父祝福他，他站起來看看帕布羅，便扭頭看門口。

「帕布羅搖搖頭，繼續抽菸，我看出『爛瓜』先生對帕布羅說了一句話，但是聽不見內容。帕布羅不答腔；他再搖搖頭，又朝大門點點頭。

「這時候我看到『爛瓜』先生端詳大門，發覺他竟不知道大門上了鎖。帕布羅把鑰匙拿給他看，他靜立瞧了一會，然後又轉身跪下。我看到神父回頭望望帕布羅，帕布羅對他咧咧嘴，晃了晃鑰匙，神父似乎第一次發現大門上鎖，作勢要搖頭，但是只露出一點樣子，又回去祈禱。

「我不知道他們怎麼會不明白大門上了鎖，莫非他們禱告和默想太專心了；但是現在他們當然恍然大悟，也明白外面的吼聲，知道形勢大改。但是他們和先前一樣。

「然而吼聲如雷，什麼都聽不見，和我一起站在椅子上的醉漢雙手在窗條上猛搖大叫說：『開門！開門！』最後嗓音都啞了。

「我看帕布羅又對神父說話，神父還是不答腔。接著我看到帕布羅由背上拿起鳥槍走上去敲敲神父的肩膀。神父不理他，我看帕布羅搖搖頭。接著他回頭和『四指』說話，『四指』去吩咐其他的衛兵，於是他們都站起來，走回房間那一頭，持槍而立。

「我看到帕布羅對『四指』說了一句話，他搬了兩張桌子和幾張長凳，衛兵就拿著槍站在桌子後方。如此造成屋角的一處屏障。帕布羅再次傾身，用鳥槍敲敲神父的肩膀，神父不理他，但是我看到『爛瓜』先生望著他，別的人則兀自祈禱。帕布羅搖搖頭，看到『爛瓜』先生望著他，又對

『爛瓜』先生搖搖頭，手拿鑰匙晃一晃。『爛瓜』先生明白了，於是他低頭開始迅速禱告。

「帕布羅的雙腿由桌上盪下來，繞桌走到長議事桌後面的市長寶座邊。他坐在寶座上，捲了一根香菸，一直望著那些隨神父祈禱的法西斯黨人。你根本看不出他面部的表情。鑰匙擱在他前方的桌子上。那是一把鐵製的大鑰匙，足足有尺餘長。然後帕布羅對衛兵喊了幾句，我聽不見，有一個衛兵便走到門口。我看出他們祈禱加快，知道他們全明白了。

「帕布羅又對神父說了一句話，神父不回答。於是帕布羅傾身拿起鑰匙，拋給門口的衛兵。衛兵接過來，帕布羅對他笑一笑。於是衛兵把鑰匙插進門鎖，轉了一圈，用力拉門，然後躲到門背，暴民便猛衝進來。

「我看他們衝進屋，這時候和我一起站在椅子上的醉漢開始叫道：『哎！哎！哎！』頭部往前鑽，擋住了我的視線，然後他叫道：『殺了他們！殺了他們！打死他們！殺了他們！』他還用雙臂推開我，我什麼都看不見。

我用手肘敲他的肚子說：『醉鬼，這是誰的椅子？讓我看看麼。』

「但是他一直在窗條上搖動雙手和雙臂，叫道：『殺了他們！打死他們！對了。打死他們！殺了他們！烏龜王八！烏龜王八！烏龜王八！』

「我用手肘猛撞他說：「烏龜王八！酒鬼！讓我看看哪。』

「這時候他雙手按住我的頭，猛往下壓，想看得更清楚，把全身的重量都壓在我頭上，繼續大喊：『打死他們，對了。打死他們！』

『我說：『打你自己吧，』我猛擊他的要害，他雙手只好放開我的頭部，轉而護住自己說：『不，娘們，妳沒有權利這麼做。』這時候，我隔著窗條望裡看，看見滿屋子的人都揮棒猛打，用連枷猛敲，用鮮血淋淋、齒叉斷裂的木草耗鏟著，打著，推著，舉著，滿屋子都這樣。帕布羅卻坐在大椅中，鳥槍擱在膝上，冷眼旁觀。民眾邊叫邊打邊刺，尖叫有如大火裡的馬嘶。我看見神父的襯衫捲起來，正爬上一條木凳，身後的民眾用鐮刀和刈鉤猛砍他，接著有人抓住他的衣袍，傳來一陣尖叫，再一陣尖叫，我看到兩個人用鐮刀劈進他背部，另外一個人則抓著他的袍裙，神父高舉著手臂，死抱住一張椅背不放，這時候我站立的椅子忽然壓壞，醉漢和我都跌在人行道上，那兒充滿殘酒和嘔吐物的氣息，醉漢向我猛揮手指說：『妳沒有權利這麼做，娘們，妳沒有權利這麼做。妳差一點就把我弄傷了，』一大堆人跨過我們身上，要擠進市政廳，我只看見人腿往走道移動，那名醉漢坐在我對面，手摸著被我打中的地方。

「那是我們鎮上最後一幕殺法西斯份子的鏡頭，我真高興沒有再看下去，要不是那名醉漢，我一定看完才走。算來他也幫了我一個忙，因爲市政廳內真是慘不忍睹。

「但是另外一個醉漢更絕。椅子裂了以後，我們奮力站起身，大家還往市政廳擠，我看到了那個戴紅黑領巾的醉漢又倒了一些東西在安納塔西奧先生的屍體上。他搖頭晃腦，簡直坐不起來，但是他倒一下，又點點火柴，然後再倒一下，又點點火柴，我走向他說：『不要臉的，你在幹什麼？』

「他說：『沒什麼，娘們，沒什麼。別管我。』

「也許因爲我站在那兒，擋住了強風，火柴居然點著了，一股藍焰開始爬上安納塔西奧先生外衣的肩膀，一直延燒到頸背，醉漢抬起頭，大聲嚷嚷，『他們在燒死人！他們在燒死人！』

「有人說：『誰？』

「另外一個人叫道：『在哪裡？』

「醉漢怒吼說：『這裡，就在這裡！』

「有人用連枷用力打醉漢的頭側，他就倒下了，一直躺在地上，抬眼看看打他的人，然後閉上眼睛，雙手交疊在胸前，躺在安納塔西奧先生身邊，似乎睡著了。那個人沒有再打他，任他躺在那兒，傍晚他們清理市政廳，把安納塔西奧和別人的屍體一塊兒扛上貨車，拖到峭壁邊，拋到崖下。那名醉漢還躺在那兒。如果他們拋下二、三十名醉漢，尤其是拋下那個紅黑領巾的醉漢，對小鎮一定更好。我們若再來一次革命，我相信一開始就該毀掉這些人。可惜我們當時不知道這一點。但是過幾天我們就知道了。

「那天晚上我們不知道會有什麼結果。市政廳的大屠殺以後，大家不再殺人，但是那天晚上我們不能開會，因爲醉鬼太多了。根本不可能維持秩序，於是大會延到第二天。

「那天晚上我和帕布羅同衾共枕。我不該跟妳說這些，美人兒，但是反過來說，妳知道一切也好，至少我說的是真話。聽著，英國人。這件事很奇怪。

「我說過，那天晚上我們吃飯，心情怪怪的。宛如暴風雨、洪水或戰爭過後，大家都疲憊不堪，沒有人多說話。我自己覺得空虛，不舒服，滿心都是慚愧和罪過的感覺，覺得鬱悶，彷彿惡兆將臨，和今天早晨飛機來了以後差不多。不錯，三天內大禍就來了。

「我們吃飯的時候，帕布羅很少開口。

「最後他終於滿嘴含著炸羊羔肉說：『碧拉，妳喜歡嗎？』我們在公車起站的小酒館吃飯，房間很擠，有人唱歌，上菜很困難。

「我說：『不，除了佛斯丁諾那件事，我都不喜歡。』

「他說：『我喜歡。』同時用小刀切下一大塊麵包，開始沾肉汁。『全都喜歡，只有神父那件事例外。』

「『你不喜歡神父被殺？』因爲我知道他對神父比法西斯黨人更憎惡。

「帕布羅悲哀地說：『我對他徹底感到幻滅。』

「很多人唱歌，我們幾乎要大吼，對方才能聽見。

「『爲什麼？』

「帕布羅說：『他死狀太差。沒有什麼尊嚴。』

「我說：『他被暴民追殺，你怎麼能要他有尊嚴呢？我認爲，起先他一直頗有尊嚴。人類能有的尊嚴他都具備了。』

「帕布羅說：『是的，不過最後一分鐘他嚇得要命。』

「我說：『誰不害怕呢？你有沒有看到他們用什麼追殺他？』

「帕布羅說：『我怎麼會看不到？不過我覺得他死得很差勁。』

「我告訴他，『在那種情況下，誰都會死得很糟糕。你想用錢買什麼？市政廳發生的每一件事情都很噁心。』

「帕布羅說：『是的，這裡沒有什麼體制。只有神父，他理應要立下楷模。』

「『我以爲你討厭神父。』

「帕布羅說：『是的，』同時再切下一片麵包。『但他是西班牙神父。一個西班牙神父應該死得大有尊嚴。』

「我說：『我覺得剝除一切形式，他已經死得夠壯烈。』

「帕布羅說：『不，我覺得他叫人失望。我成天等著神父死。我以爲他是最後一個走進行列的人。我懷著很大的期望。我期望一種高潮。我從來沒看過神父死。』

「我尖刻地說：『時間多得很，革命運動今天才開始呢。』

「他說：『我徹底幻滅了。』

「我說：『現在，我猜你會失去信心。』

「他說：『妳不明白，碧拉，他是西班牙神父。』

「我對他說：『西班牙人真是奇特的民族。』他們是多麼自負的民族，呃，英國佬？奇特的民族。」

羅柏．約丹說：「我們得繼續走，」他看看太陽，快晌午了。

「是的，」碧拉說：「現在我們得走了。不過讓我說說帕布羅的事情。那天晚上他對我說：『碧拉，今天晚上我們什麼都不做。』

「我告訴他：『好。我很高興。』

「『我想殺了那麼多人，心裡一定不是滋味。』

「我對他說：『啊，你真是聖人。你以爲我和鬥牛士同居那麼多年，還不知道他們大賽後的心情嗎？』

「他問我，『真的，碧拉？』

「我告訴他，『我什麼時候騙過你？』

「『不錯，碧拉，今天晚上我完蛋了。妳不責備我？』

「我對他說：『不，漢子。可是別天天殺人，帕布羅。』

「那天晚上他睡得像嬰兒，天亮我就喚醒他，但是那天晚上我睡不著，起床坐在椅子上，眺望窗外的風光，看見白天農民排隊的方場沐浴在月光下，方場那一頭，幾棵樹在月下閃閃發光，樹影暗暗的，長凳在月光下也一片光明，散亂的酒瓶閃閃爍爍，還看見他們大家摔落的峭壁。除了噴泉的水聲。萬籟俱寂，我靜靜坐著，認為我們的開始太糟糕了。

「窗戶大開，我聽見方場那端的公寓傳來一陣女人的哭聲。我赤足踏著鐵皮走到陽台上，月亮映著方場一切建築的表面，哭聲是從鳩利莫先生家的陽台上傳來的。是他太太，她正跪在陽台上號啕大哭。

「於是我走回屋內，坐在那兒，不願意多想，因為那是我一生最惡劣的日子，後來又碰到更惡劣的一天。」

「哪一天？」瑪麗亞問道。

「三天後，法西斯份子佔領小鎮的時候。」

「不要談那件事，我不想聽。夠了。已經叫人受不了啦。」瑪麗亞說。

碧拉說：「我說過妳不該聽的。妳看。我不想讓妳聽。現在妳會做惡夢。」

瑪麗亞說：「不會。但是我不想再聽下去。」

「我希望妳改天再說給我聽，」羅柏．約丹說。

「我會的，但是對瑪麗亞不好。」碧拉說。

「我不想聽。拜託，碧拉。如果我在，就不要說起，因為我會忍不住偷聽。」瑪麗亞可憐兮兮地說。

她的嘴巴喃喃掀動，羅柏猜想她快要哭出來了。

「拜託，碧拉，不要說。」

「別擔心，小短毛。別擔心。但是我改天再告訴英國人。」碧拉說。

「不過有他的地方就有我，」瑪麗亞說：「噢，碧拉，根本就不要說。」

「我會等妳工作的時候再說。」

「不，不，拜託。我們都絕口不提吧，」瑪麗亞說。

「既然我說出了我們的作爲，提起那件事只是求公平而已。不過妳永遠不會聽到。」碧拉說。

「難道沒有高興的事可談？你們非要談恐怖的事情？」瑪麗亞說。

碧拉說：「今天下午。妳和英國人。你們倆可以愛談什麼就談什麼。」

瑪麗亞說：「那我希望下午趕快來。飛快來臨。」

「會來的。飛快來臨，又飛快逝去，明天也健步如飛。」碧拉告訴她。

瑪麗亞說：「今天下午。今天下午。但願今天下午快點來。」

11

他們由高處的草地走下蒼鬱的山谷，再沿著一條和溪流平行的小路往上爬，放眼仍是松樹的林蔭，然後離開那兒，險峻地爬上一座盤岩層的頂端，一個拿卡賓槍的人由大樹後面跨出來。

「停，」他說。然後又說：「哈囉，碧拉。和妳同行的是什麼人？」

「一個英國人，但是有個基督教教名——羅柏。爬到這兒真他媽的太陡了。」碧拉說。

「你好，同志，」衛兵對羅柏・約丹說著，伸出手掌，「你好嗎？」

羅柏・約丹說：「好。你呢？」

「彼此彼此，」衛兵說。他年紀很輕，身材輕巧而細瘦，鷹鉤鼻，高顴骨，灰眼睛。他沒戴帽子，頭髮烏黑鬆蓬。他握手很用勁，充滿友情。他的眼神也相當友善。

他對少女說：「哈囉，瑪麗亞。妳沒有累壞吧？」

「怎麼會，約魁恩。我們坐下來聊天的時間比走路還要長。」瑪麗亞說。

約魁恩問道：「你就是炸藥專家？我們聽說你來了。」

「我們在帕布羅那邊過夜，」羅柏・約丹說：「是的，我就是那名炸藥手。」

「我們樂於見到你，是要炸火車？」約魁恩說。

「上次炸火車你也在？」羅柏．約丹問他，同時笑一笑。

約魁恩說：「可不是，我們就在那兒找到這傢伙，」他對瑪麗亞露齒一笑。「你現在漂亮了。他們有沒有告訴妳，妳多麼漂亮？」他對瑪麗亞說。

瑪麗亞說：「住嘴，約魁恩，非常感謝你。你理個頭一定很漂亮。」

約魁恩告訴少女說：「那時我揹著妳，我把妳扛在肩上。」

「很多人都扛過。誰沒有扛過她？老頭呢？」碧拉用低沉的嗓音說。

「在營房裡。」

「他昨天晚上到哪兒去了？」

「西戈維亞。」

「有沒有帶回什麼消息？」

「有，有消息。」約魁恩說。

「好的還是壞的？」

「我相信是壞的。」

「你看到飛機沒有？」

「嗯，」約魁恩說著搖搖頭。「別跟我談那個。炸藥家同志，那些是什麼飛機？」

「漢克一一一是轟炸機。漢克和飛雅特驅逐機，」羅柏．約丹告訴他。

「那些低翼的大飛機是什麼？」

「漢克一一一。」

「不管叫什麼名字，都很嚴重，」約魁恩說：「不過我耽誤你了。我帶你去見司令官。」

「司令官？」碧拉問道。

約魁恩嚴肅地點點頭。他說：「比『頭子』好。較有軍事氣氛。」

「你倒挺軍事化嘛，」碧拉譏笑他說。

「不。不過我喜歡軍事名詞，因爲這樣命令更清楚，紀律也會加強。」

碧拉說：「英國人，這傢伙很對你的胃口。一個很認真的小伙子。」

「要不要我揹妳？」約魁恩問少女說，同時把手臂搭在她肩上，盯著她微笑。

「一次就夠了。我還是謝謝你的好意。」

「妳記得那件事？」約魁恩問她。

「我記得有人揹我。至於你，我不記得了。我記得吉普賽人，因爲他把我放下好多次。但是我謝謝你，約魁恩，以後有機會我再揹你，」瑪麗亞說。

「我記得清清楚楚。我記得抓住妳的大腿，妳的肚子貼著我肩膀，頭垂在我背上，手臂懸在我背後，」約魁恩說。

「你記性真好，」瑪麗亞說著，向他泛出笑容。「我一點都不記得了。不記得你的手臂、肩膀和背部。」

「妳想不想知道一件事？」約魁恩問她。

「什麼事？」

「子彈從後面射來，我真高興妳垂在我背上。」

「好一個豬玀。吉普賽人老是揹我，是不是也爲了這個原因？」瑪麗亞說。

「爲這個原因，還有想抱妳的大腿。」

瑪麗亞說：「我的英雄們，我的救主們。」

碧拉告訴她，「聽著，美人兒。這個小伙子揩了妳不少的時間，在那一刻，妳的大腿對誰都沒有什麼意義。那一刻只有子彈含義最清楚。他如果拋下妳，他早就逃到手彈射程以外了。」

瑪麗亞說：「我謝過他啦。以後我會揹他。讓我們開開玩笑嘛。我用不著爲了他揹我而號啕大哭吧？」

「我真想把妳甩掉，但是我怕碧拉槍斃我。」約魁恩繼續逗她說。

「我沒有槍殺過任何人，」碧拉說。

約魁恩告訴她，「沒有必要，妳一張嘴就把人嚇死了。」

「怎麼說這種話。你以前是彬彬有禮的小伙子。革命運動前你在幹什麼，小男生？」碧拉說。

「很少，當時我才十六歲。」約魁恩說。

「不過到底做些什麼？」

「偶爾弄幾雙鞋。」

「製造鞋子？」

「不。是擦鞋。」

碧拉說：「怎麼，還有比這更合適的活兒吧。」她看看他棕色的面龐，柔軟的體型，蓬鬆的亂髮和腳跟先著地的快步走法。「你爲什麼不成功？」

「什麼不成功？」

「什麼？你知道是什麼。你正在留辮子。」

「我想是害怕的關係，」小伙子說。

碧拉告訴他：「你體型不錯，但是面孔不怎麼樣。原來是害怕，是嗎？你炸火車的時候表現很好嘛。」

「我現在不怕了，連牛都不怕。我們見過很多比牛更厲害、更危險的東西。當然沒有一頭牛會像機關槍那麼危險。不過我現在若和一頭牛站在鬥牛場中，不知道我能不能控制雙腿。」小伙子說。

「他想當鬥牛士，但是他心裡害怕。」碧拉對羅柏・約丹解釋說。

「你喜不喜歡公牛，炸藥家同志？」約魁恩咧嘴一笑，露出雪白的牙齒。

「非常非常喜歡。」羅柏・約丹說。

「你在瓦拉多利有沒有看到公牛？」約魁恩問道。

「有。九月在博覽會上看到的。」

約魁恩說：「那是我的故鄉，真是好城鎮，可憐鎮上的好人都飽受戰禍。」然後面色一凜。「他們槍斃了我爹、我娘、我姐夫，現在又要槍斃我姐姐。」

「真是野蠻人，」羅柏・約丹說。

他多少次聽到這種遭遇？多少次看人千辛萬苦說出來？多少次看到他們滿眼含淚，喉嚨哽咽，勉強說出「我爹、我的兄弟」，或者「我娘、我的姐妹」？他不記得多少次聽人這樣提到死去的親人。他們幾乎老是像小伙子現在一樣，隨口提到故鄉，而你總是說：「真是野蠻人。」

你只聽到失去親友的故事。你沒有看到父親死，像碧拉在溪邊提到的法西斯黨的死亡經過。你知道父親死在某一處庭院，或者貼著某一扇牆壁，或者在某一處田野或果園，或者夜晚映著卡車的燈光死在路旁。你由山上看到卡車的燈光，聽到槍聲，然後你走下路面，發現了屍體。你沒看到母親被槍殺，也沒有看到姐妹或兄弟。你聽到事情的經過；你聽到槍聲，然後看到屍體。

碧拉不啻讓他活生生地看見了該城的情況。

那個女人要是會寫文章就好了，他想。他要試著寫下來，如果運氣好，記得住，說不定他能記下她口述的內容。老天，她真會說故事。她比作家魁維多還要高明，他自忖道。他從未像她那麼生動地描寫那一位佛斯丁諾先生的死狀。我希望自己文筆夠生動，能寫下那個故事，他想。我們幹的好事。不是別人對付我們的手法。那一方面他知道得夠多了。他知道戰線後方有很多那一類的事情。但是你得先認識那些人。你得知道他們原先在村里間的身分。

因爲我們行事的機動性，因爲事後我們用不著留下來接受處罰，我們從來不知道事情真正的結果，他自忖道。你住在一個農夫家。你晚上來，和他們一起吃飯。白天躲起來，晚上就走。你完成工作，悄然撤退。下一次你來，聽說他們被槍斃了。就是這麼簡單。

不過事情發生的時候，你總是不在現場。游擊隊進行破壞，然後迅速撤出。農民留在當地接受懲罰。我永遠知道另外一面，他想。我們開頭對他們幹的那些好事。我一向清楚、一向憎惡，而且聽人恬不知恥提到那些，誇口、吹牛、辯護，解釋和否認。但是那該死的娘們讓我感同身受。

噢，他想，那也是教育的一部分。等到完結，真是了不起的教育。你若注意聽，這場戰爭裡就能學到不少東西。你一定會學到。他有幸在西班牙度過戰前十年的部分時光。基本上，他們信賴你的語言。他們信賴你能完全聽懂他們的話，能用口語交談，能認識不同的地方。到頭來西班牙人只真心忠於他的村里。首先當然是西班牙，然後是他的部族，然後是他那一省，他那一村，他的家人，最後是他的行業。你若懂西班牙文，他會對你生出有利的偏見，你若知道他的省份，那就更好了，但是你若認識他的村里和他的行業，你會享到外國人能享受的至高熱情。他在西班牙從來不自覺是外國佬，他們大部分時間也不把他當外國人；只有反對你的時候例外。

當然他們會反對你。他們反對你，但是他們也反對每一個人。他們還反對自己呢。三個人同行，兩個人會聯合反對一個人，然後那兩個人就會出賣對方。不是經常如此，但是時常發生，足夠讓你得到充分的例證，引出一條結論來。

不該這樣想；但是誰來檢查他的思緒呢？只有他自己。他不會胡思亂想，陷入失敗主義。首先要打贏這一仗。我們如果不打贏這一仗，一切都要輸光。但是他注意一切，聆聽一切。他正爲一場戰爭服務，全心效忠，服役期間儘量表現得十全十美。但是他的思想，他的視聽功能不屬於任何人，他若要下判斷，以後再說。會有足夠判斷的資料。現在已經夠多了。有時候還太多了一點。

看看碧拉那個女人，他想。不管發生什麼情況，只要有時間，我一定要叫她說出後半截故事，看看她和兩個小娃兒同行。你再也找不到比他們三個更好看的西班牙產品了。她像大山，那個男娃兒和女娃兒就像小樹。老樹都砍光了，小樹長得那樣乾淨。儘管他們遭遇悽慘，他們看起來卻清新、整潔、嶄新未動，彷彿從來沒聽過不幸之事似的。不過照碧拉的說法，瑪麗亞才剛剛正常起來。她的模樣一定曾經很可怕。

他想起十一旅的一個巴爾幹少年，他和同村的五位少年一同入伍。那是一座兩百多人的村莊，那位少年以前從來沒有離開過村子。他在漢斯旅本部第一次看到那位少年，當時同村的五個少年都戰死了，那位少年模樣很糟糕，大家叫他當傳令兵，在本部餐桌上侍候。他金髮碧眼，有一張紅通通的法蘭德斯大臉蛋和一雙巨大笨拙的莊稼漢手掌，他端著盤子走動，簡直像拖車的騾馬一樣有力，也一樣笨拙。但他隨時在哭。用餐的時候哭得一點聲音都沒有。

你抬頭一看，他正在哭呢。你要酒，他哭，你若遞上盤子要燉菜，他也哭，把頭別過去。這時候他會停下來；但是你抬眼看他，他眼淚又來了。兩道菜的空檔，他在廚房哭。每個人對他都和和氣氣。但是沒有用。他不得不調查這孩子有什麼毛病，是不是治好了，還適不適合再服兵役。

現在瑪麗亞相當正常。至少看起來如此。不過他不是精神病醫生。碧拉才是精神病醫生。昨天晚上他們同衾共枕，也許對雙方都有好處。是的，除非韻事中斷。對他當然有好處。今天他覺得好極了；健全、舒服、無憂無慮、又很快活。那場表演顯得很糟糕，不過他也算幸運。他和其他自稱悲苦的人相處過。自稱如何如何；這就是西班牙人的思維方式。瑪麗亞真可愛。

看她呀，他對自己說。看她呀。

他看她高高興興在陽光下昂首闊步，卡其布襯衫在頸部敞開。她走路真像小馬駒，他思忖道。你不會碰上這種韻事。這種事不可能發生。也許從沒有發生過，他想。也許你是做夢或者編出這個故事，其實並沒有發生過。也許就像一個美夢，電影上的女星半夜來到你床邊，那麼和氣，那麼可愛。他還記得嘉寶，還有珍哈露。是的，多次夢見珍哈露。也許就像那些美夢吧。

不過他還記得，攻打波左布蘭柯的前一天晚上，曾夢見女星嘉寶來到他床邊，身穿一件軟絲羊毛衣，他伸手環著她，她身子向前傾，頭髮落下來，拂在他臉上，她說她一直愛他，他爲什麼從來不向她表明愛意？她不害羞，不冷淡，也不疏遠。她抱起來真可愛，和氣又可愛，就像往日和傑克・吉伯特配戲的時候差不多，一切都栩栩如生。他愛她遠甚於珍哈露，雖然嘉寶只出現過一次，而珍哈露——也許這件事和那些美夢差不多。

也許不是夢，他對自己說。也許現在我能伸手碰到瑪麗亞，他對自己說。也許你不敢，他對自己說。也許你會發現事情從未發生，是你捏造的，就像你夢見銀幕中人，或者夢見所有老相好都回來睡毯中過夜，在光禿禿的地板上，穀倉的稻草叢裡，馬廄，畜欄和農舍，森林，車庫，卡車和西班牙的一切山丘上。他睡著以後，她們都來到睡毯中，都比真人好看多了。也許就是這樣。也許你不敢碰碰她，看是不是真有其事。也許你害怕，說不定是你捏造的幻想，或者在作夢。

他橫過小徑走一步，用手摟住小妞兒的臂膀。指尖感受著舊卡其布光滑的手臂。她看看他，露出笑容。

「哈囉，瑪麗亞，」他說。

「哈囉，英國人，」她回答說，他看到她茶褐色的臉蛋兒，黃灰色的眼睛，微笑的櫻唇，還有曬焦的短髮，她向他抬起臉，望著他的眼睛微笑。是真的，沒錯。

現在他們隔著最後一片松林望見艾爾．薩多的營區，該處有一個圓形的谿頂，形狀像翻倒的臉盆。這些石灰岩的高盆地一定充滿洞穴，他想。前面就有兩個洞穴，完全掩在岩石中生長的矮樹裡。此地可媲美帕布羅的營區，甚至更好。

「他們怎麼會槍斃你家人呢？」碧拉正在和約魁恩說話。

約魁恩說：「沒什麼，娘們。他們和瓦拉多利的許多人一樣，屬於左派。法西斯黨清算該城，先槍斃父親。他曾投票給社會主義者。然後又槍殺母親。她也投過票。那是她這輩子第一次投票。然後他們又槍殺我一個姐姐的丈夫。他是電車司機工會的一員。事實很明顯，他不參加工會，就不能開電車。但是他根本不關心政治。我深深瞭解他。他甚至有一點寡廉鮮恥呢。我想他甚至不是一名好同志。這時候另一個在電車業服務的姐夫和我一樣，到山上去了。他們以為我姐姐知道他的去處。她其實不知道。於是他們槍斃她。只因為她不肯說出他在哪裡。」

「真是野蠻人，」碧拉說。「艾爾．薩多呢？我沒有看到他。」

「他在這兒。可能在裡面，」約魁恩說著，現在停下來，把步槍的槍托放在地上說：「碧拉，聽我說。還有妳，瑪麗亞。如果我說到家人的事情，害妳不安，請妳原諒。我知道人人都有同樣的煩惱，不說出來反而更珍貴。」

「你應該說出來。若不互相幫助，我們出生幹什麼？而且默默傾聽只能算是一種冷淡的幫助。」碧拉說。

「不過會讓瑪麗亞不安。她自己的煩惱已經太多了。」

「怎麼會。我的水桶很大，你桶裡的東西全倒進來，還裝不滿呢。我很遺憾，約魁恩，但願你的姐姐安然無恙。」瑪麗亞說。

「目前她還好好的，他們把她關在監牢裡，好像沒有虐待她。」約魁恩說。

「家裡還有別人嗎？」羅柏・約丹問道。

小伙子說：「沒有，就我一個人。再沒有了。除了那個上山的姐夫，我想他大概死了。」

瑪麗亞說：「也許他安然無恙，也許他在其他山區的某一小隊裡。」

「對我來說，他等於死了。他不善於四處活動，他是電車車掌，對山區生活並不適宜。我懷疑他能活過一年的時光。何況他胸肺有毛病。」約魁恩說。

「但是他可能安然無恙，」瑪麗亞把手臂搭在他肩上。

「當然，小妞兒。怎麼不可能呢？」約魁恩說。

小伙子站在那兒，瑪麗亞伸出手，環著他的頸項親吻他。約魁恩偏開頭，因爲他哭了。

「是手足之情。我吻你，是把你當兄弟。」瑪麗亞說。

小伙子搖搖頭，吞聲哭泣。

「我是你妹妹。我愛你，你有一個大家庭。我們都是一家人。」瑪麗亞說。

「包括英國人在內。不是嗎，英國人？」碧拉的嗓音如雷。

羅柏・約丹對小伙子說：「是的。我們都是一家人，約魁恩。」

「這是你哥哥，」碧拉說。「嘿，英國人？」

羅柏・約丹伸手環抱小伙子的肩膀。「我們都是兄弟，」他說。小伙子搖搖頭。

「我很慚愧，竟說出那些事情。說出那種事，害大家更難過。害你們不安，我很慚愧。」他說。

「我幹你媽的慚愧，」碧拉用低沉悅耳的嗓音說。「如果瑪麗亞再吻你，我自己都想吻你了。我好幾年沒有吻鬥牛士了，就算你這樣不成功的鬥牛士也好。我想吻一個變成共產黨員的失敗鬥牛士。抱住他，英國佬，等我好好親他一下。」

小伙子罵了一聲，猛然別過臉去，「別管我。我沒有什麼，心裡覺得慚愧。」

他站在那兒，臉色漸漸恢復正常。瑪麗亞把手伸進羅柏・約丹手裡。碧拉雙手擱在臀部，現在嘲笑般看看小伙子。

她對他說：「我吻你，可不是姐妹的情份。什麼姐妹之吻，全是騙人。」

「用不著說笑話。我說過我沒有什麼。抱歉我說過那些事。」小伙子說。

「好，那我們就去看看老頭吧。這些事情真累人。」碧拉說。

小伙子看看她。由他的眼神可以看出，他突然受到了傷害。

「不是你的情緒，是我的。你當鬥牛士，未免太溫柔了些。」碧拉對他說。

「我是失敗者。你用不著一直記住這件事。」約魁恩說。

「但是你又留辮子啦。」

「是啊，怎麼不行？打仗的物資在經濟上最適宜那種用途，又不必花錢。那一行能雇用很多人手，國家會加以控制。也許我現在不膽怯了。」

「也許不會，也許不會吧。」碧拉說。

「妳爲什麼說話那麼無情，碧拉？我很愛妳，但是妳的表現真刁蠻。」瑪麗亞對她說。

「也許我蠻橫了一點。聽好，英國人。你知不知道自己要對艾爾．薩多說些什麼？」碧拉說。

「知道。」

「因爲他是一個沉默寡言的人物，不像你、我和這個多情的巡迴動物。」

「妳爲什麼說這種話？」瑪麗亞又氣沖沖追問道。

「我不知道，妳想是爲什麼？」碧拉大步向前走說。

「我不知道。」

「有時候很多事情都讓我心煩，妳明白嗎？其中一項就是四十八歲的高齡。妳聽到沒有？四十八歲，加上一張醜臉。還有一項就是我開玩笑說要吻一個失意的左派鬥牛士，看到他一臉驚慌的表情。」碧拉發火說。

「這不是真話，碧拉，我才沒有一臉驚慌呢。」小伙子說。

「怎麼不是真的。我操你們大家他娘的奶汁。啊，他在那兒。哈囉，山蒂阿哥！你好？」

碧拉招呼的人個子矮矮壯壯，面色茶褐，顴骨寬寬的；髮色灰白，有一對分得很開的黃棕色眸子，一個窄窄的鷹鉤鼻，像印度人似的，上唇很長，嘴巴寬寬薄薄的，鬍子剃得很乾淨。他由洞口向他們走來，擺著一雙羅圈腿和牛仔褲、牛仔靴。天氣很暖和，但是他穿著羊毛襯裡的短皮衣，直扣到頸部。他向碧拉伸出棕色的大手。「哈囉，女同志，」他說。「哈囉，」他對羅柏．約丹說著，邊握手邊盯著他的臉蛋。羅柏看見他的眼睛黃得像貓，扁得像爬蟲類。「美人兒，」他對瑪麗亞說，同時拍拍她的肩膀。

「吃過沒有？」他問碧拉。她搖搖頭。

「要，謝謝。」

「來吃，」他說著，看看羅柏。「喝酒嗎？」他問道，同時垂下大拇指做了一個倒酒的動作。

「好，」艾爾．薩多說。「威士忌？」

「你有威士忌？」

艾爾．薩多點點頭。他問道：「英國人？不是俄國人？」

「美國人。」

「這裡很少美國人，」他說。

「現在多些了。」

「那好。北方還是南方？」

「北方。」

「等於英國人。什麼時候炸橋？」

「你知道炸橋的事？」

艾爾．薩多點點頭。

「後天早上。」

「好，」艾爾．薩多說。

「帕布羅？」他問碧拉。

她搖搖頭。艾爾．薩多咧嘴一笑。

「走開，」他對瑪麗亞說著，又笑一笑。他由外衣口袋拖出一個皮錶鍊的大手錶。「半個鐘頭回來。」

他示意他們坐在一塊扁木上，看看約魁恩，向小路上他們來的方向搖搖大拇指。

「我陪約魅恩走下去，然後回來，」瑪麗亞說。

艾爾．薩多進洞，拿出一瓶蘇格蘭威士忌和三個玻璃杯。酒瓶挾在腋下，三個玻璃杯放在手裡，一隻手指套一個，另外一隻手環著一罐清水的瓶頸。他把玻璃杯和酒瓶放在扁木上，水罐擱在地下。

「沒有冰，」他對羅柏說道，把酒瓶遞給他。

「我不要，」碧拉說著，用手蓋住玻璃杯。

「昨晚地上有冰，」艾爾．薩多邊說邊指著光禿禿的山巔白雪，「太遠了。」

羅柏開始在艾爾．薩多的杯子裡倒酒，但是這位聾子搖搖頭，示意他自取自用。

羅柏倒了一大口蘇格蘭威士忌，艾爾．薩多熱心地看看他，等他倒完，又遞上水罐，羅柏加滿一杯冷水，他傾斜水罐的時候，一股水泉由瓦質壺嘴噴出來。

艾爾．薩多自己倒了一杯威士忌，再加滿冷水。

「酒？」他問碧拉。

「不。水。」

「喝吧，」他說。又對羅柏．約丹說：「不好，」然後咧嘴一笑。「我軍認識不少英國人。總有許多威士忌。」

「在哪兒？」

「蘭契，」艾爾．薩多說：「上司的朋友。」

「你哪兒弄來的威士忌？」

「什麼？」他聽不見。

碧拉說：「你得大聲叫，對著他的耳朵叫。」

艾爾．薩多指指聽力較佳的一隻耳朵，露齒一笑。

「你在哪兒弄來的威士忌？」羅柏．約丹大叫說。

「釀啊，」艾爾．薩多說著，看到羅柏舉杯入口，突然停下來。

「不，」艾爾．薩多說著，拍拍他肩膀。「我是說笑。由莊園村買來的。昨晚聽說來了英國炸藥家。好。很高興。買威士忌。爲你。你喜歡吧？」

「很喜歡。是上好的威士忌。」羅柏說。

「很高興。今天晚上隨情報帶過來。」薩多笑笑說。

「什麼情報？」

「軍隊大肆移動。」

「什麼地方？」

「西戈維亞。飛機你看到了。」

「是的。」

「糟糕，呃？」

「糟糕。」

「軍隊移動?」

「維拉康斯丁和西戈維亞之間很多。瓦拉多利大道上。維拉康斯丁和聖拉費爾之間也很多，很多，很多。」

「你的想法如何?」

「我方準備某一項行動?」

「可能。」

「他們知道了。也在準備。」

「很可能。」

「爲什麼不今晚就炸橋?」

「命令。」

「誰的命令?」

「將軍總部。」

「喔。」

「炸橋的時間重要嗎?」碧拉問道。

「非常重要。」

「如果他們正在調兵應戰呢?」

「我會派安瑟莫傳送一份活動和調兵的報告。他正在觀測路上的情形。」

「你派了人在路上?」薩多問他。

羅柏・約丹不知道他聽到多少。聾子真難預測。

「是的，」他說。

「我也派了。何不現在炸橋？」

「我有軍令在身。」

「我不喜歡。這一點我不喜歡。」艾爾・薩多說。

「我也不喜歡，」羅柏說。

艾爾・薩多搖搖頭，啜了一口威士忌。「你需要我？」

「你有多少人？」

「八個。」

「切斷電話，攻擊修路員小屋的守備隊，攻下來，然後撤回橋上。」

「這倒容易。」

「我會寫下來。」

「別擔心。帕布羅那隊呢？」

「切斷下面的電話，攻擊鋸木廠的守備隊，攻下來，然後撤回橋上。」

碧拉問道：「事後的退路呢？我們有七個男人，兩個女人和五匹馬，你——」她對著薩多的耳朵大叫。

「八個人和四匹馬。馬不夠，」他說。

碧拉說：「十七個人，九匹馬，運的東西還不算呢。」

薩多悶聲不響。

「沒有辦法找到馬匹？」羅柏對著薩多聽力較好的耳朵說。

薩多說：「打了一年仗，還有四匹。」他伸出四根手指。「你明天需要八匹。」

「是啊，」羅柏．約丹說。「知道你要走了。在這一帶不必像往常那麼小心。現在不必謹慎行事了。你不能想辦法偷八匹馬來？」

薩多說：「也許。也許一匹都弄不到。也許不止。」

「你有自動步槍？」羅柏問道。

薩多點點頭。

「在哪兒？」

「山上。」

「哪一種？」

「不知道名字。有藥池。」

「幾發？」

「五個藥池。」

「有沒有人會用？」

「我。會一點。不常發射。不想弄出響聲。不想耗費子彈。」

「待會兒我去看看。你有沒有手榴彈？」羅柏說。

「很多。」

「每支步槍有多少發子彈？」

「很多。」

「多少？」

「一百五十發。也許還不止。」

「別隊的人如何？」

「幹什麼？」

「我炸橋的時候，要有足夠的兵力攻佔守備隊，掩護橋樑。我們應該有兩倍的人手。」

「攻擊守備隊不用擔心。什麼時刻？」

「天明時分。」

「別擔心。」

「要確定我能多用二十個人，」羅柏說。

「好手實在沒有。不可靠的你要不要？」

「不。可靠的有多少？」

「也許四個。」

「爲什麼那麼少？」

「沒有信用。」

「你是指有馬的人？」

「有馬的人信用很要緊。」

「如果能找到，我想再找十個適當的人手。」

「四個。」

「安瑟莫說，這片山區有一百多人。」

「都不好。」

「妳說三十個，三十個還算可靠的人。」羅柏・約丹對碧拉說。

「伊利亞斯的手下如何？」碧拉對著薩多大喊。他搖搖頭。

「不好。」

「你找不到十個人？」羅柏問道。薩多用一雙黃色的扁眼看看他，然後搖搖頭。

「四個，」他說著，伸出四根手指。

「你的手下可靠吧？」羅柏問道，說完又覺得後悔。

薩多點點頭。

他用西班牙文說，「在危險的範圍內。」他露齒一笑。「也許很糟糕，呃？」

「可能。」

「對我沒有差別，」薩多只是這麼說，並不誇口。「寧可要四個好的，總比差勁的一大堆好多了。這一場戰爭，差勁貨不少，好的不多。好的一天天減少。帕布羅呢？」他看看碧拉。

「你知道嘛，一天天轉壞。」碧拉說。

薩多聳聳肩。

「喝酒吧，」薩多對羅柏・約丹說。「我帶我的手下，另外四個人。湊成十二個，今晚我們討論一切情況。我有六十根炸藥。你要嗎？」

「含量百分之幾？」

「不知道。普通的炸藥。我帶著。」

羅柏說：「我們用那個來炸上面的小橋。好極了。你今晚下來？帶來好不好？我沒有奉命炸那一座小橋，不過應該炸掉。」

「我今天晚上來。然後找馬。」

「找到馬的機會有多少？」

「也許。現在吃飯吧。」

羅柏暗想，他是不是對每個人都這麼說話？還是他以爲這樣外國人才聽得懂？

「事成之後，我們要到哪裡去？」碧拉對著薩多的耳朵大喊。

他聳聳肩。

「一切都要事先安排，」女人說。

「當然。怎麼能不安排呢？」薩多說。

碧拉說：「情況夠糟了。必須好好策劃。」

「是的，娘們。妳擔心什麼？」薩多說。

「每一件事情，」碧拉大喊。

薩多向她笑笑。

「妳曾跟著帕布羅見過不少世面，」他說。

原來他那一口半吊子西班牙語是專說給外國人聽的，羅柏暗想。好。我很高興聽他說出純粹的語言。

「你認爲我們該撤到哪裡去？」碧拉問道。

「哪裡？」

「是的，哪裡。」

「有很多地方嘛。很多地方。你知道葛雷度？」薩多說。

「那邊人數不少。等對方有時間，這些地方都會遭到圍剿。」

「是的。不過那是一片大鄉野，範圍很廣。」

「很難撤到那兒，」碧拉說。

「事事都難。我們能到別的地方，也就能到葛雷度。晚上趕路。此地現在很危險。我們能待這麼久，真是奇蹟。葛雷度比這兒安全多了。」艾爾．薩多說。

「你知道我想上哪兒？」碧拉問他。

「哪兒？巴拉米拉？不好。」

碧拉說：「不。不是巴拉米拉山脊。我要到共和國去。」

「那倒有可能。」

「你的手下肯去嗎？」

「肯。如果我說要去的話。」

碧拉說：「我的人馬，我就不敢說了。帕布羅一定不想去，雖然他在那邊也許會安全得多。除非他們要多召幾年次的兵種，否則他太老了，已不必當兵服役。吉普賽人一定不肯去。別人我就不知道了。」

「因爲這兒太久沒出事，他們體會不出其中的危險，」艾爾．薩多說。

「今天來了那陣飛機，他們會看出來的。不過我認爲你由葛雷度作戰，效果一定不錯。」羅柏．約丹說。

「什麼？」艾爾．薩多說著，用一雙扁眼看看他。他問這句話，沒有一絲友善的氣息。

「你由那邊突擊，效果更佳。」羅柏說。

「喔，你知道葛雷度？」艾爾・薩多說。

「不錯。你可以從那兒攻打鐵路幹線。你可以經常切斷鐵路，就像我們在南方的伊斯特馬杜拉一樣。由那邊作戰比到共和國更好。你在那邊更能發揮作用。」羅柏・約丹說。

他說話的時候，彼此都繃著臉。

薩多看看碧拉，她也報以凝視的目光。

「你知道葛雷度？真的？」薩多問道。

「當然，」羅柏・約丹說。

「你要去哪裡？」

「阿維拉淺谷上方。比這邊好。突襲貝加和普拉森西亞之間的大道和鐵路。」

「很難，」薩多說。

「我們曾經在更危險的伊斯特馬杜拉鄉間攻擊同一條鐵路，」羅柏・約丹說。

「我們是誰？」

「伊斯特馬杜拉的游擊團體。」

「你們有很多人？」

「四十個左右。」

「那個神經兮兮名字怪怪的人也是那邊來的？」碧拉問道。

「是的。」

「他現在呢？」

「死了，我告訴過妳嘛。」

「你也是那邊來的？」

「是的。」

「你懂我的意思吧？」碧拉對他說。

羅柏．約丹暗想：我犯了一個大忌。我竟告訴西班牙人我們可以把事情辦得比他們好，按規定我永遠不該誇耀自己的功勳或能力。我本該恭維他們，我卻吩咐他們該做什麼，現在他們生氣了。好吧，他們也許會克服怒火，也許不會。他們在葛雷度當然比這兒更有用。事實證明，自從卡什金發起火車事件以後，他們一事無成。那件事也沒有什麼了不起。法西斯黨人損失一個引擎，幾名軍人，但是他們的口氣活像那是戰爭的高潮似的。也許他們惱羞成怒，就會轉往葛雷度山脊。是的，說不定連我也被趕出此地。噢，你仔細看看，這可不是一碟香噴噴的美味哩。

「聽著，英國人，你的神經怎麼樣？」碧拉對他說。

「還好，沒問題。」羅柏．約丹說。

「因爲他們上次派來跟我們合作的炸藥專家，雖然是一流的技術人員，個性卻非常緊張。」

「我們有不少緊張的同伴，」羅柏說。

碧拉繼續說：「我不是說他懦弱，因爲他表現極佳。但是他說話怪怪的，彷彿嚇慌了。」她提高嗓門，「山蒂阿哥，對不對，上次那個炸車的火藥專家有點怪怪的？」

「有點怪，」聾子點點頭，眼睛在羅柏．約丹臉上溜來溜去，令他想起真空吸塵器竿尾的圓口。「是，有點怪，很怪。」

「死了，他死了。」羅柏對著聾子的耳朵說。

「怎麼回事？」聾子問道，目光由羅柏的眼睛轉向他的嘴唇。

「是我射殺的。他傷得太厲害，走不動了，我只好射殺他。」羅柏說。

「他老是說，危難時非如此不可，那是他固執的觀念。」碧拉說。

羅柏說：「不錯，他老是說，危難時非如此不可，那是他的固執觀念。」

「怎麼回事？是炸火車那次？」聾子問道。

「是炸火車回來，炸車很成功。摸黑回來，我們碰到一個法西斯巡邏隊，我們往前跑，他的背部中了一槍，但是只射到肩胛骨。他走了很長一段路，但是帶傷實在走不動了。他不願意留在後面，我只好射殺他。」

艾爾．薩多說：「那還好。」

「你確定自己的神經沒有問題？」碧拉對羅柏說。

他告許她說：「是的。我相信自己的神經沒有問題，而且我認爲炸完橋以後，你們最好到葛雷度去。」

他說這句話的時候，女人開始罵出一大堆難聽的髒話，聲音迴盪在他四周，彷彿白色的熱水突然湧出噴泉，水花四濺。

聾子對羅柏搖搖頭，開懷一笑。碧拉繼續謾罵，他繼續高高興興直搖頭，羅柏知道現在沒事了。最後她不再罵人，伸手拿水罐，斜過來喝一口，鎮定地說，「你不要再談我們事後該做什麼，好不好，英國人？你回到共和國，把你的女伴帶走，讓我們其他的人自行決定要死在什麼地方。」

「活在什麼地方。冷靜一點，碧拉。」艾爾．薩多說。

「活在那兒，也死在那兒。我看得出事情的下場。我喜歡你，英國人，不過請你別說事後我們該做什麼。」碧拉說。

「那是妳的事，我不插手。」羅柏說。

「但你已經插手了，」碧拉說：「這次任務後，你帶著你的短髮小娼婦回共和國去，但是你擦去下巴的奶臭時，別關閉門扉，排斥那些不是外國人而又熱愛共和國的志士。」

他們說話間，瑪麗亞走上小徑，她聽到碧拉提高嗓門對羅柏吼出一句話。瑪麗亞看向羅柏，猛搖頭，又搖搖手指警告他。碧拉看見羅柏望著少女微笑，她回頭說：「是的。我說娼婦，全是真心話。我猜你們要一起去瓦倫西亞，我們可以在葛雷度吃羊屎。」

「妳愛叫我娼婦，我就是娼婦，碧拉。我想妳愛說我怎麼樣，我就怎麼樣。不過請妳冷靜一點，妳怎麼啦？」瑪麗亞說。

「沒什麼，」碧拉說著坐在長凳上，現在聲音已平靜下來，一切憤怒都化為烏有了。「我不是有意罵妳。不過我真想到共和國去。」

「我們都可以去呀，」瑪麗亞說。

「有何不可？既然妳好像不喜歡葛雷度。」羅柏說。

薩多對他咧咧嘴。

「我們再看吧，」碧拉說，現在她已經不生氣了。「給我一杯那種怪飲料。我的嗓子都氣啞了。我們再看吧。看看情勢加何。」

艾爾·薩多解釋說：「同志，你明白，難的就是早上。」現在他不說半吊子西班牙語了，他靜靜盯著羅柏·約丹的眼睛；不搜索也不懷疑，更沒有原先那種老鬥士的優勢感。「我瞭解你的需要，知道你進行的時候，守備隊必須剷除，橋面有人掩護。這一點我完全明瞭。天亮前或者黎明時分很容易辦到。」

「是的，」羅柏・約丹說：「走開一分鐘，好不好？」他對瑪麗亞說，眼睛沒有看她。

小妞兒走到聽不見的地方坐下來，雙手抱著足踝。

薩多說，「你知道，這件事沒有問題。不過事後要在大白天撤出此地，可就成問題了。」

「不錯。我考慮過了。我也是白天走哇。」羅伯・約丹說。

「但是你只有一個人，我們卻有不少人。」艾爾・薩多說。

「說不定可以回營區，天黑再走，」碧拉插口，把玻璃杯湊到唇邊，又放下來。

「那樣也很危險，也許更危險。」艾爾・薩多解釋說。

「我明白其中的緣故，」羅柏說。

「晚上炸橋就容易多了。因爲你規定要白天炸，便帶來嚴重的後果。」艾爾・薩多說。

「我知道。」

「你不能晚上幹？」

「我會被槍斃的。」

「如果你白天幹，說不定我們大家都被槍斃。」

「對我自己來說，一旦橋樑炸毀，生死倒無足輕重了。不過我明白你的觀點。你不能擬出白天撤退的方法？」羅柏說。

艾爾・薩多說：「當然能。我們會擬出這種撤退計劃。但是我向你解釋我們爲什麼有成見，而且滿腔怒火。你說撤往葛雷度，彷彿是一項非完成不可的軍事行動似的。其實能到葛雷度要靠奇蹟。」

羅柏沒有說什麼。

聾子說：「聽好。我現在話很多。但是這樣我們才能互相瞭解。我們能在此地生存，完全靠奇蹟。法西斯份子懶散和愚蠢的奇蹟，他們會慢慢補正過來。當然我們也小心翼翼，不在這片山區造成任何糾紛。」

「我知道。」

「但是現在，幹了這件事情，我們非走不可。我們必須多考慮撤退的問題。」

「當然。」

艾爾．薩多說。「那我們現在吃飯吧。我說得夠多了。」

「我從來沒聽你說過那麼多話。」碧拉說。她舉起玻璃杯，「是這個的作用？」

「不，」艾爾．薩多搖搖頭。「不是威士忌的關係。是我從來沒有那麼多話可說。」

「我感激你的幫助和忠心，我明白炸橋的時間造成了很大的困難。」羅柏．約丹說。

「別說這些了。我們在此地盡力而為。但是問題很複雜。」艾爾．薩多說。

「在紙上卻很簡單，」羅柏露齒一笑。「公文上，橋樑要在攻擊開始那一刻炸毀。讓敵軍的一車一卒都不能走上大道。很簡單。」

艾爾．薩多說，「他們該讓我們來擬紙上的計劃。我們應該在紙上構思和執行某一件事情。」

「『紙張不流血，』是吧？」羅柏引一句名言說。

「但是卻很有用，」碧拉說。「我真想用你的軍令來達成那個目標。」

「我也有同感。但是你這樣不能永遠打勝仗。」羅柏說。

碧拉說，「不，我想不行。不過你知道我想幹什麼？」

「到共和國去，」艾爾．薩多說。他說話的時候，他曾把聽力較好的耳朵湊到她面前。「娘們，現在來吧。讓我們打贏這一仗，然後全國都是共和國啦。」

碧拉說，「好。現在，看老天爺份上，我們吃飯吧。」

12

吃完飯，他們離開艾爾．薩多的營房。走下小路。艾爾．薩多陪他們走到下面那支守備隊附近。

他說：「晚上見。」

「再見，同志，」羅柏．約丹對他說。於是三個人繼續往下走，聾子站著目送他們。瑪麗亞回頭向他揮手，艾爾．薩多以西班牙人特有的前臂上揮動作，作出近乎侮慢地答禮，彷彿要拋掉一切和事務無關的客套似的。用餐期間，他沒有解開羊毛襖的鈕釦，儘量顧全禮俗，小心翼翼側頭傾聽，用斷斷續續的西班牙文回話，客客氣氣問羅柏有關共和國的情景；但是他顯然想早一點打發他們。

他們告辭的時候，碧拉對他說：「如何，山蒂阿哥？」

「噢，沒什麼，娘們。沒問題。不過我正在思考。」聾子說。

「我也是。」碧拉說。如今他們定下小徑，穿過剛才辛辛苦苦往上爬的松樹陡坡，走得輕鬆又愉快，碧拉悶聲不響。羅柏和瑪麗亞也不說話，三個人迅速前行，直到小路由蒼鬱的河谷矗然上斜，穿過林區，然後進入高高的草地。

五月末的下午，天氣還很熱，爬到最後一個陡坡的半路，女人突然停下來。羅柏・約丹停下腳步，回頭一望，看她額上汗珠點點。他覺得她褐色的面孔泛出青光，皮膚現出泥土色，眼下有黑圈。

「我們休息一分鐘，我們走得太快了。」他說。

她說：「不，我們繼續走。」

「休息吧，碧拉，妳氣色不好。」瑪麗亞說。

女人說：「閉嘴。沒有人徵求妳的意見。」

她繼續沿著小徑往上爬，但是到了山頂，她氣喘吁吁，臉上汗淋淋的，臉色確實很蒼白。

「坐下，碧拉。拜託，拜託，拜託坐下來。」瑪麗亞說。

「好吧，」碧拉說道，於是三個人坐在一棵松樹下，隔著山上的草原，望見群峰彷彿由一片綿延的高地突出來，山上的白雪在午後的艷陽下閃閃發光。

碧拉說：「雪是多麼邋遢的玩意兒，看起來卻那麼美。雪真是一大幻象。」她轉向瑪麗亞說：「美人兒，抱歉我對妳那麼粗魯。我不知道今天見了什麼鬼。我的脾氣真壞。」

「我從來不在乎妳的氣話，而妳常常生氣。」瑪麗亞告訴她。

「不，比生氣更糟糕，」碧拉說著，眺望遠處的山峰。

「妳身體不好，」瑪麗亞說。

「也不是這個原因，」女人說：「來，美人兒，把頭擱在我膝蓋上。」

瑪麗亞挨近她，伸出雙臂，疊在一起，就像沒有枕頭的時候，以臂代枕躺下來。她仰起臉看碧拉，對她微笑，大塊頭的婦人卻繼續望著草地那端的山頂。她撫摸少女的頭顱，不曾低頭看她，一隻粗短的指頭划過少女的前額，然後劃出耳朵的弧線，再滑到頸部的髮根。

「再過一會兒你就能得到她了，英國人，」她說。羅柏・約丹坐在她後面。

「別說這種話嘛，」瑪麗亞說。

「是的，他可以得到妳，」碧拉說著，不看他們兩個人。「我從來不要妳，但是我心裡忌妒。」

瑪麗亞說，「碧拉，別說這種話。」

「他可以得到妳，但是我心裡很忌妒。」碧拉說著，手指划過少女的耳垂。

瑪麗亞說：「但是，碧拉，妳曾經向我解釋，沒有一種感情像妳我。」

「世事永遠如此，世上總有一些事情彷彿不該存在。但是對我卻不然。真的不然。我只要妳快樂，別無所求。」女人說。

瑪麗亞沒有說什麼，只靜靜躺著，設法讓頭部輕鬆一點。

「聽著，美人兒，」碧拉一面說，一面心不在焉用手指劃著她雙頰的輪廓。「聽著，美人兒，我愛妳，他也可以得到妳，我不是斑鳩，卻是一個爲男人而生的女人。這是真話。但是現在是大白天，我樂於說：我愛妳。」

「我也愛妳呀。」

「怎麼會，別胡說。妳甚至不知道我說什麼。」

「我知道。」

「妳怎麼會知道。妳是英國人的好伴侶。誰都看得出來，而且應該如此。我樂於看出這件事。

其他的事情倒不盡然。我不是曲解什麼。我只是告訴妳真話，很少人會對妳說實話，女人根本不會說。我心懷妒意，直言不諱。我直接說出來。」

「不要說，碧拉，不要說。」瑪麗亞說。

「爲什麼不要說，」婦人說道，她仍然不看他們倆。「我要說到不想說爲止，」現在她俯視少女說，「時間已經到了。我若再不說，妳懂嗎？」

瑪麗亞說：「碧拉，別說這種話。」

「妳是一隻非常愉快的小兔子。現在抬起腦袋，因爲這一陣痴念已經過去了。」碧拉說。

「這不算痴傻，而且我的腦袋擱在這兒很舒服。」瑪麗亞說。

「不，抬起來吧，」碧拉告訴她，同時把兩隻大手伸到少女腦袋下面，把它抬起來。「你呢，英國人？」她邊說邊眺望遠山，手還抓著少女的頭顱。「什麼貓兒把你的舌頭吃掉了？」

「不是貓，」羅柏說。

「那是什麼動物？」她把少女的腦袋擱在地上。

「不是動物，」羅柏告訴她。

「是你自己吞下去了，呃？」

「我猜是吧，」羅柏說。

「你喜不喜歡那種滋味？」現在碧拉回頭對他笑一笑。

「不太喜歡。」

「我想你不會喜歡，我想你不會喜歡。但是我把你的小兔子還給你。我從來不想搶走你的小兔子。這個名字很適合她。今天早上我聽到你叫她這個名字。」碧拉說。

羅柏．約丹覺得臉上發紅。

「妳是一個心腸很硬的女人，」他對她說。

「不。但是我雖然單純，卻又很複雜。你複雜嗎，英國佬？」碧拉說。

「不。也不太單純。」

「你真討人喜歡，英國佬，」碧拉說。接著她笑瞇瞇向前靠，笑著搖搖頭。「我若能從你手中搶走小兔子，從小兔子手中把你搶過來，那就好了。」

「妳辦不到。」

「我知道，」碧拉說著又泛出笑容。「我也不想這麼做。但是我年輕的時候，可以辦到。」

「我相信這一點。」

「你相信？」

「當然。不過這些都是廢話。」羅柏．約丹說。

「沒想到妳會說這種話，」瑪麗亞說。

「我今天不太像我自己，很不像我自己。你的橋樑叫我頭痛，英國人。」碧拉說。

羅柏說：「我們可以叫它頭痛橋，不過我要把它拋下峽谷，像破鳥籠一樣。」

「好。繼續說這種話吧。」碧拉說。

「我要把它拋下去，就像妳剝香蕉皮一樣。」

「現在我可以吃香蕉了。往下說，英國人。繼續說大話吧。」碧拉說。

「用不著。我們到營房去。」羅柏．約丹說。

「你的任務馬上就要來了，我說過要讓你們倆單獨在一塊兒。」碧拉說。

「不。我有很多事情要做。」

「這件事也很重要，而且花不了多少時間。」

「閉嘴，碧拉，妳講話真粗。」瑪麗亞說。

碧拉說：「我很粗，但是我也很細。我要讓你們倆單獨在一塊兒。忌妒的話全是胡說。我很氣約魁恩，因爲我由他的表情看出自己有多醜。我只是忌妒妳十九歲的芳齡。這種醋勁不會持久的。妳也不會年年十九歲嘛。現在我走了。」

她站起來，一隻手擱在臀部，看著羅柏．約丹，他也站著。瑪麗亞坐在樹下，腦袋往前垂。

「我們一起回營區吧。這樣妥當些，而且有很多事情要做。」羅柏說。

碧拉向瑪麗亞點點頭，瑪麗亞站在那兒，轉頭不看他們倆，一言不發。

碧拉笑著，輕輕聳聳肩說，「你認得路吧？」

「我認得，」瑪麗亞說著抬起頭。

碧拉說：「那我走了。我們準備一頓豐盛的大餐給你吃，英國人。」

她走入石楠草叢，向通往營區的溪邊走去。羅柏揚聲叫住她，「等一等。我們大家最好一塊兒走。」

瑪麗亞坐在那兒，一言不發。

碧拉沒有回頭。

「何必一起走，我們在營區見。」她說。

羅柏．約丹靜立在那兒。

「她沒有問題吧，她剛才好像生病了？」他問瑪麗亞。

「讓她走吧，」瑪麗亞說道，頭仍然低低的。

「我想我應該陪她去。」

瑪麗亞說：「讓她走，讓她走！」

13

他們走過草山的石楠叢，羅柏・約丹覺得石楠矮樹一直磨擦他的小腿，槍套裡的手槍重重頂著大腿上部，日照頭頂，雪山飄過來的和風吹在背上涼颼颼的，手中則感到少女的小手堅強有力。手指緊緊鉗住他的指頭。由他們相伴的腕部，有一種感覺由她的手、她的指頭、她的腕部傳到他的手腕，清新得有如吹向大海的第一道微風，只吹皺波平如鏡的海面，輕得宛如羽毛拂過唇間，宛如沒有風的時候樹葉自然飄落；太輕了，唯有手指相接才有感覺，但是手指一捏，手掌和手腕一接觸，卻變得很強、很濃、很熱烈、很痛苦，彷彿一道激流爬上手臂，使全身充滿刺人的渴望。

太陽照著她小麥般的髮絲，照著她金色的光滑臉蛋兒，她喉嚨的曲線，他把她的頭扳過來，抱住她狂吻。吻她的時候，覺得她在輕輕顫動，他摟著她修長的身子，緊緊相貼，覺得她的乳房隔著兩件卡其襯衫頂在他胸口，很小很結實，他伸手解開她襯衣的鈕釦，低頭吻她，她站著發抖，頭往後仰，他的手臂環在她身後。這時候她的下巴迎著他的腦袋往下垂，然後他覺得她的雙手抱著他的腦袋，和她的腦袋相碰擊。他直起身子，雙臂環著她，把她抱得緊緊的，由地面提起來，緊貼在他身上，覺得她抖個不停，於是他放下她說：「瑪麗亞，噢，我的瑪麗亞。」

然後他說：「我們該上哪兒？」

她沒有說話，卻把手滑進他襯衫裡，他覺得她正在解襯衫的鈕釦，她說：「我也一樣，我也要吻你。」

「不，小兔子。」

「要，要。你的每一部分。」

「不。那是不可能的。」

「好吧，那麼。哦，那麼。哦，那麼，哦。」

於是她腦袋下方有石楠壓碎的氣味，有彎彎的草莖粗糙的觸覺，太陽亮晶晶照著她緊閉的雙眼，他一輩子忘不了她頭部按進石楠根部時那喉嚨的曲線，以及她不自覺悸動的嘴唇，和面對太陽及一切而輕顫的眼瞼。閉著眼睛，太陽下的一切在她眼中都是紅色、橘紅和金紅色，一切都是那種色澤，一切的一切，那份充實感，那份佔有感，那份收穫感，全是那種色澤，都被那種色澤蒙蔽了。對他來說，則是一條不知通往何處的暗道，然後不知通往何處，接著又不知通往何處。再度不知通往何處，永遠不知通往何處，手肘重重插在泥土裡，不知通往何處，暗黝黝的，永無止盡，亙古通向未知的秘土，一次又一次總是通向未知的地方，現在不再挺起，通向未知的秘境，卻不顧一切往上升，往上升，往上升，不知通往何處，突然間，炙人而持久，一切秘境都消失了，時間靜止了，他覺得有東西正由他們底下慢慢滑開。

此刻他側躺著，頭部深深埋在石楠叢裡，聞了一下，樹根、大地、太陽的氣味都隔著石楠樹傳出來，光禿禿的肩膀和體側癢兮兮的，少女躺在他對面，眼睛仍然閉著，然後睜開眼對他微笑，他精疲力盡，聲音像是來自友善而遙遠的地方：「哈囉，兔子。」她笑笑，親密地說：「哈囉，我的英國人。」

「我不是英國人，」他懶洋洋說。

「噢，你是，你是我的英國人。」並伸手抓住他的兩隻耳朵，吻他的額頭。

她說：「喏，怎麼樣？我吻你的技術好些了吧？」

然後他們一起沿著溪邊漫步，他說：「瑪麗亞，我愛妳，妳真可愛，真妙，真美。和你在一起，對我影響太大了，我愛妳的時候，簡直恨不得死掉。」

「噢，」她說：「我每次都死一回。你沒有死嗎？」

「沒有。幾乎要死了。不過妳有沒有覺得地球在動？」

「有。我死去的一瞬間。請你用手臂環著我。」

「不。我握住妳的手。妳的小手就夠了。」

他看看她，又隔著草地看一隻老鷹獵食，大朵白雲飄上山頂。

「你和別人不是這樣？」瑪麗亞問他，現在他們手牽手漫步。

「沒有。真的。」

「你愛過別人？」

「幾個。但是都不像妳。」

「都不是這樣？真的？」

「很快活，卻不是這樣。」

「後來地球移動了，以前地球從來沒有移動過？」

「沒有。真的沒有。」

她說：「哦。我們會飄飄然一整天。」

他悶聲不響。

「不過我們至少現在有那種感覺，」瑪麗亞說：「你也喜歡我嗎？我討不討你歡心？以後我會好看些。」

「妳現在很美。」

「不，」她說：「不過請你用手摸我的頭。」

他照辦了，覺得她的短髮軟綿綿，扁塌塌的，然後在他手指間浮起來，他把雙手放在她頭上，扳起她的小臉來吻她。

「我很喜歡親吻，但是我技術不佳。」她說。

「妳用不著吻我。」

「要，我必須吻你。我若要當你的女人，應該每一方面都討你歡心。」

「妳已經夠討我歡心了。我不可能比現在更滿意。我若更滿意，就什麼事都幹不了囉。」

「不過你看好了。現在你覺得我的頭髮有趣，因爲怪怪的。但是頭髮一天天生長。以後會很長，我就不再難看了，說不定你會非常愛我。」她開心地說。

「妳有可愛的身材，全世界最可愛的身材。」他說。

「只是年輕苗條罷了。」

「不。優美的體態彷彿含有奇蹟。我不知道爲什麼有人擁有，有人卻沒有。不過妳有。」

「爲你而存在，」她說。

「不。」

「是。為你，永遠為你，只為你一個人。但是誘惑你算不了什麼。我會學著照顧你。不過說實話，以前你從來不覺得大地移動嗎？」

「從來沒有，」他說的是真心話。

「現在我很高興。現在我真的很高興。」她說。

「現在你是不是在想別的事情？」她問他。

「是的。我的任務。」

「但願我們有馬騎。我滿心幸福，真想騎上一匹好馬，與你結伴飛奔，我們愈騎愈快，奔跑奔跑，卻永遠跨不出我的幸福天地。」瑪麗亞說。

「我們可以載著妳的幸福坐飛機，」他心不在焉說。

「在空中飛翔飛翔，像小驅逐機在陽光中閃爍，翻筋斗。俯衝。多好！」她大笑說。「我滿心幸福，連看都不看一眼。」

「妳的幸福胃口好大，」他似聽非聽地說。

因為他的心不在那兒。他走在她身邊，現在腦子裡卻想著炸橋的問題，如今一切清晰、冷酷而尖銳，像照像機的鏡頭找到了焦點。他看到兩個守備隊，還有正在觀測的安瑟莫和吉普賽人。他看到明天安放兩架自動步槍，射程最平坦的地段。他還想道：誰來安放呢？我來完成，但是誰先動手呢？他放好炸藥，用楔子劈好綁好，埋下雷管，捲收妥當，再穿好引線，鉤起來，然後退回他放置老炸彈箱的地方，這時候他開始考慮一切可能發生、也許會出錯的情況。停一下，他對自己說。你和這個小姑娘談情說愛，但現在你的頭腦很清楚，相當清楚，你開始擔心了。想想該做什麼是一回事，擔心又是另外一回事。別擔心。你千萬不能擔心。你知道自己也許不得不採取什麼行動，也知道可能發生的結果。一定會發生的。

你加入這一行，就知道自己為什麼而戰。你要抵制你自己正在做和未來忍不住會做的事情，才有機會打贏。所以現在他不得不利用這些他喜歡的人，而若想成功，理當利用沒有感情瓜葛的軍隊。帕布羅顯然是最精明的一個。他馬上看出情況有多糟。那婦人全心支持這件事，現在還支持到底；但是瞭解了這件事的詳情，她漸漸心慌，已經對她產生嚴重的影響。薩多一眼就看出來，也願意去做，但是他不喜歡，羅柏·約丹自己也不喜歡嘛。

所以你說，你想的不是自己以後的遭遇，而是婦人和少女的命運。好吧。你如果沒來，她們的遭遇如何？你沒來以前，她們的遭遇和情況又如何呢？你不該這麼想。除了行動，你對她們並沒有責任可言。命令不是你發的。是高茲發的。誰是高茲？一名好將領。是你追隨過的最佳領袖。但是一個人該不該執行不可能成功的命令，明知結果如何？就算命令來自高茲，他代表政黨也代表軍隊？是的。他應該執行，因為只有親自操作，才能證明不可行。你還沒試，怎麼知道不可能呢？如果每個人接到命令，都說不可能執行，你今天又會身在何處呢？如果命令來了，你只說「不可能，」我們大家又身在何處呢？

他見過許多司令，在他們眼中一切命令都是不可能的。伊斯特馬杜拉的那名豬玀戈麥茲就是一例。他看過不少攻擊戰，側翼按兵不動，只因為那是不可能的任務。不，他要執行命令，至於對合作的人生出好感，算他倒楣。

游擊隊的所有工作，都給掩護他們、幫助他們的人民帶來危險和惡運。為什麼？只希望將來有一天危險不再存在，這個國家會變成更理想的居所。無論聽起來多麼陳舊，這卻是實情。

如果共和國戰敗了，信仰它的人不可能在西班牙生存下去。不過真會如此嗎？是的，由法西斯佔領區的情況看來，他知道一定如此。

帕布羅是一隻賤豬，不過其他幾位都是好人，要他們做這件事，不是把他們大家都斷送了嗎？也許是。不過他們若不做這件事，再過一星期敵方照樣會來兩營騎兵，把他們趕出這片山區。

不。不驚動他們也沒有什麼好處。除非天下人都不打擾，他也不妨害任何人。原來他相信這一點，是不是？是的，他相信這一點。至於所謂「計劃型社會」之類高遠的理想目標又如何呢？留給別人去實行吧。戰後他有別的事情要做。現在他參戰是因爲事情發生在他喜愛的國家，而且他信仰共和國，如果它毀滅了，那些信仰它的人都會苦不堪言。戰爭期間他執守共產黨人的紀律。在西班牙，共產黨人的軍紀最好，最合理，最正常。戰爭期間他接受他們的紀律，因爲交戰中唯有他們的計劃和紀律使他佩服。

那麼他的政治立場呢？現在他毫無政治觀念了，他對自己說。不過慎勿告訴別人，他暗想道。甚至不能承認這一點。事後你要幹什麼？我要回國，像往日一樣，教西班牙文度日，而且我要寫一本真正的好書。我打賭，他告訴自己，我打賭不難寫。

他得找帕布羅談談政治。看看他的政治發展，一定很有意思，正統派人物由左傾變成右傾，很可能；就像老利羅斯。帕布羅有點像利羅斯。普利托也同樣差勁。帕布羅和普利托對於最終的勝利差不多一樣沒有信心。他們都具有馬賊的政治觀。他相信共和國是一種政體，但是共和國得先除掉那一堆暴亂初起時引它上道的馬賊。可有一種民族像西班牙一樣，他們的領袖也正是他們的大敵？

人民公敵。這是他可能漏掉的名詞，這是他可能跳過的妙語。這是陪瑪麗亞睡覺造成的。他對政治不得不像新約聖經中頑固的施洗者約翰一樣執拗，一樣偏狹，而「人民公敵」之類的片語自然而然進入腦海中，他根本未加批評。任何一個有革命意味又顯得很愛國的陳腔濫調都是如此。他有腦子加以引用，卻不加批評。當然是真心的，不過隨口運用未免太容易了。但是昨天晚上和今天下午以來，他對那件事的想法愈來愈清晰。固執是一件怪事。要固執己見，你得完全相信自己是對的，最能造成信心和正義感的莫過於禁慾了。而禁慾是異端的仇敵。

他若細細檢討，這前提怎麼成立呢？共產黨總是責備放浪形骸的波西米亞主義，也許就是這個原因。你酗酒或者犯了私通或誘姦罪的時候，你就會看出自己很容易犯錯，三心兩意，撇下使徒的信條，政黨的路線。所以他們高喊打倒波西米亞主義，且認定支持放任主義的馬耶可夫斯基是有罪的。

但現在馬耶可夫斯基又變成聖徒了。因為他已經作古，對誰都沒有威脅。你自己有一天也會死掉，他對自己說。現在別想那些事情。想想瑪麗亞吧。

瑪麗亞已深深刻印在他心頭。到目前為止，她沒有影響到他的決心，不過他真希望不要死。他會欣然放棄英雄或烈士的結局。他不想成為波希戰爭中戰死在色摩比利隘口的悲劇英雄，也不想在任何橋樑上學戰死的傳奇英雄荷拉修斯，更不想做那名用手指堵住堤防而殉身的荷蘭小男孩。不。他想多陪陪瑪麗亞。那是最簡單的說法。他想陪她度過很長，很長的時光。

他不再相信他還有什麼很長的時光，不過若幸而能有，他想要陪她度過。我們可以上旅館去，化名登記為李文斯敦博士夫婦，他想。

何不娶她呢？當然，他想。我會娶她的。那麼我們就是愛達荷州太陽谷的羅柏．約丹先生和夫人。或者隸屬德州的柯普斯．克莉斯蒂城，或蒙塔納州的布特城。

西班牙姑娘是很好的太太。我以前不曾擁有，所以我知道。我回到大學重拾舊業，她可以當講師太太，晚上修西班牙文第四級的大學生來抽菸斗，大談魁維多、洛普．狄維加、加爾多斯和其他可敬的已故西班牙作家時，瑪麗亞可以告訴他們，那些信仰真理的褐衫十字軍曾坐在她頭上，另外幾個人扭住她的臂膀，拉起她的裙裾，塞進她口中。

不知道蒙塔納州米蘇拉城的人會不會喜歡瑪麗亞?那是說，如果我能回米蘇拉重拾舊業的話。我想現在我在那兒已經永遠被貼上赤色的標籤，永遠在黑名單上了。只是你永遠不知道。你永遠不會知道。他們不能證明你做些什麼，事實上你告訴他們，他們也不會相信的，他們頒布禁令之前，我的護照適用於西班牙。

返國的期限在一九三七年秋天。我是三六年夏天出國的，雖然告假一年，卻可以等第二年秋季開學以後再回去。現在離秋季開學還有不少時間。你如果要那麼說法，現在到後天也有不少時間哪。不，我想大學的事情用不著擔心。只要你秋天在那兒露面，就沒有問題了。只要儘量在那兒露面。

但是現在教書已變成奇怪的生涯。如果不怪，那才活見鬼。西班牙是你的工作，你的任務，所以住在西班牙顯得自然且穩當。你夏天都在做工程計劃，在叢林當兵築路，在公園裡學著處理炸藥，於是破壞也變成穩定而正常的工作了。永遠有些倉促，卻尚屬穩當。

一旦你把破壞的觀念當做問題，它也就只是一個問題而已。但其中總伴著許多不太美好的因素，雖然上帝知道你泰然處之。要儘可能接近破壞所產生的成功暗殺情況。吹牛說大話是不是使它合理些?是不是使屠殺顯得愉快些?他自言自語說，你若問我，我要說你太容易喜歡這一套了。他想，等你撇下共和國的工作，你會喜歡什麼，或者適宜幹什麼，我真是非常懷疑。他說：不過我猜你會描寫這一切，以便擺脫它的陰影。一旦你寫下來，事情就煙消雲散了。你若寫得出來，絕對是一本好書。比另外一本好多了。

不過這時候你所擁有或者日後能擁有的生命卻是今天——今夜——明天，今天——今夜——明天，週而復始（我希望），他暗想道。所以你最好利用眼前的時光，心懷感謝吧。如果炸橋的事情不妙，現在也不顯得多好呀。

可是瑪麗亞真不錯。不是嗎？噢，可不是，他自忖道。也許那正是我現在要從生命中獲取的東西。也許那正是我的生命，不是活七十年，而是活四十八小時，或者七十小時或七十二小時。一天二十四小時，三天整剛好七十二小時。我想七十個鐘頭也可能活得像七十年一樣圓滿；假如你的一生漸漸剩到七十個鐘頭的起點，而且已達到某一年紀的話。

真是胡說，他想。你一個人在想些什麼廢話。真是胡說。也許不算胡說喲。噢，我們再看吧。上次我和女孩子睡覺是在馬德里。不，不是。是在伊斯克里亞，只是我半夜醒來，以爲是別人，非常興奮，後來我察覺是誰了，一切便頓時化爲拖拖拉拉的灰燼；只是尙算愉快罷了。前一次是在馬德里，除了好事進行當中，我自己躺著幻想以外，一切都差不多，甚至少了那麼一點什麼。

所以我不算西班牙女人的浪漫情郎，也沒有把一夜情看成和別國的露水關係有什麼差別。但是我和瑪麗亞在一起，我好愛她，所以我覺得自己恨不能銷魂而死，以前我從來不相信這一套，也沒想到會有這種事情。

所以你若以七十年的生命換七十個鐘頭，現在也值得啦，而且我真幸運能夠知道這一點。如果沒有所謂的長時間，沒有下半生，也沒有從今以後，而只有現在，那麼現在就値得頌揚，我現在很快樂。現在，ahora（西班牙文），maintenant（法文），heute（德文），「現在」成爲整個世界和你的生命，發音顯得好滑稽。今夜，Esta noche（西班牙文）、tonight（英文）、ce sir（法文）、heute abend（德文）。生命與妻子。Vie and Mari（法文。Mari意為「丈夫」，拼法和「瑪麗亞」相近）不，行不通。法文把這個字源轉爲「丈夫」了。現在還有frau（德文「太太、女人」之意）；但是也不能證明什麼。舉「死亡」一意來說，mort（法文），muerto（西班牙文）和todt（德文）。德文「todt」最有死亡的意味。戰爭：guerre（法文），guerra（西班牙文）和Krieg（德文）。德文「Krieg」最像戰爭，不是嗎？也許因爲他最不熟德文吧？甜心，是chérie（法文），Prenda（西班牙文）和schatz（德文）。他寧願把這些名詞換成「瑪麗亞」。有一個現成的名字呢。

噢，他們大家會攜手合作，現在爲時不遠了。情勢看起來一直很糟糕。這件事你不能大清早就完成。實在無計可拖，只好等黑夜再走。你儘量求生，等黑夜來臨。如果你能撐到天黑再進去，也許就沒有問題。你若白天就開始苦撐，那又如何呢？那怎麼辦呢？可憐那不顧死活的薩多，特地拋下半吊子西班牙語，仔細向他說明這件事。還以爲他沒想過呢，其實自從高茲第一次提起，他每次凝重思考，都會想到這些。還以爲他不掛心呢，其實大前天晚上到現在，他的胃裡成天都像擱了一捆不消化的生麵似的。

好一件任務。你朝著整個生命的方向往前走，彷彿有什麼意義，到頭來卻一點意義都沒有。沒有一件事像這一回。你以爲自己一輩子不會碰到這種事情。然後，在這麼蹩腳的一場戲中，聯合兩個雞屎游擊隊在不可能的情況下幫你炸橋，阻擋一個可能已經開始的反攻，這樣的情境下，你竟碰到瑪麗亞這樣的女孩。當然。你遲早會如此。只是你太晚遇到她罷了。

原來碧拉這個女人把這小妞兒推進你的睡袋裡，結果如何？結果如何呢？你告訴我結果如何？拜託。是的，這就是事情的結果。這就是事情的結果啊。

不要自欺欺人，說碧拉把她硬推進你的睡毯，想把事情弄得無足輕重，或者弄得污濁不堪。你第一眼看到她，就魂不守舍了。她第一次開口和你說話，愛苗已經滋長，你也知道。既然你得到了愛情，沒想到自己有幸會獲得它，弄得它灰頭土臉也不是辦法，她低著頭端出那個大鐵盤的時候，你頭一回看到她，你就知道了。

那時候愛情就擊中了你，你也知道，所以何必說謊呢？每次你望著她，每次她望著你，你心裡就有了奇妙的感受。所以你何不承認呢？好吧，我承認。至於碧拉把她推給你云云，碧拉只不過是一個聰明的女人罷了。她照顧這小妞，小妞端著大鐵盤進洞，她剎時洞察了突顯出來的一切。

所以她只是把事情簡化了。正因她把事情簡化，才有了昨夜和今天下午的情緣。她真是媽的比你文明多了，她知道時間的重要。是的，他自言自語說，我想我們可以承認，她對時間的價值還頗有概念哩。她避開，因爲她不希望別人失去她所失落的東西，而承認失落的念頭又未免太難下嚥了。所以她在小丘頂存心迴避，我猜我們也沒有讓她好過多少。

噢，原來這就是目前發生而且已經發生過的事情，你最好還是承認吧，現在你不可能陪她整整兩夜了。不，不能陪一輩子，不能共同生活，不能擁有大家一向該擁有的東西，根本不可能。一夜已經過去，現在是一個下午，還有即將來臨的一夜；也許。不，先生。

沒有時間，沒有幸福，沒有樂趣，沒有孩子，沒有浴室，沒有一對乾淨的睡衣，沒有晨間的報紙，不能一起醒來，不能醒來看她在那兒，知道你並不孤單。不，一樣都不能享受。這是你嚮往的生活中一切該得的東西；但是爲什麼你找到了嚮往的生活，卻連一夜都不能睡在有床單的床鋪上？

你在要求不可能的享受。你在要求可惡的「不可能」。如果你對這個女孩子的情意真像你說的那麼深，你還是努力愛她吧，以濃度來彌補時間和連貫性的不足。你聽到沒有？往日人們一輩子相守不渝。現在你找到了愛情，你若有兩夜可以廝守，就不知道運氣來自何方了。兩夜，兩夜的相愛、相敬、相憐。有福同享，有難同當。無論生病或死亡。不，不是這樣。該說無論生病或健康。

直到死別爲止。兩夜。已經遠超過想像。遠超過想像，現在別再想那些。現在你該打住了。對你不好。不要做於己有害的事情。當然這才對。

這是高茲談過的問題。他巡遊愈久，愈覺得高茲精明。原來這就是他問起的事項；非正規服役的補償。高茲有沒有經歷過這些？是情勢緊急，時間不夠和環境造成的嗎？是不是每一個面對同類情況的人都會發生這種事？只因爲出在自己身上，他才認爲很特別？高茲指揮赤軍方的非正規騎兵時，有沒有匆匆露宿野外，各種情境混合下，那些女孩子是不是都像瑪麗亞？

說不定高茲也知道這一切，想建議你把一生濃縮成兩夜；我們現在過這種生活，你得把一向該有的東西凝成你能把握的短暫時光。

這是很好的信仰體系。但是他不相信瑪麗亞只是情勢造成的。除非，當然啦，她也像他一樣變成環境的反應體。她的環境並不好，他想。不，不太好。

事情若是這樣，就這樣好了。但是沒有一條法律規定他該自稱喜歡這一套。我不知道自己會感受到這種心情呀。他想。也沒想到這種事情會發生在我身上。我真想一輩子擁有它。他的另一個聲音說，你會的。你會的。你「現在」擁有它，這就是你整個的生命了；現在。除了現在，什麼都沒有。沒有昨天，當然也沒有明天。你要幾歲才知道這一點？只有現在，如果現在只剩兩天，那麼兩天就等於一輩子，其中的一切都要合乎比例。這就是你兩天過一生的方法。你若不再抱怨，不再要求你永遠得不到的東西，你會過得挺不錯。好日子不是用聖經般的尺寸來衡量的。

所以現在別擔心，抓住你所擁有的一切，執行你的任務，你就會長命百歲，而且過得很快活。最近不是很快活嗎？你抱怨什麼？是這種工作有關的事情，他對自己說，而且很滿意心中的想法——你聽到的消息遠不如你遇到的人來得重要。這時候他很開心，因爲他開了一頓玩笑，於是心思又回到少女身上。

「我愛妳，鬼兔子，妳剛才說什麼？」他對少女說。

她告訴他，「我說你不必擔心工作，因爲我不煩你，也不干涉什麼。若有我能效勞的地方，你再告訴我。」

「沒什麼，其實很簡單。」他說。

「我會向碧拉學習照顧男人的方法，然後一一去做。我一邊學，自己也會一邊發現許多竅門，其他的你可以告訴我。」瑪麗亞說。

「沒什麼可做的。」

「爺們，怎麼會沒有！今天早上，你的睡毯應該抖一下，吹吹風，掛起來晒太陽。然後，在露水沒來前收好。」

「說下去，小鬼兔子。」

「你的襪子該洗好晾乾。我要負責讓你有兩雙換洗。」

「還有什麼？」

「你若肯做給我看，我就替你擦槍上油。」

「吻我吧，」羅柏說。

「不，這是正經事。你肯不肯教我保管手槍？碧拉有破布和機油。洞裡有一隻清潔桿，應該用得上。」

「當然，我會示範給妳看。」

瑪麗亞說：「然後，你若肯教我射擊，萬一我們倆有一個受傷，須避免落入敵手，我們可以射死對方再自殺。」

「很有趣，」羅柏說：「妳有不少這種怪念頭嗎？」

瑪麗亞說：「不多。不過這是好主意。碧拉給我這個，還教我怎麼用，」她打開襯衣胸部的口袋，拿出一個短皮套，很像小梳子的外罩，取下兩端的寬橡皮箍，拿出一個吉姆型的單邊剃刀。她解釋說：「我隨時帶著，碧拉說，你得把切口弄在耳下，然後向這邊拉。」她用手指比給他看。「她說那邊有個大動脈，刀片由那邊拉過來，絕不會失手。還有，她說不會痛，你只要牢牢按進耳下，往下拉就成了。她說沒有什麼，一下手，對方也不能阻止你。」

「不錯，那是頸下動脈。」羅柏說。

原來她隨時帶著這個玩意兒，他想，肯定接受並適當編排了可能的事項。

「不過我寧願讓你槍殺我。請你答應，若有必要就槍殺我。」瑪麗亞說。

「當然，我答應。」羅柏說。

「多謝你，我知道不容易辦。」瑪麗亞對他說。

「沒問題，」羅柏說。

你忘記這一切了，他想。你太專心自己的任務，竟忘記這場內戰中的一切美感了。你忘了這件事。噢，你應該忘記的。卡什金忘不了，於是破壞了他的工作。你想那個大男生有預感嗎？真奇怪，他射殺卡什金，居然沒有經歷什麼情緒。他真希望有時候他感受到什麼情緒。但是到目前爲止，卻完全沒有感覺。

「不過我還能爲你做別的事情，」現在瑪麗亞一本正經，非常嬌柔地走在他身邊說。

「除了槍殺我以外？」

「是的。等你一根一根的香菸抽完了，我可以替你捲菸絲。碧拉曾經教過我，捲得緊密、清潔，又不會漏出來。」

「好極了。妳親自舐濕？」羅柏說。

「是的，」她說：「你若受傷，我會照顧你，替你包傷口，替你洗浴，餵你吃飯——」

「也許我不會受傷，」羅柏說。

「那麼你生病的時候，我照顧你，替你做羹湯，替你清理，爲你做一切事情。我還要讀書給你聽。」

「也許我不會生病。」

「那你早上一醒來，我就給你端咖啡——」

「也許我不喜歡咖啡，」羅柏告訴她。

「不，你喜歡。今天早上你喝了兩杯。」小妞兒開心地說。

「假如我喝膩了咖啡，妳又沒有必要射殺我，我既不受傷也不生病，我戒菸了，只有一雙襪子，自己晾睡毯。那怎麼辦呢，小兔子？那怎麼辦？」他拍拍她的背部。

瑪麗亞說：「那我向碧拉借剪刀，替你剪頭髮。」

「我不喜歡理髮。」

瑪麗亞說：「我也不喜歡。我喜歡頭髮順其自然。好吧。如果不能爲你做什麼，我就坐在你身邊望著你，晚上我們就談情說愛。」

羅柏：「好，最後一項計劃合情合理。」

「我覺得差不多，」瑪麗亞泛出笑容。「噢，英國人，」她說。

「我名叫羅柏。」

「不。我學碧拉叫你英國人。」

「我名字叫羅柏呀。」

「不。叫英國人已經叫了一整天。英國人，你的工作我能幫忙嗎？」她說。

「不。我現在的工作，必須獨個兒在腦子裡冷靜完成。」

「好，」她說：「什麼時候完成？」

「今晚，運氣好的話。」

「好，」她說。

他們下方就是通往營區的最後一片樹林。

「那是誰？」羅柏向前一指說。

「碧拉，一定是碧拉。」少女說著，順著他的手臂望過去。

婦人坐在草地下側第一批樹木生長的地方，頭部擱在手膀上。他們站在這邊望過去，她真像一個黑色的大包裹；黑黑的一團，頂著赤褐的樹幹。

「走吧，」羅柏一面說，一面穿過及膝的石楠，向她跑過去。石楠叢生的草地很難跑，他跑了一小段路，就慢下步子，改爲步行。他看出婦人的腦袋扒在交疊的手臂上，和樹幹一對比，她顯得又寬又黑。他走上前，尖聲叫道：「碧拉！」

婦人抬頭看看他。

她說：「噢，你們已經完事啦？」

「妳生病了？」他問道，同時彎身貼近她。

「怎麼會。我睡著了。」她說。

瑪麗亞走上來，跪在她身邊，「碧拉，妳好嗎？妳沒事吧？」

「我好得很，」碧拉說，但是她沒有站起來，她看看他們倆說：「噢，英國人，你又玩男人的把戲了？」

「你沒事吧？」羅柏假裝沒聽見她的話。

「怎麼會有事？我在睡覺。你呢？」

「沒有。」

「噢，似乎正合妳意嘛。」碧拉對少女說。

瑪麗亞滿面通紅，一句話也不說。

「別煩她，」羅柏說。

「沒人和你說話，」碧拉對他說：「瑪麗亞，」她的聲音很冷酷。女孩不敢抬頭。

婦人又說：「瑪麗亞，我說這樣似乎正合妳意嘛。」

「噢，別煩她，」羅柏‧約丹又說。

「閉嘴，你，」碧拉說這句話，眼睛不看他。「聽著，瑪麗亞，告訴我一件事。」

「不，」瑪麗亞說著搖搖頭。

「瑪麗亞，」碧拉說，她的聲音和面孔一樣冷酷，沒有一絲友善的表情。「妳自動告訴我一件事。」

少女搖搖頭。

羅柏暗想：如果我不必和這婆娘、她的醉鬼丈夫、她的雞屎隊伍合作，我就用力摑她的耳光——

「告訴我啊，」碧拉對少女說。

「不，不。」瑪麗亞說。

「別煩她，」羅柏說，他的聲音聽起來都不像自己的聲音了。反正我要摑她一掌，媽的，他想。

碧拉甚至不和他說話。不像大蛇迷惑小鳥，也不像貓兒作弄小鳥。沒有什麼掠奪性。也沒有什麼邪門。卻像眼鏡蛇頭罩所撒下的暗網。他可以感覺出來。他可以看出撒網的惡意。但是這次撒網是一種控制，不是害人，而是搜索。我但願自己沒看到這一幕，羅柏想道。然而這不是打耳光的事情。

碧拉說：「瑪麗亞，我不動妳一根汗毛。妳自動告訴我。」

「自己作主，」這句話是用西班牙文說的。

女孩搖搖頭。

碧拉說：「瑪麗亞，現在自動告訴我。妳聽到沒有？隨便說一樣。」

「不，不，不。」女孩柔聲說道。

「現在妳告訴我。隨便說一樣，妳看著好了。現在妳告訴我。」碧拉說。

「大地移動了，」瑪麗亞沒有看碧拉。「真的。這件事我沒有辦法說給妳聽。」

「喔，」碧拉說，她的聲音變得溫暖而友善，沒有逼迫的意味。但是羅柏發現她的額頭和嘴唇汗珠點點。「原來是這樣。原來如此。」

「是真的，」瑪麗亞說著，咬咬下唇。

「當然是真的。不過別告訴妳自己的族人，他們永遠不會相信的。你沒有吉普賽的血統嗎，英國人？」碧拉慈祥地說。

她站起來，羅柏伸手去攙她。

「沒有，就我所知沒有。」他說。

「就瑪麗亞所知，她也沒有，真奇怪。」碧拉說。

「不過真有其事，碧拉，」瑪麗亞說。

碧拉說：「怎麼沒有，女娃兒？我年輕的時候，地球動得好厲害，簡直覺得一切都在空中搖擺，怕地層由身子底下溜掉。夜夜如此。」

「妳說謊，」瑪麗亞說。

「是的，我說謊。一輩子不會超過三回。地球真的動了？」碧拉說。

「不錯，是真的。」女孩說。

「你覺得呢，英國佬？別說謊話。」碧拉望著羅柏。

「不錯，是真的。」他說。

碧拉說：「好，好。此事非比尋常。」

「妳說三次是什麼意思？妳爲什麼說這種話？」瑪麗亞問她。

碧拉說：「三次。現在妳碰到一次了。」

「只有三次？」

「大部分人從來沒有經歷過，」碧拉告訴她。「妳確定地球動了？」

「簡直要摔出去似的，」瑪麗亞說。

「那我猜是真的動了。走吧。我們回營房去。」碧拉說。

「三次的謬論是怎麼回事？」他們一起走過松林，羅柏問婦人道。

「謬論？」她彆扭地看看他。「別跟我談什麼謬論，小英國佬。」

「和手相一樣，也是妖法？」

「不，是吉普賽人的普遍常識。」

「但我們不是吉普賽人。」

「不是。但是你們有點小運道。非吉普賽人偶爾也有一點小運道。」

「妳說三次，可是真心話？」

她又看看他，表情怪怪的。她說：「別煩我，英國人。別干擾我的心境。你太年輕了，我不跟你講。」

「不過，碧拉，」瑪麗亞說。

「閉嘴。妳碰到過這一次，世界上還有兩次等著妳去體會呢。」碧拉對她說。

「妳呢？」羅柏問她說。

「兩次，」碧拉說著，豎起兩根指頭。「兩次，不會有第三次了。」

「爲什麼？」瑪麗亞問她。

碧拉說：「噢，閉嘴，閉嘴。你們的年紀叫我心煩。」

「爲什麼沒有第三次？」羅柏問她。

「噢，閉嘴好不好？閉嘴！」碧拉說。

好吧，羅柏自語道。只是我不會再碰到了。我認識很多吉普賽人，他們真奇怪。我們也一樣。

差別是：我們得正常謀生。誰也不知道我們傳自什麼部族，我們的部落遺產是什麼，祖先的叢林有什麼神秘。我們只知道自己一無所知。我們對於夜晚的遭遇一無所知。白天發生就非比尋常了。要發生的事情自會發生，現在這婆娘不但得逼女孩說出她不想說的話，而且要接收成爲自己的感覺。她要把它變成吉普賽的東西。我想她在山上存心避開，但是現在回到那兒，她當然又威風凜凜了。若是故意害人，她真該槍斃。但卻不是害人。只是想掌握生命罷了。透過瑪麗亞來掌握。

等你捱過了這場戰爭，你可以研究女性，他對自己說。你可以由碧拉開始。你若問我，我可以說她造成了相當複雜的一天。她以前從來沒提過吉普賽的玩意兒。除了手相，他想。是的，當然還有手相的問題。我想手相的事情不是說謊。當然啦，她不肯說出她看到的一切。不管她看出什麼，她對自己頗有信心。但是那不能證明什麼。

「聽著，碧拉，」他對婦人說。

碧拉望著他微笑。

「什麼事？」她問道。

「別那麼神秘嘛，對這些奧祕，我已非常厭倦。」羅柏說。

「那又如何？」碧拉說。

「我不相信食人魔、先知、命相家或那些雞屎吉普賽巫術。」

「噢，」碧拉說。

「不，你可以不要爲難小妞兒。」

「我會放過小妞兒。」

「也撇下妳的奧秘，沒有那些雞屎來增加問題，我們已經有夠多的工作和事情可做了。少談些奧秘，多做點工作。」羅柏・約丹說。

「我明白了，」碧拉贊成地點點頭。「聽著，英國人，地球真的動了嗎？」她說著向他微笑。

「不錯，你媽的，真的動了。」

碧拉大笑不止，站在那兒盯著羅柏大笑。

「噢，英國人，英國人，你真滑稽。現在你得多做一點工作，才能恢復你的尊嚴。」她邊說邊笑。

妳真刁蠻，羅柏暗想。但是他沒有開腔。他們說話的當兒，太陽已經暗下來，他回頭仰望山巔，天空灰濛濛、暗沉沉的。

碧拉看看天空對他說：「我確定要下雪了。」

「現在？近六月天？」

「怎麼不會？這些山嶺不知道月份的名字。現在陰曆才五月。」

「不可能下雪，不可能下雪。」他說。

「照下不誤，英國人，」她說：「要下雪了。」

羅柏抬頭仰望深灰色的天空，太陽漸漸化爲模糊的黃色，他望著望著，太陽完全不見了，整個天空一片灰暗，顯得沉重又柔軟；現在灰色截斷了山巔。

他說：「不錯。我想妳說得不錯。」

14

他們回到營房，已經下雪了，雪片斜斜落在松林間。斜穿過樹幹，起先稀稀落落飛旋著，後來冷風吹下山嶺，雪片呈漩渦密密飄下來，羅柏．約丹氣沖沖站在洞穴前觀望。

「會下一場大雪，」帕布羅說。他的聲音濃濁不堪，眼睛紅紅的，醉眼惺忪。

「吉普賽人進來沒有？」羅柏問他。

帕布羅說：「沒有，他和老頭都沒有回來。」

「你肯不肯陪我到大路上方的守備隊附近？」

帕布羅說：「不，這件事我不參加。」

「我自己去找。」

「風雪這麼大，你也許找不到。換了我，現在決不去。」帕布羅說。

「只是下坡走到大路，然後往上爬。」

「你可以找到。但是現在下雪，你的兩名哨兵一定往上走回來，半路上會錯過的。」

「老頭正在等我。」

「不。現在下雪，他會走回來。」

帕布羅望著雪花急飄過洞口，「你不喜歡下雪，英國人？」

羅柏對雪花咒罵了幾句，帕布羅用惺忪的睡眼看著他，開懷大笑。

「這一來你的攻擊措施完蛋了，英國人，進洞裡來，你的手下會直接回來的。」他說。

洞內瑪麗亞正忙著生火，碧拉站在廚房餐桌邊。爐火正在冒煙，但是女孩推進一塊木頭，然後用報紙捲來煽火，噗的一聲火光冒出來，木頭點燃了，屋頂的小孔外吸進一股穿堂風，火勢熊熊燃起。

「這一陣大雪，你覺得雪量會很多？」羅柏說。

「很多，」帕布羅滿意地說。然後對碧拉叫道：「妳也不喜歡，娘們？現在妳指揮一切，妳不喜歡下雪？」

碧拉回頭說：「與我何干？下雪就下雪嘛。」

「喝點酒吧，英國人。我整天都在喝酒等下雪。」帕布羅說。

「給我一杯吧，」羅柏說。

「敬大雪，」帕布羅說著，和他碰杯。羅柏盯著他的眼睛，酒杯碰得叮噹響。你這醉眼惺忪的雞姦兇手，他想。我真想拿酒杯來敲你的大門牙。放輕鬆一點，他暗暗對自己說，放輕鬆一點。

「雪花真美，」帕布羅說：「但下雪，外面就不能睡了。」

原來你心裡也想著這件事？羅柏暗想。你有許多煩惱，對不對，帕布羅？

「不行嗎？」他客客氣氣說。

「不。很冷。很濕。」帕布羅說。

你不知道這些老羼絨墊爲什麼值六十五塊美金，羅柏暗想。我寧願每次花一塊錢在雪裡睡這種寢具。

「那我該睡這裡面？」他客客氣氣問他。

「不錯。」

「多謝，我還是睡外面吧。」羅柏說。

「在雪堆裡？」

「不錯。」（殺千刀的血腥紅豬眼和豬鬃豬尾的臉蛋。）「在雪堆裡。」（在該死的、毀滅的、意外的、邋遢的、害人失敗的雜種大雪中。）

他走向瑪麗亞，她正把另一塊松木擱在火上。

「很美，那雪花，」他對女孩說。

「但是對任務不利，對不對？你不擔心？」她問他。

他說：「怎麼會。擔憂於事無補。晚餐什麼時候弄好？」

「我想你胃口應該不錯。現在你要不要來一塊乳酪？」碧拉說。

「多謝，」他說道，於是她切了一片給他，伸手去拿天花板上用網子掛著的大乳酪，刀子劃過開口的一端，遞給他厚厚的一片。他站著吃。羊羶味太重，不太可口。

「瑪麗亞，」帕布羅由他靜坐的桌子那一端開口說。

「什麼？」女孩問道。

「把桌子擦乾淨，」帕布羅說著，向羅柏露齒一笑。

「擦乾你自己的口水和殘屑，先擦擦你的下巴和襯衫，然後再擦桌子。」碧拉對他說。

「瑪麗亞，」帕布羅叫道。

「別理他。他喝醉了，」碧拉說。

帕布羅叫道：「瑪麗亞。外面還在下雪，雪花真美麗。」

他不知道睡毯的事情，羅柏暗想。老豬眼不知道我爲什麼用六十五塊美金向森林中少年買了這一床睡毯。我希望吉普賽人快回來。等吉普賽人回來，我馬上去找老頭子。我應該現在去。不過我可能碰不到他們。我不知道他在哪兒站崗。

「要不要做雪球？想不想打雪仗？」他對帕布羅說。

「什麼？你說什麼？」帕布羅問他。

「沒什麼，」羅柏說：「你的馬鞍都遮好了吧？」

「是的。」

接著羅柏用英語說：「把這些馬兒漆上木紋，或者劃明界限，讓牠們去找？」

「什麼？」

「沒什麼。這是你的問題，老朋友。我要走路離開這兒。」

「你爲什麼說英語？」帕布羅問他。

羅柏：「我不知道。我很累的時候，偶爾會說英語。或者非常噁心的時候，或者遭到挫折的時候。我心情太沮喪，就說英語，聽那種聲音。這是一種讓人安心的聲響。你該偶爾試試看。」

「你說什麼，英國人？聽來很有趣，但是我聽不懂。」碧拉說。

「沒什麼。我用英語說『沒什麼』。」羅柏說。

「噢，那就說西班牙話吧。西班牙話比較短，也比較簡單。」碧拉說。

「當然，」羅柏說。不過噢，老天，他想，噢，帕布羅，噢，碧拉，噢，瑪麗亞，噢，你們這兩個坐在角落裡我忘記名字而非想起來不可的兄弟檔，有時候我會討厭西班牙話哪。既然有這件事，有你們，有我，有戰爭，爲什麼偏偏現在下雪呢？真是太殘酷了。不，不盡然。不能抱怨什麼太殘酷的。你只得接受它，在困境中作戰，現在不要神經兮兮，像剛才一樣接受下雪的事實，接著去查看吉普賽人，去接你的老頭子吧。但是下雪啊！現在這個月份。搶先一著，他對自己說。搶先一著接受吧。是這一杯酒，你知道。這一杯怎麼回事？他要嘛就得改進記憶，要嘛，就永遠不要想起先賢的名言，因爲忘記了一句，事情就懸在心中，像你遺忘的名字，久久擺脫不掉。酒杯的事情如何了？

「讓我喝一杯，拜託，」他用西班牙語說。然後又說：「雪下的量不少，呃？」他對帕布羅說。

醉鬼抬頭看看他，露齒一笑。他點點頭，又笑了一下。

「沒有攻擊戰。沒有飛機。沒有炸橋的事兒。只有大雪，」帕布羅說。

羅柏坐在他旁邊。「你以爲會下很久？你以爲會下一整個夏天，帕布羅，老傢伙？」

「整個夏天，不會。今天和明天，一定會下。」帕布羅說。

「你憑什麼這樣想？」

帕布羅沉重而得體地說：「暴風雨有兩種。一種來自底蘭尼。這種很冷。現在太遲了，不會有這種雪。」

「好，還有點道理。」羅柏說。

「現在這陣暴風來自坎塔布里柯。由海上吹來。風向如此，暴風雨很大，雪量也多。」帕布羅說。

「你從哪兒學來這一切，老手？」羅柏問他。

如今憤怒已失，他爲暴風雨而興奮，他一向喜歡暴風雨。大風雪、強風、突來的狂風、熱帶的暴風雨，或者山裡的夏季雷雨，都給他帶來獨有的刺激。很像戰役的刺激，只是乾淨多了。戰役中有風吹來，卻是熱風；又熱又乾，像乾渴的嘴部。而且吹得很沉重；又熱又髒，隨著一日的運氣而升起和滑失。他對那種風太熟悉了。

但是暴風雪和那些玩意兒正好相反。風雪中你走向野生的動物，牠們一點都不害怕。牠們橫渡鄉野，不知道自己身在何方，有時候小鹿會站在木屋的背風面。風雪中你騎馬看到大麋，匆匆迎向你。風雪中好像暫時沒有了敵人。風雪中會吹起一陣疾風，但是吹得白茫茫的，空中充滿飛駛的白色，萬物都變了，風一停，萬物一片寂靜。這是一次大暴風，他還是欣賞欣賞吧，它毀了一切，但你還是欣賞欣賞吧，他想道。

「我擔任多年的車夫。軍用卡車還沒有盛行的時候，我們用大板車載貨，翻山越嶺。由這一行學到了氣象常識。」帕布羅說。

「你怎麼會參加革命運動？」

「我政治上一向偏左。我們和阿斯杜里亞省的人頗有接觸，他們的政治相當發達。我一向支持共和國。」帕布羅說。

「不過革命運動之前，你在幹什麼？」

「當時我是爲沙拉果薩的一個馬匹承包商工作。他供應鬥牛場的馬匹和軍隊的新馬。那時候我邂逅了碧拉，正如她說的，她當時正和巴倫西亞的鬥牛士菲尼陀在一起。」

他說這句話，顯得相當光榮的樣子。

「他不是什麼了不起的鬥牛士，」兩兄弟之一站在桌旁望著碧拉的背部，她正坐在火爐邊。

「不是嗎？他不是了不起的鬥牛士？」碧拉說著，回頭看看那個人。

現在她站在洞內的灶火邊，彷彿還看見他，個子矮矮的，赤褐色的端莊臉蛋，一副悲愁的眼神，雙頰凹陷，黑髮濕濕捲貼在額上，緊緊的鬥牛帽在額頭上勒出一道紅痕，別人都沒有注意到。現在她彷彿看他站在那兒，面對五歲的公牛，面對那一雙把馬匹頂得高高的利角，大脖子把馬頂起來，頂起來，騎士用一隻有長釘的竿子來戳那個脖子，牠越頂越高，最後馬兒啪達一聲翻倒了，騎士跌在木籬下，公牛的雙腿猛撞他，大脖子擺來擺去，一雙利角正在搜索馬兒的性命。她看到他——菲尼陀，所謂「不太高明」的鬥牛士，正站在公牛前面，側過身轉向牠。她看得清清楚楚，他捲起桿上的重法蘭絨布，掃過牛頭：牛肩和濕淋淋的光亮護甲，刺鏢吭啷一聲，公牛衝上半空，法蘭絨揮上牠的背脊，這一刺，法蘭絨就沉甸甸沾了鮮血。菲尼陀落在牛頭五步外，如一尊側像。公牛靜靜站著，他慢慢把劍拔起來，和肩膀同一高度，然後沿著滴血的刀葉側視。從那個角度，他其實看不見，因為牛頭高過他的眼睛。他要以左手揮動濕重的紅布來誘低牛頭；不過現在他腳跟往後擺，沿著刀葉側視，側對著碎裂的牛角；公牛胸部鼓脹，眼睛望著紅布。

這時她看他看得很清楚，聽到他細弱而清晰的聲音，他回頭看看紅籬笆上的第一排觀眾說：「我們看看能不能這樣宰了牠！」

她聽到聲音，然後看見他向前屈膝，公牛的口鼻跟著低掃的鬥牛布，於是他迎向低低觸來的牛角，由棕色的細手腕操縱，掃過牛角，利劍就刺進灰濁的護甲高峰。

她看見明晃晃的劍梢慢慢伸進去，彷彿公牛自己衝上來，讓劍梢由鬥牛士手中刺入身體似的。

她眼看著劍槍刺進去，直到棕色的膝關節頂著拉緊的牛皮，矮個子的褐臉男士眼睛始終不離劍口，如今把吸緊的腹部擺離牛角，離開那個巨獸，左手握著桿上的鬥牛布靜立著，舉起右手注視公牛死去。

她彷彿看他站在那兒，眼睛望著公牛掙扎起立，看公牛像大樹般搖晃倒地，看公牛奮力支撐，矮個子的男人舉起手，作了一個正規的勝利手勢。她目睹他站在那兒，汗流浹背，鬆了一口氣，爲公牛垂死而鬆了一口氣，爲不再震驚而鬆了一口氣。他離開公牛，不再怕牛角攻擊他，他站在那兒，公牛再也支撐不起來，翻了個身，就四腳朝天翻滾而死。她看出這位棕色的矮個子一臉倦容，毫無笑意的走向籬笆。

她知道，他的一生若要靠鬥牛場，他決不能匆匆跑過去，她看他慢慢走向籬笆，用毛巾抹抹嘴，仰臉看她，搖搖頭，然後用毛巾擦擦臉，開始繞場一週慶祝勝利。

她眼看他慢慢的走，拖拖拉拉繞場一週，面帶笑容，鞠躬，微笑，助手們走在後面，彎身撿拾雪茄，丟回帽子；他滿目愁思環繞全場，然後微笑，繞完一圈在她面前停下來。這時候她放眼一瞥，看他坐在木籬笆的台階上，嘴巴埋在毛巾裡。

碧拉站在火爐邊，彷彿看見這一切，她說：「他還不算好鬥牛士？我現在跟第幾流的人生活在一起！」

「他是好鬥牛士，但是矮小的身材妨礙了他的前途，」帕布羅說。

「而且他是肺癆病鬼，」普利米蒂弗說。

碧拉說：「肺癆病鬼？受到他那種處罰，誰不會變成肺癆病鬼？這個國家窮人除了做像黑幫大亨楊馬基那樣的惡棍，或者當鬥牛士和歌劇院的次中音，否則根本沒有希望賺錢，他怎麼不變成癆病鬼？這個國家，小資產階級吃得太好，胃腸都搞壞了，不喝小蘇打就活不下去；而窮人從出生挨餓到死，他爲什麼不變成癆病鬼？你如果坐在三等車廂的座位下，免費跟著廟會跑，當鬥牛的學徒，混在塵土、新唾沫和乾口水之間，你的胸部又被牛角撞來撞去，你不會變成肺癆病鬼？」

「當然會，我只說他是肺癆病患。」普利米蒂弗說。

「當然他是肺癆病患，」碧拉手持大木杓站著說。「他身材矮小，聲音尖細，很怕公牛，我從來沒見過一個人在鬥牛比賽前比他更怕，也沒見過一個人在鬥牛場中那麼勇敢。」她對帕布羅說：「喂，現在你怕死。你認爲生死是重大的事情。但是菲尼陀隨時都害怕，在鬥牛場中卻猛如獅子。」

「他有豪情萬丈的美名，」第二名兄弟說。

「我從來沒見過一個那麼恐懼的人。他甚至不肯在屋裡掛一個牛頭。有一次在瓦拉多利的博覽會上，他搏殺了一隻帕布洛．羅米洛的公牛，技術很高明——」碧拉說。

「我想起來了。當時我也在鬥牛場上。那是一頭肥皂色的公牛，前額捲曲，有一對高聳的牛角。重量超過七百五十磅。那是他在瓦拉多利殺死的最後一頭公牛。」第一位弟兄說。

「正是，」碧拉說。「後來熱情的牛迷在柯倫咖啡廳聚會，以他的名字做爲俱樂部的名稱，剝製牛頭，在柯倫咖啡館的小餐宴上呈獻給他。吃飯的時候牛頭掛在牆上，但是用布蓋起來。我也參加宴席，還有別人在場，例如比我還醜的巴絲特拉，還有尼娜．培尼斯，以及別的吉普賽人和各種娼妓。那是一次盛宴，規模很小，但是非常緊湊，甚至有些火爆味兒，因爲當時巴絲特拉和一個最著名的娼妓爲財產問題吵了一架。我自己則非常快活，我坐在菲尼陀旁邊，我發現他不肯抬眼看牛頭，如今牛頭罩著一塊紫色的布幕，正如我們以前爲上帝瘋狂的一週，教堂裡的聖像都遮蓋起來。

「菲尼陀吃得不多，因爲他那年在沙拉果薩最後一次鬥牛，進去殺牛的時候，被牛角平面撞了一下，當時昏迷好一段時間，現在胃腸還裝不下食物，他常常拿一塊手帕搗住嘴巴，宴席中不時擦去一絲血水。我和你們說到哪兒啦？」

「牛頭，那剝製的牛頭。」普利米蒂弗說。

碧拉說：「對了。但是我得說出幾件瑣事，你們才會瞭解。你們知道，菲尼陀向來不大開心。他本性莊重，我們獨處時，我從來沒見他爲什麼事情開懷大笑過。就連非常滑稽的事情他也不笑。他對每一件事情都非常認真。幾乎像費南度一樣嚴肅。不過這是業餘鬥牛俱樂部組成『菲尼陀牛迷會』設宴請他，他一定要表現出愉快、友善、開心的樣子。於是他一直笑瞇瞇的，說些友好的話，只有我發現他用手帕幹什麼。他隨身帶了三條手帕，三條都沾滿了血絲，然後他低聲對我說：『碧拉，我撐不下去。我想我該走了。』

「我說：『那我們走吧。』因爲我看他非常痛苦。盛宴到了這個時候，氣氛喜洋洋的，鬧聲喧天。

「菲尼陀對我說：『不，我不能走，畢竟這是爲我而命名的俱樂部，我有義務奉陪。』

「我說，『你如果不舒服，我們還是走吧。』

「他說：『不，我要留下來。給我一點白雪莉酒。』

「他沒吃什麼，胃腸又這麼糟糕，我覺得他不該喝酒；但他若不喝一點什麼，顯然撐不了那份愉快，熱鬧和噪音。所以我看著他迅速喝下大半瓶白雪莉酒。他的手帕用光了。只好用餐巾來代替原先手帕的用途。

「現在宴會真的到達狂熱的階段，有些體重較輕的娼婦爬在俱樂部會員的肩膀上，繞桌遊行。

大家說服巴絲特拉唱歌，艾爾・尼諾里卡多彈吉他，場面很動人，真是最快活、最友好、酒酣耳熱的場面。我從來沒見過比這回更熱烈的宴席，但是我們還沒有揭開牛頭哪，那畢竟是這一場大宴的目標。

「我玩得很開心，忙著拍手應和里卡多的演奏，幫忙組隊為培尼斯的歌聲鼓掌，沒有注意到菲尼陀的餐巾已沾滿血絲，把我的也拿去用了。現在他又喝了不少白雪莉酒，雙眼炯炯有神，高高興興對每一個人點頭答禮。他不能多說話，因為他一開口，就得拿開餐巾，但是他必須顯出快活和開心的樣子，他畢竟是為此而來的。

「於是宴會進行下去，坐在我旁邊的人是拉費爾・加洛以前的經理人，他告訴我一個故事，結尾如下『於是拉費爾來找我說：你是我世上最好的朋友，也是最高貴的人。我和你情同手足，我希望送你一樣禮物。於是他給我一個美麗的鑽石領針，吻吻我的雙頰，我們都很感動。拉費爾・加洛送我鑽石領針之後，就走出咖啡館。我對桌邊靜坐的李泰納說：那個下流的吉普賽人剛剛和另外一個經理簽了合約。』

「李泰納問他：『你這話是什麼意思？』

「拉費爾・加洛的經理人說：『我替他當了十年的經理人，他以前從來沒有送過我一件禮物。送禮只有這種意義。』這當然是真話，拉費爾・加洛就這樣離開了他。

「這當兒，巴絲特拉干涉談話，也許不是要維護拉費爾的名聲，因為她自己罵他罵得最兇，而是那位經理人說了一句『下流的吉普賽人，』等於說吉普賽人的壞話。她振振有詞，經理人終於閉上了嘴巴。我插嘴叫巴絲特拉住口，另外一位吉普賽人又叫我閉嘴，鬧聲喧大，誰都聽不清對方的話，只聽到四處都是『娼婦』的罵聲，最後大家都安靜下來，我們三個插嘴的人坐著俯視我們的玻璃杯，這時候我發現菲尼陀盯著紫布下的牛頭，臉上一副恐怖的神色。

「這時候俱樂部的總裁開始發表演說，待會兒就要揭開牛頭了，他說話期間，大家一直拍手大叫『喏！』，拚命敲桌子，我看見菲尼陀正用他的——不，我的餐巾，身子往後靠在椅子上，恐怖而迷惑地盯著他對面牆上蓋起的牛頭。

「演說近尾聲了，菲尼陀開始搖頭，一直縮在椅子裡。

「我就對他說：『你好嗎，小個子？』但是他望著我，居然認不出是誰，只是搖頭說：『不，不，不。』

俱樂部的總裁說到最後，大家都爲他歡呼，他站在椅子上，伸手解開牛頭上紫布幕所繫的繩子，慢慢揭開布幕，布邊鉤到一隻牛角，他設法拉開，脫離亮晶晶的角尖，於是那隻黃色的大公牛便露出來了，黑色的牛角往後彎，尖端向前，白白的頂端尖得像豪豬的毛刺，牛頭栩栩如生；額頭有鬈毛，真像活牛，鼻孔張開，眼睛很亮，直盯著菲尼陀。

「大家都尖聲叫著鼓掌，菲尼陀往後縮在椅子裡，大家都靜下來看著他，他說：『不，不，』盯著牛頭又往回縮，然後大聲說了一個『不』字，吐出一大滴鮮血。他甚至不拿起餐巾，於是血絲沿下巴滴下來。他還望著公牛說：『整個鬥牛季，不錯。爲了賺錢，不錯。爲了吃飯，不錯。但是我卻吃不下。聽到沒有？我的胃腸搞壞了。但是現在這一季已經過完。不，不，不，』他環視餐桌，又看看牛頭，再說了一次『不』，就低下頭用餐巾摀住嘴巴，他就一直坐在那裡，不說一句話，宴會起先很愉快，眼看要開創最熱鬧，最友好的新紀元，結果卻失敗了。」

「他過多久才死掉？」普利米蒂弗說。

「那年冬天，」碧拉說。「他在沙拉果薩被牛角的平面撞了一下，一直沒有恢復健康。比尖角刺傷更嚴重，因爲是內傷，無法治療。他幾乎每次進去殺牛，都要挨一記，所以他不太成功。因爲他身材矮小，很難由牛角上空脫身。幾乎總是讓牛角側面撞一下。當然啦，很多次都只是輕輕的一擊。」

「他如果那麼矮，不應該去當鬥牛士，」普利米蒂弗說。

碧拉看看羅柏．約丹，搖搖頭，然後她彎身照顧大鐵鍋，還在搖頭。

他們是什麼樣的民族，她想道。西班牙是什麼樣的民族，「他如果那麼矮，不應該去當鬥牛士。」而我聽到了，居然一言不發。我不爲這種話生氣，我已經解釋完了，不想再開口。無知的人是多麼單純！多麼單純！明明一無所知，有人卻可以說：「他不是什麼了不起的鬥牛士。」明明一無所知，另外一個人卻可以說：「他是肺癆病鬼。」直到知道實情的人說明過了，另外一個人竟還說：「他如果那麼矮，不應該去當鬥牛士。」

現在她彎身去照顧爐火，彷彿又看見床上那個赤裸裸的棕色身軀，兩隻大腿疤痕累累，右胸部肋骨下有深深的螺紋，體側有長長的白色傷縫痕跡，一直延伸到腋窩附近。她彷彿又看到他閉著雙眼，一臉莊重的表情，蜷曲的黑髮往後推到前額上方，而她正陪他坐在床上，替他揉搓雙腿，磨擦腿肚上拉緊的肌肉，捏，拉，然後疊起雙手輕輕拍打，使痙攣的肌肉放鬆下來。

「怎麼樣？雙腿怎麼樣，小個子？」她對他說。

「很好，碧拉，」他常常不睜開眼睛說。

「要不要我揉揉胸部？」

「拜託不要碰那兒。」

「小腿上部呢？」

「不。疼得太厲害了。」

「不過我揉一揉，敷點藥上去，血氣暖和些，症狀就會減輕的。」

「不，碧拉。謝謝妳。我寧可別碰那些地方。」

「我用酒精替你洗洗傷口。」

「好。動作輕一點。」

「上次鬥牛，你真了不起。」她對他說，而他答道：「是啊，我殺牠殺得很高明。」替他洗完傷口，蓋好被單，她就陪他躺在床上，他總是伸出棕色的手掌，摸摸她說：「妳真有女人味兒，碧拉。」他說的話，就數這一句最像玩笑話兒。通常鬥牛回來以後，他就上床睡覺，她則躺在那兒，雙手抓著他的手掌，聽他呼吸。

他睡覺常常受驚，她覺得他的手抓得好緊，額頭上冷汗淋漓。他若驚醒，她只要說聲：「沒什麼，」他便又睡著了。她和他同居五年，從來沒有對不起他——幾乎沒有。葬禮過後，她跟上了鬥牛場中牽馬的帕布羅，他真像菲尼陀終生鬥殺的公牛。但是她知道現在公牛的力量和公牛的勇氣都消失了。還剩下什麼？只剩下我，她想知道。但是有什麼用呢？

「瑪麗亞，注意妳手上的活兒。那是煮飯的爐火，不是要焚城的大火。」她說。

這時候吉普賽人走進洞內。他一身雪水，拿著卡賓槍站在那兒，用力踏掉腳上的雪花。

羅柏站起來，走到門邊，「怎麼樣？」他對吉普賽人說。

「六小時站崗，大橋上一次兩個人。修路員的小屋有八個人和一個班長。這是你的精密計時器。」吉普賽人說。

「鋸木廠的守備隊呢？」

「老頭子在那兒。他可以同時守望那邊和大路。」

「路上呢？」羅柏問他。

吉普賽人說：「活動如常。沒什麼特別。有幾輛汽車。」

吉普賽人似乎很冷，黝黑的面孔冷得拉下來，雙手紅通通的。他站在洞口，脫下外衣來抖動。

「我等到他們換班才回來，中午和六點交班。站崗的時間很長。我慶幸不在他們軍隊裡。」他說。

「我們去找老頭子吧，」羅柏穿上皮外套。

吉普賽人說：「我不去。現在我要烤火，喝熱湯。我把他的位置告訴這裡一個人，他會帶你去。嘿，無業遊民們。」他叫桌邊的人說：「誰帶英國人到老頭兒守大路的地方去？」

「我去，告訴我在哪兒。」費南度站起來。

吉普賽人說：「聽著，在這兒——」於是他說出了安瑟莫老頭站崗的地點。

15

安瑟莫蹲在一棵大樹的背風面，兩側都有雪花飄零。他貼緊樹幹，雙手插在外衣的袖子裡——左右手各伸進對面的袖管，頭部也縮在外衣內。他想：我再待下去，真會凍僵的，而且沒有什麼價值。「英國人」叫我等人來接班，但是那個時候他不知道會有暴風雪。路上沒有什麼異常的活動，而且我知道對面鋸木廠守備隊的部署和習慣。我現在該回營區了。稍有常識的人都會等我歸營。他想：我再等一下就回營房去。一切都怪軍令太死板了，不容許隨環境改變而調整。他摩擦兩腳，然後用手伸出外衣的袖筒，低頭用手揉腿部，又拍拍腳掌，讓血液流通。那邊稍微暖一點，有樹幹擋風，不過他得立刻站起來走一走。

他蹲著揉腳，聽到路上有一輛汽車的聲音，車上掛了鎖鍊，有一排鎖鍊啪啪響，抬眼一看，車子已馳上封雪的大道，漆成一塊一塊的綠色和棕色，窗口泛藍，看不見裡面，只剩一塊透明的半圓玻璃，讓車上的人往外看。那是一輛兩年歷史的羅斯羅埃斯越野車，已由軍事總部改裝使用。但是安瑟莫不知道這一點。他看不見車內，有三位軍官披著斗篷坐在那兒。兩名坐後座，一名坐在折疊椅上。車子經過的時候，坐折疊椅的軍官正由藍窗口的小隙往外瞧，安瑟莫卻不知道。他們都沒有看見對方。

汽車冒著風雪直接由他腳下開過去。安瑟莫看到司機滿面通紅，戴著鋼盔，臉部和鋼盔由身上的氈布斗篷裡伸出來，他還看見司機身旁的傳令兵所拿的自動步槍。等到汽車駛上大路，安瑟莫伸手到外衣裡，由襯衫口袋掏出那兩張羅柏撕下來的筆記紙，畫了一輛汽車，再做一個記號。這是當天上行的第十輛車子。六輛下來了。還有四輛直往上走。路上走動的車數不算太特別，但是安瑟莫分不清把守隘口和山線的師部所用的福特、飛雅特、歐伯、李納特和西特龍汽車，以及將軍總部所用的羅斯羅埃斯、蘭西亞、摩西得及伊索塔汽車。若是羅柏在那兒，而非老頭子，他應該分得出來，並會明瞭這些車子上山的意義。但是他不在那兒，老頭子僅僅在筆記紙上劃出車子上行的記號。

安瑟莫難耐奇寒，決心乘天黑以前回去營區。他不怕迷路，不過他覺得再待下去也沒有用，風勢一直加強，大雪也沒有減弱的趨勢。然而他站起來踏踏腳，隔著雪花眺望路面，並沒有立刻走上山坡，卻倚在松樹的背風面繼續守望。

「英國人」叫我留下來，他想。現在他也許正要來這兒，我一走，他在雪地找我，說不定會迷路呢。這一場戰事，我們因為缺乏紀律，不服從命令，吃了不少苦頭。我再等「英國人」一會吧。但他若不快點來，我就該走了，管他命令不命令，因為我現在有話要報告，這幾天又有很多事情要做，在這兒凍死未免太誇張，太沒用了。

大路那一端的鋸木廠有炊煙飄來，隔著雪地，安瑟莫聞到那種氣息。他想：現在法西斯份子很暖和，很舒服，不過明天晚上我們就要把他們殺光。這是一件怪事，我不喜歡多想。我整天看他們，他們和我們是同樣的人類。我相信我可以走到工廠去敲門，大家一定會歡迎我，除非他們奉命盤查旅客，查看證件。只是軍令隔在我們中間。其實這些人也不是法西斯份子。我這樣稱呼他們，他們卻名不副實。他們永遠不會和我們作對，我不喜歡想到殘殺的問題。

守備隊這些士兵是加利西亞人。今天下午聽他們說話，所以我知道。他們不敢當逃兵，因爲他們一逃，家人都會被槍斃。加利西亞人有的很聰明，有的遲鈍又蠻橫。兩種人我都認識。李斯特和佛朗哥是同一城鎮的加利西亞人。這個時節下雪，不知道這些加利西亞人想法如何。他們那邊沒有這一類的高山，經常下雨，望過去一片蒼綠。

鋸木廠的窗戶露出一盞燈火。安瑟莫邊發抖邊想：他媽的「英國人」！加利西亞人在我們這兒暖洋洋待在屋子裡，我卻在樹後面挨冷受凍，我們在這片山區像野獸般窩在岩洞裡。但是明天，他想，野獸要出洞了，現在舒舒服服的士兵將會暖洋洋地死在毛毯裡。正如我們偷襲奧特羅的時候，那些人摸黑死去，他想。他不願想起奧特羅。

對付奧特羅那夜，他是生平第一次殺人，他希望鎮壓守備隊的時候，他用不著殺人。那一夜，帕布羅用刀刺哨兵，安瑟莫拉起毛毯，蒙住他的頭，哨兵抓緊安瑟莫的腳跟不放，在毛毯裡悶住了，嗚咽後就嘶喊，安瑟莫只好摸摸毛毯，用刀刺死他，最後他才鬆開手，安靜下來。他曾用膝蓋抵住那個人的喉嚨，讓他不再出聲，同時用刀猛刺那個包裹，帕布羅則把炸彈丟進守備隊熟睡的房間。閃光一現，彷彿整個世界都在眼前泛出紅色和黃色，後來又丟了一兩枚炸彈。帕布羅拉起測針，迅速丟進窗口，床上的人驚醒起床以後，正好被第二顆炸彈炸死。那是帕布羅最偉大的時光。他像韃靼人，給當地帶來不少災禍，晚上沒有一支法西斯守備隊可以高枕無憂。

安瑟莫想道：現在帕布羅完了，像一隻閹過的公豬，閹割手續完成，唉叫停止，你把兩粒睪丸丟掉，公豬就不是公豬了，牠呼嚕呼嚕走過去，把睪丸挖出來吃掉。不，他沒有那麼糟糕，安瑟莫咧嘴一笑，就連帕布羅你也不能太輕視他。但是他真醜惡，變得真多。

好冷，他思忖道。但願「英國人」趕來，但願我不必殺這些守備隊。那四個加利西亞人和他們的班長，就留給嗜殺的人去解決吧。「英國人」說的。若是我的職責，我會去幹，不過「英國人」說我該陪他在橋上，這件事留給別人去動手。橋上會有戰鬥，我若撐得住這一次戰役，就等於完成了一個老頭子在這場戰爭中所能盡的職責。但是「英國人」還是現在來吧，我冷得要命，看到鋸木廠的火光，知道加利西亞人個個暖洋洋的，我覺得更冷了。我真希望再度回到我家，希望戰爭結束。不過你現在沒有家了，他想。我們得打贏這一仗，你才能回返家園。

鋸木廠中有一個士兵正坐在鋪上擦皮靴。另外一個人躺在床鋪上睡覺。第三個在煮飯，班長正在讀一份報紙。他們的鋼盔掛在牆面的鐵釘上，步槍倚著牆板。

「這是什麼鬼地方，接近六月天居然還下雪？」坐在鋪上的士兵說。

「這是一種現象，」班長說。

「現在是五月，五月還沒過完呢。」煮飯的士兵說。

「什麼鬼地方，五月居然下雪？」鋪上的士兵堅持說。

「這片山區五月下雪並不稀奇。我在馬德里，五月比其他月份更冷呢。」班長說。

「也比其他月份熱，」煮飯的士兵說。

「五月是溫差最大的月份。卡斯提爾這裡，五月是很熱的月份，但是有時候也很冷。」班長說。

「不然就下雨。五月這一個月，幾乎天天下雨。」鋪上的士兵說。

「沒有呀，」煮飯的士兵說。「總之，過去這個五月等於陰曆四月。」

「聽你猛扯陰曆幾月幾月，真會叫人發瘋。別談陰曆幾月好不好？」班長說。

「住在海邊或陸上的人都知道，月亮才算數，月份不算。例如，陰曆五月才剛剛開始。陽曆卻接近六月了。」煮飯的士兵說。

「那我們的四季爲什麼不會誤期呢？整個論點都叫我頭痛。」班長說。

「你是城裡人，你來自魯戈市。你對大海或陸地知道些什麼？」煮飯的士兵說。

「都市人比你們這些海洋或陸地的文盲更有學問。」

「陰曆這個月，來了一大群沙丁魚。這個月沙丁魚船要準備出海，青花魚已經往北方去了。」煮飯的士兵說。

「你是諾亞人，爲什麼不進海軍服役？」班長問他。

「因爲我不是從諾亞登記服役，而是從出生地尼葛里拉登記的。尼葛里拉在坦布雷河上，他們把你徵召爲陸軍。」

「運氣真壞，」班長說。

「別以爲海軍就沒有危險。即使不可能貼身肉搏，冬天的海岸卻很危險。」坐在舖上的士兵說。

「陸軍最糟不過了，」班長說。

煮飯的士兵說：「你是班長，怎麼說這種話？」

「不，我是指危險。我是指忍受轟炸，必須出擊，還有蹲在戰壕矮垣中的生活。」班長說。

「我們這邊很少有戰壕的矮垣，」鋪上的士兵說。

「謝天謝地，」班長說：「不過誰知道我們什麼時候又要再過那種日子？我們不可能永遠這麼自在！」

「你想我們這個行動將持續多久？」

「我不知道，但是我希望整個戰爭期間都這樣。」班長說。

「站崗六小時太久了，」煮飯的士兵說。

「暴風雪繼續下去，我們改爲站崗三小時。這是正常的措施。」班長說。

舖上的士兵說：「那些參謀車是怎麼回事？我不喜歡那些參謀車的樣子。」

「我也不喜歡，這些事情都算惡兆。」班長說。

「還有飛機來來去去，軍機飛行也是壞兆頭。」煮飯的士兵說。

「但是我們有強大的航空系統，赤軍沒有這麼好的飛行設備。今天早上那些飛機叫人真高興。」班長說。

「我看過赤軍的飛機認真行動的景象。我看過那些雙馬達的轟炸機，真恐怖。」舖上的士兵說。

「是呀。不過他們不如我們的空軍強大，我們有無敵的航空系統。」班長說。

他們在鋸木廠說這些話，安瑟莫則在雪地裡觀察大路和鋸木廠窗戶的燈光。

安瑟莫正在想：但願我不必殺人。我想戰後一定得爲殺人舉行幾次大懺悔。戰後我們如果不再有宗教，那我想一定得發起國民大懺悔，讓大家洗清殺人的罪孽，否則我們永遠不會有真實而人道的生活。殺人是必要的，我知道，但是這件事對人有害，我想等一切過去，我們打贏了，一定得舉行某一類的懺悔，爲大家洗去罪愆。

安瑟莫是一個大好人，每當他長期獨處——而他大部份時間都是孤獨的——心裡就又想起殘殺的問題。

不知道「英國人」如何，他想。「英國人」說自己不在乎。但是他看起來又敏感又祥和。也許年輕人不重視這些吧。也許外國人或者宗教信仰和我們不同的人，態度不一樣吧。但是我想，無論誰動手殺人，一定會愈變愈殘忍，就算情非得已，殺人還是大罪，事後我們得採取堅強的行動來補償。

現在天黑了，他看看大路對面的火光，手臂抱著胸口猛搖，設法取暖。他想，現在他一定要回營區了，然而不知道為什麼，他還是站在路面頂端的大樹旁。雪愈下愈大，安瑟莫想：我們若能今天晚上炸橋就好了。這樣的夜晚，攻佔守備隊和炸橋都算不了什麼，事情馬上就結束了。這樣的夜晚，你要幹什麼都行。

於是他站在那兒，抵著樹幹，輕輕踐踏雙腳，不再想炸橋的事。夜色來臨，他老是覺得寂寞，今天晚上他太寂寞了，心裡有一股空虛感，像飢餓似的。以前他可以藉禱告來驅除寂寞，打獵回家，常常一遍又一遍唸著祈禱文，心境便好轉了些。但是革命運動以後，他沒有禱告過一回。他想念祈禱的滋味，但是他覺得現在禱告未免太不公平，太虛偽，而且他不想要求任何恩寵，或者和別人不同的待遇。

不，他想，我真寂寞。但是所有的軍人、征屬和失去家屬或雙親的人也一樣寂寞啊。我沒有太太，我真慶幸她革命運動前就死了。她不會明白的。我沒有兒女，也永遠不會有兒女了。白天無所事事的時候，我覺得孤獨，但是天黑時分，更孤獨難忍。不過有一件事誰也不能搶功，連上帝都不能，那就是我對共和國的奉獻。我辛辛苦苦為我們日後要分享的福祉而努力。從革命初起，我就盡了全力，沒有做過一件自覺羞慚的事情。

我只爲殺人而歉疚。不過將來一定有機會補償的，因爲這是許多人分攤的罪孽，一定有人想出解脫的辦法。我真想和「英國人」談談這件事，不過他年紀輕，也許不會懂。他以前也提過殺人的問題。還是我提起的？他一定殺過不少人，不過他似乎不喜歡殺戮。嗜殺的人總有墮落的傾向。

這一定是大罪，他想。因爲就我所知，即使有必要，我們也沒有權利動手。但是在西班牙，大家隨隨便便殺人，往往沒有真正的必要，而且有些冤屈事後永遠補不過來了。他想：但願我不要老想這件事。但願有贖罪的方法，可以現在就開始，因爲我一生只做過這一件令我獨處時感到不安的大事。別的事情都能諒解，或者有機會用善意和正經的方法來補償。但是我想殺人是大罪，我要好好彌補。以後也許我們能爲國家做事，或者設法清除罪惡。說不定和教會時代一樣，捐點東西，他想著想著，不禁泛出笑容。談到贖罪，教會的組織真完善。他爲此而心裡感到高興，羅柏．約丹走向他的時候，他正在夜色中微笑呢。他靜靜走來，直走到老頭身邊，老頭才看到他。

「哈囉，老頭，」羅柏低聲說，同時拍拍他的背脊。「老頭好吧？」

「好冷噢，」安瑟莫說。費南度站得遠遠的，背對著雪花。

羅柏低聲說，「走吧，到營房去暖暖身子。讓你在這兒待這麼久，真是罪過。」

「那是他們的燈光，」安瑟莫指一指說。

「哨兵在那兒？」

「從這邊看不見。他在彎道轉角的地方。」

「天殺的他們。你到營房再告訴我。走吧，我們走。」羅柏說。

「我指給你看，」安瑟莫說。

「我明天早上再看，」羅柏說，「喏，喝一口。」

他把長頭瓶遞給老頭。安瑟莫斜過來喝一口。

「哎，」他說著抹抹嘴巴。「真像烈火。」

「走吧，我們走。」羅柏在夜色中說。

現在太黑了，只看見雪片紛飛，還有硬硬黑黑的松樹幹。費南度站在遠遠的山丘上。羅柏暗想：看看這個雪茄店的印第安人。我想我該請他喝一口。

「嘿，費南度，喝一口？」他走向他說。

費南度說，「不，謝謝你。」

羅柏想道：我真心謝謝「你」呢。真高興這個雪茄店的印第安人不要喝酒。所剩無幾了。老天，我真高興看到老頭子，羅柏想道。他看看安瑟莫，一行人上山的時候，他又拍拍他的背脊。

他對安瑟莫說，「老頭，看到你真高興。我如果心情不好，一看到你，精神就來了。走吧！我們上去。」

他們冒著風雪走上山。

「回帕布羅那邊去，」羅柏對安瑟莫說。這句話用亞班牙說起來真好聽。

安瑟莫說，「恐怖之宮。」

羅柏．約丹高高興興頂了一句，「失卵的洞穴。」

「什麼卵？」費南度問他。

「說著玩兒的，只是玩笑話。不是蛋，你知道。是別的。」羅柏說。

「爲什麼失落？」費南度問他。

羅柏說，「我不知道。找一本書來看吧。問碧拉好了，」然後伸手環住安瑟莫的肩膀，緊緊摟住，邊走邊搖他。他說，「聽著，真高興看到你，聽到沒有?你不知道在他們留下的這片鄉區找到一個人，意義有多重大。」

可見他頗有信心和親切感，才會批評這片鄉區。

「我很高興看到你，不過我正想走呢。」

「你走個鬼，你會先凍僵的。」羅柏高興地說。

「上面如何？」安瑟莫問他。

「好，樣樣都好。」羅柏說。

身爲一個有令在身的革命軍人，他爲突來的幸福而高興；那種發現側翼堅守的幸福感。如果左右翼都守住了，我猜自己一定受不了那種興奮，他想。我不知道誰準備承受。如果你沿著側翼伸展，最後一定化爲一個人。是的，一個人。這不是他想要的定理。不過這是一個好人。一個好人。我們戰鬥的時候，你要當左翼軍喔，他想。我還是先別告訴你吧。那是一個很小很小的戰役，他想。但是一定好極了。噢，我一直想要自己打一仗。由阿金科特到其他將領，我總是看出他們的錯處。我要使這一仗勝利成功。規模小，但是很精練。我若不得不做我自認爲一定要做的事情，那就必定是十分精練了。

他對安瑟莫說，「聽著，看到你實在太高興了。」

「我看到你也很高興，」老頭說。

他們摸黑爬上小丘，狂風在背後怒號，雨雪在身邊飄過，大家一起往上爬，安瑟莫不覺得孤單。「英國人」拍他的肩膀，他就不寂寞了。「英國人」很高興，很開心，他們一起說說笑笑的。「英國人」說一切順利，他不擔心什麼。胃裡的飲料使全身暖洋洋的，現在爬山，雙足也漸漸熱起來。

「路上人車不多，」他對「英國人」說。

「好，到家你再指給我看。」英國人告訴他。

現在安瑟莫很開心，為自己留在指定的觀察地點而高興。

他如果回營區，也沒有關係。羅柏正在想：這種情況下，回營是聰明而正確的舉動；但他卻遵命留下來。這是西班牙罕見的事例。他留下來忍受暴風雪，說起來也代表了不少意義。德國人把「攻擊」稱做「暴風雨」，不是沒有理由的。我當然可以再用幾個肯留下的人。我一定可以。不知道費南度會不會堅守崗位。很可能。畢竟他剛才自動說要出來。你猜他會堅守？那不是很好嗎？他真夠執拗的。我得查詢幾件事情。不知道現在這個老雪茄店的印第安人在想些什麼。

「你在想什麼，費南度？」羅柏・約丹問他。

「你為什麼問我？」

羅柏說，「好奇呀。我是好奇心很重的人。」

「我正在想晚餐，」費南度說。

「你喜歡吃東西？」

「是的，很喜歡，」

「碧拉的烹調技術如何？」

「馬馬虎虎，」費南度答道。

他是第二個庫力吉，羅柏想道。但是，你知道，我預感他會堅守崗位。他們三個人冒著風雪走上山。

16

「艾爾・薩多來過了，」碧拉對羅柏說。他們由暴風雪走進煙霧瀰漫的溫暖洞穴。婦人點點頭，示意羅柏走到她身邊。「他找馬去了。」

「好。他有沒有留話給我？」

「只說他去找馬。」

「我們呢？」

「不知道。」她說：「看看他。」

羅柏進來的時候，已經看到帕布羅，帕布羅也對他咧咧嘴。現在他坐在木桌前望著他，笑著揮手。

「英國人，還在下雪哩，英國人。」帕布羅叫道。

羅柏對他點點頭。

「我拿你的鞋子去烘乾，我就掛在火爐旁。」瑪麗亞說。

羅柏囑咐她，「小心別燒掉了，我不想打赤腳在這兒走來走去。」他轉向碧拉，「怎麼回事？

有聚會？妳沒派哨兵出門？」

「冒著大風雪？何必。」

六個男人圍桌而坐，仰靠在牆邊。安瑟莫和費南度還在抖掉外衣的雪水，敲打長褲，在門口的牆上拍擊雙腳。

「我幫你脫外套，別讓雪水融在裡面。」瑪麗亞說。

羅柏褪下外衣，打掉長褲的雪水，然後解鞋帶。

「你會把這裡的東西都弄得濕淋淋的！」碧拉說。

「是妳叫我來的嘛。」

「但是你不妨回到門邊去刷洗。」

「抱歉，」羅柏赤腳站在泥地上說。「給我找一雙襪子來，瑪麗亞。」

「老爺兼夫君，」碧拉揶揄他們道，順手撥了一塊木頭在火堆裡。

羅柏對她說，「妳得儘量把握時間。」

「箱子上了鎖，」瑪麗亞說。

「鑰匙在這兒，」他把鑰匙拋過去。

「和這個背包不相符。」

「是另一個背包。襪子在頂層側面。」

女孩找到了襪子，關好背包，上了鎖，然後把鑰匙和襪子拿過來。

「坐下，穿上襪子，好好揉搓雙腳，」她說。羅柏對她露齒一笑。

「妳不能用頭髮替我揉乾？」他故意讓碧拉聽見。

「好一隻豬玀。先是像采邑的爵爺，現在他居然自居爲我們的太上皇了。瑪麗亞，拿一塊木頭敲他一頓。」她說。

羅柏對她說，「不。我鬧著玩的，因爲我很高興。」

「你很高興？」

「是啊，我認爲一切都很順利。」他說。

瑪麗亞說，「羅柏，坐下來擦擦腳，我去端一點東西給你喝，讓你暖暖身子。」

「妳真以爲男人從來沒有打濕過腳部，以前也沒有下過半片雪花。」碧拉又揶揄女孩。

瑪麗亞拿了一塊羊皮給他，放在洞裡的泥地上。

她說：「喏。用這個墊腳，等鞋子乾了再說。」

羊皮新烘乾，沒有鞣製過，羅柏把脫了鞋子的雙足擱在上面，覺得它霹霹啪啪，像羊皮紙似的。

爐火正在冒煙，碧拉叫瑪麗亞說：「吹火呀，沒用的東西。這裡不是薰煙房。」

「妳自己吹，我正在找艾爾．薩多留下的酒瓶。」瑪麗亞說。

碧拉告訴她，「在他的包袱後面。妳非要把他看成吃奶的小孩？」

瑪麗亞說：「不。把他當做挨冷受濕的大男人。一個剛回到家的男人。喏，找到了。」她把酒瓶拿到羅柏靜坐的地方。「是今天中午的酒瓶。這個瓶子可以做成美麗的燈泡。等我們又有電了，我們可以用這個瓶子做出多好的電燈。」她愛慕地望著那隻細酒瓶。「你要不要喝這個，羅柏？」

「我以爲自己是英國佬哩，」羅柏對她說。

「我在別人面前叫你羅柏，」她低聲說著，滿臉羞紅。「你要不要喝，羅柏？」

帕布羅用濃濁的嗓音說：「羅柏，你要不要，羅柏先生？」

「你要不要喝一點？」羅柏問他。

帕布羅搖搖頭。「我已經醉啦，」他莊重地說。

「敬巴克斯（酒神），」羅柏用西班牙文說。

「巴克斯是誰？」帕布羅問他。

「你的一位同志，」羅柏說。

「我從來沒聽過，這片山區裡從來沒聽過。」帕布羅遲鈍地說。

「倒一杯給安瑟莫，他才真冷呢。」羅柏對瑪麗亞說。他穿上乾襪子，杯中的威士忌加水味道清純而暖和。但是不像苦艾露，叫你五臟捲曲，他想。沒有一樣東西比得上苦艾露。

誰能想像他們這兒居然有威士忌，他想。不過你仔細斟酌，莊園村應該是西班牙最容易找到威士忌的地方。想想薩多居然爲來訪的爆破專家弄了一瓶，又想起要帶下山，留在這兒。他們不止是有禮貌而已。禮貌是拿出來正式喝一頓。那是法國人的作風，然後他們會將餘酒留到下次再喝。不，當你正忙著某一件事，大可以只想自己，不想別人，也不考慮手頭以外的事物，他們卻具有客人真心渴望的體貼，還把酒拿下來供他享受——這就是西班牙人。西班牙人的一種，他想。記得帶威士忌是你愛這些人的理由之一。別把他們浪漫化了，他想。西班牙人有很多種，正如美國人一樣。不過帶威士忌還是挺大方的。

「你喜不喜歡？」他問安瑟莫。

老頭坐在火邊，臉上掛著微笑，兩隻大手握著酒杯。他搖搖頭。

「不喜歡？」羅柏問他。

「那孩子加了水，」安瑟莫說。

「羅柏照喝不誤，你就那麼特別？」瑪麗亞說。

「不，沒什麼特別。不過我喜歡喝下去像火燒一樣。」安瑟莫對她說。

「那杯給我，給他倒一杯像火燒的。」羅柏對少女說。

他把杯中的餘酒倒進自己的酒杯，空杯遞給少女，少女小心翼翼由瓶中倒酒出來。

「啊，」安瑟莫接過杯子，仰頭喝乾，讓酒流下喉嚨。他看瑪麗亞拿著酒杯站在那兒，對她眨眨眼，雙眼流下淚來。他說：「這個……這個……」然後舐舐嘴唇，「這才制得住肚子裡的饞蟲。」

「羅柏，」瑪麗亞說著走到他身邊，手上還拿著瓶子。「你準備吃飯了嗎？」

「飯好了？」

「你想吃，隨時可以開動。」

「別人吃了沒有？」

「都吃了，只有你、安瑟莫和費南度還沒吃。」

「那我們吃吧，妳呢？」他對她說。

「等一下和碧拉一起吃。」

「現在和我們一起吃嘛。」

「不，這樣不好。」

「來吃嘛，在我們國家，男人不比太太先用飯的。」

「那是你們國家。在此地，女人還是後吃的好。」

帕布羅由桌邊抬頭說：「陪他們吃吧。陪他吃。陪他喝。陪他睡。陪他死。遵從他們國家的習俗。」

「你醉啦？」羅柏站在帕布羅前面說。這個髒兮兮、鬍渣臉的男人高高興興望著他。

「不錯，」帕布羅說：「英國人，你們那個男女一起吃飯的家鄉在哪裡？」

「美國蒙塔納州。」

「那邊男人是不是也像女人一樣穿裙子？」

「不。那是蘇格蘭。」

「但是你聽著，英國人，你穿那種裙子的時候——」帕布羅說。

「我不穿裙子，」羅柏說。

帕布羅繼續說：「你穿那種裙子的時候，底下穿什麼？」

「我不知道蘇格蘭人穿什麼，我自己也覺得詫異。」羅柏說。

「不談蘇格蘭，誰在乎蘇格蘭？誰在乎名稱那麼古怪的國家？我才不管呢。我不在乎。我說的是你，英國人，你。你在國內，裙子下面穿什麼？」帕布羅說。

「我已經告訴你兩次，我們不穿裙子。不管酒醉也好，說笑也好。」羅柏說。

「但是在你的裙子下面，」帕布羅堅持說：「因爲人人都知道你們穿裙子。連軍人都穿。我看過照片，在奇珍馬戲團裡也看人穿過。英國人，你們在裙子底下穿什麼？」

「睪丸。」羅柏．約丹說。安瑟莫大笑，其他在一旁靜聽的人也笑了，只有費南度笑不出來。當著女人說出那種字音，那種粗話，他覺得很不應該。

「噢，那倒很正常。不過我覺得，你們若真有睪丸，就不會穿裙子了。」帕布羅說。

「別讓他再鬧起來，英國人。他醉了。告訴我，你們國家的人養些什麼，種些什麼？」扁臉鉤鼻的普利米蒂弗說。

「養牛羊，種穀物和豆子。也種甜菜來製糖。」羅柏說。

現在他們三個人上了桌，其他的人也圍攏過來，只有帕布羅一個人坐得遠遠的，面對一個酒缽。燉菜和昨天晚上一樣，羅柏餓得狼吞虎嚥。

「你們國家有沒有高山？叫那種名字，一定有高山。」普利米蒂弗客客氣氣打開話匣子。他爲帕布羅酒醉而尷尬。

「很多山，而且很高。」

「有沒有好牧場？」

「棒極了；夏天的森林裡有高高的牧場，由政府掌管。秋天就把牛群趕到較低的牧區。」

「那邊的土地是不是歸農民所有？」

「大部分的土地屬於耕者。原先土地是州政府的，一個人若住在那兒，宣布要開墾，就可以得到一百五十公頃。」

「告訴我怎麼達到這種地步，這是了不起的土地改革呀。」奧古斯丁問他。

羅柏說明美國的自耕農場成立的過程。他以前從來沒想到這是一種土地改革。

「太好了。那麼你們國家也有共產主義囉？」普利米蒂弗說。

「不。那是共和國統治下的措施。」

奧古斯丁說：「在我看來，共和國統治下什麼事情都可以辦到。我看其他形式的政府根本不必要。」

「你們有沒有大地主？」安德魯問道。

「很多。」

「那一定有弊端存在。」

「不錯。有不少弊端。」

「但是你們會革除那些弊端吧？」

「我們儘量嘗試。不過毛病還是很多。」

「但是沒有該分割的大地產？」

「有。但是有些人相信可以用稅金來分割。」

「怎麼分法？」

羅柏用麵包抹一下湯碗，說明所得稅和遺產稅的作用。「不過大地產依然存在。土地也要抽稅，」他說。

「但是大地主和有錢人一定會革命反對這種稅金。我覺得這種稅法頗具革命性。他們看見自己受到威脅，就會起而反抗政府，就像這裡的法西斯份子一樣，」普利米蒂弗說。

「很可能。」

「那你們國內就得打仗，像我們這邊一樣。」

「是的，那我們只好打一仗。」

「不過你們國家法西斯份子不多吧？」

「很多人不知道自己是法西斯份子，不過時機來臨，他們就會發現的。」

「但是他們叛變以前，你們不能先除掉他們？」

「不行，我們不能除掉他們。但是我們可以教育人民，使大家害怕法西斯主義，它一出現馬上認出來，和它對抗。」羅柏說。

「你知道什麼地方沒有法西斯份子？」安德斯問他。

「什麼地方？」

「帕布羅的故鄉，」安德斯說著，咧嘴一笑。

「你知道村子裡發生的事情吧？」普利米蒂弗問羅柏。

「知道。我聽到那一段故事了。」

「聽碧拉說的？」

「不錯。」

「你不能由那婆娘口中聽到全部的經過，因爲她沒有看到結尾，因爲她由窗外的椅子上摔下去了。」帕布羅陰森森地說。

「那你告訴他事情的經過。既然我不知道那段故事，你告訴他吧。」碧拉說。

「不，我從來不說。」

碧拉說：「不，而且你也不想說。現在你希望那件事從來沒有發生過。」

帕布羅：「不，這話不對。如果大家都像我一樣大殺法西斯份子，就沒有這一場戰爭了。但是我不喜歡事情演變成那樣。」

「你爲什麼說這種話？你是不是改變政治立場了？」普利米蒂弗問他。

「沒有。不過那樣真野蠻，當時我真野蠻。」帕布羅說。

「現在則整天醉醺醺的。」

「不錯，在妳的許可下。」帕布羅說。

「我比較喜歡你野蠻的日子，男人中就數醉鬼最窩囊。盜賊不偷東西的時候和常人沒有兩樣。敲詐者在家不亂來。兇手在家可以洗淨雙手。但是醉鬼臭氣薰天，吐在自家的床上，五臟都被酒精溶解了。」女人說。

帕布羅心平氣和說：「妳是女人，妳不懂。我靠酒精來迷醉自己，要不是我殺了那些人，我會很快樂。他們使我愁腸滿腹。」他悽然說道。

「給他倒一點薩多帶來的好酒吧。給他一點酒精打打氣。他傷心得受不了啦。」碧拉說。

「我如果能讓他們復生，我會這樣做的，」帕布羅說。

「去作踐你自己吧，這是什麼樣的地方？」奧古斯丁對他說。

「我要使他們全部復生，每一個人。」帕布羅悽然說道。

「你媽的，」奧古斯丁對他大吼。「別說這種話，不然就滾出去。你殺的全是法西斯份子。」

帕布羅說：「你聽到我的話了，我要使他們全部復生。」

「那你就會踏水走路啦。我一輩子沒看過這種男人。直到昨天你還保留了一絲男子氣概。今天你的勇氣還不如一隻病貓。你卻爲自己的軟弱而高興。」碧拉說。

帕布羅說：「我們該殺掉所有的人，否則就一個也不殺。不是全體就是零。」

「聽著，英國人，你怎麼會來到西班牙？別理帕布羅。他醉了。」奧古斯丁說。

「十二年前我首次來研究這個國家和語言。我在一所大學裡教西班牙文。」羅柏答說。

「你不太像教授，」普利米蒂弗說。

「他沒留鬍子。看看他。他沒留鬍子。」帕布羅說。

「你真的是教授？」

「講師。」

「但是你教課？」

「是的。」

「爲什麼教西班牙文呢？既然你是英國人，教英文不是更容易嗎？」安德斯問他。

安瑟莫說：「他的西班牙文說得和我們一樣好，他爲什麼不能教西班牙文？」

「是啊，不過說起來外國人教西班牙語總是有點冒失，」費南度說。「我對你沒有惡意，羅柏先生。」

帕布羅開心地說：「他是假教授，他沒留鬍子。」

「你對英語一定更熟。教英語不是更恰當、更輕鬆、更清楚嗎？」費南度說。

「他不是教西班牙人——」碧拉開始插嘴了。

「我希望他不是，」費南度說。

「讓我說完，你這隻騾子。他教美國人西班牙語。北美的人。」碧拉對他說。

費南度問道：「他們不會說西班牙話？南美的人會說哩。」

碧拉說：「蠢騾，他教那些說英語的北美人西班牙話。」

「我還是認爲：英文若是他的語言，他教英文一定更容易。」費南度說。

「你不會聽他說西班牙話？」碧拉無望地對羅柏搖搖頭。

「不錯。可是有一種怪腔。」

「什麼腔？」羅柏問他。

「伊斯特馬杜拉腔，」費南度死板板地說。

「噢，我的媽呀。什麼樣的民族，」碧拉說。

羅柏說：「可能，我剛從那邊來。」

「他清楚得很，」碧拉說。她轉向費南度說：「你這老姑婆，你吃夠了沒有？」

「如果份量足夠，我還可以再吃一點，」費南度告訴她。「羅柏先生，別以為我想和你過不去——」

奧古斯丁截口直說：「奶泡，又是奶泡。我們辛辛苦苦搞革命，難道就為了稱同志為羅柏先生？」

費南度說：「我覺得革命就是讓大家都以『先生』相稱，應該在共和國統治下施行。」

「簡直黑奶泡。」奧古斯丁說：「我還是認為羅柏先生教英文一定更輕鬆，更清楚。」

帕布羅說：「羅柏先生沒有鬍子，他是假教授。」

「你說我沒有鬍子，你是什麼意思？」羅柏說：「這是什麼？」他摸摸下巴和雙頰，三天來那些地方已經長出金黃色的短鬍渣。

「不是鬍子，那不是鬍子。」帕布羅說。他搖搖頭。他現在簡直樂不可支。「他是一個假教授。」

「我幹你娘的臭奶泡。這裡簡直像病人院。」奧古斯丁說。

帕布羅對他說：「你應該喝酒。我覺得每一件事都很正常。只有羅柏先生不留鬍子顯得奇怪。」

瑪麗亞用手摸摸羅柏的面頰。

「他有鬍子，」她對帕布羅說。

「妳應該知道的，」帕布羅說道，羅柏看著他。

我想他醉得並不厲害，羅柏暗想。不，醉得不厲害。我還是當心些才好。

他對帕布羅說：「喂，你認爲這場大雪會繼續下去？」

「你認爲呢？」

「我問你呀。」

「問別人吧，我不是你的情報處。你有一張情報處的文件哪。問那婆娘好了。這裡歸她指揮。」帕布羅對他說。

「我問你。」

「去作踐你自己吧。你和那婆娘，還有小妞兒，」帕布羅對他說。

「他醉了。別理他，英國佬。」普利米蒂弗說。

「我想他醉得並不厲害，」羅柏說。

瑪麗亞站在他後面，羅柏發現帕布羅隔著他的肩膀盯著她。一對小眼睛像豬公似的，正由鬢毛密佈的圓腦袋伸出來偷看她。羅柏暗想：在這場戰爭中我遇過許多殺手，戰前也看過幾個，他們各不相同，沒有共同的癖性和特徵；也沒有犯罪的典型；但是帕布羅確實表現得很不漂亮。

他對帕布羅說：「我不相信你能喝，但也不相信你醉了。」

「我醉了。喝酒不算什麼，喝醉才重要。醉得很厲害。」帕布羅莊重地說。

「我不相信。你怯懦倒是真的。」羅柏對他說。

洞裡突然鴉雀無聲，連碧拉煮飯的柴火嘶嘶聲都聽得見。他把雙足擱在羊皮上，聽到羊皮啪啪作響。他覺得外面下雪的聲音都依稀可聞。其實聽不到，不過他聽得見落雪的沉寂。

羅柏思忖道：我真想殺了他，乾脆做個了結。我不知道他要幹什麼，不過決非好事。後天要炸橋，這傢伙很壞，他對整個計劃的成敗具有大危險。動手吧。我們來做個了結。

帕布羅對他咧咧嘴，伸出一隻手指，在喉嚨上劃了一下。他搖搖頭，厚厚的短脖子只稍稍向左右擺動一小段距離。

「不，英國佬，休想激怒我，」他說。他看看碧拉，對她說：「妳休想這樣擺脫我。」

「無賴，」羅柏自言自語說，現在他一心想到行動的問題。「懦夫。」

「也許吧，不過我不會接受挑釁。喝一點酒吧，英國佬，對那婆娘做暗號是不會成功的。」帕布羅說。

羅柏斥道：「閉嘴，是我自己要惹你。」

「不用費心啦，我不會發火的。」帕布羅說。

「你真是怪物，」羅柏不想放手；不想第二次無功而退。說話的時候，明知這一幕以前也發生過；覺得他在扮演記憶中他讀過或夢見過的角色，覺得一切都在循環往復。

「是啊，很怪，很怪，而且醉得厲害。祝你健康，英國佬。」帕布羅在酒缽裡舀了一杯，舉杯敬酒。「敬你的睪丸。」

羅柏暗想：好吧，這傢伙實在很少見，而且精明又複雜。因爲自己呼吸加速，他不再聽到爐火的聲音。

「敬你，」羅柏舀了一杯酒。他想：不乾杯，出賣朋友還算不了什麼。乾吧。「祝你好運，」他說：「敬你再敬你，」你好，他想。你好，你好。

「羅柏先生，」帕布羅陰沉地說。

「帕布羅先生，」羅柏說。

帕布羅說：「你不是教授，因爲你沒有鬍子。還有，若要除掉我，你得暗殺我，你沒有種做這件事。」

他閉著嘴巴打量羅柏，嘴唇繃成一條線，像魚唇似的，羅柏暗想。他那顆腦袋活像針鮋魚被捕之後吞氣脹起的模樣。

「祝你好運，帕布羅，」羅柏舉杯飲：「我正由你這兒學到不少東西。」

帕布羅點點頭說：「我正在對教授加以指教哩。來吧，羅柏先生，我們會變成朋友的。」

「我們已經是朋友啦，」羅柏說。

「但是現在我們會變成好朋友。」

「我們已經是好朋友了。」

「我要離開這兒。真的，據說我們一輩子得吞下一噸的瘋話，但是這一分鐘我的兩耳已經塞下二十五磅了。」奧古斯丁說。

「怎麼回事，黑人?你不喜歡看我和羅柏先生交朋友？」帕布羅對他說。

「你叫我黑人，當心你的嘴巴，」奧古斯丁走過去，站在帕布羅面前，雙手握得低低的。

「大家都那麼叫法，」帕布羅說。

「你不配叫。」

「好吧，那麼，白人——」

「也不許那樣叫。」

「那你是什麼，紅人？」

「是的。紅人。戴著軍隊的赤星章，支持共和國。我名叫奧古斯丁。」

「好一個愛國志士。看哪，英國佬，好一個標準的愛國志士。」帕布羅說。

奧古斯丁用左手重重打了他一記嘴巴，手背向前反掃。帕布羅坐在那兒，嘴角沾了酒汁，臉上沒有絲毫動靜，不過羅柏看到他的眼睛瞇起來，像貓兒的瞳孔遇到強光瞇成一條細縫。

「別來這一套，」帕布羅說。他回頭對著碧拉，「別使這一招，婆娘，我不會被人惹火的。」

奧古斯丁又出手打他。這一回他捏緊拳頭打他的嘴巴。羅柏伸手在桌面下握緊手槍。他已經撞開安全瓣，又用左手推開瑪麗亞。她退開一點，他再用左手重重推她的肋骨，讓她完全退開。現在她走開了，他由眼角看她悄悄貼著洞側向爐火走去，現在羅柏凝神注視帕布羅的表情。

這個圓頭的傢伙正用一雙扁平的小眼睛盯著奧古斯丁。現在瞳孔更小了。這時候他舐舐嘴唇，伸起一隻手臂，用手背擦嘴，低頭俯視手上的血跡。他伸出舌頭舐舐嘴唇，然後啐了一口。

「別來這一套，我不是傻瓜。我不會發火的。」他說。

「烏龜王八，」奧古斯丁說。

「難怪你知道，你見識過那個婆娘嘛。」帕布羅說。

奧古斯丁又用力打他的嘴巴，帕布羅對他大笑，鮮紅的嘴巴縫裡露出斷裂的黃板牙。

「算了吧，」帕布羅說著，用酒杯在大缽裡舀了一點酒。「這兒誰也沒有種殺我，出手打人未免太蠢了。」

「懦夫，」奧古斯丁說。

「也不用罵人，」帕布羅一面說，一面用酒咕嚕咕嚕潤了潤嘴巴。他在地板上吐了一口。「我對辱罵早就無動於衷了。」

奧古斯丁站在那兒俯視他，咒罵他，出言緩慢、清晰、尖刻、侮蔑，一直咒罵個不停，彷彿在田地上施肥，用一隻糞叉耙出車裡的肥料。

「也別說這些。算了吧，奧古斯丁。別再打我。你會傷了自己的手。」帕布羅說。

奧古斯丁轉身向門口走去。

「別出去，外面正在下雪。舒舒服服待在這裡吧。」帕布羅說。

「你！你！」奧古斯丁由門口轉回來，將所有的輕蔑都融進一個「你」字裡。

「是啊，我。你死了，我一定還活著。」帕布羅說。

他又舀了一杯酒，舉杯作出敬羅柏的姿態。「敬教授，」他說。然後轉向碧拉，「敬司令女士。」然後對大家舉杯，「敬所有執迷不悟中的人。」

奧古斯丁走向他，飛快用掌邊打掉他手裡的杯子。

「這是浪費，太傻了。」帕布羅說。

奧古斯丁對著他說了幾句髒話。

「不，」帕布羅又舀了一杯酒。「我醉了，你看到沒有？我沒醉的時候，根本不說話。你從來沒聽過我多說什麼。但是一個精明的人有時候只好酗酒，才能和傻瓜共同生活。」

「幹你媽的懦夫臭膿包。我太瞭解你了，也瞭解你的怯懦。」碧拉對他說。

「女人的話真難聽，我要出去看馬了。」帕布羅說。

奧古斯丁說：「去雞姦牠們吧。這不是你的常事嗎？」

「不，」帕布羅說，搖搖頭。他由牆上拿起他的氈布大斗篷，看看奧古斯丁。他說：「你，還有你那粗暴的行為。」

「你要和那些馬兒幹什麼?」奧古斯丁說。

「照顧牠們,」帕布羅說。

「雞姦牠們,馬兒的情夫。」奧古斯丁譏誚說。

帕布羅說:「我愛牠們,即使由背後看過去,牠們也比這些人漂亮且聰明。你自己解解悶兒吧,」他說著咧嘴一笑。「英國佬,告訴他們炸橋的事。說明他們這次出擊的任務。告訴他們怎麼撤退。英國佬,炸橋之後你要帶他們到什麼地方?你要把你的愛國同志帶到什麼地方?我喝酒的時候,考慮了一整天。」

「你想到什麼?」奧古斯丁問他。

「我想到什麼?」帕布羅一面說,舌頭一面在嘴唇內滾動。「我想什麼,干你鳥事。」

「你說出來,」奧古斯丁對他說。

「很多,」帕布羅說。他把氈布外衣拉到頭頂上,現在圓圓的腦袋瓜由污濁的黃毛毯折痕中露出來。「我想得很多。」

「想什麼?想什麼?」奧古斯丁說。

「我認為你們是一群執迷不悟的傢伙。由一個頭腦長在大腿間的婆娘和一個來害你們的外國佬指揮。」帕布羅說。

碧拉對他大吼,「滾出去。出去,把你自己撞成雪球。把你的臭膿包帶出去,你這個變態的戀馬狂。」

「這才像話,」奧古斯丁滿心佩服卻又心不在焉地說。他開始擔心了。

帕布羅說，「我走。不過我馬上就回來。」他掀開洞口的遮簾，跨出門外。然後出洞口叫道：

「英國佬，還在下雪哩。」

17

現在洞裡靜悄悄的，只聽到雪花由屋頂小洞落入炭火的嘶嘶聲。

費南度說：「碧拉，燉菜還有沒有？」

「噢，閉嘴，」女人說。但是瑪麗亞把費南度的飯碗拿到大鍋邊，大鍋端離火旁，用杓子去舀菜。她端到桌上放下來，然後拍拍費南度的肩膀，他低頭猛吃。她在他身邊站了一會見，手還搭在他肩上。但費南度沒有抬頭。他一心一意在吃他的燉菜。

奧古斯丁站在爐火邊。其他的人都坐著。碧拉坐在羅柏對面。

她說：「現在，英國人，你已經看到他的情況了。」

「他要幹什麼？」羅柏問道。

「任何事情，任何事情。他什麼事都做得出來。」婦人低頭看桌子。

「自動步槍在哪裡？」羅柏問道。

「用毛毯裹著放在角落裡，你要嗎？」普利米蒂弗說。

「以後再說，」羅柏說。「我想知道在什麼地方。」

「在那兒。我拿進來，用我的毛毯包好，免得機械潮濕。藥池在那個背包裡。」普利米蒂弗說。

碧拉說：「他不會那樣做，他不會用機關槍採取行動。」

「我好像聽妳說，他什麼事都做得出來。」

「很可能，但是他不熟悉機關槍的用法。他會丟進一顆炸彈。這比較合乎他的作風。」她說。

「不殺他，真是白痴兼嬲種，」吉普賽人說。整個晚上他都沒有加入會談。「昨天晚上羅柏就該殺了他才對。」

「幹掉他，現在我贊成殺他。」碧拉說。她的大臉龐顯得黝黑而疲倦。

「以前我反對，」奧古斯丁說。他站在爐火邊，長長的手臂垂在兩旁，顴骨下有短鬍渣的影子，雙頰在火光中凹陷下去。他說：「現在我贊成了，他現在像毒藥，恨不能看我們大家全死光。」

「全體發言吧，你呢，安德斯？」碧拉的嗓音顯得很疲倦。

「殺，」這位鬢角低垂的黑髮弟兄邊說邊點頭。

「伊拉狄奧？」

「一樣。我覺得他似乎具有很大的危險性，而且他一無是處。」另一位弟兄說。

「普利米蒂弗？」

「一樣。」

「費南度？」

「我們不能把他關起來嗎？」費南度問道。

「誰來看守他？要浪費兩個人手來看守，況且，最後我們又如何處置他？」普利米蒂弗說。

「我們可以把他賣給法西斯份子，」吉普賽人說。

「不來這一套，不要那麼下流。」奧古斯丁說。

吉普賽人說：「這只是一種主意，我覺得法西斯份子一定很高興抓到他。」

奧古斯丁說：「算了，這樣太下流。」

「不會比帕布羅更下流，」吉普賽人為自己辯護。

「他下流，也不該用下流的手法對付他呀，」奧古斯丁說：「噢，全體都說過了。只有老頭子和英國人還沒說。」

碧拉說：「他們不參加。他沒有當過他們的頭子。」

「等一下，我還沒說完呢。」費南度說。

「說吧，說到他回來。說到他滾一顆手榴彈到遮簾底下，把這一切炸個精光。連炸藥和別的東西都炸掉。」碧拉說。

費南度說：「我想你太誇張了，碧拉。我想他不會有這種念頭。」

「我也覺得不會。因為那樣會把好酒炸光，他過一會兒就要回來喝酒的。」奧古斯丁說。

「何不把他交給艾爾．薩多，讓艾爾．薩多把他賣給法西斯份子？你們可以弄瞎他的雙眼，他就不難對付了。」拉費爾建議說。

「閉嘴，你一說話，我就覺得也該對付你才行。」碧拉說。

普利米蒂弗說：「反正法西斯份子也不會為他出賞金。那種事兒有人試過，他們一毛錢也不肯出。他們會連你也一起槍斃掉。」

「我相信他瞎了以後，可以換到一點酬金，」拉費爾說。

「閉嘴，再談弄瞎的事情，你就和他一起去。」碧拉說。

吉普賽人堅持說：「但是帕布羅曾經弄瞎傷殘的國民衛兵。難道妳忘了？」

「閉上你的狗嘴，」碧拉對他說，在羅柏面前，她深深爲挖眼睛的話題而發窘。

「你們還沒讓我說完呢，」費南度揮嘴說。

碧拉吩咐他，「說完吧。說下去。說完吧。」

費南度開口說：「既然不能囚禁帕布羅，既然把他交給……顯得太卑鄙——」

「說完哪，看在老天份上，趕快說完。」碧拉說。

費南度從容不迫往下說：「——在任何談判中，我同意：剷除他也許是最好辦法，那樣計劃中的行動才能保障成功的最大可能。」

碧拉看看這個矮小的男人，搖搖頭，咬住雙唇，一語不發。

「這是我的意思。我相信，我們有充分的理由相信，他對共和國具有危險——」費南度說。

碧拉說：「聖母啊，連這種地方，還有人滿口官僚氣。」

費南度繼續說：「由他自己的言語和他最近的行動看來，他在革命早期的表現倒是值得激賞的，直到最近——」

碧拉剛才走到火爐邊。如今回到桌畔。

「費南度，」碧拉靜靜地說，同時遞上一個飯碗。「拜託你吃這碗燉菜，塞塞嘴巴，不用再說了。我們都明白你的主張。」

「不過，那我們怎麼——」普利米蒂弗問到一半，中途打住。

說。

「準備好了，我隨時可以動手。既然大家決定應該這麼做，這件事我可以效勞。」羅柏毅然說。

怎麼回事？他想。我聽費南度說話，自己的口氣也開始像他了。那種語言一定會傳染。法文——外交的語言，西班牙——官僚的語言。

「不，不。」瑪麗亞說。

碧拉對女孩說：「不關妳的事。不要開口。」

「我今天晚上就動手，」羅柏說。

他發覺碧拉看他一眼，手指擱在唇邊，她向門口望去。

繫在洞口的遮簾掀開了，帕布羅把腦袋伸進來。他對大家咧咧嘴，推推遮簾，然後轉身繫好。他回頭站在那兒，拉下頭頂的氈布斗篷，搖掉上面的雪水。

他對大家說：「你們正在談論我？我打斷了大家的話頭？」

沒有人答腔，他把斗篷掛在牆邊的椿針上，走向餐桌。

「你們好吧？」他一面問，一面拿起他留在桌上的空杯，傾入酒缽去舀酒。他對瑪麗亞說：「沒有酒了，由皮囊裡倒一點出來。」

瑪麗亞拿起酒缽，走向灰濛濛、沉甸甸、黑漆漆、掛在牆邊的酒囊，扭開一隻腳的木塞，酒汁遂由木塞邊噴進大缽裡。帕布羅看她跪在地上，捧著酒缽，看淡紅的酒汁流入缽裡，速度很快，像漩渦似的。

「小心，現在剩下的酒已經低及皮囊的胸部了。」他對她說。

沒有人說一句話。

帕布羅說：「今天我由肚臍喝到胸口。這是一天的成績。你們大家怎麼啦？你們的舌頭都不見啦？」

根本沒有人答腔。

帕布羅說：「轉緊，瑪麗亞，別讓酒漏出來。」

奧古斯丁說：「酒還很多，夠你醉的。」

「終於有一個人找到舌頭了，恭喜。我以爲你嚇啞了呢。」帕布羅一面說，一面對奧古斯丁點點頭。

「爲什麼？」奧古斯丁問他。

「因爲我進來呀。」

「你以爲你進來這麼重要？」

羅柏暗想：也許他自尋死路。也許奧古斯丁會動手。後者一定恨死他了。我並不恨他，他想。他叫人噁心，但是我對他全無恨意。只是挖人眼睛的事件使他擠身特殊的一類。這是他們的戰爭。不過爲了明後天的行動，當然不能留他在附近胡來。我不插手這件事，他想。今天晚上我在他面前當了一次傻瓜，當時我真想把他幹掉。但是我絕不傻裡傻氣地先去惹他。這裡有炸藥，也不能來一場射擊比賽或者頑皮行動。帕布羅當然想到了。他自問：你有沒有想過？不，你沒想到，奧古斯丁也沒有想到。不管出什麼事情，都是你自己活該，他想。

「奧古斯丁，」他說。

「什麼？」奧古斯丁綳著臉，由帕布羅面前回頭看他。

「我有話跟你講，」羅柏說。

「等一下。」

「現在，幫幫忙。」羅柏說。

羅柏走到洞口，帕布羅圓睜雙眼目送著他。奧古斯丁個子很高，雙頰凹陷，站起來走到他身邊。他心不甘情不願，滿懷輕蔑的表情。

「你忘記背包裡是什麼東西啦？」羅柏對他說，聲音儘量壓低，別人不可能聽見。

奧古斯丁說：「膿包！習慣成自然，居然忘記了。」

「我也忘了。」

奧古斯丁說：「膿包！我們真是傻瓜。」他屌而啷噹地走到桌邊坐下來。開口說，「喝一杯，帕布羅，老兄。馬兒都好吧？」

「很好，雪也小多了。」帕布羅說。

「你想會不會停？」

「會，現在愈下愈稀，還有小小的硬球。風會繼續吹，不過雪水快要停了。風向已改。」帕布羅說。

「你想明天會不會轉晴？」羅柏問他。

帕布羅說：「會。我相信明天會嚴寒而晴朗。風向變了。」

羅柏暗想：看看他。現在他十分友善。他像風兒，已經轉向了。他的面孔和體態都像肥豬，我知道他當過很多次兇手，但是他像無液氣壓計一樣靈敏。不錯，他想，豬玀也是很精明的動物哩。帕布羅恨我們大家，也許只恨我們的計劃吧，於是用辱罵來發洩怒火，逼得你想除掉他，他看到這個程度已經達到了，馬上放棄，一切重新開始。

「我們會碰到好天氣，英國佬，」帕布羅對羅柏說。

「我們？我們？」碧拉說。

「是啊，我們，」帕布羅對她露齒一笑，然後喝了一點酒。「怎麼不行？我在外面想過了。我決定和你們一起幹。」

「什麼事情？現在你指什麼？」婦人問他。

「一切行動，炸橋的事情。現在我和妳站在同一陣線。」帕布羅對她說。

「你和我們一起幹？就憑你剛才說了那些話？」奧古斯丁對他說。

帕布羅說：「不錯。天氣變了，我和你們一起幹。」

奧古斯丁搖搖頭。「天氣，」他說著又搖搖頭。「我剛才還打過你的耳光哩？」

「是啊，那也無妨。」帕布羅對他笑笑，用手指摸摸嘴唇。

羅柏凝神看著碧拉。她則打量帕布羅，彷彿面對一隻怪獸似的。爲了剛才挖眼睛的話題，她臉上還留著一片陰影。她搖搖頭，彷彿要擺脫那件事，然後又甩回頭來。「聽著，」她對帕布羅說。

「好，娘們。」

「你見了什麼鬼？」

「沒有哇。我改變主張了。如此而已。」帕布羅說。

「你在門口偷聽，」她告訴他。

他說：「是的，不過我一句都聽不見。」

「你怕我們殺你。」

「不，」他對她說，同時由酒杯上抬眼看她。「我不怕。妳知道的。」

「好啦，你見了什麼鬼？剛才你醉醺醺的。痛罵我們大家，不想扯進眼前的工作，用下流的態度談論我們的死期，侮辱女性，反對應有的措施——」奧古斯丁說。

「我醉了，」帕布羅對他說。

「而現在——」

帕布羅說：「我現在沒醉，而且我改變主意了。」

「叫別人信任你吧。我可信不過，」奧古斯丁說。

「信不信由你，但是沒有誰能像我一樣，帶你到葛雷度山脊。」帕布羅說。

「葛雷度？」

「炸橋之後，只能到那個地方。」

羅柏看看碧拉，舉起帕布羅看不見的那隻手，疑惑地拍拍右耳。

婦人點點頭。然後又點了一次。她對瑪麗亞說一句話，女孩走到羅柏身旁。

瑪麗亞貼著羅柏的耳朵說：「她說：『他當然聽見了。』」

費南度心平氣和地說：「那麼帕布羅，你現在和我們同一陣線，贊成炸橋囉？」

「是的，老兄，」帕布羅說。他正視費南度的眼睛，點點頭。

「真心話？」普利米蒂弗問他。

「真心話。」帕布羅告訴他。

「你覺得會成功嗎？現在你有信心了？」費南度問他。

「怎麼沒有？難道你沒有信心？」帕布羅說。

費南度說：「有。可是我一向有信心。」

「我要離開這兒，」奧古斯丁說。

「外面很冷，」帕布羅以友善的口吻告訴他。

「也許吧，但是這個瘋人院我再也待不下去了。」奧古斯丁說。

「不要說這個山洞是瘋人院，」費南度說。

「專門關犯罪性瘋子的瘋人院。我要離開這兒，免得自己也發瘋。」奧古斯丁說。

18

羅柏暗想：這真像旋轉木馬遊戲。不是向前飛奔的木馬——火車頭在奏著音樂，小孩騎在鍍金角的母牛上，可用棍子去鉤圓環，煤氣燈提早映出了緬因大道的夜色，隔壁的攤位正在賣炸魚，幸運輪不斷轉動，皮鉸鏈正拍打著許多小格室的立柱，還有一包包的糖果堆積如山當獎品。不，不是那種旋轉木馬；雖然大家都在等待，像極了頭戴小帽的男人和穿毛衣的女人，他們的腦袋暴露在煤氣燈下，頭髮閃閃發光，站在幸運輪前面看它旋轉。是的，正像那些人。不過這是另外一種輪子。活像跳起來前後擺動的輪子。

現在已經擺動兩次了。輪子很大，呈斜角安放，每次擺來擺去又回到原位。一邊高一邊低，彎彎一掃，就把你降回原位了。他想道：這種轉輪遊戲也沒有獎品，誰都不會自願騎這種輪子。每次你騎進去，都轉往自己不想要的方向。只有一種轉法；大大的，橢圓的，先升後降的轉法，你又回到原位了。他想：現在我們又回來啦，事情則一件都沒有解決。

洞裡暖洋洋的，外面風已經停了。現在他坐在桌邊，前面放著他的筆記，畫出了炸橋的所有技術問題。他畫了三張素描，列出了他的公式，以兩張圖表點明爆炸的方法，清晰可比幼稚園的設計，萬一炸橋過程中他自己出了意外，安瑟莫可以照圖上的方法完成任務。他畫完速寫，仔細研究。

瑪麗亞坐在他旁邊，隔著他的肩膀看他工作。他知道帕布羅坐在對面，其他的人正在聊天玩牌，他聞到洞裡的氣味，現在不是肉味和煮飯的氣息，而是火煙味，人體味，菸草、紅酒和汗酸的臭味。瑪麗亞看他正要完成一張圖，把手擱在桌子上，他用左手抓起她的小手，拉到臉側，聞聞她洗碗新留下的粗肥皂和清水味兒。他不看她，輕輕放下她的小手，繼續工作，沒看到她臉上的紅暈。她的手一直擱在那兒，靠近他的手掌，但是他沒有再把它抓起來。

現在他完成了炸橋的設計圖，翻到筆記本上新的一頁，開始寫出作戰命令。這些事情他想得很清楚，對自己寫下的字句相當滿意。他在筆記本中寫了兩頁，仔細閱讀。

他自言自語說：我想就是如此而已。十分清晰，應該沒有什麼漏洞了。兩個守備隊要先剷除，橋樑要根據高茲的命令炸毀，這是我僅有的責任。帕布羅的事情我根本就不應該負責，事情自會解決的。有帕布羅也好，沒有帕布羅也好。我才不在乎呢，但是我不再登上那個輪子了。我已經兩度騎上去，兩次都轉回原位，我再也不要騎了。

他闔上筆記本，抬眼看看瑪麗亞。他對她說：「哈囉，美人兒，你看出心得沒有？」

「沒有，羅柏，」少女說著，把手擱在他手上，他還握著鉛筆。「你完成了？」

「是的。現在一切都寫出來，也安排好了。」

「你在幹什麼，英國佬？」帕布羅由桌子對面說。這會兒他又顯得醉眼惺忪了。

羅柏仔細端詳他。他吩咐自己：別登上那個輪子。別踏上那個輪子。我猜現在又要開始轉動囉。

「研擬炸橋的問題，」他彬彬有禮說。

「如何？」帕布羅問道。

「很好，一切都很好。」羅柏說。

「我一直在思索撤退的問題，」帕布羅說。羅柏望著他那一雙醉醺醺的豬眼，又望望酒缽。酒缽幾乎空了。

他叮嚀自己別登上那個輪子。那膿包又醉了。一定的。但是你現在千萬別登上那個車輪。南北戰爭期間，格蘭特將軍不是大部分時候都爛醉如泥嗎？當然。如果格蘭特能看到帕布羅，我打賭他一定爲這種比喻而怒氣沖天。格蘭特還喜歡抽雪茄。噢，他得想辦法給帕布羅弄一根雪茄來。那張臉真需要如此完成——配上半隻嚼過的雪茄。他能到什麼地方給帕布羅弄一根雪茄來？

「如何？」羅柏客客氣氣問他。

「很好，」帕布羅一面說，一面沉重而恰當地點點頭。

「你想出辦法了？」奧古斯丁由牌局那邊問道。

「是的，想得很多。」

「你從哪裡找到的？那酒缽裡？」奧古斯丁追問道。

「也許吧，誰知道？瑪麗亞，拜託打滿一大缽酒，好嗎？」帕布羅說。

「那個大酒囊裡一定有幾條好計，」奧古斯丁回過頭去，繼續玩牌。「你爲什麼不爬進去，在酒囊裡找一找？」

帕布羅心平氣和地說：「不，我在酒缽裡搜尋。」

羅柏暗想道：他也不想登上輪子，輪子須得自己轉動了。我猜那個輪子不能騎太久。說不定是一個致命的車輪呢。真慶幸我們避開了。有幾次真叫我頭昏眼花。不過那是醉鬼和殘酷小人會騎到死的玩意兒。它往上繞來繞去，每次彎曲都不一樣，然後往下繞。讓它彎吧，他想。他們休想叫我再上去。不，長官，格蘭特將軍，我避開那個輪子了。

碧拉坐在爐火邊，椅子轉了向，她可以由兩個玩牌的人身後觀賞牌局。她正在觀戰。

羅柏暗想：如今氣氛由背叛和死亡轉向最奇怪的日常家居生活啦。也就是該死的車輪往下轉的時候。但是我避開那個輪子啦，他想。誰也休想叫我再上去。

兩天前我還不認識碧拉、帕布羅和其他的人，他想。世上還沒有瑪麗亞這個寶貝。當時世界要單純多了。我奉到高兹的命令，一切都顯得清晰、不難實現，只是有某些問題，涉及某些結果罷了。我們炸橋以後，我要嘛就回前線，要嘛就不回去，我們若回去，我要申請在馬德里過一段時間。這場戰爭沒有人准過假，但是我確定自己可以得到兩三天的馬德里假期。

到了馬德里，我要買幾本書，到佛羅里達旅館去訂一個房間，好好洗一個熱水澡，他想道。如果酒保路易斯能在「獅子奶品店」或者「大道餐廳」以外的任何地方找到一瓶苦艾露，我就派他去買一瓶，浴罷我要躺在床上看書，喝一兩杯苦艾露，然後我就打電話到「快樂爵爺」飯店，看看能不能到那兒吃一餐。

他不想到「大道餐廳」吃飯，因為那邊的飯菜其實不好吃，而且你必須準時到達，否則什麼都賣光了。還有，那邊有太多他認識的報界人士，他不想勉強自己閉嘴。他要喝苦艾露，談興頗高，然後到「快樂爵爺」飯店，和卡考夫共餐，那邊飯菜不錯，又有真啤酒，他可以打聽打聽戰爭的情況。

他第一次到馬德里的時候，並不喜歡俄國人接收的「快樂爵爺」飯店，因為看起來太奢華了，那種飯菜不適合一座圍城，話題也太冷嘲熱諷，不適合戰爭時期。但是我真容易腐化，他想。你執行這樣的職務歸來，爲什麼不該儘量享受好飯好菜呢？他頭一回聽到時還視之爲犬儒主義的話題，現在已變成理所當然的事實了。他想：這件事過去，「快樂爵爺」飯店一定有話可說。是的，這件事過去以後。

你能不能帶瑪麗亞到「快樂爵爺」飯店？不，不行。但是你可以把她擺在旅館，讓她洗一個熱水澡，等你由「快樂爵爺」飯店回來。是的，你可以這麼做，先把她的事情告訴卡考夫，以後再帶她去，因爲他們對她一定很好奇，想見見她。

也許你根本就不會上「快樂爵爺」去，你可以一大早就到「大道餐廳」吃飯，然後匆匆趕回佛羅里達旅館。不過，你知道自己會去「快樂爵爺」，因爲你想再看看那一切；經歷了這項公差，你想再吃那種飯菜，再看看那兒的舒適和豪華。然後你趕回佛羅里達旅館，瑪麗亞就在那裡。當然，這件事結束以後，她會到那兒。這件事結束以後。是的，這件事結束以後。這件事你若辦得好，你就有資格在「快樂爵爺」飯店吃一餐。

在「快樂爵爺」飯店，你會見到出名的工農兵西班牙司令，戰爭初起時他們由群眾間竄出來，以前都沒受過軍事訓練，你會發現他們大多說俄語。幾個月前，羅柏兀自爲這種情形感到幻滅，他開始爲此而自我嘲諷。但當他瞭解事情的經過，也就釋懷了。這些人曾經是農夫和工人。他們在一九三四年的革命中非常活躍，失敗以後只好逃出國，俄國人送他們進軍校和第三國際辦的列寧學院，讓他們捲土重來，並受了指揮戰局所不可少的軍事教育。

第三國際在那邊教育了他們。革命期間，你們不能對外人承認誰幫助你，或者知道太多不該知道的事情。他已經學到這一點。如果一件事情基本上正確無誤，說些謊也沒有關係。只是謊言還真不少。起初他不愛說謊。他恨透這一招。後來他就漸漸喜歡了。那是變成圈內人的部分結果，不過很能腐蝕人心。

你就是在「快樂爵爺」飯店得知大名鼎鼎的「莊稼漢」瓦楞亭·龔沙勒茲從來沒當過農夫，而是「西班牙外籍兵團」的前任軍曹，他當了逃兵，追隨阿布迪·克里姆打仗。這也沒關係。他爲什麼該做農夫呢？這種戰爭，你必須迅速製造出農民領袖，而真正的農民領袖也許太像帕布羅了。你不能等真正的農民領袖冒出來，而他冒出來以後，說不定具有太多莊稼漢的特徵。於是你只得製造一個。關於這一點，由他面見「莊稼漢」——黑鬍子，厚厚的黑人唇，狂熱盯視的眼睛——的經過，便可印證：他認爲這種人惹下的麻煩和一位真正的農民領袖也差不了多少。上次看到他，他似乎漸漸相信自己的宣傳，自以爲是農夫了。他是勇敢而堅強的人，比任何其他人都更勇敢。但是，關於老天，他的話實在太多。他興奮起來，什麼話都說，也不管輕率會帶來什麼後果，惡果已經太多太多了。不過在眼看全盤皆輸的情況下，他倒是絕佳的旅長。他從來不知道滿盤皆輸的情況，如果有，他也要打出一條生路來。

在「快樂爵爺」飯店，你還會碰到加利西亞籍的單純石匠安瑞克·李斯特，他現在統領一師的人馬，也說俄語。你會碰到安達露西亞籍的傢俱工璜·摩德斯都，他剛剛才接下一個兵團。他的俄文不是在聖培瑪麗亞港學的，如果那邊設了一個傢俱工所讀的伯利茲學校，他也許會去讀吧。他是俄方最信任的青年軍人，因爲他是真正的政黨人士，他們說他「百分之百」以運用「美國精神」爲榮。他比李斯特或「莊稼漢」精明多了。

當然，「快樂爵爺」是你完成教育必不可少的地方。你在那兒得知既成事實的經過，而不是事情該如何做法。你的教育才剛剛開始呢，他想。不知道能不能長久繼續下去。「快樂爵爺」真優秀，真可靠，正合他的要求。起先他不相信那一切胡話，對實情深感震驚。但是現在他見聞增廣，已接受一切欺瞞的必要性，「快樂爵爺」飯店的所見所聞反而加深了他心目中對於實情的信心。他喜歡知道真相；而不是該有的情形。戰爭免不了有謊言。但是李斯特、摩德斯都、「莊稼漢」的真相比謊言和傳說好多了。噢，有一天他們會把真相告訴每一個人，這時候他慶幸有一家「快樂爵爺」飯店供他親耳聽聞。

不錯，到了馬德里，他買了書，洗過熱水澡，喝一兩杯酒，再看一會兒書，然後就要上那兒去。不過他這些計劃是瑪麗亞出現以前訂立的。好吧。他們訂兩個房間，他上那兒的時候，她可以要做什麼就做什麼，然後他再由「快樂爵爺」飯店回來找她。她已經在山上等了那麼些時間。她不妨在佛羅里達旅館等一會見。他們在馬德里玩三天。三天蠻長哩。他要帶她到歌劇院去看「馬克斯兄弟」。現在那齣戲已經演了三個月，再演三個月也不妨。她一定喜歡上歌劇院去看「馬克斯兄弟」，他想。她一定很喜歡。

不過「快樂爵爺」飯店到這個小洞，路程可遠著呢。不，那還不算遠。由這個小洞到「快樂爵爺」才遠哪。頭一回卡什金帶他去，他不喜歡。卡什金說他該見見卡考夫，因爲卡考夫想認識美國人，而且他是世上最喜歡美國劇作家洛普．狄維加的人，覺得「母羊泉」是有史以來最偉大的劇本。也許是吧，但是羅柏卻不以爲然。

當時他喜歡卡考夫，卻不喜歡那個地方。卡考夫是他所見最精明的人。他穿著黑馬靴、灰馬褲和灰色軍服，手腳纖細，身體和面孔彷彿弱不禁風，講起話來破牙縫裡唾沫橫飛，羅柏第一次看見他，就覺得此人很滑稽。但是他其實卻比誰都有腦筋，內心比誰都莊重，外表比誰都來得傲慢和幽默。

「快樂爵爺」飯店似乎太奢侈、太腐化了。但是一個統治全世界六分之一地盤的政權代表們怎不該享受一點舒適的生活呢？噢，他們享受過，羅柏有一回看膩了整件事情，也接受了這一套，好好享受一番。卡什金把他塑造成叫人受不了的伙伴，所以卡考夫起先客氣得令人難堪，後來羅柏不以英雄姿態出現，卻說了一個好笑而對自己不敬的故事，卡考夫才由客氣轉為輕鬆的無禮，甚至霸氣十足，他們終於變成了好朋友。

那邊的人只是勉強忍受卡什金。卡什金顯然有什麼毛病，到西班牙來想辦法。他們不肯說是什麼毛病，不過現在他死了，大家也許肯說了吧。反正他和卡考夫交上了朋友，和卡考大那位又黑又瘦、長臉、慈愛而緊張的失寵夫人也交上了朋友，她的身子骨瘦如柴，花白的黑髮剪得短短的，正在坦克兵團當翻譯。他還認識卡考夫的情婦，她有一雙貓眼，一頭金紅色的頭髮（**有時候較紅，有時候呈金黃色，看理髮師而定**），身材懶散而性感（**便於和別人的身體相貼**），嘴巴很能適應別人的嘴型，想法愚昧，態度卻積極而忠貞。這位情婦喜歡閒聊，經常和不同的男子雜交，卡考夫對她只定期加以控制，反而覺得很好玩。有人猜卡考夫除了坦克兵團的那一位太太，另外還有妻室，說不定還有兩個，但是誰也不敢確定這一點。羅柏喜歡他認識的這一位夫人和情婦。他想自己若認識另一位夫人——如果有的話——說不定也會喜歡她。卡考夫選女人的眼光真不錯。

「快樂爵爺」飯店樓下的門廳外有哨兵帶刺刀站崗，今天晚上那兒一定是馬德里圍城最愉快、最舒服的地方。今天晚上他真想到那邊，不想待在這兒。今天晚上這兒沒有問題，現在他們已經把那個輪子停住了。現在雪也停啦。

他真想帶瑪麗亞去見卡考夫，不過除非卡考夫先邀請，否則不能隨便帶她去。他想知道這一趟出差後他受到什麼接待。這次攻擊結束後，高茲會在那兒，他如果幹得好，大家都會由高茲口中打聽出來。高茲會拿瑪麗亞的事情和他開玩笑。他上次還說沒有女朋友呢。

他伸手到帕布羅前面的酒缽，舀了一杯酒。「承你應允，」他說。

帕布羅點點頭。羅柏暗想：我猜他正忙著研究軍事問題呢。不在大砲口尋找虛名，卻在那個酒缽裡尋找問題的答案。但是你知道，這個雜種一定相當能幹，才能長久管住這支游擊隊。他看看帕布羅，不知道他若參加美國南北戰爭，會是什麼樣的游擊隊領袖。當時游擊隊領袖還真不少哪，他想。但是我們對他們所知不多。不是康齊爾家族，也不是莫斯比家族，也不是他自己的祖父，而是小人物——林中的游擊兵。至於喝醉的問題嘛。你以為格蘭特將軍真的是醉鬼？祖父一直說他是醉漢。說他下午四點鐘老是處於微醺狀態，威克斯堡陷落前的攻城期間，他曾大醉兩三天。但是祖父說：不管他醉到什麼程度，他調兵遣將完全正常，只是有時候很難叫醒他罷了。不過你只要能叫醒他，他就一切如常。

眼前這場戰爭，雙方都沒有格蘭特、謝爾曼、史東華・傑克森之類的名將。沒有。也沒有約布・史都華。沒有薛利丹。倒是充滿麥可克里蘭之類的三流人物。法西斯黨有一大堆麥可克里蘭，我們這邊至少有三位。

眼前這場戰爭，他確實沒見過一個軍事天才。一個都沒有。連馬馬虎虎的都找不到半個。克里伯、魯卡斯和漢斯率國際軍旅來防衛馬德里，曾做好自己份內的工作。後來那位光頭戴眼鏡、自負、蠢如夜梟、說話魯鈍、沉勇如牛、靠宣傳成名的馬德里守將米亞加，忌妒克里伯的名氣，就逼俄國人解除克里伯的指揮權，派他到瓦倫西亞。克里伯是好軍人；但是飽受限制，而且他對自己的工作也談得太多了。高茲是好將軍和好軍人，不過他們老是叫他屈居附屬的地位，不容他自由發揮。這次進攻將是他最大的表演，羅柏對於進攻的消息不太樂觀。此外還有匈牙利人高爾，如果

「快樂爵爺」飯店聽來的消息有一半可信，他們真該槍斃他才對，羅柏暗想。

他真希望看到瓜達拉加拉高原上擊敗義大利軍的那一次戰役。不過他當時在伊斯特馬杜拉。兩週前一天晚上，漢斯在「快樂爵爺」飯店說給他聽，使他明白了一切。有一回其實輸了，義大利軍已攻破屈汝克附近的防線，如果托布大道（托利加——布里修加）被截，十二旅就會斷了通路。漢斯說：「不過我們知道他們是義大利人，就嘗試一種對抗其他軍隊不能用的戰略。終於成功了。」

漢斯在戰略地圖上一一指給他看。他的地圖隨時放在圖匣裡帶來帶去，似乎把這件事當做奇蹟，爲其過程的曲折離奇而高興。漢斯是一個好軍人，好伙伴。漢斯告訴他：李斯特、摩德斯都和「莊稼漢」的西班牙軍那一役都表現甚佳；這要歸功於領導人和他們所造成的軍紀。不過李斯特、摩德斯和「莊稼漢」都曾由俄國軍事顧問提供不少該採取的行動。他們就像學生駕駛雙向控制的機械，一犯錯就可以由正駕駛接過去開。噢，看今年他們學到多少，成效如何。過一段時間就不用雙向控制機囉，到時候我們再看看他們單獨處理師部和軍團的成績好不好。

他們是共產黨員，也是嚴守紀律的人物。他們施行的軍紀可以培養出好軍隊來。李斯特在執行軍紀方面簡直兇殘無比。他是真正的狂熱份子，像一般西班牙人，對生命毫無敬意。自從韃靼人第一次侵入西方以來，很少軍隊像他治下的隊伍，部屬動不動就遭到處決。但是他懂得把一師人鑄造成一個戰鬥單位。擁有職位是一回事。攻擊陣地，接掌過來是另一回事，操縱戰場上的軍隊又是另一回事了。羅柏坐在桌邊暗想。由我看到的情況看來，不知雙向控制一旦取消，李斯特會居於何種地位？也許不會取消吧，他想。不知道會不會取消？說不定反而會加強哩？不知道整件事中俄國的立場如何？他想：「快樂爵爺」飯店是最恰當的地方。現在我需要知道很多事情，只有「快樂爵爺」飯店才打聽得到。

有一段時間他覺得「快樂爵爺」飯店對他有害。那兒和所謂「維拉茲魁六十三號」嚴格而虔敬的共產主義正好相反——該地本是馬德里皇宮，後來改爲首都的國際軍旅總部。到維拉茲魁六十三號，就像變成牧師團的一份子——「快樂爵爺」飯店則和你到第五軍團總部的心情相去甚遠，那個軍團後來被拆成了新軍的幾個旅。

在那些地方，你都自覺參加了十字軍。那是唯一適合的字眼，只是那個字太陳腐、濫用過度，不能再表現真正的意思了。雖然有官僚制度，有敷衍塞責，有黨內鬥爭，你心中卻有一種感覺，很像第一次領聖餐時你期待卻不曾感到的心境。那是對世上所有被壓迫者盡心盡力的感覺，很難說出口，也很尷尬，像宗教經驗似的，但卻像你聽巴哈的音樂作品，或者站在查特斯大教堂或里昂大教堂前面看燈光透出大窗口，或者在馬德里大道觀賞蒙特納、葛里哥和布魯格作品時的心境一樣真實。你親身介入一種你認爲能完全相信的東西，你覺得和其他參與者情同手足。那種心情，你以前從來不知道，如今卻體驗過了，你很重視那種感覺和成因，連個人的生死都置之度外；只有一件事要避免，因爲它會妨害你執行任務。然而最好的一點就是：你對這份心情和這份信念是有辦法去達成的。你可以放手一戰。

於是你參戰了，他想道。戰鬥中生還的人和擅長戰鬥的人很快就不再有單純的情感。頭六個月一過，就不再有了。

防衛一個位置或一座城市，是戰爭中你能感受到第一種心情的部分。「山脊」的戰爭就是如此。他們在那兒以真正的革命同志精神放手一戰。在那兒他們有必要執行軍紀的時候，他完全贊成和瞭解。攻擊中有人變成懦夫，紛紛潛逃。他看到他們被槍斃，丟在路邊任其浮腫，除了剝掉他們的彈藥和貴重物品，誰也不會爲他們多費心思。拿走他們的彈藥、皮靴和皮外套是對的。拿走貴重物品完全合乎實際。免得無政府主義者拿去呀。

槍斃逃兵似乎很公道、很正確、而且有必要。沒有什麼不對嘛。他們逃走是自私的行爲。法西斯份子攻來了，我們在瓜達拉馬山麓的灰岩、松林、金雀花除坡上抵擋他們。敵人運來大砲，我們在飛機轟炸和槍林彈雨中守住道路沿線，那天最後倖存的人動手反攻，把他們趕回去。後來他們想從左邊下來，在岩石和樹林間擇道前進，雖然他們由兩側潛行過去，但我們守住療養院，從窗戶和屋頂開火。我們飽經圍困的滋味，直到我方反攻，他們又退回石頭後面。

面對這一切——嚇得嘴乾喉燥，四週滿是碎膠泥，怕屋牆在火光和彈吼中倒塌，一面清理槍支，一面拖開那個先前用這把槍的人，面孔朝下埋在瓦礫堆裡，腦袋藏在盾牆後方，設法築一道障礙，拿出破皮箱，再拉直槍帶，現在你直挺挺躺在盾牆後面，槍支再度伸出去搜索路邊——你在那兒做該做的事，知道你沒有錯。你領受了戰役中那份口乾舌躁、恐懼發洩一空的狂喜，那年夏天和秋天你爲世上所有的窮人而戰，反對一切暴政，支持你信仰的一切，和教育教你進入的新世界。他思忖道：那年秋天你在長期的濕冷、泥濘、挖掘和築壕工事中學著忍受和忽略痛苦。那年夏天和秋天的感情都深埋在疲勞、睏乏、緊張和不舒服之下。但是感慨仍在，你經歷的一切反而使它更真實。他想：就在那些日子裡，你養成了深沉、理性而無私的自尊心——會使你變成極其厭惡「快樂爵爺」飯店的情景。

不，你當時還不適合到「快樂爵爺」飯店，他想。你太天真了。你當時處於一種光榮的狀態。不過「快樂爵爺」飯店當時也不見得是現在這個樣子。不，事實上不是如此，他自言自語說。根本不是這個樣子。那時候還沒有什麼「快樂爵爺」飯店呢。

卡考夫曾經提過那段日子。當時僅有的少數俄國人都住在皇宮旅舍。羅柏一個也不認識。那時候，第一支游擊隊尚未組成；他還不認識卡什金或其他的人。卡什金在北方聖西巴斯坦的伊倫鎮，正參加後來流產的維多利亞之戰。他二月才到馬德里，而羅柏那三天正在卡拉班其爾和尤塞拉作戰，他們擋住了法西斯份子攻擊馬德里的右翼，把摩爾人和第三軍挨戶趕走，清理那個日炙台地邊緣被打垮的郊區，沿著幾處高地建了一條防線來保護城市那一角，當時卡考夫就在馬德里。

卡考夫談起那些日子，毫無嘲諷的意味。那是一切彷彿已輸光時大家共享的日子，現在每個人都記得一切彷彿已輸光時該如何行動的一套學問，遠比任何舉證或裝飾記得更清楚。政府棄城而逃，把戰爭部的汽車全部帶走了，老米亞加只好騎腳踏車去視察他的防衛據點。羅柏不相信這件事。就連最愛國的想像中，他也想不出米亞加騎腳踏車的樣子，但是卡考夫說那是真的。不過當時他曾寫了一篇這樣的俄文報告，說不定寫了以後，自己也恨不得相信真有其事吧。

可是有一段經過，卡考夫卻沒有寫下來。皇宮旅舍有三個受傷的俄國人歸他照料。兩個是坦克司機，一個是飛行員，傷勢太重，都不能遷移，因爲當時絕對不能留下俄國人干涉的證據，免得法西斯份子名正言順插手，所以萬一左派棄守首都，卡考夫要負責不讓這些傷者落入法西斯份子手中。

萬一首都棄守，卡考夫得先毒死他們，並掩滅可發現他們身分的一切證物，才能離開皇宮旅舍。三具受傷的屍體——一具是下腹有三處槍傷，一具是下巴射掉，露出聲帶來，一具是大腿骨被子彈打成碎片，雙手和面孔燒得一場糊塗，臉上沒有睫毛，沒有眉毛，沒有頭髮，只剩一片大腫泡——誰也不能證明他們是俄國人。他擺在皇宮旅館床上的三具受傷的屍體，誰也看不出是俄國人。赤裸裸的死者沒有一絲俄籍身分的證明。等你一死，你的國籍和政治立場都看不出來了。他想道。

羅柏曾經問卡考夫，他不得不執行這件工作，心裡有什麼感覺。卡考夫說：他沒有預料過。羅柏問他，「你要如何做法？你知道突然要毒死別人，並不簡單。」卡考夫說：「噢，很簡單，當你隨時帶著毒藥，準備自己用的時候。」於是他打開菸盒，叫羅柏看看裡面一側裝些什麼。

羅柏提出異議，「不過任何人逮住你，一定先拿走你的菸盒。他們會叫你舉手。」

卡考夫露齒一笑，掀開外衣的翻領，「不過我這邊還有一點。你只要這樣把領角含在口裡咬一下，再吞下去就成了。」

羅柏說：「這就好多了。告訴我，氣味是不是像苦杏仁，和偵探小說描寫的一樣？」

卡考夫愉快地說：「我不知道，我從來沒聞過。我們要不要弄破一個小管來聞聞看？」

「還是留著吧。」

「好，」卡考夫說著，把菸盒收起來。「你明白，我不是失敗主義者，不過這一類嚴重的狀況隨時可能再現，這玩意兒並非到處都找得到。你見過柯多巴前線傳來的官報嗎？真美。現在所有官報中我最喜歡那一種。」

「上面說些什麼？」羅柏剛從柯多巴前線來到馬德里。有人對一件你自己可以開玩笑、他們卻不能開玩笑的東西說起笑話來，他突然覺得很不自在。「告訴我吧？」

「我們光榮的軍隊繼續前進，沒有失去寸地尺土，」卡考夫用怪怪的西班牙文說。

「官報上不會真的那麼說，」羅柏不相信。

「我們光榮的軍隊繼續前進，沒有失去寸地尺土，官報上登的。我找給你看。」卡考夫又用英文說了一遍。

你還記得波左布蘭柯一帶陣亡的袍澤；但是在「快樂爵爺」飯店卻變成一個笑話了。

原來這就是「快樂爵爺」當前的面目。不過「快樂爵爺」並非始終存在的，如果現在的局面是由當年倖存者群中產生「快樂爵爺」這樣的玩意兒，他慶幸自己看過「快樂爵爺」，而且知道它的存在。他暗想：你的心境和當年在「山脊」、在卡拉班其爾，在尤塞拉的時候大不相同了。你真容易腐化，他想。到底是腐化，抑或只是你失去了原有的天真？凡事不是都一樣嗎？誰還保有青年醫生、青年傳教士和年輕士兵最初對任務的忠貞心念？傳教士當然還有，否則他們就退出來了。他想：我猜納粹黨員還有，自律夠強的共產黨員也還有。不過看看卡考夫吧。

他對卡考夫的例子百思不厭。上次他到「快樂爵爺」酒店，卡考夫對一位大半生住在西班牙的英國經濟學家非常著迷。多年來羅柏曾讀過此人的著作，雖對此人一無所知，卻始終尊敬他。此人描述西班牙的作品他不太喜歡。太清楚、太單純、太公開、太低沉，他知道很多統計數字都是一廂情願杜撰的。但是他想道：你難得喜歡一篇描述你真正知道的國家的報導，所以他照樣尊敬此人的用心。

他們攻擊卡拉班其爾的那一天下午，他終於見到這個人。他們坐在鬥牛場的背風面，兩條街外有槍聲傳來，大家都緊張兮兮等待進攻。一輛坦克說要來，還沒有露面。蒙特羅坐在那兒，腦袋掩在手裡說：「坦克沒來。坦克沒來。」

天氣很冷，街上黃泥滿天，蒙特羅左臂受過傷，正逐漸僵化。他說：「我們得有一輛坦克，我們必須等坦克，我們必須等坦克車，但是我們不能等。」傷口使他說話顯得很性急。

蒙特羅說坦克車也許停在電車路轉角的公寓後方，羅柏回頭去找。果然在那兒。但不是坦克車，那時候西班牙人把什麼東西都叫做坦克。那是一輛舊裝甲車。司機不想離開公寓角落，開到鬥牛場。他站在車子後面，雙臂交疊抵著車甲，腦袋藏在皮襯裡的鋼盔內，枕在手臂上。羅柏和他說話，他搖搖頭，腦袋仍舊靠著手膀子。然後回頭，根本不看羅柏。

「我沒有奉命開去那兒，」他繃著臉說。

羅柏掏出槍袋裡的手槍，槍口抵著裝甲車司機的皮外套。

「這就是軍令，」他告訴他。那個人搖搖頭，皮襯裡的大鋼盔戴在頭上，真像足球隊員的頭盔，他說：「機關槍沒有彈藥。」

羅柏對他說：「鬥牛場有彈藥，走吧，我們走。我們到那邊再把彈藥帶裝滿。走吧。」

「有了彈藥也沒有人開槍，」司機說。

「他呢？你的戰友呢？」

「死了，在裡面，」司機說。

「把他拖出來，把他拖走。」羅柏說。

司機說：「我不想碰他，而且他蜷曲在機關槍和車輪之間，我爬不過去。」

羅柏說：「來，我們一起把他拖出來。」他爬進裝甲車，敲敲那人的腦袋，結果在他眉毛上弄出一個小傷口，鮮血滴在臉上。死人又重又僵，根本彎不過來，他只得槌打他的腦袋，把他拖出座椅和車輪間他原先俯夾的位置。他用膝蓋猛頂死人的頭顱，頭部鬆開之後，再把死人的腰部往回拉，終於獨自把死人拖向門口。

「幫我拖他，」他對司機說。

「我不想碰他，」司機說。羅柏看見他哭了。淚珠沿著鼻子兩側滴在滿是火藥灰的面孔上，鼻涕也流個不停。

他停在門口，硬把死人搖搖擺擺拖出來，死人落在電車線旁的人行道上，還是弓身佝僂的姿態。他躺在那兒，面孔呈蠟灰色，抵著水泥人行道，雙手屈在身體下方，和車裡的情形一樣。

羅柏接著用手槍示意司機。「進去，媽的，現在進車裡去。」

這時他看到一個人由公寓的背風面走出來。他身穿一件長外衣，沒戴帽子，頭髮灰白，雙頰寬寬的，眼睛深邃，兩眼靠得很近。他手裡拿著一包「契斯斐爾德」香菸，抽出一根，遞給羅柏，後者正用手槍逼司機進裝甲車裡去。

「同志，等一會，」他用西班牙語對羅柏說：「你能不能向我解釋一點關於戰鬥的情形？。」

羅柏接過香菸，放進藍色機工服的胸袋裡。他曾在照片上見過這位同志。他就是那位英國經濟學家。

「幹你娘，」他先說英語，然後用西班牙話對裝甲車司機說：「那邊。鬥牛場。看到沒有？」他砰的一聲關上沉重的側門，鎖好，他們就乘車走下長長的斜坡。子彈開始射擊車子，聽起來真像小圓石丟在鐵鍋上。等機關槍開起來，真像尖銳的錘子聲。他們在鬥牛場的席棚後面停車，去年十月的海報還貼在售票口旁邊呢，彈藥盒敲開了，同志們手持步槍，槍帶和口袋裡放著手榴彈，正在背風面等待著，蒙特羅說：「好，坦克來了。現在我們可以進攻了。」

那天深夜，他們佔據了山坡最後的幾間房子，他舒舒服服躺在一扇磚牆後面，磚面上敲了一個小洞當槍孔，眺望美麗的火光，以及法西斯份子休息的山脊，懷著幾近甘醇的舒適感，想起山丘隆起的地方有一個破破爛爛的別莊正好保護了左側的人馬。他穿著吸汗的棉衣躺在稻草堆裡，晾乾衣服的時候就圍一條毛毯禦寒。他躺在那兒，想起經濟學家，不禁啞然失笑，然後為自己的失禮而抱歉。但是那一刻，這位仁兄遞香菸給他，活像是打聽消息的小費，他心裡充滿「鬥士」對「非鬥士」的恨意，實在難以容忍。

現在他想起「快樂爵爺」飯店，以及卡考夫對這位仁兄的說法。卡考夫說：「原來你在那兒碰到他。那天我自己只到托雷多橋，他則遠比我貼近前線。我相信那是他充滿勇氣的最後一天。第二天他就離開馬德里了。托雷多是他表現得最勇敢的地方，我相信。他在托雷多真了不起。我們擄獲堡壘，他是建築師之一。你真該看看他在托雷多的表現。我相信我們包圍成功，大部分歸功於他的努力和諍言。這是戰爭最愚蠢的一面。簡直愚蠢到極點，不過請問你，美國人對他的看法如何？」

羅柏說：「美國人以爲他和莫斯科非常親近。」

卡考夫說：「不見得。不過他有一張絕佳的面孔，他的容貌和儀態都成功。現在憑我這一張臉，我什麼事都做不出來。我這一點小小的成就都是不管容貌而硬拼出來的，我這張臉既不能啓發民眾，也不能感動人家，讓他們愛我、信任我。不過這位仁兄米契爾的臉可讓他發了財。那是一張謀略家的面孔。凡是在書上讀過謀略家傳記的人，往往一眼就信任他。他還具有謀略家的真丰采。誰一看他走進房間，就知道馬上面對了一位第一流的謀士。你們的同胞若是情緒上想幫助蘇聯，又相信自己有一點反對共產黨得到最後的勝利，馬上會由此人的面孔和儀態看出他一定是第三國際所信任的情報人員。」

「他在莫斯科沒有人事關係？」

「沒有。聽著，約丹同志。你知不知道兩種傻瓜的故事？」

「魯直型和討厭型？」

「不。我們俄國的兩種傻瓜，」卡考夫笑一笑，開始往下說：「第一種是冬天的傻瓜。冬天的傻瓜走到你家門口，大聲敲門。你走到門邊，看他在那兒，以前卻從來沒見過他。他教人一見難忘。他是大塊頭的男人，腳穿高統靴，身穿毛皮外套，頭戴毛皮帽子，全身都是雪水。他先踏踏皮靴，雪花紛紛落下。然後他脫下毛外套，抖一抖，更多雪水掉下來。接著他脫下毛皮帽，在門扉上猛打。又有一堆雪水由他的帽子落下來。這時候他再度踏踏皮靴，進入屋裡。你看看他，馬上看出他是傻子。這是冬天型的傻瓜。

「夏天你看到一個傻瓜沿街直走，他揮著雙臂，猛搖頭，兩百碼外的人都可以看出他是傻瓜。那是夏天型的傻瓜，那位經濟學者是冬天型的傻瓜。」

「為什麼此地人人信任他呢？」羅柏問道。

卡考夫說：「他的臉蛋，他那美麗的謀略家面孔。還有他那一套剛從外地飽受信任和重視的、價值無可估量的陰謀詭計。」他笑笑說：「當然啦，他一定到處旅行，這一招才有效。你知道西班牙很奇怪。這個政府有不少錢。不少金子。他們完全不肯分給朋友。你是朋友。好吧。你會白幹，不該拿酬勞。但是對那些代表某一個不友善的權勢集團或國家的人——對這些人，他們給得很多。你若真的瞭解，就會覺得這件事很有意思。」

「我不喜歡這樣。而且那些錢是西班牙工人的。」

卡考夫告訴他，「你不該喜歡。只要瞭解就行了。每次看到你，我就教你一點兒，最後你將獲得一種教育。教授被人教誨，一定很有意思。」

「不知道我回去還能不能當教授。說不定他們把我當赤軍份子剔除了。」

「噢，說不定你可以到蘇聯繼續研究。那也許是你最佳的出路。」

「但是我主修西班牙文。」

卡考夫說：「很多國家說西班牙話，不可能都像西班牙那麼寸步難行。你要記得，你已經將近九個月沒當教授了。九月來你也許學會了新的行業。你讀過多少辯證法？」

「我讀過艾密爾・本斯編的簡明版『馬克斯主義教本』。如此而已。」

「你若全部讀完，也不少了。那本書有一千五百頁，你可以每頁花一點時間。不過你也該讀讀別的東西。」

「現在沒有時間看書。」

「我知道，」卡考夫說：「我是指戰後。有不少東西可讀，能讓你瞭解某些真正發生的事情。不過你看了這些東西，會寫出一本真正必要的好書；說明很多有必要知道的事情。說不定我會寫。我希望寫的是我。」

「我不敢斷定誰能寫得好些。」

「別恭維我，」卡考夫說：「我是新聞界的人。但是我像所有新聞界人士，希望寫文學作品。現在我正忙著研究卡佛・稜特羅。他是很好的法西斯份子；真正的西班牙法西斯份子。佛朗哥這些人則不是。我一直研究稜特羅所有的作品和演說。他很精明，敵人殺他的手法也很高明。」

「我以爲你不相信政治暗殺呢。」

「這一招用得很廣，非常廣泛。」卡考夫說。

「不過——」

卡考夫微笑說：「我們不贊成個人的恐怖行爲。當然不贊成恐怖分子和反革命組織的作法。我們對於布哈林派的破壞者，和齊諾威、卡門內夫、李可夫及他們的走狗等敗類人物深感恐懼和厭惡。我們痛恨這些真正的魔王，」他又笑一下。「但是我仍然相信，政治暗殺可以說用得很廣泛——」

「你是指——」

「我沒有指什麼。不過我們當然會處死並毀滅這些真正的魔王，敗類人物，將軍的卑鄙走狗，和背叛信念的海軍上將。這些人都摧毀掉了。這不算暗殺。你看得出差別吧？」

「我明白，」羅柏說。

「因爲我偶爾開玩笑。你知道即使說笑都會十分危險嗎？好。因爲我開玩笑，別以爲西班牙人今生不會後悔他們沒槍斃幾個現在指揮的將軍。我不喜歡槍斃人，你明白。」

羅柏說：「我不在乎。我不喜歡，但是也不再在乎了。」

「我知道，我聽說過。」卡考夫說。

「這件事重要嗎？我只是說實話。」羅柏說。

「很遺憾，這是人們被視爲可靠的條件之一，他們通常要度過更長的時間才能列上這一類。」卡考夫說。

「我是否被列爲可靠人物？」

「工作方面，你被視爲十分可靠。改天我得和你談談，看看你心裡如何想法。很遺憾我們從來沒有認真談過。」

「我的腦袋懸疑不決，要等我們打贏這一仗才能定下來，」羅柏說。

「那你也許好一段時間用不著腦袋。不過你應該小心練習練習。」

羅柏．約丹告訴他，「我讀『勞工世界』。」卡考夫說：「好。很好。我還可以開開玩笑。不過『勞工世界』一書有幾項非常明智的觀念，描寫這一仗的作品唯有它最明智。」

羅柏說：「是的，我和你有同感。要對眼前的事情得到完整的印象，你不能只讀黨報黨刊。」

「不能，」卡考夫說：「但是你若讀二十份報紙，你將找不到任何印象，萬一有印象，我真不知道你要怎麼辦。我幾乎一直有這種印象，我只好儘量忘記它。」

「你認爲這麼糟糕？」

「現在比以前好多了。我們正在擺脫最差的缺點，不過內部很腐敗。現在我們正在建立大軍，而有些成份——摩德斯都、「莊稼漢」、李斯特和杜蘭的軍隊——還相當可靠。不止是可靠，簡直了不起。以後你會看出來的。我們還有外籍兵團，只是他們的角色慢慢變了。但是良莠不齊的大軍不能打贏一場戰爭。全體都必須達到某一政治發展的程度；全體都得知道他們爲什麼而戰，重要性如何。全體都得信仰他們要從事的戰鬥，全體都得接受紀律。我們正組成徵召的軍隊，卻沒有時間施以新兵該有的訓練——在戰火下如何適當行事。我們稱它爲民兵，但是它不會有真正民兵的特性，也沒有徵召隊伍所需要的鋼鐵軍紀。你看好了。這是很危險的做法。」

「你今天不太愉快。」

「不，」卡考夫說：「我剛由瓦倫西亞回來，我在那邊看到很多人。誰若去瓦倫西亞，回來都高興不起來。在馬德里，你覺得愉快又清爽，認爲除了勝利沒有別的可能。瓦倫西亞又不同了。馬德里逃去的懦夫們還統治該地。他們快快樂樂地安享統治的怠惰和官僚氣氛。他們對馬德里的人只有輕藐感。他們現在一心一意要想削弱戰爭的司令部。還有巴塞隆納也不像話。你真該看看巴塞隆納的情形。」

「怎麼樣？」

「仍然充滿喜鬧的歌劇。那兒先是狂想家和浪漫革命家的樂園。現在則是假兵士的樂土——那些喜歡穿制服，喜歡大搖大擺，戴紅黑領巾的軍人。他們喜歡戰時的一切，就是不愛打仗。瓦倫西亞叫你噁心，巴塞隆納卻叫你發笑。」

「那個自稱馬克思主義統一工人黨的團體所發動的起義，你又如何評價？」

「這個團體的行動綱領從來沒有認真過。那是一群瘋子和狂人的異端邪說，其實只是一種嬰兒病。有些是正直而走錯路的人。只有一個人腦筋馬馬虎虎，還有少許法西斯的鈔票。不多。可憐的統一工人黨。他們都是痴狂的傻人。」

「那次起義是不是死了很多人？」

「還沒有事後槍斃或者即將槍斃的人來得多。這樣的政治組織，看名稱就知道不太認真。但是他們訂出一個你知道的計劃，要殺我，殺瓦特，殺摩德斯都，殺普利托。你看他們是多麼糟糕的烏合之眾？我們一點都不相同。可憐的工人組織。他們從未真正殺過人。沒在前線殺過，別的地方也沒有。對了，只在巴塞隆納殺過幾個。」

「你當時在那裡？」

「是的。我拍了一份海底電報，描寫這個聲名狼藉的托洛斯基派兇手的惡行，以及他們那不值一笑的帝國主義陰謀。不過說一句悄悄話，這個問題並不嚴重，尼恩是他們唯一的人才。我們抓到他，但是他又從我們手中溜掉了。」

「現在他在哪兒？」

「在巴黎。我們說他在巴黎。他是一個很自得其樂的傢伙，但是政治偏失太大了。」

「但是他們和法西斯份子有連絡，不是嗎？」

「誰沒有？」

「我們就沒有。」

「誰知道呢？但願我們沒有。我們常常到他們的戰線後方，」他露齒一笑。「但是共和國巴黎大使館一位秘書的兄弟上星期到聖揚狄露茲城去接波格斯來的人。」

羅柏說：「我喜歡前線，愈接近前線，人民愈好。」

「你喜不喜歡法西斯陣線後方？」

「很喜歡。我們在那邊有很好的同志。」

「噢，你知道他們也一定有很好的人員在我們戰線後方。我們找到了就槍斃他們。他們找到我們的同志，也照樣槍殺不誤。你在他們國境內，必須時時想起他們一定派了不少人到我們這邊。」

「我想過。」

「好，」卡考夫說：「你今天也許有夠多事情可想了，現在還是喝掉壺裡剩下的啤酒，然後請便吧，因爲我得上樓去見幾個人。樓上的人。記得早些回來看我喲。」

是的，羅柏暗想：你在「快樂爵爺」飯店學到不少東西。卡考夫讀過他出版的唯一書籍。那本書寫得並不成功。只有兩百頁，他懷疑看過的人有沒有兩千個。他記下了十年來徒步、乘三等車廂、公共汽車、騎馬、騎騾、搭卡車旅行西班牙的心得。他熟知巴斯克鄉區、納乏里、亞拉岡、加利西亞、上下卡斯提爾和伊特特馬杜拉。巴洛、福特等人寫過幾本好書，他實在無法再補述什麼。但是卡考夫說那本書還不錯。

他說過：「所以我才來打擾你，我認爲你寫得絕對真實，這是少有的現象。所以我想讓你知道幾件事情。」

好吧。他捱過這回任務，就要寫一本書。但是只描寫他真正知道的事情，以及他熟悉的一切。但是我得變成比現在更好的作家，才能處理那些材料，他想。這場戰爭中他逐漸知道的事情，可都不太單純哩。

19

「你坐在那裡幹什麼？」瑪麗亞問他，她正站在他旁邊，他回頭對她笑笑。

「沒什麼，我一直在想。」他說。

「想什麼呢？想那座橋？」

「不。炸橋的事已想好了。我在想妳和馬德里的一間旅舍，我在那邊認識幾個俄國人，還想起將來我要寫的一本書。」

「馬德里有很多俄國人嗎？」

「不。很少。」

「但是法西斯份子的期刊上說有好幾十萬。」

「那是謊言。人數不多。」

「你喜歡俄國人嗎？上次來的那一位就是俄國人。」

「妳喜不喜歡他？」

「喜歡。當時我正在生病，不過我覺得他很美，很勇敢。」

碧拉說：「什麼鬼話，還美呢，他的鼻子扁得像我的大手，顴骨寬得像羊屁股似的。」

羅柏說：「他是我的好朋友，好同志。我很喜歡他。」

碧拉說：「當然。不過你用槍射死他。」

她說出這句話，玩牌的人都由桌上抬起頭來，帕布羅也盯著羅柏。沒有人說話，後來吉普賽人拉費爾問道：「是不是真的，羅柏．約丹？」

「是的，」羅柏說。他真希望碧拉不提這件事，更希望自己在艾爾．薩多那邊不曾說出口。「是他要求的。他受傷很重。」

吉普賽人說：「真是怪事。他和我們在一起，一直談到這種可能性。我不知道多少次答應要替他執行這個動作。真是怪事，」他說著搖搖頭。

「他是一個罕見的人，很特別。」普利米蒂弗說。

兩兄弟之一的安德斯說：「看，你身爲教授之類的，你相不相信一個人可能事先看出他將來的遭遇？」

「我相信他事先看不出來，」羅柏說。帕布羅好奇地盯著他，碧拉看看他，臉上沒有表情。「以這位俄國同志來說，他待在前線太久，個性非常緊張。他曾在伊倫作戰，你們知道，那邊情況很糟糕。很糟糕。後來他又在北方作戰。自從後方執行這個工作的第一批團隊組成後，他一直在那兒工作，在伊斯特馬杜拉和安達露西亞。我認爲他很疲倦，很緊張，才想像出不少醜惡的事情。」

「他一定見過不少邪惡的事情，」費南度說。

安德魯說：「全世界都如此。不過英國人，你聽我說。你認爲會不會有人事先知道自己的遭遇？」

「不，那是無知和迷信。」羅柏說。

碧拉說：「說下去吧，讓我們聽聽教授的觀點。」她的口氣彷彿面對一個早熟的兒童似的。

「我相信恐懼會產生邪惡的幻覺，」羅柏說。「看到惡兆——」

「譬如今天的飛機，」普利米蒂弗說。

「譬如你的光臨，」帕布羅小聲說。羅柏隔著桌子看看他，看出他不是挑釁，只是表達一種想法，就接著往下說。針對這些猜測，羅柏做了一個結論：「一個人看到惡兆，滿懷恐懼，想像自己的末日，而且以爲想像是預測的結果。我相信一切只是如此罷了。我不相信食人魔和先知，也不相信超自然的事物。」

吉普賽人說：「不過這個怪名字的傢伙清清楚楚看到他的命運。結果確實如此。」

羅柏說：「他沒看到什麼。他對這種可能性非常害怕，不免著了魔，誰也不能向我明說他看到了什麼。」

「我不能嗎？」碧拉一邊問他，一邊由火堆裡撿起一些灰燼，再由手掌上吹走。「我也不能對你說這句話？」

「不，任憑一切的妖法、吉普賽神話等等，妳還是不能向我說什麼。」

「因爲你是一個耳聾的奇蹟，」碧拉的大手在燭光下顯得粗糙而寬廣。「你並不笨。你只是耳聾。耳聾的人聽不到音樂。他也聽不到無線電。所以他會說：他沒有聽過那些玩意兒，那些東西並不存在。怎麼不能，英國人。我由那個怪名字的傢伙臉上看到死亡的陰影，彷彿一塊烙鐵燒上去似的。」

羅柏說：「你沒看到。你只看到恐懼和不安。恐懼是他的經驗造成的。不安則是怕他所想像的惡事可能發生。」

「怎麼會，」碧拉說。「我清清晰晰看到死神彷彿坐在他肩上。而且我還聞到死亡的氣息。」

羅柏嗤之以鼻：「妳聞到死亡。也許是恐懼吧。有一種可怕的氣味。」

「是死亡的氣味，」碧拉說。「聽好。有史以來最偉大的徒步旅行家布蘭魁在葛蘭尼洛指揮下工作的時候，他對我說：葛蘭尼洛逝世那一天，他們前往鬥牛場，半路在禮拜堂休息，葛蘭尼洛身上的死亡氣味很濃很濃，幾乎令布蘭魁作嘔。葛蘭尼洛先生在旅舍洗澡穿衣，才動身前往鬥牛場，他一直隨侍在葛蘭尼洛身畔。他們擠在汽車裡，開向鬥牛場的時候，車裡倒沒有死亡的氣息。除了禮拜堂的路易．狄拉羅薩，別人也沒有發現什麼異狀。馬西爾和奇朱洛當時沒有聞到，四個人排隊遊行的時候也沒聞到什麼。但是布蘭魁告訴我，路易臉色死白，布蘭魁對他說：『你也聞到了？』

「路易對他說：『濃得叫人喘不過氣來。是你們的鬥牛士發出來的。』

「布蘭魁說：『沒有辦法。但願是我們搞錯了。』

「路易向布蘭魁說：『別人呢？』

「布蘭魁說：『沒聞到什麼。不過這傢伙的臭味比約瑟利多在塔拉維拉還要難聞。』

「那天下午，在馬德里鬥牛場上，維拉瓜農場的公牛『小項鍊』把葛蘭尼洛撞到第二排前面的柵欄板上，一命嗚呼。當時我和菲尼陀在那裡，親眼看到。牛角將頭蓋骨撞得粉碎，葛蘭尼洛的腦袋楔在防柵的扶牆底，就是公牛撞倒他的地方。」

「但是妳聞到什麼沒有？」費南度問她。

「沒有，」碧拉說。「我離他太遠了。我們坐在第三列第七排。由那個角度，我什麼都看得清清楚楚。但是那天晚上，約瑟利多去世時也曾在他手下工作的布蘭魁，在『弗諾斯』將這件事說給菲尼陀聽，菲尼陀去問路易．狄拉羅薩，他不肯說。但是他點點頭，表示真有其事。當時我也在場。所以，英國人，可能你和奇朱洛，馬西爾．拉蘭達和他們的短矛手、騎馬鬥牛手、以及路易和葛蘭尼洛的親友一樣，那一天根本聽不見這件事。但是路易和布蘭魁並不聾。我對這種事情也不耳聾。」

「這是鼻子的事情，你爲什麼要說耳聾呢？」費南度問她。

「臭膿！」碧拉說。「你應該代英國人當教授。不過英國人，我可以告訴你幾件別的事情，不要懷疑你自己看不見、聽不見的現象。犬類聽到的聲音，你就聽不見。犬類聞到的氣味，你也聞不到。但是你已經體驗了一點人類可能有的遭遇。」

瑪麗亞把手擱在羅柏肩上，一直搭在那兒，他突然想：我們還是結束這些廢話，利用僅有的時間吧。但是目前還太早。我們得消磨晚上這一段時間。所以他對帕布羅說：「你，你相不相信妖法？」

帕布羅說：「我不知道。我的看法和你比較接近。我沒碰過超自然的現象。但是恐懼當然有。太多了。不過我相信碧拉能由手相預卜將來。她若沒有說謊，也許她真的聞過那種氣味。」

碧拉說：「我何必說謊。沒有一件是我杜撰的。這位布蘭魁是非常正經的人。而且非常虔誠。他不是吉普賽人，是瓦倫西籍的中產人物。你從來沒見過他？」

「見過，見過他很多次。他個子小小的，臉色灰白，沒有人揮斗篷比他更高明。跑起來快得像兔子。」羅柏說。

「不錯，」碧拉說。「他因爲心臟有毛病，臉色灰灰的，吉普賽人說他身上帶著死亡的陰影，但是他可以用斗篷把它拂掉，就像你撢桌上的灰塵似的。但他不是吉普賽人，約瑟利多在塔拉維拉鬥牛的時候，他卻聞到此人身上的死神味兒。只是我想不通他怎麼能隔著白雪莉酒的味道聞出死亡來。事後布蘭魁吞吞吐吐地說出這件事，聽到的人都說是幻想，說他只是由約瑟利多腋下的汗酸聞出他過的生活罷了。但是後來又發生葛蘭尼洛的事情，路易・狄拉羅薩也湊上一角。路易雖然不太正直，對工作卻很敏感，他還是女人的大恩客呢。但是布蘭魁是正經人，很文靜，根本不可能說謊。我告訴你，我由你上次那個同僚的身上嗅出了死亡的氣息。」

「我不相信，」羅柏說。「而且你說布蘭魁搭車之前才聞到。就在鬥牛開始以前。而那一次你和卡什金炸火車完全成功。他並非死於那項行動。你當時怎麼會聞到呢？」

碧拉解釋說：「和那個無關。桑其士・梅加的最後一個鬥牛季，他身上的死亡氣息太濃了，咖啡館裡很多人都不肯和他坐在一塊兒。吉普賽人全知道。」

羅柏分辯說：「他死後，人家才捏造出這種事情。人人都知道桑其士・梅加遲早要挨牛角，因爲他太久沒有訓練，因爲他的鬥法太重太危險，因爲他雙腿無力，不夠靈活，反射作用也今非昔比了。」

「不錯，這些都是真話。但是吉普賽人都知道他身上有死亡的氣息，他進入羅撒別墅的時候，你看里卡多和菲利普、襲沙勒茲等人都由酒吧後面的小門悄悄離開。」碧拉對他說。

「他們也許欠他的錢，」羅柏說。

「有此可能，很可能。不過他們也聞出那個玩意兒，大家都知道。」碧拉說。

吉普賽人拉費爾說：「英國人，她說的不錯，那是我們族裡人人皆知的事情。」

「我不相信這一套，」羅柏說。

「聽著，英國人，」安瑟莫開口說。「我不相信這一切妖法。不過碧拉預測這類的事情出了名的。」

費南度問道：「然而死亡的氣味像什麼？它是什麼氣味？如果有一種氣息，味道一定是肯定的。」

碧拉對他微笑，「你想知道嗎，費南度？你自以爲聞得出來？」

「如果確實存在，別人聞得出來，我爲什麼聞不出來？」

「爲什麼？」碧拉存心嘲弄他，一雙大手掌交疊在膝蓋上。「你有沒有上過船，費南度？」

「沒有。我也不想去。」

「那你也許認不出來。那種氣味有一點像一條船遇到暴風，舷窗關起來的時候。把你的鼻子貼在轉緊的舷窗銅柄上，船身在你腳下搖來搖去，你頭暈眼花，胃裡空空的，你就會聞到那種氣息的一部分。」

「我不可能認出來，因爲我一輩子不上船。」費南度說。

碧拉說：「我坐過好幾次船。去墨西哥和委內瑞拉。」

「其餘的部分呢？」羅柏問道。碧拉嘲諷地看看他，現在得意洋洋地想起她遠航的經過。

「好吧，英國人。學吧。這才重要。學吧。好。聞過船艙的氣味，你得走下馬德里的山丘，大清早到托雷多橋，向屠宰場走去，曼桑納里升起一陣白霧，你站在濕地上等一個老婦人，她每天天不亮就來喝新宰的獸血。這個老婦人走出屠宰場，身上圍著披肩，臉色灰白，雙眼凹陷，下巴有年老的腮鬚，蠟白的雙頰伸出幾根芽疱，像豆芽似的，不是鬚毛，而是死白面孔上泛青的白芽，英國人，你若用手緊緊摟住她，抱過來吻她的嘴唇，你就知道死亡氣息構成的第二部分了。」

吉普賽人說：「這段話害我胃口都倒光了。那個芽疱的說法未免太過份。」

「你還想不想再聽下去？」碧拉問羅柏。

他說：「當然。如果有必要學，我們就學吧。」

吉普賽人說：「老婦人臉上生芽的說法叫我噁心。碧拉，爲什麼老婦人會有這種事情？我們的說法不是這樣。」

碧拉嘲弄她：「不，我們的說法是老婦人年輕時太苗條——當然夫婿寵愛造成的定期膨脹例外——每一個吉普賽人都搶著追她……」

拉費爾說：「別說這種話，太不成體統了。」

「原來傷了你的自尊心哪。你可見過一個吉普賽女人不是正要生孩子，或者剛生過孩子？」碧拉說。

「妳呀。」

「別說了，沒有人不怕傷害的。我是說，年齡過大自然容易給大家帶來醜惡的樣貌。用不著仔細描寫。不過英國人如果一定要知道他想認出的氣息，他就得大清早到屠宰場去。」碧拉說。

「我會去的。不過我用不著吻誰，他們走過去，我自會聞出那種氣息，我和拉費爾一樣，也怕那些芽疱。」羅柏說。

碧拉說：「爲了知識，找個人來吻，找個人來吻吧。英國佬。你鼻孔中帶著那個味道，走回城裡，如果看到垃圾筒裡有一堆已謝的死花，就把鼻子埋進去深呼吸，於是死花的氣味就和你鼻孔中原先聞到的氣息混在一起。」

「現在我已照做不誤，」羅柏。「是什麼花呢？」

「菊花。」

「說下去吧，我聞好了。」羅柏說。

碧拉繼續說：「然後，那一天必須是下雨的秋日，不然至少有霧，或者甚至是初冬，你繼續穿過城區，走到薩魯大道，聞聞他們打掃妓女戶、倒穢水進陰溝的氣味。這種男歡女愛的餘味夾著肥皂水和香菸蒂的氣息微微傳進你的鼻孔，你再走到植物園，晚上那些妓女戶待不下去的女孩都倚在鐵門和鐵圍欄或人行道上拉客呢。她們倚著鐵欄杆，在樹影下做出男人渴望的動作；以十生丁到一披索的價格完成生命賴以出生的壯舉，就在還沒拔掉再種的死花床上——因爲畢竟比人行道要軟得多——你會發現一個廢棄的粗麻袋，夾著濕泥、死花和一夜風流的氣味。這個袋子裡裝著死泥、死花莖、爛花朵以及人類死與生的氣息。你把這個袋子蒙在頭上，設法呼吸。」

「不。」

「要，」碧拉說。「你把這個袋子蒙在頭上，設法呼吸，如果原先聞到的氣味還沒有消散，你深呼吸，就會聞到我們所知道的死亡氣息了。」

「好吧，」羅柏說。「你說卡什金在這兒的時候，身上就有那種氣味？」

「是的。」

「好，」羅柏一本正經說：「如果真有其事，我槍殺他還是一件好事哩。」

「嗬，」吉普賽人說。別人都大笑不止。

普利米蒂贊許說：「很好。這樣可以暫時治治她。」

費南度說：「不過碧拉，當然妳不會想到羅柏先生這麼有教養的人會做出這麼卑鄙的事情吧。」

「沒想到，」碧拉同意說。

「這一切都卑鄙到極點。」

「不錯，」碧拉同意說。

「妳不以爲他會真的做出這種下流事吧？」

「不，」碧拉說。「你去睡覺，好不好？」

「但是，碧拉，」費南度繼續說。

碧拉突然惡狠狠說：「閉嘴，好不好？別把自己當傻瓜。我也儘量不和傻里傻氣、不可理喻的人交談。」

「我承認自己不瞭解，」費南度開口說。

碧拉說：「別招認，也不必想瞭解。外面是不是還在下雪？」

羅柏起身走到洞口，掀起遮簾往外瞧。外面夜色清朗凜冽，不再下雪了。他隔著樹幹，看到遠處白茫茫的，又看看樹梢，天空已經放晴。他吸了一口氣，山風吸進肺裡，冷冰冰的。

「如果艾爾·薩多今天晚上去偷馬，他會留下不少痕跡，」他思忖道。

他放下遮簾，走回煙霧瀰漫的洞內。他說：「放晴囉。暴風雪已經過去了。」

20

夜裡他躺著等女孩來找他。現在沒有風了，松樹在夜色裡依稀可見。松樹幹由遍地白雪中伸出來，他躺在睡毯內，覺得身子底下他自做的床鋪軟綿綿的，他雙腿直挺挺挨著睡毯的暖意，頭上的空氣冷得刺骨，他一呼吸，寒氣就鑽到鼻孔中。他側躺著，腦袋下面是他用長褲和外衣包著鞋子做成的克難枕頭，側面是他寬衣時由槍袋拿出來用牽索繫在右腕上的自動大手槍，金屬碰起來一陣冰涼。他推開手槍，深深鑽進睡毯裡，同時望著雪地上那一頭的岩石黑縫，那就是洞口。天氣晴朗，雪光映上來，可以看見樹幹和洞口的一塊塊大石頭。

傍晚他曾拿斧頭到洞外，穿過新雪，走到墾植地邊緣，砍下一棵小檜木，摸黑先拖到岩邊的背風面。他挨著岩石，把樹直立起來，一手抱緊樹幹，斧柄靠近腦袋，劈下所有的樹枝，終於收集了一大堆枝椏。然後撇下那堆樹枝，把光禿禿的樹幹放在雪地裡，進洞去搬出一塊他倚在牆邊的木板。他用這塊板子把岩壁的積雪刮乾淨，然後拿起樹枝，一一抖掉積雪，一排一排放置妥當，像重疊的羽毛似的，最後他終於架好了一張床。他把樹幹橫架在樹枝床的尾端，免得樹枝滾動，又用木板邊扯下的兩塊尖木頭牢牢釘緊。

然後他將木板和斧頭拿回山洞，由遮簾底下鑽進去，兩樣東西都靠在牆邊。

「你在外面幹什麼？」碧拉問他。

「我架一個床鋪。」

「不要在我的新架子上砍木頭來做床鋪。」

「抱歉。」

「沒關係啦，」她說。「鋸木廠的板子更多。你架的是哪一種床鋪？」

「像我們國內一樣架法。」

「那就好好睡一覺吧，」她說道。羅柏打開一個背包，拉出睡毯，將包在裡面的東西放回背包去，拿著睡毯出門，又鑽出遮簾外，把它攤在樹枝上，睡毯封死的一頭緊挨著床腳橫釘的樹幹。岩壁正好護在睡毯敞開的一頭。然後他回洞裡去拿背包，但是碧拉說：「可以和昨天晚上一樣，放在我身邊過夜。」

他問道：「妳不派哨兵？夜色清朗，暴風雪過去了。」

「費南度要去，」碧拉說。

瑪麗亞還在山洞後面，羅柏看不見她。

他說：「大家晚安，我要睡了。」

其他的人都在爐火前的地板上安放毯子和鋪蓋，推開木板桌和生皮凳子，騰出空位來，普利米蒂弗和安德斯抬頭說：「晚安。」

安瑟莫已經在角落裡睡著了，身子捲在毛毯和斗篷內，連鼻孔都沒有露出來。帕布羅在椅子上睡著了。

「你床上要不要舖一塊羊皮？」碧拉小聲問羅柏。

「不要，謝謝妳。我用不著。」他說。

「好好睡吧，我負責看守你的東西。」她說。

費南度陪他走出去，在羅柏舖睡毯的地方站了一會兒。

「羅柏先生，你睡在戶外，真是怪念頭，」他站在暗處，人蒙在氈布斗篷裡，卡賓槍揹在肩上。

「我習慣了，晚安。」

「既然你習慣就好了。」

「你什麼時候交班？」

「四點。」

「現在到四點之間，天氣很冷哩。」

「我習慣了，」費南度說。

「既然你習慣了，那麼——」羅柏禮貌地說。

「是的，」費南度表示同意。「現在我得上去了。晚安，羅柏先生。」

「晚安，費南度。」

於是他用脫下來的衣褲做了一個枕頭，鑽進睡毯，躺下來等待，隔著又輕又暖的法蘭絨羽毛睡毯感到下面樹枝的春意，眼睛望著雪地那一頭的洞口；一邊等待，心臟一邊砰砰跳個不停。

夜色清朗，他的腦袋和空氣一樣清朗而冷冽。他聞著下面的松枝味兒，碎松針的氣息和小枝椏傳來的尖銳松脂香。碧拉，他想。去他的碧拉那套死亡氣息論。這是我喜歡的香味。這個味道和新砍的苜蓿味兒，還有你騎馬趕牛時壓碎的鼠尾草、木煙香和秋天燒葉子的味道。那一定是鄉愁的氣味，秋天在密蘇拉剷樹葉來燒的煙味兒。你願意聞哪一種氣味呢？印第安人竹籃裡用的甜草？冒煙的皮革？春天透出的泥土味？你走過加利西亞一處海岬的金雀花叢時聞到的海水味兒？還是你連夜駛往古巴聞到的陸地氣息？那是仙人掌花、含羞草和海葡萄叢的香味。說不定你寧願在早上肚子餓的時候聞一聞炸鹹肉？還是早上的咖啡？或是咬一口喬納森蘋果？或者正在碾磨的蘋果酒工廠，或新出爐的麵包？他想：你一定餓了。於是他側向一邊，藉著雪地上反射的星光注視洞口。

有人從遮簾下鑽出來，他看到那人站在洞口的岩石裂縫邊。然後他聽到雪堆裡一陣滑溜溜的聲響，那個人頭一低，又走回洞裡去了。

他想：我猜她要等大家都睡了才出來。真是浪費時間。今夜已過了一半。噢，瑪麗亞。現在快點來吧，瑪麗亞，時間不多了。他聽到雪花由樹枝上輕輕落在雪地上的聲音。一陣微風吹起。他覺得微風撲上臉蛋。突然他一陣恐慌，怕她不來。現在起風，教他想起天快亮了。雪花繼續落下枝椏，他聽見微風吹動了松樹梢。

現在來吧，瑪麗亞。請妳現在快點來，他想。噢，現在就來這兒吧。別等了。等他們入睡已經無關緊要了。

這時他看到她鑽出洞口的遮簾。她靜立了一會，他知道是她，卻看不出她在幹什麼。他低低吹了一聲口哨，她還在洞口的岩影下不知道摸黑做什麼。然後她跑過來，手上拿著一樣東西，他看見她的一雙長腿跑過雪地。然後她跪在睡毯邊，腦袋用力頂著他的腦袋，輕輕拍掉腳上的雪水。她吻吻他，遞上她的一捆東西。

她說：「和你的枕頭放在一起。我先脫下來，節省時間。」

「你赤腳走過雪地？」

「是啊，只穿著我的新娘襯衣。」她說。

他緊緊擁她入懷，她用腦袋廝磨他的下巴。

她說：「不要碰我的腳。很冷哩，羅柏。」

「放到這裡來暖一暖嘛。」

「不，很快就會暖和起來。現在快說你愛我。」她說。

「我愛妳。」

「好。好。好。」

「我愛妳，小兔子。」

「你喜不喜歡我的新娘襯衣？」

「和平常穿的一樣嘛。」

「不錯。和昨晚一樣。這就是我的新娘襯衫。」

「把腳擱在這兒。」

「不，這樣太無禮。它們會自己暖和起來。我覺得很暖，只是雪水凍著外皮，你碰起覺得冷罷了。再說一遍。」

「我愛妳，我的小兔子。」

「我也愛你，我是你的妻子。」

「他們都睡著啦？」

「沒有。但是我撐不下去了。這又有什麼重要呢？」她說。

「一點都不重要，」他說，覺得她貼在自己身上，苗條、修長、暖洋洋真可愛。「別的事情都無關緊要。」

她說：「把你的手擱在我頭上，讓我看看能不能吻你。」

「吻得好不好？」她問道。

「好，」他說。「脫掉妳的新娘襯衣吧。」

「你想我該脫嗎？」

「是的，如果你不想著涼的話。」

「怎麼會著涼。我熱情如火。」

「我也是。不過事後妳不會著涼？」

「不會。事後我們就像森林裡的野獸，密密相貼，誰也說不出我們中的一個是你不是我，是我不是你。你難道感覺不出我的心就是你的心？」

「感覺得到。彼此完全沒有分別。」

「現在感受一下。我是你，你是我，彼此是同一個人。我愛你，噢，我真愛你。我們不是真正合而為一嗎？你感覺不出來？」

他說：「感覺得到。這話不假。」

「現在感受一下。你的心就是我的心。」

「雙腿，雙足，身體也合而為一。」

她說：「但是我們不一樣。我要兩個人完全一樣。」

「妳不是這個意思。」

「也許不是，」她的櫻唇貼著他肩膀柔聲說：「但是我要說出來。既然我們不一樣，我很高興你是羅柏，我是瑪麗亞。但是萬一你想改變，我也樂意改變。我要變成你，因爲我太愛你了。」

「我不想改變。合而爲一，各自呈現自己的面貌更好。」

「但是現在我們合而爲一，就不再有分開的自己了。」然後她又說：「你不在的時候，我要變成你。噢，我太愛你了，一定要好好照顧你。」

「瑪麗亞。」

「嗯。」

「瑪麗亞。」

「嗯。」

「瑪麗亞。」

「噢，是的。拜託。」

「妳不冷？」

「噢，不冷。把睡毯拉到你肩膀上。」

「瑪麗亞。」

「我說不出話來。」

「噢，瑪麗亞。瑪麗亞。瑪麗亞。」

然後他們密密相貼，外面夜風凜冽，她躲在睡毯的暖意中，腦袋輕觸他的面頰，靜靜躺著。非常快樂，然後柔聲說：「你呢？」

「和妳一樣。」

她說：「是的，但是不像今天下午。」

「不。」

「我希望用不著，」他說。

「但是我更喜歡。人用不著嚐到死的滋味。」

「我不是這個意思。」

「我知道。我知道妳的意思。我們指的是同一回事。」

「那你爲什麼那樣說，不說出我要講的意思？」

「男人不一樣。」

「那我很高興我們不一樣。」

他說：「我也是，不過我瞭解欲仙欲死的感覺。我說這句話，只是男人習慣的說法。我和妳感覺相同。」

「不管你如何，不管你說什麼，我都喜歡你這個樣子。」

「我愛妳，也愛妳的芳名，瑪麗亞。」

「這是平平凡凡的名字嘛。」

「不，不平凡，」他說。

她說：「現在我們該睡了吧？我很容易睡著。」

「我們睡覺吧，」他說。他感到她修長靈巧的身子暖洋洋貼著他，貼著他，使他好舒服，使他消除了寂寞，體側、肩膀和雙足相觸碰，和他一起對抗死亡，他說：「好好睡吧，修長的小兔子。」

她說：「我已經睡著囉。」

他說：「我要睡了。好好睡，愛人。」然後他安然入睡，睡夢中非常幸福。

但是他半夜醒來，緊緊抱住她，彷彿她是他生命的一切，怕她被人奪走。他抱著她，覺得她是僅有的一切生命，事實上也差不多。但是她睡得很熟，沒有驚醒。於是他側到另一邊，把睡毯拉到頭頂上，吻吻她縮在睡毯下的脖子，然後拉拉牽索，把手槍放在體側他隨手摸得到的地方，然後躺在夜色中靜靜思索。

21

黎明吹來一陣暖風，他聽到樹上的積雪融化了，重重落下來。這是晚春的清晨。他吸第一口氣就知道，這只是山區的一種突如其來的暴風雪，不到中午就會融化的。這時候他聽到一匹馬走過來，騎士趕著馬兒，沾上濕雪的馬蹄沉重地踩在地上。他聽到卡賓槍套啪噠啪噠的聲音，還有皮革的嘰嘎聲。

「瑪麗亞，」他搖搖少女的肩部，把她叫醒。「躲在睡毯下，不要出來，」然後用一隻手扣襯衫，另一隻手握住自動手槍，以大姆指扳鬆安全瓣。他看到女孩那毛髮短短的蓁首猛縮進睡毯下，又看到那名騎士穿過樹林走來。現在他捲在睡毯裡，雙手握槍，瞄準那個策馬而來的人士。他從來沒見過這個人。

現在騎士幾乎就近在他對面了。此人騎一匹灰色的大馬，頭戴卡其扁帽，身披南美土人裝式的顫布斗篷，腳穿重重的黑皮靴。馬鞍右側的劍鞘裡露出一隻短自動步槍托和長方形彈夾。他的面孔年輕而冷酷，這時候他突然看到了羅柏。

他把手伸向劍鞘，彎腰回頭去抽鞘桿，羅柏看到他黃褐色氈布斗篷的左胸上戴著腥紅色的徽章。

羅柏瞄準他的胸部正中央——比徽章稍微低一點——砰的一聲開火了。手槍在積雪的森林裡狂嘯。

馬兒彷彿挨了一腳，猛跳起來，年輕的騎士還在拉劍鞘，突然摔倒在地，右腳夾在馬鐙裡。馬兒拖著他折回樹林，那人面孔朝下，跌跌撞撞的，羅柏一手握槍站了起來。

大灰馬在松林內狂奔。騎士拖行之處，雪地上留下寬寬的痕跡，側面有一道鮮紅的血紋。大家紛紛走出洞口。羅柏伸手拆開克難枕頭的長褲，連忙套上身。

「妳穿衣服，」他對瑪麗亞說。

他聽到頭頂一架飛機高高飛過的聲響。隔著樹叢他看到灰馬停下來，靜靜站著，騎士還倒掛在馬鐙上。

「去，逮住那匹馬，」他對走過來的普利米蒂弗說。然後問道：「山頂上誰站崗？」

「拉費爾，」碧拉在洞口說。她站在那兒，頭髮還打成兩條辮子垂在後面。

羅柏說，「有騎兵出來巡邏，把他媽的大槍抬到那上面去。」

他聽到碧拉對洞裡大叫，「奧古斯丁。」然後她返身進洞，接著兩個人跑步出來，一個人把自動步槍連三腳架扛在肩上；另一個拿著滿袋的藥池。

羅柏對安瑟莫說：「搬到上面去吧，你躺在槍身旁邊，緊握住腳架。」

三個人匆匆跑上林間的小路。

太陽還沒有爬上山頂，羅柏站直了，扣好長褲，把皮帶拉緊，大手槍還用牽索掛在手腕上。他把手槍放進皮帶上的槍套中，解開牽索的繩結，將繩圈套到頭上。

他想：遲早有人會用這玩意兒勒死你。噢，現在已經勒壞我了。他拿出槍袋裡的手槍，抽出彈夾，由槍袋邊的一排彈筒裡拿一小筒彈藥插進去，把彈夾放回槍托裡。

他隔著樹叢望見普利米蒂弗抓緊馬轡，正用力把騎士的一隻腳由馬鐙裡拔出來。屍體俯臥在雪地上，他看到普利米蒂弗搜他的口袋。

他叫道：「來吧，把馬牽過來。」

羅柏跪下去穿麻繩底布鞋，覺得瑪麗亞緊挨著他的膝蓋，正在睡毯下穿衣服。但此時已顧不了她，他必須展開行動了。

他想：那個騎兵一定沒想到會出事。他不走馬徑，也不夠機靈，警覺更說不上了。他甚至不循著小路到陣地去。他一定是散佈在這片山區的巡邏隊之一。但是巡邏隊找不到他，便會沿著他的足跡找上這兒來。除非積雪先融，他想。除非巡邏隊先出事。

「你最好到下面去，」他對帕布羅說。

現在他們都走出洞外，揹著卡賓槍，皮帶上掛著手榴彈站在那兒。碧拉拿一皮袋的手榴彈到羅柏面前，他拿起三個，放進口袋。然後鑽進洞裡，找到他的兩個背包，打開預藏手提機關槍的那一袋，把槍身和槍托拿出來，槍托套上槍頭的裝備，又把一個彈夾插入機槍，三個彈夾放在口袋裡。他鎖好背包，走到門外。我的兩個口袋裝滿武器，他想。但願接縫不要裂開。他走出洞外，對帕布羅說：「我要到上面去。奧古斯丁會不會開那把大槍？」

「會。」帕布羅說。他正望著普利米蒂弗牽馬過來。

「看，好一匹馬兒，」他說。

大灰馬正在流汗，還有點發抖，羅柏拍拍牠的護甲。

「我要把牠和其他馬兒關在一起，」帕布羅說。

「不行，牠一路留下來此的形跡。一定會把他們引來。」羅柏說。

「不錯，」帕布羅同意說。「我把牠騎出去藏好，等積雪融了再帶進來。你今天蠻有頭腦嘛，英國佬。」

羅柏說，「派一個人到下面去。我們非上去不可。」

帕布羅說：「沒有必要。騎兵不會走那條路過來。但是我們可以出去，除了那個地方，還有另外兩條通路。如果有飛機來，最好不要留下形跡。碧拉，那個酒瓶遞給我。」

碧拉說，「滾開去醉一場吧。喏，這些拿去。」他伸手接過兩枚手榴彈，放進口袋裡。

帕布羅說：「我怎麼會醉。現在事態嚴重。不過把那個酒瓶遞給我吧。我不喜歡喝清水來做這些事。」

他伸高手臂，拉起馬韁，搖搖擺擺上了鞍座。他露齒一笑，拍拍緊張的馬兒。羅柏看他愛憐地用大腿揉揉馬兒的側面。

「這馬兒真不錯，」他說著又拍拍大灰馬。「這馬兒真美。走吧。愈快離開這兒愈好。」

他伸手到下面，由劍鞘抽出槍身有排氣裝置的輕自動步槍——其實是手提機關槍，用九厘米的手槍子彈發射——細細端詳。他說，「看看他們的裝備。看看現代化的騎兵。」

羅柏說：「他臉上就有現代化騎兵的標幟，走吧。」

「安德斯，你給馬兒套上鞍具，準備好。你若聽到槍聲，就把牠們牽上樹林的山凹後面。帶武器上來，馬兒留給女人看守。費南度，我的背包務必要拿來。最重要的是，我的背包要小心拿。」他對碧拉說：「妳也留心我的背包，背包一定要跟馬兒一起來。走吧。我們走。」

碧拉說：「瑪麗亞和我會準備撤退的事宜，」然後又對羅柏說：「你看他，」並對灰馬上的帕布羅點點頭，帕布羅像粗腿的牧人坐在馬上，他換自動步槍的彈夾時，馬兒的鼻孔張得好大。「看一匹馬對他的影響。」

「我該找兩匹馬來騎，」羅柏熱情地說。

「危險就是你的坐騎。」

「那就給我一匹騾子吧，」羅柏露齒一笑。

他對碧拉說：「替我把那個人的一切剝下來，」同時扭頭指指雪地上那人俯臥的地方。「每一樣東西，所有信件和文件都帶來，放進我背包的外袋裡。每一樣東西，明白嗎？」

「好。」

「走吧，」他說。

帕布羅騎馬先走，兩個人排成單行跟在後面，免得雪地上留下痕跡。羅柏帶著手提機關槍，槍口朝下，拎著前把手。他思忖道：我希望這把槍的子彈和鞍上那把槍一樣。結果卻不同。這把是德國槍。是老卡什金的槍械。

現在太陽爬上山巔。一陣暖風吹來，積雪正在融化。真是可愛的曉春清晨。

羅柏回頭望，看到瑪麗亞站在碧拉身邊。然後她沿著山徑跑過來。他故意落在普利米蒂弗後面，等著和她談談。

她說：「喂，我能不能陪你去？」

「不行。幫忙碧拉吧。」

她走在他身後，纖手搭著他的臂膀。

「我要來。」

「不。」

她一直跟在他後面往前走。

「我可以照你教安瑟莫的方法握住步槍的腳架。」

「不要妳握什麼腳架。不論步槍腳架也好，其他腳架也好。」

她走在他身邊，向前把手伸進他口袋裡。

「不。不過請妳照顧妳的新娘襯衣。」他說。

她說：「如果你非走不可，吻我一下吧。」

「妳真不害臊，」他說。

「是啊，不害臊到極點。」她說。

「現在回去吧。有很多事情要做。如果他們跟上這些馬跡，我們說不定要在這兒打一仗。」

她說：「喂，你看到他胸口戴的徽章沒有？」

「看到啦。怎麼沒看到？」

「那是聖心徽章。」

「不錯。全納乏里的人都戴那種徽章。」

「你就開槍打那個？」

「不。我射它下面的目標。現在回去吧。」

「喂，我全看見了。」她說。

「妳什麼都沒看見。一個人。一個馬上摔下來的人。民兵。妳回去吧。」

「說你愛我。」

「不。現在不說。」

「現在不愛我？」

他罵了一句，才說，「妳回去吧。一個人不能同時做這些事情又談情說愛。」

「我要去握步槍的腳架，步槍開口的時候，我就同時說愛你。」

「妳瘋了。現在回去吧。」

「我沒瘋，我愛你。」她說。

「那妳回去。」

「好。我走。如果你不愛我，我對你的愛就足夠代表雙方。」

他看看她，邊思考邊露出笑容。

他說：「你聽到槍聲，牽馬過來。幫碧拉照顧我的背包。說不定根本沒事。但願如此。」

「我走了，」她說。「看看帕布羅騎的一匹好馬。」

大灰馬正領頭爬上小徑。

「是啊。不過妳走吧。」

「我走了。」她的拳頭在他口袋裡捏得緊緊的，猛敲他的大腿。他看看她，發現她眼裡珠淚盈盈。她把拳頭由他口袋裡抽出來，雙臂緊緊環住他的頸項狂吻他。

她說：「我走。我走。我走。」

他回頭望去，看她站在那兒，早晨的第一道陽光映上她赤褐的臉蛋兒和金褐色短髮。她對他揚起拳頭，返身走下山路，腦袋往下垂。

普利米蒂弗回頭目送她。

「她的頭髮如果不那麼短，一定是美人兒，」他說。

「不錯！」羅柏說。他正想別的事情。

「她在床上如何？」普利米蒂弗問道。

「什麼？」

「床上功夫。」

「當心你的嘴巴。」

「不該生氣嘛，當一個人——」

「別說了，」羅柏說。他望著前面的陣地。

22

羅柏對普利米蒂弗說：「替我砍一點松枝，快點拿來。」

「我不喜歡大槍架在那兒，」他對奧古斯丁說。

「爲什麼？」

「放在那兒，」羅柏指一指說，「待會兒我再告訴你原因。」

「喏，就這樣。我來幫你搬。這裡，」他說著蹲下來。

他隔著狹窄的長形看外面，發現兩端的岩石高高聳立著。

他說：「必須再過去一點。再過去。好。這兒。這樣就可以了，等弄好再說。喏。把石頭堆在那兒。這兒有一粒。側面再放一粒。留一點空間，讓槍口擺動自如。這一側的石頭要堆遠一點。安瑟莫，你到洞裡去給我拿一把斧頭。快點。」

「你們從來沒有一個適當的砲床來安放這桿大槍？」

「我們一直放在這兒。」

「卡什金從來沒說過要放在哪邊？」

「沒有。那桿槍是他走了以後才扛來的。」

「帶來的人沒有一個知道用法？」

「沒有。是挑夫搬來的。」

「居然有這種辦事法。就這樣交給你們，沒有任何吩咐？」羅柏說。

「有，說是當禮物送來。一枝給我們，一枝給艾爾．薩多。四個人帶來。由安瑟莫當嚮導。」

「四個人抬過戰線，居然沒有遺失，真是一大奇事。」

奥古斯丁說：「我也有同感。我想送槍的人本來預料會遺失的。但是安瑟莫帶路技巧很高明。」

「你會操作？」

「是的。我有經驗。我會。帕布羅會。普利米蒂弗會。費南度也會。我們曾經拆下來研究，然後在洞裡的餐桌上拼起來。有一次我們拆下來，兩天都拼不成原狀。從此我們就沒有拆開過。」

「現在能不能發射？」

「可以。但是我們不讓吉普賽人和其他人動用。」

他說：「你明白嗎？擺在那邊用處都沒有。看。那些本該保護你側翼的岩石正好給攻擊你的人帶來掩護。這種大槍得找一個平扁的地方來開火。而且你得側攻。明白吧，現在看看。一切都在掌握之下。」

奥古斯丁說：「我明白了。但是除了我們家鄉被佔領的那一回，我們從來沒打過防禦戰。炸火車的時候有軍人帶機關槍。」

羅柏說：「那我們一起學。有幾件事情要注意。吉普賽人該在這兒，他上哪兒去了？」

「我不知道。」

「他可能去什麼地方？」

「我不知道。」

帕布羅已經穿過隘口騎出去，轉一個彎，又在自動步槍射程內的山頂平台上繞圈子。現在羅柏·約丹看他沿著馬兒進來的小路騎下斜坡。他向左轉，消失在樹林內。

羅柏暗想：「但願他不致和騎兵碰個正著。恐怕他正陷在我們的射擊圈內。」

普利米蒂弗拿來松枝，羅柏把松枝一一穿過積雪，插進沒有凍結的大地，由兩邊呈弓形架在大槍頂上。

「再拿一點來。要遮住兩個端槍的人。這樣不夠好，但是斧頭沒來之前可以派上用場。聽著，你若聽到飛機聲，就地在岩影下伏臥。我在這兒守著大槍。」他說。

此時太陽出來，暖風吹送，岩石畔有陽光的地方相當舒服。四匹馬，羅柏想道。兩個女人，加上我，安瑟莫，普利米蒂弗，費南度，奧古斯丁，另外一個弟兄叫什麼名字來著？這就八個人了。吉普賽人還沒算呢。湊成九個。加上騎馬走開的帕布羅，一共十個人。對了，他叫安德斯。兩兄弟中的另外一個。加上另一個——伊拉狄奧。一共十個人。一個人連半匹馬都分不到。三個男人可以握住這桿大槍，四個人就可以扛著走了。加上帕布羅就是五個。還剩兩個人。加上伊拉狄奧，就是三個。他到什麼鬼地方去了？

如果敵方找到雪地上的馬跡，天知道薩多會有什麼結果。真棘手；雨雪居然那樣就停了。但是今天融雪，事情就扯平啦。薩多卻不然。恐怕薩多來不及扯平了。

如果我們能撐過今天不開火，明天我們就可以用手頭的裝備扭轉全局。也許不太理想。不如預料中的那麼簡單，也不符合我們的希望；但是運用每一個人力，我們可以扭轉全局。但願今天我們不必開火。如果今天非打不行，上帝救我們吧。

我不知道還有什麼地方比這兒更能養精蓄銳。我們若現在遷移，只會留下形跡。此地可媲美任何地方，如果最壞的情況來臨，也有三條退路。然後就天黑了，不管我們在山區的什麼地方，黎明我都可以趕去炸橋。我不知道先前爲什麼要擔憂。現在看起來似乎蠻容易嘛。但願他們這一次準時讓飛機起飛。我當然希望如此。明天一定是滿路塵埃的日子。

噢，明天也許很有意思，否則就非常沉悶。謝天謝地，那支騎兵已經離開這兒了。我想，他們就算騎馬來這兒，也不會走到現在有馬跡的地方。他們會以爲牠停下來打圈子，然後跟上帕布羅的足跡。不知道那隻老豬玀要上哪兒去。他說不定會像老公豬留下出鄉的形跡，然後往上爬，等積雪融了再繞回下面。那匹馬對他一定頗有幫助。當然他很可能帶著牠到別的地方拉屎去了。噢，他應該能照顧自己。他幹這件事已經好一段時間。當然，我對他毫無奢望，猶如我不相信自己能攀上聖母峰一樣。

我猜用這些岩石做一個良好的槍支屏障比做一個適當的砲床更高明。如果他們來了或者飛機來了，我們正在挖土，一定出其不意被人逮個正著。只要死守有用，這桿大槍一定守得住，反正我也不能留下來戰鬥。我得帶那包東西離開這兒，而且我要帶安瑟莫一起去。如果我們在這兒打起來，退開的時候誰掩護我們呢？

他正眺望整個看得見的鄉區，突然看到吉普賽人由左邊的岩石間走過來。他走路懶洋洋鬆垮垮，屁股蹺得老高，卡賓槍掛在背上，棕色的臉龐笑嘻嘻的，兩隻手各提一隻大野兔。他拎著兔腿，兔頭擺來擺去。

「哈囉，羅柏，」他愉快地叫道。

羅柏把手擱在嘴邊，吉普賽人似乎嚇了一大跳。他溜到岩石後面羅柏蹲坐的地方，灌木掩映的自動步槍就在他身旁。他蹲下來，把野兔放在積雪上。羅柏抬眼看他。

他小聲說：「你這婊子養的！你他媽到哪裡去了？」

吉普賽人說：「我追牠們哪，兩隻都逮到了。牠們在雪堆裡談情說愛呢。」

「你的崗位呢？」

吉普賽人低聲說：「我沒有離開多久嘛。有警報？」

「有騎兵出巡。」

吉普賽人說：「哇！你看到他們啦？」

「現在營區就有一個，他來吃早飯呢。」羅柏說。

「我彷彿聽到一聲槍響，我幹他媽的臭膿包！他是不是由這邊來的？」吉普賽人說。

「這裡。你的崗哨區。」

吉普賽人說：「哎，我的媽呀！我是一個不幸的可憐人。」

「你要不是吉普賽人，我就槍斃你。」

「不，羅柏。別這麼說。我很抱歉。都怪這兩隻兔子。黎明前我聽到公的在雪地上亂蹦。你簡直想像不出牠們多麼放蕩。我循聲而去，但是牠們已經走了。我跟蹤雪上的足跡，到上面發現牠們在一塊兒，我就宰了牠們。摸摸看這個時節牠們倆有多肥。想想碧拉要怎麼煮這兩隻兔子肉。對不起。羅柏，我和你一樣難過。那個騎兵死了沒有？」

「死了。」

「你殺的？」

「嗯。」

「好傢伙！你真了不起，」吉普賽人公開奉承他。

「去你的！」羅柏說。他忍不住對吉普賽人咧咧嘴。「把你的兔子帶回營區，給我們拿一點早飯來。」

他伸出一隻手，摸摸雪地上軟綿綿、又長又重、厚皮、大腳長耳的野兔，牠們圓圓的黑眼睛睜得老大。

「很肥，」他說。

「肥著呢！每一隻肋骨上都有一桶肥油。我一輩子沒夢過這麼大的野兔。」吉普賽人說。

羅柏說：「那就去吧，快帶早餐來，把那位正統派軍員的文件帶給我。向碧拉要。」

「你不生我的氣吧，羅柏？」

「不生氣。只是討厭你擅離崗位。如果是一隊騎兵呢？」

吉普賽人說：「哇，你真講理。」

「聽我說，你不能再這樣擅離崗位了。絕對不行。我說槍斃，可不是說著玩的。」

「當然不會。還有一樁。也不可能有兩隻野兔再出現嘛。一個人這輩子不會再碰到。」

羅柏說：「走！快點回來喲。」

吉普賽人拿起兩隻野兔，由岩石間溜回去，羅柏眺望扁平的缺口和下面的斜坡。兩隻烏鴉在頭頂盤旋，然後停在下面的一棵松樹上。又飛來一隻烏鴉，羅柏望著牠們想道：這些就是我的哨兵。只要牠們靜止不動，就表示沒有人穿過樹林走過來。

那個吉普賽人，他想。他真是一無可取。他沒有政治觀念，也沒有軍紀，你不能仰仗他做任何事情。但是明天我需要他。明天我有事要叫他做。看吉普賽人參戰，真是怪怪的。他們本來應該被當做基於良心而反戰的人士，根本免除兵役。不然就視同身心皆不宜服役的人。他們其實派不上用場。但是良心反戰者在這場戰爭中並沒有免除兵役。沒有人能免役。徵到你就徵到你，大家一視同仁。嗯，現在召到這個懶惰的傢伙。他們恐怕有得受了。

奧古斯丁和普利米蒂弗帶柴枝上來，羅柏爲自動步槍布置了一個很好的屏障，由空中看來可以遮住槍身，由林中看來又顯得很自然。他指示他們在右面岩石高處的什麼地方安插一個人，才能看到下面和右方的整片鄉野，又在別處高地安插另一個人，才能控制左壁攀緣的唯一空間。

「你們若看到一個人由那邊出現，千萬別開槍，滾下一塊石頭示警——一塊小石頭，然後向我們作手勢，就這樣，」他抬起步槍，舉在頭上，彷彿要保護他。「這代表人數，」他把步槍舉上舉下。「他們若下馬，就把槍口指向地面。就這樣。沒聽到機關槍響，別由那邊開槍。你由高處射擊，得射一個人的膝蓋。你若聽到我吹兩聲哨子，躲在遮掩物後面往下走，到這把機關槍架設的岩堆來。」

普利米蒂弗舉起步槍。

他說：「我明白了，很簡單嘛。」

「先丟石頭示警，再指出方向和人數。小心不要被人發現。」

普利米蒂弗說：「好。如果我能拋下手榴彈呢？」

「機關槍沒響，不要先拋。說不定那支騎兵是來搜尋伙伴，還不想進來呢。他們也許會跟上帕布羅的馬跡。如果能避免，我們不想搏鬥。我們尤其該避免正面作戰。現在上去吧。」

「我去，」普利米蒂弗說完，帶著卡賓槍爬上高高的岩石堆。

羅柏說：「你，奧古斯丁，你對這把槍知道些什麼？」

奧古斯丁蹲在那兒，又高又黑，下頦佈滿短鬍渣，眼睛凹陷，嘴巴薄薄的，一雙大手因操勞過度而磨損。

「嗯，裝子彈。瞄準。發射。如此而已。」

「他們沒走到五十公尺以內，千萬別開槍，而且你一定要確知他們會走進通往山洞的關卡，才能發射，」羅柏說。

「好。那是多遠？」

「到那塊岩石。」

「如果有軍官，先射他。然後才把槍口轉向別人。慢慢轉。移動的角度不必太大。我會教費南度按扳機，要抓牢，才不會跳起來，仔細看清楚，一次儘可能不要射六發以上。因爲槍火會往上跳。每次打一個人，然後轉向另一個，射騎馬的人，要射他的腹部。」

「好。」

「該有一個人抓穩三角架，槍身才不會跳起。這樣。他會替你裝子彈。」

「你要到哪裡去？」

「我會在左側這邊。居高臨下，我可以看見全局，用這隻輕機槍掩護你的左翼。喏。萬一他們來，說不定會造成一場屠殺。不過他們若還沒走到那個距離，你千萬別開槍。」

「我相信我們可以猛殺一場。小屠殺！」

「但是我希望他們不要來。」

「要不是爲了你炸橋的事兒，我們可以在這裡猛殺一陣，然後撤退。」

「這樣於事無補。沒有什麼用處。炸橋是打贏計劃的一部分。這樣殺幾個敵人卻不算什麼。這只是一場意外。等於零。」

「怎麼等於零。死一個法西斯份子就少一個法西斯份子。」

「不錯。但是炸了橋，我們可以攻下西戈維亞。一省的都城。想想看。那將是我們攻佔的第一座省城。」

「你真的相信這一套？我們可以攻下西戈維亞？」

「是的。橋樑若適時炸掉，就有可能。」

「我真想在這兒大殺一場，同時把橋炸掉。」

「你的胃口蠻大嘛，」羅柏對他說。

這段時間他一直望著那兩隻烏鴉。現在他發現其中一隻正在觀望什麼。那隻烏鴉哇哇飛起來。但是另外一隻還停在樹上。羅柏抬頭看看岩石高處普利米蒂弗藏身的地方。他看見後者俯視下面的鄉野，卻沒有作訊號。羅柏身子往前傾，處理自動步槍鎖頭，看到藥腔裡的弧度，把鎖放下來。烏鴉還在樹上。另一隻在雪地上盤旋，然後再度停止。陽光夾著暖風、積雪不斷由沉甸甸的松枝上落下來。

「明天早上我讓你大殺一場，必須把鋸木廠的守備隊完全剷除。」羅柏說。

「我隨時待命，」奧古斯丁說。

「橋下修路員小屋的守備隊也要剷除。」

奧古斯丁說：「隨便幹那一件都行。兩件都幹也可以。」

「不可能兩件都幹。兩件事要同時進行，」羅柏說。

奧古斯丁說：「那就隨你派一樁。這一仗我早就渴望行動了。帕布羅不行動，害我們在這裡發霉。」

安瑟莫帶著斧頭上來。

他問道：「你還想砍樹枝？我覺得已經夠隱秘了。」

「不是樹枝。砍兩株小樹，種在這邊和那邊，可以顯得更自然。這裡樹木不夠，還不能顯出真正自然的景觀。」羅柏說。

「我去拿。」

「好好往後砍，免得樹樁被人發現。」

羅柏聽到後面的樹林裡有斧頭砍樹聲傳來。他抬頭看看上面岩堆中的普利米蒂弗，又俯視下面墾植地那一端的松樹。那隻烏鴉還在。這時候他聽到第一陣尖尖的飛機震動聲，他抬頭一看，那架飛機飛得很高，在陽光下顯得細小銀白，簡直看不出它在高空移動。

他對奧古斯丁說：「他們看不到我們，不過還是伏臥好些。這是今天的第二架偵察機。」

「昨天那些呢？」奧古斯丁問道。

「現在回想起來倒像一場惡夢了，」羅柏說。

「他們一定在西戈維亞。惡夢等著實現呢。」現在飛機已滑失在山頂，但是馬達聲還清晰可聞。

羅柏舉目看去，烏鴉正飛起來。牠直接飛到樹林，沒有啼叫半聲。

23

「你臥倒，」羅柏對奧古斯丁低聲說，並回頭對安瑟莫彈手指，示意他蹲下。安瑟莫正穿過山凹，肩上扛著松樹，像扛聖誕樹似的。他看到老頭把松樹丟在一個岩石後方，人也消失在岩堆裡。羅柏向前眺望曠野那一端的林木。沒看到什麼，也沒聽到什麼，但是他覺得一顆心卜通卜通跳個不停，然後聽到石頭打在石頭上的咔啦聲，以及小岩石跳落的咔哩咔哩聲。他回頭看右方，發現普利米蒂弗的步槍水平舉起又放下，一共上下四回。然後再也看不出什麼，只覺得前方一陣白茫茫，再就是馬跡圈子和那一端的林木。

「騎兵，」他小聲對奧古斯丁說。

奧古斯丁看看他，露齒一笑，黝黑凹陷的雙頰底部突然展開了。羅柏發覺他冷汗淋漓。他伸手搭在他肩上。手還沒拿開，他們就看到四個騎兵走出森林，他覺得奧古斯丁的背肌在他手掌下猛然抽動。

一位騎士領頭，三個跟在後面。領頭的人正在追蹤馬跡。他邊騎邊看地下。另外三個跟著他，迎風騎出樹林。他們都在仔細觀測。羅柏躺在地上，雙肘撐開，由自動步槍的準星看著他們，他覺得一顆心抵在雪地上狂跳不已。

領頭的騎兵沿著馬跡騎到帕布羅繞圈子的地方，停下來研究。另外幾個人騎到他身邊，大家都停下來。

羅柏由自動步槍的藍色鋼製槍筒上清清楚楚看到他們。他看到那些人的面孔，下垂的軍刀，流汗而變黑的馬兒側翼，以及卡其斗篷那圓錐般的斜度，還有卡其扁帽納乏里式的斜面。首領調過馬頭，正對著放槍的岩石缺口，羅柏看到他飽受風吹日炙的青春面孔，一雙貼得很近的眼睛，鷹鉤鼻和過長的楔形下巴。

首領讓馬兒坐下來，馬胸對著羅柏，馬頭仰得高高的，馬鞍右側的劍鞘裡伸出一隻輕自動步槍的槍托，他指了指岩石缺口放槍的地方。

羅柏把手肘貼在地上，沿著槍筒偷看四個雪地上的騎兵。三個人拿出自動步槍。其中兩個橫舉在馬鞍的鞍頭。另外一個讓馬兒坐下來，步槍向右往外拉，槍托貼著他的臀部。

他想：你幾乎不曾在這麼近的範圍內看過他們。不曾沿著一枝槍筒這樣看他們。通常後準星抬高，從準星尖上看去，他們很像人類的縮圖，你不得不瞄準那兒；也許他們啪噠啪噠跑過來，你開火打一個斜坡，或者攔住一條街道，或者一直瞄準窗口；或者遠遠看他們在路上行車。只有炸火車的時候，你才這樣看過他們。只有那個時候他們才像現在一樣，憑這四個人，你可以打得他們七零八落。這麼近的距離由準星上看去，他們顯得比真人大一倍。

你呀，他想道，同時望著前準星尖牢牢對入後準星口，準星尖頂部瞄準那位軍官的胸部正中央，比卡其斗篷上亮晶晶的猩紅徽章稍微偏右一點。你呀，他想道，他現在用西班牙文思考，手指向前按緊扳機保險器，避免自動步槍飛快震蕩性的衝擊。他又想道：你呀，現在你要英年早逝了。

他想道：你呀，你呀，你呀。不過最好不要發生。

不要發生。他覺得身旁的奧古斯丁開始咳嗽，又覺得他拚命忍耐，憋住往下吞。然後他沿著油亮亮的藍槍筒眺望樹枝缺口外的情形，手指還向前按住扳機保險器，他看到帶隊的騎兵調轉馬頭，指一指帕布羅馬跡所通往的森林方向。四個人匆匆走進森林，奧古斯丁小聲說：「烏龜王八！」

羅柏看看後面安瑟莫丟下松樹的地方。

吉普賽人拉費爾正穿過岩堆向他們走來，手拿一雙布鞍袋，步槍掛在背上。羅柏低頭向下揮手，吉普賽人立刻轉身消失了。

「本來我們可以把四個全幹掉，」奧古斯丁靜靜地說。他還冷汗淋漓。

羅柏低聲說：「不錯。可是槍聲一響，誰知道會出什麼事情？」

這時候他又聽到一顆岩石掉下來，他馬上環顧四周。但是吉普賽人和安瑟莫都不見蹤影。他看看腕錶，然後抬頭看普利米蒂弗，他正上下擺動步槍，似乎急急擺了無數次。羅柏暗想：帕布羅已經出動四十五分鐘了。這時候，他又聽到一大隊騎兵的聲音。

他低聲對奧古斯丁說：「別擔心。他們會像前面幾個人一樣走過去。」

他們兩個兩個沿著森林邊出現，一共是二十名騎兵，裝備與制服都和前面幾個人一樣，軍刀擺呀擺的，卡賓槍放在槍袋裡；接著他們就像前面幾個人，一一走進森林中。

「你看到了吧？」羅柏對奧古斯丁說。

「人數不少，」奧古斯丁說。

「我們若殺了前面幾個，就不得不對付這批人，」羅柏小聲說。現在他心跳已平靜多了，襯衫沾了融雪，胸部濕淋淋的。胸口有一種空盪盪的感覺。

雪地上艷陽高照，積雪融得很快。他看到樹幹上的雪水漸漸消失，陽光融化了積雪的上層，大地的暖氣吹動了底層的硬雪，槍筒前方的積雪表面顯得濕潤潤、脆柔柔的。

羅柏抬頭遙望普利米蒂弗的崗哨，看他手掌向下交疊，作訊號表示「沒有什麼」。

安瑟莫的腦袋由一顆岩石上露面了，羅柏示意他上來。老頭子沿著一顆一顆岩石滑動，終於爬上山，平躺在自動步槍旁邊。

「很多，很多！」他說。

「我不需要松樹了，造林手法沒有改進的必要。」羅柏對他說。

安瑟莫和奧古斯丁都咧嘴一笑。

「這兒已通過對方明察秋毫的考驗，現在種樹反而危險，因爲那些人會回來，也許他們不笨哩。」

他覺得非說話不可，這是他曾遭遇到危險的證明。他一向以事後說話欲的強弱，來判斷情況的輕重緩急。

「這是一個好屏障吧，呃？」他說。

「好，」奧古斯丁說：「幹他娘的一切法西斯份子，好極了。我們本來可以幹掉他們四個。你看到沒有？」他對安瑟莫說。

「我看到了。」

羅柏對安瑟莫說：「喂，你必須到昨天的崗哨或者另選一處好地方，像昨天一樣觀察路況，報導路上的一切活動。這方面我們已經慢了一步。你得守到天黑才走。然後進來，我們再派別人去。」

「但是我留下的足跡怎麼辦?」

「等雪一融,就由下面走。路面一定被雪水弄得泥濘不堪,可以掩蓋足跡。注意有沒有大量的卡車通行,軟泥地上有沒有坦克的痕跡。你還沒到那邊去看,我們只能判斷這些。」

「容我說一句話?」老頭說。

「當然。」

「容我說一句,我到莊園村去打聽昨晚有什麼動靜,安排一個人照你今天教我的方式觀察,不是更好嗎?此人今夜可以來報告,不然我再到莊園村聽消息,那樣更好。」

「你不怕遇到騎兵?」

「雪一融就不怕了。」

「莊園村有人能幹這件事?」

「有。這個倒有。可以找一個女人。莊園村有很多婦女值得信賴。」

「我相信。女人可信的比男人多,我知道。而且有幾位還可以擔當其他的差使。你不想派我去嗎?」奧古斯丁說。

「讓老頭去吧。你懂這桿大槍的用法,今天還沒過完呢。」

安瑟莫說:「雪融了我就走,現在雪融得很快。」

「你覺得他們逮到帕布羅的機會大不大?」羅柏問奧古斯丁。

「帕布羅很精明。人沒帶獵犬,能抓到聰明的老雄鹿嗎?」奧古斯丁說。

「有時候抓得到,」羅柏說。

「帕布羅並不簡單,」奧古斯丁說:「當然他只剩下往日英氣的殘渣。但是很多人挺在牆邊死掉，他卻在這片山裡活得舒舒服服，醉生夢死，也不是沒有原因的。」

「他真像大家說的那麼精明？」

「比大家說的更精明百倍。」

「他在這兒顯得沒有什麼大能耐。」

「怎麼沒有？他若沒有大能耐，昨天晚上他就死定了。英國人，我覺得你不瞭解政治，也不瞭解游擊隊的戰法。政治上和游擊戰法上，繼續生存是首要的大事。看他昨天晚上如何求生，又吃下多少我和你的臭糞。」

現在帕布羅已表示回心轉意參加團體行動，羅柏不想說他的壞話，話一出口他就悔不該批評他的能力。他自己也知道帕布羅有多精明。帕布羅一眼就看出炸橋的命令不對勁。他說那些話只是出於反感，然而一說出來就知道不對了。這是緊張之後話太多的結果。羅柏撇下這個問題，對安瑟莫說：「大白天進莊園村？」

老頭說：「不妨事。我又不是帶軍樂隊吹吹打打走進去。」

奧古斯丁說：「脖子上也不掛鈴鐺，也不帶旗幟。」

「你怎麼去法？」

「穿過森林上山再下山。」

「但是他們若逮到你，那就糟了。」

「我有文件。」

「我們都有，但是你得趕快把不對的那一份吞下去吃掉。」

安瑟莫搖搖頭，拍拍罩衫的胸部口袋。

他說：「我盤算過多少回，我可不喜歡吞紙張。」

羅柏說：「我想我們該在上面灑一點芥茉，我方的文件放在我的左胸袋裡，右邊是法西斯黨的文件。危急時才不會弄錯。」

第一隊騎兵的首領指著岩堆缺口的時候，情勢一定十分危急，因為他們現在話都很多。太多了，可見緊張的心情還未恢復。羅柏想道。

奧古斯丁說：「不過你看，羅柏，他們說政府一天天愈來愈右傾了。共和國裡不再叫『同志』，改叫『先生』和『女士』。能不能移動口袋？」

「等政府右傾到相當程度，我就把文件放在臀部口袋裡，而且將臀袋縫在正中央。」

奧古斯丁說：「東西該留在你的襯衣口袋裡。難道我們打贏這一仗，反而會把革命輸光嗎？」

「不會，」羅柏說：「但是我們若不打贏這一仗，就沒有革命，沒有共和國，沒有你，也沒有我，什麼都沒有了，只剩最堂皇的勇氣和精神。」

「我也這麼說嘛，我們該打贏這一仗。」安瑟莫說。

「然後槍斃無政府主義者、共產主義者和這一切暴民，只留下好共和黨員。」奧古斯丁說。

安瑟莫說：「我們該打贏這一仗，但不槍斃任何人。我們該公平統治，大家既然為福利奮鬥過，就應該分享福利。那些反對我們的人應該接受教導，讓他們看出自己的錯誤。」

「我們將來得槍斃很多人。很多，很多，很多。」奧古斯丁說。

他緊握的右拳重重敲一下左手掌。

「我們不該槍斃任何人。連對方的首領都不槍斃。他們該以勞動來改造。」

「我知道我會叫他們做什麼工作，」奧古斯丁說著，抓一把雪放在嘴裡。

「什麼，壞傢伙？」羅柏問道。

「兩種最光輝的行業。」

「是嗎？」

奧古斯丁又抓一把雪送入口，眺望墾植地上騎兵走過的地方。然後他把融雪吐出來。「來。好一頓早餐，臭普普賽人在哪裡？」他說。

「什麼行業？說呀，壞嘴子。」羅柏問他。

奧古斯丁眼睛一亮說：「不帶降落傘跳飛機，這是指我們喜歡的人。另外的就釘在籬笆柱頂端，讓人往後推倒。」

「這種說法真下賤，那我們永遠不會有共和國。」安瑟莫說。

奧古斯丁說：「我真想用他們的睪丸煮成濃湯，在裡面參加十次泳賽。我看到那四個騎兵，以爲我們可以宰了他們，我真像母馬在畜欄內等待種馬一樣興奮。」

「但是你知道我們爲什麼不殺他們吧？」羅柏靜靜地說。

「知道，知道。但是我動手的欲望簡直比得上懷春的母馬。你如果沒有感受過，你就不知道是什麼心情。」奧古斯丁說。

羅柏說：「你流了不少冷汗。我想是恐懼的關係。」

「恐懼，不錯。恐懼加上另外一種心情。這輩子沒有任何感受比得上那一種心情。」奧古斯丁說。

不錯，羅柏想。我們冷靜行事，他們卻不然，而且從未冷靜過。這是他們額外的聖禮。新信仰由地中海彼端傳來之前，他們有一份舊信仰，他們從未拋棄，只是壓抑和隱藏起來，等戰時和審判時才對外表現。他們是習慣於「宗教法庭裁判」的民族。殺戮在所難免，但我們的方式和他們不同。他想：你呢，你從來沒有被它教壞？你在「山脊」，在尤塞拉都沒有那種心境？在伊斯特馬杜那一段日子也沒有？任何時候都沒有嗎？怎麼會，他告訴自己。每次炸火車都這樣。

別再研究曖昧的巴別人和老伊比利亞人——承認你喜歡殺人吧。不管他們是不是說謊，凡是自願當兵的人偶爾都喜歡這一套。安瑟莫不喜歡，因爲他是獵人，不是軍人。別把他過度理想化了。獵人殺動物，軍士殺人。別騙自己了，他暗想道。也不要對別人的想法大做文章。現在你接受殺人的訓練已經好一段日子了。別對安瑟莫生出反感。他是基督徒。天主教國家罕見的人物。

他想：但是奧古斯丁大概是恐懼所致吧。行動前最自然的恐懼。另外一種情緒亦然。當然啦，現在他也許是自吹自擂。他其實十分恐懼。我由手心底感到恐懼。噢，現在該住嘴不談了。

他對安瑟莫說：「看看吉普賽人有沒有帶來吃的東西。別讓他上來。他是傻瓜。你親自拿來。不管他帶多少，叫他回去再拿一些。我餓了。」

24

五月底的清晨，天空高爽，和風暖洋洋吹在羅柏的肩膀上。雪融得很快，他們正在吃早餐。兩個肉片大三明治，各夾了羊奶製成的乳酪，羅柏還用摺疊式的大洋刀切下幾片厚厚的洋蔥，夾在兩塊麵包中央肉片和奶酪的兩面。

「你呼吸的味道會穿過森林，傳到法西斯份子那邊去，」奧古斯丁滿口食物，邊嚥邊說。

「把酒囊遞給我，我潤潤嘴巴，」羅柏說道，他滿嘴都是肉片、乳酪、洋蔥和嚼碎的麵包。

他一輩子沒有這麼餓過，啜了滿滿一口酒往下吞，酒汁微微帶著皮囊的柏油味，然後他又喝了一大口，把囊袋舉起來，讓酒汁噴入喉嚨，抬手的時候，酒囊碰到松枝做成的自動步槍遮屏上的松針，仰頭灌酒的時候，腦袋倚在松枝上。

「你要不要這個三明治？」奧古斯丁一面問，一面隔著槍身遞上來。

「不。謝謝你。你吃吧。」

「我吃不下。我不習慣早晨吃東西。」

「你真的不要？」

「不要。拿去吧。」

羅柏接過來，放在膝蓋上，由藏著手榴彈的外衣側袋裡拿出洋蔥，打開洋刀來切片。他切掉口袋裡弄髒的薄薄一層外皮，然後切下一厚片。外層的一節掉在地上，他拾起來，捲成一圈，夾在三明治裡。

「你早餐老是吃洋蔥？」奧古斯丁問道。

「有就吃。」

「你們國家的人都這樣？」

羅柏說：「不，那邊的人覺得這樣吃有礙體面。」

奧古斯丁說，「我很高興。我一向把美國當做文明的國家。」

「你對洋蔥有什麼反感？」

「氣味太濃，沒有別的。否則它真像玫瑰。」

羅柏滿口食物向他咧咧嘴。

他說：「像玫瑰。像玫瑰一樣了不起。玫瑰是玫瑰又是洋蔥。」

奧古斯丁說：「洋蔥正影響你的腦袋。小心啦。」

「洋蔥是洋蔥，」羅柏高高興興說，他想：石頭是啤酒罐，是岩石，是石堆，是鵝卵石。

奧古斯丁說：「用酒潤潤嘴巴。你真稀奇，英國佬。你和上次跟我們合作的炸藥專家大不相同。」

「有一個最大的差別。」

「告訴我吧。」

「我還活著，他死了，」羅柏說。然後又想：你是怎麼回事？這話像人話嗎？你吃了東西就樂成這副德性？你是什麼人，洋蔥醉漢嗎？現在你覺得這些有意義？他真心對自己說：以前從來沒有什麼意義。你儘量使它有意義，卻始終沒有。僅存的時間用不著說謊。

「不，」他現在一本正經說：「那個人吃過不少苦頭。」

「你呢？你沒吃過苦？」

羅柏說：「沒有，我屬於很少吃苦的一類。」

「我也是。有人吃過苦，有人沒吃過。我很少吃苦。」奧古斯丁對他說。

「那就好多了，」羅柏又把酒囊斜過來。「有了這個更好。」

「我爲別人傷心。」

「好人都該如此。」

「但是很少爲自己。」

「你有沒有太太？」

「沒有。」

「我也沒有。」

「但是現在你有了瑪麗亞。」

「是的。」

奧古斯丁說：「真稀奇。自從炸車事件之後她跟我們來這兒，碧拉一直不讓我們接近她，她彷彿置身在苦修教派的一家修道院裡。你想像不出她管她有多嚴。你來了。她卻把她當禮物送給你。你覺得這件事如何？」

「不是這樣。」

「那是怎麼樣？」

「她托我照顧她。」

「你的照顧就是通宵和她胡來？」

「我很幸運。」

「好一個照顧的方法。」

「你不明白一個人這樣可以好好照顧另一個人？」

「明白，但是我們之中任何一個人都可以給她這種照顧。」

「我們別再談了。我對她是認真的。」羅柏說。

「認真的？」

「世上沒有一件事情比這個更認真。」

「事後呢？炸橋以後？」

「她跟我走。」

奧古斯丁說：「那麼誰都不該再提起。祝你們倆滿懷幸運而去。」

他舉起皮製酒囊，長長喝了一口，然後遞給羅柏。

「我再說一句話，英國人，」他說。

「當然。」

「我也很愛她。」

羅柏伸手搭在他肩上。

奥古斯丁說：「很愛，很愛。誰都想像不出來。」

「我可以想像。」

「她在我心中留下永難消逝的刻痕。」

「我可以想像。」

「注意。我鄭重其事對你說這些話。」

「請說。」

「我沒有碰過她，和她也沒有任何關係，但是我愛她。英國人，不要對她淡然處之。她和你睡覺，卻不是淫婦。」

「我會真心待她。」

「我相信你。不過還有一點，你可能不明白，若沒有革命，這種女孩子會是何等光景。你有重任在身。這個女孩真的吃過不少苦。她和我們不一樣。」

「我要娶她。」

「不。不是說這個。革命時期這倒沒有必要。不過——」他點點頭——「這樣更好。」

「我要娶她，」羅柏說，他覺得嚨喉發脹，「我真心愛她。」

奥古斯丁說：「以後吧。等方便的時候再說。有這份心意最重要。」

「我有。」

奥古斯丁說：「聽著。我對自己無權干涉的事情談得太多了，但是你認識很多本國的女人吧？」

「認識幾個。」

「是妓女？」

「有的是，有的不是。」

「多少？」

「好幾個。」

「你陪不陪她們睡覺？」

「不。」

「你明白了吧？」

「是的。」

「我的意思是說，瑪麗亞並不隨隨便便陪人睡覺的。」

「我也一樣。」

「我若覺得你隨隨便便，昨天晚上你和她躺在一起，我早就把你槍斃了。我們這兒很容易爲這個原因而殺人。」

羅柏說，「聽著，老兄，因爲沒有時間，才不講究正規的禮俗。我們缺的是時間。明天我們要打仗。對我個人不算什麼。但是對瑪麗亞和我來說，這表示我們必須在這段期間內度過一生。」

「一天一夜很短，」奧古斯丁說。

「是的。不過還有昨天，前天晚上和昨天晚上。」

奧古斯丁說：「注意，若有我幫得上忙的地方，千萬別客氣。」

「不。我們很好。」

「我若能爲你或短髮小妞做些什麼——」

「不。」

「真的，一個人能爲另一個人做的事並不多。」

「不。很多。」

「什麼？」

「無論今天和明天戰鬥的經過如何，就算軍令似乎有錯，你也要信任我，服從我。」

「我全心信賴你。經歷騎兵的事情和遣走馬匹的事情，我知道你値得信賴。」

「那不算什麼。你知道我們爲同一目標而奮鬥。必須要打贏這一仗。我們若不打贏，其他的一切都徒勞無功。明天我們面臨一件很重要的大事。真的很重要。而且我們會發生肉搏，搏鬥一定要講紀律。因爲很多事情的真相和外表看來不一樣。紀律必須出自信賴和信心。」

奧古斯丁在地上啐了一口。

他說：「瑪麗亞和這些事情是兩回事。你和瑪麗亞是血肉之軀，應該利用僅有的時光。我若幫得上忙，隨時聽你吩咐。但是明天的事情，我一定盲目服從你。若有必要爲明天的事情殉身，誰都會高高興興成仁的。」

羅柏說：「我有同感，不過聽你說出來，實在很快樂。」

「還有，」奧古斯丁說著，指著普利米蒂弗，「上面那個傢伙可以派上可靠的用場。碧拉遠超過你的想像。安瑟莫老頭也一樣。安德斯亦然。伊拉狄奧亦然。很安靜，但是很可靠。還有費南度。我不知道你對他的看法如何如何。他真的比水銀更沉重，比公路上拉車的閹牛更煩人。但是打仗和執行命令，真勇猛！你看著好了。」

「我們真幸運。」

「不。我們有兩個孬種。吉普賽人和帕布羅。但是薩多的小隊遠勝過我們，差別簡直可比我們和羊屎之間的差距。」

「那一切就沒有問題了。」

奧古斯丁說：「是的，不過我希望今天幹。」

「我也希望如此。早點弄完。但是卻不是今天。」

「你認爲情勢可能很糟？」

「有可能。」

「但是現在你很快活，英國佬。」

「是的。」

「我也一樣。雖然有這一件事和瑪麗亞的問題。」

「你知道爲什麼？」

「不知道。」

「我也不知道。也許是天氣吧。天氣很好。」

「誰知道呢？也許是我們快要行動的關係。」

羅柏說：「我想是這個原因。但是今天不動手。最重要，最重要的就是避免今天行動。」

他說話的當兒，聽到一陣響聲。壓過樹林裡暖風的音籟，遠遠傳來。他不敢確定，張開嘴巴仔細聆聽，同時抬眼看看普利米蒂弗。他自以爲聽到什麼，但是這會兒又消失了。和風吹過松林，羅柏全力傾聽。這時他聽到聲音沿著和風微微出現。

他聽到奧古斯丁說：「我並不傷心。我永遠得不到瑪麗亞，這算不了什麼。我會照樣和娼妓來往。」

「閉嘴，」他沒有聽，靜靜躺在他身邊，頭部轉向別的地方。奧古斯丁突然抬眼看他。

「怎麼啦？」他問道。

羅柏把手擱在自己嘴巴上，繼續聆聽。又來了。微微弱弱，悶悶啞啞，乾燥而遙遠。但是現在絕對沒有錯。是自動步槍精確、鬆脆、彎曲的怒吼。很像遠處一串一串小爆竹接連引爆，只是依稀可聞而已。

羅柏仰視普利米蒂弗，後者現在已抬起頭來，面孔朝著他們，手掌弓在耳朵上。他再仰望上面，普利米蒂弗指指山上最高的那一片鄉野。

「他們在艾爾．薩多的營區打起來了，」羅柏說。

「那我們去援助他們。叫大家集合。走吧。」奧古斯丁說。

羅柏說：「不。我們留在這兒。」

25

羅柏抬頭看看普利米蒂弗，他正站在瞭望崗位上，手持步槍指著某一方向。羅柏點點頭，但是他還指向那邊，又把手架在耳朵上，繼續指點，彷彿怕別人不懂他的意思。

「你守著這桿大槍，除非他們一定，一定，一定會進來，否則千萬別開槍。而且要等他們走到那棵矮樹才動手，你明白嗎？」羅柏指一指槍說。

「明白。不過——」

「沒有什麼『不過』。我等一下再說明原因。我到普利米蒂弗那邊去。」

安瑟莫在他身邊，他對老頭說：

「老頭，陪奧古斯丁守著這桿大槍，」他說話不慌不忙，「除非騎兵真的進來，他千萬不能開槍。如果他們只是露露臉，他得像剛才那樣，別打擾他們。他若非開槍不可，替他抓穩三腳架，藥池空了就遞給他。」

老頭說：「好。莊園村的事呢？」

「待會兒再說。」

羅柏往上爬，繞過灰石堆頂端，他停下來的時候，石堆在他手下濕淋淋的。太陽迅速晒融了石上的積雪。石堆頂部快要晒乾了，他一面爬，一面眺望鄉野的盡處，看到遠山前松樹成蔭，有一片開闊的長沼地和地窪。然後他站在兩堆石頭後面的凹處，和普利米蒂弗並肩而立，這位赤褐臉蛋的矮個子男人對他說：「他們正在攻擊薩多。我們怎麼辦？」

「毫無辦法，」羅柏說。

站在這兒，他清清楚楚聽到槍砲聲，他眺望鄉野，看到遠處的山谷那一端，地面斜斜升起，一隊騎兵正走出森林，穿過積雪的斜坡，向上往槍聲來處進發。他看到長方形的兩排人馬在雪地襯托下顯得暗黝黝的，他們呈斜角衝上山。他眼看兩排人馬爬上山脊，走入更遠的林地。

「我們必須援助他們，」普利米蒂弗說。他的嗓音枯燥而平板。

「不可能，」羅柏告訴他，「我一早上都在揣測這件事情。」

「怎麼？」

「他們昨天晚上去偷馬。雪停了，騎兵尾隨他們上山。」

普利米蒂弗說：「不過我們得援助他們，不能相應不理。那些都是我們的同志。」

羅柏伸手搭在他肩上。

他說：「我們一點辦法都沒有。如果有辦法，我會去做的。」

「上面有一條路可以通到他們那兒。我們可以帶著馬兒和兩桿槍走那條路——我是指下面那桿和你身上那桿槍。那我們就可以援助他們了。」

「聽好——」羅柏說。

「我在聽那個，」普利米蒂弗說。

音。

槍聲一波連一波隆隆作響。接著他們聽到枯乾的自動步槍砲火中夾著手榴彈沉重而發潮的聲

「他們輸了。雪一停，他們就註定要輸。我們如果上那兒，也非輸不可。我們僅有的兵力根本不可能分割。」羅柏說。

普利米蒂弗的下巴、嘴唇和脖子都佈滿灰色的短鬍渣。臉上其他的部分扁平呈棕色，有一個歪曲的扁鼻樑和一對深邃的灰眼睛。羅柏望著他，發現嘴角和聲帶上方的短鬍子微微抽搐。

他說：「聽聽看，簡直是屠殺嘛。」

羅柏說：「他們若包圍山凹，就是這種情形。也許會逃出幾個。」

普利米蒂弗說：「現在我們往上攻，可以由後面偷襲。我們四個人騎馬上去吧。」

「然後呢？你由後面偷襲他們之後，又如何？」

「和薩多並肩作戰。」

「死在那兒？看看太陽。白天還長得很呢。」

天高氣爽，萬里無雲，太陽熱烘烘照在他們背上。現在下方的大沼地南坡出現一大塊一大塊光禿禿的地面，積雪都由松樹上往下滴。融雪時分腳下濕淋淋的石堆如今在艷陽下微微冒出蒸氣。

羅柏說：「我們不得不忍耐。戰時免不了有這種事情。」

「但是我們一點辦法都沒有？」普利米蒂弗凝望著他，羅柏知道他信任自己。

「你不能派我和另外一個人帶輕機槍去？」

「那樣無濟於事，」羅柏說。

他以為看到了什麼他尋找的東西，原來是一隻老鷹滑進風裡，然後飛上最遠那片松林線頂端。

他說：「我們都去也無濟於事。」

這時候槍聲更密了，還有手榴彈沉重的砰砰聲。

「噢，幹他娘的那批人，」普利米蒂弗斷然用髒話罵道，他熱淚盈眶，雙頰抽動不已。「噢，上帝和聖母啊，幹他娘的那批臭膿包。」

羅柏說：「冷靜一點，你馬上就會和他們作戰。那娘們來了。」

碧拉爬上來找他們，在石堆中走得很吃力。

普利米蒂弗一直說：「幹他娘的那批人。噢，上帝和聖母啊，作踐他們吧，」槍聲沿著微風傳來一次，他就說一次。羅柏爬上去攙碧拉上來。

「你好，娘們，」他說。她正吃力地爬上最後一處石堆，他抓住她的兩隻手腕向上提。

「你的雙筒望遠鏡，」她說著把望遠鏡的背帶由頭頂拿下來。「找上薩多了？」

「是的。」

她同情地說：「可憐。可憐的薩多。」

她爬山爬得氣喘吁吁，抓起羅柏的手掌，緊握在手中，眺望那片鄉野。

「戰鬥看起來如何？」

「慘。很慘。」

「他死定了？」

「我相信如此。」

她說：「可憐，一定是爲了偷馬的事情吧？」

「大概是。」

碧拉說「可憐，」然後又說：「拉費爾跟我謅了一大篇騎兵的胡話。什麼人來過了？」

「一支巡邏隊和騎兵營的一部分。」

「來到什麼位置？」

羅柏指指巡邏隊停馬的地方，還讓她看看大槍藏在哪兒。他們站在該地，正好看見奧古斯丁的一隻皮靴由屏障後面伸出來。

碧拉說：「吉普賽人說他們騎到槍口頂著隊長的馬胸才停下來。什麼樣的人種啊！你的望遠鏡在山洞裡。」

「你收拾行囊沒有？」

「能帶的都收拾好了。有沒有帕布羅的消息？」

「他比騎兵早走十分鐘。他們跟著他的足跡前進。」

碧拉對他露齒一笑。她還抓著他的手，現在放了下來。她說：「他們永遠看不見他。現在來談薩多的事情。我們有沒有辦法？」

「毫無辦法。」

她說：「可憐，我很喜歡薩多。你確定他完了？」

「是的。我看到不少騎兵。」

「比剛才來的更多？」

「還有一整支軍隊正要開向那兒。」

碧拉說：「你聽，可憐，可憐的薩多。」

他們聆聽槍砲聲。

「普利米蒂弗想要上去，」羅柏說。

碧拉對扁臉的普利米蒂弗說：「你瘋啦？我們這一帶專出什麼樣的瘋子？」

「我想援助他們。」

碧拉說：「怎麼行。又是一個浪漫主義者。你難道不相信：你即使不走冤枉路都會很快死在這兒？」

羅柏看看她，看看那厚重的棕色面孔，高高的印第安型顴骨，分得開開的黑眼睛，上唇厚厚的笑口。

她對普利米蒂弗說：「你行動必須像男子漢大丈夫，一個成年的男子。就憑你這一頭灰髮之類的。」

普利米蒂弗繃著臉說：「別拿我開玩笑。一個男人若有一點良心和一點想像力——」

「他該學著控制這兩樣東西。你和我們在一起，要不了多久就會死掉。用不著陪陌生人去找死。至於你的想像力嘛。吉普賽人已經夠多了。他告訴我一篇好精彩的小說。」碧拉說。

普利米蒂弗說：「你如果看到，就不會說是小說了，有一刻真是危急萬分。」

碧拉說：「怎麼會，幾個騎兵來到這兒，又騎馬走了。你們就自己編了一套英雄事蹟。難怪我們一事無成。」

「薩多的事情還不嚴重？」普利米蒂弗咬牙切齒地說。每次槍聲循風而來，他都顯得很痛苦，他希望去搏鬥，要不然就把碧拉趕走，讓他清靜清靜。

碧拉說：「總之，又如何？事情來了就來了。別讓另外一個人的不幸弄得失去睪丸。」

普利米蒂弗說：「去作踐妳自己吧，世上居然有笨得叫人受不了、狠得叫人受不了的女人。」

碧拉說：「只爲了支持和幫助那些沒有種的男人。如果沒事，我就走了。」

這時候羅柏聽到飛機高高飛到頭頂。他抬頭一看，天上飛的好像是他一大早看到的那一架偵察機。現在它由戰線的方向飛回來，飛往艾爾．薩多遭受攻擊的山頂方向。

碧拉說：「這隻不吉祥的凶鳥。它看得見那邊的戰況嗎？」

羅柏說：「當然，除非他們瞎了眼。」

他們望著飛機在陽光下高高飛過，銀晃晃，穩篤篤的。它由左側飛來，他們看得見兩個螺旋槳所造成的圓光盤。

「趴著，」羅柏說。

這時候飛機正在頭頂上空，影子拂過大沼地，震動到達最怪異的程度。然後飛過去，開往山谷頂端。他們望著它一直往前飛，終於看不見了，接著他們又看它斜繞了一個大圈子飛回來，在高處的山野上空打了兩個轉，然後消失在西戈維亞的方向。

羅柏看看碧拉。她額頭上汗珠點點，這時候搖了搖頭。她的下唇一直夾在兩排牙齒中間。

她說：「每個人各有所懼。我怕的是那些飛機。」

「妳不是感染到我的恐懼吧？」普利米蒂弗挖苦說。

她伸手搭在他肩上，「不，你沒有懼意可感染。我知道。抱歉我剛才玩笑開得太過份。我們都在同一個熱鍋裡。」接著又和羅柏說話：「我會叫人送飯菜和酒來。還需要什麼？」

「目前不需要。其他的東西在哪兒？」

她露齒一笑說：「你的寶貝原封未動，放在馬兒那邊，每一樣東西都藏好，完全看不出來。撤退的事情都準備好了。瑪麗亞守著你的東西。」

「萬一有空襲，叫她留在山洞內。」

碧拉說：「是，我的英國老爺。你的吉普賽人（我把他送給你了）我已經派去採香菇來煮兔肉。現在香菇很多，我覺得我們還是現在吃兔肉吧，雖然明天或後天會更好吃。」

羅柏說：「我想吃掉比較好，」碧拉把一隻大手搭在他肩上斜揹機關槍肩帶的地方，然後伸起來攪弄他的頭髮。碧拉說：「好一個英國人。飯菜燒好，我叫瑪麗亞送來。」

遠處和上方的槍砲聲漸漸消逝，現在只聽到零零落落的槍聲。

「你認爲戰鬥結束了？」碧拉問道。

「不，由我們聽到的聲音來判斷，進攻的人被擊退了。現在我敢說攻擊的一方已經把他們包圍起來，找到掩護，正在等飛機來。」羅柏說。

碧拉對著普利米蒂弗說：「喂。你明白我無心侮辱你吧？」

普利米蒂弗說：「早就知道了。我忍受過妳更惡劣的言辭。妳有一個壞舌根。不過當心口舌喔，娘們。薩多是我的好同志。」

碧拉問他：「難道不是我的？聽著，扁臉兒。戰時誰也說不出心裡的感受。不替薩多分憂，我們自己的問題已經夠多了。」

普利米蒂弗還繃著臉。

碧拉告訴他，「你應該服一帖藥，現在我去準備飯菜。」

「你有沒有把那名正統派軍員的文件帶來？」

她說：「我真笨，我忘了。我叫瑪麗亞拿來。」

26

飛機來時，正是下午三點。中午積雪兒完全融化，現在岩石在陽光下熱烘烘的。天空萬里無雲，羅柏脫掉襯衣，讓驕陽晒晒背部，同時凝神閱讀那個死騎兵口袋裡的信件。他不時停下來，隔著斜坡眺望森林線，仰望上面的高地鄉野，然後視線再回到信件中。沒有騎兵再出現。每隔一段時間艾爾．薩多的營地便傳來一聲槍響。但是槍聲零零落落的。

他檢視那名青年的軍事證件，知道他是納乏里的塔發拉人，二十一歲，未婚，是一名鐵匠的兒子。他隸屬第九軍團，使羅柏大吃一驚，他一直以為該團在北方。他是正統派黨員，戰事爆發時他曾在伊倫作戰受傷。

羅柏暗想；說不定我在麗普羅納的市集上還看過他領著公牛跑過街道呢。他自言自語說，戰時你從來殺不到你想殺的人。他又補充一句說：噢，幾乎從來沒有，然後繼續看信。

他讀的第一批信件非常拘謹，字跡整齊，幾乎完全描寫當地的情況。是他姐姐寫來的，羅柏看到信上說塔發拉一切安好，他父親安然無恙，母親也很好，只是背部有些小毛病，她但願兒子安康，不遭到太大的危險，她很高興他正在剷除赤軍，使西班牙免除馬克思主義蠻人的控制。然後列了一張上次寫信以後塔發拉青年又戰死或重傷的名單。她提了十個陣亡者。羅柏想：塔發拉那麼小的城鎮，這個數目已經算很多了。

信上頗有宗教氣氛，她祈求聖安東尼、聖女碧拉和其他的聖女保護他，她相信他胸前隨時掛著耶穌聖心像，叫他別忘了那副聖像也能給他庇護，經過無數次的證明——這一句特別劃了橫線——確實有抵擋子彈的威力。她永遠是最關心他的姐姐孔佳。

這封信邊緣沾了一點污斑，羅柏小心翼翼地放回軍事文件堆裡，又打開另一封字跡不太工整的信件。那是青年的未婚妻寫來的，對他的安全關切得簡直神經兮兮。羅柏從頭看到尾，然後把一切信件和文件放進臀部的口袋裡。他不想讀其他的信件。

他自言自語說：我猜我已經看完今天該看的份了。他又說了一遍，我猜已經看完了。

「你看的是什麼？」普利米蒂弗問他。

「今天我們打死的那個騎兵的文件和信件。你要不要看看？」

普利米蒂弗說：「我不識字，有沒有什麼趣味性的內容？」

羅柏．約丹說：「沒有，都是私人信件。」

「他家鄉的情形怎麼樣？你能不能由信上看出來？」

羅柏說：「他們似乎一切正常，他那個小鎮死傷不少。」他俯視自動步槍的遮屏，雪融了以後那邊稍有變化和改進。看起來足以取信於人。他眺望鄉野。

「他是哪一個城鎮的人？」普利米蒂弗問他。

「塔發拉，」羅柏對他說。

好吧，他對自己說。如果道歉有用的話，我真抱歉。

道歉也於事無補，他自言自語說。

好吧，那就別去想它了。

但是沒有那麼容易撇開。他問自己：你殺了多少人？我不知道。你認爲你有權利殺任何人嗎？沒有。但是我不得不這麼做。你殺掉的人有多少是真正的法西斯份子？很少。然而他們都是敵人，我們以暴制暴。但是你對納乏里人遠比其他西班牙人更有好感。不錯。你若信念不足，到營地去歇著吧。難道你不知道殺人是錯誤的？知道。但是你照幹不誤？是的。你還絕對相信自己目標正確？是的。

他不太心安卻得意洋洋對自己說：這樣是對的。我信仰人民自治的權利。但是你不能信仰殺人的作風，他對自己說。必要時你非幹不可，可是你不能信仰這一套。你若信仰這一套，整個事情都不對了。

但是你猜自己殺了多少人？我沒留紀錄，所以我不知道。但是你知道大概的數目吧？是的。多少？你無法確定多少人。炸火車死傷無數。很多很多。但是你無法確定。至於能確定的呢？不止二十個。其中有多少是真正的法西斯份子？有兩個我能確定。而我們在尤塞拉逮到他們的時候，我不得不槍斃他們。你不介意？不。你也不喜歡吧？不。我決定永遠不再幹這種事兒。我儘量避免。我儘量不殺沒有武器的人。

他對自己說：聽著，你還是別想這些了。對你和你的工作都十分不利。然後他自己又反駁說：你聽著，明白嗎？因爲你正在執行一件嚴重的任務，我要你隨時瞭解。我得讓你思想正直。因爲你若思想絕對正直，你自知無權做這些事，因爲這一切全是罪過，誰也無權奪取別人的性命，除非是要阻止別人遭到更大的不幸。所以你還是想個明白，別騙自己了。

他對自己說：但是我不會把殺死的人數當做戰利品記下來，也不會噁心兮兮在槍上刻痕記數。我有權不記數目，我有權忘掉他們。

他自己反駁說：不，你無權忘記什麼。你無權閉上眼睛，也無權忘記什麼、軟化什麼或改變什麼。

他對自己說：閉嘴，你簡直浮誇得可怕。

他自己又說：不要騙自己了。

好吧，他自言自語道。謝謝心中的這一切好諍言，我愛瑪麗亞沒有問題吧？

是的，他自己答道。

即使以純唯物社會觀而言，根本不該有愛情存在？

他自己反問道：你何曾有過這種觀念？從來沒有。不可能有。你不是真正的馬克思信徒，你自己也知道。你信仰「自由」、「平等」、「博愛」。你信仰「生命」、「自由」和「幸福的追求」。別用太多名詞愚弄自己。那是某些人信守的，你卻不然。你得知道這些名詞，才不會變成大騙子。你已經暫時擱下不少事物，只求打贏一場戰爭。如果這一仗打輸了，一切的一切就會變成泡影。

不過事後你可以拋掉你不相信的一切。你不相信的很多，你相信的也很多。

還有一椿。你愛上一個人，別騙自己。只是大多數人不夠幸運，不曾擁有愛情罷了。你以前沒愛過，如今你有了愛情。你和瑪麗亞共享的一切，無論只剩今天和明天，或者能延續長長的一輩子，都是人生最重要的事情。老是有人說愛情不存在，因爲他們無法獲得。但是我告訴你，這是真的，你已經得到了，就算你明天死掉，你仍是幸運兒。

他對自己說：別再想那些垂死的玩意兒了。那不是我們該談的東西。那是我們的朋友無政府主義學派的說法。每當事情惡化，他們就放火燒東西，然後死掉。他們的想法真怪。真怪。他對自己說：噢，老兄，我們快要捱過今天了。現在將近三點，遲早會有東西吃。薩多那邊還在打，可見他們團團圍住他，說不定想派更多人來。不過他們天黑前一定要得手。

不知道薩多那邊是什麼情形。若有充分的時間，預料我們都會遭到毒手。我想薩多那邊可不是鬧著玩兒的。偷馬的使命確實害薩多進退不得。西班牙文怎麼說法？「一條沒有出口的道路」。我想我可以撐到底。你只要強忍一次，馬上就過去了。但是你被包圍，本可投降的時候卻挺身一戰，不是豪華的享受嗎？我們被圍了。這是這場戰爭最驚恐的呼號。接著就是槍斃，運氣好的話可以不受折磨。薩多不會那麼幸運。到時候他們也不會。

這時候是三點鐘。他聽到遙遠的悸動，抬頭一看，飛機來了。

27

艾爾·薩多在一處小山頂作戰。他不喜歡這座山，一看就覺得形狀像硬性疳塊。但是除了這座山，他別無選擇機會。他遠遠看到就選上這兒，飛奔而來，自動步槍在背上沉甸甸的，馬兒一路顛簸，馬身在他大腿間一起一伏，一袋手榴彈在一邊擺動，另一袋自動步槍的藥池砰砰敲著另一側，約魁恩和艾格納西奧不斷止步開槍，止步開槍，讓他有時間把大槍架好。

當時積雪未散，真是把他們害慘了的積雪。馬兒中槍後，氣喘吁吁抽抽搐搐爬上最後一段山頭，濺得雪花明晃晃四處飛散，薩多拉著籠頭拖牠走，緩繩套在肩上。他拚命用力爬，子彈像雨點打著岩石，兩個背包沉甸甸掛在肩頭，然後他抓住馬鬃，就在他需要牠的地方迅速、熟練、溫柔地把牠射死。馬兒身子一顛，頭朝下塞進兩塊岩石間。他拿槍由馬背上開火，射掉兩個藥池，槍聲咔嗒咔響，空彈殼落在積雪中，滾燙的槍口抵著馬皮，冒出皮毛的焦味。凡是上山的人馬，他一概開槍射擊，逼他們散開找掩護，這段時間他背上一直涼沁沁的，不知道後面是什麼玩意兒。等五位同志中最後的一位爬上山頂，他背上就不再冷冰冰了，他省下僅存的藥池，必要時再用。

山坡上還有兩匹馬兒死掉，山頂上又有三匹·昨天晚上他只偷到三匹馬，第一次槍響的時候，他們在畜欄裡想騎上馬背，有一匹逃掉了。

五個人上到山頂，其中三個受了傷。薩多的小腿肚受傷，左臂也傷了兩處。他口渴極了，傷口已經僵麻，左臂有一處傷口痛得要命。他還患了嚴重的頭疼。他躺著等飛機，想起一句西班牙文的笑話：「你得把死亡當做頭痛藥吃下去。」但是他沒有說出口。他忍受頭痛和移動手臂時的反胃毛病，回頭看看僅存的隊員。

五個人遠遠散開，像五角星星的五個尖點。他們用雙膝和雙手挖呀挖的，又用泥土和石頭在頭部和肩部前方構築了一道護堤。運用這層掩護，他們再以石頭和泥土將各道護堤連起來。十八歲的約魁恩有一頂鋼盔，他用來挖掘並傳送泥土。

他的鋼盔是炸火車的時候撿來的。上面有一個彈孔，大家老是笑他留下這頂破帽。但是他把崎嶇的彈孔邊緣用錘子打平，堵上一個木塞，然後將木塞鋸掉，弄得和鋼盔內側的鋼鐵一樣平滑。

槍聲一響，他急急忙忙套上這頂鋼盔，用力過猛，砰的一聲敲到他的腦袋，彷彿被砂鍋敲了一記似的。馬兒死了以後，他跑上最後一段斜坡，肺部疼痛，雙腿僵麻，口乾舌燥，子彈像雨點飛來，啪噠啪噠迴響著，他覺得鋼盔好重好重，好像一道鐵環勒緊脹裂的前額。但是他沒有扔掉。現在他拚命挖掘，動作幾乎像機器。他還沒有被擊中呢。

「總算派上了用場，」薩多用深深的喉音對他說。

約魁恩說：「堅持到底，振作精神，你就會贏。」恐懼勝過正常的戰鬥欲，他的嘴巴都僵住了。他說的是共產黨的一句口號。

薩多偏過頭去，俯視斜坡上一個騎兵藏身的圓石後方。他很喜歡這位少年，卻沒有心情喊口號。

「你說什麼？」

有一個人由手頭的防禦工事中回過頭來。這個人俯臥著，小心翼翼伸手放好一塊岩石，下巴還貼在地面上。

約魁恩用乾燥的童音把口號複誦一遍，雙手還繼續挖泥沙。

「最後一個字是什麼？」下巴貼著地面的人說。

「贏，」少年說。

「糞土啦，」下巴貼著地面的人說。

「還有一句話可以用在這兒，」約魁恩說著，把那些話當做護身符拿出來亮相，「『熱情之花』說：站著死比跪著活下去好多了。」

「也是糞土，」那人說，另外一個人回頭說：「我們是趴著，不是跪著。」

「你。共產黨員。你知不知道革命爆發以後，你最崇拜的『熱情之花』有一個和你同年的兒子住在俄國？」

「這是謊話，」約魁恩說。

另外一個說：「怎麼是謊話，那個名字怪怪的炸藥專家告訴我的。他和你同黨。他何必說謊呢？」

約魁恩說：「這是謊言，她不會把兒子藏在俄國不參戰。」

另外一名薩多的手下說：「但願我在俄國。共產黨員，你的『熱情之花』現在肯不肯把我送到俄國去？」

「你如果那麼相信你的『熱情之花』，叫她來把我們弄出山頭，」一個大腿綁著繃帶的人說。

「法西斯份子自會這麼做，」下巴貼地的人說。

「別說這種話嘛，」約魁恩對他說。

下巴貼在地上的人說：「擦乾你嘴上的乳臭吧，給我裝一鋼盔的泥土來。今天晚上我們沒有一個能看見太陽下山。」

此時薩多正在想：這座小山真像硬性疖塊。或者沒有奶頭的少女酥胸。或者火山的頂錐。他自忖道：你從來沒見過火山嘛。這一輩子也休想看到了。這座山就像硬性疖塊。別提什麼火山啦。現在談火山爲時已晚。

他仔細環顧死馬的護甲，斜坡下一個圓石後方槍彈接二連三打過來，他聽到手提機關槍的子彈砰砰射入馬兒的身體。他沿著馬兒後方爬行，由馬臀和岩石間的斜角偷窺外面。腳下的斜坡有三具屍體，法西斯份子在自動步槍和手提機關槍的掩護下攻山時，他們中槍倒地，他和另外幾個人則拋擲和滾丟手榴彈，破了敵人的攻勢。山峰另一側還有幾具屍體，他現在看不見。那兒沒有據點可容攻擊者爬上山頭，薩多知道只要他的彈藥和手榴彈不用光，他手下有四個人，他們不可能把他逼出該地，除非他們有帶戰壕迫擊砲來。他不知道他們有沒有到莊園村去調迫擊砲。也許沒有，因爲飛機馬上就要來了。偵察機飛過頭頂，已經過了四個鐘頭。

薩多想：這座小山真像硬性疖塊，我們就像它的膿汁。但是他們傻乎乎硬衝硬攻的時候，我們殺了不少。他們怎麼會以爲他們能輕易得手呢？他們的軍備太摩登，所以自信得失去理智了。他們半弓著身子往上衝的時候，他丟了一枚手榴彈，蹦蹦跳跳滾下山，把帶頭攻擊的青年軍官炸死。在黃色的閃光和灰色的濃煙中，他看到那名軍官向前躲，現在則像一捆沉重的破布堆在那兒，標出了攻擊最前進的位置。薩多看了看這具屍體，然後看了看山下其他的屍骸。

他想道：他們是勇敢而愚笨的一群人。但他們現在已懂得停止攻擊，等飛機來再說。當然啦，除非他們調來迫擊砲。有迫擊砲就容易了。迫擊砲是標準的玩意兒，他知道迫擊砲一來，他馬上就會死掉，但是他想到敵機要來，覺得自己在山上真像衣服和外皮都剝光似的。他想：沒有比這更赤裸的感覺了。一隻剝皮的小鬼子比較起來還像大熊一樣有遮掩呢。但是他們何必派飛機來呢？他們用戰壕迫擊砲，可以輕易把我們逼出這兒。不過他們以自己的飛機爲榮，可能派飛機來。正如他們以自動武器爲榮，所以才做出那些蠢事。但是他們一定也派人去調迫擊砲了。

有一個人開槍，然後猛拉插梢又飛快射了一槍。

「省省子彈吧，」薩多說。

「有一個婊子養的想衝上那個圓石堆，」那個人指一指說。

「你有沒有打中他？」薩多吃力地回頭問道。

那個人說：「沒有。那個淫夫溜回去了。」

下巴貼在泥土裡的人說：「最大的婊子就是碧拉，那婊子明明知道我們在這兒等死。」

「她來也無濟於事，」薩多說。那個人對著他聽力較好的耳朵說話，所以他不用回頭就聽到了。

「她有什麼辦法？」

「由後面攻擊那些母狗啊。」

薩多說：「怎麼行。他們散列在整個山邊。她怎麼攻法？足足有一百五十個人。現在說不定還不止哪。」

「但是我們若能撐到天黑就好了，」約魁恩說。

「簡直是異想天開，」下巴貼地的人說。

另外一個人對他說：「如果你姑姑有睪丸，她就變成你叔叔囉。叫人去請你的『熱情之花』吧。只有她能救我們。」

約魁恩說：「我不相信她兒子的事。如果他真在那邊，一定是接受飛行員之類的訓練。」

「他娘把他藏在那邊避難，」那人對他說。

「他在研究辯證法。你的『熱情之花』曾經去過那兒。李斯特和摩德斯都等人也去過。那個名字怪怪的傢伙告訴我的。」

「他們該去學習，然後回來幫助我們。」約魁恩說。

另外一個人說：「他們應該現在就幫助我們。現在所有的俄國騙子都應該幫助我們。」他一面開槍一面說：「我又沒打中。」

薩多說：「省省子彈，而且別說太多話，否則你會口渴。山上沒有水源。」

「喝這個，」那個人滾向一側，由頭頂脫下他揹的酒囊，遞給薩多，「潤潤嘴，老頭。你多處受傷，一定渴了。」

「大家喝吧，」薩多說。

「那我先喝，」那人說著灌了一大口，才一一遞給大家。

「薩多，你想飛機什麼時候會來？」下巴貼地的人問道。

薩多說：「隨時會來。剛才就該來了。」

「你想那些婊子養的會再攻擊嗎？」

「飛機不來才會。」

他覺得沒有必要提起迫擊砲的事情。迫擊砲一來，他們馬上就知道了。

「天知道，我們昨天看到的那幾架飛機就夠了。」

「太多囉，」薩多說。

他頭痛欲裂，手臂僵麻，移動的痛苦簡直難以忍受。他抬頭看看明亮高爽的初夏藍天，用沒有受傷的一隻手臂舉起皮酒囊。他今年五十二歲，卻確定這是他最後一次看到天空。

他不怕死，但是他氣自己被困在這座小山上，這兒只宜等死。他想：剛才我們若能甩掉敵人的跟蹤就好了。我們若能誘他們走上長長的山岩，或者脫身到馬路對面，便一切都沒有問題。但是這座疳塊小山。我們得儘量利用它，到目前爲止我們用得還不錯。

如果他知道歷史上很多人都不得不用一座小山做爲葬身之所，他也不會愉快起來，因爲他苦撐這一段時光，不可能爲同樣情況中別人的遭遇而感動，正如寡婦知道別人也死過丈夫，不見得會因此獲得安慰。無論怕不怕死，死亡總是很難接受的。薩多已經接受這個事實，不過他雖然年屆五十二，身上有三處受傷，又被困在小山頂，接受死亡仍然不是滋味。

他對自己說些死亡的笑話，但是他仰望天空，遙望遠山，大口喝酒，實在不想死。他自忖道：如果非死不可——現在顯然非死不可了——我可以死。但是我討厭死亡。

死不算什麼，他心中沒有死亡的畫面，也沒有恐懼。但是生命就是山邊微風裡的稻麥田。生命就是天空裡的老鷹。生命就是穀粒打出來、麩皮滿天飛的時候喝一罐清水。生命就是兩腿夾著馬兒，卡賓槍吊在腿下，沿途有森林茂盛的丘陵、山谷和小溪，然後轉往山谷另一側和遠處的山丘。

薩多把酒囊傳回來，點頭致謝。他身子往前傾，拍拍死馬的肩膀，槍口曾燒掉該處的皮毛。他還聞到燒焦的毛髮味。他想起自己抖抖顫顫把馬停在那兒，四週槍聲不絕，有的像耳語，有的像裂帛，彷彿一塊布幕遮在四週，他小心翼翼射擊牠雙眼雙耳之間的十字線交叉點。馬兒倒地後，他曾蹲在濕暖的馬背後方，調整槍彈，等他們衝上來。

他說：「你真是一匹好馬。」

艾爾．薩多現在向沒有受傷的一邊側躺著，抬頭仰望天空。他躺在一堆空彈殼上，但是頭部有岩石保護，身體則躲在馬兒的背面。傷口僵得厲害，劇痛難忍，他累得一動也不動。

「老頭，你怎麼啦？」他身邊的人問道。

「沒什麼。我休息一會。」

對方說：「睡覺吧，他們來了，自會吵醒我們。」

這時候斜坡底有人喊話。

「聽著，盜匪們！」聲音來自最近一隻自動步槍架設的岩堆後方。「現在投降吧，免得飛機把你們炸成碎片。」

「他說什麼？」薩多問道。

約魁恩告訴他。薩多滾向一側，打起精神，再度跪在槍隻後面。

他說：「也許飛機不會來，別答腔，也別開火。說不定我們可以引他們再度進攻。」

「要不要辱罵他們幾句？」剛才和約魁恩談到『熱情之花』把兒子送到俄國的傢伙問道。

「不，」薩多說：「把你的大手槍拿給我。誰有大手槍？」

「喏。」

「給我吧，」他半跪半蹲，接過九厘米大口徑的星牌手槍，向死馬旁邊的地面開了一槍，等了一會，每隔一定的時間再射擊，一共開了四槍。然後他靜靜數到六十，又對著死馬開了最後一槍。

他笑一笑，把手槍交還原主。

他低聲說：「重新裝上子彈，大家都閉嘴，不准開槍。」

「盜匪們！」那聲音由岩石後面大喊。

山上沒有人說話。

「盜匪們：現在投降，免得我們把你們炸成碎片。」

「他們上當啦，」薩多開心地說。

他靜靜觀望，有一個人由岩石上露出頭來。山上沒有人開槍，那顆腦袋又潛下去了。艾爾‧薩多一面看一面等，但是沒有進一步的情況發生。他回頭看看大家，他們都俯視斜坡的扇形戰線。他看看他們，他們搖搖頭。

「大家都不要動，」他低聲說。

「大婊子養的，」聲音又從岩石背傳來。

「紅色的豬玀。強暴親娘的禽獸。吃你爹奶水的傢伙。」

薩多咧嘴一笑。他將聽力較好的耳朵轉過來，剛好聽得見如雷的叫罵聲。比頭痛藥還管用嘛，他想。我們能宰多少人？他們會那麼傻嗎？

聲音又停了，他們足足有三分鐘沒聽到什麼，也沒看到什麼動靜。然後躲在一百碼斜坡下大圓石後面的狙擊手站出來開了一槍。子彈打中一塊岩石，咻咻飛掠而過。這時候薩多看到一個人彎著身子，由自動步槍前面的岩石蔽蔭裡跑出來，橫過曠野，跑到狙擊手藏身的大圓石附近。他急急忙忙俯衝到圓石後方。

薩多環顧四週。大家向他作訊號，表示別的斜坡沒有什麼動靜。薩多開心地咧咧嘴，搖搖頭。這比頭痛藥好多了，他想。於是他靜靜等待，簡直像獵人一樣開心。

斜坡上那個由石堆跑到大圓石後面的傢伙正和狙擊手說話呢。

「你相信嗎？」

「我不知道，」狙擊手說。

那人是指揮的軍官，他說：「這樣頗合常理。他們四面受圍。只有一條死路。」

狙擊手沒答腔。

「你在想什麼？」軍官問道。

「沒有，」狙擊手說。

「槍聲響了以後，你看到什麼動靜沒有？」

「完全沒有。」

軍官看看腕錶。三點差十分。

「飛機一個鐘頭以前就該來了，」他說。這時候另外一個軍官搖搖擺擺擠進圓石後面，狙擊手挪出一個空位給他。

第一位軍官說：「你，巴可，你覺得如何？」

第二名軍官由自動步槍那邊一躍而起，跑過山坡，如今氣喘吁吁的。

「我看是奸計，」他說。

「萬一不是呢？我們等在這兒。圍攻死人，多可笑。」

第二名軍官說：「我們做的事情已經不止於可笑了，看看那片山坡。」

他抬頭看看山頂附近死人散列的地方。由他這邊看過去，山頂的稜線包括零落的岩石，薩多的馬肚，突出的馬腳和凸起的馬蹄，還有挖地所堆起的新泥。

「迫擊砲如何？」第二名軍官問道。

「再過一個鐘頭應該到了。說不定更早。」

「那就等迫擊砲吧。今天的傻事已經幹得夠多了。」

「盜匪們，」第一名軍官突然大喊，同時站起來，把頭伸到圓石上，他一站直，山峰顯得近多了。「紅色的豬玀！懦夫！」

第二名軍官看看狙擊手，搖搖頭。狙擊手把頭偏開，但是嘴唇繃得緊緊的。

第一名軍官站在那兒，腦袋完全露出岩石外，手握槍柄。他朝山頂大罵。一點反應都沒有。於是他由圓石背後跨出來，站在那兒瞧著山頂。

他大叫說：「懦夫，你們如果還活著，就開槍啊。開槍打我，我不怕婊子養的赤軍。」

後一句話很長，軍官叫得滿面通紅，血氣洶湧。

第二名軍官瘦瘦黑黑的，有一雙寧靜的眸子，又薄又長的嘴唇，凹陷的雙頰佈滿短鬍渣，他又搖了搖頭。第一次攻擊就是現在喊話的軍官下令的。死在山坡的青年中尉是這個中尉巴哥。伯倫多的好朋友，巴哥靜靜聽上尉喊話，上尉顯然十分興奮。

「那些就是槍斃我姐姐和我親娘的豬玀，」上尉說。他臉色紅潤，留著英國式的金黃髭鬚，眼睛有點毛病。眼珠子呈淺藍色，睫毛的色調也很淺。你望著那一雙眼睛，焦點彷彿慢慢才集中起來。他叫道：「豬玀！懦夫！」又開始罵起來。

現在他完全暴露在外，仔細看一眼，用手槍射擊山頂唯一的目標：薩多的那隻死馬。子彈在馬兒下面十五碼的地上揚起一陣灰塵。上尉又開了一槍。子彈打中岩石，咻咻飛掠而過。

上尉站在那兒望著山頂。伯倫多中尉望著山巔下另一名中尉的屍體。狙擊手望著眼前的地面，然後抬頭看上尉。

上尉說：「上面沒有人活著，」又對狙擊手說：「你上去瞧瞧。」

狙擊手低頭看地下，沒有答腔。

「你沒聽到我的話？」上尉對他大吼。

「有，上尉，」狙擊手眼睛不看他說。

「那就站起來走哇。」上尉還把手槍舉在外面。「你聽到我的話沒有？」

「有，上尉。」

「那你爲什麼不去？」

「我不想去，上尉。」

「你不想去？」上尉用手槍抵住他的腰背部分。「你不想去？」

「我害怕，上尉，」這位士兵端莊地說。

伯倫多中尉望著上尉的面孔和古怪的眼神，覺得他會槍斃那名士兵。

「摩拉上尉，」他說。

「伯倫多中尉？」

「說不定這名軍士的看法沒有錯。」

「他說害怕還沒有錯？他說他不想服從軍令還沒有錯？」

「不。他說這是詭計，大概沒錯。」

上尉說：「他們都死了。你沒聽到我說他們都死了！」

伯倫多說：「你是說我們在山坡上的同志吧？我和你有同感。」

上尉說：「巴可，別當傻瓜。你以爲只有你才關心朱利安？我告訴你赤軍都死光了。看！」他站起來，雙手擱在圓石上，用力撐起身子，笨手笨腳跪爬上去，然後站起來。「開槍呀，」他站在灰色的花崗圓石上揮動兩臂。「開槍打我呀？殺了我呀！」

山頂上，艾爾．薩多躺在死馬後面偷笑。

好一個民族，他想。他笑出聲來，又拚命忍住，因爲身子一抖，手臂就發疼。

「赤軍方面，」下面傳來喊話聲，「赤軍的賤民。開槍打我呀！殺了我呀！」

薩多胸口抖個不停，隔著馬屁股偷看，看見那名上尉在圓石頂揮動手臂。另一名軍官站在圓石旁邊。狙擊手站在另一側。薩多緊盯在那個地方，開心地搖搖頭。

他小聲的對自己說：「開槍打我呀！殺了我呀！」肩膀又忍不住抖個不停。一笑手臂就痛。每次大笑，頭部簡直要炸開了。但是他忍不住像抽筋一樣笑得前俯後仰。

摩拉上尉由圓石頂跳下來。

「現在你相信了吧，巴可？」他問伯倫多上尉。

「不，」伯倫多說。

上尉說：「睪丸啦！現在這兒只有白痴和懦夫。」

狙擊手又小心翼翼躲在圓石後方，伯倫多中尉在他身邊蹲下來。

上尉站在圓石邊的曠野上，開始對山頂大說髒話。世上沒有一種語言比西班牙話更下流。英文的髒字兒它都有，另外有些措辭唯有髒話和宗教規矩並駕其驅的國家才會使用。伯倫多是虔誠的天主教徒。狙擊手亦然。他們是納乏里的正統派黨員，兩個人生氣的時候都會罵人說髒話，不過他們認爲這是一大罪過，經常定期懺悔。

現在他們蹲在圓石後方看上尉，聽他喊話，兩個人都不想聽他的髒字眼，不想和他扯上關係。今天他們也許免不了一死，他們不想在良心上留下那種穢言。狙擊手暗想：說這種話會倒楣的。用那種話罵聖母更不吉利。這傢伙說話比赤軍方更下流。

伯倫多中尉正在想：朱利安死了。在這麼一天慘死在山坡上。這個臭嘴巴還用髒話來招引更多的惡運。

現在上尉停下來，回頭看看伯倫多中尉。他的眼神比原先更怪了。

他開心地說：「巴可，你和我一起上去。」

「我不去。」

「什麼？」上尉又拿出手槍。

伯倫多想：我真討厭這些亂揮手槍的人。他們不亮槍就沒有辦法下命令。他們上廁所的時候，說不定要拔槍來逼出大便呢。

「你命令我去，我就去。但是要人保護我，」伯倫多中尉對上尉說。

上尉說：「那我一個人去。這裡的懦夫氣未免太濃了。」

他右手拿槍，大步走上山坡。伯倫多和狙擊手望著他。他根本不想找掩護，直挺挺望著前面的岩石、死馬和山頂的新泥堆。

艾爾．薩多躺在岩石一角的死馬後面，看著上尉大步走上山坡。

只有一個，他想。我們只騙到一個。但是瞧他說話的樣子，他可是大獵物哩。看他走路的神態。好一個畜牲。看他大步前進。這傢伙由我來幹。這傢伙我要帶著同行。現在來的這傢伙要和我一起上路。來吧，旅伴同志。大步走來呀。一直往前走。來和我相會。來吧，繼續走。別放慢腳步。一直往前走。快來。別停下步子，別看那些。這才對。甚至別低頭看地面。眼望前方，繼續走。看，他有鬍鬚哩。你覺得如何？旅伴同志留著鬍鬚。他是上尉。看看他的袖子。我說他是大獵物嘛。他的面孔像英國佬。喏，臉色紅潤，金髮碧眼。沒帶帽子，鬍鬚呈黃色。藍眼睛。淺藍的眼睛。淺藍的眼睛有點不對勁。焦點不集中的淺藍色眼睛。夠近了。太近囉。好，旅伴同志。吃我一記吧，旅伴同志。

他輕輕按自動步槍的板機，槍身抵著他的肩膀反彈了三次——凡是用三腳架的自動武器都會反彈。

上尉俯臥在山坡上。手臂壓在身子底。持槍的右臂伸到腦袋前面。斜坡下的人再度對山頂開槍。

伯倫多蹲在圓石後面，心想他現在不得不冒著槍林彈雨衝過曠野了，這時候突然聽到山頂上傳來薩多嘶啞的低音。

那聲音說：「盜匪們，盜匪們！開槍打我呀！殺了我呀！」

山頂上，艾爾．薩多躺在自動步槍後面，笑得胸口發疼，頭部簡直要炸開了。

他又大聲叫道：「盜匪們，殺了我呀，盜匪們！」然後開心地搖搖頭。我們有不少同伴一起上路哪，薩多想道。

另外一名軍官走出圓石外的時候，他要用自動步槍再試一下。他遲早會跨出來的。薩多知道他在那個地方不能指揮軍隊，他有機會打到他。

這時候山上的另外幾個人聽到第一陣飛機聲。

艾爾．薩多沒聽見。他正用自動步槍瞄準大圓石下坡的邊緣地帶，心裡在想：等我看到他，他一定全力奔跑了，一不小心就會錯過。瞄準那一地帶，我隨時可以由他身後射擊。我該瞄準他或他前面的地帶轉動槍桿，不然就任他起跑，然後瞄準他的正前方。我先在岩石邊緣盯住他，然後轉到他前面。這時候他覺得有人碰了他的肩膀一下，回頭一看，是嚇灰了臉的約魁恩，他看看少年手指的方向，看到三架飛機來了。

這時候伯倫多中尉由岩石後面衝出來，低著頭拔腳衝上斜坡，趕到自動步槍藏身的岩堆處。

薩多望著飛機，沒看到他走。

「幫我把這玩意兒拉出來，」他對約魁恩說，少年遂把自動步槍由馬屍和岩石間拉出來。

飛機一直往這邊飛，呈梯隊前進，看起來一秒一秒加大，聲音也愈來愈響。

薩多說：「仰臥對它們開槍，等它們來了，開槍打機頭的部位。」

他一直望著那些飛機。他飛快地說：「烏龜王八！婊子養的！」

他說：「艾格納西奧！把槍架在這孩子肩上。」又對約魁恩說：「你坐在那邊不要動。蹲過去一點。再過去。不。再過去。」

飛機一直飛過來，他躺回原位，以自動步槍瞄準它們。

「艾格納西奧，你替我抓握三腳架。」三腳架在少年背脊上擺來擺去，約魁恩低頭蹲在地上，聽見飛機的嗡嗡聲，忍不住抽搐，弄得槍口搖搖晃晃的。

艾格納西奧俯臥在地上，抬頭看天空上飛機來了，雙手連忙抓住三腳架，穩住槍身。

他對約魁恩說：「頭不要抬起來，向前伸。」

嗡嗡聲愈來愈近，約魁恩自言自語說：「『熱情之花』說：站著死勝過——」。接著他突然改口說：「萬福瑪麗亞，主與祢同在；眾女子中，祢獨得天祐，祢子耶穌亦得天祐。聖母瑪麗亞，現在為吾等罪人祈禱，在吾等死亡的一刻。阿門。聖母瑪麗亞，」飛機的吼聲令人難以忍受，他突然想起來，就在祈禱中加入懺悔：「噢，上帝，我全心後悔冒犯了最值得敬愛的祢——」

這時候劇烈的爆炸聲傳進耳膜，肩頭上槍筒熱烘烘的。接著又轟然一聲，他的耳朵都被槍口的裂音震聾了。艾格納西奧用力把三腳架往下拉，槍筒燙到他的背部。現在吼聲如雷，他再也想不起懺悔的文辭。

他只記得「在吾等死亡的一刻，阿門。」在吾等死亡的一刻。阿門。在這一刻。在這一刻。阿門。別人都在開槍。現在及吾等死亡的一刻。阿門。

接著，在槍彈的吼聲中，有一陣空氣扯裂的呼嘯聲傳來，然後紅焰、黑煙轟然升起，大地在膝下滾動，土塊揚起來打中他的面孔，塵土和碎岩石落遍四週，艾格納西奧倒在他身上，槍隻也架在他身上。但是他沒有死，呼嘯聲又來了，大地隆隆在他身子下面滾動。接著又來了一次，大地在他肚子下面猛搖，山頂的半邊飛到半空中，又慢慢落在他們身上。

飛機回來三次，不斷轟炸山頂，但是山上已沒有人知道。接著飛機用機槍掃射山頂，然後飛走了。他們最後俯衝掃射的時候，頭一架飛機拔高飛起，每一架飛機都依樣畫葫蘆，它們由梯隊改為V字形，往西戈維亞的方向飛去。

伯倫多中尉用槍彈密密封住山頂，然後派一支巡邏隊開往一處砲彈坑，以便由那兒向山頂丟手榴彈。上面亂七八糟，他怕有人還活著等他們，不敢冒險，所以他向死馬陣、碎岩堆和黃斑斑充滿火藥味的地面丟了四枚手榴彈，才爬出炸彈坑，走過去看個究竟。

山頂上沒有人活著，只有約魁恩在艾格納西奧屍體下，昏迷不醒。約魁恩的鼻子和耳朵都在流血。他突然陷入雷鳴的核心，一個砲彈落在身旁，馬上嚇得沒了氣兒，一無所知，一無所感，伯倫多中尉劃了一個十字，然後溫柔而迅速地用槍打他的後腦勺，動作猝然而溫婉，就像薩多槍殺受傷的馬兒一樣。

伯倫多中尉站在山頂，俯視斜坡上死去的同僚，然後眺望鄉野那一端他們飛奔而來圍困薩多的通路。他注意軍隊的一切佈署，然後下令把死人的馬匹牽上來，將屍體橫繫在馬鞍上，好運回莊園村。

他說：「把那具屍體也帶走。雙手放在自動步槍上的那一個。那人一定是薩多。他年齡最大，又守著自動步槍。不。把頭砍下來，用硬呢布包好。」他考慮了一會兒。「你還是把他們的腦袋全帶走吧。還有山坡下側我們找到的那幾個。收集自動步槍和手槍，把那門大槍扛到馬背上。」

然後他走到第一次攻擊時殉難的上尉身邊。他俯視他，卻沒有碰到他的屍體。

他自言自語說：「戰爭是多麼糟糕的一件事。」

然後他又劃了一個十字，一面走下山，一面為殉難同志的靈魂說了五次「我們的天父」和「萬福瑪麗亞」。他不想看部下執行他的命令。

28

飛機走了以後，羅柏和普利米蒂弗聽到槍聲大作，一顆心似乎也跟著再跳起來。一片雲煙飄過高山上視野能見的最後一個山脊，飛機在天空上變成三道愈來愈小的火花。

羅柏自言自語說：「說不定他們炸到自己的騎兵，根本沒碰到薩多和那一伙人。這些鬼飛機把人嚇得半死，卻傷不了你一根毫毛。」

普利米蒂弗聆聽沉重的槍聲說：「戰爭還在進行中。」炸彈砰一聲，他就縮一下，現在他舐舐乾燥的嘴唇。

羅柏喃喃說：「怎麼不進行下去？那些玩意兒根本傷不了人。」

這時候槍聲完全停止，他沒有聽到另一聲射擊。伯倫多中尉的手槍傳不了那麼遠。

槍聲初停的時候，他沒有什麼感覺。沉默繼續下去，一陣空虛突然襲上心頭，這時候他聽到手榴彈爆炸，心情又復甦了一會兒。接著萬籟俱寂，沉默一直繼續著，他知道事情已經過去了。

瑪麗亞由營區帶來一桶燉兔肉，濃濃的鹵汁裡浸著不少香菇，還帶了一袋麵包，一個皮酒瓶，四個錫盤，兩個酒杯和四個湯匙。她停在槍筒邊，爲奧古斯丁和伊拉狄奧舀了兩盤——伊拉狄奧此刻代替安瑟莫守著大槍。她分一些麵包給他們，並扭開酒瓶的角尖，倒出兩杯酒。

羅柏望著她輕快地爬上他的瞭望台，肩上扛著布包，手裡拎著錫桶，短髮在陽光下亮晶晶的。他爬下去，接過錫桶，扶她攀上最後一塊大圓石。

「飛機來幹什麼？」她問道，眼神似乎飽受驚恐。

「轟炸薩多。」

他打開錫桶，把燉肉舀到盤中。

「他們還在打？」

「不。已經打完了。」

「噢，」她說著咬咬嘴唇，眺望鄉野那一端。

「我沒有胃口，」普利米蒂弗說。

「多多少少吃一點吧，」羅柏對他說。

「我吞不下東西。」

羅柏把酒瓶遞給他說：「老兄，喝一點這個。然後再吃。」

普利米蒂弗說：「薩多的事情把胃口都趕走了。你吃吧。我不想吃。」

瑪麗亞走到他身邊，雙手環抱他的脖子，輕輕吻他。

她說：「吃吧，老兄。每個人都得照顧自己的體力。」

普利米蒂弗把頭偏開。他接過酒瓶，酒汁大股大股噴進喉嚨，他猛嚥下去。然後由錫桶舀了滿滿一盤燉菜，開始吃起來。

羅柏望著瑪麗亞搖搖頭。她坐在他身邊，手臂搭在他肩頭。彼此都知道對方的心情，他們靜靜坐著，羅柏一邊吃燉肉，一邊細細品嚐香菇，然後喝酒，不說半句話。

飯菜吃完，過了好一會他才說：「美人兒，妳如果想留在這裡，就留下來吧。」

「不，我得回碧拉那兒。」她說。

「不妨留在這邊。我想現在不會出什麼事了。」

「不，我得回碧拉那兒。她正給我一些訓諭。」

「她給妳什麼？」

「訓諭呀。」她對他微笑，然後親吻他。「你沒聽過宗教的訓諭？」她滿面通紅。「就是那麼回事，不過性質不同。」她又臉紅了。

「去接受妳的訓諭吧，」他一面說一面拍拍她的腦袋。她又對他笑笑，然後對普利米蒂弗說：「你要不要下面送什麼東西來？」

「不，女娃兒，」他說。他們都看得出來，他還沒有恢復平靜。

「祝你好運，老兄，」她對他說。

普利米蒂弗說：「聽著，我不怕死，但是這樣撇下他們——」他的聲音嘶啞了。

「沒有選擇餘地嘛，」羅柏告訴他。

「我知道。不過還是一樣。」

羅柏又說：「沒有選擇的餘地。現在還是別談那件事好些。」

「是的。但是我們居然不施援手——」

羅柏說：「最好不要談那件事。美人兒，妳去聽妳的訓諭吧。」

他望著她爬下岩叢。然後他靜坐良久，一面想心事，一面想著高處的鄉野。

普利米蒂弗和他說話，但是他沒有答腔。驕陽下熱烘烘的，他坐在那兒眺望山坡和高處的一片松林，沒有發覺四週的熱浪。一個鐘頭過去了，太陽已落到遠遠的左方，他看到那些人爬過坡頂，便拿起望遠鏡。

最前面的兩名騎兵在高山的綠坡上露面時，馬兒顯得很小很小。接著又有四個騎兵走下來，散列在寬寬的小丘上。這時候他隔著望遠鏡，看到兩排人馬走進視野內，清晰可辨。他望著他們，自覺腋窩汗水直淌，流下身體兩側。隊伍由一個人領頭。接著又出現不少騎兵，然後是沒有人騎的馬兒，馬鞍上橫繫著一包包的重物。接著是兩名騎兵。然後是傷患，兩側有人攙扶。最後由幾名騎兵殿後。

羅柏看他們走下斜坡，隱入森林內。距離太遠，他看不見一個馬鞍上所放的包袱，用硬呢長布裹著，由兩頭和中央幾處打結，打結的地方鼓脹脹的，像豆莢鼓出豆子似的。這個包袱橫繫在馬鞍上，兩端和馬鐙皮綁一起。鞍袋上方，薩多的自動步槍霸氣十足地綁在那兒。

伯倫多中尉在前頭領隊，側衛展開，尖岔向前，他心裡卻不覺得驕傲。他只感到行動之後的空虛。他心裡正在想：割人首級太野蠻了。但是證據和表白十分必要。這回我的麻煩已經夠多了，誰知道呢？首級的事情他們也許會感興趣。有些人就喜歡這一套。說不定他們會全部送到波格斯那兒。這是野蠻的作法。派飛機未免太過分。太過分。太過分。有一台史托克迫擊跑，我們就可以完全攻下，幾乎不損一兵一卒。兩匹騾子運彈藥，一匹騾子鞍袋兩邊各拖一門迫擊砲。那我們將是多麼了不起的敵人！有了一切自動武器的火力。再加一頭騾子。不，再加兩頭騾子運彈藥。算了吧，他對自己說。那就不是騎兵囉。算了吧，你這是爲自己造一支軍隊。接著你就要一門山砲了。

這時候他想起山上陣亡的朱利安，如今冷冰冰橫繫在第一批軍隊的一匹馬兒身上。他策馬進入幽黑的松林，撇下山丘的陽光，如今在靜靜的暗林中馳騁，他又開始爲亡友禱告。

他開口說：「萬福的慈悲聖母，我們的生命，我們的甜蜜與希望。在淚水之谷，我們獻上我們的嘆息、悲哀和哭泣——」

他繼續祈禱，馬蹄在松枝地上顯得軟綿綿的，光線隔著樹幹一塊一塊傳過來，彷佛穿過大教堂的列柱，他一面祈禱，一面望著他的側衛在前方樹木間奔馳。

他走出森林，踏上通往莊園村的黃泥路，馬蹄揚起漫天的塵泥。俯繫在馬鞍上的死人和傷者都弄得灰濛濛的，在傷者身邊護駕的人也蒙上厚厚的塵土。

安瑟莫就在這兒看他們穿過滿天塵泥。

他算算死者和傷者的人數，而且認出了薩多的自動步槍。他不知道帶路的馬兒體側隨馬鐙皮晃來晃去的硬呢布包是什麼玩意兒，但是回程上他摸黑走上薩多苦戰的山頭，立刻明白那個長布包裝著什麼東西。黑漆漆的，他說不出山上的情形。但是他數一數那兒的屍體，就穿過群山，直奔帕布羅的營地。

他一個人摸黑走著，滿心都是砲彈坑所帶來的叫人心寒的恐懼，看到砲彈坑，又發現山上的情景，他早就把明天的念頭都拋在九霄雲外。他儘量飛奔，一心只想去報告消息。他一面走，一面爲薩多和那一小隊人的靈魂禱告。革命以來，這還是他第一次祈禱呢。

「最仁慈、最甜蜜，最寬厚的聖母，」他祈禱說。

但是他終於忍不住想起第二天的事情。於是他思忖道：我要照「英國人」的吩咐去做。但是主啊，讓我靠近他，但願他的指示精確一點，因爲在飛機的轟炸中我自知不能控制自己。噢，主啊，明天幫助我儘量自持，這是我生命最後的幾個鐘頭了。噢，主啊，幫助我控制雙腿，危機來臨的一刻，讓我不要逃走。噢，主啊，明天戰鬥的一刻幫助我當一個男子漢大丈夫吧。既然我開口求助，請祢答應吧，祢知道我不到重大的時刻絕不會要求什麼，而且我以後也不再求祢了。

他一個人摸黑走著，祈禱以後心情好多了。現在他相信自己一定把持得住。於是他由高地走下來，又爲薩多的人員祈禱，不久便來到山崗哨，費南度盤問他。

他答道：「是我，安瑟莫。」

「好，」費南度說。

「你知道薩多的事情吧，老兄？」安瑟莫問費南度，他們兩個人摸黑站在大岩堆的入口。

費南度說：「怎麼不知道？帕布羅告訴我了。」

「他去過那兒？」

費南度呆頭呆腦說：「怎麼沒有？騎兵一走，他就去探望山頭。」

「他告訴你——」

費南度說：「他什麼都告訴我們了。這些法西斯份子真是野蠻人！我們西班牙一定要除掉這些野蠻人。」他停了半晌，然後尖刻地說：「他們缺乏一切的尊嚴觀念。」

安瑟莫在夜色中咧咧嘴。一個鐘頭以前，他簡直想像不出自己還能再露出笑容。他想：這個費南度真是一個奇人。

他對費南度說：「是啊，我們得教導他們。我們得奪下他們的飛機，他們的自動武器，他們的坦克車，他們的大砲，然後教他們關於尊嚴的觀念。」

費南度說：「不錯。我很高興你也有同感。」

安瑟莫讓他一個人滿懷尊嚴站在那兒，就繼續往山洞走去。

29

安瑟莫發現羅柏坐在洞內的板桌前，帕布羅坐在他對面。他們中間放著滿滿一缽酒，兩人面前各有一個酒杯。羅柏拿出筆記簿，手持鉛筆。碧拉和瑪麗亞都在洞穴後方，一時看不見她們。安瑟莫根本不知道，那婦人故意留住少女，免得她聽見大家談話的內容。他只覺得碧拉不在桌邊，似乎有點奇怪。

安瑟莫由洞口的遮簾鑽進來，羅柏抬頭望了望他。帕布羅直盯著桌子。他的眼神凝聚在酒缽上，卻不看酒缽。

「我從上面來。」安瑟莫對羅柏說。

「帕布羅告訴我了，」羅柏說。

「山上有六個死人，他們把腦袋砍下來帶走了，」安瑟莫說：「我摸黑到過那兒。」

羅柏點點頭。帕布羅坐在那邊望著酒缽，一言不發。他臉上一點表情都沒有，小小的豬眼一直盯著酒缽，彷彿從來沒見過那玩意兒似的。

「坐下吧，」羅柏對安瑟莫說。

老頭在桌前一張皮凳上坐下來，羅柏伸手到桌子下面，拿起薩多送的那瓶威士忌。大概還剩半瓶。他伸手在桌上拿了一個酒杯，倒了一杯威士忌，沿桌推給安瑟莫。

「喝吧，老頭，」他說。

安瑟莫喝酒的時候，帕布羅由酒缽上抬眼看安瑟莫的面孔，接著眼睛又轉回去望著酒缽。

安瑟莫吞下威士忌，覺得鼻子、眼睛和嘴巴都熱辣辣的，接著胃裡也暖烘烘的，很舒服。他用手背擦擦嘴。

然後他看看羅柏問道：「我能不能再喝一杯？」

「怎麼不行？」羅柏答道，又倒了一杯，這次是遞給他，不是推過去。

這次他吞下烈酒，沒有熱辣辣的感覺，但是暖洋洋的享受卻增強了。對他的精神頗有鼓舞作用，就像出血的人打一劑鹽水針似的。

老頭子又看看酒瓶的方向。

羅柏說：「剩下的明天喝。老頭，路上的情況如何？」

安瑟莫說：「活動很頻繁，我都照你的指示記下來了。我叫一個人現在替我觀察和記錄。等一下我再去聽她報告。」

「你有沒有看到反坦克大砲？橡皮輪胎、砲筒很長的那一類？」

安瑟莫說：「有。路上有四輛軍用卡車開過去。每一輛都有這種大砲，砲筒上覆滿松枝。一門大砲由六個人在車上隨行。」

「你說有四門大砲？」羅柏問他。

「四門，」安瑟莫說。他沒有看報告。

「告訴我路上還有什麼動靜。」

羅柏注意聆聽，安瑟莫就向他報告路上走過的一切。他從頭說起，以不識字的人特有的好記憶力依次述說，他說話的時候，帕布羅兩次伸手在大缽裡舀酒來喝。

「還有騎兵，由艾爾·薩多浴血苦戰的高地走進了莊園村，」安瑟莫繼續說。

於是他描述出他所見的傷兵人數和馬鞍上橫放的死者人數。

他說：「有一個馬鞍上橫綁著一個包袱，起先我不明白是什麼。不過現在我知道是首級。」他繼續往下說，不曾停嘴。「那是一個騎兵營。他們只剩一名軍官。不是早上你們架槍時來這裡的那一個。他一定身列死者之中了。由衣袖看來，有兩名死者是軍官。他們俯繫在馬鞍上，手臂垂下來。他們還將艾爾·薩多的機關槍綁在運首級的馬鞍上。槍筒彎彎的。就是這樣了，」他一口氣說完。

「這就夠了，」羅柏一面說，一面把杯子傾入酒缽。「除了你，還有誰曾穿過戰線到共和國那一邊？」

「安德斯和伊拉狄奧。」

「這兩個人哪一位比較高明？」

「安德斯。」

「他由這兒到納瓦西拉達要多少時間？」

「不帶行李，處處小心，運氣好的話三個鐘頭可以到那兒。因爲帶東西，我們當時走一條比較安全的長路。」

「他一定能辦到？」

「不見得，天下沒有肯定的事。」

「你也不一定能辦到？」

「不能。」

羅柏自忖道：關鍵就在這裡。如果他自稱一定能辦到，我當然會派他去。

「安德斯能像你一樣到那邊去？」

「和我一樣，甚至比我更行。」

「不過這個東西一定要送到那兒。」

「如果不出事，他自會到達。如果出了什麼意外，誰都一樣沒辦法。」

羅柏說：「我要寫一份急報，由他送去。我會向他說明什麼地方可以找到將軍。將軍應該在師總部。」

安瑟莫說：「他不會明白師部等問題。我也始終弄不清楚。他應該知道將軍的姓名，以及什麼地方可以找到他。」

「但是師總部可以找到他呀。」

「那不是地名吧？」

羅柏耐心解釋說：「當然是一個地方，老頭。不過卻是將軍選擇的地點。是他選做戰役司令部的地方。」

「那是什麼地方呢？」安瑟莫疲憊不堪，倦意使他顯得很愚蠢。而且他一直弄不清「旅」「師」「軍團」等字彙。先有縱隊，然後有聯隊，然後再有旅。現在又有旅和師。他實在不明白。一個地方就是一個地方嘛。

「慢慢來，老頭，」羅柏說。他知道自己若不能讓安瑟莫弄清楚，那他更不可能向安德斯解釋明白。「師總部是將軍選來設立指揮機構的地方。他指揮一個師，也就是兩個旅。我不知道在什麼地方，因爲他們選地點的時候，我不在那兒。說不定是一個山洞或戰壕，一處藏身的地方，有電線通到那兒，安德斯要去求見將軍，要求到師總部。他得把這份急報交給將軍或師部的主腦，或者另外一個人，我會把名字寫下來。就算別人出去視察進攻的準備工作，其中一定會有一位留在那兒。現在你明白嗎？」

「明白了。」

「那你去叫安德斯來，我現在就寫好，蓋上這枚圖章。」他把那枚刻有S．I．M（軍事情報處）字樣的木柄橡皮小圓章和口袋裡那個五毛硬幣般大小的錫蓋墨水印盒拿給他看。「他們會看重這枚印章。現在去找安德斯，我來向他說明。他得趕快去，不過他得先弄清楚再走。」

「我弄得清楚，他就弄得清楚。不過你要說得十分明白。這些總部和師部的問題對我有如天書。我一向都找肯定的地方，例如一間房子之類的。在納瓦西拉達，指揮部設在老旅館。在瓜達拉馬則是一間花園住宅。」

羅柏說：「這位將軍的總部一定是戰線附近的某一個地方。可能在地下，以避免飛機攻擊。安德斯若知道該問什麼，一打聽很容易找到。他只要亮出我寫的東西就成了。現在去叫他吧，因爲這份急件要趕快送到那兒。」

安瑟莫往外走，鑽到遮簾外。羅柏開始在筆記上猛寫。

「聽著，英國佬，」帕布羅說道，眼睛還望著酒缽。

「我在寫東西，」羅柏沒有抬頭。

「聽著，英國人，」帕布羅直接對著酒缽說：「用不著爲這件事而沮喪。沒有薩多，我們照樣有人手攻擊守備隊和炸橋。」

「好，」羅柏沒有停筆說。

帕布羅對酒缽說：「人手很多。今天我佩服你的判斷力，英國佬。我想你頗有計謀。你比我更精明。我對你有信心。」

羅柏專心寫報告給高茲，儘量用最少的字句表達，又要令人完全信服，勸對方取消攻擊計劃，但是要他們相信，他不是怕自己的任務危險才如此要求，而是要他們明白整個事態的發展。他根本沒有聽帕布羅說什麼。

「英國佬，」帕布羅說。

「我在寫東西，」羅柏還是沒有抬頭。

他思忖道：也許我應該送兩份抄本去。不過我這樣做，萬一需要炸橋，人手就不夠了。我對炸橋的原因知道多少？說不定只是牽制攻擊哩。說不定他們要把那些軍隊從別的地方引過來。說不定他們要把那些飛機由北方引過來。說不定是這麼回事。說不定他們本來就不打算成功。我又知道些什麼？這是我給高茲的報告。攻擊開始以前，我不能炸橋。我的軍令很清楚。如果攻擊取消了，我就什麼也不用炸。但是我得在這兒留下充分的人手，必要的時候好執行軍令。

「你說什麼？」他問帕布羅。

「我有信心，英國佬。」帕布羅還向著酒缽說。

羅柏暗想：老兄，我但願自己有信心。他繼續寫報告。

30

晚上該做的事情現在都已做好了。所有命令都發佈出去。每個人都知道明天早上自己該做什麼。安德斯已經走了三個鐘頭。天亮時事情也許會來，也許不會來。羅柏在上崗哨和普利米蒂弗細談一番再走回來，心中暗想道：我相信任務還是會來的。

高茲主持發動攻擊，但是他沒有取消的權力。取消要馬德里方面許可。說不定他們根本沒辦法叫醒那邊的人，就算醒了，也睡眼惺忪，不能思考。我應該早一點傳話給高茲，告訴他敵方迎戰的準備，不過事情發生以前，我怎麼能傳送報告呢？他們直到天亮才調動那些物資。他們不希望飛機偵察到路上的動靜。但是他們那些飛機又如何呢？那些法西斯份子的飛機？

當然我方人員會對飛機產生警覺。但是法西斯份子也許是用那些飛機作幌子，要穿過瓜達拉加拉攻擊另外一個地方。除了北方作戰的人馬，應該有義大利軍隊集中在索利亞和西昆薩。但是他們的軍隊或物資不足以同時發動兩次大攻擊。不可能；所以一定是虛張聲勢而已。

然而我們知道上個月和上上個月卡迪茲有多少義大利軍隊登陸。他們很可能再次試攻瓜達拉加拉，而且不像以前那麼笨，卻以三支主力部隊來擴充戰場，沿著鐵路直搗高原西面，那樣，他們就有一個辦法可以順利成功。漢斯曾經指給他們看過。頭一回敵方犯了不少錯誤。整個進軍的概念都不太高明。他們在阿甘達進攻馬德里—瓦倫西亞公路時，沒有運用瓜達拉加拉的任一支軍隊。他們爲什麼不同時採取一樣的攻勢呢？爲什麼？爲什麼？我們什麼時候才知道原因？

但是我們兩次都以同一批軍隊擋住他們。其實他們若同時採取兩路攻勢，我們永遠擋不住他們。別擔心，他自言自語說。看看以前的幾次奇蹟吧。明天早上你也許有必要炸橋，也許沒有必要。不過你別騙自己說你不用炸了。你不是今天炸橋，就是改天再炸。若不是炸這座橋，就是炸另外一座。事情不是由你決定的。你遵守命令。只管聽命行事，不要多想。

這次的命令再清楚不過了。太清楚太清楚。但是你不能擔憂，也不能害怕。你若容許自己表現正常的恐懼，那份恐懼感就會傳給你合作的人員。

他對自己說：不過砍頭的事情終究非比尋常。老頭獨自在山頂碰到戰死的友軍。你想不想那樣碰見他們呢？你感觸頗深，對不對？是的，約丹，你感觸頗深。今天你的心緒不止一回大受紛擾。但是你的表現還不錯。到目前爲止你的表現還算馬馬虎虎。

他自嘲說：以蒙塔納大學的西班牙文講師來講，你的表現可以算是好極了。你的表現真不錯。不過別自以爲與眾不同。這一行你還沒有多大的進展。想想杜蘭吧，他從來沒受過軍事訓練，又是作曲家，革命之前等於高等遊民，如今卻是他媽的傑出將官，指揮一旅軍隊。對這一切，杜蘭學習和領會起來易如反掌，簡直像西洋棋神童學下棋似的。你從小就閱讀並研究戰爭的藝術，你的祖父也和你大談過美國南北戰爭。只是祖父老說那是「造反戰」。但是你和杜蘭比起來，就像一個高明的棋手對抗一位小神童。老杜蘭哪。能再看到杜蘭就好了。這件事過去後，他會在「快樂爵爺」旅店看到他。是的。等這回事過去。看看他的表現好到什麼程度？

他又自言自語說：等這回事過去，我會在「快樂爵爺」看到他。別騙自己了，他說。你每次都做得十全十美呀。好吧。冷靜些。別騙自己。你再也見不到杜蘭了，這件事無關緊要。別那樣，他對自己說。別沉迷那種奢侈的享受。

也不要沉迷於英雄式的聽天由命感。我們這片山區可不要任何有著英雄氣短之感的公民。你的祖父打了四年的南北戰爭，你參戰才滿一年呢。你還有很長的日子要過，而且你很適合這件任務。現在你又有了瑪麗亞。咦，你什麼都有了。你不該擔心。一支游擊隊和一個騎兵營之間的小小激戰又算什麼？算不了什麼嘛。他們割下腦袋又如何？有什麼差別呢？根本沒有差別。

戰後祖父在基爾尼碉堡，印第安人老是剝人的頭皮。你記不記得你祖父辦公廳的櫃子，有箭頭攤在貨架上，牆上還掛著軍帽的鷹翎，羽毛斜斜的，煙薰的鹿皮氣味像裹腿布和襯衫，觸感像是加了串珠的鹿皮鞍？你記不記得倚在櫃子一角的水牛石弩大樣板，還有兩筒打獵和打仗的長箭，你繞著長箭合上手掌時，那一束箭桿摸起來是什麼感覺？

想想這一類的事情。想想一些具體而實用的東西。想想祖父的軍刀，擦得明晃晃的，放在齒紋刀鞘裡，祖父曾經指給你看，刀刃無數次交給磨石師，愈磨愈薄。想想祖父的「史密斯和威遜牌」手槍。單發，軍官型，零點三二口徑，沒有扳機安全瓣。那是你接觸過最柔軟最甜蜜的扳機，永遠擦得光光亮亮，雖然最後一層漆都磨掉了，槍上的褐色金屬也被槍套的皮革磨得平滑不堪，槍筒卻保養得乾乾淨淨。那隻槍放在一個袋蓋有U．S．字樣的槍套裡，連同清洗裝置和兩百發子彈一起擱在櫃子抽屜內。紙板彈箱都包紮起來，整整齊齊用塗蠟的麻繩綁好。

你可以由抽屜拿出那把手槍來。祖父說：「隨意處置。」但是你不能玩弄它，因爲它是「正經的武器」。

有一次你問祖父他有沒有用這把槍殺過人，他說「有。」於是你說：「爺爺，什麼時候？」他說：「在造反戰期間和戰後。」你說：「爺爺，你肯不肯告訴我事情的經過？」他說：「羅柏，我不喜歡談起那件事。」

後來你父親用這把手槍自殺，你由學校回來，他們舉行葬禮，驗屍官問完話把手槍發回來說：「羅柏，我猜你也許想保存這隻槍。我本來應該扣留，但是我知道你爹很重視它，因爲他爹經過戰爭保存下來，第一次隨騎兵出征時也帶著這把槍，而且性能還不錯。今天下午我帶出去試了一遭。不太能發射子彈，不過你還可以用它敲敲東西。」

他把那隻槍放回櫥櫃的抽屜裡，不過第二天他又拿出來，和丘卜一塊兒騎馬爬上紅洛基山上的鄉野。那處所，有人建了一條道路通過關卡，橫越熊齒高原，通往庫克市。那邊風勢微弱，他們停留的湖邊山崗整個夏天都有雪，湖深約八百呎左右，呈現深綠的色澤，丘卜拉住兩匹馬，他則爬到一處岩石上，傾身注視水面上他自己的面容，看自己拿著手槍，接著抓住槍口往下丟，看它落下水面，激起陣陣漣漪，在清水中像錶鍊上的裝飾品一般大小，然後消失不見。於是他跨下岩石走回來，轉身爬到馬鞍上，狠狠用馬刺踢了老貝絲一腳，弄得牠像老木馬一般猛跳個不停，他沿著湖岸一顛一簸騎出去，等牠恢復理智，他們馬上沿著小路往回走。

「羅柏，我知道你爲什麼拋掉那把老槍，」丘卜說。

「好，那我們就不用提它了，」他說。

他們後來從沒有提過那件事。除了軍刀，祖父隨身的武器就那樣處置一空。他還把那軍刀和其他的東西擱在密蘇拉的大皮箱裡。

他思忖道：不知道祖父對這種情況有什麼感想。人人都說祖父是好軍人。他們說他那一天如果跟著庫斯特，他決不會讓他那樣上當的。除非有一陣濃濃的晨霧，否則他沿著「小大角」怎麼看不見那邊所有小屋的炊煙和塵土呢？但是那天沒有霧啊。

但願祖父在這兒，不是我。噢，也許明天我們都會聚在一塊兒。若有他媽的「來生」這一回事——他暗想道：我相信沒有——我當然很想和他談談。因爲我想知道很多事情。現在我有權問他了，因爲我自己也不得不做同類的工作。我想他現在不會反對我問他。以前我沒有權利問。我明白他不告訴我，是因爲對我缺乏認識。但現在我想我們應該處得不錯。現在我真想和他談談，聽聽他的忠告。媽的，就算不能得到忠告，我也想和他談談。我們兩個人居然隔著這麼大的時間斷層，真丟臉。

他想著想著，突然體會到他們若能會面，他和祖父一定會爲父親的存在而尷尬。他想：誰都有權自殺。不過那實在不是一件好事。我諒解，但是並不贊成。「怠惰」是最恰當的形容詞。但是你真瞭解那件事嗎？當然我只是瞭解而已。不錯，只是瞭解罷了。你若敢做這種事情，一定得全神貫注。

他想：啊，他媽的，我真希望祖父在這兒，那怕只來一個鐘頭也好。說不定他藉著誤用那把槍的父親，傳下了我擁有的一點特質。也許那是我們之間唯一的連繫。不過，混蛋。真混蛋，我希望因果關係不相隔那麼久，我可以向他學習我父親不曾教我的東西。不過，假如四年南北內戰和印第安戰爭中他不得不經歷、控制，最後終於擺脫了許多恐懼——雖然大體上不會恐懼到那種程度——卻害另外一個人像第二代鬥牛士一般免不了變成懦夫呢？如果這樣又如何？說不定好體液穿過那個人以後，才直接傳給他？

我永遠忘不了自己頭一回知道父親是懦夫的時候心裡多麼難過。說吧，用英語說出來呀。懦夫。說出來就輕鬆多了，用外國話來說「婊子養的」實在沒什麼意思。不過他可不是婊子養的。他只是懦夫，那是一個人最倒楣的遭遇。因爲他如果不是懦夫，他早就起而對抗那個女人，不容她威嚇他。不知道他如果娶了另外一個女人，我會是什麼樣子？他想：這件事你永遠不會知道，不禁笑了起來。也許她的氣焰補足了另一個人的缺點。你。放輕鬆一點吧。明天還沒過完，你先別說什麼好體液之類的話。別太早擺架子。根本不要亂擺架子。明天我們再看看你的體液是哪 種。

但是他又想起了祖父。

祖父曾經說：「羅柏，喬治．庫斯特不算精明的騎兵領袖。他甚至算不上精明的人。」他想起祖父說這句話的時候，他覺得很不滿，居然有人批評紅洛基賭場牆上這副安胡瑟—布希版畫中身穿鹿皮襯衫，黃髮飛揚，手拿左輪槍抵抗印地安蕭族紅番的偉人。

祖父說：「他的能力只夠讓自己惹上麻煩再脫身，到了小大角，他惹上麻煩，卻再也不能脫身了！」

「費爾．謝爾頓是一個精明的人，約布．史都華也一樣。不過約翰．莫斯比是有史以來最好的騎兵領袖。」

密蘇拉的皮箱裡有一封費爾．謝爾頓將軍寫給「老馬基利」基爾派屈克的信，說他祖父是一個比約翰．莫斯比更傑出的非正規騎兵領袖。

他想：我該和高茲談談祖父的事情。當然他不可能聽過他。說不定他連北軍名將約翰．莫斯比都沒有聽過呢。不過英國人都聽過他們，因爲他們比歐洲大陸的人更需要研究南北戰爭。卡考夫說，等這件事過去，我可以進莫斯科的列寧學院。他說我如果願意，也可以進赤軍軍校。不知道祖父對這件事有何感想？祖父一輩子不曾在知情的狀況下和民主黨員同桌。

他想：噢，我不想當軍人。我知道這一點。這件事明明白白。我只想打贏這一仗。我猜真正的好軍人在其他方面都不太高明，他想。這句話顯然不對。看看拿破崙和威靈頓吧。今天晚上你真蠢，他思忖道。

通常他的腦袋是自處時間的好伙伴，今天晚上他想起祖父的時候更是如此。接著想起父親，他就被甩開了。他瞭解父親，原諒他的一切，也同情他，但是他以父親爲恥。

他自言自語說：你還是別再用腦筋了。你馬上要和瑪麗亞相聚，用不著再想什麼。這是目前最好的方式。你不如專心做一件事，欲罷不能，你的腦袋就像沒有重量的飛輪，拚命轉動。你還是不要思考吧。

他想：不過只要假想一下。假設飛機轟炸，把那些坦克大砲搗得稀爛，爆錯了地方，假設老坦克滾上某一座丘陵，假設老高茲把那一群比他先進夸托辛軍團的醉漢、癟三、無業游民、狂熱份子和英雄們都踢出去——我知道杜蘭的手下在高茲的另一旅表現甚佳，假設我們明天晚上就到西戈維亞。

是的。只是假想，他對自己說。我要安排去莊園村，他自言自語。不過你得先炸那座橋，他突然肯定地明白了。不會取消的。因爲你剛才片刻間的假想正和那些下令的人對進攻可能性的看法不謀而合。是的，你一定要炸橋，他真的知道。安德斯的成敗無關緊要。

他一個人摸黑走下山路，覺得未來四小時該做的事情都過去了，都過去了，而且他重新想到具體的事物，充滿信心，確定會炸橋的想法突然襲上心頭，令他簡直有點愜意。

自從他派安德斯帶著他給高茲的報告出門，心裡便一直有一份疑惑感，不確定的感覺逐漸擴大，很像一個人誤解了可能的日期，不知道客人會不會真的來赴宴，如今那種心境完全消失了。現在他確定宴席不會取消。確定就好多了，他想。有確定感永遠會好得多。

31

現在他們又一塊兒躲在睡毯中，這是最後一晚的深夜。瑪麗亞緊挨著他，他感覺到她光滑的長腿緊靠著他的大腿，兩個乳房像長方平原上升起的小丘，其間有一座深井，小丘那一頭是她喉嚨的谷地，他的嘴唇便貼在那兒。他靜靜躺著，什麼也不想，她則用手撫摸他的腦袋。

「羅柏，」瑪麗亞柔聲說道，同時親吻他。「我很慚愧。我不想讓你失望，不過我那兒發腫，疼痛不堪。我想我大概不適合與你歡聚。」

他說：「發腫和疼痛是免不了的。不，小兔子。這算不了什麼。我們不做叫妳發疼的事情。」

「不是這個意思。我是怕自己不能如願以償好好接納你。」

「那件事無關緊要。那是刹那間的事兒。我們躺在一起，就等於相聚了。」

「是啊，不過我很慚愧。我想是以前的遭遇造成的，不是由於你和我。」

「我們不要談那些。」

「我也不想談。我意思是說，今天晚上讓你失望，我實在受不了，所以我想辦法為自己剖白。」

他說：「聽著，小兔子。這些事情都會過去，然後就沒有問題了。」但是他心裡一想：最後一夜如此，並非好兆頭。

接著他又感到慚愧說：「緊緊靠著我，小兔子。魚水同歡我固然愛妳，黑暗之中感覺到妳靠在我身邊，我也同樣愛妳。」

「我深深慚愧，因爲我以爲今晚會像我們由艾爾・薩多營地下來的時候，在高原上那麼水乳交融。」

他說：「怎麼會。那不是每天都有的。我喜歡那樣，也喜歡這樣。」他把失望撇在一旁，說了幾句謊話。「我們靜靜在這兒相聚，好好睡一覺。我們一起聊聊好了。我很少看妳談天。」

「我們要不要談談明天和你的任務？我真想多瞭解你的任務。」

「不，」他說著，身子完全放鬆，縮進長長的睡毯裡，現在面頰貼著她的肩膀，靜靜躺臥，左臂擱在她的腦袋下方。「最聰明的辦法就是別談起明天和今天的遭遇。這件事我們不討論得失，明天該做的事情，我們自會去做。妳不是害怕吧？」

她說：「怎麼會。我一向怕事。但是現在我非常替你擔憂，自己倒不放在心上了。」

「妳千萬別擔憂，小兔子。我經歷過不少事件。而且都比這更嚴重，」他扯謊說。

他突然沉醉於一種想像，一種不真實的奢侈感，他說：「我們談談馬德里和我們以後到馬德里的情形吧。」

她說：「好，」然後又說：「噢，羅柏，讓你失望，真對不起。沒有別的事情能讓我爲你做的嗎？」

他摸摸她的腦袋親吻她，然後輕輕鬆鬆躺在她身旁，聆聽夜晚的寂靜。

「妳可以和我談馬德里，」他說著暗想：我要為明天多儲存些精神力量。明天我需要這一切。現在需要的松針不如明天來得多。聖經裡是誰把種子撒在地上？是奧南。奧南結果如何了？他想。我不記得後來再聽到過奧南的故事。他在夜色中泛出笑容。

接著他又著迷起來，再度溜入想像中，覺得陷身幻想很迷人，恍如以性慾接受夜晚來臨的某一件妙事，不需瞭解，只有接納的喜悅。

「心愛的人兒，」他一面說一面吻她。「聽著。那天晚上我想起馬德里，想要到那邊去，把妳撇在旅館，自己到俄國人的旅店去拜訪故交。不過那是假話。我絕不把妳撇在任何一家旅館。」

「為什麼？」

「因為我要照顧妳，永遠不離開妳。我要陪妳到保安局去拿文件，然後帶妳去買需要的衣服。」

「數量不多，我可以去買。」

「不！多買一點，我們一起去。要買好的，妳穿起來一定美極了。」

「我寧願兩個人待在旅館房間裡，派人去買衣服。那間旅舍在什麼地方？」

「在卡拉奧廣場。我們會整天待在旅館房間內。屋裡有寬寬的床館，整潔的床單，浴缸裡有熱水籠頭。壁櫥有兩個，我的東西放一座壁櫥，妳用另外一個。窗戶又高又寬，整天敞開著，外面的街道有噴泉。我知道幾個小吃攤，非法營業，但是飯菜很好吃，還知道幾家供應甜酒和威士忌的店鋪。我們房間裡要擺一點吃的東西，肚子餓的時候可以取用，還要擺一點威士忌，我想喝的時候隨時可以喝，我還要給妳買一瓶白雪莉酒。」

「我想嚐嚐威士忌。」

「不過威士忌很難買，如果妳喜歡白雪莉酒更好。」她說：「留著你的威士忌吧，羅柏。噢，我真愛你。你呀，還有我不能喝的威士忌。你真是一頭大豬玀。」

「不，妳可以試幾口。不過對女人不好。」

瑪麗亞說：「我只享用適合女人的東西。我在床上是不是還穿我的新娘襯衣？」

「不，妳如果愛穿，我會給妳買各種睡袍和睡衣。」

她說：「我要買七件新娘襯衣。一個禮拜每天換一件。我還要給你買一件乾淨的新郎襯衣，你有沒有換洗過襯衫？」

「偶爾。」

「我要把每一樣東西弄得乾乾淨淨，我要替你倒威士忌，加一點清水，像薩多的營地一樣作法。你喝酒的時候，我會弄一些橄欖、醃鱈魚和脆果子給你吃，我們在房間裡待一個月不出門。如果我適合接納你……」她說著，突然悶悶不樂。

羅柏告訴她，「那算不了什麼。真的沒什麼。也許你以前受過傷，現在有疤，所以進一步發疼。這種現象很可能發生。這些事情都會過去的。如果真有什麼毛病，馬德里也有好醫生。」

「不過以前都好好的，」她辯護說。

「那就表示以後還會好起來。」

「那我們再談談馬德里吧。」她把小腿弓在他的兩腿間，用頭頂揉搓他的肩部。

「不過我這一頭短髮醜得要命，到了那邊你不怕我給你丟臉吧？」

「不。妳很可愛。妳有可愛的臉蛋兒，優美的身材，修長又輕巧，皮膚光滑，顏色像燒過的黃金，人人都想把妳搶過去。」

她說：「怎麼能由你身邊搶走。我到死也不讓別的男人碰我一根汗毛。把我搶過去！怎麼會嘛。」

「不過很多人會試呀。妳看著好了。」

「他們看我那麼愛你，就知道碰我一根汗毛等於把手伸進熔鉛的大鍋一樣危險。你呢？你看到和你門當戶對的美女又如何？你不會以我為恥吧？」

「永遠不會。而且我要娶妳。」

她說：「隨你。不過我們既然不再有教堂了，我想儀式無關緊要。」

「我希望我們結婚。」

「隨你。不過你聽著。如果我們到還有教堂的國家，也許我們可以在那邊的教堂舉行婚禮。」

他告訴她，「我的國家還有教堂。如果妳重視這一點，我們可以到那邊的教堂結婚。我從來沒有結過婚。不成問題。」

她說：「我很高興你從來沒有結過婚。不過我也高興你懂那一類的事情，因為那表示你曾經和很多女人相處過。碧拉告訴我，只有這種男人才適於當丈夫。不過現在你不會和別的女人廝混吧？那樣我會傷心死了。」

「我沒有和多少女人廝混過，」他說的是真心話。「碰到妳以前，我沒想到自己居然會深深愛上一個人。」

她撫摸他的面頰，然後用雙手勾住他的腦袋後方，「你一定認識不少女人。」

「卻不愛她們。」

「聽著。碧拉告訴我一句話——」

「說吧。」

「不。還是不要說的好。我們再談談馬德里吧。」

「妳剛才要說的是什麼？」

「我不想說。」

「也許很重要，還是說出來好了。」

「你認爲很重要？」

「不錯。」

「你不知道是什麼，怎麼曉得重要？」

「由妳的態度看出來。」

「那我就不瞞你了。碧拉說，我們明天都會死，她知道，你也知道，而你根本不放在心上。她說這句話不是批評，而是充滿敬佩。」

「她這麼說的？」他問道。他暗想：這隻瘋母狗，於是他說：「全是她的吉普賽廢話。全是市場老太婆和咖啡館懦夫的說法。真是糞土髒話。」他覺得汗水由腋窩滴下來，溜到手臂和體側之間，他自言自語說：「原來你也害怕了，呃？」然後大聲說：「她真是臭嘴巴的迷信老婊子。我們還是再談談馬德里吧。」

「那你不知道這種事情囉？」

「當然不知道，別說這種臭話，」他用強烈而醜陋的字眼說。

但是這回他說到馬德里，再也不能沉迷於捏造的樂趣了。現在他只是騙小妞兒，騙他自己，勉強捱過戰鬥前的一夜，他深深知道這一點。他喜歡談那些，但是一切信以爲真的奢侈感都煙消雲散了。不過他又開始談起來。

他說：「我想過妳的髮型，以及我們可想的辦法。妳知道，現在妳滿頭短髮，長度就像動物的毛皮，摸起來很可愛，我很喜歡，真是美極了，我伸手一摸，有時候扁下去，有時候飛起來，像風中的小麥田似的。」

「你伸手摸摸。」

他照做了，手掌一直留在那兒，繼續對著她的喉嚨說話，覺得自己的嗓門脹脹的。「不過到了馬德里，我想我們可以一起去找理髮師，他們可以把兩邊和後面剪齊，像我的頭髮一樣，長出來的時候在城裡顯得美觀一點。」

「我希望像你，」她一面說，一面把他拉近來。「我永遠不想再改變了。」

「不。頭髮隨時生長，這樣只是在起初的時候顯得整齊些。要多久才會變長？」

「真的很長？」

「不。我是說到妳的肩膀。我就要妳留到那個長度。」

「像銀幕上的嘉寶一樣？」

「是的，」他嗓音濃濁地說。

現在裝模作樣的氣氛又突然湧現，他要全部吸收過來。現在那種氣氛完全攫住了他，他再度沉迷其中，繼續說下去。「直直垂到妳肩膀，髮根微捲，像海浪似的，顏色像成熟的小麥，妳的面孔像燒過的黃金，眸子是唯一能配合妳膚髮的顏色——金黃夾著暗斑紋，我要把妳的腦袋往後仰，凝視妳的明眸，把妳緊擁在我懷中——」

「在什麼地方？」

「任何一個地方。不管我們到哪兒，我都要這樣做。妳的頭髮要多久才長出來？」

「我不知道，因爲以前從來沒剪過。不過我想六個月應該長到耳朵下面，一年就可以達到你所希望的長度。但是，你知不知道會先發生什麼事情？」

「告訴我吧。」

「我們會在著名旅館的著名房間內享受乾淨的大床，我們一起坐在名牌的床鋪上，凝視壁櫥的鏡子，鏡中有你也有我，我這樣一回頭，伸手環住你，然後這樣吻你。」

於是他們在夜色中靜靜躺著，緊靠在一起，熱得發疼、發僵，羅柏緊緊擁著她，也緊擁著他明知不可能發生的一切，他從容地繼續說：「小兔子，我們不會永遠住在那家旅館。」

「爲什麼？」

「我們可以在馬德里『幽靜公園』旁邊的街道找一間公寓住宅。我認識一個美國婦女，革命前她專門裝修公寓來出租，我知道如何用戰前的便宜租金租到這種公寓。那邊有面對公園的住宅，妳可以由窗口看到公園的一切：鐵欄杆，花圃，砂石人行道，毗鄰砂石的綠草，成蔭的樹木，還有很多噴泉，現在板栗樹應該開花了。到了馬德里，我們可以在公園散步，湖水如果回升，我們可以到湖面上划船。」

「湖水怎麼會消退呢？」

「十一月他們把湖水抽乾，因爲飛機來轟炸的時候，那兒變成視線的一個標點。不過我想現在湖水已回升了。我不敢確定。就算沒有水，我們也可以由湖濱走遍整個公園，那兒有一個地方像森林似的，全世界的樹林都有，上面都列了名稱，用名牌說出它們是什麼樹，由什麼地方移來的。」

瑪麗亞說：「我還不如去看電影。不過樹木的事情聽來蠻有趣的，如果我記得住，我就和你一起學習。」

羅柏說：「它們和博物館裡不一樣。都自然生長，公園裡有山丘，其中一部分就像叢林似的。下面有書展，幾百個書攤沿著人行道擺設，專賣二手舊書，革命以後有很多書是從轟炸受災的房子和法西斯份子家偷來的，由小偷帶到書展場。我如果能在馬德里消磨一些時光，我可以像革命前，整天泡在書攤上。」

瑪麗亞說：「你參觀書展，我就忙著佈置公寓。我們是不是雇得起佣人？」

「當然。如果妳喜歡旅店的女侍庇特拉，我可以找她來。她烹飪技術很好，人又乾淨。我曾經和雇她的報館人員共餐。他們的房間裡有電爐。」

瑪麗亞說：「你喜歡她就好。否則我可以找別人。但是你不會經常離家出任務吧？這一類的工作，他們一定不肯讓我同行。」

「說不定我可以在馬德里找一份工作。現在我幹這一行已經很久了，從革命初起就作戰到今天。現在他們很可能派我在馬德里服務。我從來沒有要求過。我一向在前線，不然就擔任這一類的任務。

「妳知不知道我碰到妳以前，從來沒有要求過什麼？也不想要求什麼？除了革命運動和打贏這場戰爭，也從來沒想過任何事情？我的野心真的很單純。我日夜工作，現在我愛上了妳，」現在他全心擁抱不可能享有的一切，「我對妳的愛情，可媲美我對戰鬥目標的熱愛。我愛妳，不下於我愛自由，愛尊嚴，愛全人類工作免於饑荒的權利。我愛妳，不下於我們防衛的馬德里，不下於一切殉難的同志。很多同志都死了。很多。很多。妳想像不出有多少。但是我對妳的愛情，不下於世上我最愛的東西，而且有過之而無不及。我愛妳太深了，小兔子，遠比我說出來的更深更深。但是現在我說這幾句話，只想表白一點點，我從來沒娶過太太，現在我有妳當太太，我很高興。」

瑪麗亞說：「我會儘量當你的好太太，我的訓練顯然不夠，不過我會儘量補償缺點。如果我們住在馬德里，很好。如果我們不得不住到別的地方，也很好。如果我們不定居在任何地方，我跟你東飄西蕩，那更好。如果我們要到你的國家，我會學會最英國腔的英語。我要學習他們的一切禮節，他們做什麼，我就做什麼。」

「那妳一定很滑稽。」

「當然。我會犯錯，不過你告訴我，我絕不犯第二次，也許只犯兩次。到了你的國家，如果你想念我們的飯菜，我可以做給你吃。如果有主婦學校，我要去學校學做好太太，而且細心研究。」

「有那種學校，不過妳用不著學那些課程。」

「碧拉對我說，她認為你們國家有那種學校。她在一份期刊上看到過。她還告訴我，我一定要學說英語，而且要說得很流利，你才不會以我為恥。」

「她什麼時候跟妳說的？」

「今天我們收拾行李的時候。她一直交代我該如何做你的妻子。」

羅柏暗想道：我猜她也要去馬德里，就問她，「她還說了些什麼？」

「她說我得照顧身體和曲線，就像鬥牛士似的。她說這一點很重要。」

羅柏說：「這話不假。不過妳還有很多年不用擔心這個問題。」

「不。她說我們女人必須隨時提防這件事，因為來得很突然。她說她當年和我一樣苗條，不過那個時候女人都不運動。她教我該做什麼運動，勸我不能吃太多。還告訴我哪些東西不能吃。但是我忘了，得再問她一遍。」

「馬鈴薯，」他說。

「對了，」她繼續說下去，「是馬鈴薯和油炸的東西。我把腫痛的毛病告訴她，她叫我千萬別告訴你，要強忍劇痛，別讓你發覺。但是我告訴你了，因爲我不想騙你，而且我怕你以爲我們不再有共同的樂趣了，以爲高山上那一回並沒有真正發生過。」

「妳告訴我是對的。」

「真的？我很慚愧，凡是你希望的事情，我都肯做。碧拉向我提過幾件女人能爲丈夫做的事情。」

「用不著做什麼。我們擁有的一切，都是共同的，我們要當心保衛它。我愛妳，就這樣躺在妳身邊，和妳接觸，知道妳真的存在就好了，等妳再準備就緒，我們就會擁有一切。」

「但是你沒有什麼必要的東西可以由我來照料？她跟我說明過了。」

「不。我們的需要是共同的。我沒有什麼和妳無關的需要。」

「那我覺得好多了。請你隨時瞭解，我願意遵從你的願望。不過你千萬要告訴我，因爲我沒有學問，她說的事情很多我都不太懂。我不好意思問，她的智識又那麼淵博。」

他說：「小兔子，妳很了不起。」

她說：「怎麼可能。不過我們一邊拆營打包，準備戰鬥，我一邊學習爲妻之道，山上正打得如火如荼，這真是罕有的經驗。如果我犯了嚴重的錯誤，你千萬要告訴我，因爲我愛你至深。我可能會記錯，她告訴我的東西大部分都很複雜。」

「她還跟妳說了些什麼？」

「噢，好多好多，我記不得了。她說我如果想起以前的遭遇，可以說給你聽，因爲你是好人，而且已完全諒解了。不過最好別提起，除非那件事籠罩在我心頭，像鬼影似的，那麼我告訴你，就可以擺脫心中的鬱結。」

「現在妳心裡還沉甸甸掛著那件事？」

「不。自從我們第一次歡聚，那件事就像沒有發生過似的。我永遠爲父母悲哀。不過那是永遠拋不掉的。但是我如果要當你的妻子，爲了你的自尊，我希望你知道自己應該知道的事情。我從來沒有委身給任何人，我一直抵抗，每次都要兩個以上的人才傷得了我。一個人坐在我頭上按住我。我告訴你這句話，是爲了你的自尊。」

「我以妳爲榮。不要說了。」

「不，我是說你必須以你妻爲榮。還有一樁。先父是村長，是高尚的人物。先母是高尚的婦女，也是好天主教徒，他們槍斃先父和先母，因爲先父是共和黨員。我眼睜睜看著他們挨槍彈，父親立在村中屠宰場的牆邊，他們槍斃他，他臨死曾說：『共和國萬歲』。

「先母也站在同一扇牆邊說：『村長我夫萬歲』，我真希望他們也槍斃我，臨死我要說：『共和國萬歲，我雙親萬歲』，但是他們不槍斃我，卻做了那些醜事。

「聽著。我要告訴你一件事情，因爲我感觸很深。他們在屠場槍斃人以後，那些目睹慘狀卻僥倖活命的親人由屠宰場走上陡坡，進入城內的大方場。幾乎每一個人都在哭，不過有些人爲目睹的場面而麻木，眼淚都乾涸了。我自己也哭不出來。我什麼都看不見，因爲我眼前只出現父親和母親被槍斃的情景，母親說：『村長我夫萬歲』，這句話像尖叫聲般長留在我腦海，永不磨滅。我母親不是共和黨員，她不說：『共和國萬歲』，只說她腳邊俯臥的先父萬歲。

「但是她說得很大聲，像一陣尖叫，接著他們槍斃她，她應聲倒地，我想脫隊跑到她身邊，但是我們都被人緊縛著。槍斃由國民衛兵執行，他們還等著槍斃更多人，這時候長槍會員把我們趕上山，離開那些倚槍而立的衛兵，撇下牆邊的一切屍體。我們一大串少女和婦人都被綁住手腕，排成一長列，他們把我們趕上山，穿過市街來到方場，到了方場就停在市政廳對面的理髮店前頭。

「這時候兩個男人看看我們，有一個說：『這是村長千金，』另外一個說：『由她開始吧。』

「於是他們割斷我兩隻手腕上的粗繩，有一個人對另外幾個同夥說：『繩子綁好。』那兩個人就抓著我的手臂進入理髮廳，把我拎起來，硬塞進理髮座椅，緊按著不放。

「我由理髮廳的大鏡看到自己的面孔，以及那兩個抓我的人和另外三個靠在我旁邊的傢伙，那些面孔我一個也不認識，但是我由鏡中看到自己和他們，他們卻只能看到我。真像一個病人坐在牙科診療椅上，週圍有很多牙醫，他們都神經失常了。我連自己的臉蛋都不太認得出來，因爲悲哀使面容完全改觀，不過我盯著看，知道那是我自己。我實在太傷心，心裡絲毫不覺得害怕，除了悲哀，也一無感覺。

「當時我留著兩條辮子，我望著大鏡，有一個人抓起一條辮子猛拉，悲哀中我突然感到一陣劇痛，他們用剃刀貼著腦袋把辮子割下來。我看到自己只剩一條辮子，另外一邊露出斬斷的痕跡。接著他把另外一條辮子也割掉，不過沒有拉起來，剃刀在耳朵上弄出一個小傷口，我看到鮮血直流。你用手指摸得出疤痕吧？」

「嗯。不過，別談這件事不是更好嗎？」

「這算不了什麼。我不談悲慘的部分。他就這樣用剃刀貼著我的腦袋割下辮子，其他的人哄然大笑，我連耳朵的傷口都渾然不覺，他站在我前面，用割下的辮子猛打我的耳光，另外兩個人按住我，他說：『我們就這樣造出赤色的尼姑。這可以教妳和無產階級的弟兄們聯合在一起。赤色基督的新娘！』

「他用我頭頂割下的髮辮一再打我，然後把一長條辮子塞入我口中，繞著脖子緊緊綁起來，在背後打結，做成一個箝口具，抓我的兩個人大笑不已。

「看到的人都大聲笑起來，我由鏡子裡看他們笑，不禁痛哭失聲，原先我爲槍斃的場面全身發冷，根本哭不出來。

「接著塞住我嘴巴的那個人在我頭上推動髮剪，先由前額一路推到腦後，然後橫推過頭頂，剪遍整顆頭顱，再推近耳朵後方，他們按住我，逼我由理髮鏡凝視他們動手的情形，我簡直不相信有這回事，我大哭大喊，大哭大喊，卻無法避開自己張大嘴巴、塞著髮辮、頭髮漸漸理光的恐怖鏡頭。

「拿髮剪的人大功告成，由理髮師的貨架上（**他們把理髮師也槍斃了，因為他是理事會的一員，屍體躺在理髮廳門口，他們拖我進來的時候，曾經跨過他的遺骸**）拿起一瓶碘酒，用瓶中的玻璃棒碰碰我耳下的傷疤，一陣小小的劇痛隔著悲哀和恐懼驟然來襲。

「然後他站在我面前，用碘酒在我額頭上寫出UHP的字樣，慢慢寫，細細描，活像藝術家，我由鏡中看到一切經過，我不再哭喊，因爲我心已爲父母而凍結，自己現在的遭遇算不了什麼，我也深深知道這一點。

「這名長槍會員寫好字母，後退一步，盯著我檢視他的成績，然後放下碘酒瓶，拿起剪子說：『下一個』，於是他們抓住我兩隻手臂，把我拖出理髮廳，我絆倒在門口的理髮師身上，他還仰臥在那兒，面孔發灰。我們差一點撞到康現馨・葛雷西亞，有兩人正拖著她進來，她看到我，起先認不出是誰，後來認出是我，忍不住尖聲大叫，他們押著我走過方場，進入市政廳甬道，爬上樓梯，走進先父的辦公室，把我放在長椅上，我一直聽到她的尖叫聲。他們就在那兒對我施暴。」

「我的小兔子，」羅柏細聲說，儘量溫柔地摟緊她。但是他心裡充滿仇恨。「別再說了。不要再告訴我，我現在簡直壓不住滿腔的仇恨。」

她在他懷裡又冷又僵，她說：「不。我不會再談起。不過他們是壞人，如果有能力，我真想跟你去殺幾個。不過我告訴你這件事，只是爲了要當你的妻子，顧全你的自尊。你才會諒解。」

他說：「妳告訴我，我很高興，因爲明天運氣好的話，我們會殺很多敵人。」

「不過我們會不會殺長槍會員？是他們幹的。」

他繃著臉說：「他們不作戰。他們專在後方殺人。我們不是和他們打仗。」

「但是我們不能想辦法殺他們嗎？我真想殺幾個。」

他說：「我殺過他們。我們會再殺他們的。炸火車的時候，我們殺過不少。」

瑪麗亞說：「我恨不能跟你去炸火車。那次碧拉由火車上帶我回來，我有點瘋瘋癲癲。她有沒有把我當時的情形告訴你？」

「有。別談那些了。」

「我頭腦麻痺，死氣沉沉只會哭。不過還有一件事我非告訴你不可。這件事我一定要說，說不定你聽了就不想娶我了。但是，羅柏，萬一你不想娶我，我們能不能常相聚？」

「我會娶妳。」

「不。我忘記這回事了，也許你不該娶我。說不定我一輩子不能替你生個兒子或女兒，碧拉說如果我會生，遭受那番摧殘早就懷孕了。我必須告訴你這件事。噢，我不知道怎麼會忘了這回事。」

他說：「這件事無關緊要，小兔子。一來事情也許不是真的。要醫生才能肯定。二來世局如此，我不想生兒子也不想生女兒。何況妳完全佔據了我的愛心。」

她傾訴說：「我真想爲你生兒育女。若沒有我們的兒女來對抗法西斯份子，世局怎麼能改善呢？」

他說：「妳。我愛妳。妳聽到沒有？現在我們得睡覺了，小兔子。天不亮我就得起床，這個月份，天很早就亮了。」

「那我說的最後一件事有沒有問題呢？我們還可以結婚？」

「現在我們已經結婚了。我現在就娶妳。妳是我太太。不過妳快睡吧，小兔子，現在時間不多了。」

「我們真的已結爲夫婦？不是玩笑話？」

「真的。」

「那我就安心睡覺，醒來再想。」

「我也一樣。」

「晚安，我夫。」

他說：「晚安，晚安，我妻。」

現在他聽到她的呼吸均勻而持續，知道她睡著了。他睜眼躺著，一動也不動，不想吵醒她。他想起她沒有敘述的那一段經過，不禁怒火中燒。他很高興天亮就要殺敵了。不過我不能公報私仇，他想。

我又怎麼忍得住呢？我知道我們也對他們施過可怕的暴行。那是因爲我方的庶民未受教育，知識不足。他們卻是故意幹的。幹那些壞事的傢伙正是他們教育所產生的最後毒葩。那些人是西班牙騎兵開出的花朵。他們曾是何等樣的民族。由柯蒂茲、匹薩羅、孟能德茲、阿維拉，經過安瑞克·李斯特，直到帕布羅，好一批婊子養的傢伙。西班牙人民又多麼了不起。世上找不到更好和更壞的民族。找不到更仁慈和更殘忍的民族。誰瞭解他們？我可不瞭解，因爲我若瞭解他們，就會饒恕這一切了。瞭解就是饒恕。這句話不對。饒恕被人誇張了。饒恕是基督教的概念，西班牙一向不是基督教的國家。他們教會始終有自己特殊的偶像崇拜。還有別的聖女。難怪他們不得不毀掉敵人的處女。當然他們對西班牙的宗教狂想比人民具有更深的信念。人民遠離教會而成長，因爲教會掌握在政府手中，政府一向腐化無能。這是宗教改革唯一管不到的國家。好吧，他們現在要爲宗教法庭付出代價了。

噢，這件事值得多想想。可以讓你不再擔心任務的事。比裝模作樣騙自己高明多了。老天，他今天晚上可真虛構了不少情節。碧拉也整天自欺欺人。不錯。他們明天死了又如何？只要他們把橋適時炸掉，死又有什麼關係呢？明天他們只要幹那一件事情就成了。

不。你不能迷迷糊糊做這件事。但是你不可能長生不死。也許我這三天已經活過了整個一生，他想。若是如此，我希望我們的最後一夜不是這個樣子。不過世事豈能盡如人意。最後的虛無才更值得珍惜。對了，最後的交談有時候真好。「村長我夫萬歲」就是一句佳言。

他知道這句話很好，因爲他自言自語唸出來，叮噹聲不絕於耳。他靠過去，吻吻瑪麗亞，她沒有醒過來。他用英語靜靜低聲說：「我要娶妳，兔子。我以妳的家世爲榮。」

32

那天晚上，馬德里有不少人聚在「快樂爵爺」大飯店。一輛轎車慢慢停在飯店的入口，前燈遍塗藍粉，一個腳穿黑馬靴、身穿灰馬褲和灰色高領短外衣的矮個子跨出車門，向兩個衛兵回禮，同時打開門扉，對門房桌子邊靜坐的秘警點點頭，踏入電梯。門內有兩名哨兵坐在椅子上，分據大理石門廳的兩側，矮個子男人在電梯間門口和他們擦身而過，他們只抬頭看了一眼。他們負責搜查陌生人的體側、腋窩和臀袋上部，看對方有沒有帶手槍，如果有，就叫他寄存到門房那兒。不過他們對於穿馬靴的矮個子非常熟悉，他走過的時候，他們幾乎看都不看一眼。

他走進「快樂爵爺」飯店中他居住的套房，屋裡高朋滿座。大家隨處坐立和聊天，與一般客室沒有兩樣。男男女女都在喝伏特加、威士忌蘇打和從大酒壺倒進小玻璃杯的啤酒。有四個人穿軍服。其他的人都穿皮衣或夾克，四個女人中有三位穿著一般的外出服，另外一個骨瘦如柴，膚色黝黑，穿著合身的女兵制服，下面是裙子和高靴。

卡考夫進屋，立刻走到穿軍服的女士面前，熱烈地鞠躬握手。此人是他的太太，他用俄文對她說了一句話，誰也聽不見他說什麼，他進屋時的傲慢眼光暫時收斂了一會。當他看到一位窈窕少女的紅頭髮和懶洋洋的臉蛋兒，那種眼神又出現了，她就是他的情婦，他以簡潔的步子走向她，照樣鞠躬握手，誰也不能說現在他不是照剛才問候妻子的方式依樣畫葫蘆。他穿過房間的時候，他太太沒有目送他，她和一個高大俊美的西班牙軍官站在一塊兒，現在正用俄語交談。

卡考夫對少女說：「妳的大情人有點發胖。戰爭進入第二年，我們的英雄都發福了。」他沒有張望他正說起的男人。

「你太醜了，連一隻蟾蜍你都會忌妒，」少女開心地說。她說的是德文。「明天我能不能陪你出戰？」

「不。也沒有什麼攻擊戰。」

少女說：「人人都知道。別那麼神秘嘛。陶麗絲要去。我要跟她去，或者跟卡門。很多人都要去。」

卡考夫說：「誰肯帶妳去，妳就跟去吧。我不幹。」

接著他轉向少女，正色問她：「誰告訴妳的？要說真話。」

「理查，」她也正色說。

卡考夫聳聳肩膀，讓她一個人站在那兒。

「卡考夫，」一個中等身材、面孔灰白凹陷、腫眼疱，上唇往下拉的男人用消沉的口音叫喚他。「你聽到好消息沒有？」

卡考夫走到他身邊，那個人說：「我現在才聽到。不到十分鐘以前。妙極了。法西斯份子整天在西戈維亞自相殘殺。他們被迫用自動步槍和機關槍鎮壓兵變。下午他們用飛機轟炸自己的軍隊。」

「真的？」卡考夫問道。

那個腫眼疱的男人說：「是真的。陶麗絲親自帶來這個消息。她帶消息來這兒，我從來沒看過她那麼得意，容光煥發。由她臉上就看得出消息是真的。那張偉大的面孔——」他開心地說。

「那張偉大的面孔，」卡考夫的聲音毫無表情。

腫眼疱的男人說：「你真該聽她親口敘述，她身上顯出那道消息的光輝，真是人間少有。你由她的聲音可以聽出她的話完全真實。我要把這件事寫在蘇聯『真理報』的一篇文章裡。我聽到那個憐憫、同情和真理交融的偉大聲音報導這件事情，我真覺得那是此次戰爭最偉大的時刻之一。她身上現出真與善的光輝，彷彿真正的聖徒發出來的。人人叫她『熱情之花』，確實有道理。」

卡考夫用沉悶的嗓音說：「確實有道理。你還是現在爲蘇聯『真理報』寫文章吧，免得忘記上面那段美麗的前言。」

腫眼疱的男人說：「那個女人可不是鬧著玩兒的。連你這樣的犬儒派也不能嘲笑她。你剛才真該在這兒聽她說話。瞧瞧她的面孔。」

卡考夫說：「偉大的聲音，偉大的面孔。寫吧，別告訴我。別在我身上浪費好幾段文章。現在去寫吧。」

「總不能現在就寫呀。」

「我想你還是現在寫吧，」卡考夫說著看看他，然後把視線移開了。腫眼疱的男人手拿一杯伏特加酒靜靜站了幾分鐘，眼睛脹脹的，全心回想他剛才所見所聞的美麗鏡頭，然後離開房間寫作去了。

卡考夫走向另外一個年約四十八歲的男人，他身材矮胖，神情愉快，有一雙淺藍的眼睛，一頭稀疏的金髮，快活的嘴巴上留著黃色的硬鬚。此人身穿軍服。他是師部的指揮官，匈牙利人。

「陶麗絲來的時候，你在不在這兒？」卡考夫問那個人。

「在。」

「講些什麼？」

「說法西斯份子自相殘殺。如果是真的，那就美極了。」

「你聽不少人談到明天的事情。」

「真丟臉。新聞記者和這個房間裡的大部分人都該槍斃，當然有一位混帳的德國人理查先生也應該挨一槍。凡是把軍旅的指揮棒交給那位星期日客串發言人的傢伙都該槍斃。說不定你我也該槍斃呢。不過你可別建議喲，」那位將軍大笑。

卡考夫說：「這件事我一直不喜歡談起。那位偶爾上這兒來的美國佬就在那邊。你認識那個人嘛，他名叫約丹，正和游擊隊一起工作。他就在大家提起的那件事應該發生的地方。」

將軍說：「噢，那他今天晚上應該做一份報告來。他們不喜歡我去那兒，否則我就去替你察看一番。他這回是替高茲工作，是不是？你明天會見到高茲吧。」

「明天一大早。」

將軍說：「情況未好轉時，最好別去惹他。他和我一樣討厭你們這些渾球。只是他脾氣好多了。」

「但是關於——」

「說不定法西斯份子正在演習呢。」將軍露齒一笑。「噢，我們看高茲能不能稍微加以運用。讓高茲一顯身手吧。我們在瓜達拉加拉運用過了。」

「我聽說你也要旅行，」卡考夫邊說邊微笑，露出一口壞牙。將軍突然大怒。

「我也要。現在居然說到我頭上來了，總是談我們。這個下流的閒話圈子。一個能閉嘴守密的人如果自信能救國家，他就可以辦到。」

「你的朋友普利托能閉嘴守密。」

「但是他不相信自己會打贏。你對人民沒有信心，怎麼能打勝仗呢？」

卡考夫說：「這事由你決定。我要去小睡一回。」

他走出那間煙霧瀰漫、閒言滿耳的房間，進入後面的臥房，坐在床上脫馬靴。談話聲還依稀可聞，於是他關上房門，打開窗戶。他懶得費心脫衣服，因爲兩點他就得動身前往柯米娜、塞西達和納瓦西拉達通往前線的道路，高茲一大早要在那兒發動攻擊呢。

33

凌晨兩點，碧拉叫醒他。她伸手碰他的時候，他起先以爲是瑪麗亞，便滾向她說：「兔子。」這時候婦人的大手猛搖他的肩膀，他突然完全醒了，手槍擱在他赤條條的右腿邊，手也放在槍托附近，他全身都像安全瓣滑開的手槍，一觸即可發動。

他在夜色中認出是碧拉，看看手錶的針盤，兩根針在上端構成小山的斜角，時間才兩點鐘，就說：「妳怎麼回事，娘們？」

「帕布羅走了，」大塊頭的女人對他說。

羅柏穿上長褲和鞋子。瑪麗亞沒有醒。

「什麼時候？」他問道。

「大概走了一個鐘頭。」

「還有呢？」

「他帶走了你的一部分東西，」婦人慘然說。

「原來如此。什麼東西？」

「我不知道。來看看吧。」她對他說。

他們摸黑來到洞口，鑽過遮簾入內。羅柏跟著她走進死灰瀰漫、空氣污濁、充滿熟睡者氣息的山洞，扭開手電筒，免得踏到地板上睡覺的人。安瑟莫醒來問道：「時間到了？」

羅柏低聲說：「還沒有。睡吧，老頭。」

那兩個背包放在碧拉的床頭，床前掛一塊毯子，和洞裡其他的部分隔開。床上有發霉、汗酸和噁心的甜膩味兒，活像印第安人的床鋪，羅柏跪在床上，用手電筒照那兩個背包。兩個背包從上到下都有一條長裂縫。羅柏左手拿電筒，右手摸摸第一個背包。這是他放睡毯的一袋，應該不太滿。確實不太滿。裡面還有幾條電線，不過方形的木質炸藥箱不見了。菸盒裡那些仔細包裝的起爆劑也無影無蹤。裝著引線和雷管的螺旋蓋罐子也消失了。

羅柏又摸摸另外一袋。裡面還充滿炸藥。可能少了一捆。

他站起來轉向婦人。他有一種太早被吵醒的空洞感覺，簡直像大禍臨頭似的，他把這種心情擴大了一千倍。

「這就是妳所謂代管東西的方法？」他說。

「我腦袋貼著那兩個背包睡覺，還用一隻手臂摟著，」碧拉告訴他。

「妳睡得真熟。」

「聽我說，」婦人說道，「他晚上起來，我問他『帕布羅，你要去哪裡？』他告訴我：『去小便，娘們。』我又睡著了。我再度醒來，不知道過了多少時間，但是他不在那兒，我以爲他照例下去看馬了。後來——」她悲哀地說：「他沒有回來，我開始擔心，一擔心我就摸摸包袱，看看有沒有問題，發現有裂縫，我就來找你。」

「走吧，」羅柏說。

現在他們來到洞外，午夜過了沒多久，還不覺得早晨就要來臨。

「不走哨兵那條路，他能不能騎馬逃開？」

「另外有兩條路。」

「誰在上面站崗？」

「伊拉狄奧。」

羅柏不再說話，他們一直來到栓馬餵食的草地。有三匹馬在草地上吃草。大赤騮和大灰馬都不見了。

「妳估計他離開妳多久了？」

「大概一個鐘頭。」

羅柏說：「那就對了。我去拿背包剩下的東西，回去睡覺。」

「我會看守。」

「啊，妳會看守。妳已經看守一次了。」

婦人說：「英國佬，這件事我和你一樣難過。若能找回你的東西，我什麼都肯做。你用不著出口傷人。我們兩個人都被帕布羅出賣了。」

她說出這番話，羅柏知道自己付不出惡言相向的代價，他不能和這個女人吵嘴。今天他得和這個女人攜手合作，而這一天已經過了兩個多鐘頭。

他伸手搭在她肩膀上，對她說：「沒什麼，碧拉。失落的東西微不足道。我們會即時做出幾件同樣可用的代替品。」

「——不過，他拿走了什麼？」

「沒什麼，娘們。一些個人的奢侈品。」

「是不是爆炸裝備的一部分？」

「是的。不過還有其他的方法炸橋。告訴我，帕布羅難道沒有雷管和引線嗎？他們一定給了他那些裝備。」

她傷心地說：「他帶走了。我立刻找那些東西。也不見了。」

他們由樹林走回洞口。

他說：「睡一下吧。帕布羅走了，對我們更有利。」

「我去找伊拉狄奧。」

「他大概由另外一條路走了。」

「我一定要去。我不夠精明，對不起你。」

他說：「不。去睡一下吧，娘們。我們四點鐘就得準備就緒。」

他陪她進洞，把兩個背包拿出來，雙臂環抱，免得東西由裂縫往外溜。

「我來縫好。」

他柔聲說：「出發前再縫吧。我拿出來不是對妳不滿，而是這樣我才能安心睡覺。」

「我得早一點拿來縫。」

他對她說：「我會早一點交給妳。去睡一下吧，娘們。」

她說：「不，我對不起你，也對不起共和國。」

他柔聲對她說：「去睡一下吧，娘們。去睡一下。」

34

法西斯份子佔據了這裡的幾座山頭。有一個盆地沒有人據守，只有一支法西斯守備隊駐紮在他們設防的一間農舍外屋和穀倉裡。安德斯帶著羅柏的情報去見高茲，一路上摸黑繞了個大圈子，避開那支守備隊。他知道有一個地方裝了一條拉射固定槍隻的活動絆線，他摸黑找到那兒，踏過去，沿著白楊夾道的小溪直走，樹葉隨著夜風擺來擺去。一隻公雞在法西斯份子駐紮的農舍前喔喔啼叫，他沿溪而行，回頭張望，隔著白楊木看到農舍下邊的一個窗口有燈光透出來。夜色寂靜而清爽，安德斯離開小溪，橫過草地。

草地上有四個乾草堆，從去年七月戰鬥以來就放在那兒。沒有人把稻草搬開，時隔一年，草堆都垮了，草質也變得一無可取。

安德斯踏過兩個稻草堆之間的活動絆線，心想這樣真可惜。不過共和國的人得把稻草運上草地那一頭的瓜達拉馬陡坡，而法西斯份子大概用不著稻草吧，他暗想道。

他們擁有一切所需的稻草和穀物。他們擁有不少財貨，他想。不過明天早上我們要迎頭痛擊他們一番。明天早上我們得替薩多報仇。他們真是野蠻人！然而，早晨路面上一定塵泥滿天。

他要完成送情報的差使，趕回去進攻敵方的守備隊。他是真心想回去，抑或只是假裝要回去呢？「英國人」叫他送情報的時候，他知道自己如蒙大赦。他曾以冷靜的心情面對明晨的計劃。那是非做不可的事情。他曾投票支持它，自應參加行動。薩多被剿滅使他感觸頗深。不過那畢竟是薩多呀。不是他們。他們該做的事情，還是要做的。

但是「英國人」和他談起送信的事情，他的心境竟有如小時候遇到村中節慶，他　早醒來，聽說下大雨，知道地面太潮濕，方場的「嗾狗逗牛」遊戲非取消不可了。

小時候他熱愛「嗾狗逗牛」遊戲，滿心盼望有一天他能在艷陽和塵土中來到方場，四面都用牛車圍起來，堵住去路，他們一拉起圍門，公牛就由籠子溜下來，用四肢猛煞住身子。他以刺激、喜悅和嚇出冷汗的心情，期盼著有一天他站在方場上，聽到牛角敲著木箱，然後看到牠溜下來，猛站入方場，頭抬得高高的，鼻孔掀開，耳朵抽搐，黑漆漆的牛皮上滿是塵土，體側濺滿乾屍屎，看牠雙眼分得很開，眼珠子一眨也不眨，上面是又硬又光的牛角，像砂石磨過的漂木，角尖往上翹，一看就叫人有一種認不出的感覺。

他整年盼望那公牛進入方場的一刻，你蒙著牠的眼睛，牠則在方場上選擇要攻擊誰，突然頭一低，角一伸，快捷如貓，叫你心臟都停止了。他小時候一直盼望那一刻；不過「英國人」下令送情報的時候，他的心情就像一大早醒來聽到石屋頂上雨聲咚咚，打在石牆上，流進小村泥街的水窪裡，真是如蒙大赦啊。

在那些「村莊趣味鬥牛」遊戲中，他一向很勇敢，可媲美同村或鄰近村莊的任何一個人，雖然他沒有參加過鄰村的趣味鬥牛，本村的盛會他無論如何不肯錯過一次。公牛奔襲而來的時候，他總是靜靜等著，直到最後一刻才跳開。公牛撞倒別人，他就在嘴邊揮動一個布袋，把牠引開，很多次公牛把人推在地上，牛角斜伸，他都能拉住牛角，掌控和腳踏牠的面部，直到牠放開那個人，選攻另外一個人爲止。

他曾經抓住牛尾，用力拉用力扭，把公牛從倒地的人身邊拉開。有一次他單手把牛尾往回拉，直到另一隻手碰到牛角爲止；公牛抬頭攻擊他，他就向後逃，繞著公牛打轉，一手抓牛尾，一手抓牛角。最後群眾帶刀湧向公牛，把牠宰掉。塵土、熱氣、叫聲、人、牛、酒味喧騰，他首先衝上牛背，深知公牛在他身下搖擺衝撞的感覺，他橫臥在護甲上，一隻手臂緊環著牛角根部，伸手緊抓另外一隻牛角，手指扣住不放，身體顛簸擰轉，躺在熱烘烘、髒兮兮、硬毛叢生、抖來抖去的肌肉斜坡上，牙齒咬住牛耳，他的左臂彷彿要從肩窩斷裂了，他一再把刀鋒刺進鼓起的公牛頸部，熱血噴上他的拳頭，他把全身的重量懸在護甲高處，砰砰猛刺牛頭。

他第一次咬住牛耳不放，脖子和下巴硬僵僵抵住晃動的牛身，事後大家都拿他開玩笑。不過他們雖然取笑他，對他卻十分敬愛。以後每一年他都重複這一招。他們稱他爲「維拉康納喬的硬漢」，笑他生吃牛肉。但是村子裡每一個人都盼望看他表演。每年他都知道第一步是公牛出來，接著是攻擊和打滾，然後大家吼著要衝上去殺牛，他就奔過其他的攻擊者，躍上牛背抓緊不放。事情過去以後，公牛解決了，被大家壓倒在地，他就站起來走開，爲咬耳朵的事情慚愧，卻也自覺相當光榮。他穿過牛車陣，到石泉去洗手，大家拍拍他的背部，遞上酒囊說：「硬漢，真有你的。祝你娘萬歲。」

不然他們就說：「這才叫有種！年年這樣！」

安德斯往往羞愧難當，心裡空空洞洞的，又很得意很開心。他甩開那些人，洗雙手和右臂，把小刀洗好，然後接過一個酒囊，洗清那一年口中的牛耳味道；把酒吐在方場的石板上，才高舉酒囊，讓好酒噴入喉嚨。

當然。他是維拉康納喬的硬漢，他無論如何不肯錯過村子裡一年一度的盛會。但是他知道，最愜意的莫過於聽到雨聲，於是自知不用鬥牛時的那份心情。

但是我非回去不可，他自言自語。問題就是我必須參加守備隊和橋樑的破壞工作。我的弟弟伊拉狄奧在那兒，骨肉情深。還有安瑟莫、普利米蒂弗、奧古斯丁、拉費爾——雖然他不太正經——此外還有那兩個女人、帕布羅和「英國佬」——「英國佬」不算，他是外國人，又是奉命行事。他們都獻身於那件工作。我不可能藉著送情報的偶發事件來逃避職責。現在我得趕快把信送到，再全速趕回去參加對守備隊的攻擊。我若因送情報的事件而不參加行動，未免太卑鄙了。事情再清楚不過。他只考慮到事情嚴重的一面，突然想起其中也有樂趣可言，就自言自語說：何況殺法西斯份子對我還是一種享受呢。我們太久沒殺敵人了。明天將是有效行動的日子。明天將是具體行動的日子。明天將是極有價值的日子。但願明天到來，但願我在場。

這時候，他穿過及膝的金雀花叢，爬上通往共和國戰線的陡坡，一隻鷓鴣由他腳下飛起來，在暗夜中颼颼拍打翅膀，他突然嚇得屏住了呼吸。真突然，他想。牠們的翅膀怎麼能揮得那麼快呢？母鳥一定在做窩。說不定我踩到鳥窩附近了。若沒有這一場戰爭，我就在矮木上綁一塊手絹兒，白天再回來搜尋鳥巢，我可以把鳥蛋帶走，給母雞孵化，如果孵出來，我們的家禽場就有小鷓鴣了，我要看牠們長大，長成以後就用牠們當鳴呼器。我不弄瞎牠們，因爲牠們一定很溫馴。你想牠們會不會飛走？也許。那我只好弄瞎牠們的眼睛。

不過我親手養大牠們，實在不喜歡這樣做。我利用牠們呼叫的時候，可以修剪鳥翼，或者綁住牠們的一條腿。如果沒有戰爭，我就和伊拉狄奧到法西斯崗哨邊的小溪去抓蝲蛄。有一次我們一天就在那條小溪抓了四十幾隻。炸橋之後，我們若轉往葛雷度山脊，那邊有不少好溪，可以抓鱒魚，也可以抓蝲蛄。但願我們前往葛雷度，他想。夏天和秋天在葛雷度可以過得挺舒服，但是冬天一定冷得怕。說不定到冬天我們已經打贏了。

如果我爹不是共和黨員，伊拉狄奧和我現在一定是法西斯的士兵。一個人只要當上他們的兵丁，那就沒有問題了。他會服從命令，他會生或死，最後一切都走向不可避免的命運。在一個政權手下生活比對抗它要容易多了。

但是這種非正規的戰鬥責任可不輕。你若是一個愛操心的人，煩惱還真不少哪。伊拉狄奧比我愛用腦筋。他也常常憂慮。我真心信仰主義，我不擔心。不過這種生活的責任其實蠻重的。

我想我們生活在一個艱鉅的時代，他思忖道。我想其他的時代也許都比我們輕鬆。我們不太痛苦，因為大家都組織起來，一起對抗痛苦。痛苦的人不適於這種氣候。不過這是一個決斷困難的時代。法西斯份子攻擊我們，替我們做決定。我們必須戰鬥求生。但我真希望能綁一塊手絹在那棵矮樹上，白天來拿鳥蛋，給母雞去孵，能在自己的庭院親眼看到小鷓鴣。我嚮往那些平凡的小事。

但是你沒有房子，也沒有庭院，他想。你沒有家人，只剩一個弟兄，他明天就要打仗了。除了山風、太陽和空空的腹部，你一無所有。他思忖道：現在風勢很小，也沒有太陽。你口袋裡只有四枚手榴彈，但是手榴彈只適於拋擲。你背上有一把卡賓槍，但是卡賓槍只適於發出子彈。你有一份情報要送出去。你全身充滿可以送給大地的糞土。他在夜色中咧嘴一笑。你還可以用小便滋潤它。你擁有的一切都要付出去。你是一個哲學現象，也是一個不幸的男人，他自言自語，又露出笑容。

儘管他心裡有些許高貴的想法，剛才他卻像村莊鬥牛會的早晨聽到雨聲咚咚，而有一種如蒙大赦的感覺。現在他前面的山脊頂就是共和國政府軍的陣地了，他知道一定有人盤問他。

35

羅柏躺在睡毯中，身邊的瑪麗亞睡得正熟。他轉向另一邊，背對女孩，覺得她修長的身子緊貼著他的背脊，現在接觸起來彷佛是一大諷刺。你呀，你呀，他對自己發火。不錯，你呀。你第一次看到帕布羅，就告訴自己：他友善的時候也就是背叛的一刻。你這殺千刀的傻瓜。你這絕頂混蛋殺千刀的傻瓜。拋掉這些廢話吧。現在你該做的不是這些。

萬一他把炸藥藏起來或者丟掉呢？事情實在不妙。何況你摸黑永遠找不到。他會留著。他還帶走了一些炸藥。噢，這個污穢、下流、奸詐的雞姦鬼。這個污穢腐化的廢料。他怎麼不自己滾蛋，別把炸彈和引爆劑拿走呢？我怎麼笨到這種程度，居然把東西交給那個血腥的婦人？精明、奸詐、醜惡的雜種。卑鄙的烏龜王八。

他自言自語：別再想了，放輕鬆一點。你必須冒險。這是無可奈何的抉擇。你只是被人甩了，他告訴自己說。你永遠被甩了，甩得比風箏還要高。保持他媽的頭腦冷靜，別再生氣，別再像一扇哭牆哀嘆不已。完了。他媽的，完了。噢，那個卑鄙的豬玀下地獄去吧。你可以扒出一條路來。你非這樣不可，你知道你若想在那邊立足，就得把橋炸掉——也別想那些了。你爲什麼不問問你祖父呢？

　　噢，撇開我祖父，撇開這個奸詐糞土臉的臭國家，把左右兩派的每一個臭西班牙人永遠撇到地獄去。把他們都趕下地獄——拉戈、普利托、阿森西奧、米亞加、羅喬、所有那些人。把他們每一個都甩死下地獄。拋掉整個靠奸謀行事的國家。拋掉他們的自我觀念和自私，他們的自私和自我觀念，以及他們的自負和奸謀。把他們打入地獄。我們爲他們送死以前，先污蔑他們。我們爲他們送死以後，再污蔑他們。把他們甩死下地獄。上帝作踐帕布羅吧。帕布羅代表他們全體。上帝憐憫西班牙人。他們的領袖都作踐他們。兩千年才出一個好人帕布羅，其他的領袖作踐他們。我們怎麼知道他若遇到這一場戰爭，能不能屹立不倒？記得我認爲拉戈還不錯，杜魯蒂蠻好的，他自己的手下卻在法人橋把他槍斃。只因爲他要大家發起攻擊，大家就槍斃他。在最令人目瞪口呆的無紀律狀態中把他射死。怯懦的豬玀。噢，把他們都打入地獄，永世沉淪。還有那個帶走我炸藥和一箱起爆劑的帕布羅。噢，把他打入最深的地獄。不。是他作踐了我們呀。他們總是作踐你，由柯蒂茲、門內德茲、阿維拉到米亞加，無一例外。看看米亞加如何對付克里伯。光頭的自私豬玀。愚蠢的蛋頭雜種。把那些瘋狂、自私、奸詐、一直統治西班牙軍民的豬玀都作踐一番吧。作踐每一個人，人民例外，然後小心他們得勢會變成什麼樣子。

　　他愈來愈誇張，把輕蔑散佈得太廣泛太不公平，連他自己都不相信自己了，他的怒氣終於開始淡下來。這話如果屬實，你又來這裡幹什麼？不是真話，你也知道。看看那一切好人。看看那一切賢才。他不能忍受不公。他憎惡殘忍，也憎惡不公。他氣沖沖躺著，理智盡失，最後怒火終於慢慢平息了。鮮紅、漆黑、令人盲目、取人性命的怒火完全消失，如今他心裡平靜、安詳、敏銳、冷靜，就像男人和自己不愛的女人性交後的心情。

「妳呀，妳這可憐的兔子，」他俯身對瑪麗亞說，瑪麗亞在睡夢中微笑貼緊他。「剛才妳若開口說話，我會打妳一個耳光哩。男人發起火來真像野獸。」

現在他貼近少女躺著，雙臂摟住她，下巴擱在她的肩上，靜靜躺在那兒盤算他要怎麼做。要如何進行。

還不壞，他想。其實還不壞。我不知道以前有沒有人用過這一招。但是從今以後，遇到同樣的困局，隨時都有人會這麼做。如果我們做了，而他們也聽到的話。是的，如果他們聽到的話，如果他們沒聽到，只要猜猜我們如何做法就行了。我們人手不足，不過擔心也沒什麼意思。我要用我們僅有的兵力炸橋？我真慶幸氣頭已經過了。那種感覺就像暴風雨中不能呼吸。生氣是另一樁你擔當不起的享受呢。

他貼著瑪麗亞的肩膀柔聲說：「都盤算好了，美人兒。妳沒有爲這些事情受到一絲打擾。妳還不知道呢。我們都會死，但是我們會把橋炸掉。妳用不著擔心。這不算很好的結婚禮物。但一夜好夢不是千金難買的嗎？妳這一夜睡的真香。看看妳能不能把好夢當做戒指，戴在指頭上，睡吧，美人兒。好好睡吧，心肝。我不吵妳。現在我只能爲妳做這一件事了。」

他輕輕抱著她，感覺到她的呼吸，感覺到她的心跳，同時留心手錶上的時間。

36

安德斯在政府軍陣地提出挑戰。也就是說，他躺在三重鐵絲帶下方的陡坡上，貼著岩石和土垣對上面大喊。該處沒有綿延的防衛線，他可以摸黑通過此區，趁他還沒有碰到人盤問口令以前，更深入政府軍的領域。但是由這邊通過似乎更安全，更簡單。

他叫道：「你好！」「你好，民兵。」

他聽到螺栓往後拉的咔喳聲。接著土垣下傳來一陣槍影。咻咻砰砰，暗處有一個黃色的東西向下猛刺，安德斯聽到咔喳聲，連忙平躺下來，頭頂緊貼著地面。

安德斯喊道：「別開槍，同志。別開槍，我要進來。」

「你們有多少人？」有人在土垣後面大叫說。

「一個。我。一個人。」

「你是誰？」

「維拉康納喬村的安德斯．羅培茲。帕布羅的游擊隊來的。有一份情報。」

「你有沒有步槍和裝備？」

「有，老兄。」

那個聲音說：「不帶步槍和裝備的人，我們不放他進來。超過三個人也不行。」

安德斯大叫說：「只有我一個人。很重要。讓我進來吧。」

他聽到他們在土垣後方交頭接耳，卻聽不到他們說什麼。接著那聲音又叫道：「你們有多少人？」

「一個。我。一個人。看到老天爺份上。」

他們又在土垣後面商量。接著那個聲音說：「聽著，法西斯份子。」

安德斯大叫：「我不是法西斯份子，我是帕布羅手下的游擊隊。我有一份情報要送到將軍總部。」

他聽到有人說：「他瘋了，丟一枚炸彈過去。」

安德斯說：「聽著。只有我一個人。絕對只有我一個。我幹你媽的奧秘神蹟。我只有一個人。讓我進來。」

「他說話活像基督徒，」他聽到有人邊說邊笑。

接著另外一個人說：「最好的辦法就是丟一枚炸彈炸死他。」

安德斯大叫說：「不。那你們就犯了一項大錯。這件事很重要。讓我進來吧。」

他在兩方戰線間來來去去，每次都不太愉快，就是這個原因。有時候好一點，有時候很糟糕。但是都不愉快。

「只有你一個人？」那個聲音又往下大喊。

安德斯大叫道：「我幹你的臭膿包。要我告訴你多少次?就我一個人。」

「如果只有你一個人，那你就站起來，把步槍舉在頭頂上。」

安德斯站起來，雙手握著卡賓槍，舉在頭頂上。

「現在穿過鐵絲網過來。我們的機關槍正對著你，」那個聲音說。

安德斯進入第一道曲折的鐵絲地帶。「我要用雙手才能爬過鐵絲網呀，」他叫道。

「手別放下來，」那個聲音命令說。

「我被鐵絲網困住了，」安德斯叫道。

「丟一枚炸彈過去豈不更簡單，」一個聲音說。

另外一個聲音說：「讓他把槍揹在肩上。他雙手舉在頭頂，沒有辦法通過那兒。用一點頭腦嘛。」

另外一個聲音說：「這些法西斯份子都一樣。他們一個條件又一個條件，得寸進尺。」

安德斯大吼說：「聽著，我不是法西斯份子，是帕布羅手下的游擊隊。死在我們手下的法西斯份子比死於斑疹傷寒還要多。」

「我從來沒聽過帕布羅的游擊隊，」說話的人顯得指揮這支守備隊。「也沒聽過彼得，保羅，或其他的聖徒和使者。更沒聽過他們的游擊隊。把槍掛在肩上，用雙手爬過鐵絲網吧。」

「趕快，免得我們發射機關槍，」另外一個人大聲說。

「你真不親切，」安德斯說。

他用力爬過鐵絲網。

有人對他大吼：「親切？我們在打仗，老兄。」

「開始像打仗了，」安德斯說。

「他說什麼？」

安德斯又聽到螺栓的咔喳聲。

他叫道：「沒什麼。我沒有什麼。別開槍，等我爬過這道下流的鐵絲網。」

有人大叫說：「別罵我們的鐵絲網。否則我就丟一枚炸彈過去。」

安德斯大叫說：「好美的鐵絲網喔。廁所裡的上帝，好可愛的鐵絲網喔。弟兄們，我馬上到你們身邊。」

他聽到一個聲音說：「丟一枚炸彈過去，我告訴你這是應付整件事情最合理的辦法。」

「弟兄們，」安德斯叫道。他全身冷汗淋漓，知道炸彈手隨時會丟來一顆手榴彈。「我本人微不足道。」

「我相信，」那個炸彈手說。

「你說得不錯，」安德斯說。他小心翼翼爬過第三道鐵絲網，如今貼近土垣了。「我個人微不足道。但是事關重大。非常非常嚴重。」

那個炸彈手說：「沒有什麼事兒比自由更重大。你想還有比自由更重大的事情嗎？」他用挑釁的語氣說。

「沒有，老兄，」安德斯鬆了一口氣。現在他知道自己面對的是一群狂人——黑紅領巾的狂熱派。「自由萬歲！」

他們由土垣應道：「無政府工團主義萬歲，自由萬歲。」

「我們萬歲，」安德斯大叫道。

炸彈手說：「他和我們同一教派。我差一點用這玩意兒打死他。」

安德斯爬過土垣，那個人看看手中的手榴彈，心裡感動萬分。他雙臂環著他，一隻手還拿著手榴彈，於是手榴彈頂著安德斯的肩胛，那個炸彈手就這樣親吻他的面頰。

他說：「我真高興你沒有出事，老兄。我真高興。」

「你們的軍官呢？」安德斯問道。

有一個人說：「這兒由我指揮。我看看你的證件。」

他把文件帶入壕溝，藉著燭光詳細審閱。有一小方折疊的絲綢。上面印著共和國的旗幟，中央是S·I·M（軍事情報處）的印章。還有他的安全通行證，列出他的姓名、年齡、身高、出生地點和羅柏·約丹在筆記紙上寫明的任務，蓋上軍事情報處的橡皮章，還有四張折起來給高茲的快信，用繩子綁起，封上密蠟，蓋上軍事情報處皮章木板柄上所鑲的金屬印鑑。

「這個我見過，」指揮守備隊的人說，同時把那塊絲綢交還給他。「這個你們都有，我知道。不過沒有這一張通行證，根本不能證明什麼。」他舉起安全通行證，仔細再看一遍。「你是哪裡出生的？」

「維拉康納喬，」安德魯說。

「那邊種什麼？」

安德魯說：「甜瓜。全世界都知道。」

「那邊你認識什麼人？」

「咦？你是那邊來的？」

「不。但是我到過那兒。我是亞蘭米茲人。」

「隨便你打聽哪一個。」

「形容一下約斯・林康吧。」

「酒店老闆。」

「當然。」

「剃光頭，大肚子，一雙眼睛斜視。」

「那麼這份文件是真的囉，」那人邊說邊交還文件。「但是你在他們那邊幹什麼？」

安德斯說：「革命前我父親在維拉康斯丁任職。在山背的平原上。我們就在那邊聽到起事的消息，驚駭交加。起事後我一直在帕布羅手下打游擊。不過，老兄，我急著帶走那份快信。」

「法西斯份子的管區情況如何？」指揮者問道。他倒不慌不忙。

安德斯自負地說：「今天我們流了不少血。路上整天佈滿塵土。今天他們把薩多的游擊隊打垮了。」

「薩多又是誰？」另外一個人不以爲然說。

「山區最佳游擊隊之一的領袖。」

那名軍官說：「你們都該到共和國來從軍。游擊隊這一類愚蠢的胡鬧未免太過火了。你們都該來接受我們自由主義的紀律。我們想派出游擊隊的時候，自會派出必要的人手。」

安德斯是一個耐心超群的人。他平靜地接受了穿過鐵絲網的事實。這些檢查都不曾驚動他。他覺得此人不瞭解他們，也不瞭解他們的工作，是安全正常的現象，他說蠢話是預料中事。事情拖拖拉拉也是預料中事；但是現在他一心想走。

他說：「聽著，同志。也許你說得不錯。但是我奉命把這份快信送給指揮第三十五師的將軍，他們天亮要攻擊這片山區，已經深夜，我得走了。」

「什麼攻擊？你對攻擊知道多少？」

「沒有。我什麼都不知道。但是現在我得趕到納瓦西拉達，由那邊繼續前進。你肯不肯送我見你們的司令，由他派交通工具送我繼續走？現在派一個人陪我去見他，免得耽誤。」

他說：「我不相信這一套。說不定你走近鐵絲網的時候，我們槍斃你還好些。」

「同志，你看過我的文件啦，我也說明了我的任務，」安德斯耐心告訴他。

軍官說：「文件可以偽造。任何法西斯份子都能捏造這種任務。我自己陪你去見司令。」

安德魯說：「好。你來最好。但是我們得趕快出發。」

軍官說：「你，山奇茲。你替我指揮。你和我一樣熟悉自己的任務。我帶這個所謂的同志去見司令官。」

他們走下山背的淺溝，安德斯在暗夜裡聞到山坡上羊齒堆傳來山頭衛士的屎尿味兒。他不喜歡這些人，他們就像危險的孩子；污穢，下流，缺乏軍紀，和氣，重感情，痴傻，無知，卻始終很危險，因爲他們身上都有武器。安德斯沒有特定的政治觀，只知道擁護共和國。他聽到這些人談過很多次話，覺得他們說的話往往很悅耳，很動聽，但是他不喜歡這些人。把環境弄得又臭又髒，卻不掩埋妥當，這不是自由。沒有一種動物比貓類更自由；貓兒卻能把自己弄髒的地方埋好。貓兒是最佳的無政府主義者。他們還沒向貓類學得這一招，我無法尊敬他們。

軍官在他前面突然停下來。

「你還帶著卡賓槍，」他說。

安德斯說：「喂，怎麼不能帶？」

軍官說：「給我。你可以用這把槍由後面打死我。」

安德斯問他：「爲什麼？爲什麼我要由後面打死你？」

軍官說：「誰也不能預料。我不信任任何人，把卡賓槍給我。」

安德斯把槍解下來，遞給他。

「你喜歡帶就給你，」他說。

軍官說：「這樣好多了。我們這樣比較安全。」

他們摸黑走下山徑。

37

現在羅柏躺在少女身邊，望著手錶上時間一分一秒過去。很慢，簡直看不出來，因爲這是一個袖珍型的手錶，他看不見秒針。但是他望著分針，全神貫注，幾乎可以察出它的動作。女孩的腦袋貼在他下巴底，他轉頭看手錶，覺得那一頭短髮緊挨著他的下巴，柔軟，活潑，絲一樣起伏，很像你打開捕獸機，抓起貂鼠，撫平貂毛時，那一身皮毛在你手下的觸感。他的下巴搓著瑪麗亞的頭髮，喉嚨脹脹的；伸臂摟住她，一種空虛的刺痛由喉嚨傳遍全身；他低下頭，眼睛貼近手錶，矛狀的光輝裂片慢慢移向針盤的左面。現在他清晰而從容地看見指針的動作，他擁住瑪麗亞，想讓時間慢下來。他不想叫醒她，但是最後這一刻他不能撇下她不理，他把嘴唇貼在她耳朵後面，沿著頸部往上移，感受著柔滑的肌膚和她頸毛軟綿綿的觸感。他看見手錶上分針不斷移動，把她摟得更緊，舌尖舐過她的面頰，移向耳垂，又沿著可愛的漩渦轉向甜蜜而結實的頸部，舌頭顫抖不已．他覺得那陣顫慄隔著空虛的痛苦傳遍全身，他看到手錶的指針呈銳角向頂端移動。她還在睡覺，他把她的腦袋扳過來，嘴唇貼在她唇上。就這樣貼著，只輕觸她熟睡的嘴巴，他溫柔地扭動兩片嘴唇，微微揉搓。他身子轉向她，覺得那修長而輕巧的玉體顫動了一下，接著她在睡夢中嘆息一聲，她還在睡覺，卻伸手抱住他。然後醒過來，兩片櫻唇貼在他嘴唇上，結實，用力，壓得緊緊的，他說：「不過妳傷口發疼。」

她說：「不，不痛。」

「小兔子。」

「不，別說話。」

「我的小兔子。」

「別說話。別說話。」

於是他們又歡聚在一起，現在錶上的指針一分一秒移動，卻沒有人注意了。他們知道任何一方的際遇也就等於對方的際遇，世上沒有一件事比這更重要；這是一切，也是永恆；這是過去，現在和將來。他們以後不會有的幸福，如今都有了。他們現在擁有，以前擁有，始終擁有，現在，現在，現在。噢，現在，現在，現在，唯一的現在，現在勝過一切，沒有別的現在，只有現在的你，現在就是你的發言人。現在，永遠是現在。現在來吧，現在，因爲除了現在就沒有現在了。是的，現在拜託，只有現在，除了這個現在什麼都沒有，你在哪兒，我在哪兒，不問爲什麼，永遠不問爲什麼，只管這個現在；繼續吧，一直繼續吧，拜訪一直維持現狀，一直維持現狀，因爲現在永遠只有一個現在了；一個，只有一個，沒有別的，只有一個現在，現在走了，現在升起，現在航行，現在離去，現在旋轉，現在翱翔，現在遠別，現在一路前進，現在老遠一路前進；一個人，一個人就是一個人，是一個，是一個，是一個，還是一個，還是一個，下降地，柔和地，渴望地，慈愛地，開心地，善良地，珍愛地，如今躺在地上，手肘抵著割下來睡倒的松枝，四週滿是松枝和夜晚的氣息；如今斷然歸於大地，天就要亮了。他內心充滿了無可名狀的激情，說道：「噢，瑪麗亞，我愛妳，爲此而感激妳。」

瑪麗亞說：「別說話。我們不說話更好。」

「我非告訴妳不可，因爲這是一件大事。」

「不。」

「兔子——」

但是她抱緊他，把頭偏開，他柔聲問道：「是不是會痛，小兔子？」

她說：「不。是我感激又經歷了一次天國樂園。」

事後他們並肩躺著，由足踝、大腿、臀部和肩膀，全身都挨在一起，羅柏戴著手錶，現在他又看到時間了，瑪麗亞說：「我們運氣真好。」

他說：「是啊，我們是相當幸運的人。」

「沒有時間睡覺了？」

他說：「沒有。馬上就要出發了。」

「如果非起床不可，我們去弄點東西來吃。」

「好。」

「你。你不擔心什麼吧？」

「不。」

「真的？」

「不擔心。」

「不過你先前曾經擔憂過？」

「擔心過一段時間。」

「我一點都幫不上忙？」

他說：「不。妳已經幫忙夠多了。」

「那件事？那是我自己要的呀。」

他說：「我們兩個人要的。沒有一方單獨存在。來，兔子，我們穿衣服吧。」

但是他的腦子——亦即他最好的伙伴——卻在想著「天國樂園」這句話。她說「天國樂園」。與榮耀無關，也不是法國人所寫所說的「光榮」。那是坎特．宏郡和賽伊達家族特具的能力。當然葛里哥和聖揚．狄拉庫魯茲等人也有。我不是神秘主義者，不過否認這一套就像否認電話、地球繞日說或者天體其他星球一樣無知。

我們對於該知道的東西所知太有限了。我真希望活久一點，不要今天死掉，因爲這四天裡我學到不少生命的奧秘；遠比一生其他的日子來得多。我真想當老頭子，具有真正的智慧。不知道人會不會繼續學習，抑或每個人只能瞭解一定的份量。我想我知道太多事情，反而一無所知。但願還有時間學。

「妳教了我不少東西，美人兒，」他用英語說。

「你說什麼？」

「我由妳這兒學到不少東西。」

她說：「怎麼可能。有學問的是你呀。」

有學問，他想。我只有最少量起碼的學問。很小的起步。我若今天戰死，真是一大浪費，因爲我現在知道了幾件事情。我現在才學到，不知道是不是因爲時間太少，而且過份敏感的關係？不過，世上沒有所謂「時間不足」這回事。我也該明白這一點。自從我來到這兒，我等於在這片山區過了一輩子。我一直在這兒。安瑟莫是我最老的朋友。我對他比查理斯、丘卜、蓋伊、麥克和他們更熟悉。髒話滿口的奧古斯丁是我的弟弟，而我一輩子沒有兄弟。瑪麗亞是我的真愛人，我的妻子。我從來沒有真愛人。我從來沒有妻子。她也算我的姐妹，而我從來沒有姐妹。她還像我的女兒，我一輩子不會有女兒。我不喜歡撇下那麼完美的寶貝。他把痲繩底布鞋綁好。

「我覺得生命很有趣，」他對瑪麗亞說。她陪他坐在睡毯上，雙手抱著足踝。有人推開洞口的遮簾，他們倆都看到燈光。天色還一片漆黑，毫無黎明的跡象。他抬眼看看松樹梢，看到星星已落到天空下方。這個月份黎明來得很快。

「羅柏，」瑪麗亞說。

「嗯，美人兒。」

「今天我們會在一起，不是嗎？」

「行動以後可以。」

「行動中不能？」

「不。妳守著馬兒。」

「我不能跟你在一起？」

「不。我的工作只有我能完成，我會在心裡掛念妳。」

「不過完成以後，你會趕快來吧？」

「很快很快。」他說著，在暗夜裡露出笑容。「來，美人兒，我們去吃東西。」

「你的睡毯呢？」

「妳高興就捲起來吧。」

「我樂意動手，」她說。

「我來幫妳弄。」

「不。讓我一個人動手。」

她跪下去把睡毯攤開捲好，然後又改變主意，站起來抖平，弄得啪達啪達響。她再跪下去攤直捲起來。羅柏拿起兩個背包，小心抱著，免得東西由裂縫漏掉，穿過松樹走到薰黑的洞口遮簾邊。他的手錶指著三點差十分，他用手肘推開遮簾，走進洞內。

38

他們都在洞內，男人紛紛站在爐火邊，瑪麗亞正在搧火。碧拉煮好咖啡，裝在罐子裡。她叫醒羅柏以後，就沒有回去睡覺，現在她坐在煙濛濛的洞裡一張小凳上，縫補約丹背包上的裂縫。另外一個背包已經縫好了。火光映著她的臉蛋。

她對費南度說：「多吃一點燉菜。你裝滿肚子又有什麼關係？你如果挨一刀，沒有醫生會給你動手術。」

奧古斯丁說：「別說那種話，娘們，妳的舌頭真像大婊子。」

他倚著自動步槍，步槍的腳架折疊在斑駁的槍筒邊，他的口袋裝滿手榴彈，一袋藥池吊在肩膀上，另外一個肩膀掛著滿滿一條彈藥帶。他正在抽菸，一隻手端著一碗咖啡，舉碗入口，先在咖啡表面噴了一口煙圈。

碧拉對他說：「你像一間活動的五金店。扛著那麼多東西，你連一步都走不動。」

奧古斯丁說：「怎麼會，娘們，都是下坡路嘛。」

費南度說：「要爬一段路到崗哨，然後才是下坡。」

「我會爬得像山羊一樣敏捷，」奧古斯丁說。

他問伊拉狄奧，「你哥哥呢？你那著名的弟兄溜掉啦？」

伊拉狄奧站在牆邊。

「閉嘴，」他說。

他很緊張，他知道大家全明白這一點。行動之前他一向緊張暴躁。他由牆邊走到桌邊，開始由桌腳下一個敞開的生皮蓋馱籃中拿出手榴彈，放進口袋裡。

羅柏和他並蹲在馱籃邊。他把手伸入馱籃，挑出四枚手榴彈。其中三枚是橢圓的米爾炸彈型，狀如鋸齒，由重鐵加上彈簧桿製成，用洋釘栓著，附上一條拉繩。

「這些是哪裡來的？」他問伊拉狄奧。

「那些？那些是共和國送的。由老頭子帶來。」

「好不好？」

「一枚值一大筆錢呢，」伊拉狄奧說。

安瑟莫說：「那些是我帶來的。六十枚裝成一包。九十英磅哩，英國人。」

「妳用過沒有？」羅柏問碧拉。

「怎麼，我們用過沒有？帕布羅就用那些手榴彈大宰奧特羅的守備隊。」女人說。

她一提帕布羅，奧古斯丁開始咒罵。羅柏在火光下看見碧拉的表情。

她厲聲對奧古斯丁說：「算了吧。空談無濟於事。」

「是不是每次都爆炸？」羅柏手裡拿著塗成灰色的手榴彈，用大拇指的指甲試試洋釘的彎度。

伊拉狄奧說：「每次都爆炸．我們用過好多枚，沒有一次不爆。」

「速度多快？」

「可以由遠處拋擲。很快。夠快了。」

「這些呢？」

他拿起一枚皂盒型的炸彈，上面有一條細繩裹著鐵線鉤。

伊拉狄奧告訴他，「這些等於垃圾，會爆。不錯。但是只有閃光，沒有碎片。」

「是不是每次都爆呢？」

碧拉說：「怎麼，每次都爆？我們的軍用品或對方的軍用品都不可能永遠靈光。」

「不過妳說另外一種每次都爆啊。」

碧拉告訴他，「不是我說的。你問過別人，沒問我。這些東西我沒見過永遠靈光的。」

伊拉狄奧說：「那一種真的每次爆炸。說真話呀，娘們。」

碧拉問他，「你怎麼知道都會爆。是帕布羅扔的。你在奧特羅沒殺過一兵一卒。」

「那個婊子養的，」奧古斯丁開始罵街了。

「算了吧，」碧拉厲聲說道。接著又說：「那些炸彈都半斤八兩，英國人。不過波狀的那些比較單純。」

羅柏暗想，我還是每套設備各裝上一枚吧。但是鋸齒形的比較好綁，比較安全。

「你要不要丟炸彈，英國人？」奧古斯丁問他。

「怎麼不要？」羅柏說。

但是他蹲在那兒，挑揀手榴彈，心裡想的卻是：不可能。我怎麼會欺騙自己，我自己都想不通。雪一停，薩多就完了，他們一攻薩多，我們也完了。只是你無法接受這個事實。你得繼續進行，訂出你明知不可能實行的計劃。你訂好了，現在你知道它並不高明。不適於現在大清早。憑你這兒的兵力，你可以斷然攻下一支守備隊。但是你不能兩支都攻下來。我的意思是說：你沒有把握，別自欺欺人。天亮了你就辦不到。

想同時攻下兩支守備隊，一定行不通。帕布羅始終明白這一點。我想他一直有意開溜，不過薩多一受攻擊，他知道我們非完蛋不可，就採取行動了。你不能假想奇蹟會出現，再以此爲作戰的基礎。你若沒有更高明的計劃，你會害大家送命，連橋也炸不成。你會害死碧拉、安瑟莫、奧古斯丁、普利米蒂弗，神經兮兮的伊拉狄奧，一無可取的吉普賽人和老費南度，而橋也炸不成。你想會不會有奇蹟出現，高玆拿到安德斯的情報，停止攻擊？如果沒有奇蹟，你這些命令會害死他們。連瑪麗亞在內。你這些命令也會害死她，你甚至不能讓她脫身？天殺的帕布羅，他想。

不。不要生氣。生氣和害怕一樣糟糕。不過你不該陪女朋友睡覺，應該連夜和碧拉那婆娘翻山越嶺，設法挖一些人手來完成工作。不錯，他想。如果我出了什麼意外，我就不能回這邊炸橋了。是的。就是這個原因。所以你不出去。你也不能派人出去，因爲你不能冒險失去他們，再讓一個人挨槍彈。你得保存僅有的實力，訂出計劃，與他們共同完成。

不過你的計劃又臭又糟。又臭又糟，我告訴你。那是夜間計劃，現在卻是早晨。夜間計劃不適於早晨採用。你晚上的想法不適用於清晨。你現在總算知道不高明了。

約翰．莫斯比曾經在不可能的情況下脫身，那又怎麼說？當然他辦到了。比這更困難。記住，別低估意外的因素。記住這一點。記住，你若能堅持下去，這也不算痴心妄想。但是你不該這麼做法。你應該設想計劃不但有可能，而且有把握實現。不過你看看一切進行的方向。噢，首先，它根本不對，而且這種事情會擴大災禍，像雪球捲濕雪一般。

他蹲在桌邊抬頭一看，瑪麗亞正向他微笑呢。他皮笑肉不笑地咧咧嘴，選了四枚手榴彈，放入口袋中。我可以扭開起爆管，用這些玩意兒，他想。不過我想碎片不會有什麼惡劣作用。它隨著炸藥爆炸，不會把炸藥弄得滿天飛。至少我認為不會。我相信不會。要有一點信心，他吩咐自己。昨天晚上你認為自己和祖父一樣厲害，父親卻是懦夫。現在對自己顯露一點信心吧。

他又對瑪麗亞咧咧嘴，還是皮笑肉不笑，他覺得顴骨和嘴部的皮膚繃得好緊。

她以為你很了不起呢，他想。我認為你又臭又髒。還有你那一套「天國樂園」之類的胡話。你有美妙的想法，不是嗎？你曾用捲尺測量全世界，不是嗎？這一招真是混帳透了。

放輕鬆些，他對自己說。別動火。那也是一道解決的辦法呀。出路總有很多條。現在你得咬指甲了。用不著否認先前存在的一切，只因為你即將失去它。別像某一種天殺的蛇類，背脊斷裂，居然去咬到自己；你的背脊沒有斷裂呀，你這隻獵犬。等你受傷再開始哭吧，等打起來再生氣吧。戰鬥中有不少時間可以發洩怒氣。戰鬥中怒氣可以派上一些用場。

碧拉拿著袋子走到他身邊。

「現在縫牢了，」她說：「那些手榴彈性能很好，英國人。你可以信賴它們。」

「你覺得怎麼樣，娘們？」

她看看他，搖搖頭微笑。他不知道那副笑容是發自表面還是發自內心。看起來蠻深刻的。

她說：「很好。在危險的範圍內。」

然後她蹲在他旁邊說：「現在真的要開始了，你看法如何？」

「我們人數太少了，」羅柏立刻對她說。

「我也覺得，真少。」她說。

接著她靜靜對他一個人說：「瑪麗亞可以單獨看守馬匹。用不著我來做。我們可以把馬腳栓在一起。牠們是軍用馬，槍聲不會嚇著牠們。我到下面那支守備隊，代行帕布羅的職責。這樣我們等於多了一個人手。」

他說：「好。我想妳也許願意。」

「不，英國人，」碧拉邊說邊凝視他。「別擔心。一切都沒有問題。記住，他們根本沒想到會遭到突襲。」

「是的，」羅柏說。

「還有一樁，英國人，」碧拉用沙啞的嗓門儘量柔聲說：「關於手相的事情——」

「什麼手相的事情？」他氣沖沖說。

「不，聽著。別生氣，小伙子。關於手相的事情，那些全是我自抬身價的吉普賽鬼話。世上沒有這回事。」

「算了吧，」他冷冷地說。

她沙啞而慈愛地說：「不。那只是我捏造的胡說。戰鬥的日子我不想害你擔心。」

「我不擔心，」羅柏．約丹說。

她說：「有的，英國人。你很擔心，這也難怪。但是一切都沒有問題，英國人。我們生來就爲這件事。」

「我不需要政治委員的教誨，」羅柏冷冷告訴她。

她又對他露出笑容，張開大嘴真心微笑說：「我很喜歡你，英國人。」

「現在我不要這一招。不要妳，也不要上帝。」他說。

碧拉用粗嗓門低聲說：「是的，我知道。我只是想告訴你。別擔心，我們都會順順利利的。」

「怎麼不會？」羅柏說，臉皮上浮出一絲笑容。「當然會，一切都沒有問題。」

「我們什麼時候走？」碧拉問道。

羅柏看了看手錶。

「隨時出發！」他說。

他把一包東西遞給安瑟莫。

「弄得怎麼樣了，老頭子？」他問道。

老頭正削完最後一塊楔子，是照羅柏給他的模型仿造的。這些都是多餘的楔子，以備不時之需。

「好，」老頭子邊說邊點頭。「到現在爲止，還不錯。」他伸出一隻手。「看，」說著露出笑容。他雙手都很穩。

羅柏對他說：「好，還有呢？我整隻手隨時能保持穩定。伸出一隻手指來看看。」

安瑟莫指指前方。手指抖個不停。他望著羅柏搖搖頭。

「我也一樣，」羅柏比給他看，「一向如此。很正常嘛。」

「我不會，」費南度說。他伸出右手的食指做證明。又伸出左食指。

「你吐得出口水來嗎？」奧古斯丁問他，並對羅柏眨眨眼。

費南度吆喝一聲，傲然在山洞地板上啐了一口，然後用腳抹掉。

碧拉對他說：「你這隻骯髒的騾子。你如果非要吹噓自己的勇氣，吐在火裡吧。」

「碧拉，要不是我們馬上要離開這個地方，我也不會吐在地板上，」費南度一本正經說。

碧拉告訴他，「今天吐痰要慎選地方。說不定那就是你永遠離不開的所在。」

「說話像黑貓似的，」奧古斯丁說。他心情緊張，有必要說些大家心有所感的笑話。

「我是開玩笑，」碧拉說。

奧古斯丁說：「我也是。我幹他的臭膿包。不過等一動手我就安心了。」

「吉普賽人呢？」羅柏問伊拉狄奧。

伊拉狄奧說：「守著馬兒。由洞口可以看見他。」

「他好吧？」

伊拉狄奧咧咧嘴。「嚇得要命，」他說。說到別人的恐懼，自己反而安心不少。

「聽著，英國人──」碧拉開口說。羅柏看看她，忽然發現她嘴巴張得好大，臉上一副不相信的表情，他轉向洞口，伸手掏槍。有人一手掀遮簾，短短的自動步槍口連著閃光錐由肩上露出來，居然是帕布羅，他站在那兒，矮矮壯壯，一臉短鬍渣，一雙紅眶的眼睛不特別望著某一個人。

「你──你，」碧拉不相信地說。

「我，」帕布羅心平氣和說。他走進洞內。

他說：「哈囉，英國佬。我由山上伊利亞斯和阿里詹德羅的小隊招到五個人騎馬參加。」

羅柏說：「炸藥和起爆劑呢？還有其他的東西？」

「我丟到峽谷中的河流去了，」帕布羅還是不看任何一個人。「不過我想起一種用手榴彈起爆的方法。」

「我也想到了，」羅柏說。

「你們有沒有什麼飲料？」帕布羅疲憊地說。

羅柏遞上長頸瓶，他迅速吞了幾口，然後用手背抹抹嘴巴。

「你是怎麼回事？」碧拉問道。

「沒什麼，」帕布羅又擦擦嘴。「沒什麼，我回來了。」

「不過到底怎麼回事？」

「沒什麼。我曾經軟弱了片刻。我逃走，但是又回來了。」

他轉向羅柏。「我骨子裡不是懦夫，」他說。

不過你卻有其他很多種特質，羅柏暗想。你不是才見鬼呢。但是我很高興看到你，你這婊子養的。

帕布羅說：「我只能在伊利亞斯和阿里詹德魯那邊招到五個人手。我離開這兒就騎馬遊蕩。你們九個人絕對辦不到。絕對辦不到。昨天晚上英國佬一說明，我就知道。絕對辦不到。下面的守備隊有七個士兵和一個班長。萬一有警報裝置，或者他們抵抗呢？」

現在他看看羅柏。「我走的時候，以爲你們會看出不可能，及時放棄。等我把你的東西丟掉以後，我看出了另外一面。」

「看到你，我真高興，」羅柏說。他走到他身邊。「我們用手榴彈沒有問題。那樣行得通。其他事情都無關緊要了。」

帕布羅說：「不。我不是替你辦事。你是不祥之物。這一切都因你而起。薩多也是你害的。不過我丟掉你的東西以後，覺得自己好孤單。」

「幹你娘——」碧拉說。

「於是我騎馬去找人，讓事情有成功的希望。我帶來我能招到的最佳人手。我叫他們留在上面，先來跟你們談談。他們以為我是領袖。」

碧拉說：「你是啊，只要你願意。」帕布羅看看她，沒有說話。然後他簡單而平靜地說：「薩多出事後，我想得很多。我相信我們如果非完蛋不可，就得一起完蛋。不過你，英國佬，我恨你帶來這一切。」

「不過，帕布羅——」費南度口袋裝滿手榴彈，肩上掛一條子彈帶，還在用麵包抹燉菜盤，他開口說話了。「你不相信這次作戰能成功？前天晚上你說你相信哪。」

「再給他一點燉菜，」碧拉刻毒地對瑪麗亞說。然後轉向帕布羅，眼神軟化了不少。「你真的回來了，呃？」

「是的，娘們，」帕布羅說。

「那麼歡迎你，」碧拉對他說：「我認為你不可能墮落到表面顯出的程度。」

「做了這樣一件事情，心裡的孤單簡直難以忍受，」帕布羅靜靜對她說。

她取笑他說：「受不了，你連十五分鐘都沒有辦法忍受。」

「別取笑我，娘們。我回來了。」

她說：「歡迎你。你沒聽到我說第一遍？喝喝咖啡，我們走吧。這麼多精采的變化，我都煩死了。」

「還有咖啡？」帕布羅問道。

「當然，」費南度說。

帕布羅說：「給我來一點，瑪麗亞，妳好嗎？」他沒有看她。

「好，」瑪麗亞說著，給他端來一碗咖啡。「你要不要燉菜？」帕布羅搖搖頭。

「我不喜歡孤獨，」帕布羅繼續對碧拉解釋，彷彿別人都不存在似的。「我不喜歡孤獨。知道吧？昨天一個人爲大家忙了一整天，我並不孤獨。但是昨天晚上。人類啊，我中了什麼邪！」

「你的前輩——著名的猶大，昨晚上吊自殺了。」碧拉說。

帕布羅說：「別對我說這種話，娘們。妳沒看到嗎？我回來了。別說起猶大，也別說那些。我回來了。」

碧拉問他，「你帶的這些人如何？你可帶了值得帶的人手？」

「好極了，」帕布羅說。他趁機端詳碧拉，然後把眼睛轉開了。

「又好又笨。隨時準備犧牲。正合妳的口味。就是妳喜歡的那一種。」

帕布羅又盯著碧拉的雙眼，這次他沒有轉開雙目。他一直用細小、紅眶的眼睛仔細端詳她。

「你呀，」她說著，沙啞的聲音又溫柔起來。「你呀，我想一個人曾經有某一種特性，總會有一部分留下來。」

帕布羅現在呆呆凝視她，「聽著。我準備迎接今天的一切。」

碧拉對他說：「我相信你回來了。我相信。不過男人，你可走了一段遠路呢。」

帕布羅對羅柏說：「再借一口你瓶中的甘露。然後我們就走吧。」

39

他們摸黑上山，穿過密林，走向山頂的窄隘道，大家都揹著厚重的行李，慢慢往上爬。馬兒也馱了貨物，擱在馬鞍上。

碧拉說道，「必要時我們可以把東西拋掉。不過我們若留得住那些，就可以再紮一個新營了。」

「其他的彈藥呢？」他們捆包裹的時候，羅柏問她。

「在那些鞍袋裡。」

羅柏覺得行李好沉重，外衣口袋裝滿手榴彈，墜得脖子發疼，手槍重重頂著大腿，褲袋裡裝滿手提機關槍的彈夾，鼓脹脹的。嘴裡有咖啡的味道，他右手拿著手提機關槍，左手伸出去拉拉外衣的領子，緩和行李肩帶的拉力。

「英國佬，」帕布羅摸黑走到他身畔說。

「什麼，老兄？」

「我帶來的人以爲事情會成功，因爲是我帶他們來的。別說洩氣話，讓他們幻想破滅。」

「好，」羅柏說：「那我們就把事情做成功吧。」

「他們有五匹馬，知道嗎？」帕布羅謹慎地說。

羅柏說：「好。我們把所有的馬匹集中在一塊兒。」

帕布羅說：「好。」沒有多說什麼。

羅柏思忖道：老帕布羅啊，我想你並不像聖保羅那樣，在通往塔舍斯城的道路上經歷了徹底的改變。不，你回來已經是一大奇蹟了。我想我用不著費心把你神聖化。

帕布羅說：「憑那五個人，我可以對付下面那支守備隊，他們不輸薩多的人馬。我會割斷電線，然後全體集合，撤往橋邊。」

羅柏暗想：這些我們十分鐘以前就討論過了。不知道現在為什麼又說這句話——

帕布羅說：「我們也許能轉往葛雷度。真的，這件事我想得很多。」

羅柏自言自語說，我相信剛才那幾分鐘你又靈機一動了。你又有了新的啓示。但是你不能叫我相信自己也有份。不，帕布羅。別要我信任過度。

自從帕布羅進山洞，說他帶了五個人來，羅柏的心情愈來愈好。重見帕布羅，等於打破了悲劇形態，情勢轉變成下雪以來整個作戰步入常軌的感覺。帕布羅回來以後，他並不覺得運氣好轉——因為他根本不相信運氣，但是他覺得整個局面好轉了，現在說不定成功有望哩。先前肯定會失敗，如今他覺得信心油然升起，就像輪胎慢慢打氣，開始鼓起來。起先差別還不大，只是有一個肯定性的開端，就像唧筒開始打氣，橡皮管慢慢蠕行，但是現在卻有如漲潮或樹液升起，不斷湧過來，他終於感受到第一陣反駁恐懼的敏銳心情，那種心境往往轉變成行動前的確切幸福感。

這是他擁有的最佳天賦——他適應戰爭的才華；對一切惡劣的前程並非無知卻能嗤之以鼻的能

力。由於對別人過分負責，或者不得不從事一些計劃太差、構思拙劣的任務，這種特質本已破壞殆盡了。因爲這些任務的悽慘結局——失敗——是無法忽略的。它不僅會傷害自己，自己倒可以置之度外。他知道自己算不了什麼，也知道死亡算不了什麼。他真心知道這一點，和任何知覺一樣真切。最近幾天他漸漸明白，他和瑪麗亞兩人加在一起，可以變得無比重要。但是他內心深深知道這是特例。我們所擁有的特例，他想。這件事我非常幸運。上天賜給我，也許因爲我從來不要求吧。那是無法剝奪也不會遺失的。但是那件事天一亮就結束了，現在待決的是我們的任務。

他對自己說：你呀，我真高興看你又拾回一度迷失的信心。但是你在那兒表現得真差。有一段時間我真以你爲恥。但是你我是同一個人．沒有一個我可以批判你。我們都惡形惡狀。你和我，我們兩個。現在算了。別思前想後，活像一個早發性痴呆症的患者。現在一次只容一個自我出現。如今你又恢復正常了。不過，聽好，你今天千萬別想起小妞兒。現在你沒有辦法保護她，只能盡力讓她脫險，你要做的就是這件事呀。如果你相信神蹟，馬兒顯然夠用。你能爲她做的最佳事項就是趕快把差事辦好，及早脫身，想她只會妨礙這個舉動。所以千萬別想她了。

他想通這一點，就靜靜等瑪麗亞和碧拉、拉費爾牽著馬匹走上來。

他在暗夜裡對她說：「嘿，美人兒，妳好吧？」

「我很好，羅柏，」她說。

「別擔心，」他對她說，同時把槍移到左手，一隻手搭在她肩上。

「我不擔心，」她說。

他告訴她，「一切都部署妥當。拉費爾會陪妳守著馬兒。」

「我寧願和你在一起。」

「不。妳守著馬匹，那是你最稱職的工作。」

「好。那我就守著馬匹。」

這時候有一匹馬大聲嘶鳴，岩堆缺口下的空地傳來另一匹馬的應和聲，馬嘶愈來愈尖，變成刺激的顫音。

羅柏看看前面暗處的一堆新馬。他快步向前，和帕布羅一起走到牠們面前，那幾個人正站在愛駒身邊。「你好，」羅柏說。

「你好，」他們在暗處答禮。他看不見他們的表情。

帕布羅說：「這是和我們一起來的英國人，炸藥專家。」

沒有人答腔。也許他們在夜色中點頭吧。

一個人說：「我們走吧，帕布羅。天快亮了。」

「你有沒有多帶手榴彈？」另外一個人問他。

「多得很，」帕布羅說：「等我們下馬的時候，你們再補充一點。」

另外一個人說：「那我們走吧。我們在這邊等了大半夜。」

「哈囉，碧拉，」婦人走上來，另外一個人向她說。

碧拉用沙啞的嗓音說：「那可不是爛瓜嗎？猜錯了我頭給你。你好，牧羊人。」

那人說：「好。在危險的範圍內。」

「你騎什麼？」碧拉問他。

「帕布羅的灰馬呀。真是好馬。」那人說。

另外一個人說：「走吧，我們走。在這裡聊天可不太好喔。」

「你好嗎，伊里修？」他上馬的時候，碧拉對他說。

帕布羅跨上那匹大赤騮。

他說：「閉上嘴巴跟我走。我帶你們到下馬的地方。」

40

羅柏睡覺的時候——也就是他躺著計劃炸橋和他陪瑪麗亞的當兒，安德斯慢慢往前走。還沒有抵達共和國戰線之前，他飛快穿過鄉間和法西斯戰線，因爲他體力好，地段熟，摸黑走得很快。一旦進入共和國戰區，進度反而慢下來。

按理他只要拿出羅柏給他、上面蓋有軍事情報處印章的通行證，以及同樣戳記的快件，就可以全速趕往目的地。但是他首先碰到前線的連部指揮官，此人曾對安德斯的任務大表懷疑。

他跟隨這個連部指揮官到了營部，營長在革命運動前曾當過理髮匠，他一聽到安德斯的任務，非常熱心。這位司令名叫戈麥茲，他大罵連指揮官愚蠢，並拍拍安德魯的背部，請他喝了一杯劣質威士忌，告訴安德魯：當年他還是理髮匠的時候，一直想當游擊隊。於是他叫醒副官，把營部的事情交給他，又叫醒勤務兵，要他去叫摩托車手。戈麥茲不派摩托車手載安德斯回旅部，倒決定親自載他，以便加速完成任務。

於是安德斯抓穩前面的座位，他們就呼嘯前進，一路顛顛撞撞，走下樹木夾道、充滿彈坑的山路，摩托車的前燈照出了漆成白色的樹根，以及樹幹上刮除石灰和樹皮的部分，還有砲彈層和子彈扯裂的痕跡——那是革命初起的那年夏天，路上的戰事造成的。他們轉入旅部所在地的一座殘破小山城，戈麥茲像一名跑道健將，猛煞住機車，將它靠在一間屋子的牆壁上，一名睡眼惺忪的哨兵立正站著，戈麥茲被他推進大房間，牆上貼滿地圖，一個愛睏兮兮、戴著綠眼罩的軍官坐在一張寫字台前，桌上放一盞台燈，兩部電話和一本「勞工世界」。

這位軍官抬頭看看戈麥茲說：「你來這邊幹什麼？你沒聽過電話嗎？」

「我要見中校，」戈麥茲說。

軍官說：「他睡著了。一哩外我就看得見你的車燈。你想引來一陣砲擊嗎？」

戈麥茲說：「去叫中校，這是極端重大的事情。」

軍官說：「我告訴你，他睡著了。和你一起來的是什麼土匪呀？」他朝安德斯點點頭。

「他是戰線那一邊的游擊隊，帶來一份極重要的快件給高茲將軍。高茲負責指揮納瓦西拉達的黎明攻擊戰，」戈麥茲激動而熱心地說。「看在老天爺份上，去叫醒中校吧。」

軍官隔著青綠的賽璐珞眼罩，用一雙下垂的眼睛看看他。

他說：「你們都瘋了。我不知道什麼高茲將軍，也不知道攻擊戰。帶這個運動員回你的營部去。」

「叫醒中校，我說，」戈麥茲說，安德斯看到他的嘴巴繃得好緊。

「去作踐你自己吧，」軍官懶洋洋對他說，然後轉頭不理他。

戈麥茲由槍袋裡拿出他的重型九厘米星牌手槍，頂在軍官肩膀上。

他說：「叫醒他，你這法西斯雜種。叫醒他，否則我就宰了你。」

軍官說：「冷靜一點。你們這些理髮師都很衝動。」

藉著台燈的光線，安德斯看出戈麥茲一臉憤恨的表情。但是他只說了一句，「叫醒他。」

「勤務兵，」軍官用輕蔑的口吻叫道。

一個士兵走到門口，敬個禮，然後走出去。

「他的未婚妻和他在一塊兒，」軍官說著，低頭繼續看報紙。「他一定很高興看到你。」

「就是你們這些人阻撓了打勝仗的一切措施。」戈麥茲對參謀官說。

軍官不理他。他一面看報，一面自言自語說：「這真是一份古怪的刊物，」

「那你爲什麼不讀『辯論報』？那是你該讀的報紙。」戈麥茲向他提起革命前馬德里發行的一份天主教保守黨官報。

軍官頭也不抬地說：「別忘記我是高級軍官，我做一份你的言行報告，影響可大著呢。我從來沒讀過『辯論報』，別誣賴我。」

戈麥茲說：「不，你讀所謂『核子戰，生物戰，化學戰』之類看似高深的專刊。軍隊還充滿你這種人，一天天腐化。就是你這種專家造成的。但是將來不會永遠這樣。我們陷在無知份子和犬儒份子之間。但是我們要教育其中一種人，清除另外一種。」

「『整肅』是你需要的字眼，」軍官說著，還是不抬頭看他。「這邊報導，你們那批著名的俄國人又被整肅了幾位。這年頭他們比瀉鹽更有清洗作用。」

戈麥茲激動地說：「隨便用什麼名稱。隨便用什麼名稱清算你們這幫人都可以。」

「清算，」軍官傲慢地說，彷彿自言自語：「又是一個不太有卡斯提爾味的新名詞。」

戈麥茲說：「那就說槍斃好了。這是道地的卡斯提爾話，你懂了吧？」

「懂了，老兄，不過別說那麼大聲。除了中校，還有別人睡在這個軍旅總部，你的情緒叫我心煩，所以我一向自己刮鬍子，不找理髮師。我不喜歡和他們說話。」

戈麥茲望著安德斯搖搖頭。雙目閃著憤怒和仇恨的水光。但是他搖搖頭，不再說話，把積怨壓在心底，將來有機會再報一箭之仇。他升任「山脊」營指揮官的一年半期間，內心積壓了不少怨氣。中校穿著睡衣走進來，他連忙立正行禮。

米蘭達中校是一個身材矮小、臉色灰白的男人，他一生都在軍旅服務，當年在摩洛哥搞壞了胃腸，妻子又在馬德里移情別戀。他發現不能和妻子離婚（恢復胃腸的消化力倒不成問題），就倒戈變成共和黨員，以中校身分參加內戰。他只有一個野心，就是以同一軍階結束這一場戰事。他防守「山脊」很成功，他要靜靜留在那兒，隨時防備對方的攻擊。戰爭期間他覺得身體好多了，也許是被迫減少肉食的關係吧。他存了不少小蘇打，晚上常喝威士忌，二十三歲的情婦正在懷他的寶寶——去年七月開始當義勇女兵的其他少女也都懷孕了——現在他走進大房間，對戈麥茲點頭答禮，並伸手致意。

「你怎麼來了，戈麥茲？」他問道，然後對桌前的軍官說話，此人是他麾下領兵作戰的首要人物，「爛瓜，給我一根香菸，拜託。」

戈麥茲把安德斯的證件和快信拿給他看。中校迅速查核通行證，看看安德斯，點頭微笑，然後迫不及待地看看快信。他摸摸封蠟，用食指試了一下，然後把通行證和快信都交還安德斯。

「山區的生活是不是很苦？」他問道。

「不，中校大人，」安德魯說。

「他們有沒有告訴你，哪一處地方最近，最容易找到高茲將軍的總部？」

安德斯說：「納瓦西拉達，中校大人。英國人說：總部一定設在納瓦西拉達附近，右側戰場的後方。」

「什麼英國人？」中校靜靜問他。

「以炸藥專家身分和我們合作的英國人。」

中校點點頭。這是內戰中另外一個突然地、未加說明的古怪現象，「以炸藥專家身分和我們合作的英國人。」

中校說：「戈麥茲，你還是用摩托車載他去吧。」他對青綠賽璐珞眼罩下的軍官說：「為他們寫一份效力特強的通行證給高茲將軍的參謀總部，拿給我簽名。爛瓜，用機器打字。詳情照這個，」他示意安德斯把通行證交上來，「蓋上兩個印章。」他轉向戈麥茲說：「今天晚上要特別的證件才有效。理當如此。部署攻擊的時候，大家應該格外小心。我會儘量給你們最有效的證件。」然後和和氣氣對安德斯說：「你要不要什麼？吃的還是喝的？」

安德斯說：「不，中校，我不餓。前一個司令部請我喝了白蘭地，再喝我會頭暈的。」

「你來的時候，有沒有看到我的前線對面有什麼動靜？」中校彬彬有禮對安德斯說。

「和往常一樣，中校大人。很安靜。很安靜。」

「大概三個月前，我不是在塞西狄拉見過你嗎？」中校問道。

「是的，中校大人。」

中校拍拍他的肩膀，「我就這麼想。那時你和安瑟莫老頭在一塊兒。他好吧？」

「他很好，中校大人，」安德斯告訴他。

中校說：「好。我很高興。」軍官把打好的證件交給他，他從頭到底看一遍，簽上名字。他對戈麥茲和安德斯說：「現在你們得快走，」又對戈麥茲說：「騎機車要小心。多用車燈。沒有人為過失，單單馬達是不會出事的，你們得小心走。代我問候高茲將軍同志。我們在皮鳩里諾行動後曾經見過面。」他和兩個人握手說：「把證件別在襯衫裡，摩托車上風很大。」

他們出門以後，他走到一個櫃子前面，拿出一個玻璃杯和一個酒瓶，倒了少許威士忌，又從牆邊地面上的一個瓦罐裡倒了一些清水。然後他手持玻璃杯，一面慢慢啜飲威士忌，一面站在牆上的地圖前方，研究納瓦西拉達上方的攻擊戰可不可能成功。

「幸虧是高茲，不是我，」他終於對台前的軍官說。軍官沒有說話，中校把目光由地圖轉向軍官，發現他頭枕在手臂上睡著了。中校走到桌邊，把兩具電話推近一點，分別貼在軍官的頭部兩側。然後他走到酒櫃前，再倒一杯威士忌，加入清水，又回去看地圖。

安德斯抓緊座位，戈麥茲正在啓動馬達，摩托車發動後，安德斯連忙低頭抵制強風，如今車子轟隆轟隆向前走，駛入白楊夾道的黝黑村路，車燈照在路上，把黑漆漆的夜幕扯成兩半，路面沉入河床邊的夜霧裡，白楊木顯得模糊而昏黃；前面的交叉路口，幾輛灰濛濛的卡車由山區走下來，一一映入摩托車的燈影中。

41

帕布羅摸黑下了馬。羅柏聽到大家下馬的嘰嘎聲和沉重的呼吸，以及一匹馬甩頭的轡繩摩擦聲。他聞到馬匹的氣味，新同伴和衣打瞌睡的酸膩氣息，以及洞裡睡一夜的老同伴那種炭煙霉味。帕布羅站在他身邊，他還聞到他身上發出黃銅般的隔宿酒味兒，真像嘴裡含一枚銅錢那麼難受。他點了一根菸，弓起手掌擋住火光，深深吸一口，聽到帕布羅小聲說：「碧拉，我們拴馬，妳去拿那袋手榴彈。」

羅柏耳語說：「奧古斯丁，現在你和安瑟莫跟我到橋上去。你帶了那包機關槍的藥池吧？」

奧古斯丁說：「帶了。怎麼會不帶呢？」

羅柏走到碧拉身邊，她正解下一匹馬所載的行囊，普利米蒂弗在一邊協助她。

「聽著，娘們，」他低聲說。

「現在又有什麼事？」她用沙啞的嗓子低聲說，同時由馬腹下解開一個肚帶鉤。

「要聽到炸彈落下來，才能攻擊守備隊，妳明白吧？」

碧拉說，「你跟我講過多少遍了？英國人，你愈來愈像老太婆啦。」

羅柏說：「只是提醒一下。殲滅守備隊以後，妳退往橋邊，由上面掩護大路和我的左翼。」

碧拉對他耳語說：「你第一次說明大綱，我就明白了。你去辦你的事吧。」

「沒聽到轟炸聲，誰也不准輕舉妄動，更不准擅發一槍或扔一枚炸彈。」羅柏小聲說。

碧拉氣沖沖低語道：「別再煩我了。上次我們到薩多的營區，我就弄得清清楚楚。」

羅柏走到帕布羅繫馬的地方。帕布羅說：「我只拴牢容易受驚的馬兒。這幾匹只要輕輕一拉繩子，就可以解下來，你明白吧？」

「好。」

「我會吩咐小妞兒和吉普賽人怎麼對付牠們，」帕布羅說。他的新部下倚著卡賓槍，自己站成一群。

「你都明白了吧？」羅柏問他。

帕布羅說：「怎麼不明白？殲滅守備隊，割斷電線，撤往橋邊。掩護橋面，等著你炸橋。」

「沒開始轟炸，千萬別動手。」

「一定照辦。」

「那麼，祝你好運。」

帕布羅哼了一聲，然後他說：「英國佬，我們回來的時候，你會用自動步槍和你的輕機槍掩護我們吧？」

羅柏說：「列爲第一要務。」

帕布羅說：「那就沒什麼事了。不過那一刻你必須非常小心，英國佬。除非你小心翼翼，否則還真不容易辦到呢。」

「我會親手操縱機關槍，」羅柏對他說。

「你經驗夠不夠？我可不希望奧古斯丁懷著一肚子好意，射我一槍。」

「我經驗豐富，真的。如果奧古斯丁使用任何一把機關槍，我一定要他瞄準你上方的部位。偏上，偏上再偏上。」

帕布羅說：「那就沒什麼事了。」然後他機密地耳語說：「馬匹還是不夠。」

這婊子養的，羅柏想道。他不知道我頭一回就把他摸得清清楚楚。

他說：「我走路好了。馬兒是你的事。」

「不，你有一匹馬可騎，英國佬。我們大家都有馬騎。」帕布羅小聲說。

「那是你的問題。你用不著把我算在內。你的新機關槍子彈夠不夠？」羅柏說。

帕羅布說：「夠。都是騎兵攜帶的子彈。我只開了四槍，試試性能。昨天在高山上試發的。」

「現在我們走吧。我們得早一點到那兒，掩藏妥當。」羅柏說道。

「現在我們都走吧。祝你好運，英國佬。」帕布羅說。

羅柏暗忖：不知道這個雜種在打什麼主意。不過我相信自己猜得到。噢，那是他的事兒，與我無關。感謝上帝，我不認識這些新人。

他伸手說：「祝你好運，帕布羅，」兩隻手在夜色中緊緊相握。

羅柏伸手的時候，以為滋味一定和抓著爬蟲或者碰觸到痲瘋病人差不多。他不知道帕布羅的手掌摸起來是什麼感覺。但是帕布羅的大手摸黑緊握他的手掌，坦白地捏一捏，他也熱烈回報。夜色中帕布羅的手掌顯得很討人喜歡，羅柏一摸，就產生了那天早上最奇特的心情。我們現在一定是盟友，他想道。盟友間總要握手的。別提勳章和吻頰禮了，他想。我很高興我們用不著那樣。我猜一切盟友都差不多。他們骨子裡都憎恨對方。不過這位帕布羅真是奇怪的人物。

「祝你好運，帕布羅，」他說著，用力握緊那隻陌生、結實、意味深長的大手。「我會好好掩護你，別擔心。」

帕布羅說：「拿了你的東西，真抱歉。那是種騎牆的作法。」

「不過你帶來了我們需要的援手。」

帕布羅說：「我並不反對你炸橋的事。我看到了成功的結局。」

「你們倆在幹什麼？變成同性戀啦？」碧拉突然摸黑站在他們身邊說。她對帕布羅說道：「你就缺少這玩意見。」

「走吧，英國人，縮短你的告別儀式，免得這傢伙把你僅存的炸藥偷走。」

帕布羅說：「妳不瞭解我，娘們。英國人和我瞭解對方。」

「沒有人瞭解你。上帝和你娘都不瞭解。我也不瞭解。走吧，英國人。和你的毛頭小妞兒說聲再見，趕快走吧。我幹你老爹，不過我開始覺得你是鬥牛士怕看公牛出場。」

「你娘的，」羅柏說。

碧拉開心地耳語說：「你從來沒有親娘。現在走吧，因爲我恨不得趕快開始行動，早點把事情辦好。」她對帕布羅說：「帶你的手下去吧。誰知道他們的決心能維持多久？你有一兩名好部下。拿你來換我都捨不得呢。帶他們走吧。」

羅柏把行李扛在背上，走到馬堆旁去找瑪麗亞。

他說：「再見，美人兒。我會很快和妳見面的。」

他對這一切有一種不真實的感覺，彷彿這些話以前都說過了，彷彿火車正要開走。尤其像他正站在車站月台上，目送這列火車開走。

她說：「再見，羅柏。儘量小心。」

「當然，」他說。他低頭吻她，背上的行李向前滾到他的後腦勺上，他的額頭猛撞到她的額頭。事情發生的一刻，他知道以前也發生過同樣的事情。

「別哭，」他說道，他不只爲頸背上的重負而手足無措。

她說：「我不哭。不過你要快點回來。」

「再見，美人兒，」他侷促不安地說。

「祝你好運，羅柏。」

自從小時候他第一次在紅洛基搭火車到畢林轉車去上學以來，羅柏從來沒有覺得這麼年輕過。當時他很怕離家，又不希望別人知道，站內的車掌正要拿起他踏步登車的木箱，父親吻別他說，「我們分開的時候，但願主在你我之間照顧我們。」他父親信教很虔誠，他說得簡單又誠懇。但是他的鬍鬚濕濕的，眼睛也含著熱淚。當時羅柏對這一幕覺得很尷尬——濕淋淋的虔敬祈禱聲，還有父親的吻別，他突然覺得自己比父親還要老，爲父親受不了離情而替他難過。

火車開動以後，他站在後面平台上，看火車和水塔愈變愈小，枕木上的兩條鐵軌遠遠地縮成一個交叉點，車站和水塔就在吭噹吭噹的車聲中化爲細小的稜線。

掣動手說：「羅柏，你離家你爹好像很難受。」

「是的，」他一面說，一面望著路旁電線桿之間隨著泥塵路飛奔的山艾樹。他正在找雌松雞呢。

「離家上學，你不難過？」

「不，」他說的是真心話。

起先並非如此，不過那一分鐘他倒真的無牽無掛。只有現在別離的一刻，他又覺得和當年火車送別一樣年輕。他覺得很年輕，手足無措，他道別也像小男生對小女生道別一樣，侷促不安，在前門口說再見，不知道該不該吻那位小女生。這時候他知道自己不是爲道別而感到侷促。是爲將來的會面。道別只是他爲重逢而侷促的部分內容了。

他對自己說：你會和他們重逢的。但是我猜每一個人都覺得他太年輕，不適宜這麼做。他不肯爲這件事取一個名字。算了吧，他對自己說。算了。現在享受二度童年，未免爲時過早。

「再見，美人兒。再見，兔子。」他說。

「再見，我的羅柏，」她說道，於是他走到安瑟莫和奧古斯丁站立的地方說：「走吧。」

安瑟莫把重重的包袱扛在背上。奧古斯丁在洞裡就扛了滿身行囊，現在倚著一棵大樹，自動步槍由行囊頂端伸出來。

他說：「好，走吧。」

三個人開步沿小山走去。

「羅柏先生，祝你好運，」三個人排成一列走過樹叢間，經過費南度身邊的時候，費南度說。

他蹲在他們走過的路線外，但是他說話頗有尊嚴。

「你自己好運，費南度，」羅柏說。

「你做的每一件事情都如此，」奧古斯丁說。

「謝謝你，羅柏先生，」費南度說，他絲毫不爲奧古斯丁所動。

「英國人，那傢伙是一個怪人哩。」奧古斯丁低聲說。

「我相信，」羅柏說：「我能不能幫你的忙？你扛了那麼多行李，活像一匹馬似的。」

奧古斯丁說：「我沒問題。老兄，真高興我們出發了。」

安瑟莫說：「說話小聲一點。現在開始少說話，嗓門儘量放低。」

他們小心翼翼走下山，安瑟莫帶頭，奧古斯丁居中，羅柏跟在後面，小心舉足，免得滑倒，覺得死松針在痲繩底布鞋下尖刺刺的。他一隻腳碰到一棵樹根，伸手向前，摸到自動步槍冷冰冰的金屬桿和折疊的三腳架，然後側行下山，鞋子滑過又踏穩了森林的地面，他再伸出左手，碰到一棵樹幹粗糙的樹皮，撐牢身子以後，手碰到一個光滑的地方，手掌根黏乎乎甩開了樹皮刻痕上的松汁。他們爬下陡坡，來到第一天羅柏和安瑟莫遠遠觀望過的橋頂上方。

現在安瑟莫摸黑在一棵松樹邊停下來，他抓住羅柏的手腕低聲說話，低得幾乎聽不清楚，「看。他的炭盆裡有火哩。」

他指的是下面的一道火光，羅柏知道那就是橋面和大路的連接點。

「這就是我們觀察的地方，」安瑟莫說。他抓住羅柏的一隻手，拉下去撫摸一棵樹幹上一個低低小小的新刻痕。「我們觀察的時候，我刻了這個記號。右邊就是你打算架機關槍的地方。」

「我們就架在那兒。」

「好。」

他們把行囊放在松樹根後面，兩個人跟著安瑟莫來到松苗叢生的平坦地帶。

「喏。就在這兒。」安瑟莫說。

羅柏蹲在小樹後面，低聲對奧古斯丁說：「天一亮，由這邊可以看到一小段路面和鋼橋的入口。你會看到整條橋，還有那一端尚未繞經岩石彎道的一小段路面。」

奧古斯丁默默不語。

「我們準備炸橋，你在這邊躺著，不管上面或下面有人車走過來，你一概開槍打掉。」

「那道火光在哪裡？」奧古斯丁問道。

「在這一端的哨房內，」羅柏輕輕耳語道。

「誰對付哨兵？」

「老頭和我，我跟你說過啦。不過我們若沒有幹掉他們，你看到人影，就得對哨房開槍打他們。」

「好。你跟我說過了。」

「爆炸以後，帕布羅的人手由那個角落走過來，萬一有人追他們，你得開槍打他們的頭頂上空。無論如何，他們一出現，你就得開槍打他們頭頂上空，免得別人追過來。你明白吧？」

「怎麼不明白？和昨天晚上說的一樣嘛。」

「有沒有什麼問題？」

「沒有。我有兩袋彈藥。我可以由上面裝子彈，不會被發覺，並且把彈藥拿到這裡來。」

「不過別在這兒挖洞喔。你得掩藏妥當，像我們昨天在山頂一樣。」

「不會。我會摸黑裝子彈。你看好了。我安裝不會顯出痕跡的。」

「距離很近，知道吧？大白天這種樹叢由下面看得清清楚楚。」

「別擔心，英國人。你到哪裡去？」

「我帶我這把輕機槍貼近下面。現在老頭要橫過峽谷，準備應付另一邊的哨房。它面對那個方向。」

奧古斯丁說：「那就沒有別的事了，祝你好運，英國人。你有沒有香菸？」

「你不能抽菸。太近了。」

「不。只含在嘴裡，待會兒再抽。」

羅柏把菸盒遞給他，奧古斯丁拿了三根菸，放在牧人扁帽前沿內。他攤開三腳架，槍口朝著矮松林，開始解行囊，把東西一一擱在他要放的地方。

他說：「噢，沒有別的事了。」

安瑟莫和羅柏把他撇在那兒，回到剛才放行李的地方。

「東西最好放在哪兒？」羅柏低語說。

「我想這邊最好。不過你確定你的輕機槍能從這邊打中哨房嗎？」

「這是不是我們那天觀測的地方？」

「同一棵樹，」安瑟莫低聲說，羅柏只能約略聽見，他知道安瑟莫和頭一天一樣，說話沒有掀動嘴唇。「我用小刀刻的。」

羅柏又覺得一切都彷彿發生過，不過這次是因爲他重覆發問，安瑟莫也重覆回答的關係。奧古斯丁亦然，他問起哨兵的事情，其實他知道答案。

他低聲說：「夠近了。甚至太近了一點。不過燈光在我們後面。我們這邊很安全。」

安瑟莫說：「那我現在就穿過峽谷，在另一端就位。」然後他又說：「英國人，煩你再說一遍，免得弄錯。說不定我很笨哩。」

「什麼？」很輕很輕地說。

「再說一遍，我好百分之百遵辦。」

「我開槍，你就開槍。你的對手死了以後，過橋來找我。我會把包袱放在那兒，你就照我說的方法安置炸藥。每一件事我都會告訴你。如果我出了什麼意外，你就照我教的辦法獨自完成工作。慢慢來，要做得好一點，用木楔楔牢，把手榴彈綁好。」

安瑟莫說：「我都清楚了。全部記得。現在我走了。英國人，天亮時你要掩藏妥當。」

羅柏說：「你開槍的時候，休息一下，一定要打中。不要當做一個人，只當做一個槍靶，你同意嗎？不要射整個人，要射某一點。射肚子正中央——如果他面對你的話。如果他面向另一側，就射他的背部中央。聽著，老頭。我一開槍，那個人如果坐著，他會先站起來才逃跑或蹲下去。就在那一刻射擊。如果他還坐著，馬上開槍，不要等。但是一定要打中。走到五十碼以內。你是獵人。你沒有問題。」

「我會照你的軍令行事，」安瑟莫說。

「是的。我下令這麼做，」羅柏說。

他想：幸虧我記得把它說成軍令，這樣可以幫助他。這樣會清除他心中一部分的罪孽感。至少我希望如此。清除一部份。我忘記頭一天他對殺人的看法了。

他說：「我下令這麼做。現在走吧。」

安瑟莫說：「我去了。待會兒見，英國人。」

「待會見見，老頭。」羅柏說。

他想起車站上的父親，以及那次淚汪汪的離別，他沒有說：「祝你好運」或者「再見」之類的。

他低聲說：「你槍筒內徑的油污擦掉了沒有，老頭？免得失手。」

安瑟莫說：「在洞裡我用擦槍桿擦過了。」

「那就待會兒見，」羅柏說道，老頭就無聲無息穿著麻繩底布鞋走開了，搖搖擺擺穿過樹林而去。

羅柏躺在佈滿松針的林地上，傾聽天亮時應該吹過松枝的第一陣微風。他拿出手提機關槍的彈夾，前前後後推動槍鎖。然後他轉動槍筒，槍機還開著，摸黑把槍口對著嘴巴，向裡面吹氣，舌頭碰到內徑邊緣，金屬味兒滑溜溜、油膩膩的。他把槍身橫搭在前臂上，機械裝置向上，免得沾入松針或灰塵，再用大姆指剝掉彈夾上所有的子彈，擱在他前面攤放的手絹兒上。然後，他摸黑碰碰每一個子彈，在指間撥弄，再一枚一枚按回彈夾裡。現在彈夾又沉甸甸擱在手上，他把彈夾推回手提機關槍內，覺得它咔喳一聲還了原。他俯臥在松樹後方，槍身橫搭在前臂上，望著下面的一點燈光。有時候看不見，他就知道哨房裡的人已經走到火盆前面了。

羅柏躺在那兒，靜靜等待天明。

42

正當帕布羅由山間騎馬回洞穴，一行人下山來到停馬處的時候，安德斯已經全速向高茲總部進發。他們走上納瓦西拉達的主要通路，只見卡車由山區滾滾而來，路上設了一個檢查站。戈麥茲把米蘭達中校發給他的通行證拿給檢查站的哨兵，哨兵用手電筒照一照，又拿給另一位同行的哨兵檢查，然後交還原主，並行禮致意。

他說：「繼續前進，但是不能開燈。」

摩托車再度轟隆作響，安德斯抓穩前座，他們沿著公路徐行，戈麥茲在車水馬龍中小心翼翼往前走。路上的車輛都沒有開燈，形成長長的下行隊伍。還有不少載滿人貨的上行卡車，塵土飛揚，安德斯摸黑看不見，只覺得陣陣雲煙拂過面孔，齒縫間幾乎嚼得出來。

現在他們緊跟著一輛卡車的後車板，摩托車發出撲撲的聲音，戈麥茲加速前進，超過這輛卡車，然後又超過一輛，又超過一輛，再超過一輛，其餘的卡車在他們左側轟隆轟隆往下走。現在他們身後有一輛摩托車，一再對卡車的噪音和灰塵猛按喇叭；然後扭開車燈，照出了厚厚的灰塵，簡直像一大朵黃雲似的，接著齒輪嘰嘰響，喇叭發出強求、威脅、棒打的聲音，那輛車就由他們身邊呼嘯而過。

這時候前面所有的卡車都停下來再往前走，他們穿過救護車、參謀車、一輛、兩輛、三輛裝甲車——這些車都停在那兒，像沉重帶槍的金屬烏龜，棲息在塵埃未落的泥地裡。他們又看到一個檢查站，站上剛發生撞車的事件。一輛卡車停下來，後面的卡車沒看見，猛撞上第一輛卡車的尾部，把一箱箱小武器的彈藥撞散了一地。有一個箱子落地時裂開了。戈麥茲和安德斯停下來，推著摩托車穿過車陣，拿通行證給檢查站的哨兵檢查，安德斯便在漫天塵泥中踩著一路散列的千粒彈藥殼。第二輛卡車的引擎冷卻器完全撞壞了。後面的卡車緊接著它的後門。其後又堆了一百輛車子，一位穿高靴的軍官正沿著路面往後跑，大聲叫駕駛員倒車，好把撞壞的卡車拖離路面。

卡車太多了，簡直沒有辦法倒車，除非軍官走到愈堆愈長的行列後面，不讓車數增加。安德斯看他拿著手電筒跑來跑去，跌跌撞撞，罵罵咧咧，夜色中卡車還是一輛一輛開過來。

檢查站的哨兵不肯交還通行證。那邊共有兩個人，背上揹著步槍，手裡拿著手電筒，他們也大聲嚷嚷，手拿通行證的傢伙穿過大路，走到一輛下行的卡車前面，叫他開到下一個檢查站，通知那邊的哨兵擋住所有的卡車，等阻塞的情況解決了再開過來。卡車司機聽完吩咐，繼續往前走。於是檢查站的哨兵走回來，手裡還拿著通行證，對貨品散了一地的卡車司機大吼大叫。

「算了，看在老天份上，你繼續往前開，我們好清理這個亂局，」他對司機說。

「我的傳動系統都撞壞了，」司機正低頭檢看車尾，他說。

「幹你娘的傳動系統。走啊，我說。」

「掣動器撞壞，沒有辦法往前走，」司機說著，又低頭檢查車子。

「那就想辦法拖走哇，趕快走，好讓我們清理路上這一幕醜劇。」

檢查站的人用手電筒照照受傷的車尾，司機繃著臉望著他。

「走啊，走啊，」那個人大叫大嚷，手裡還拿著通行證。

戈麥茲對他說：「我的通行證件，我的通行證。我們要趕時間。」

「帶著你的通行證下地獄去吧，」那人一面說，一面把證件遞給他，又跑到大路對面去擋一輛下行的卡車。

「在交叉路掉頭，準備拖這輛破車往上走，」他對司機說。

「我奉命——」

「幹你娘的軍令。照我的吩咐去做。」

司機將卡車上了檔，下行直駛而去，消失在塵泥中。

戈麥茲發動摩托車，繞過撞壞的卡車駛向前面人車稀少的右車道，安德斯再度抓緊前座，看到檢查站的衛兵正擋住另一輛卡車，司機由駕駛台上探頭聆聽他的指示。

現在他們走得很快，嗚嗚開過上坡的路面。所有前行的卡車都困在檢查站，只有下行車在左邊一輛一輛往下走，摩托車迅速上山，最後終於趕上了車禍以前通過檢查站的上行車馬。

他們仍舊不開燈，又超了四輛裝甲車，然後是一大排滿載軍隊的卡車。軍隊在夜色中默默無語，起先安德斯只覺得他們的形影聳立在上方，隔著泥塵，在卡車上鼓成一堆。這時候另一輛參謀車在他們後面猛按喇叭，車燈一明一滅，每次車燈一亮，安德斯就看到卡車上的軍人，他們頭戴鋼盔，步槍直放，機關槍對著漆黑的天空，熄燈的一剎那，在夜幕中分外明顯。又一次他貼近一輛載兵的卡車，燈光一閃，他看到他們的臉色凝重而悲哀。在鋼盔的遮掩下，連夜駛向他們一無所知的攻擊站。他們的面孔拉得長長的，心裡各有自己的煩惱。燈光照見了他們白天不願意顯露的表情——因爲不好意思讓別人看到——直到轟炸和攻擊開始，誰也不會想到他們的面部表情。

現在安德斯一卡車一卡車地掠過軍隊身邊，戈麥茲還領先後面的參謀車，根本沒想到士兵面孔的問題。他只想道：「好一支軍隊。好棒的裝備。好棒的機械化設施。好棒的人民，看看這些人。我們共和國的軍隊就在這兒。看看他們。一車連一車。全體一致。頭上都戴著鋼盔。看看車上抵抗飛機的機關砲槍。看看我們所建立的軍隊，」

摩托車超過一輛輛滿載軍隊的灰色高頂卡車——有四方形高駕駛台和四方形醜冷卻器的灰色大卡車——不斷穿過飛揚的塵土和後面參謀車一明一滅的燈光，上坡疾行。掠過卡車後門的時候，閃光正好照在泥濘的卡車體側，軍隊的紅星標誌便呈現在光影中。他們飛馳而過，現在一直往上爬，天氣愈來愈冷，路面開始拐來拐去，卡車吃力地發出嘰嘰嘎嘎的聲響，有幾輛在閃光中直冒水氣。現在摩托車也很吃力，安德斯用力抓緊前座，他們繼續爬坡，安德斯覺得這一趟摩托車之行實在很棒，很棒。他以前從來沒坐過摩托車，現在他們和前往進攻的車陣一起爬山，爬呀爬呀，他知道及時回去突擊守備隊的問題根本就不存在了。在這片忙碌和紛擾中，他明天晚上能趕回去就算幸運啦。他從來沒看過攻擊戰或者攻擊的準備行動，他們沿著路面疾駛，他對共和國軍隊的規模和威力深深感到佩服。

現在他們走上一段斜斜的上坡路，大路橫過山面，坡度很陡，接近山巔的時候，戈麥茲叫他下車，兩個人一起把摩托車推上隘道的最後一級陡坡。過了山頂，左側有一段彎路，車子可以掉回頭。一棟石質大樓前面燈光閃閃，建築物在夜空映照下顯得細長長、暗黝黝的。

「我們去問總部設在哪兒，」戈麥茲對安德斯說，於是他們把摩托車推到大樓門前的兩個哨兵身畔。戈麥茲將摩托車倚在牆邊，門開了，屋裡的燈光照見一位穿皮衣的摩托騎士，他由屋裡出來，肩上掛一個公文遞送箱，臀部掛一隻木套的毛瑟手槍。燈光熄滅後，他摸黑找到了他停在門邊的摩托車，往前推了一段距離，車子終於噗噗噗地發動了，然後轟隆轟隆走上大路。

戈麥茲對門口的一位哨兵說：「我是六十五旅的戈麥茲上尉。你能不能告訴我，什麼地方可以找到三十五師指揮官高茲將軍的總部？」

「不在這兒，」哨兵說。

「這是什麼地方？」

「指揮官辦公室。」

「什麼指揮官辦公室？」

「噢，就是指揮官辦公室嘛。」

「是什麼單位的指揮官辦公室？」

「你憑什麼問東問西的？」哨兵在夜色中對戈麥茲說。此處是山隘頂端，天色清朗，繁星滿天，安德斯由灰塵堆跳出來，摸黑也看得清清楚楚。腳下路面左拐的地方，他看到一列列卡車和汽車，與天邊的稜線相映成趣。

「我是六十五旅第一營的戈麥茲上尉，我問你高茲將軍的總部在哪裡，」戈麥茲說。

哨兵微微推開門扉。「去叫衛兵隊長，」他對屋裡喊道。

這時候一輛大參謀車由道路轉角開過來，轉向石質大樓，安德斯和戈麥茲正在門外等衛兵隊長。車子開到他們身邊，停在門外。

一個塊頭很大的老人頭戴一頂超大的卡其扁帽——很像法國步兵戴的那一種帽子——身穿外衣，手拿一個地圖匣，外套上掛著一把手槍，他和兩個身穿國際兵團制服的男子一起由車後走出來。

他用法文和司機交談，叫他把車子由門邊開到有遮掩的地方，安德斯一句也聽不懂，戈麥茲當過理髮匠，只聽懂一兩句。

他和另外兩位軍官一起走入屋內，戈麥茲在燈光下看見他的面孔，認出他是誰。他曾在政治會議上見過他，也常常在『勞工世界』上看到他所寫作，再由法文譯過來的文章。他認得他濃密的眉毛，水汪汪的灰眼珠，他的下頷和雙下巴，也知道他是法國當今最偉大的革命人物，曾經在黑海領導法國海軍的兵變。戈麥茲知道此人在國際兵團的崇高政治地位，曉得此人一定知道高茲總部設在哪兒，可以指示他前往。他卻不知道這個人已隨著時間、失意、家庭和政治的痛苦、受挫的野心而劇烈改變，貿然去問他，正是天下最危難的舉動。他一無所知，大步跨到此人面前，捏著拳頭敬禮說：「馬蒂同志，我們要送一份快信給高茲將軍。您能不能指示我們到他的總部去？事情很緊急。」

這位高大的老人看看戈麥茲突起的腦袋，用水汪汪的眼睛細細打量他。即使在前線光禿禿的燈泡下，他剛在凜冽的夜晚由敞篷車走進來，他灰白的臉孔仍然顯出一種衰頹的面目。他的面孔彷彿由老獅子掌下的廢料凝鑄而成。

「你有什麼，同志？」他問戈麥茲，他的西班牙文帶著濃重的加薩隆尼亞口音。他雙眼斜睨安德斯，端詳了一眼，又回到戈麥茲身上。

「有一份快信要送到高茲將軍的總部，馬蒂同志。」

「哪裡發的，同志？」

「法西斯戰線後方，」戈麥茲說。

安德烈・馬蒂伸手來拿快信和其他的文件。他瞥了一眼，就收進口袋。

「把他們倆抓起來，」他對衛兵隊長說。「搜他們的身子，我傳喚他們的時候，馬上帶過來。」

他口袋裡裝著快信，大步走進石屋裡。

戈麥茲和安德斯在警衛室遭到衛兵的搜查。

「那個人怎麼啦？」戈麥茲對一名衛兵說。

「他瘋瘋癲癲的，」衛兵說。

戈麥茲說：「不，他是很重要的政治人物。他是國際兵團的主要委員。」

衛兵隊長說：「不過，他就是瘋瘋癲癲哪。你們在法西斯戰線後方幹什麼？」

搜身的時候，戈麥茲說：「這位同志是那邊的游擊隊。他帶來一份快信給高茲將軍。好好保管我的文件。小心鈔票和吊帶上的子彈。那是我在瓜達拉馬第一次受傷，由傷口挖出來的。」

隊長說：「別擔心。一切都放在這個抽屜。你爲什麼不問我高茲在哪兒？」

「我們想問哪。我問哨兵，他叫你了。」

「然後這個瘋子走來，你就去問他。誰都不能問他什麼。他瘋了。你要找的高茲就在三哩外的大路邊，右側的森林岩堆裡。」

「現在你不能讓我們去找他？」

「不行。那會要了我的腦袋。我一定要帶你去見那瘋子。何況你的快信也在他那兒。」

「你不能把這件事告訴人家？」

隊長說：「可以。我一看到可靠的人，馬上告訴他。大家都知道他瘋了。」

戈麥茲說：「我一向把他當做偉大的人物。法國最光輝的人物之一。」

「他也許曾是光輝的人物，」隊長說著，把手搭在安德斯肩膀上。「但是他瘋得像臭虫。他對槍斃別人有一種狂熱。」

「真的槍斃人？」

隊長說：「句句實話。死在那個傢伙手下的人比黑死病還要多。但他不像我們專殺法西斯份子。啊，不是開玩笑。他專門殺稀奇古怪的人物。托羅斯基派。分歧派。任何一型的怪物他都殺。」

安德斯完全聽不懂。

「我們在伊斯克里亞，不知道替他槍斃了多少人。我們常常充任行刑隊。國際兵團的人不肯槍斃自己的同伴。尤其是法國人。為了避免問題叢生，總是由我們來執行。我們槍斃法國人。我們槍斃巴爾幹人。我們槍斃過各種國籍的人。什麼樣的人都有。他有槍斃人的狂熱。總是為了政治的理由。他瘋了。他比六〇六號梅毒特效藥更能清除罪污。」

「不過，你會把快信的事情告訴人家吧？」

「會的，老兄。當然。這兩個兵團的人，我每一個都認識。每個人進出都要通過這兒。我連俄國人都認識，雖然他們大部分不會說西班牙語。我們會阻止這個傢伙槍斃西班牙人。」

「但是還有快信哪。」

「快信我也會想辦法。別擔心，同志。我們知道如何對付這個瘋子‧他只對自己的同胞具有危險性。現在我們很瞭解他。」

「把那兩個犯人帶進來，」那邊傳來馬蒂的聲音。

隊長問他們：「要不要喝一點飲料？」

「何妨來一杯。」

隊長由酒櫃拿出一瓶茴香酒，戈麥茲和安德斯喝了一點。隊長也喝了。他用手抹抹嘴巴。

「走吧，」他說。

剛吞下茴香酒，嘴巴、胃腸和心裡都暖洋洋的，他們走出衛兵室，穿過大廳，來到一個房間，馬蒂坐在一張長几後面，地圖攤在眼前，手持紅藍鉛筆學著做普通軍官。安德斯覺得，這只是多經一事而已。今天晚上他已經碰到太多太多的事情。總是很多很多。如果你的證件齊全，心地善良，你就不會有危險。最後他們還是放你走，你又上路了。但是英國人說要趕快。現在他知道自己絕對不能趕回去炸橋了，但是他們有一份快信要送，這個桌畔的老人卻把它放進自己的口袋裡。

「站在那兒，」馬蒂頭也不抬說。

「聽著，馬蒂同志，」戈麥茲脫口而出，因為茴香酒加強了他憤怒的勇氣。「今天晚上我們曾經被無政府主義者的愚昧阻擋了半天。然後是官僚式帝國主義者的惰性。現在又碰到一個多疑的共產黨員。」

「閉上你的嘴巴。這不是開會。」馬蒂說道，仍舊沒有抬頭看他們。

「馬蒂同志，這是緊急事件。非常非常重要。」戈麥茲說。

帶他們進來的隊長和士兵對這件事情都沒有多大的興趣，彷彿這些人在做一個他們看過很多次的遊戲，不過最突出的一刻他們總是看得津津有味。

馬蒂說：「每件事情都緊急。一切都重要。」現在他手持鉛筆望著他們。「你怎麼知道高茲在這兒？你懂不懂，攻擊前來找一位將軍是多麼嚴重的罪名？你怎麼知道這位將軍在此地？」

「你去告訴他呀，」戈麥茲對安德斯說。

「將軍同志，」安德斯開口說——安德烈．馬蒂沒有糾正他在階級稱呼上的錯誤——「我在戰線另一方接到那份快件。」

馬蒂說：「戰線另一方？是的，我聽他說你來自法西斯戰線。」

「將軍同志，這是一個名叫羅柏的英國人交給我的，他以炸藥專家的身分和我們聯手炸橋。明白吧？」

「繼續把故事說完吧，」馬蒂對安德斯說，他用「故事」一辭，等於說「謊言」「假話」或「捏造的事端」。

「噢，將軍同志，英國人叫我全速把快件送給高茲將軍。今天他要在這片山區發動攻擊，如果將軍同志不反對的話，我們只求儘速把東西送去給他。」

馬蒂又搖搖頭。他盯著安德斯，卻不是在看他。

他驚喜交集地想到：高茲，心情有如聽到他的某一位事業對手已經在特別險惡的車禍中死亡，或者某一位你深恨在心卻從不懷疑其操守的人已犯了盜用公款的大罪。高茲居然也是其中之一。高茲居然這麼明顯地和法西斯份子通信。他認識高茲將近二十年了。那年冬天高茲曾隨魯卡斯在西伯利亞擄獲沙皇的黃金車。高茲曾對抗波查克，還有在波蘭，在考卡瑟斯，在中國，都有過戰績。頭一年十月以後一直在此地。但是他當年和杜卡奇夫斯基很接近。對了，還有弗洛西洛夫。但是和杜卡夫斯基嘛，倒不對盤。還有誰呢？在此地和卡考夫過從甚密，當然，還有魯卡斯。不過匈牙利人都是陰謀家。他恨高爾。高茲恨高爾。記住這一點。一個紀錄。高茲一向恨高爾。但是他欣賞布茲。記住這一點。還有他的參謀首領是杜佛。看看能衍出什麼結論來。你聽他說過科比克是傻瓜。

這句話不容置疑。這句話確實存在。現在又有法西斯戰線送來的快信。唯有剪掉這些爛枝，樹木才能健康成長。爛處一定要弄得很明顯，才好剷除。不過居然是高玆。高玆竟是叛徒之一。他知道誰也不能信賴。誰也不能。不能信任髮妻。不能信任親兄弟。不能信任老同志。一個都不能信賴。永遠不行。

他對衛兵說：「帶走吧。好好看著他們。」隊長看看士兵。馬蒂的表演中，這回倒算很平靜的一次。

戈麥茲說：「馬蒂同志，不要發神經。聽我說，我是忠誠的軍官和同志。那份快件非送出去不可。這位同志老遠由法西斯戰線那一邊帶來，要交給高玆將軍同志。」

「帶走，」現在馬蒂和和氣氣對衛兵說。如果有必要除掉他們，他為他們個人感到悲哀。但是對壓迫他的高玆，則是一大悲劇。他想：居然是高玆。他要馬上把法西斯份子的信件交給瓦洛夫。不，他還是親自拿給高玆，看他收信的反應。他要這麼做。如果高玆是叛徒之一，他對瓦洛夫又怎能有把握呢？不。這件事要小心。安德斯轉向戈麥茲：「你意思是說，他不去送那封快信？」他不相信地說。

「你還不明白？」戈麥茲說。

安德斯說：「我幹他的婊子老娘！他瘋了。」

戈麥茲說：「是啊，他瘋了。」「你瘋了！聽著！瘋了！」他對馬蒂大叫，馬蒂現在又低頭用紅藍鉛筆研究地圖。「聽到沒有，你這瘋狂的殺手？」

馬蒂對衛兵說：「帶走吧。他們因為犯了大罪而發狂。」

這個詞彙，隊長十分耳熟，他以前也聽他說過。

「你這瘋狂的殺手，」戈麥茲大叫說。

安德斯對他說：「大婊子養的。瘋子。」

此人的愚昧讓他生氣。如果他是瘋子，就該當做瘋子來除掉，將他口袋裡的快信拿出來。上帝把這個瘋子打入地獄吧。他一向冷靜，脾氣也很好，如今卻忍不住激起西班牙人特具的怒火。再過一會兒他就要失去理智了。

衛兵把戈麥茲和安德斯押出去，馬蒂一面看地圖，一面傷心地搖搖頭。衛兵喜歡聽他咒罵，不過大體上今天的表演令人失望。他們看過更精采的場面。安德烈·馬蒂不在乎人家咒罵他。終場罵他的人太多太多了。他一向真心為他們個人而難過。他總是對自己說：這是他自己僅存的最後一絲真實的意念。

他坐在那兒，髭鬚和雙目對準地圖，對準他一向不大懂的地圖，對準精緻細密，有如蜘蛛網的棕色地形線。他可以由地形線看出高崗和山谷，但是他一向不明白為什麼會是這座高崗，為什麼該選這座山谷。然而在將軍總部，由於政委會的體制，他能夠以國際兵團政治頭子的身分干預事情，他常常用手指比著綠林間被沿溪大路截斷、以棕色細筆加圈編號的地點說：「喏。這就是對方的弱點。」

高爾和科比克是政客和野心家，他們總是同意他的說法。後來那些沒看過地圖的人，只聽到山丘號碼就離開出發地，叫別人指出挖掘的地點，往往爬到山邊，發現死路一條；或者被橄欖樹叢中埋伏的機關槍擋住，根本上不了山。不然就在其他前線，他們輕輕鬆鬆爬上去，戰況卻不比原先改進多少。但是馬蒂在高茲總部用手指地圖的時候，那位頭上有疤的白臉將軍常常繃緊下巴的肌肉思忖道：「安德烈·馬蒂，我真該槍斃你，免得你那隻灰色的爛手指亂碰我的形勢地圖。你該下地獄去，你干涉自己一竅不通的事情，害死了多少人。當年他們爲你提名曳引機工廠、村莊合作社，使你變成我高不可攀的偶像，我詛咒那一個日子。到別的地方去懷疑、去訓人、去插手管事、去譴責和屠殺吧，不要踏進我的參謀總部。」

但是高茲沒有說出口，他只是往後仰，不看他那傾斜的體態，推移的手指，水汪汪的眼睛，灰白的鬍鬚，不聞他那污穢刺鼻的氣息，嘴裡說：「是的，馬蒂同志，我明白你的觀點。但是不太妥當，我不贊成。你如果願意，可以儘量檢查我的腦袋。是的。你可以把它變成政黨的問題。但是我不贊成你的意見。」

現在安德烈．馬蒂坐在那兒研究地圖，桌上空空的，頭上有一盞沒有加燈罩的電燈，扁圓帽向前護住雙眼。他正參考一份複印的攻擊命令，慢慢小心地把它們劃在地圖上，就像年輕的軍官在參謀學院解一道難題似的。他正從事一場戰爭。他在腦海裡指揮軍隊；他有權干涉，他相信這就等於指揮。於是他坐在那兒，任由羅柏給高茲的快信擱在他口袋裡，戈麥茲和安德斯在衛兵室等待，此時羅柏正躺在橋頂的森林中。

如果安德斯和戈麥茲不受到安德烈．馬蒂的阻撓，能夠繼續前進，安德斯此行的結果有沒有什麼不同，其實還是一大疑問。在前線，誰也沒有取消攻擊的大權。機械體已經運行太久了，不可能突然停下來。大大小小的軍事行動都有一種大慣性。不過，一旦慣性克服，行動開始，要阻止行動幾乎和著手發動一樣困難。

但是那天晚上，老頭子還壓著扁圓帽坐在長几邊看地圖，房門忽然開了，俄國記者卡考夫和另外兩個身穿便衣皮袍、頭戴皮帽的俄國人走進屋內。衛兵隊長滿心不情願地關上房門。卡考夫是他能夠搭上線的第一位可靠人物。

「馬蒂同志，」卡考夫用客氣而侮慢的咬舌音說著，微微一笑，露出一口壞牙。

馬蒂站起來。他不喜歡卡考夫，但是卡考夫是「真理報」派來的，又直接和史達林有聯絡，目前是西班牙最重要的三大人物之一。

「卡考夫同志，」他說。

「你在準備攻擊的措施？」卡考夫傲慢地說，並朝著地圖點點頭。

「我在研究，」馬蒂答道。

「是你指揮進攻？還是高茲？」卡考夫油嘴滑舌說。

「你知道，我只是政委。」馬蒂告訴他。

卡考夫說：「不，你太謙虛了。你其實是將軍。你拿著地圖和望遠鏡。但是你以前不是海軍將領嗎，馬蒂同志？」

「我是砲手的副官，」馬蒂說。這是謊話。兵變的時候，他其實是倉庫兵的主管。但是現在他總以為當年他是砲手的副官。

卡考夫說：「啊，我還以為你是一流的倉庫管理員呢。我老是聽得到錯誤的消息。這是報業人員的特徵。」

另外兩個俄國人沒有參加談話。他們都由馬蒂身後打量地圖，偶爾用自己的語言互相說一兩句話。馬蒂和卡考夫寒暄一番，然後用法語交談。

「在『真理報』可不要登錯了消息喲，」馬蒂說。他說得很失禮，想重建自己的威嚴。卡考夫老是刺傷他。法文的說法就是「攪亂」。馬蒂被他搞得憂心忡忡，事事提防。卡考夫特意提起安德烈・馬蒂是法國共產黨中央委員會派來的，實在很刻薄。提起他高不可攀，也很刻薄。卡考夫老是這麼隨心所欲輕輕刺他一下，現在卡考夫說：「我總是一改再改才送到『真理報』。我登在『真理報』的文章都很正確。告訴我，馬蒂同志，你有沒有聽人說起，我們在西戈維亞附近的一個游擊隊員帶了一份情報給高玆？那邊有一位姓約丹的美國同志，我們正在等他的消息。法西斯戰線後方有戰事的報導傳來。他會送一份情報來給高玆。」

「美國人？」馬蒂問道。安德斯說起一位英國人。原來是這檔子事，原來他弄錯了。這些笨蛋何必找他攀談呢？

卡考夫輕蔑地看看他：「是的。一個政治進展不強，但是和西班牙人處得很好，又具有良好游擊隊紀錄的美國青年。馬蒂同志，你只管把快信交給我。已經耽誤夠多時間了。」

「什麼快信？」馬蒂問道，說這句話實在很蠢，他自己也知道。但是他不能那麼快承認自己錯了，而且他說這句話，是想拖延屈辱的時間，不接受任何羞辱。「還有通行證，」卡考夫露出一口壞牙說。

安德烈．馬蒂把手伸入口袋，拿出快信擺在桌上。他正視卡考夫的雙眼。好吧。他錯了，現在他無技可施，但是他不接受任何屈辱。「還有通行證，」卡考夫小聲說道。

馬蒂拿出來放在快信旁邊。

「隊長同志，」卡考夫用西班牙文叫道。

隊長開門進來。他迅速看了馬蒂一眼，馬蒂也盯著他，像一隻被獵犬追上絕路的老公豬。馬蒂臉上沒有恐懼也沒有羞辱。他只是生氣，他只是暫時受困，他知道這些犬類永遠抓不到他。

「把這些東西交給衛兵室的兩位同志，指引他們到高玆將軍的總部去。已經耽誤太多時間了。」卡考夫說。

隊長走出門，馬蒂盯著他的背影，又看看卡考夫。

卡考夫說：「馬蒂同志。我要試試看你多麼高不可攀。」

馬蒂正眼望著他，沒有說話。

卡考夫繼續說：「也別打算對付衛兵隊長。不是隊長說的。我在衛兵室見到那兩個人，他們對我傾訴一切。」（這是謊話）「但願每一個人都對我道出實情。」（這倒是真話，雖然找他傾訴的是隊長）。不過卡考夫相信：只要他自己平易近人，人類又有善意干涉的本質，一定會有善果出現。這件事他從來不予嘲諷。

「你知道，我在蘇聯的時候，亞瑟拜占地區的一座小城發生冤屈事件，大家都投書到『真理報』給我。你知道嗎？他們說：『卡考夫會幫助我們。』」

安德烈．馬蒂望著他，臉上沒有表情，只有憤怒和不滿。現在他心中沒有別的念頭，只覺得卡考夫和他作對。好吧，卡考夫，有權有勢的人，你當心好了。

卡考夫說：「還有一句話要說，不過這屬於同一原則。我要試試看你多麼高不可攀，馬蒂同志。我想知道可不可能改變那家曳引機工廠的名字。」

安德烈．馬蒂偏過頭不理他，然後低頭看地圖。

「年輕的約丹同志說些什麼？」卡考夫問他。

安德烈．馬蒂說：「我沒看。現在請別打擾我，卡考夫同志。」

卡考夫說：「好。我告辭，你忙你的軍事部署吧。」

他跨出門外，向衛兵室走去。安德斯和戈麥茲已經走了，他靜立了一會兒，仰望大路和那一端的山頭，曙光初現，一切都依稀看得出來。他想：我們得攀上那兒，現在爲期不遠了。

安德斯和戈麥茲又騎著摩托車上路了，現在步履漸輕。安德斯又抓著前座的後部，摩托車在隘頂的薄霧中東彎西拐往上爬，覺得摩托車在身子下面疾駛如飛，然後猛然一煞停下來，他們扶著摩托車站在一條長長的下坡路上，左側的森林有不少松枝覆蓋的坦克車。樹叢間佈滿軍隊。安德斯看到有些人肩上扛著擔架的長竿。三輛參謀車停在大路右側的樹叢底，旁邊擺滿樹枝，車頂也蓋著松枝。

戈麥茲把摩托車推到一輛參謀車前面。他將車子靠在樹枝上，然後和倚樹而坐的司機攀談。

司機說：「我帶你去見他。把摩托車推到路人看不見的地方，用這些東西遮好。」他指指一堆砍下的枝椏。

太陽剛爬上松樹梢，戈麥茲和安德斯隨著司機——他名叫維辛特——穿過松林，過了馬路，上坡來到一處防空壕的入口，那邊的屋頂上有通訊線一直延伸到森林斜坡頂。他們站在外面，司機進去通報，安德斯瞻仰防空壕的建築，看起來只像山邊的一個小洞穴，四週一塵不染，但是他由入口望進去，裡面又深又寬，很多人在裡面活動自如，在厚重的原木屋頂下根本不必彎腰低頭。

司機維辛特出來。他說：「他在上面發動攻擊的地方。我交給他的參謀主管了。他簽了這個東西。諾。」他把簽收的信封交給戈麥茲。戈麥茲拿給安德斯，他看一看，就放入襯衣裡。

「簽收的人叫什麼？」他問道。

「杜佛，」維辛特說。

安德斯說：「他是我可以交件的三個人之一。」

「我們要不要等回音？」戈麥茲問安德斯。

「最好等一等。只是炸橋以後，我要上哪兒去找英國人和其他同伴，連老天爺還不知道。」

維辛特說：「跟我來等吧，等將軍回來。我去端咖啡給你們喝。你們一定餓了。」

「還有這些坦克，」戈麥茲對他說。

他們經過枝椏覆蓋的泥土色坦克車，每一輛都在松針地上印出兩道深紋的軌跡，可以看出它們迴旋倒車的位置。它們的四十五厘米槍砲在樹枝底下橫伸出來，穿皮衣，戴縐紋鋼盔的司機和砲手都倚樹而坐，或躺在地上睡覺。

維辛特說：「這些是預備設施。那些軍隊也是預備軍。發動攻擊的人都在上面。」

「人數真不少，」安德斯說。

維辛特說：「是啊。整整一師。」

戰壕裡，杜佛左手拿著羅柏的快信，同時瞥視手上的腕錶，第四度看這封急件，每看一次，腋窩和體側就冷汗淋漓，他對電話筒說：「那麼，給我接西戈維亞陣地。他走了？給我接防維拉陣地。」

他繼續打電話。沒有用。他已經和兩個旅通過話了。高茲已上山去視察進攻的部署，正要到一個觀察哨去。他呼叫那個觀察哨，但是他不在那兒。

「給我接一號機群，」杜佛突然承擔起一切責任地說。他要負責停止進攻。最好停止。你不能派他們去突襲一批嚴陣以待的敵人。你不能這麼做。這簡直是謀殺嘛。你不能。你千萬不能。無論如何不能這麼做。他們要槍斃他，儘管槍斃好了。他要直接呼叫機場，取消轟炸的行動。不過，萬一這是牽制攻擊呢？萬一我們就是要引走對方的一切物資和軍力呢？萬一目標就在此呢？你進攻的時候，他們永遠不告訴你是牽制攻擊。

「取消一號機群的電話，給我接六十九旅的觀察哨。」他對通信兵說。

他還在叫電話，忽然聽到第一陣飛機聲。

這時候，觀察哨接通了。

「是的，」高兹靜靜地說。

他正倚著沙包坐在地上，雙足抵著岩石，嘴唇叼著香菸，一面講話一面抬頭和回頭張望。他正在看三架三架的楔形機陣，在天空中銀晃晃，吼聲如雷，正飛過曙光初現的遠處山肩。飛機來臨的時候，太陽照著螺旋槳，他看到兩個圓圓的光圈。

「是的，」他對著電話說法文，因爲那一端是杜佛在說話。「我們遭到困難了。是的。和往常一樣。是的。真可惜。是的。來得太晚，真糟糕。」

他雙眼望著飛機來臨，眼神十分自傲。現在他看到紅翼斑紋，一直望著它們穩定、堂皇、轟隆轟隆的前進動作。這就是可能的成果。這些都是我們的飛機。它們來了，裝載於大船上，由黑海穿過馬摩拉海峽，穿過達達尼爾海峽，再穿過地中海來到這兒，如今飛成輕便可愛的陣式——V字型緊湊而精純，在旭日下銀晃晃的，要摧殘那邊的山脊，砰砰投下炸彈，好讓我們攻過去。

高兹知道，它們一旦飛過頭頂，炸彈馬上就要投下，它們翻滾的時候真像空中的小鯨魚。接著山脊頂就會捲起跳躍的層雲，然後消失在一大片炸烈的雲彩中。於是坦克車吭唧吭唧爬上那兩座山坡，接著是他的兩旅軍隊。如果對方毫無防備，他們可以繼續橫掃四方，停下來，清理一切，應付一切，在坦克的協助下做許多工作。坦克迴旋掉頭，開砲掩護，其他的車子再把攻擊的軍隊帶上山，然後四處推進。如果沒有人出賣他們，如果大家都執行自己的任務，情況必然如此。

那邊有兩座山脊，前面有不少卡車，還有我的兩旅軍隊準備走出森林，現在飛機也來了。他該做的一切都已經按部就班完成了。

但是他望著飛機——如今幾乎在他頭頂上——由電話中聽見約丹的情報，知道沒有一個人能登上那兩座山脊，胃裡頓時感到很不舒服。敵人一定向下退了幾步，到窄壕溝躲避彈片去了，或者藏在密林裡，等轟炸機一過，他們就帶著機關槍、自動武器和約丹說的反坦克大砲走上大路，又是一次著名的狼狽場面。但是現在飛機震耳欲聾，這是理所當然的現象，事已至此，高茲抬頭望著它們，對著電話筒說：「不，沒有辦法。一點都沒有。不用考慮了，只好面對一切。」

高茲用冷酷而自傲的眼神望著飛機，他知道原本可以有什麼成果，現在事情又會轉變成什麼情況。他以原先的計劃爲榮，相信預計的一切——哪怕預計的情況永遠不可能發生。他毅然說道：「好。我們抓住我們唯一的可能性。」說完就掛斷了。

但是杜佛沒聽到他的話。他手持聽筒坐在桌邊，只聽到飛機隆隆響，他想：現在聽它們飛來了。也許這一次，也許轟炸機會將對方炸毀，也許我們會突破現狀，也許他會得到他所要求的後援，也許就在這一次，也許時機已逝。繼續呀。來吧，繼續下去。吼聲太大，他連自己腦子裡的念頭都聽不見了。

43

羅柏躺在大路和鋼橋頂的斜坡上一棵松樹後方，望著天空漸漸發白。他一向喜歡這個時辰，現在他靜靜觀望；覺得心底泛出灰白，彷彿他就是日出前那緩緩曙光的一部分；實物顏色漸深，空間逐漸明朗，夜裡透出的燈光慢慢變黃，日出後就一褪色了。現在底下的松樹顯得堅硬又清晰，樹幹結結實實透出赤褐色，路面亮晶晶，上頭蒙著一層霧氣。露水打濕了他的身子，森林地面軟綿綿的，他覺得手肘下的赤褐松針頗有彈性。隔著溪床上升起的薄霧，他看到下面的鋼橋直挺挺橫臥在峽谷上，兩端各有一個木製的哨房。但是他凝望過去，鋼橋的結構在溪頂的霧氣中仍然顯得綿密而優美。

現在他看到衛兵在哨房裡站起來，背上披著氈布外衣，頭戴鋼盔，俯身在鑽洞的油桶炭盆上溫烤雙手。羅柏聽到溪水在萬丈深岩間潺潺流過，也看到哨房裡冒出一股稀薄的炊煙。

他看看手錶，暗想道：不知安德斯抵達高茲的總部沒有？如果我們要炸橋，我真想慢慢呼吸，讓時間再慢下來，細細感受一番。你想他辦成了沒有？安德斯？如果他完成任務，他們會不會取消攻擊呢？如果來得及取消的話？啊，別擔心。他們也許會，也許不會。沒有兩種以上的決定，你待會兒就知道啦。萬一攻擊成功呢？高茲說這次可能會成功。有這種可能性。我們的坦克車走下那條大路，人從右翼下來，穿過莊園村，整個山區左面都爲之扭轉。你爲什麼從來不想想勝利的景象？你採取守勢太久了，所以想不出來。當然。不過，那是一切車馬走上大路前的情況。那是敵機飛來前的情況。別太天真了。但是請記住，我們只要能將他們擋在那兒，法西斯份子就被我們困死了。他們不結束我們這裡的戰事，就不能攻擊其他地區，而他們和我們永遠打不完。如果法國人幫忙，如果他們不封鎖邊界，如果我們能從美國買到飛機，他們永遠打不垮我們。永遠打不垮，只要我們能得到物資。這些人若有精良的武器，他們會永遠戰鬥不息。

不，你休想在這兒期待勝利，也許好多年都不要妄想。這只是牽制攻擊。現在你可不能心生錯覺哦。萬一今天我們來一個大突破呢？這是我方的第一次大攻擊。保持你的均衡感吧。不過，萬一我們居然成功了呢？別興奮，他對自己說。別忘了路上的一切動靜。你已經盡力提出報告了。我們真該有幾套手提短波發報機。將來會有的。但是現在我們還沒有。你現在只能觀察，盡力而爲。

今天只是未來所有日子中的一天。但是未來所有日子的遭遇都要看你今天的作爲而定。今年始終如此。許許多多次都是如此。這場戰爭期間一向如此。他自言自語說：今天清早你真會誇大其辭。看看那邊是誰來了。

他看到兩個身穿氈布斗篷、頭戴鋼盔的傢伙由大路轉角走向橋面，肩上扛著步槍。一個在鋼橋那端停下來，消失在哨房裡。另外一個慢吞吞走過橋。他停在橋上，向峽谷吐了一口唾沫，然後慢慢走到鋼橋這一端，另外一個衛兵和他說了幾句話，就過橋走了。交班休息的衛兵比前來接班人走得快（**因為他要去喝咖啡，羅柏暗想**），但是他也向峽谷吐了一口痰。

不知道這是不是迷信？羅柏暗想。我也得對那個峽谷吐一口唾沫。但願那時候我還吐得出來。

不。這不會是強力的仙丹。不可能管用。我還沒走到那兒，就得證明這一招不管用。

新哨兵坐下來。上了刺刀的步槍斜倚在牆上。羅柏由襯衫口袋拿出望遠鏡，轉動目鏡組織，鋼橋末端終於壁立在眼前，漆灰的金屬顯得十分清晰。然後他把望遠鏡轉向哨房。

哨兵靠坐在牆邊。他的鋼盔掛在木釘上，面孔清晰可辨。羅柏看出他就是兩天前他下午出來觀測時所見到的衛兵。他還戴著原來那頂絨線帽。他沒刮鬍子，雙頰凹陷，顴骨突出，一雙濃眉向中央生長。他睡眼惺忪，羅柏看他的時候，他正在打呵欠。然後他掏出菸草袋和一捆白紙，自己捲了一根香菸。他拚命撥弄打火機，最後還是把它收進口袋，走到炭盆邊，俯身由盆裡拿出一塊煤炭，用手掩著吹，把香菸點燃，再將煤塊扔回炭盆裡。

羅柏隔著蔡斯牌的八倍望遠鏡，看他倚著哨房的牆壁抽香菸，臉上的表情一一入目。於是他放下望遠鏡，折起來放進口袋裡。

他對自己說：我再也不看他了。

他躺在那兒觀察路面，儘量不用腦筋。一隻松鼠在下面的松樹上吱吱喳喳，羅柏看松鼠爬下樹幹，半路停下來，回頭望望那人觀察的方向。他看到松鼠的眼睛小小亮亮的，尾巴興奮地猛抖個不停。然後松鼠走向另外一棵樹，舉足擺尾，一跳一跳向前走。牠在樹幹上回頭看看羅柏，便繞著樹幹消失了。後來羅柏聽見松鼠在高高的樹梢吱吱喳喳叫，發覺牠兀自平立在枝椏上，尾巴晃來晃去。

羅柏又隔著松樹望一望哨房。他真想將那隻松鼠放在口袋裡作伴。他真希望擁有任何可觸摸的東西。他用手肘搓搓松針，不過感覺不一樣。沒有人知道你做這件事，心裡有多麼孤單。只有我知道。但願「兔子」能平安脫離這一切險境。現在別想那些。是的，當然。不過我可以希望這一點，而且我確實如此希望著。但願炸橋順利，她平安脫險。好。當然。就是這樣。現在我只求如此。

如今他躺在那兒，眼睛不看大路和哨房，卻眺望遠山。他對自己說：乾脆什麼都不要想。他靜靜躺著，看天色發白。這是一個優雅的夏日清晨，五月底天亮得很快。有一次一個穿皮衣、戴皮盔、左腿槍袋裝著一隻自動步槍的摩托騎士過橋往上走。還有一輛救護車過橋，在他腳下穿過，往大路走去。如此而已。他聞到松樹的氣味，聽到溪流聲，如今橋面清清楚楚呈露出來，在曙光下顯得美極了。他躺在松樹後方，手提機關槍架在左前臂上，他久久不看哨房，最後真以爲事情不會發生了，這麼可愛的五月清晨，什麼事都不可能發生。這時候突然聽到密密麻麻、砰砰隆隆的炸彈聲。

他聽到炸彈聲——先是落地的沉重聲響，然後才是山間如雷的回音——羅柏長長吸了一口氣，舉起手提機關槍。手臂因爲槍身的重量而發麻，指頭也因爲不情願而顯得沉重不堪。

哨房裡的人一聽到炸彈的巨響，連忙站起來。羅柏看他伸手拿槍，走出哨房聆聽動靜。他站在路上，陽光映照著他。他抬頭仰望天上飛機轟炸處，絨線帽斜戴著，太陽映上他沒有剃鬚的面龐。

現在路面的薄霧已經消失了，羅柏清清楚楚看到那個人，他正站在路上仰望天空呢。陽光隔著樹梢，亮晶晶地照在他臉上。

羅柏自覺呼吸急促，彷佛一股電線捆住胸膛似的。他穩住手肘，覺得前槍柄的波紋緊貼著手指，現在準星的長方形正框在後面的凹口內，他把準星對著那人的胸口，輕輕扣下扳機。

他覺得槍身猛彈了肩膀一下，麻麻的，路上那個人顯得大吃一驚，然後就中槍跪倒，額頭伏在路面上。他的步槍掉在身旁，一隻手指在扳機安全瓣上抽搐著，手腕向前彎。步槍擱在那兒，刺刀伸向前面。羅柏偏過頭不看路上那個弓頭屈臥的人影，眼睛轉向橋面和那一端的哨房。他看不到另一個哨房，便俯視右側的斜坡，他知道奧古斯丁躲在那兒。這時候他聽到安瑟莫開槍了，回音由峽谷碎碎裂裂傳來。然後又聽他再開一槍。

隨著第二聲槍響，橋下的轉角處傳來手榴彈霹霹啪啪的爆炸聲。然後路上左側有手榴彈聲傳來。這時他聽到路面上方步槍砰砰響，下面帕布羅的騎兵式自動步槍也對著手榴彈聲啪啪開起火來。他看到安瑟莫爬下陡徑，趕往橋面那一端，連忙把手提機闕槍揹在肩上，由松樹後面拿起兩個包袱，一手拎一個，包袱重重扯著他的肩膀，他覺得肌腱都快要扯脫了，他就這樣走下陡坡，來到路面上。

他邊跑邊聽到奧古斯丁大叫說：「幹得好，英國人。幹得好！」心中暗想，「好個鬼喲，幹得好，」這時候他聽到安瑟莫在鋼橋那一端開槍射擊，槍聲在鋼桁裡噹噹響。他走過倒地的哨兵身邊，跑上橋面，兩包東西搖搖晃晃的。

老頭子奔向他，一隻手拿著卡賓槍。他大叫說：「沒有什麼不對。我不得不多開幾槍打死他。」

羅柏跪下來，在橋面中央打開包袱，拿出所需要的東西，看見安瑟莫淚流滿面，沿著兩頰流遍灰色的短鬚四週。

他對安瑟莫說：「我也殺了一個人，」並扭頭指向橋頭路邊弓臥的哨兵遺體。

安瑟莫說：「是的，老兄。我們不得不殺他們，我們只好動手了。」

羅柏爬進鋼橋的骨架中。鋼桁又冷又濕，他雙手底下滿是露水。他仔細爬行，覺得太陽照在他背上，他在一根橋架中支起身子，聽見下面溪水翻騰，聽見上面那支守備隊不斷有槍聲傳來——太多了。現在他汗流浹背，橋下卻涼颼颼的。他手臂上套著一捲電線，手腕用皮帶吊著一副鉗子。

「老頭，炸藥一小包一小包遞給我，」他對安瑟莫仰叫道。老頭俯靠在橋邊，把一長塊一長塊的炸藥遞下來，羅柏立即伸手去接，推到他想要的位置，紮在一塊兒撐好，「老頭，楔子，給我楔子！」他把木楔輕輕釘牢，使炸藥緊緊固定在鋼桁之間，同時聞著新刨的楔子那清新的木頭味兒。

他忙著安放、支撐、釘楔子，用鐵線繫好炸藥，一心只想炸橋的事情，像外科醫生一樣迅速而嫻熟地工作著，猛聽得下面的大路傳來嗒嗒的槍聲。然後是手榴彈的聲音。接著又是一陣，隔著潺潺的水聲隆隆作響。然後那邊就一片沉寂了。

他想，「天殺的，不知道什麼玩意兒打中了他們？」

上面那支守備隊還在開火。槍擊次數真他媽的太多了，他把兩枚手榴彈並排捆在撐牢的一塊塊炸藥頂端，用鐵絲纏著起伏的波紋，使它們固定，然後綁緊；用鉗子鉗牢。他摸摸整捆裝置，爲了使它更堅牢，又在手榴彈上面敲進一枚楔子，使整捆炸藥牢牢塞在鋼架裡。

「老頭，現在到另外一邊，」他對安瑟莫仰叫道，然後爬過叉架，像綿延鋼林裡的人猿泰山，他想著，又從暗處底下冒出來，溪水在下面滾滾流過，他一抬頭，正好望見安瑟莫的面孔，安瑟莫正把一包包炸藥遞下來給他。他暗想道：天殺的好面孔。現在別哭。這是純賺的。一邊安置好了。現在弄另外一邊，我們就完成啦。這個炸藥會把橋炸毀。來吧。別興奮。好好做啊。像上次那麼乾淨俐落。別瞎搞，慢慢來。別弄得比你能力所及還更快。現在你不會失手了。現在誰也不能阻止你炸掉半邊橋。你只是照應有的方法行事，這個地方很涼爽。基督啊，涼得像酒窖，卻沒有零星的穢物。通常在石橋底下動手，總免不了一團髒亂。這是一座夢幻橋，一座血淋淋的夢幻橋。橋上的老頭處境才糟糕呢。別弄得比你能力所及還要快。我真希望上面的槍戰趕快完結。「給我一些楔子，老頭。」我不喜歡那兒還有槍戰。碧拉惹上麻煩了。守備隊一定有人逃出去。往後逃，或者躲在鋸木廠後面。他們還在開火。可見鋸木廠還有人。還有那天殺的木屑。那一大堆一大堆木屑。老木屑堆高起來，真是藏身應戰的好材料呢。一定還有好幾個人。帕布羅遠在下面。不知道第二陣騷動是什麼回事。一定是汽車或摩托車。祈求上帝，他們千萬別派裝甲車或坦克車上來。繼續弄吧。儘快安置炸藥，用楔子釘牢再綁緊。你在發抖哩，活像天殺的女人。媽的，你怎麼回事？你做得太快了。我打賭上面那個天殺的婆娘不會發抖。那個碧拉，說不定她也在發抖呢。她似乎惹上大麻煩了。她若陷入困境，她會發抖的。和任何人沒有兩樣。

他探身出去，沐浴在陽光裡，伸手去接安瑟莫遞來的東西，如今他的腦袋正對著腳下潺潺的激流，路面上方槍聲更密了，然後又傳來手榴彈的聲響。接著又是幾枚手榴彈。

「那麼，他們是猛衝鋸木廠囉。」

他想：幸虧我這些炸藥是一大塊一大塊的。不是一根一根。混蛋。只是整潔一點罷了。滿滿一個破帆布袋的炸藥豈不更快。兩袋，不，一袋就夠了。我們若有起爆器和老炸藥，不知道有多好。那個婊子養的傢伙把我的炸藥扔進河裡去了。那個老木箱曾經到過不少地方。他竟把它扔進這條河裡。那個雜種帕布羅，他正在下面痛宰他們哩。「再給我一點，老頭。」

老頭子幹得不錯。他在橋上，正處於極佳的位置。他討厭射死那個衛兵。我也一樣，但是我沒有多想。現在我也不去想它，你不得不幹嘛。不過從那個時候開始，安瑟莫就殘廢了。我知道殘廢者的情形。我想，用自動武器殺人也許容易得多。我是指動手的人而言，情形不一樣。先碰一下，以後就是自動武器的事兒了。錯不在你。省一省吧，改天再思考。你這顆腦袋呀。老約丹，你有一顆愛思考的腦袋。滾動啊，約丹，滾動啊！足球場上你抱球的時候，他們總是這樣喊著。你知不知道天殺的約旦河其實不比下面的小溪大多少。你是指源頭吧。任何東西的源頭都是如此。這座橋下是一處地方，離家萬里外的家園。算了，約丹，打起精神來。這件事很嚴重哩。你明白嗎？嚴重。嚴重性一直減低。看看另一側。爲什麼？無論鋼橋怎麼樣，我現在都沒有問題了。緬因州如何，國家也就如何。約旦河如何，混帳的以色列人也就如何。我是指這座橋。儘管迂迴曲折，其實終究是約丹如何，這條混帳的鋼橋也就如何。

「再給我一點，安瑟莫老頭，」他說。老頭子點點頭。「快要好了，」羅柏說。老頭子又點點頭。

捆好下面的手榴彈，他不再聽見大路上方的槍聲。突然間只有潺潺流水伴著他工作。他低頭一看，溪水在下面的石堆中翻出白浪，然後沖到下面一個清澈的圓石小塘中，他掉落的一枚楔子正隨波逐流。他俯視的當兒，一條鱒魚跳出水面抓小蟲，在木屑轉彎處附近的水面造成一個圈圈。他用鉗子轉緊鐵絲，把兩枚手榴彈固定妥當，隔著橋架的鋼索，看到陽光映著青翠的山坡。三天前還是棕黃色呢，他想。

他由橋底的陰涼處探身到艷陽中，對安瑟莫俯視的面孔喊道：「把那一大捲鐵絲拿給我。」

老頭子遵命傳下來。

看老天爺份上，現在還不要鬆開吧。這個可以拉住它們。但願你能徹底紮好。不過你用這麼長的鐵線，不會有問題的，羅柏一面想，一面摸摸手榴彈撬桿圓環的開尾栓。手榴彈側捆著，他確定其中有足夠的空間，一拉開尾栓，捆住它們的鐵線就會通過撬桿底下，撬桿就會跳起來，他又在一個圓環上附一段鐵絲，接上外側手榴彈圓環的主線，由線捲中拉出一小段鐵絲，繞過一個鐵架，然後把線捲遞給安瑟莫。「小心拿著，」他說。

他爬上橋面，由老頭手上接過線捲，儘快往哨兵躺臥的路面走去，又探身到橋邊，一面走一面放出線捲中的鐵線。

「把背包拎過來，」他一面退著走，一面對安瑟莫叫道。他走過的時候，彎腰撿起手提機關槍，再度揹在背上。

他一邊放線一邊抬頭望，看到那些攻擊路頂守備隊的人由大路上方回來了。他看到四個人，接著低頭看鐵線，免得纏到鋼橋的外架。伊拉狄奧沒有跟他們一起來。

羅柏把鐵線清清楚楚繞過鋼橋末端，環著最後一根支柱打了一個套結，然後沿著路面放線，最後在一個石質路標邊停下來。他割斷鐵絲，遞給安瑟莫。

他說：「抓著，老頭。現在跟我走回橋上，邊走邊拉。不，我來好了。」

到了橋上，他將鐵線穿過索眼往回拉，如今鐵線清清爽爽穿到手榴彈的圓環上，然後沿著橋邊拉，再遞給安瑟莫。

他說：「把這條線拉回那個高石塊附近。輕輕拉，但是要抓穩。別用力。你用力猛拉的時候，鋼橋就會炸掉。明白嗎？」

「嗯。」

「輕輕拉，但是不能鬆垮，免得纏到東西。輕輕抓穩。沒有真正拉以前，千萬別扯動它。明白吧？」

「嗯。」

「你拉的時候，就要真正用力拉。不能牽牽扭扭的。」

羅柏一面說話，一面抬頭看路上碧拉所帶殘餘的人馬。現在他們走近了，他看見普利米蒂弗和拉費爾攙著費南度。他似乎傷了鼠蹊部，因爲他自己用雙手按住那兒，大男人和小伙子則扶著他兩側。他的右腿拖拖拉拉，鞋側刮著路面，由他們拖著走。碧拉身揹三隻槍，由堤岸爬進森林。羅柏看不見她的面孔。不過她仰著頭，儘快往上爬。

「情況如何？」普利米蒂叫道。

「好。我們快完成了，」羅柏大聲應道。

用不著問他們進展如何。他偏頭看別的地方，三個人已經走到路邊，他們想扶費南度走上堤岸，費南度搖搖頭。

「給我一支步槍，我留在這兒，」羅柏聽見他用哽咽的聲音說。

「不，老兄。我們扶你到拴馬的地方。」

費南度說：「我要馬幹什麼？我在這邊很好嘛。」

羅柏沒有聽見下面的談話，因爲他正和安瑟莫交談。

他說：「如果有坦克車來，先炸橋。不過要等它們上了橋才動手。如果有裝甲車來，也先炸橋——它們走上橋面的話。其他的東西，帕布羅都會擋下來。」

「你在橋下，我不炸橋。」

「別顧慮我。必要的時候就炸橋。我去安置另外一條鐵線再回來，然後我們一起動手。」

他開始跑向橋中央。

安瑟莫看到羅柏跑上橋面，手臂上套一圈線捲，一隻手腕上吊著鉗子，背上揹著手提機關槍。他看他爬下鋼橋的欄干底，馬上就消失了。安瑟莫右手拿著鐵線，蹲在石質路標後面，俯視大路和鋼橋。那名哨兵躺在他和橋樑之間——現在離大路比較近，倒在平滑的路邊，陽光落在他背上。他的步槍擱在路旁，刺刀直指著安瑟莫。老頭子的視線越過他的屍體，沿著欄影橫陳的橫面一直望向大路另一頭，路面順著峽谷向左彎，到石壁後方就看不見了。他望著那一端艷陽映照的哨房，突然察覺手裡鐵線的存在，他又回頭看看費南度和普利米蒂弗、吉普賽人交談的方向。

費南度說：「把我撇在這兒。傷口很痛，裡面又流了不少血。我一動，裡面就發疼。」

普利米蒂弗說：「我們扶你上斜坡。你的手臂搭在我們肩膀上，我們來扛你的大腿。」

費南度說：「沒有用。把我擱在一塊石頭後面。我在這邊和上面一樣能派上用場。」

「不過，我們走的時候呢？」普利米蒂弗說。

「把我擱在這兒。我受了傷，不可能走遠。還要多費一匹馬兒。我在這邊很好嘛。他們一定馬上就來了。」

「我們可以扶你上山，很容易。」吉普賽人說。

他自然急著要走，普利米蒂弗也是一樣。但是他們卻扶他走了那麼遠。

費南度說：「不，我在這邊很好嘛。伊拉狄奧怎麼啦？」

吉普賽人指指腦袋，表示他傷在那兒。

他說：「這裡，繼你之後受傷。在我們衝鋒的時候。」

「別管我了，」費南度說。安瑟莫看出他很痛苦。現在他雙手按住鼠蹊，頭仰靠在堤岸上，兩腿直挺挺向前伸。他臉色發白，一直淌冷汗。

「幫個忙，拜託你們別管我了，」他說。他痛得閉緊雙目，嘴唇扭曲，「我覺得在這邊很好嘛。」

「這裡有一支步槍和少許子彈，」普利米蒂弗說。

「是不是我的？」費南度閉著眼睛問道。

「不，你的由碧拉帶著。這支是我的。」普利米蒂弗說。

「我寧願要自己那一支。我比較習慣。」費南度說。

吉普賽人撒了一個謊：「我會拿來給你。先留著這一支，等那支拿來兩交換。」

費南度說：「我這邊的位置好極了，可以掩護路面和鋼橋。」他睜開眼，回頭看看橋面，然後又痛得閉上眼睛。

吉普賽人拍拍他的腦袋，用大拇指示意普利米蒂弗快走。

「我們會下來接你，」普利米蒂弗說完，便跟著吉普賽人爬上山坡，吉普賽人爬得很快。

費南度往後靠在堤岸邊。他前面有幾個漆白的石頭，標出了道路的邊界。他的腦袋躲在涼蔭裡，不過太陽正照著他包紮堵塞的傷處，以及覆在上面的雙手。他的小腿和雙腳也暴露在陽光下。步槍擱在他身邊，槍畔有三個彈夾，在艷陽下閃閃發光。一隻蒼蠅爬到他手上，不過他劇痛難當，感覺不出那輕微的搔癢。

「費南度，」安瑟莫手持鐵線，由他蹲坐的地方大聲喊叫。他在鐵線末端打了一個套結，拉得很緊，所以能握在拳頭中。

「費南度，」他又叫了一聲。

費南度睜眼看看他。

「情況如何？」費南度問道。

安瑟莫說：「很好。再過一分鐘我們就要炸橋了。」

「我很高興。有什麼事情需要我幫忙，就叫我做，」費南度一面說一面閉上雙眼，體內又一陣劇痛。

安瑟莫偏過頭去，望著鋼橋。

他等著看鐵線捲遞上橋面，接著看「英國人」攀上橋邊，露出日炙的腦袋和面孔。同時他也注意橋樑那一邊有沒有人車從路面轉角走過來。現在他根本不怕了，今天一整天都了無懼意。一切都那麼快，那麼正常，他想。我討厭槍殺衛兵，那件事害我激動不已，但是現在已經過去了。「英國人」怎麼說射人和射動物一樣呢？每次打獵，我都昂然自在，不覺得做錯什麼。但是槍殺一個人，心情就像成年後打自己的親兄弟一樣。何況還開了那麼多槍才把他打死。不，別想那些。那件事曾引起太多的情緒，你哭哭啼啼跑上橋，像女娘們似的。

他對自己說：那些都過去了，你可以設法補償，也可以彌贖其他的罪愆。但是現在你擁有昨夜爬山回家時你所要求的一切。你身在戰時，問題不在你。如果現在我一大早就魂飛西天，也沒有什麼不對勁。

這時候他看費南度倚著堤岸躺在那兒，雙手按著股溝，嘴唇泛青，雙目緊閉，呼吸沉重而緩慢。他想道：如果我要死，但願死得快一點。不，我說過只要獲得今天需要的一切，我就不再要求什麼。所以我不要求。明白嗎？我一無所求。無論如何不要求什麼。賜給我昨天要求的一切，其他的事情都任憑裁決。

他聆聽遠處隘口戰鬥的聲音，他對自己說：今天真是偉大的日子。

應該體會出今天是什麼樣的日子。但是他心中並沒有得意或興奮的感覺，一切都過去了，只剩一片安詳。如今他蹲在標石後面，一手持套繩，另外一個繩結繞在手腕上，膝下抵著路邊的砂石，他既不寂寞，也不覺得孤單。他是一個手持鐵線的人，與橋樑同在，與「英國人」安放的炸藥同在。他是一個和橋下的「英國佬」並肩執行任務的人，也是一個參加戰役、與共和國共存亡的志士。

但是他毫無興奮感。現在四處靜悄悄的，太陽照著他的脖子和肩膀，他蹲在那兒抬頭一看，天空萬里無雲，河流那一邊山坡起伏，他並不快樂，但是他既不孤單也不害怕什麼。

山坡上，碧拉正躺在一棵樹木後方，觀察隘口通下來的路面。她身上帶著兩支裝滿子彈的步槍，普利米蒂弗在她身邊蹲下來，她連忙遞一支給他。

她說：「下去。到那棵樹後面。喂，吉普賽人，你到那邊。」她指指下面的另外一棵樹。「他死了沒有？」

「不，還沒有，」普利米蒂弗說。

碧拉說：「真倒楣。如果我們再多兩個人手，就不會出這種事情了。他應該繞著木屑堆爬過去。他在那邊還好吧？」

普利米蒂弗搖搖頭。

「英國佬炸橋的時候，碎片會不會飛這麼遠？」吉普賽人由大樹後面問她。

碧拉說：「我不知道。不過守住大槍的奧古斯丁比你更貼近鋼橋。如果太近，英國人不會把他安排在那兒。」

「不過我記得炸火車的時候，引擎燈飛過我頭頂，一截截鋼片像燕子飛得半天高。」

碧拉說：「你有詩情畫意的記性。什麼像燕子。胡來，它們像餿水鍋。聽著，吉普賽人，你今天表現還不錯。現在別讓恐懼逮著了。」

「噢，我只是問炸橋的碎片會不會飛這麼遠，我好躲在樹幹後頭，」吉普賽人說。

「躲在那裡吧，」碧拉吩咐他。「我們殺了幾個人？」

「我們幹掉五個。兩個在這兒。你看不到橋面那邊還有一個？往橋面看過去。看到哨房了吧？看到沒有？」他指一指前方。「那麼帕布羅在下面要對付八個人。我替英國人偵察過那支守備隊。」

碧拉咕噥幾聲。然後她氣沖沖說道：「英國人怎麼啦？他在橋下窮磨菇什麼？搞不清！他到底是築橋還是炸橋哇？」

她抬起頭來，看到下面安瑟莫蹲在標石後方。

她叫道：「嘿，老頭！他媽的英國人怎麼啦？」

安瑟莫輕輕抓牢鐵絲，向上叫道：「耐心一點，娘們。他正在完成最後的工作。」

「但是，幹他的大婊子，他怎麼會花那麼多時間呢？」

安瑟莫喊道：「很精密！這是科學化的工作。」

碧拉對吉普賽人發火說：「我啐他科學的膿汁。叫那個污臉的臭傢伙趕快炸橋吧。」她用深沉的嗓音對山上叫道：「瑪麗亞！妳的英國人——」然後喊出一大堆髒話，形容約丹在橋下的假想動作。

安瑟莫由路上叫道：「冷靜一點，娘們。他在做一件了不起的工作。現在快完成了。」

碧拉說：「瞎搞，速度才重要。」

這時候他們都聽見帕布羅攻佔守備隊的道路上方有槍聲傳來。碧拉停止咒罵，注意聆聽。她說：「哎，哎。這就對啦。」

羅柏一隻手將線捲繞到橋上，自己接著攀上來，也聽到了槍聲。他膝蓋擱在橋面的鐵板邊緣，雙手伸出橋面，聽到機關槍在下面的彎道附近砰砰響，和帕布羅的自動步槍不一樣。他站起來，俯身向外，一面沿著橋邊後退及側行，一面將線捲繞清楚，開始往外放線。

他聽到槍聲，邊走邊覺得胃囊隆隆響，彷彿回音落在他橫隔膜上似的。槍聲更近了，他回頭看看彎道。但是路上沒有汽車，沒有坦克，也沒有行人。他走到橋尾的半道，路上還是空空如也。他走了四分之三，長線都放清了，路上還是不見人影。他爬到哨房後面，手持鐵線往外伸，免得纏到鐵架，路上仍然空無一人。於是他走到大路上，底下的路面仍然空空的，他連忙退到路面較低側的褪色小溝上，活像外野手倒退去接高飛球似的，同時拉緊鐵絲。現在他幾乎和安瑟莫的標石相對而立，橋樑下側仍然空空如也。

這時候他聽到卡車沿著大路走過來，他回頭一看，它正走上長長的斜坡，他繞著鐵絲擺動一下手腕，對安瑟莫叫道：「炸橋，」然後穩住腳跟，將鐵線繞著手腕轉一圈，用力後仰，抵制鐵線的張力。卡車聲由後面傳來，眼前只見哨兵倒斃的路面、長橋和下面的一段路，那段路仍然空空如也。這時候四週響起碎裂的吼聲，橋樑中段像巨浪般飛到半空中，他趴在圓石小溝上，雙手抱緊頭顱，覺得爆炸的威力一直向他襲來。鋼橋飛起又落下的時候，他的面孔緊貼著圓石，熟悉的辛辣黃煙滾到他頭上，然後一截截鋼片像雨點般落下來。

等鋼片不再如雨點般紛紛墜落，他發現自己還活著。他抬頭看看橋面，中間的一段已經消失了。橋上有一截截鋸齒形的鋼片，新割裂的邊緣亮晶晶的，整個路上都佈滿這種碎層。卡車在一百碼外的路邊停下來。司機和兩個隨車人員正向一個陰溝跑去。

費南度還躺在堤岸邊，沒有斷氣。雙臂直挺挺垂在兩旁，雙手鬆弛無力。

安瑟莫俯臥在白色標石後方。他的左臂弓在腦袋下，右臂往外伸。套結還繞著他的左拳頭。羅柏站起來，穿過馬路，跪在他身邊，確定他已經死了。他沒有將他翻過來察看那截鋼片造成的傷口。他死了，如此而已。

羅柏想道：他死後看起來真矮小。個子小小的，頭部泛著灰色。羅柏又思忖道：如果他塊頭就這麼一點兒，不知道他怎麼能扛那麼大的行囊。然後他看見緊身牧人褲中的膝蓋和大腿，以及麻繩底布鞋的破舊鞋底，他拿起安瑟莫的卡賓槍和兩個現在空出來的背包，又走過去拾撿費南度身邊的步槍。他由路邊踢起一截鋸齒狀的鋼片，然後把兩枝槍扛在肩上，用手抓住槍口，由斜坡走入森林。他不回頭看，甚至不眺望橋頭那一端的路面。下側的彎道附近還在開火，但是現在他根本不在乎了。

T．N．T炸藥的煙氣使他咳嗽不已，他覺得全身發麻。

他把一支槍擱在樹後面碧拉躺臥的地方。她看了一眼，發現她又有三支槍了。

他說：「妳這邊位置太高了一點。路上有一輛卡車，妳卻看不見。他們以爲是飛機轟炸呢。妳還是下去一點。我和奧古斯丁下去掩護帕布羅。」

「老頭呢？」她望著他的面孔問道。

「死了。」

他又猛咳幾聲，在地上吐一口痰。

碧拉望著他，「英國人，你的橋炸掉了。別忘記這一點。」

他說：「我沒忘記什麼。」又告訴碧拉：「妳的嗓門好大。我在下面就聽到了。對瑪麗亞叫幾聲吧，告訴她我平安無事。」

「我們在鋸木廠損失了兩個人，」碧拉試圖讓他瞭解。

羅柏說：「我看到了。你們沒幹什麼傻事吧？」

碧拉說：「去作踐你自己吧，英國人。費南度和伊拉狄奧也是大男人。」

羅柏說：「妳何不上去牽馬？我在這邊瞄得比妳準。」

「你要掩護帕布羅。」

「帕布羅混蛋。讓他用屎尿掩護他自己吧。」

「不，英國人。他回來了。他在下面苦戰。你沒聽到嗎？如今他正在戰鬥，對抗頑敵。你沒聽到嗎？」

「我會掩護他。不過你們都是混蛋。妳和帕布羅兩個人。」

碧拉說：「英國人，冷靜一點。我和你並肩作戰，誰也比不上我。帕布羅對不起你，但是他回來了。」

「如果我有那些炸藥，老頭就不會死了。我可以從這邊動手炸橋。」

「如果，如果，如果——」碧拉說。

他躺在那邊咳嗽，抬頭看到安瑟莫死了，那股炸橋後隨著鬆弛而產生的憤怒、空虛和怨恨仍然佈滿心頭。他心中也含有軍人由悲哀而產生的絕望，然後轉成怨恨，唯有如此，他們才能繼續當軍人。如今事過境遷，他覺得寂寞、孤獨、沮喪，他憎恨每一個他所看到的人。

「如果不下雪的話——」碧拉說。這時候，不像驟然的身體放鬆（譬如碧拉若用手臂環著他，就屬於這種情況）而是緩緩由腦袋開始，他漸漸接受了現實，讓怨恨慢慢排出去。當然，是雪。是下雪造成的。雪。是它給別人帶來了災禍。一旦你看到它對別人的影響，一旦你擺脫自我——戰時你一定要隨時擺脫自我，不能有自我存在。你自己只能完全失落。這時候他拋卻自我，卻聽到碧拉說：「薩多——」

「什麼？」他說。

「薩多——」

「是的，」羅柏說。他對她露齒一笑，現出的是碎裂、僵硬、肌肉繃緊的笑容。「算了，是我不對。我道歉，娘們。我們好好合作，把這件事做完。妳說得不錯，橋已經炸掉了。」

「是的，你必須改想其他的事情。」

「那我現在去找奧古斯丁。叫妳的吉普賽人下去一點，他才能看清路上的情況。把這些槍交給普利米蒂弗，妳拿這把機關槍。我教妳怎麼用。」

碧拉說：「機關槍你留著。我們隨時要走。帕布羅現在該來了，我們馬上出發。」

羅柏說：「拉費爾，跟我下來。這兒。好。看那些走出陰溝的傢伙。喏，在卡車上側？正向卡車跑去？給我打掉一個。坐下。慢慢來。」

吉普賽人小心瞄準再開槍，他抽回螺栓，排出彈殼，羅柏說：「重來。你打到上面的岩石了。看到岩石灰沒有？降低兩呎左右。現在小心一點。他們在跑呢。好。繼續射擊。」

「我打中一個，」吉普賽人說。那個人倒在陰溝和卡車之間的半路上。另外兩個人沒有停下來拖他走。他們跑向陰溝，躲進溝裡。

羅柏說：「別開槍打他。打卡車前胎的上半部。你如果沒打中，就會打到引擎。好。」他用望遠鏡觀察。「低一點。好。你槍法真狠。好棒，給我打冷卻器的頂端。冷卻器的任何部位都行。你真是好手。看。別讓人車通過那一點。明白吧？」

「看我打爛卡車的擋風玻璃。」吉普賽人開心地說。

羅柏說：「不，那輛卡車已經壞掉了。保持火力，等別的車輛走上大路再射擊。它走到陰溝對面，你就開火。儘量打司機。那時候你們都該射擊，」碧拉和普利米蒂弗已經順著斜坡走下去，他對碧拉說：「妳那邊位置好極了。知不知道那片陡坡正好守住了妳的側翼？」

碧拉說：「你應該和奧古斯丁去辦你的事情。別再說教了。我年輕的時候見過各種地形。」

羅柏說：「把普利米蒂弗安置在上面一點的地方。喏。看到沒有，老兄？堤岸漸陡的這一面。」

碧拉說：「別管我了。走吧，英國人。你事事追求完美。這裡沒有問題啦。」

這時候他們聽到飛機的聲音。

瑪麗亞守著馬兒好一段時間，但是牠們不能給她什麼安慰。她也不能撫慰牠們。她在森林裡，既看不到大路，又看不到鋼橋，槍聲響起的時候，她環抱著白臉大赤騮的脖子，平日馬兒關在營區下的樹叢馬欄裡，她曾經多次愛撫牠，帶東西給牠。但是現在她緊張兮兮，弄得大赤騮種馬也緊張起來，牠一聽到槍聲，就猛搖腦袋，猛掀鼻孔。瑪麗亞靜不下來，她走來走去，拍拍馬兒，弄得牠們更緊張更激動。

她儘量不把槍戰當做可怕的事情，試圖瞭解那是帕布羅帶著新人在下面，碧拉帶著其他同伴在上面，她千萬不能擔心，也不能恐慌，必須對羅柏有信心。但是她辦不到，橋樑上下兩方的槍戰和隘口傳來的遙遠戰鬥聲就像遠處的暴風雨，夾著隆隆的巨響，炸彈不規則的悸動更是可怕的東西，幾乎使她透不過氣來。

後來她聽見碧拉的大嗓門，在下面的山麓對她喊出一大堆她聽不懂的髒話，她思忖道：噢，老天，不，不。他處境艱危，別說那種話吧。別觸怒任何人。造成無謂的風險。別招惹怨氣。

於是她開始迅速而流暢地爲羅柏祈禱，就像當年在學校一樣，儘量說得很快，同時用左手的指頭計數，反覆唸兩篇祈禱文，以十個字爲單位。這時候，鋼橋爆炸了，右邊一匹馬聽到碎裂的吼聲，站起來扭頭，把韁繩拉斷，在樹叢間奔跑。瑪麗亞逮住牠，把牠帶回來，牠抖抖顫顫，胸部被汗水弄得黑黝黝的，馬鞍落在地上，她由樹叢走回來，聽到下面的槍聲，心想：我實在受不了啦。我實在不能一無所知的活下去。我透不過氣來，口乾舌燥。我害怕，我沒用，我嚇走這匹馬兒，我能逮住牠全憑運氣，因爲牠把馬鞍撞落在一棵樹上，自己踢腿被馬鞍夾住了，現在我拾起馬鞍。噢，上帝，我不知道。我受不了了。噢，爲了我請祢讓他平安吧，我一顆心都懸在橋上。共和國是一回事，我們非打贏不可又是另外一回事。但是，噢，甜蜜的聖母啊，請由橋上把他帶回我身邊，我會遵從祢的每一吩咐。因爲我根本心不在焉。這裡根本沒有我存在。我全心和他在一起。爲我照顧他吧，他就等於我，那麼我會替祢服務，他絕對不會在乎的。這也不違背共和國嘛。噢，請饒恕我，我總是心亂如麻。現在我的心太亂了。但是祢如果照顧他，我會做一切好事。我會遵從他的吩咐和祢的吩咐。就憑兩個分歧的自我，我可以辦到。但是現在一無所知，我實在不能忍受。

這時馬兒又繫好了，她拿起馬鞍，摸平毛毯，拉緊馬肚帶，突然聽見那深沉的大嗓音在下面的森林裡叫道：「瑪麗亞！瑪麗亞！妳的英國人平安無事。聽到沒有?平安。一點事兒都沒有！」

瑪麗亞雙手抓住馬鞍，短髮的腦袋用力貼上去，忍不住哭出聲來。她聽到那副深沉的嗓子又叫了一邊，就由馬鞍上回過頭來，哽咽地叫道：「好！謝謝妳！」然後又哽住了，「謝謝妳！非常感謝！」

他們聽到飛機聲，都抬頭張望，飛機由西戈維亞淩空飛來，在高空中銀晃晃的，它們的嗡嗡聲蓋過了一切聲響。

碧拉說：「喏！只差那些飛機了！」

羅柏一面望，一面用手臂搭在她肩頭。他說：「不，娘們，那些飛機不是爲我們而來的。它們沒有時間援助我們。妳冷靜一點。」

「我恨它們。」

「我也一樣。不過現在我得去找奧古斯丁了。」

他繞著山邊穿過松林，飛機的嗡嗡聲不絕於耳，下面的破橋那一端——也就是彎道附近——斷斷續續傳來一把重機關槍的聲音。

羅柏悄悄蹲在矮松林自動步槍後面奧古斯丁臥倒的地方，飛機一直不斷飛來。

奧古斯丁說：「下面怎麼啦？帕布羅在幹什麼？他難道不曉得鋼橋已經炸掉了？」

「也許他不能脫身。」

「那我們走吧。他這個混蛋。」

羅柏說：「他如果能來，現在該來了。我們此刻應該看見他。」

奧古斯丁說：「我沒聽到他的動靜。足足五分鐘沒有聽到了。不。喏，你聽，他在那邊。那就是他。」

那邊傳來一陣騎兵手提機關槍砰砰砰的聲響，接著又是一陣，然後又來一陣。

「就是那個雜種，」羅柏說。

他還看到一列列飛機由萬里無雲的藍天飛過，奧古斯丁抬頭看它們，他則望了望奧古斯丁的面孔。然後他俯視碎裂的鋼橋和那一端空空如也的路面。他咳嗽、吐痰，又聆聽彎道下的重機關槍聲。聲音似乎還發自原地。

奧古斯丁說：「那是什麼？他媽的那是什麼？」

「我炸橋之前就聽到了，」羅柏說。現在他俯視橋面，隔著中央的裂口。那一截橋身像彎曲的鋼製圍裙懸掛在那兒。他看見下面的清溪。他聽到第一陣飛過去的飛機如今正在轟炸上方的隘口，還有很多飛機繼續飛來。空中滿是馬達聲，他一抬頭，看見驅逐機細細小小的，正在它們上方盤旋。

普利米蒂弗說：「我想前天早上敵人並沒有穿過戰線。他們一定向西轉，再折回來。如果他們看到這些飛機，他們不可能發動攻擊。」

「這些大部分是新的，」羅柏說。

他覺得事情正式開始了，然後帶來超大型的回響。就像你丟一塊石頭，石頭造成水波，水波又像浪濤一樣起伏搖撼。或者像你大聲喊叫，回聲隆隆反彈回來，像悶雷似的，而雷電可以致人於死地。或者像你打一個人，他倒下去了，目力所及卻看見其他的人都懷著武器盔甲起而對抗。幸虧他沒有隨高茲登上隘口。

他躺在奧古斯丁身旁，看飛機在飛過，聽後面的槍聲，望著下面的大路，他知道自己會看到某些動靜，卻不是他期待的東西。他還感到詫異和麻木，他居然沒有死在橋邊。他完全接受死亡。所以現在這一切反而顯得很不真實。他對自己說：抖掉這些雜念吧。別去想它。今天有好多好多事情要做。但是那些念頭揮之不去，他覺得這一切都像作夢。

「你吞下太多炸彈煙了，」他自言自語說。但是他知道不是那麼一回事。他結結實實感到：這一切的一切絕對真實，卻又顯得不像真的。他俯視橋面，然後看看路上的哨兵，再看看安瑟莫躺臥的地點，又看看堤邊的費南度，接著由平滑的褐色大道瞥向故障的卡車，一切仍然顯得很不真實。

他對自己說：「你還是趕快出清那一部分的自我吧。你活像鬥雞場的公雞，誰也看不出傷痛，傷口完全顯不出來，牠卻已經傷得發僵發冷了。」

他對自己說：「媽的，你有點醉了，如此而已。你盡責之後總會鬆弛下來，如此而已。慢慢來吧。」

這時候奧古斯丁抓住他的雙臂，指指前方，他舉目眺望峽谷那一端，終於看到了帕布羅。

他們看到帕布羅由大路彎道的轉角跑過來。到了大路拐彎消逝的峻岩邊，他們看他停下來，站在岩石上，回頭面對路開火。羅柏看見帕布羅矮矮壯壯的身形，帽子不見了，正倚著石壁猛開他那把騎兵自動短步槍，在太陽照射下，紛落如雨的銅製彈殼依稀泛出明亮的閃光。他們看到帕布羅竄下來，又發射一串槍子。然後他不回頭，逕自跑過來，矮矮的，擺著一副羅圈腿，速度很快，腦袋低垂，一直跑向橋邊。

羅柏早已推開奧古斯丁，將大自動步槍的槍管頂著肩頭，準星瞄準彎道。他自己的手提機關槍放在左手旁邊。距離那麼遠，手提機關槍不夠準確。

帕布羅向他們跑來，羅柏瞄準彎道，但是那邊一個人都沒有。帕布羅走到橋邊，回頭看了一下，瞥瞥斷橋，然後向左拐，走進峽谷，消逝得無影無蹤。羅柏仍然望著彎道，但是沒看到什麼。奧古斯丁一膝半跪。他看到帕布羅爬進峽谷，像山羊似的。帕布羅第一次露面以後，下面就不再有槍聲傳來。

「你可曾看到上面有什麼？頂端的岩石上？」羅柏問他。

「沒有。」

羅柏望著大路的彎處。他知道彎處下的石壁太陡了，誰也爬不上來，但是再往下坡度漸緩，也許有人繞著圈子迴旋而上。

如果說剛才的一切顯得很不真實，那麼現在卻突然真切多了。彷彿一架反射鏡相機突然對上了焦點。這時候他看到一台低身、斜嘴、灰色綠色雜著赤褐花紋、有長機關槍的砲塔，由彎道處來到艷陽下。他對它開火，只聽得子彈在鋼鐵上砰砰響。有輛輕便小戰車一溜煙逃到石壁後面。羅柏凝視轉角處，看到它的鼻尖又露面了，接著輕戰車的邊緣露出來，搖搖擺擺地移動，槍口指向路面。

「簡直像老鼠出洞嘛。你看，英國人。」奧古斯丁說。

「它沒有什麼信心，」羅柏說。

奧古斯丁說：「這就是帕布羅一直對付的大昆蟲。再打呀，英國人。」

「不。我傷不了它。我不希望它發覺我們藏身的地點。」

坦克開始對大路開火，子彈打在路面上，又颼颼飛起來，如今正咻咻吭吭敲擊著鋼鐵的鐵柱。正是他們在下面聽到的那種機槍聲。

奧古斯丁說：「烏龜王八！是不是那批著名的坦克，英國人？」

「這是小型的。」

「烏龜王八。我如果有一個裝滿汽油的小瓶子，我就爬上去放火燒它。它會怎麼做，英國人？」

「待會兒它會出來再看一眼。」

奧古斯丁說：「這就是人見人怕的東西。你看，英國人，它在射擊哨兵的屍體哩。」

羅柏說：「因為它沒有別的目標嘛。不要怪它。」

但是他心中暗想：當然，你拿它當笑柄吧。但是換了你，在自己的鄉區大路上有人對你開火，橋又被炸掉了，你不會以為前面佈了地雷，或者設有陷阱？你一定會的。它的做法並沒有錯。它在等敵人接近。它正和敵人交戰呢。只有我們這些人而已。但是它不知道。看看那個小雜種吧。

小坦克在轉角進一步往前試探。

這時候奧古斯丁看見帕布羅爬上峽谷邊緣，四肢著地往上攀，鬚毛密佈的面孔佈滿汗珠。

「那個婊子養的來了，」他說。

「誰？」

「帕布羅。」

羅柏一看，是帕布羅沒錯，於是他開始射擊經過偽裝的坦克砲塔，他知道機關槍上面的裂口就在那個地方。小坦克呼呼往後退，一溜煙就不見了。羅柏拿起自動步槍，三角架貼著槍筒，把這門槍口還發燙的大槍扛在肩上。槍口好燙，燒疼了他的肩膀，他連忙將槍口推到前面，槍托抓在手裡。

「拎著那袋藥池和我的輕機槍，快跑。」他大叫說。

羅柏跑上山坡，穿過松林。奧古斯丁緊跟著他，帕布羅在後面跟上來。

羅柏對著山坡放聲叫道：「碧拉！走吧，娘們！」

他們三個人儘速爬上陡坡。因為坡度太大，速度不可能再加快了，帕布羅兩手空空的，只帶一把騎兵式手提機關槍，已經慢慢跟上他們倆。

「你的手下呢？」奧古斯丁張開枯渴的嘴巴，對帕布羅說。

「都死了，」帕布羅說。他幾乎喘不過氣來。奧古斯丁回頭看看他。

「英國人，現在我們有足夠的馬匹了。」帕布羅喘氣說。

「好，」羅柏說。這個嗜殺的雜種，他心中暗想道：「你碰到什麼啦？」

「什麼都有，」帕布羅說。也用力喘氣。「碧拉怎麼樣？」

「她失去費南度和兩兄弟之一——」

「伊拉狄奧，」奧古斯丁說。

「你呢？」帕布羅問他。

「我失去了安瑟莫。」

帕布羅說：「有不少馬匹。載行李都不成問題了。」

奧古斯丁咬咬嘴唇，望著羅柏搖搖頭。下面被樹叢遮掉的地方，他們發現坦克車又對大路和橋面開火了。

羅柏扭扭頭。「那是怎麼回事？」他對帕布羅說。他不喜歡看帕布羅，也不喜歡聞他的氣味，卻很想聽他的聲音。

帕布羅說：「那輛坦克在那兒，我撤不出來。我們在守備隊的下彎道遭到攔擊。最後它回去找東西，我就來了。」

「你在彎道開槍打什麼？」奧古斯丁粗魯地問他。

帕布羅看看他，開始咧嘴，又改變主意，一語不發。

「你把他們都打死了？」奧古斯丁問他。羅柏自忖道：你可別開口。現在不關你的事。他們已經達到你所期望的成果，甚至超過你的期望。這是他們部族內部的問題。別下道德批判。對一個兇手，你能期待什麼？你正和一名兇手合作哩。千萬別開口。你早就知道他的爲人。這不是什麼新鮮事。但是你這下流的雜種啊，他暗暗自責。你這下流、腐敗的雜種。

跑步以後又爬山，他胸口疼得彷彿要炸開來，現在他隔著樹叢看到前面的馬匹。

奧古斯丁說：「說呀。你爲什麼不說你開槍打死了他們？」

帕布羅說：「閉嘴。今天我苦戰半天，成效好極了。你問英國人。」

羅柏說：「現在我們好好熬過今天吧。計劃是你訂的。」

帕布羅說：「我有一個好計劃。加上一點運氣，我們都會平安脫險。」

他的呼吸漸漸緩下來。

「你不會殺我們之中任何一個人吧？現在我可會殺你喲。」奧古斯丁說。

帕布羅說：「閉嘴。我得照顧你的利益和全隊的利益。這是戰爭。人不可能事事如願。」

奧古斯丁說：「烏龜王八，你佔盡一切彩頭。」

「說說你在下面遇到什麼，」羅柏對帕布羅說

「什麼都有，」帕布羅重覆一遍。他喘息的時候，胸口還膨脹欲裂，但是現在他能夠安定下來說話了，他一頭一臉都是汗珠，肩膀和胸口濕淋淋的。他小心看看羅柏，觀察他是不是真的很友善，然後泛出了笑容。他又說：「什麼都有。我們先攻下守備隊。這時候來了一位摩托騎士。接著又來了一位，然後是救護車。然後是軍用卡車。後來又出現那輛坦克。就在你炸橋之前。」

「那麼——」

「坦克車傷不了我們，但是它控制路面，我們都脫不了身。後來它走開一陣子，我就來了。」

「你的手下呢？」奧古斯丁插嘴說，他還在找麻煩。

「閉嘴，」帕布羅正眼盯著他，一臉戰鬥成功才發生其他意外的鬥士表情。「他們不屬於我們這一隊。」

現在他們看到馬匹繫在樹上，太陽由松樹梢照著牠們，牠們搖頭擺腦，踢趕馬蠅。羅柏看見了瑪麗亞，立刻緊緊抱住她，抱得很緊很緊，自動步槍懸在體側，閃光錐壓著他的肋骨。瑪麗亞喊著：「你，羅柏。噢，你。」

「是的，兔子。我的好兔子。現在我們走吧。」

「你真的來了？」

「不錯。不錯。是真的，噢，妳！」

他從來沒想道：打起仗來你居然還知道有一個女人存在；沒想到你可以認識這一點或者生出反應來；沒想到你竟有一個女子，她還有著又圓又小的乳房，隔著襯衫緊緊頂著你；也沒想到那一對乳房還知道他倆在烽火中的韻事。但是事實如此，他思忖道：好極了。很好。我簡直不敢相信。他用力抱緊她，但是眼睛不看她，然後拍拍她身上他從來沒拍過的部位說：「上馬。上馬。坐上那個馬鞍，美人兒。」

他們接著解韁繩，羅柏已經把自動步槍還給奧古斯丁，改揹自己的手提機關槍，他將口袋裡的炸彈拿出來放進鞍帶裡，又將空背包塞進另一個背包內，綁在馬鞍後頭。這時候碧拉上來了，她爬得氣喘吁吁，根本說不出話來，只用手示意。

帕布羅把手上的三個馬鐐塞進一個鞍袋內，站起來說：「妳好吧，娘們？」她只點點頭，於是他們都爬上馬背。

羅柏騎著前天早晨他在雪地上第一次看到的灰色大騮馬，他覺得兩腿間、雙手下的馬體實在很壯觀。他穿著麻繩底布鞋，馬鐙太短了一點；手提機關槍掛在肩上，口袋裝滿彈夾，他坐在馬上塡裝一個用過的彈灰，韁繩緊夾在一根手臂下，看碧拉坐進鹿皮馬兒鞍座上所捆的一包用具頂端。

普利米蒂弗說：「看在老天爺份上，把那包東西割掉吧。妳會甩下來，而且馬兒也載不動。」

碧拉說：「閉嘴。我們要靠這些東西過日子。」

「妳那樣能不能騎馬，娘們？」帕布羅坐在大赤騮的民兵馬鞍上問她。

碧拉告訴他，「和牛奶攤販差不多嘛。怎麼走法，老伴？」

「一直下去。跨越馬路，爬上遠處的斜坡，彎入漸漸狹窄的森林。」

「跨越馬路？」奧古斯丁轉到他身邊，一雙軟底的帆布鞋踢踢昨夜帕布羅徵調來的一匹馬兒僵硬的腹部。

「是的。老兄。只有這條路可走，」帕布羅說。他遞上一條牽馬繩。另外兩匹馬由普利米蒂弗和吉普賽人牽著。

帕布羅說：「你如果願意，可以走在最後面，英國佬。我們爬得夠高了，那把機關槍射不到我們。但是我們要分開走，騎一大段路，然後在上面轉窄的地方會合。」

「好，」羅柏說。

他們穿過密林，走向大路邊。羅柏緊跟在瑪麗亞後面。林道狹窄，他不可能和她並肩騎行。他們飛快溜下松林，他用腿肌搓搓大灰馬，讓牠穩定下來，以大腿吩咐牠往下走，就像平地上用馬刺吩咐牠一樣。

他對瑪麗亞說：「喂，他們跨越大路的時候，妳走第二位。第一位看起來不好，其實還不錯。第二位很好。敵人總是注意後面的幾個。」

「但是你——」

「我會突然竄出來。沒有問題。排成一列才危險呢。」

他望著帕布羅那顆鬢毛密佈的圓腦袋。他騎馬的時候，腦袋縮在肩膀上方，自動步槍掛在肩頭。他望向碧拉，見她頭上沒戴帽子，肩膀寬寬的，腳跟勾入包袱裡，膝蓋比大腿還要高。她回頭看了他一眼，搖搖頭。

「跨越大路之前，先超到碧拉前面，」羅柏對瑪麗亞說。

隔著密度較小的樹叢，他看到下面黑黑亮亮的道路，以及對面的綠色山坡。他看出來了：我們正走在暗渠上，位於大路呈長彎道向鋼橋陡落的高崗底。我們比鋼橋高八百碼左右。如果敵人來到橋邊，小坦克裡的飛雅特機關槍還射得到我們。

他說：「瑪麗亞，趁我們還沒走到大路，騎上斜坡以前，先超到碧拉前面。」

她回頭看看他，但是沒有開口。他不注視她，只看看她明白了沒有。

「明白吧？」他問她。

她點點頭。

「上前啊，」他說。

她搖搖頭。

「上前！」

她轉身搖搖頭，「不，我要走在自己喜歡的位置。」

這時候帕布羅用兩個馬刺同時踢踢大赤騮，牠縱身走下最後一片佈滿松枝的斜坡，馬蹄得得，穿過大路。其他的人也跟上去，羅柏眼看他們走到馬路對面，使勁踏上青翠的斜坡，聽到機關槍在橋邊砰砰響。然後又聽到一陣颼颼——咔咔——轟轟的聲音。轟轟聲是咔咔聲擴散的碎裂音，他看到山邊有一小撮泥土噴起來，夾著大量的灰煙。颼颼——咔咔——轟轟！又來了，颼颼聲像火箭，山上較遠的地方又噴起一股泥塵和濃煙。

前面的吉普賽人正停在最後幾棵樹的涼蔭裡。他看看眼前的山坡，又回頭望望羅柏。

羅柏向他說：「走吧，拉費爾。快跑呀，老兄。」

吉普賽人抓著牽馬繩，載貨的馬兒在他身後猛扭腦袋，不肯服從。

「丟下載貨的馬兒，快跑，」羅柏說。

他看到吉普賽人把手伸到後面，愈舉愈高，似乎要永遠這樣下去，然後兩腳踢踢他的座騎，繩索一緊，接著鬆下來，他開始跨越馬路了。羅柏膝蓋頂著一隻受驚的載貨馬兒，吉普賽人橫越又硬又黑的路面時，馬兒一直往後和他相撞，他奔上斜坡，聽到馬蹄滴嗒響。

颼颼——咔咔，子彈平射而來，他看到吉普賽人前面迸出一股灰黑的噴泉，吉普賽人像奔逃的野豬一閃而過。他看他往前奔跑，如今緩慢而順暢，跑上青翠的長坡，砲火在身前身後掃射，他已經和其他的人一起跑到綿延的小丘陵下方。

羅柏暗想：我不能牽這匹該死的載貨馬同行。雖然我真希望這個婊子養的賤貨能走在我右邊。我要牠夾在我和敵人猛開的四十七厘米大槍的中間。老天爺，反正我得儘量把牠帶上去。

他貼近載貨的馬兒，抓住副籠頭，然後牽住繩子，那匹馬就在他後面小跑前進，穿過樹叢走了五十碼。到了樹叢邊緣，他由大路瞥向卡車，又瞥向橋面，看到有人下車走上那座斷橋，再過去路面顯得擁塞不堪了。這時，羅柏回頭望去，終於找到他需要的東西，便伸手從松樹上折下一條枯枝。他放下副籠頭，促使載貨的馬兒走到斜向路面的山坡上，然後用樹枝用力打牠的屁股。「走哇，你這婊子養的，」他說。載貨的馬兒走過大路，開始爬坡，他把枯枝丟在牠後面。枯枝擊中馬兒，牠即由慢跑改爲狂奔。

羅柏又在路面上方走了三十碼；再過去，堤岸就太陡了，現在槍砲發出火箭般的颼颼聲和泥土飛裂的轟隆聲。「走哇，你這灰色的法西斯雜種，」羅柏對馬兒說，同時縱身騎下陡坡。這時候他已經失去了掩護，暴露在路面上，馬蹄下的路面硬得驚人，一路上他覺得碰撞感傳遍肩膀、頸部和牙齒。一走上柔軟的斜坡，馬蹄試探、挖掘、踩踏，向前伸，向側轉，終於往前走了，他俯視斜坡那一端的橋面，如今正由他從未見過的角度呈現在眼前。它那長長的橋身側列著，不顯出透視圖上的遠近差別，中央就是斷裂的位置，那輛小坦克車在橋後的路面上，小坦克後面又有一輛大坦克車，如今車上的槍砲黃光閃閃，有如一面鏡子，空氣扯裂的咻咻聲簡直像眼前的灰色頸上發出來的。塵土噴上山邊，他回頭張望。載貨的馬兒在他前面，走得太偏右方，中途慢下來。羅柏一面奔跑，一面偏頭望望橋邊，看到一列卡車停在轉彎處後面，他愈走愈高，現在轉彎處清晰可見，他還看見那代表瞬間會發出颼颼聲和隆隆的黃色閃光；子彈射不到目標，不過他聽到泥土飛起的地方有金屬飄揚的聲響。

他看見大伙兒都在前面的密林邊望著他，他說：「走哇，馬兒！」覺得大馬的胸脯隨著小丘的坡度而膨脹，看到前面灰色的長頸和灰色的耳朵，他伸手拍拍濕淋淋的灰色馬頸，回頭看看斷橋，發現路上那一輛泥土色的重型坦克車一閃一閃的，他沒聽到颼颼聲，只感到一陣辛辣的猛擊，活像大鍋碎裂似的，他已摔在灰馬下，灰馬一踢一踢掙扎著，他設法由重壓下掙脫出來。

他可以活動。他可以向右移。但是他往右移的時候，左腿在馬下一動也不動。彷彿裡面有一個新關節似的；不是臀關節，而是另一處鉸鏈般側列的關節：於是他知道是怎麼回事了。這時候灰馬站起來，羅柏的右腿已經把馬鐙踢鬆，由馬鞍上溜落地面，斜併在體側。他用雙手摸摸地上平伸的左腿大腿骨，雙手都碰到尖尖的骨頭和皮骨相貼的地方。

大灰馬站在他跟前，他看出牠的肋骨一起一伏的。他坐臥的地方碧草如茵，還有不少小花呢。他俯視斜坡下的大路、橋樑、峽谷和那一端的路面，看到坦克車，便靜靜等待下一陣閃光。閃光馬上出現了，還是沒有颼颼聲，子彈爆炸，夾著強烈炸藥的氣息，土塊四處飛散，鋼片咻咻飛起，他看到大灰馬靜靜坐在他身邊，活像馬戲團裡的馬兒。這時候他望著靜坐的馬匹，聽到馬兒發出的聲響。

接著普利米蒂弗和奧古斯丁挾著腋窩，拖他爬上最後一片斜坡，左腿的新關節使那隻腳隨處搖晃。有一次子彈咻咻飛過他們頭頂，他們撇下他臥倒，但是泥土四散，鋼片咻咻橫飛，他們又把他拎起來。然後他們將他放在拴馬的密林乾渠地上，瑪麗亞、碧拉和帕布羅都站著俯視他。

瑪麗亞在他身邊跪下來說：「羅柏，你怎麼啦？」

他汗流浹背緩緩說：「左腿斷了，美人兒。」

碧拉說：「我們會替你包紮好。你可以騎那匹馬。」她指指一匹載貨的馬兒，「把行李割斷。」

羅柏看見帕布羅搖搖腦袋，就向他點點頭。

「你們走吧，」他說。然後又說：「聽著，帕布羅。過來一下。」

滿頭大汗、滿臉鬍毛的面孔懸在他面前，羅柏聞到帕布羅濃重的氣味。

他對碧拉和瑪麗亞說：「讓我們談談。我有話要和帕布羅說。」

「痛得厲害嗎？」帕布羅問道。他正俯身貼近羅柏。

「不。我想神經都壓壞了。聽著。你們走吧。我完了，看到沒有？我要和小妞兒說一兩句話。我叫你們帶她走，你們就帶她走。她一定想留下來。我只和她說一兩句話。」

「時間顯然不多了，」帕布羅說。

「當然。」

「我想你在共和國更能發揮作用，」羅柏說。

「不，我要去葛雷度。」

「用用頭腦吧。」

帕布羅說：「現在和她談談吧。時間不多。英國佬，你受傷我很遺憾。」

羅柏說：「既然碰上了——我們就別提它了。不過請你用用頭腦。你頭腦不錯。善用它吧。」

帕布羅說：「我怎麼會不用呢？現在快點談，英國佬。沒有時間了。」

帕布羅走向最近的一棵樹，俯視斜坡，再眺望斜坡那一頭，隔著峽谷瞥向大路。帕布羅正在看山坡上的灰馬，臉上露出真正遺憾的表情。碧拉和瑪麗亞陪著羅柏，他倚坐在樹幹上。

「拜託割開褲管，好嗎？」他對碧拉說。瑪麗亞蹲在她身邊，沒有說話。陽光照著她的頭髮，她面孔扭曲，像小孩子要哭的表情。但是她沒有哭出聲。

碧拉拿出小刀，把左褲袋以下的褲腿全部割開。羅柏伸手攤開褲腿布，看看這一截大腿。臀關節十吋下方有一個尖尖發紫的腫痕，像一個尖頂的小帳篷似的，他用手指摸一摸，覺得斷裂的腿骨緊壓著外皮。他的小腿呈現奇怪的角度。他抬頭看看碧拉。她的表情和瑪麗亞差不多。

「走，」他對她說。

她低頭走開，沒有說話，也沒有回頭，羅柏看到她肩膀正在抽動。

「美人兒，」他對瑪麗亞說，同時抓住她的雙手。「聽著，我們不去馬德里了——」

這時候她開始哭出來。

他說：「不，美人兒，不要哭。聽著。現在我們不去馬德里了，但是不管妳上哪兒，我永遠與妳同在。明白嗎？」

她一語不發，雙臂環著他，腦袋緊貼著他的面頰。

「好好聽著，兔子，」他說。他知道時間緊迫，不免冷汗淋漓，但是這句話他得說出來，讓她瞭解。「兔子，現在妳得走了。但是我與妳同在。只要我們倆有一個活著，就等於兩個人都活著。妳明白嗎？」

「不，我陪你留下來。」

「不，兔子。現在我做的事情得一個人完成。有妳在，我就做不好。妳如果走了，等於我也同行。妳不明白其中的意義嗎？只要有一人存在，就代表兩個人。」

「我要陪你留下來。」

「不，兔子。聽著。這件事不能大家一起做。每個人都要自己完成。但是妳如果走了，我就等於和妳在一塊兒。那麼我也等於走了。我知道，現在妳會走。因爲妳仁慈善良。妳會代表我們兩個人離去。」

她說：「但是我留下來陪你，比較容易辦到。對我比較好。」

「是的。所以請妳幫幫忙，爲我而離去。因爲這是妳辦得到的事情，就爲我實現吧。」

「但是你不懂，羅柏。我呢？對我來說，離開更不好。」

他說：「當然。這樣對妳比較困難。但是現在我也變成妳了。」

她悶聲不響。

他看看她，現在他揮汗如雨，用盡平生未曾有的努力，想完成說服的工作。

他說：「現在妳代表我們兩個人離去。妳不能自私，兔子。現在妳得盡妳的義務。」

她搖搖頭。

他說，「現在妳就是我。妳一定感覺得到，兔子。」

他又說：「兔子，聽著。這樣我真的也與妳同行。我對妳發誓。」

她悶聲不響。

他說：「現在妳明白吧。現在我看得很清楚。妳現在肯走了。好。現在妳要走。」

她一句話也不說。

「現在我為此感激妳。現在妳順利而快速地遠走高飛，我們兩個人都隨著妳的身子離去了。現在把手放在這兒。現在低頭。不，低下來。這才對。現在我把手放在這兒。好。妳真好。現在不要多想了。現在妳正要做妳該做的事情。現在妳聽我的話。不是我一個，是我們兩個人。妳體內的那個我。現在妳代表我們兩個人離去。真的，現在我們兩個人都隨著妳的身子離去了。我早就向妳保證過。妳肯走，妳真好。」

他對帕布羅扭扭頭，帕布羅正由樹後瞥視他，現在開始走過來。他又用大拇指向碧拉示意。

他說：「兔子，我們下回再去馬德里。真的。現在站起來走吧，等於我們兩個人一起走。站起來。明白嗎？」

「不，」她一面抱緊他的脖子。

現在他說話仍然平靜而講理，但是頗有權威。

他說，「站起來。現在妳也變成我了。妳就是未來的我。站起來吧。」她慢慢站起來，泣啜不已，頭低低的。接著她突然跪倒在他身邊。他說：「站起來，美人兒。」她又緩慢而疲倦地站起來。

碧拉抓著她的手臂，她靜立在那兒。

碧拉說：「走吧。英國人，你缺什麼沒有？」她望著他搖搖頭。

「沒有，」他說完，又對瑪麗亞說話。

「不用告別，美人兒，因為我們並沒有分開。葛雷度一定很不錯。現在走吧。好好走。」碧拉扶著少女往前走，他仍然冷靜而講理地說：「不要回頭。腳跨出去。對了，腳跨出去。」

他對碧拉說：「扶她上馬。扶她坐上馬鞍。現在爬上去。」他全身是汗，回頭俯視斜坡，然後轉過來看看馬鞍上的女孩，碧拉正在她身邊，帕布羅就在後面。他說：「現在走吧。走。」

她開始回頭望。羅柏柔聲說：「不要回頭。走吧。」帕布羅用一條拴馬帶打打馬臀，瑪麗亞似乎想溜下馬鞍，但是碧拉和帕布羅騎馬緊貼在她身邊，碧拉還扶著她，三匹馬爬上那條乾渠道。

瑪麗亞回頭叫道：「羅柏，讓我留下來！讓我留下來。」

羅柏叫道：「我與妳同行。現在我和妳在一起。我們倆都在那兒。走吧！」然後他們在乾渠道轉角消失了，他渾汗如雨下，眼睛不看任何目標。

奧古斯丁問道：「要不要我開槍射死你，英國人？要不要？這算不了什麼。」

羅柏說：「用不著。你走吧。我在這邊很好嘛。」

「我幹他的臭奶汁！」奧古斯丁說。他正在哭，所以看不清楚羅柏的輪廓。「祝你好運，英國人。」

「祝你好運，老兄，」羅柏說。現在他俯視斜坡。「好好照顧短毛小妞兒，好不好？」

奧古斯丁說：「沒問題。你需要的東西都有吧？」

羅柏說：「這把機關槍只剩幾顆子彈了，所以我留著。你不可能補充彈藥。另外一把槍和帕布羅那把，子彈倒不難找到。」

奧古斯丁說：「我清過槍筒。就在你跌下馬，將它塞入泥土中的時候。」

「那匹載貨的馬兒呢？」

「吉普賽人逮住牠了。」

現在奧古斯丁爬到馬背上，但是他還不想走。他俯身望著羅柏躺靠的大樹。

羅柏向他說：「走吧，老兄。打仗期間這種事情多得很。」

「戰爭是一件下流的勾當。」

「是啊，老兄，是啊。不過你快走吧。」

「祝你好運，英國人，」奧古斯丁捏緊右拳說。

羅柏說：「祝你好運。不過你快走吧，老兄。」

奧古斯丁掉轉馬頭，右拳往下一甩，彷彿用動作再罵了一回街，就騎上乾渠道去了。其他的人早已不見蹤影。他回頭看看森林中乾渠的轉角處，揮揮拳頭。羅柏揮手致意，於是奧古斯丁也不見了……

羅柏俯視青翠的斜坡，再眺望路面和斷橋。他想：我這樣很好嘛。還不值得冒險翻身俯臥，那玩意兒太接近表面，絕對不行。而且我這樣看得更清楚。

經歷這一切，他們又走了，他覺得空虛、枯渴、疲勞，嘴巴有苦膽的味道。現在終於沒有問題了。無論從前的一切如何，此後的一切如何，對他來說已經沒有問題存在了。

現在他們都走了，他一個人倚樹而坐。他俯視斜坡下面，看到奧古斯丁射殺的灰馬屍體，又望向大路和後面蒼鬱的鄉區。然後他看看斷橋和那一端的風景，又觀察橋上和路上的活動。現在他看見一大堆卡車，都在下面的路面上。灰色的車身由樹叢間依稀顯露出來。然後他再看看道路上方，和山坡下斜的部位。敵人馬上就要來了，他想。

碧拉會好好照顧她。你知道這一點。帕布羅一定有高明的計劃，否則他不會嘗試的。你用不著擔心帕布羅。想瑪麗亞也沒有用。儘量相信你對她說的話吧。那樣最好。誰說那些話不是真的？不是你。你沒說，你也不用說那些已經發生的事情並不存在。現在堅持你的信念吧。別憤世疾俗。時間太短促，你剛送走她。每個人都盡力而為。你不能想辦法自救，但是你也許能為別人做一點事情。噢，這四天我們都很幸運。不是四天。我初來的時候是下午，今天連中午都捱不過。還不滿三天三夜呢。算準確一點，他說。十分準確。

我想你現在還是往下滾吧，他想。你最好採取能發揮用處的姿勢和位置，別像廢物一樣倚著樹根。你一直很幸運。世上有很多更慘的事情。每個人遲早都要走上這一步。一旦你知道自己非死不可，你就不怕了，是不是？他說：不怕，真的。幸虧神經已壓壞了。我甚至感覺不出裂口下面有東西存在。他摸摸小腿下方，小腿彷彿已不是他身上的一部分。

他又俯視山坡，心裡想道：我討厭離開這個世界，如此而已。我真討厭離開它，但願我在世間曾做過好事。我已經付出生前的一切才能，努力以赴了。**你是指現有的才能吧。好，現有就現有吧。**

如今我已為自己的信念戰鬥了一年。如果我們在此地打贏，我們到處都可以打贏。世界是一個好地方，值得爲它一戰，我真討厭離開人間。他告訴自己：你運氣不錯，才能度過這麼美好的一生。你的一生和祖父一樣精采，只是不像他那麼長命罷了。就憑最後這幾天，你的一生就可以媲美任何人。你曾經那麼幸運，你不想抱怨什麼。只是我真希望有辦法將我學到的一切傳諸後人。基督啊，最後幾天我學得真快。我想和卡考夫談談。那是在馬德里。就在山的那一邊，平原的對面。離開這片岩石和松樹、石楠和金雀花，橫過黃色的高原，你看它聳立在前方，潔白又美麗。那一點可是真的，不下於碧拉說的老太婆在屠場喝獸血的故事。沒有「一件」真事。全部都是真的。飛機真美，不管屬於我方或敵方。他媽的真美呀，他想。

他說：現在你慢慢來。趁現在還有時間，翻個身吧。聽著，還有一件事。你記不記得？碧拉的手相奇譚？你相信那些廢話嗎？不，他說。發生了那麼多事情，你還不信？不，我不相信。今天早上行動開始之前，她好心說起這件事。她怕我相信。我才不信呢。但是她相信。他們一定看出什麼，或感覺到什麼。就像股票探子一樣。超感知覺又如何？褻瀆神明又如何？他說。他暗想道：她不肯說再見，因爲她知道；一旦道別，瑪麗亞就永遠不走了。碧拉這傢伙。翻個身吧，約丹。但是他已累到不想試了。

這時候他想起臀袋中的長頸瓶，心想：我好好喝一口那種烈藥，然後試試看。但是他伸手一摸，長頸瓶不見了。於是他感到更孤單，因爲他知道連那一點也不能如願了。我想我早就料到這一層啦，他自言自語說。

你想是不是帕布羅拿的？別說傻話。一定是你炸橋的時候弄丟了。他說：「約丹，現在來吧。你翻身吧。」

於是他雙手抓住左腿，用力拉，拉向他靠坐時擱在大樹旁邊的足部。然後平躺著用力拉小腿，免得斷裂的骨頭翹起來刺穿大腿，他慢慢翻轉臀部，直到後腦杓面對下坡處爲止。然後他雙手還抓著斷腿，將右腳板抵著左腳背，用力壓，全身冷汗淋漓，努力翻成面孔和胸膛著地的姿態。他用手肘支起身子，雙手將左腿拉直在身子後方，又汗流浹背推動右腿，終於整個翻過來了。他用手指摸摸左大腿，沒有出問題。骨頭末端並未刺穿皮膚，現在裂口好端端嵌進肌肉裡了。

他想：那匹該死的馬兒翻倒的時候，我的大神經一定真的壓壞了。真的一點也不痛。現在改換位置，才微微發疼。那是骨頭刺到其他部分的時候。你明白嗎？他說。你明白什麼叫運氣吧。你根本用不著那瓶強烈飲料。

他伸手去拿手提機關槍，把彈倉裡的彈夾拿出來，在口袋中摸索新彈夾，打開槍械裝置，透視槍筒那一端，再把彈夾放回彈倉的細槽裡，它終於咔喳一聲裝上了。於是他俯視下面的山坡，心裡暗想道：也許還要半個鐘頭，現在慢慢來吧。

他望著山邊，望著松林，儘量不思考。

他看看小溪，回想橋下涼蔭裡的滋味。但願敵人快點來，他想。他們沒來以前，我不想捲入亂糟糟的局面。

你猜誰會從容就死？有宗教信仰的人，還是坦白接受命運的人？他們會得到不少安慰，但是我們知道這件事沒有什麼好怕的。唯有錯過它才可怕。唯有慢慢死，痛得叫人尊嚴盡失，死亡才可怕。這就是你最幸運的一點，明白嗎？你用不著忍受那些。

他們走了，真好。現在他們走了，我一點也不在乎死亡。可以這麼說。真的可以這麼說。如果他們零零落落倒在灰馬死亡的那片小山上，看看情況會有多大的差別。或者我們都蹩在這裡等死，那才糟糕。不。他們走了。他們已遠走高飛。現在只求攻擊勝利。你要什麼？樣樣都要。我什麼都要，凡是能到手的，我照單全收。如果這次攻擊不成功，下次會成功的。我沒注意飛機飛回來。老天。**我能叫她走真是運氣**。

我要把這件事情告訴祖父。我打賭他從來不用翻身找人，表演這一招。你怎麼知道？說不定他表演過五十次呢。不，他說。說話要準確一點。沒有人表演這一招五十次。沒有人表演過五次。說不定沒有人這樣表演過一次呢。當然。敵方一定有。

但願敵人現在就來，他說。我希望他們就來，因為左腿開始發疼了。一定是紅腫的地方。

他想：那玩意兒向我們打來的時候，我們正幹得好順暢。不過當時我在橋下，它居然沒有打中，這完全是運氣。一件事錯了，就註定要出意外。他們對高茲下達那些命令，你就註定完蛋了。你早就知道，說不定碧拉也感覺得到。不過以後我們會好好部署這一類的事情。我們應該有手提的短波發報機。**對啊，很多東西我們都該有**。我也該多帶一條腿來。

他一面流汗，一面咧咧嘴，因為腿部大神經墮地瘀腫的地方，現在痛得厲害。噢，讓他們來吧，他說。我不想學父親幹那種事情。做起來沒有什麼不妥，但是我寧願用不著那樣做。我反對自殺。別想那件事了。根本不要思考。但願那些混蛋快點來，他說。真希望他們快點來。

現在左腿疼得厲害。他移動以後，腫脹處突然痛起來。他說：也許我會幹那件事。我想我並不善於忍受痛苦。聽著，如果我現在自殺，你不會誤解吧？**你在和誰說話呀**？沒有，他說。我猜是祖父吧。不。沒有人。喔，天殺的，但願他們快點來。

聽著，也許我不得不自殺，因為我若不省人事，根本派不上用場，萬一他們把我弄醒，他們會問我一大堆問題，使出各種手段，那就糟了。最好不要讓他們做這種事情。所以何不現在自殺，一了百了呢？因為，噢，聽著，是的，聽著，**讓他們現在來吧**。

他說：你不善於這麼做，約丹。不善於這麼做。誰又擅長這件事呢？我不知道，而且現在我也不在乎了。但是你不擅長。說得不錯。你根本不擅長。噢，根本根本不擅長。現在我想自殺沒有什麼不對了吧？不是嗎？

不，還是不對。因爲你能做一件事情。只要你知道是什麼，你就非做不可。只要你知道是什麼，你就非等不可。**來吧。讓他們來吧。讓他們來。讓他們來！**

想想同伴們已經走了，他說。想想他們穿過密林。想想他們涉過小溪。想想他們騎馬走過石楠荒地。想想他們爬上山坡。想想他們今天晚上平安無事。想想他們連夜趕路。想想他們明天躲起來。想想他們。天殺的，想想他們吧。**我只能想像他們走到那一步**，他說。

想想蒙塔納州，**我辦不到**。想想馬德里，**我辦不到**。想想一口涼水的滋味。**沒問題**。死亡就像那個。就像一口涼水。**你騙人**。就像虛無。如此而已。什麼都沒有。那就動手吧。動手。現在動手。現在動手不妨事了。動手哇。**不，你必須等待**。等什麼？你明明知道嘛。那就等吧。

他說：我再也等不下去了。再等下去我會昏倒。因爲我已經三次覺得要暈過去，又勉強苦撐，所以我知道。但是下一步我就不知道了。我只覺得大腿骨折的地方有內出血現象。尤其是轉接處。因此腫脹發炎，使你衰弱不堪，使你開始昏厥。所以，現在自殺沒有什麼不對了。真的，我告訴你，沒有關係的。

如果你再等一會，再擋他們一陣，或者只要打中軍官，一切都會改觀的。一件事好好做成功，可以造就——

好吧，他說。他靜靜躺著，儘量抓牢自己，他覺得身子快要溜下去了，很像山坡上雪地轉滑的光景，他說：現在靜一靜，讓我支持到他們來臨。

羅柏的運氣很好，因爲這時候他看到騎兵由森林走出來，橫過大路。他望著他們騎馬走上山坡。他看到一名騎兵在灰馬身畔停下來，對走上來的軍官大聲喊叫。他看他們兩個人俯視灰馬。他們當然認識牠。牠是昨天一大早和牠的騎士一起失蹤的。

羅柏看著他們走上斜坡，現在離他很近，他們下方就是路面。橋樑和一大串車馬。現在他完全正常，長長瞥了這個世界一眼。然後他仰望天空。天上有大朵大朵的白雲。他用手掌碰碰他躺臥的松針地，又碰碰他藏身的樹幹表皮。

然後他手肘儘量輕鬆地支在松針地上，手提機關槍的槍口貼著松樹幹。

現在軍官滴滴答答騎上堤防的馬徑，他會走過羅柏下面二十碼的地方。距離那麼近，絕對沒問題。那位軍官就是伯倫多中尉。他們接到下面那支守備隊遭受攻擊的報告，奉命上山，他就由莊園村上來了。他們千辛萬苦騎馬上來，但鋼橋炸斷了，他們只得掉頭穿過上面的峽谷，繞道森林回去。他們的戰馬渾身濕透，氣喘吁吁，非要人硬逼才肯慢慢跑。

伯倫多中尉望著小徑，一步一步騎上來，消瘦的面孔顯得嚴肅而端莊。他的手提機關槍橫架在左臂和馬鞍上頭。羅柏躺在樹後，小心撐牢身體，穩住手勁兒。他要等軍官走到豔陽下斜坡草地和第一批松樹相接的地方。他只覺得心臟緊挨著森林的松針坡地，在狂跳不已。

全書完

經典新版世界名著：25

戰地鐘聲【全新譯校】

作者：〔美〕海明威
譯者：傅心荃
發行人：陳曉林
出版所：風雲時代出版股份有限公司
地址：10576台北市民生東路五段178號7樓之3
電話：(02) 2756-0949
傳真：(02) 2765-3799
執行主編：朱墨菲
美術設計：吳宗潔
行銷企劃：林安莉
業務總監：張瑋鳳

初版日期：2022年7月
ISBN：978-626-7025-92-5

風雲書網：http://www.eastbooks.com.tw
官方部落格：http://eastbooks.pixnet.net/blog
Facebook：http://www.facebook.com/h7560949
E-mail：h7560949@ms15.hinet.net
劃撥帳號：12043291
戶名：風雲時代出版股份有限公司

風雲發行所：33373桃園市龜山區公西村2鄰復興街304巷96號
電話：(03) 318-1378
傳真：(03) 318-1378
法律顧問：永然法律事務所 李永然律師
北辰著作權事務所 蕭雄淋律師

行政院新聞局局版台業字第3595號 營利事業統一編號22759935

定價：480元

國家圖書館出版品預行編目資料

戰地鐘聲 / 海明威著 ; 傅心荃譯. -- 再版. -- 臺北市 :
風雲時代出版股份有限公司, 2022.05 面 ; 公分

譯自 : For whom the bell tolls.
ISBN 978-626-7025-92-5 (平裝)

874.57 111005796